Riikka Pelo

Unser tägliches Leben

Riikka Pelo

Unser tägliches Leben

Roman

Aus dem Finnischen
von Stefan Moster

C.H.Beck

Die deutsche Übersetzung wurde gefördert von FILI – Finnish Literature Exchange.

F I
L I

Titel der finnischen Originalausgabe:
«Jokapäiväinen elämämme»
Erschienen bei Teos, Helsinki 2013

Satz: Fotosatz Amann, Memmingen
Druck und Bindung: GGP Media GmbH, Pößneck
Umschlaggestaltung: Rothfos & Gabler, Hamburg
Umschlagabbildung: Fotografie von Marina Zwetajewa mit Tochter Ariadna, 1916 © culture-images/fai; Landschaft © shutterstock
Gedruckt auf alterungsbeständigem, säurefreiem Papier
(hergestellt aus chlorfrei gebleichtem Zellstoff)
Printed in Germany
ISBN 978-3-406-70632-5

www.chbeck.de

Denn was ist Liebe, wenn nicht
Das, was aus den Nähten bricht –

Kleid! Kein Verband und kein Schild. – Wozu
Bräuchtest du Schutz! – Der Leichnam
Ist mit der Erde vernäht wie du
Mit meinem Leib. So. Zweisam.

Marina Zwetajewa: «Endgedicht» (1924)
Übersetzt von Felix Philipp Ingold

Moskau
August 1939

Ich stand vor dem frisch gestrichenen Nebengebäude der Klinik. Schon am Morgen war die Sonne erdrückend, der heißeste Sommer seit zwanzig Jahren, an den Rändern von Moskau brannten die Wälder und Torfmoore unter der wütenden Hitze. Rußflocken schwebten in der dicken, heißen Luft langsam aufwärts. Genau wie an der Schwelle zur Revolution, erinnerten sich die Journalistenveteranen bei ZhurGas, damals gingen im Sommer rund um Moskau die Wälder in Flammen auf, das Feuer war ein gutes Omen, das Alte verbrannte vor dem Neuen, dieser Preis musste bezahlt werden.

Ich sah fremd aus in der Milchglasscheibe des Krankenhausfensters, und in meiner Nervosität zündete ich mir eine Zigarette an, bevor ich hineinging. Der August neigte sich dem Ende zu, das Verfahren gegen Kolzow hätte längst zu Ende sein sollen, aber es war noch keine Nachricht über ihn in die Redaktion gelangt.

Die Ärztin war eine Frau in den Vierzigern, ausdruckslos, dennoch freundlich, und beinahe geschlechtslos. Sie glich eher einem Lama als einem Kamel. Schön war sie nicht, auch nicht, als sie die Brille abnahm, die eine Membran vor dem Gesicht zurückzulassen schien.

Ja, ja, seit meiner Ankunft in Moskau war meine Regel so exakt gewesen wie ein deutscher Zugfahrplan, aber die letzte hatte Anfang Juni eingesetzt, vielleicht sogar noch Ende Juni. Am Sonntag hatte ich ausgerechnet, dass ich tatsächlich seit mehr als sieben Wochen meine Tage nicht gehabt hatte, im August blieben sie ganz aus. Meine Brüste waren empfindlich und spannten, und morgens plagte mich Übelkeit, als hätte ich zu viel Luft im Bauch, stundenlang mochte ich nichts essen, obwohl ich den Hunger spürte, meinen alten Kampfgefährten. Ich musste niemanden fragen, um zu wissen, was das bedeutete. Und wenn ich esse, sagte ich der Ärztin, esse ich für zwei.

In Moskau hatte man zu essen, wenn man nur arbeitete, man brauchte keine Steine in der Tasche mit sich herumzutragen oder Sonnenblumenkerne oder saure Äpfel, an denen man lutschen konnte, um den Hunger zu vertreiben, so, wie ich es in Paris gelernt hatte, als ich durch die nach Croissants und Milchkaffee duftenden Straßen des Sechsten Arrondissements gerannt war, um mich in der Zeichenstunde von der großen Künstlerin Gontscharowa demütigen zu lassen.

Ich lag unter dem offenen Fenster auf der Pritsche und betrachtete die gespaltene Schwarzpappel im Hof. Die Ärztin schob die von einem Gummihandschuh umhüllte Hand in mich hinein und drehte das zunächst kalte Spekulum hin und her, wodurch sich mein Unterleib zusammenzog. Ich spürte Harndrang, obwohl ich gerade erst im Badezimmer eine Probe abgegeben hatte.

Versuche dich zu entspannen, Genossin. Dann drückte sie mit den Fingern in mir herum, ob man es schon fühlen konnte, das andere Leben, das ein Teil von mir war. Ich schloss die Augen, ein Baum duftete draußen, noch nicht herbstlich, nicht nach Blättern und auch nicht nach Blüten, sondern nach frisch geborstenem Holz, süß, ein bisschen nach Honig. Ich hatte mir die Bäume draußen nicht genauer angesehen und konnte den Duft nicht zuordnen, aber es kam mir vor, als hätte sich der Baum durchs Fenster geschoben und mich in die Arme geschlossen. Mulja, du bist hier, bei mir, dachte ich. Am richtigen Ort. Alles ist gut. Und alles, was jetzt geschieht, ist richtig. Wenn du zurückkommst, werde ich dir dies alles erzählen, die wundersame Neuigkeit, sie wird unser Leben verändern.

Das ging ja gut, sagte die Frau, als sie den Finger herauszog, und beim Waschen und Abtrocknen der Hände fügte sie hinzu, es sei ganz offensichtlich etwas da. Es klang, als spräche sie von einer Wucherung, einem Geschwür, einem Krankheitsherd. Was?, fragte ich, als hätte ich selbst vergessen, warum ich gekommen war.

Ein neuer Mensch, erwiderte die Ärztin, korrigierte sich aber gleich. Noch könne man es nicht als Menschen bezeichnen. Allerdings sei es in der Gebärmutter bereits zu deutlichen Veränderungen gekommen, die auf eine Schwangerschaft hindeuteten. Trotzdem müsse man die

Untersuchung der Urinprobe abwarten. Die Resultate kämen Ende dieser, spätestens Anfang nächster Woche. So lange dauere es, bis das Hormon im Versuchstier zu sehen sei. Die Frau sprach langsam und deutlich, als könnte ich kein Russisch oder als spräche ich es mit dem falschen Akzent, und in ihren Ohren tat ich das vielleicht auch. Ich versprach, am Freitag anzurufen, denn ich wollte nicht, dass so eine Nachricht in Liljas Haus durch fremde Hände ging.

Ich zog mich an und merkte, dass mich schon das Schließen des Reißverschlusses außer Atem brachte. Darüber vergaß ich, nach dem Versuchstier zu fragen, ob Ratte oder Hase, und was mit ihm geschah. Wurde ihm mein Urin in den Organismus gespritzt, und starb es dann wegen mir?

Am Abend rief Marina an. Der alte Sudak hatte den Hörer des Etagentelefons abgenommen und hörte nun aus wenigen Metern Abstand mit, wobei er so tat, als studiere er das Schwarze Brett im Flur. Mir fiel auf, dass seine Kleider nach ranziger Butter rochen, als ich den schwarz gewordenen Hörer in die Hand nahm.

Ist alles in Ordnung?, fragte ich als Erstes, schnell, denn mir war bereits der Gedanke gekommen, dass meinem Vater etwas zugestoßen sein könnte, dass er doch nicht von den Beratungen, die die ganze Nacht über gedauert hatten, zurückgekehrt war.

Marina machte sich gar nicht erst die Mühe, mir zu antworten, sondern gab nur einen müden sarkastischen Ton von sich. Ich fragte sie dennoch, wie es Serjoscha ging, aber sie kam direkt auf ihr eigenes Anliegen zu sprechen. Es war eine Benachrichtigung wegen ihres Reisegepäcks eingetroffen, man solle es im Viertel des Innenministeriums abholen, in der Lubjanka, aber wie sollte sie vom Jaroslawler Bahnhof dort zu Fuß hinfinden, wo doch alle Straßennamen geändert worden waren.

Und natürlich fragte sie, ob ich morgen etwas vorhätte. Ich sagte, ich müsse arbeiten und gerade derzeit gebe es in der Redaktion schrecklich viel zu tun. So ist das doch immer bei dir, sagte sie vorwurfsvoll, du tust ja nichts anderes als arbeiten. Wie auch immer, ich würde sie nicht in die Lubjanka begleiten. Wir waren zwei Wochen zuvor zusammen dort gewesen, um nach ihren Sachen zu fragen, und hatten bei der Gelegenheit gleich versucht, in der Behörde gegenüber Klarheit über das Verschwinden ihrer Schwester zu erhalten. Man hatte uns von einem Schalter zum nächsten rennen lassen, ohne Papiere konnte man keine Information bekommen, nicht einmal über die eigenen Papiere, ein Paket für Anastasia Zwetajewa war auch nicht angenommen worden, man sagte uns, einen Menschen dieses Namens gebe es nicht, keinerlei Vermerk.

Kann diesmal nicht Mur mit dir hingehen, schlug ich vor. Aber Marina wollte nicht, dass der Junge sah, dass es auf dieser Welt solche Orte überhaupt gab, er sei ja noch ein Kind. Mur war vierzehn.

Geh einfach hin, sagte ich, entschlossen, die Geduld nicht zu verlieren, bei Marina musste man resolut sein, mit der Metro kommst du gut hin, du musst nicht einmal umsteigen, du holst deine Sachen ab und quittierst es. Die werden dir schon sagen, was du tun sollst.

Den ganzen Sommer hatte Marina über die Beschlagnahmung ihrer Reisetruhen lamentiert. Sollte sie sich doch freuen, dass sie gekommen waren, aber nein, sie stimmte das gleiche Klagelied an, das ich seit ihrer Ankunft hörte, wie sie einem Menschen nur alles abnehmen konnten, die Koffer, den Pass, das ganze Eigentum, völlig willkürlich; das Gleiche, als man sie zum Schiff brachte, nicht einmal verabschieden durften sie sich, wie Verbrecher wurden sie in den Schiffsrumpf verfrachtet.

Auch diesmal standen keine Papiere in Aussicht. Was fange ich ohne Pass in so einem Land an, setzte sie ihr Klagelied fort, ein unnützes Wesen mit falschem Namen, ohne die Möglichkeit, auch nur einen freien Schritt zu tun.

Aber du hast doch immerhin eine Reiseerlaubnis bekommen, versuchte ich sie aufzumuntern. Ja, dieses eine Mal. Hin und zurück darf ich fahren, sagte sie widerwillig. Das nächste Mal muss ich einen neuen Antrag stellen.

Ich forderte sie auf, sich gerade deshalb über die jetzige Möglichkeit zu freuen, aber darauf schnaubte sie so wütend, dass es besser war, nicht weiter zu versuchen sie aufzuheitern.

Ist etwas passiert?, fragte sie.

Nein. Wieso?

Du klingst – so anders.

Der alte Sudak hatte angefangen, Zettel vom Schwarzen Brett zu entfernen. Er hielt es für den richtigen Zeitpunkt, um die Informationsvermittlung der Kommunalka in Ordnung zu bringen. Ich lächelte ihm freundlich zu. Er wandte den Blick ab. Manchmal kam es mir so vor, als hätten die Menschen Angst vor meinem Lächeln.

Ich sagte, ich sei müde und im Flur könne man schlecht reden, außerdem fing die Verbindung an zu streiken. Sudak schickte sich an zu gehen.

Wenn Serjoscha mitkommen könnte, fügte Marina scheinbar resigniert hinzu. Es hängt davon ab, ob sie ihn in der Nacht wieder holen.

Lass Serjoscha sich ausruhen, Marina, sagte ich streng.

Das kann er ja auch am besten, gab sie zurück.

Papa ist ein kranker Mann, sagte ich, ohne den Ärger in meiner Stimme zu verbergen.

Serjoscha war in so schlechtem Zustand wie seit Jahren nicht mehr. Sein Herz würde die nächtlichen Versammlungen nicht mehr lange mitmachen. Das verstanden sie nicht, auch Marina nicht. Normalerweise kamen die Männer, ohne sich vorher anzukündigen. Sie nahmen ihn mit und brachten ihn am nächsten Morgen zurück. Solche nächtlichen Einberufungen waren jedoch üblich. Das hatte auch Vera gesagt. Im Apparat war man bis in die Nacht hinein aktiv. Vater Sonne konnte nachts nicht schlafen und hatte darum auch die Uhren aller anderen auf den Kopf gestellt.

Ich versprach, am Wochenende zu Besuch zu kommen, selbstverständlich, Murs Schulbeginn musste gefeiert werden, und ich sollte natürlich alles vorbereiten. Ich sagte auch, dass mich Mulja diesmal vielleicht begleiten würde.

Marina schwieg zunächst, dann sagte sie in ihrem ungeduldigsten Ton: Ich kann nichts Zusätzliches gebrauchen.

Ich fragte sie, was sie damit meine.

Hier rennen ständig Leute rein und raus. Die Klepinins, die Arbeiter, man hat keinen Moment für sich.

Mulja ist nicht irgendwer, sagte ich lauter als beabsichtigt, er ist mein Mann.

Ich traue diesem Menschen nicht, erwiderte Marina.

Ich sagte, ich traue ihm mehr als jedem anderen, und Marina lachte schadenfroh auf.

Ich traue diesem Menschen nicht. Ein Satz genügte, um mich so rasend zu machen, dass ich die Telefonschnur aus der Wand gerissen hätte, wenn Sudak mich nicht weiterhin bespitzelt hätte. Ich wusste, dass Marina niemandem traute. Und ich musste für Muljas Besuch nicht um Erlaubnis bitten, er war mein Mann und die Datscha auch mein Zuhause, so hatte es Serjoscha gesagt, ich war dort sogar noch gemeldet, hatte mein eigenes Zimmer im Haus, meine Sachen, den Plattenspieler und die Schreibmaschine, Kleider und Zeitschriften.

Ich hatte mir eingebildet, Marina würde Mulja mögen. Er war kein

Dichter, aber doch ein Mann der Feder, gebildet und sprachkundig und in hoher Position im Pressehaus, er stand täglich mit den großen europäischen Nachrichtenagenturen in Kontakt, die Auslandsberichterstattung von ZhurGas ging durch seine Hände, aber Marina wusste so etwas nicht zu schätzen, sie hatte sich von allem, was die Welt in Bewegung hielt, entfremdet.

Ein kurzer, leiser Brummton verriet, dass sie noch immer in der rauschenden Leitung war, aber weit weg, wie Tausende von Kilometern entfernt. Ich überlegte kurz, ob ich ihr doch sagen sollte, was mir auf dem Herzen lag, aber schließlich fragte ich, ob sie nach dem Abholen der Pakete zur WDNCH kommen wolle.

Sie kannte die Bezeichnung nicht. Ein neues Anagramm für die Tscheka?, fragte sie.

Dabei hatten wir bereits über die Messe gesprochen, die ganze Stadt sprach über die Ausstellung der Volkswirtschaftlichen Errungenschaften. Aber Marina hielt an ihrer Arroganz fest. Alles, was die Leute auch nur ein bisschen interessierte, fand sie billig und vulgär.

Es ist das Großartigste, was es im neuen Moskau gibt. Fast wie Versailles, versuchte ich sie zu locken. Ich war sicher, dass wenigstens das ihre Begeisterung wecken würde, denn Marina liebte die Parkanlagen und Paläste dort. Meine Mutter und ich hatten zusammen lange Wanderungen in die Wälder von Meudon und die Parks von Versailles unternommen, an milden Herbsttagen, geleitet vom gemeinsamen Rhythmus der Schritte und Worte, aber das war lange her, eine solche Zeit würde kaum wiederkehren.

Das neue Moskau, sagte sie. Klingt entsetzlich, aber was soll man von einem Menschen erwarten, der sich als Nachfolger Gottes hinstellt.

Ich erklärte, mein Interview sei spätestens um drei vorbei, danach hätte ich Zeit, mich mit ihr zu treffen. Ja, ja, ich hatte Zeit.

Das Problem war natürlich die Fahrt, mit der Metro kam man von der Lubjanka mit einmal Umsteigen zur Messe, aber Marina war nicht bereit, die Metro zu nehmen, und es wäre schwierig, sie allein durch die Stadt zu lotsen, sie verlief sich ja schon in ihrem eigenen Viertel, besser man vergaß das Ganze.

Ich erwähnte die Eintrittskarten. Die seien teuer, aber sie brauche nichts zu bezahlen. Und dann sagte sie, sie komme. Entscheidend war also, dass sie etwas umsonst bekam. So denken arme Menschen.

Horní Mokropsy, Všenory, Tschechoslowakei
August 1923

Die Nacht war warm gewesen, nur zarter Tau im Gras, von der Sonne noch nicht einmal ein blasser Faden auf den Bergschultern, als Marina aus dem Haus trat. Der Mond, bald voll, das wusste man auch ohne hinzusehen, zitterte im Wasser der Bottiche, ein fahles Lächeln, fast spöttisch, als riete er ihr, auf der Hut zu sein.

Von der Wiese stieg stechender Ammoniakgeruch auf. Die Schafe waren die ganze Nacht draußen gewesen. Marina hatte mit Alja gestern Wasser für die Wäsche aus dem Bach geholt, alle Eimer gefüllt, auch das hatten sie geschafft, noch spät am Abend trugen sie Wasser von der Quelle den Hang hinunter, und die Schafe glotzten sie an, als wüssten sie, dass wir bald abreisen, sagte das Mädchen.

Den ganzen gestrigen Tag hatten sie Sachen getragen und Koffer und Truhen gepackt. Man spürte es an diesem Morgen in jedem Muskel. Dennoch hatte sich Marina gleich nach dem Aufstehen frisch und stark gefühlt wie ein Reh oder sonst ein sehniges, wachsames Tier, das die Muskeln auch im Schlaf anspannte für die Flucht.

Von ihrem Traum waren ihr nur noch schwache Streiflichter im Gedächtnis, wie verblasste Fotografien, die ihre Einzelheiten verloren hatten. Dennoch hatte der Traum wieder etwas sonderbar Wahres an sich gehabt, das immer noch auf ihr lastete: als stünde jemand neben ihr, ohne ein Wort zu sagen. Deswegen war sie aufgewacht, wegen der störenden Anwesenheit dieses Wesens, sie hatte nicht atmen können, aber dann geschrien, trotzdem weitergeschlafen, weil sie niemanden im Zimmer gesehen hatte. Boris war es diesmal nicht gewesen, niemand, den sie kannte, war es überhaupt ein Mensch gewesen, und sie wusste auch nicht mehr, was sich im Traum zugetragen hatte. Sie hatte aufgehört, sich an ihre Träume zu erinnern. Und sie schrieb ihre Träume auch nicht mehr auf. Sie hatte nicht darauf geachtet, was als Erstes passiert war.

Die Gier nach einer Zigarette war bereits bis unter die Achseln zu spüren. Marina nahm eine Fertiggedrehte aus der Dose, steckte sie ins Mundstück, zündete sie an. Von den ersten Zügen wurde ihr noch immer schwindlig, es war jedes Mal wie beim ersten Tanz, beim ersten Kuss. Aber dann machte das Rauchen sie entschlossen und unbeugsam wie ein Weidenzweig. Darum erlaubte sie dem aufreibenden Verlangen ihres Körpers jedes Mal, zu reinem Atem zu verbrennen. Die ersten Züge am Morgen ließen alles klar erscheinen, sie zeigten die Dinge in ihrer richtigen Ordnung.

Dieser Tag würde gut werden, sie würde atmen, alles regeln, bevor sie das Mädchen auf die Reise schickte. Und sie würden diesen letzten Tag gemeinsam verbringen. Morgen früh würden sie mit dem Lokalzug nach Prag fahren, und das Mädchen würde vom dortigen Bahnhof aus um elf Uhr mit dem Fernzug ans andere Ende des Landes reisen und den ganzen Herbst fortbleiben. An einer Schule, um von anderen erzogen und unterrichtet zu werden. Es war nicht ihr Wille gewesen, nicht ihre Entscheidung, sondern eine Folge von Serjoschas fixer Idee, das Mädchen müsse mit anderen Kindern die Schule besuchen dürfen und unter normalen Menschen sein. Aber dieses Knäuel würde sie jetzt nicht entwirren. Es war nicht die Zeit dafür.

Sie war wach und sie war hier. Lebte, obwohl sie tot war. Sie müsste gehen und etwas tun, atmen. Und sie rauchte nicht einmal die ganze Zigarette zu Ende, sondern drückte sie an der Hauswand aus und ließ sie halb aufgeraucht auf dem Geländer liegen. Sie musste los, das Wasser erhitzen, schnell, schnell.

Marina trug das Waschwasser in die Küche und holte noch einen Armvoll Holz von draußen, ebenfalls das letzte. Sie machte Feuer im Herd, es kam so träge in Gang wie an einem Regentag, erwachte aber schließlich durch ihr Pusten und verschlang die Blätter, die Splitter, griff auf das trockene Holz über, sodass sie warmes Wasser zum Waschen bekam, zwei ganze Töpfe voll.

Der Morgenkaffee brodelte in der Schnabelkanne, sie hatte hier gelernt, ihn türkisch zu trinken, wie die Tataren von Koktebel.

Serjoscha hatte aus Konstantinopel einen kleinen Kocher aus Kupfer mitgebracht, ohne dabei wohl an sie gedacht zu haben, aber es war die schnellere Art, Kaffee zu kochen, auch wenn der Satz wie Sand zwischen die Zähne geriet. Der Kaffee der Nomaden. Das türkisfarbene Licht des Schwarzen Meeres, die Krim, Koktebel. Und in jenem Licht sie alle, die ganze Schar der Wanderer, Max, Pra, Lilja, Osip, Serjoscha und dazu immer viele andere, die Gäste kamen und gingen.

Dies hier ist nicht das Leben, auf das sie damals zugegangen war, dasjenige, das man ihr versprochen hatte. Wer hatte es ihr versprochen, Max? Hatte sie es Maximilian Woroschin von den mitfühlenden Augen abgelesen? Max hielt sie für seine Entdeckung und hätte ihr das Wohlwollen des ganzen Universums gegönnt, obschon sie ihren Gedichtband ganz allein geschrieben und mit der Entschlossenheit der Sechzehnjährigen auch hatte drucken lassen. Und dieses Mädchen hat sie noch nicht betrogen, und sie würde auch jetzt nicht nachgeben. Sie wusste um ihre Aufgabe. Sie bestand gewiss nicht darin, die Familie zusammenzuhalten und Mutter und Ehefrau zu sein, nicht einmal darin, das eigene Kind zu unterrichten.

Zum Kaffee musste eine zweite Zigarette geraucht werden, ganz gleich, wie eilig man es hatte, sie zündete sich eine an und strich ihr verknittertes Kleid glatt, aus dessen Falten ein muffiger, scharfer Geruch aufwehte. Sie hatte in der Nacht angefangen zu bluten, natürlich, es war wieder Vollmond, einmal im Monat brachte sich der Körper in Erinnerung, das Blut strömte aus ihr heraus, selbst wenn sie sich ein Laken in die Unterhose gestopft hätte, hätte es nicht verhindert, dass sich das Blut zu einem Meer um sie herum ausbreitete. Sie war in ein falsches Leben geraten und auch in einen falschen Körper, der nicht im Gleichschritt mit ihr ging. Wie beneidete sie doch die schmalen Narzisstenkörper der jungen Burschen, so schnell und unberechenbar. Auch wenn sie noch sosehr versuchte mit Hilfe von Kaffee und Zigarette ihr eigenes Fleisch zu schlagen, mit Höhenluft, er war immer langsamer als sie, auch an solchen Morgen wie diesem.

Die Wäsche war wieder einmal bis zum letzten Moment aufgeschoben worden, weshalb sie nun die kostbarsten Stunden des Tages an diese alltägliche Verrichtung vergeuden musste. An solchen Morgen sprangen die Gedanken in ihr umher, sie wollten hinaus aus den engen vier Wänden und wurden trübe und schlaff, bevor sie dazu kam, sie sich zu angeln.

Sie müsste herausfinden, wer Helena ist, ob überhaupt wer, warum sie sich entführen, von Paris verzaubern lässt. Paris ist eine Null, die Bedeutungslosigkeit selbst. Warum sieht Helena das nicht? Will sie nur von Menelaos fort, kann sie nicht mehr leben, atmen?

Aus dieser Falle kam man nur heraus, indem man schrieb, sich selbst einen neuen Körper erschrieb, der nicht alterte. Ihr Widerspruch: Der Leib gab den Rhythmus, der Himmel die Worte, eine Zwangsehe im Missverhältnis. Aber heute würde sie keine Zeit haben, auch nur einen Blick in ihre Hefte zu werfen, auch wenn die Verse und die Heldinnen der Tragödie noch so unter der Haut stachen. Jeder Tag, an dem sie ihr Heft nicht aufschlug, war verdorben. Das Papier war, im Gegensatz zur Wäsche, ein strenger Richter, ein weißer Ankläger.

Die ganze Woche würde zerrissen sein, keine Minute Zeit für die Arbeit, zum Öffnen eines Buches, zum Denken, so viel zu tun, dass man nicht dazu kam, die Seele zu pflegen, weder die Seele noch die Gedichte. Die Tage würden mit Umzugsvorbereitungen vergehen, und heute der Ausflug zur Burg, sie hatte es dem Mädchen versprochen, und morgen musste das Mädchen auch schon auf die Reise begleitet werden, auf die lange Fahrt bis zum Kaiser-Franz-Joseph-Bahnhof, und was dann? Allein zurückkehren ohne das Mädchen, ins leere Haus, um dem hohlen Dasein ins Auge zu schauen, dem Scheitern, und alles zu Ende bringen.

Am Stuhlgriff hing eine blaugraue Schirmmütze. Die musste der Mann aus Minsk zurückgelassen haben. Sonst hatte es keinen Besuch gegeben. Erst gestern war er wieder hier gewesen, Serjoschas Freund, und hatte gefragt, ob sie Hilfe beim Umzug bräuchten. Seit Halbmond war er ständig hier, da hatte man wenigstens Gesellschaft. Sie war schon immer besser mit Männern zurechtgekommen, Frauen hatten Scheu vor ihr, sie war ihnen zu direkt und sonderbar. Nina Nikolajewna und die ganze Gemeinde hatten zumindest etwas zu reden über die Feier am Abend, was für ein schreckhaftes Frauenzimmer, warf ihr vor, sie angegriffen zu haben, es hätte nicht viel gefehlt, und sie hätte die Polizei gerufen, als Marina zum Ausklang des Festes die Lichter im Wohnzimmer löschte und Nina probehalber einen flüchtigen Kuss auf den Mund drückte, ganz spielerisch nur, zu mehr war sie bei der Frau, die sich in ihre Arme gedrängt hatte, auch nicht gekommen. Nina war schön wie das Herz einer Mohnblume, aber in ganz Russland gab es keine zweite Frau von solchem Ernst.

Was der Mann aus Minsk wollte, dessen war sie sich dennoch nicht ganz sicher, er gab keinen Ton von sich, kannte sich mit Pferden aus, stammte aus einer ganz anderen Welt. Aber er hatte seine alte, abgetragene Arbeitermütze liegen gelassen, der weiße Soldat. Nun musste dafür gesorgt werden, dass sie zu ihrem rechtmäßigen Besitzer zurückfand, als gäbe es nicht schon genug an Gerümpel und Lumpen, um die man sich zu kümmern hatte.

Über den Mann aus Minsk ärgerte sie sich nach wie vor, wie ganz am Anfang schon. Ein lächerlicher Kerl mit lächerlicher Kappe. Er hatte zu viel von allem an sich, war schön wie ein lackierter glänzender Käfer, mit Augen wie schwarze Beeren, er besaß Gesundheit und Ritterlichkeit, jedoch nur verlogene Selbstgewissheit anstelle von Seele und Herz. Sie kannte diesen Typ Mann.

Das letzte Mal hatten sie einen Heidenspaß gehabt. Als sie ihn zum Zug brachte, war es schon dunkel, und plötzlich riss der Wind an ihnen, an Rockschößen und Hosenbeinen, er schob sie vor sich her, die Bäume wüteten wie in den Dramen Shakespeares, an wem wollten sie sich rächen, und der Wind sog das Feuer, das sie für die Zigarette zwischen ihren Händen hütete, geradezu auf, gut, dass kein Waldbrand ausbrach zwischen den dicht an dicht stehenden trockenen Fichten. So freunden sich Kinder an, dachte sie, junge, herzlose Jungen, die das gemeinsame Abenteuer eint.

Und da hatte der Mann seine Kappe vergessen, rascher Aufbruch, der letzte Zug, als hätte er über Nacht bleiben wollen und wäre deshalb so schnell gegangen. Marina kehrte das Futter nach außen, zerfranster Rand, gelb von Schweiß, türkische Buchstaben, Stempel des Gerbers. Hatte Serjoscha den Mann geschickt, um sie im Auge zu behalten, sie beide, Mutter und Tochter? Oder jemand anderer hatte es getan, warum wäre er sonst gekommen, in der Stadt gab es doch Frauen genug, um die er herumscharwenzeln konnte.

Die Wäsche wartete zusammengeknüllt in einem großen Laken. In der geflickten Zinkwanne stand sparsam Wasser, bei mehr wären die Rostaugen geplatzt. Marina gab zuerst die ausgebeulte Unterwäsche und die Blusen des Mädchens in die Wanne und goss heißes Wasser hinzu. Die weißen Fasern ließen los und gingen auf. Wenn die Kleider sich vollgesogen hatten und untergingen, verschwanden die Beulen an Knien und Ellenbogen aus dem Stoff, und die Kleidungsstücke wurden zu namenlosen Textilien ohne Erinnerung an ihre Trägerin. Jeder konnte sie anziehen.

Das war aber noch nicht alles, das eigene Bettzeug müsste auch gewaschen werden, auch wenn sie dann in der Nacht nichts zum Schlafen hätte, aber sie konnte nicht später noch einmal von vorn anfangen, denn sie hatte zwei harte Tage vor sich, die Kräfte kosten würden, sie musste also jetzt ran, und der Morgen war auch schon so weit gediehen, dass es bald Zeit wäre, das Mädchen zu wecken.

Weiß ist eine barmherzige Farbe, dachte sie, als sie hineinging, um einen zweiten Topf Wasser zu holen, und sie ist stark. Sie enthüllt und vergisst, dringt bis auf den Grund vor. Es ist ein Rhythmus darin, eine Bewegung, man muss hinhören.

Die Kunst des Hinhörens hatte sie erst hier gelernt, hier im tschechischen Wald. In Moskau hörte sie zuerst nur sich und dann bloß noch den Lärm der Bolschewiken, in Berlin das Getöse des Geldes. Sie hatte nicht geahnt, dass sie bis hierher kommen musste, in ein fast namenloses Dorf, um die wichtigste Kunst von allen zu lernen. Und das beruhigte sie. Früher oder später würde man es ihren Versen anhören, etwas davon hörte man jetzt schon. Aber es musste noch viel gelernt werden: Wie man zu reinem Rhythmus wird, zum Puls des Lebens, wie man dem Willen des Gedichts folgt anstatt dem eigenen.

Und je genauer sie auf das hörte, was hinter allem steckte, umso schwerfälliger wurde ihr Körper, die Hände arbeiteten allein, und sie kam erst auf der Treppe wieder zu sich, als das kochend heiße Wasser überschwappte und sie etwas davon abbekam. Zuerst fühlte es sich wie ein zartes Stupsen an. Erst als das heiße Wasser in die Kleider eindrang, bis zur Haut an den Unterarmen und Oberschenkeln, spürte sie den Schmerz.

Marina hielt den Atem an. Schrie nicht. Eine kleine Verbrennung, was war schon dabei. Tränen stiegen ihr in die Augen, aber das kam vom Wasserdampf. Sie war stärker als das heiße Wasser, es konnte ihr nichts anhaben. Mond und Wasser vereint gegen sie. Aber der Schmerz ließ nach, weil sie es wollte. Energisch trug sie den Rest des Wassers zum Waschplatz, goss es mit Schwung in die Wanne und ließ Soda auf die Bettwäsche im trüben Wasser rieseln. Sofort wurde das Wasser klar, die gleichgültige Schlacke der Haut löste sich auf. Die Laken waren beim Umrühren schwer wie eine Leiche, miteinander verschlungen wälzten sie sich am Boden der Wanne. Das basische Wasser spritzte ihr auf die

Arme, aber der Schmerz konnte nicht weiter zunehmen, denn sie war schon gesättigt davon.

Serjoschas Schuhe lagen auf der Treppe, über Kreuz, einer auf dem anderen. Marina stolperte jedes Mal fast darüber, so auch jetzt, als sie Bettwäsche aus den Schlafzimmern holte, stolperte immer als Erstes am Morgen über die Schuhe, wenn sie hinunterstieg, und abends, wenn sie mit Gaslampe, Wollknäueln, Strickzeug, Büchern und Briefen nach oben ging. Sie hätte Serjoscha sagen sollen, sie nicht auf der Treppe liegen zu lassen. Oft hatte sie das gedacht, aber da lagen sie immer noch. Nicht einmal das hatte sie ihrem Mann sagen können.

Serjoschas Abreise in das mährische Sanatorium lag schon mindestens drei Wochen zurück, so musste es sein, die Tage wechselten so schnell, wie das Gras auf der Wiese hinter dem Haus wuchs, und sie hatte nicht Buch darüber geführt, aber die Schuhe hatten den ganzen Sommer auf der Treppe gelegen, und immer hatte sie ihnen im Vorbeigehen einen Tritt versetzt und gedacht, sie beim nächsten Mal mit hinunter zu nehmen, wenn sie die Hände frei hätte.

Wann hatte ihr Mann sie gekauft? Daran erinnerte sie sich nicht, bislang war ihr der Gedanke nicht einmal gekommen. Jedenfalls nicht in der Zeit, in der sie in diesem Dorf gelebt hatten. Es waren auch keine Armeestiefel, die hatte er angeblich verloren. Wie kann ein Mensch ganze Schuhe verlieren? Dies hier waren die kurzschaftigen, ausgelaugten Treter eines Arbeiters, von atemlosen Schritten abgelaufen. Das Leder war ganz schwarz geworden und knautschte sich in Wellen, wie scheue Tiere, die sich verkriechen, sahen die Schuhe aus, abstoßend wie Bisamratten oder andere Kreaturen, die sich vorm Regen flüchten. Einen der Schuhe hat eine Spinne mit ihrem Netz an die Wand gebunden, wie um ihn im Körper des Hauses zu begraben wie ein Geschwür.

Die Schuhe hat Serjoscha zurückgelassen, alles andere, was sein Eigen war, die Bücher und zwei Garnituren Kleider, die Fotografien, das Tintenfedergestell, hat er in seinem nach toten Früchten riechenden Armeesack mit ins Sanatorium genommen. Einen Koffer Bücher und Fahnen, Material aus der Redaktion, gab er unweit des Wohnheims in Aufbewahrung.

Serjoscha besaß auch bessere Schuhe, mit denen er in die Stadt und zur Universität ging. Sie hatten sie zusammen bei Bat'a gekauft, in dem vornehmen dreistöckigen Geschäft am Wenzelsplatz, es war vielleicht

November gewesen, die Dunkelheit brach während ihres Einkaufs herein, und fast hätte Marina mit dem Mädchen anschließend nicht mehr zum Bahnhof gefunden, nachdem Serjoscha zum Wohnheim am Stadtrand zurückgeeilt war, um für seine Prüfung zu lernen. Aber im Geschäft hatte man sie wie Königliche bedient, obwohl man ihnen die Armut ansah, man konnte sie bis zum Fluss und zum Hradschin hinauf riechen, nur an ihrem Schmuck mochte man noch erkennen, was für Leute sie eigentlich waren, Flüchtlinge, die ihren Besitz und ihre Heimat verloren hatten. In der Hauptstadt blickte man auf die Russen jedoch nicht herab wie in den Dörfern, man hielt sie für Waffenbrüder, für weiße Slawen.

Es musste November gewesen sein, denn der Fluss war noch nicht zugefroren gewesen, schwarz und üppig strömte er am behelmten Bruncvík-Denkmal, dem geharnischten Herzen der Stadt vorbei, als sie die Uferstraße entlanggingen und den anlegenden Fischern und den vor Kälte zitternden Vögeln auf dem Damm zusahen, und Alja warf den Vögeln trockenes Brot hin. Aber die glänzenden, an den Rändern genähten Lederschuhe hatten sie für Serjoscha gekauft und von dem ersten Dichterstipendium, das ihr von der Tschechoslowakei zugesprochen worden war, bezahlt. In dem feinen Schuhwerk fuhr Serjoscha auch in die mährische Klinik, fröhlich, dachte Marina zunächst, zufrieden, dass er weit von ihr weg kam, er polierte sie sogar, als ginge er zu einem Fest. Vielleicht bekam er in der Klinik andere Schuhe, Sandalen oder wenigstens weiche Krankenhauspantoffeln, mit denen er über die kalten Gänge gehen konnte, ohne dass die Schwindsucht aufs Herz übergriff, das schüchterne, schwache Herz lag bei den Efrons in der Familie.

Das Spinnennetz ließ los, als sie sich bückte, um die Schuhe aufzuheben, auf der Treppe blieb ein heller Fleck im Staub zurück. Was sollte sie mit den Schuhen machen? Hatte Serjoscha gemeint, sie dürfe sie wegwerfen? Wenn alles knapp war, fiel es einem schwer, etwas wegzuwerfen, es hätte nicht viel gefehlt, und sie hätte auch die verbogenen Eichhörnchenkäfige und das pedallose Harmonium aus Moskau hierhergeschleppt. Alja war die Stimme der Vernunft gewesen: Marina, wir haben einander. Wir brauchen diese ganzen Sachen nicht. Seelen benötigen keine Gegenstände. Und das stimmte. Dennoch hatte sie gestern beide abgelaufenen Paar Schuhe eingepackt, die von Alja und ihre eigenen, die Filzstiefel, die Wanderschuhe, die Gummistiefel, auch die mussten wohl mit, da sie es sich lange nicht würden leisten können, neue zu kaufen, und da hatte man immerhin etwas, mit dem man gehen konnte.

Sie ließ die Schuhe vorläufig an ihrem Platz. Zuerst musste die Wäsche gemacht werden, und die Treppe musste gefegt werden, bevor die Vermieterin kam, jetzt, in den ersten Lichtkegeln des Morgens, sah man jeden Schmutz, der in den Ecken liegen geblieben war, obwohl sie mit Alja und Olga Maximowa tagelang geputzt und gewienert hatte, damit ihnen Frau Sasková nichts vorwerfen konnte, so wie die vorige Vermieterin, die sie am liebsten ihren Hunden und Schweinen zum Fraß vorgeworfen hätte, weil sie angeblich ihr Haus verdorben hatte. Dabei war es ein Schweinestall gewesen, als sie einzogen, mit bloßem Erdboden, bröckelndem, feuchtem Putz an den Wänden, Kalk und Stroh, hier benutzte man Heu und Stroh für alles, man konnte von Glück sagen, wenn nicht fürs Brot.

Oben war es gerade erst so hell, dass man allmählich das Olivgrün der Fensterrahmen erkennen konnte. Alja hätte sie gern gestrichen, himmlisch blau, hatte sie gesagt, aber Marina mochte sie grün, so wie sie waren, ließen sie die Bäume herein, und was hatten sie denn sonst außer den Bäumen, deren Arme schützten sie, verlässlicher als Menschenhände.

Marina zog vorsichtig das Laken unter Alja heraus, das Mädchen schlief fest wie ein Stein, obwohl es sonst von ihren Geräuschen auffuhr, weshalb sie sich angewöhnt hatte, sich so lautlos zu bewegen wie ein Gespenst. Das Kind roch nach frischem Brot und etwas Frühlingshaftem, nach Birkenknospen, nach Rinde. Es sollte noch schlafen dürfen, entschied sie. Sie bewegte es leicht, *psst, schlaf, mein Mädchen, schlaf,* und das Mädchen seufzte tief, rollte auf die Seite, trat die Bettdecke ans Fußende und warf sich, die ausgebreiteten Arme rechts und links des Kopfes, wieder auf den Rücken, lächelte, wen lächelte es wohl an im Traum, *glänzt ein Mond in ihrem Haar, auf der Stirn ein Sternklein klar.*

Sie hatte noch zu tun, bis das Kind aufstand. Die Wäsche und ein Brief, der Brief an Jüngling musste heute weggehen, der einen Monat umfassende Brief, sämtliche Seiten, die ganze Krankengeschichte. Bis sie ihn fertig hatte, würde sie das Mädchen schlafen lassen, wie es jetzt schlief, mit diesem lachenden Atmen, das sich beschleunigte, so leicht, aber auch so tief, eine Fußsohle am Bein, die Arme im Ring um den Kopf, in der Haltung einer Balletttänzerin, aber vollkommen kraftlos, ohne Bewusstsein und doch bereit zum schnellen, leichten Sprung, zum Überwinden der Schnur.

Ihre gemeinsame Arbeit durfte nicht unterbrochen werden, auch wenn das Mädchen nun den ganzen Herbst in der Schule der Bogengardts verbringen würde. Sie würden das Moskau-Buch fertigschreiben. Es würde ihr gemeinsames Werk werden. Auf der ganzen Welt hat es so ein Buch noch nicht gegeben, von Mutter und Tochter gemeinsam verfasst. Dieses Manuskript würde nicht unvollendet bleiben, auch wenn der Verlag Helikon es schon einmal abgelehnt hatte. Die Arbeit musste zu Ende geführt werden.

Während ihrer gesamten Reise und in dem ganzen Jahr, das sie hier in diesem Dorf, das schöner war als sein Name, verbracht hatten, hatte Alja mit ihr an dem Manuskript geschrieben. Die Omen des Alltags oder Die täglichen Zeichen – sie war sich des Titels noch immer nicht sicher. Aber es würde ihr gemeinsames Werk werden. Ihre beiden Stimmen miteinander verflochten, ein Atem, eine Seele. Ihrer beider Moskau übereinandergeschoben wie die Flächen auf dem Zierband am Weihnachtsbaum. Ihre Flucht, ihre Liebe, ihre Sprache.

In einem einzigen Buch das ganze Leben, der ganze Sowjetalltag, die ganze materielle tägliche Welt, die nie in Ordnung kam und versuchte, sie zu brechen, sie beide. Und Alja, ihr Gewissen, hatte für Maß und Menge gesorgt, als alles aus den Fugen geraten war, absolut alles. Das ganze Leben durch die Seele eines Kindes betrachtet, und durch was für eine Seele! All das, woran sie sich hier noch gemeinsam erinnern konnten, aus einem Jahr Abstand, Straßen, Plätze, Kindermädchen, alles musste zusammenkommen.

An solchen Morgen, wenn die Verse Atempausen brauchten, schrieb sie Aljas Aufzeichnungen ins Reine, bevor das Mädchen aufwachte, und während sie die Mahlzeit bereitete, schrieb das Kind an seinem Teil weiter.

Das Buch würde auch ihrer beider Tagebücher enthalten, ihre Briefe, Aljas Gedichte, auch sie von Marina ins Reine geschrieben. Schon die Aufzeichnungen des siebenjährigen Mädchens hätte man fast so, wie sie waren, veröffentlichen können.

Meistens waren sie zu zweit im Haus gewesen, weil Serjoscha die Woche über in Prag studierte und im Wohnheim der russischen Soldaten wohnte. Tagsüber hatte er Vorlesungen und Prüfungen im Rudolfinum, Sprachwissenschaft und Byzantinische Kunstgeschichte, abends fanden die Studienkreise des Ikonologieprofessors Kondakow und Redaktionssitzungen und Gilden statt – und vor allem der Frühling an den Hängen des Petřín. In der Stadt blühten die Kirsch- und Birnbäume im königlichen Garten, die Mädchen lachten, Bier bekam man bis in die frühen Morgenstunden. Das hielt Serjoscha am Leben, und Marina akzeptierte es, sie hatten ihre eigenen Welten. Marina hatte das Mädchen als Gesellschaft und das gemeinsame Vorhaben, dazu die eigenen Manuskripte, die Theseus-Trilogie und die Hefte. Jetzt, da die Verse endlich zu ihr zurückgekehrt waren, kannte ihre Welt keine Grenzen. Und mit welcher Kraft sie kamen, als wollte das Leben aus allen Adern hervorströmen! Bevor der Winter käme, mussten ihre Manuskripte fertig werden.

Im Frühling hatte das Mädchen angefangen, sich zu sträuben, mit Mühe gelang es ihr, das Kind dazu zu bewegen, das Heft aufzuschlagen. Nicht heute, *maman*, ich will einen freien Tag haben, eine Dichterin hat keine freien Tage, dann am Abend, am Abend hast du keine Lust mehr, aber *maman*, ich habe kein einziges Wort, keinen Satz, den ich schreiben möchte. Ich will nicht.

Auch in Berlin geriet das ganze Buchvorhaben beim Verlag in eine Sackgasse: Kannst du die Politik weglassen, kannst du dein Herz weglassen, das Leben. Was für Feiglinge. Sie würde trotzdem nicht aufgeben, und das Mädchen durfte auch nicht nachlassen.

Sie musste Alja das Versprechen abringen, die Arbeit fortzusetzen, jetzt, da das Kind noch dieselbe Luft atmete wie sie, im gleichen Rhythmus, die gleichen Träume hatte wie sie. Morgen Abend würde es bei fremden Leuten sein, fünfzig Kinder, fünfzig Ratten, ganz Hameln zwischen ihnen, und sie hätte nur noch das leere Haus, eine Flöte, die sie ohne das Mädchen nicht spielen konnte.

A wie Apfelblüte

und Unglück

in jedem Laut die Möglichkeit

die Möglichkeit von Glück und Unglück und

alles dazwischen

ha, meine Aljoscha,

sag ha, wie hold

und Hölle

und dazwischen die Liebe, das holde

Mädchen der Hölle

sag es

nun komm schon, Aljoscha

sag ha

sag ha zu deiner Musja,

ich will hören, wie du es sagst

schau

so haucht man

und so

so spannen sich

die Lippen

man muss stärker hauchen

pusten,

pusten, als würdest du

eine Flamme ausblasen

denke

an eine riesige flatternde Flamme

die uns alle verschlingt

rette uns, meine Aljoscha

puste
hhhaaa wie Hhhölle
und Hhhalbdunkel und Hhhauch
und Hhhlysten und Hhharsch
und Hhhärchen und Hhhülle und Hhhöhenflug
weißt du
was ein Höhenflug ist
ein Zustand, in dem du verschwindest und ich verschwinde
und alles ist ein und derselbe Atem
eins mit der Welt
weißt du mein Bündelchen, Sternenstirn, haa ist
der Laut der Seele
du kannst ihn sagen, hhaa
ich weiß, dass du begabt bist, hhhaaa
aus deiner Seele in meine

Moskau
August 1939

Ein neuer Mensch. Ich trug ein Wesen in mir, von dem man noch nichts wissen konnte. Es war erstaunlich, so erstaunlich wie nichts zuvor. Ein neuer Mensch, durch mich und Mulja entstanden. Ob ich es spüren würde, wenn sein Herz anfing zu schlagen?

Es fiel mir schwer, mich auf die Arbeit zu konzentrieren, auch ungeachtet dessen, dass ich allein im Zimmer der Tanten sein durfte, inmitten von Porzellanhunden, Büchertürmen und Kartons, Theaterhinterlassenschaften, Umhängen und Operngläsern. Lilja sah sich mit ihren Schülern die Proben am Theater an, am Freitag sollte Premiere sein, aber bei der Familie im Nachbarzimmer herrschte den ganzen Abend ein ständiges Kommen und Gehen, ihr Zimmer war von morgens um acht bis abends um acht ein Fußballplatz, die Kinder wie die Hunde, alle mit dem gleichen Flachshaar, und die Großmütter und Onkel im selben Raum, der früher der Salon von Liljas und Zinas Wohnung gewesen war. Zina war nicht nur Liljas Mitbewohnerin, sondern ihre Lebensgefährtin, das wusste ich, auch wenn darüber nicht laut gesprochen wurde, aber ich hörte, wenn sie sich in dem engen Zimmer nachts zueinanderlegten. Jetzt war Zina schon viele Wochen in Aluschta im Sanatorium und würde erst nächste Woche zurückkehren.

Vom Flur drang der übliche Abendlärm herein, die Menschen warteten, bis sie an der Reihe waren, in die Küche und ins Bad zu kommen, sie rannten rein und raus, und das auf jeder Etage, der Krach hallte vielfach im Gerippe des Hauses wider.

Ich tippte meine letzte Frage fertig, als Lilja von den Proben nach

Hause kam. Freiheit – was denkt ihr darüber?, würde ich die Frauen fragen, Arbeiterinnen einer großen ukrainischen Staatskolchose, die ich zu befragen hatte, befreit die Revolution nicht die Frauen aus dem Gefängnis von Hausarbeit und Heim, wie sie die Arbeiter von der besitzenden Klasse befreit? Es war gut, das Interview mit einer großen Frage zu beenden.

Kolzow las gern über große Themen, Freiheit, Gleichheit, Glück, denn er schrieb selbst gewagt. Von ihm hatte ich vor allem gelernt, dass man stets auf die Wahrheit zugehen musste und seine Themen nicht kleinmachen durfte. Das konnte aber nicht der Grund dafür sein, dass Kolzow im Dezember überraschend verhaftet worden war, hatte man ihn doch gerade erst in den höchsten Rat der Sowjetunion berufen und zum Mitglied der Akademie der Wissenschaft gemacht. Jemand hatte niederträchtige Gerüchte in die Welt gesetzt, viele waren neidisch auf Kolzows Erfolg, auf seinen Posten als Leiter des Zeitungskollektivs, sogar auf die Frauen, von denen er an jedem Finger eine hatte, obwohl er ganz und gar kein gutaussehender Mann war. In der Verhandlung würde man ihm gewiss unmöglich nachweisen können, dass er in trotzkistische oder sonstige staatsfeindliche Aktivitäten verstrickt war. Man hätte ihn stattdessen für seine Taten im Spanischen Bürgerkrieg als Kriegshelden auszeichnen müssen.

Der neue Chefredakteur von ZhurGas, ein grauer, gesichtsloser Mann, war vorsichtiger und nahm es genauer damit, dass alles veröffentlichte Material der offiziellen Linie entsprach, aber er konnte im Gegensatz zu Kolzow kein Französisch und somit nur auf allgemeiner Ebene Einfluss auf die Texte in der *Revue de Moscou* nehmen. Die offizielle Ideologie. Ich hatte schuften müssen, um zu lernen, was das hieß, damit ich nicht aus Versehen ein falsches Wort sagte.

Aber Kolzow war aus anderem Holz geschnitzt, ein großer Mann, Herr Prawda, Fackel der Wahrheit. Und er war der Mensch, der mir die Augen öffnete und mich lehrte, mit fotografischer Genauigkeit auf die Wirklichkeit zu blicken, auf das, was hier und jetzt geschah. Ich hatte seine scharfen Kolumnen in der Prawda gelesen, alle hatten das getan, und vor allem mit seinen Artikeln über den Spanischen Bürgerkrieg hatte er auch mich begreifen lassen, dass ich nicht die Einzige war, die herabgesetzt wurde, sondern dass die Welt voller Unterdrückter war. Dass wir ein Recht auf unser eigenes Leben hatten.

In Spanien hatte Kolzow an der Seite von verfolgten Arbeitern am

Kampf gegen den Faschismus teilgenommen, dabei eine große Reportage über den Widerstand der spanischen Genossen gemacht und aus Dörfern berichtet, die nach der Zerstörung Guernicas noch standgehalten hatten. Kolzow war unser aller Augen und Ohren gewesen. Durch ihn wussten wir, was wirklich geschah.

Anfangs hatte ich für die Zeitung nur Klatsch und Fantasien über Filmstars geschrieben, darüber, wie mir Douglas Fairbanks und Mary Pickford am helllichten Tag über den Weg gelaufen waren. Dennoch war Kolzow schon in Paris auf meine Texte, die in einer von Serjoscha redigierten Eurasier-Publikation veröffentlicht wurden, aufmerksam geworden – wie ehrlich du schreibst, Ariadna Sergejewna, gute Beobachtungen, so klar, als durchschautest du die Menschen, du bist fähig, die Wahrheit zu sehen –, obwohl ich selbst der Meinung war, immer nur gut darin gewesen zu sein, nachzuahmen und Sätze zu bilden. Und als er mir im Betonpalast der Mutualité in Begleitung von Boris Leonidowitsch vorgestellt wurde, mochte ich ihn sofort. Wir hatten den gleichen Humor, präzise und entwaffnende Vergleiche, und ich fühlte mich in seiner Gesellschaft schnell zu Hause, ich fand mich klug und schlagfertig, er war ein intelligenter Mann, wenn auch nicht so weise wie Boris Leonidowitsch. Und es erschien mir ganz natürlich, dass er mir eine Redakteursstelle in der französischen Abteilung seines Zeitungshauses verschaffte, als ich im Frühjahr siebenunddreißig in Moskau eintraf.

Der Durchzug fuhr durchs Zimmer wie eine Lokomotive, schlug das Fenster zu und fegte meine Unterlagen auf den Fußboden, als Lilja um halb neun gemäß Wachtangows wissenschaftlich-künstlerischer Methode der Beherrschung von Körper und Emotionen ihren großen Einzug hielt, sogar die Lüfte dienten ihrem dramatischen Auftritt. Ich beeilte mich, die Papiere einzusammeln, bevor sie mit Liljas Rollenbüchern durcheinandergerieten, von denen der Fußboden an den Stellen, wo sie hingepasst hatten, übersät war.

Sobald sich mehr als eine Person im Zimmer aufhielt, fiel die Enge über einen her, und das staubige Halbdunkel der Vergangenheit, das zwischen den Resten von Theaterrequisiten und Bühnenkleidern nistete, das ganze Leben von Großtanten, Kusinen, Schwagern und Ammen, das sich überall in Schichten abgelagert hatte, zuunterst die Überbleibsel Marinas, Serjoschas und meines Lebens vor der Emigration, all das raubte einem die Luft.

Lilja keuchte, bemühte sich, zu Atem zu kommen, die Treppe war ein schwerer Brocken für sie, auch am Abend war ihr noch zu heiß, und immer trug sie die schwere Tasche bei sich, allen möglichen Plunder schleppte sie mit sich herum, alte Manuskripte, Strickzeug, Bücher, das Gewicht eines Steins.

Bei den Proben hatte es natürlich fürchterliche Panik gegeben, und Lilja war außer sich. Der Aufführung fehlte der Rhythmus, Lilja schien die Verantwortung dafür zu tragen, obwohl sie nicht die Regisseurin war, sondern nur diejenige, die mit den Schauspielern übte, aber ihre Schüler waren für sie wie eigene Kinder.

Sie erinnerte mich daran, am Donnerstag zum Durchlauf zu kommen. Natürlich würde ich kommen. Ich hatte versprochen, für die Revue eine Besprechung der Aufführung zu schreiben. Sie sind so begabt, seufzte Lilja, ihr Gesicht wurde mütterlich sanft, und sie lachte, ein offenes Bühnenlachen. Die Leute sagten, wir hätten das gleiche helle und breite Lachen, aber Liljas verschreckte niemanden, im Gegensatz zu meinem. Es kam direkt aus dem Herzen. Wie viel Lachen, wie viel Welt in Lilja hineinpasste!

Aber das Stück gehört nicht zu meinen liebsten, beklagte sich Lilja, als ich ihr den Mantel abnahm und die Tasche auf den Stuhl stellte, es ist so düster und enthält trotzdem nicht genug Konflikt. Zu wenig Seele. Ich finde es wirklich aktuell, widersprach ich, selbst Shakespeare hätte nicht über die Probleme einer Arbeiterin schreiben können.

Der Zementgarten war ein neues Stück nach einem Roman, der nach der Revolution geschrieben worden war. Man hätte glauben können, dass es aus der Feder einer Frau stammte – nicht einmal in den Texten der Suffragetten wurde die Gleichberechtigung und Selbstständigkeit der Frau so mutig behandelt. Im Stück weist die Ehefrau ihren Mann zurecht, der sich in seiner Barackenbehausung nach dem warmen Herd daheim sehnt, nach dem eigenen Tisch und Bett, nach dem Kind: «Ich esse in der Gemeinschaftskantine und heize mein Zimmer nicht einmal im Winter. Ich bin eine freie Sowjetbürgerin, und die Genossen sind meine Familie.» Die Replik hätte aus dem Mund von Vera Traill stammen können, meiner Freundin, und diese Lehren hatte sie, die die Pariser Suffragetten bewunderte, auch mir eingebläut, bis sie, ohne mir ein Wort zu sagen, mit einem Kind im Bauch auf den Zug nach Paris sprang. Lilja war der Meinung, alles Nötige sei bereits in den antiken Tragödien und den Texten des großen William gesagt worden, die neuen Stücke hätten der Welt nichts Großartiges zu bieten. Auch in dreihundert Jahren habe sich der Mensch letztlich nicht sonderlich verändert, und die Tragödie sei eine Gattung, die im Falle des Gelingens in der Lage sei, das Unveränderliche im Menschen zu erfassen, sagte Lilja.

Dennoch hatten ihre Schüler das Stück den ganzen Sommer über bei ihr geprobt, und ich hatte hier und da Ausschnitte gehört. Ich kannte die Hauptfiguren wie gute Bekannte: Nurotschka, Darja und Gleb, der Name eines alten Heiligen, obwohl die neuen Personen der neuen Stücke überall zumeist auch neue Namen trugen, Vi, Engelina, Nile und Marlen. Für diese neue Welt würde auch ich mein Kind gebären, damit es die richtige und beste Gesellschaft verwirklichte, wie alle, die mit den Namen der Zukunft benannt waren, so musste ich denken, so musste auch Mulja denken, ich müsste mit ihm darüber sprechen, was richtig und was falsch war.

Arme Aljoscha, bis über die abstehenden Ohren verliebt, neckte Lilja, als ich beim Leeren des Samowars, der das Wasser von Tag zu Tag geiziger hergab, vor mich hin summte. Oder ist etwas anderes passiert, weil du so strahlst?, fragte sie neugierig.

Lilja schien mir immer alles anzusehen. Trotzdem konnte ich es ihr nicht erzählen, denn Mulja sollte es als Erster erfahren. Das war sein Recht.

Wenn du mir von alldem nur nicht zu dünn wirst, fügte sie besorgt hinzu und drängte mir zum Tee die Hälfte der süßen Zwiebelpirogge auf, die sie aus dem Theater mitgebracht hatte und die, in Butterbrotpapier eingeschlagen, in ihrer Handtasche weich geworden war.

Du machst dir unnötig Sorgen, Tante, wehrte ich ab. Ich war nicht mehr spindeldürr. In Moskau hatte ich Fleisch auf die Knochen bekommen, sogar zu viel. Ich konnte von Glück sagen, dass ich noch in die Kleider aus der Pariser Zeit passte. Bald würde es damit vorbei sein. Aber ich nickte Lilja nur zu und brach ein paar Krümel von der Pirogge ab, ich war gerade nicht hungrig, verliebt aber schon, auch das. Und glücklich, ich hatte nicht gewusst, dass ein Mensch überhaupt so voller Glück sein konnte, so sehr, dass ich nicht wusste, wohin damit, weil ich es nicht in einem fort an Mulja auslassen konnte.

Alles hatte hier angefangen, auf diesem Sofa. Ich hatte Mulja zum ersten Mal im Juni hierher in die Merzlyakowksi pereulok mitgebracht, als ich glaubte, die Tanten wären nicht zu Hause und wir könnten einen

Abend zu zweit verbringen. In sein Wohnheim konnten wir nicht gehen, und bei dem befreundeten Redakteur, bei dem er bisweilen unterkam, war immer die Familie anwesend. Nur in den weichen Sitzen der Kinos durften wir zu zweit sein. Das Frühjahr über hatten wir mindestens ein Dutzend neue Sowjetfilme gesehen, von denen ich nicht mehr viel wusste, von dem galoppierenden Leben auf der Leinwand hatte ich nicht viel gelernt, ich konnte mich nicht einmal an die Namen der Schauspieler erinnern, nichts davon hatte ich aufgenommen, denn ich hatte etwas ganz anderes gelernt, die Geografie von Muljas Haut, während Häuser einstürzten und neu erbaut wurden, Maschinen in den Fabriken stampften, Rolltreppen wie Perlenketten dahinflossen und Paraden über den Roten Platz walzten. Endlich würden wir tun dürfen, wonach wir uns im Dunkel der Kinos erst vorgetastet hatten. Ich hatte nicht einmal Worte dafür gehabt, nicht auf Russisch, nicht auf Französisch, in keiner Sprache.

Aber an jenem Abend ging es Tante Zinaida nicht gut, die Tbc war dabei, auszubrechen, und die Tanten mussten die Premierenfeier absagen. Beide saßen sie unverrückbar den ganzen Abend über da, dass die Krampfadern hervorquollen, mit Müh und Not passte ein vierter Stuhl an den Tisch, wir aßen Mettwurstbrote, und die Tanten boten Kognak an, der stand stets in Reichweite, war gut für den Kreislauf und Balsam fürs Herz, der öffnete die Lunge und befreite Atem und Seele. Muljas Füße reichten bis auf die andere Seite des Tischs, aber wir versuchten nichts, keine tastenden Berührungen unter der Spitzentischdecke, obwohl ich Lust dazu gehabt hätte. Wir hätten doch ins Kino gehen sollen, flüsterte ich Mulja zu, als die Tanten aufstanden, um unter ihren Sachen nach einer alten Schellackplatte zu suchen, aber wir blieben und hörten brav den vergessenen Aufnahmen zu, den Stimmen aus einer Zeit, die es nicht mehr gab.

Die Tanten behandelten Mulja freundlich und mit Interesse, wie immer, sie fühlten sich wohl in der Gesellschaft intelligenter junger Männer.

Ich war stolz auf ihn, auch wenn er zwischen den gesprächigen Tanten ziemlich still war, mit den Worten geizte. Die Schauspielschüler, von denen abends oft ein halbes Dutzend in dem kleinen Zimmer saß, waren aus anderem Holz geschnitzt, ihnen fiel es nicht schwer, lautstark und stundenlang über sich selbst und alle möglichen Dinge zwischen Himmel und Erde zu sprechen. Aber ich ließ mich davon nicht stören,

Muljas Schweigen war sicher und fest, man konnte sich anlehnen daran.

Er ging früh, ich brachte ihn zur Straßenbahnhaltestelle, viele Bahnen fuhren vorbei, bevor wir voneinander loskamen, und als ich nach Hause zurückkehrte, fragten mich die Tanten nach allen Regeln der Kunst aus. Irgendwo hatte Zina aufgeschnappt, bei einer Freundin, die sich einbildete, über die ganze Stadt Bescheid zu wissen, dass Mulja verheiratet war, und auch noch mit einer Psychologin, der Tochter von Soundso, Parteimitglieder. Es kümmerte mich nicht, ich hatte keine Lust, mich zu streiten. Zina sprach laut aus, was Lilja sich nicht traute, mir zu sagen: Ein Mann, der einmal verheiratet war und geschieden ist, macht keine Frau glücklich. Ich lachte nur. Die Ehe ist ein bürgerliches Relikt, hatte Mulja zu mir gesagt, wir scheren uns nicht darum. In den Tanten steckte noch so viel von der alten Welt, das ganze Sechzehn-Quadratmeter-Zimmer war vollgestopft damit. Sosehr ich die beiden auch liebte, hoffte ich, dass Moskau uns bald etwas von sich geben würde. Wir mussten raus, eine eigene Wohnung bekommen, ein gemeinsames Zuhause, für Mulja und mich, jetzt wäre die Zeit dafür da.

Am Abend des Tages der Marine kam Mulja zum zweiten Mal zu Besuch, und da hatten wir endlich bis Mitternacht unsere Ruhe, weil Zina auf die Krim gefahren war, um ihre Tbc auszukurieren, und Lilja die weiße Nacht mit Schauspielern verbrachte. Wir durften die ganze Nacht zu zweit auf dem Sofa liegen. Und darum war jetzt alles anders. Mulja würde mein Mann werden, und wir müssten uns vor niemandem verstecken, Mulja würde neben mir schlafen, in meinem Bett, der Vater meines Kindes. Darum lächelte ich und war glücklicher als jeder andere in diesem Haus, in ganz Moskau.

Ich gab Lilja ihre Herz- und Blutdruckmittel, fünf verschiedene Tabletten, und reichte ihr ein Glas Wasser. Da erst fiel ihr ein, dass die Wäsche noch in der Waschküche lag, man hätte sie in die Maschine stecken müssen, und Lilja versuchte sich aufzurappeln. Jemand hatte uns die reservierte Zeit weggenommen, und Lilja hatte die laufende Höllenmaschine nicht anhalten können.

Ich versprach ihr, eine neue Zeit zu reservieren und das Ganze zu erledigen, sobald ich dazu käme. Lilja hatte Angst vor allen Apparaten, die sich von selbst bewegten, sie hielt sie für unberechenbar und befürchtete, von ihnen verschlungen zu werden. In der Beziehung war sie wie Marina, die sich kaum traute, eine Straßenbahn zu besteigen, geschweige denn auf einer Rolltreppe zur Metro hinunterzufahren, wer wusste, ob sie es morgen bis zum Bahnhof an der Messe schaffen würde.

Ich hätte gestern gleich sagen müssen, dass ich mich um die Wäsche kümmere. Aber Lilja wollte es nicht aus den Händen geben. In der Datscha machte sie geradezu Reklame für die große moderne Industriewaschmaschine aus Stahl in der Merzlyakowski pereulok, man würde damit auch die vergilbteste Unterwäsche wieder weiß bekommen.

All diese verteufelten Apparate, ich werde es nie lernen, mit ihnen umzugehen, schnaubte sie jetzt, die Zeit ist aus den Fugen, und so weiter. Muss ich sie aufs Gleis zu setzen geboren sein, warf ich ein, obwohl ich ahnte, dass es nicht so hieß. Ich war nicht besonders gut in englischem Drama.

Nein, so kann es gar nicht heißen, griff Lilja mein Zitat auf, im England der damaligen Zeit gab es keine Eisenbahnlinien. Wo habe ich es nur, natürlich nicht auf Englisch, sondern die alte Übersetzung, wer wäre nur fähig, Hamlet anständig neu zu übersetzen, oder wird auch das bald verboten sein, Meister William aufzuführen?

Im Sommer war Shakespeare auf die Bühnen Moskaus zurückgekehrt, aber zu sozialistischem Realismus umfunktioniert, Lilja hatte eine Vorstellung gesehen, bei der Hamlet in die Kulisse eines großen Stahlwerks gestellt worden war. Aber die Übersetzung von Boris, deren Fertigstellung in gewissen Kreisen sehnlichst erwartet wurde, war von anderem Kaliber. Ich wusste es, die fände sogar vor Marina Gnade. Man müsste sie der Tante zu lesen geben.

Stehen die nicht dort im obersten Fach, stöhnte Lilja, Hamlet, Lear, wo sind sie? Sie spähte auf das vollgepackte Regal und wollte schon die Bettdecke zurückschlagen und aufstehen. Da erblickten wir gleichzeitig die alte Ausgabe von Hamlet. Sie stand so weit oben, dass man ohne Stuhl nicht herankam.

Also stieg ich auf den wackligen Thonet-Stuhl und kam mir plump wie ein Elch vor. An der Decke war ein schwarzer Fleck, der immer größer wurde, in der Etage über uns war einmal Wasser ausgelaufen, und der Schimmel fraß nun an der Decke, kein Wunder, dass es schwerfiel, im Zimmer zu atmen, und dass beide Tante krank waren, die Bücher ganz oben hatten schwarze Ränder, Trauerränder, und als ich mit dem Ärmel über den Fleck wischte, kamen mir die gesammelten Werke aus dem obersten Fach entgegen und fielen wie geflügelte Geschosse auf den Boden und gingen aus dem Leim. Du Schussel, du dummes Mädchen, du Hippopotamus, die sind kostbar, die Dostojewskis, Tschechows, Leskows, Lermontows, Gogols, Tolstois und Puschkins, die ganze alte Welt, alles, was der Mensch über den Menschen weiß, und jetzt lagen die Helden und Mörder und toten Seelen auf dem Boden verstreut, und die Heftfäden hingen heraus wie gerissene Sehnen.

Lilja sah mich vom Bett aus amüsiert, aber freundlich an, sie war der Meinung, dass die Bücher längst ordentlich abgestaubt gehört hätten. Hamlet stand immer noch im Regal, aber Lilja schüttelte den Kopf, ich brauchte mich nicht mehr danach zu strecken, sie erinnerte sich an das Zitat. *Die Zeit ist aus den Fugen*, sagte sie, *dass ich zur Welt, sie einzurichten, kam.* Hamlet selbst, er muss es tun, das ganze Zeitalter retten. Da hat er aber eine Aufgabe, sagte ich, genau, antwortete Lilja, jedem Menschen dräut die Aufgabe, die seinem Format entspricht.

Nachdem die Welt wieder nach Shakespear'schem Maßstab in Ordnung gebracht war, bat mich Lilja noch, die Schachtel aufzuheben, die mit den Büchern heruntergefallen war, ich hatte sie nicht bemerkt, vielleicht war sie hinter die Bände gestopft worden, staubig und platt, auf den ersten Blick sah sie nach einem in Leder gebundenen Buch aus oder nach einer Mappe, aber es war eine alte Schokoladenschachtel, für Schokolade, wie sie bestimmt nicht mehr hergestellt wurde. Zarenschokolade. Aprikosow und Söhne. Obwohl aus Pappe, hatte sie nicht schlimm gelitten, nur der Deckel war aufgegangen. Sie enthielt eine Mappe aus abgewetztem dunkelgrünen Leder, alte staubige Briefe vielleicht, Fotos, ein Kleidungsstück, ein Seidenblüschen, vergilbte Erinnerungen, wie sie auch sonst das Zimmer füllten.

Ich legte den Deckel auf seinen Platz, wischte über den Staub, der sich in Wachs verwandelt hatte und schmierig an den Fingern hängenblieb, gab Lilja die Schachtel und fing an, die Bücher zu retten, so gut es ging. Es war sinnlos, man müsste sie zum Buchbinder bringen, auch wenn wohl kaum noch jemand solche Bücher zur Reparatur annahm, Werke aus der Zeit vor der Revolution. Leskows gesammelte Werke enthielten Marinas Exlibris. Es stammte aus dem Jahr 1920.

Lilja befühlte still die Schachtel. Ich fragte, ob etwas Wichtiges darin sei, und Lilja schaute mich sonderbar an, innehaltend, als sähe sie Hamlets Vater vor sich, das Gespenst.

Das Ding könne man auf die Müllkippe bringen, sagte sie dann, klang dabei aber mehr nach Zina als nach sich selbst. Normalerweise hegte sie gewissenhaft alle Relikte in der Wohnung, anders als Zina, der die Sachen aus Liljas Familie nur beim Putzen im Weg waren. Und in ihrer Stimme lag eine seltsam gekünstelte Freude. Sie schloss die Schachtel und drückte mit ihren schmalen Fingern so fest auf die Ränder, als wollte sie sie kaputt machen, und streckte den Arm aus, um sie auf den Nachttisch zu legen, wo sich Rollenbücher und Aprikosenkerne türmten. Rasch schaffte ich Platz.

Lilja wurde müde, dabei hätte ich bis zum Morgen mit ihr reden können, über die Zukunft, die Vergangenheit, über morgen, über alles, darüber, wie sich die Welt verändern würde, mein Leben, vielleicht auch Liljas. Hatte sie denn nie ein Kind gewollt, das müsste ich sie fragen, ich war noch nie auf den Gedanken gekommen. Lilja war immer nur Lilja gewesen. Aber es war dunkel geworden, und am nächsten Morgen musste zum Sonnenaufgang aufgestanden werden. Ich küsste sie zur Nacht auf beide Wangen und zog mich in meinen Alkoven zurück. Hätte ich sie gefragt, hätte ich mich verraten.

Im Bett ging ich das Interview durch. Freiheit. Gleichheit. Der neue Mensch. Der Sowjetbürger. Mit den Unterlagen im Arm schlief ich ein und wachte wieder auf. Da dämmerte es bereits. Es war still, Liljas enger Alkoven voller Staub, Dunkelheit und dem Naphtalin eingelagerter Sachen, viele Jahrgänge Leben, unterbrochen, zurückgelassen, auf Rückkehr oder Tod wartend, sie drängten sich nachts in meinen Träumen.

Ich horchte, ob Lilja atmete. Ein gedämpftes Schnarchen säuselte im Raum, immer wieder aussetzend, aber lebendig. Alles war gut. Trotz der Stille konnte ich nicht gleich wieder einschlafen. So wie manche auch die fernsten Geräusche vernahmen und andere Erbsen unter der Matratze spürten, roch ich den Gestank des Mülleimers, der zur Tür hereinwehte, dazu gärende Kartoffelschalen, eine nicht gewechselte Windel, verschwitztes Parfum, ein nächtlicher Imbiss mit Mayonnaise, Samenergüsse, muffige Laken. Aber schließlich stumpfte ich gegen die Gerüche ab.

Bevor ich wieder einschlief, betastete ich meinen Bauch unter dem Nachthemd. Die Brüste spannten, aber der Bauch war so hohl wie immer. Die dicke, weiche Haut hob und senkte sich mit dem Atem, und ich spürte meine Wärme darunter, den Puls meiner Finger.

Všenory
August 1923

Jetzt hatten sich die Berge vom rötlichen Himmel gelöst und schoben sich langsam aus dem von der Sonne aufgebrochenen Nebel, Großer nasser Hund und Kleiner nasser Hund – wer um Himmels willen hatte das Dorf nach armen Kreaturen benannt? Freilich waren Maria die Dorfhunde anfangs freundlicher erschienen als die Bewohner.

Es würde wieder ein heißer Tag werden, obwohl der qualmende Ofen Regen verheißen hatte. Mit Aljas Pelargonie müsste etwas getan werden, oder war es eine Begonie, Marina war schlecht in Pflanzennamen. Eine hässliche Blume, in alle Richtungen wachsend, fast keine Blüten, blutrote Flügel an steifen Fingern, die bald abfallen würden, sie schlossen sich auch nachts nicht mehr, dennoch kündigten sich neue Knospen an. Die harten, fingrigen Stiele reckten sich erwartungsvoll den Bergen, dem Tageslicht entgegen. Ob die Pflanze am Licht das Vergehen der Zeit begriff? Man konnte es der Blume nicht zum Vorwurf machen, wenn das Glück, das sie auf ihren Zweigen zu halten versuchte, auch nur krumm und verkrüppelt war.

Etwas regte sich am Waldrand in einer so schnellen Bewegung, dass Marina nicht erkennen konnte, ob es ein Vogel oder nur ein herabfallendes Blatt war. Das Herz überschlug sich. So früh war noch niemand auf den Beinen, nicht einmal die alte Olga aus der Nachbarschaft. Es war auch nicht Olga. Zuerst hielt sie es für einen Schemen, den die Zweige bildeten, einen Fleck bloß, rote Rinde, ein dunkelrötliches Geisterbild im Wald, die Weiden raschelten, so, wie sie es immer taten, ansonsten war der Wald lautlos, erstarrt, noch vom Nachtdunkel erfüllt, aber dann kam Bewegung ins Dickicht, so langsam, dass man es kaum erkennen konnte, bis das Licht zunahm und sie die Umrisse deutlich erkannte, die sandhelle Erhebung im Gras, die traurigen Augenhöhlen, den kräftigen Schädel. Und es kam ihr so vor, als öffnete sich in ihr all das, woran sie sich aus dem Traum der vergangenen Nacht nicht erinnern mochte, und auch jetzt fehlte ihr die Kraft, in vollständigen Gedanken daran zu denken. Diese Träume gaben nichts zu denken.

Sie schaute erneut auf den Wald, da war nichts, bloß hellgrauer Stein, der Felsen, den sie jeden Tag sah, warum nahm er heute die Form eines Pferdes an, als wollte er ihrer als schlechtes Omen spotten, als Puschkins weißes Pferd. Aber das Gefühl, dass jemand im Wald war und sie beobachtete, ging nicht weg. Das gleiche Gefühl wie im Traum. Etwas steht neben ihr, steht einfach da, schaut, atmet. Und plötzlich füllt es den ganzen von der Trockenheit malträtierten Garten aus, ein so kleines und doch so gewaltiges Wesen, dichter Atem, pflaumenförmiges Gesicht, Druck, der sie spaltet, und sie kann nichts sagen. *Warum bist du hierhergekommen? Geh weg. Ich will dich nicht sehen.* Wie kann etwas so klein, so nichtig und doch stärker als sie sein? Wenn Alja geht, bleibt sie mit diesem Wesen allein, das mal die Gestalt eines Geisterpferdes annimmt, mal eine andere, welche auch immer, und nichts schützt sie davor.

Im Tal ertönt der düstere Pfiff des ersten Lokalzugs, der sich dem Haltepunkt Všenory nähert. Um diese Zeit am Morgen war Serjoscha üblicherweise erst zum Bahnhof aufgebrochen, und immer zu spät, in der Mitte des Hangs, oft konnte Marina fast sein heftiges, reißendes Keuchen über dem Dorf hören, das Brennen seiner Bronchien in den ihren spüren und sich sorgen, dass er sich zu Tode rannte. Sie hatte ihm gesagt, die Gottesgebärerinnen auf den Ikonen würden wohl kaum die Fassung verlieren und aufhören, zu ihm zu sprechen, wenn er einmal zu spät zur Vorlesung von Professor Kondakow käme.

Würde er den ersten Zug verpassen und zurückkehren, um auf den nächsten zu warten, müsste sie alles zur Sprache bringen, irgendwo anfangen, reden, dachte sie jedes Mal und versuchte den erstickenden Druck loszuwerden, der ihr den Atem raubte, und normalerweise konnte sie dann nicht einmal richtig Atem holen, morgens war es am schlimmsten. Ihr schien, dass Serjoscha sie mied, wenn sie im Zimmer oder in der Enge des Flurs aneinander vorbeigingen, und sie wusste ihn nicht zu beruhigen, fand die Worte nicht, konnte nicht greifen, worüber geredet werden müsste, warum sie einander so fremd geworden waren, ob das Mädchen etwas merkte, immerhin trug es dafür Sorge, dass sie nie nur zu zweit blieben.

Aber Serjoscha schaffte es stets zum Zug und kehrte nicht zurück, um den halb getrunkenen, abgekühlten Kaffee auszutrinken, und wenn er von seinen Studien heimkam, am selben Abend oder am nächsten, manchmal erst am Ende der Woche, dachte Marina nicht mehr an die ganze Sache, nicht gerade dann, denn sie kamen ja miteinander aus, es gab auch so genug zu reden, der und der war in die Stadt gezogen und der und der nach Paris gereist, die Menschen kamen und gingen wie in einem Bahnhofslokal, auch dies hier war ein Winkel der Welt, als müssten sämtliche entfernten Moskauer Bekannten über die Brücken von Prag ziehen und die Heiligen, die sich dort drängten, um Rat fragen, bevor sie entscheiden konnten, wohin sie sich von der Welt leiten ließen, und es gab Tage mit überreichlich schönen Stunden, Lachen, Aljas Spielen und Erfindungen, gemeinsamem Vorlesen, *Heimatlos*, *Die Elenden*, Erzählungen anderer Reisender ohne Heimat, und Serjoscha war immer mit seinen Klausuren und Essays beschäftigt. Den Rest der Zeit nahm die Zeitschrift in Anspruch, sie war sein Ein und Alles, und darum hatte Marina beim Redigieren geholfen, außerdem schon im Frühjahr Gedichte fertiggestellt, die in der ersten Nummer veröffentlicht werden sollten. Sofern auch dieses Vorhaben nicht unvollendet bliebe. Die Angelegenheiten anderer Leute erledigte Serjoscha, aber seine eigenen nicht, und so wurde zwischen ihnen alles aufgeschoben, hinausgezögert, das Ungesagte blieb ungesagt, eine Kluft zwischen ihnen, und die bedrohte inzwischen auch Marinas Verse.

Es war viel leichter, seit er weg war. Den ganzen Herbst würde er im Sanatorium verbringen, vielleicht während des ganzen Semesters nicht zurückkehren, die Studien würden liegen bleiben, man konnte nur hoffen, dass er sie nicht ganz bleiben ließe, denn dann endete das Stipendium der Tschechoslowakei für Flüchtlinge aus dem weißen Russland, sie würden ohne die Beihilfe für Marina auskommen müssen, und sie wusste nicht, wie lange es dauerte, bis sie wirklich etwas außerhalb Russlands veröffentlichen dürfte. Im schlimmsten Fall würde auch die Zeitschrift nicht erscheinen, und ihre Gedichte würden im niedrigen Geruch der Fabriken von Nusle untergehen, in den verschwitzten Hinterlassenschaften der jungen Soldaten.

Letzte Woche hatte sie aufgehört, sich um Serjoschas Gesundheitszustand zu sorgen, sie betete nicht mehr jeden Abend, er möge am Leben bleiben und die Kraft aufbringen, mit seiner geschädigten Lunge zu atmen, und sein müdes Herz möge in Gang bleiben. Wenn Serjoscha starb, würde sie sich das Leben nehmen, ohne den Tod selbst um Erlaubnis zu fragen, denn eine andere Möglichkeit gab es nicht, das wusste sie.

Der Brief an Jüngling in Berlin lag auf ihrem Nachttisch. Kein Liebesbrief, sondern eine Krankengeschichte. Zwanzig Seiten, ein Brief über einen Monat. Weiße Schrift, leere Einbildung, was stellte sie sich eigentlich vor, verrückt war sie, töricht. Dass so ein Junge, der mitten im Leben stand, an sie denken könnte, in jedem Moment seines Wachzustands, so wie sie an ihn dachte, den unbekannten Menschen, dessen Stimme sie nie gehört hatte und dessen Berührung sie sich kaum auf ihrer Haut vorstellen kann und den sie dennoch in ihrem Blut mit sich führte, in ihrem Atem, zwischen all ihren Wörtern.

Wenn ich diesen Brief abgeschickt habe, werde ich nicht mehr an ihn denken, sagte sich Marina und schloss das Kuvert, schrieb die Adresse. Aleksandr Wassiljewitsch Bachrach, Richardsplatz 16, Böhmisches Dorf, Berlin. Was für eine Koinzidenz auch das, dass der junge Kritiker in einem tschechischen Dorf am Rande von Berlin lebte, so wie sie in einer russischen Kolonie bei Prag, und dass er ihre Gedichte entdeckt hatte und etwas, das niemand sonst in ihnen erkannt hatte, dass er geschrieben hatte, was noch niemand sonst geschrieben hatte. Aber nichts mehr davon, nicht heute, kein einziger Gedanke mehr, nicht dieses Spiel, das zur Arbeit geworden war, es fraß ihre besten Stunden auf.

Ich denke nicht an ihn, ich lasse mich nicht von der Leichtigkeit der Gedanken in den Griff seiner Worte locken und lasse mich auch nicht von ihrer Schwere entmutigen, ich denke nicht an feindselige Stille, an Verstoßung, an den Tod, ich denke nicht an Berlin, nicht an eine Begegnung mit ihm, nicht an die Pappeln, die die Straßen säumen, nicht an den Himmel, unter dem ich mich selbst nicht kenne, sondern eine Fremde, die noch mehr ich ist, ich gehe nicht bei ihm eingehakt glatte, gerade Straßen entlang, Kurfürstendamm, Tauentzienstraße, Eisenacher Straße, kein Abend in Charlottengrad mit gemurmeltem altem Russisch, ich stelle mir keinen Friedhof vor, wo unter dem Gras Dichter ihre letzte Ruhestätte haben, kein einziger Gedanke, bevor er antwortet. Ich wasche die Wäsche und hänge sie auf, die Laken und die Unterwäsche, ich denke an nichts anderes als an Weiß, Weiß, Weiß, ein, aus, weißer Atem.

Aber man kann nicht anders, als an ihn denken. Schon Jünglings erster Brief und die intelligente Kritik über *Psyche* hatten sie zum Leben erweckt, alles floss, das Leben, die Verse. Die demütige Handwerkerin der seelischen Rhythmusleere, hatte der junge Redakteur in seinem Artikel geschrieben, obschon es Marina erst in diesem Sommer über sich gebracht hatte, die Jamben und Daktylen anständig zu erlernen. *Ich lebe – und schreibe demgemäß*, antwortete sie dem jungen Mann, *ich schreibe nach den Ohren – so glaube und hoffe ich –, und die haben mich noch nie im Stich gelassen.*

Aber die ganze Geschichte fing an, faul zu werden, innerhalb von zwei Monaten. Seit Mitte Juli kein einziges Wort mehr. Dennoch war sie Woche um Woche von Zimmer zu Zimmer gegangen wie frisch verliebt, durch die reinen Worte, durch zwei Sätze, und wartete als Antwort auf das einzige, vor Tinte überströmende Glück. Ihre Fantasie war schneller als die Zeit. Oder aber: die ganze Seele des Menschen in einem Brief, eine ausgestreckte Hand, ein Versprechen.

Aber der Brief war geschrieben und müsste auf die Reise geschickt werden, heute. Sie nahm ihn mit nach unten. Wenigstens ein Wort müsste sie als Antwort erhalten. Wenigstens: Schreib mir nicht mehr. Oder: Könnte ein Mensch, ein Jüngling, ein solches Vertrauen ertragen, könnte es irgendjemand ertragen?

Marina öffnete ihn noch einmal und fügte einen Satz hinzu: *Ich brauche keine Liebe, sondern Menschlichkeit.* Jetzt stand in dem Brief alles geschrieben, was sie dem Mann zu sagen hatte. Sie würde ihn nicht mehr anfassen können, nicht öffnen, keine neuen Ergänzungen vornehmen. Er gehörte nicht mehr ihr, er musste in andere Hände gegeben werden.

Der graue Putz der Außenwand rieselte herab, als Alja mit Pferdeschritten die Treppe heruntertrampelte und in den Garten gerauscht kam. Sie hatte das Nachthemd an und die Haare offen und struppig. Wie sehr sie allein in diesem Sommer gewachsen war, die Haare, die Nägel, die Beine, sie füllten das ganze Haus aus, den halben Wald, überall schwebten die Haare, eine Prinzessin ohne Turm und ohne Brüder, ihre Riesentochter. Und beim Aufwachen stets guter Laune, ein Sonntagskind, manche besaßen die Fähigkeit zum Glück, anderen war sie nicht gegeben.

Alja sah den Brief und die Hefte in ihrer Hand und fragte als Erstes, sie habe *maman* doch nicht etwa bei der Arbeit gestört, sofort diszipliniert, nein, heute werden den ganzen Tag die Hefte nicht aufgeschlagen, versprach Marina. Alja seufzte dankbar, ein freier Tag, und rannte als Nächstes zum Briefkasten, ihr gebräuntes Gesicht glühte vor Eifer, obwohl die Augen noch vom Schlaf verquollen waren. Aber als sie den leeren Kasten öffnete, sank ihr ganzer Pferdekörper in sich zusammen, als wären die Schnüre, die ihn hielten, gekappt worden. Die Aufwallung der Enttäuschung im Gesicht des Mädchens versetzte auch Marina einen Stich, sie müsste versuchen, das Kind vor aller Unbill, die sich die Welt ausdachte, zu schützen. Aber war das denn ihre Aufgabe, stand es in ihrer Macht? Nein. Jeden Morgen dasselbe, aber daran musste sich das Kind gewöhnen, wenn du jemandem vertraust, hintergeht er dich, aber dennoch musst du Vertrauen haben, wenn du dir jemanden als Objekt deines Vertrauens aussuchst, zweifelst du nicht an ihm.

Marina sagte, die Post sei noch nicht da, sie würde wohl kaum vor zwei kommen, empfahl Alja jedoch, nicht zu viel von Serjoscha zu erwarten. Alja verteidigte ihren Vater sofort, glaubte, dass er geschrieben habe, und bat Marina, nicht böse zu werden.

Ich bin dir nicht böse, sagte Marina, ohne die Ungeduld in ihrer Stimme zu bemerken.

Sie war vielmehr in Aljas Namen böse. Man hätte nicht geglaubt, dass es so schwer sein sollte, eine Postkarte zu schreiben, so krank war Serjoscha nicht, dass er nicht einen Brief aus dem Sanatorium schicken könnte. Er müsste sein Kind eigentlich besser kennen. Er hätte verstehen können, wie es gewesen war, als sie fünf lange Jahre auf ein einziges Lebenszeichen von ihm hatten warten müssen, auf die Gewissheit, dass sie noch alle auf dieser Welt waren und dass sie zusammengehörten, auch wenn Tausende von Kilometern sie trennten. Aus dem Krieg schickt man nicht mir nichts, dir nichts Briefe, aber der Krieg war schon ein Jahr zu Ende gewesen, als sie erfuhren, dass Serjoscha lebte, und auch diese Nachricht hörten sie von Ilja Ehrenburg.

Anfangs hatte sich Alja gewundert, wie der Postbote sie fand. Die Straße, in der sie wohnten, hatte nicht einmal einen Namen. Das Haus hatte bloß eine Nummer, und was für ein Haus, schmal wie ein Vogelhäuschen, wenn auch ohne Lehmboden wie das Häuschen, in dem sie am Anfang gewohnt hatten. Der Briefträger wusste jedoch sehr wohl, wo sie wohnten, denn allmählich trafen Briefe ein, und es kamen immer mehr, viele Briefe am Tag und auch von Boris einmal die Woche. Im Frühjahr hatte es Wochen gegeben, in denen der Briefträger ihre einzige Verbindung zur Außenwelt gewesen war, und Marina hatte den hinkenden alten Libovitz beinahe geküsst, wenn ein sehnlichst erwarteter Brief aus Moskau eingetroffen war. Die Briefe von Boris Leonidowitsch hatten sie gemeinsam auswendig gelernt. Aber dann blieben sie aus. Das war ihre Schuld. Sie wollte zu viel, die ganze Seele, ohne Bedingungen, mit dem Körper würde sie nichts anfangen, um den dürften sich die anderen kümmern. Und den gleichen Fehler hatte sie Anfang des Sommers bei dem jungen Bachrach gemacht, sich in die reinen Worte verliebt, in die Liebe des Mannes für ihre Wörter. Und jetzt hat der junge Kritiker ihr seit einem Monat nicht geantwortet. Sie wusste, dass sie lächerlich war, als sie sich eine weitere, noch tiefere und noch herzzerreißendere Seelenverbindung einbildete, bevor sie noch von der ersten losgekommen war.

Serjoscha hatte versprochen, aus dem Sanatorium zu schreiben, aber in zwei Monaten war nur eine Postkarte gekommen, gleich in der ersten Woche. Bald werde es ihm viel bessergehen, schrieb Serjoscha, und er werde Alja im Sommerlager besuchen, sobald sie dort eingetroffen sei. Vom Sanatorium aus blicke man auf die Berge, die Landschaft in Mähren sei ziemlich die gleiche wie bei ihnen in Böhmen. Das Essen reiche aus. An Marina richtete er kein einziges Wort. Seitdem hatten sie von Serjoscha nichts mehr gehört.

Wenn sich sein Zustand verschlechterte, würde man ihnen das mitteilen, aber würde das nun Tage oder eine Woche dauern? Sie konnte daran nicht denken, außerdem würde es ihr auch in keiner Weise helfen. Sie würde sich diesen Tag jedenfalls nicht mit dem Warten auf Briefe verderben, auf die Ankunft einer Nachricht, die nicht existierte. Nicht heute. Und als hätte das Mädchen erneut ihre Gedanken gelesen, fragte es voll angespannter Zuversicht in der Stimme, ob Marina denn den ersehnten Brief erhalten habe. Nein, es waren keine Briefe gekommen, und sie wollte darüber auch nicht weiter reden.

Das Mädchen redete aber weiter mitfühlend um die schon Wochen anhaltende Sachlage herum, in einem Ton, den Marina gerade jetzt nicht ertragen konnte, dass Jüngling womöglich doch einen Brief aufgegeben hatte, die Post aber nicht befördert wurde, weil in Berlin alles auf dem Kopf stand, bestimmt würde der Brief noch kommen, heute, morgen, Sie müssen Geduld haben, Marina, Jüngling hat Sie nicht vergessen, vielleicht hat er nicht einmal Geld für eine Briefmarke, wo sie doch Tausende von Mark kosten, so eine Summe kann man sich nicht einmal vorstellen, und nächste Woche kosten sie vielleicht schon eine Million.

Das Mädchen drückte ihre Hand, eine plumpe Geste, die Hand

brannte, sie hatte die Brandwunde ganz vergessen. Abrupt zog sie die Hand weg und versetzte dem Kind einen Schlag auf den Arm, obwohl sie es gar nicht beabsichtigt hatte. Sogleich fluteten Tränen Aljas Augen.

Hör auf, ein Soldat weint nicht, befahl sie. Auf der Stelle schniefte das Mädchen ihr Weinen in sich hinein, Verzeihung. Und außerdem gibt es sich bei Geld nichts vorzustellen, schnaubte sie obendrein verärgert, nur Dummköpfe vergeudeten ihre Einbildungskraft daran.

Das ist wahr, Marina, sagte das Mädchen, nachdem es sich beruhigt hatte, auch wenn die Rippen unter dem Nachthemd noch zitterten wie bei einem scheuen Reh, es ist eine Vergeudung der seelischen Fähigkeiten. Das Mädchen konnte sich beherrschen wie eine Erwachsene, in der Hinsicht hatte Marina das Gefühl, in ihrer Erziehung erfolgreich gewesen zu sein. Sie merkte, dass sie dennoch zu streng war, aber sie konnte nicht anders, sie kam dagegen nicht an.

Sie versuchte zu beschwichtigen, sagte, sie hätte nicht bei Vollmond so schwere Arbeiten machen dürfen, das führe nur zu Verletzungen, obschon sie wusste, dass solche Gedanken purer Aberglaube waren. Erneut nahm das Mädchen ihre Hand, untersuchte vertrauensvoll die dunkel gewordene Brandwunde, pustete darauf und umsorgte sie. Luchs hat sich ganz, ganz schlimm verletzt, änderte das Mädchen den Tonfall, noch immer mit zwischendurch stockendem Atem, Hippo kümmert sich darum, und Marina ließ sich verhätscheln, sagte aber, sie hätte noch die Wäsche zu machen und Alja dürfe ihr dabei helfen.

Alja nahm ihren Brief. Das ist ja fast ein Roman, seufzte das Mädchen, als es das dicke Kuvert befühlte, wenn Jüngling nur wüsste, wie verzehrend es für die menschliche Seele ist, wenn man sich verliebt hat. Aber wir wissen, Luchs, dass die Entfernung für Liebende kein Hindernis darstellt; die engste Verbindung zwischen Menschen, die sich lieben, besteht dann, wenn sie getrennt sind.

Alle Russen kennen dieses Gefühl, aber in anderen Sprachen gibt es dafür nicht das gleiche Wort wie bei uns, merkte Marina an.

Wissen die Menschen aus anderen Ländern also nicht, was für eine große Verbundenheit Anna mit ihrem Jungen spürt, obwohl sie ihn nicht sehen darf, fragte Alja besorgt und ging mit niedlicher Empathie dazu über, Anna Kareninas Sehnsucht nach dem kleinen Serjoscha darzustellen, mit der Begabung der Efrons ahmte sie Sarah Bernhard nach, solche Augen würden auf der großen Leinwand halb Europa verzaubern. Das Mädchen hatte mit diesem Blick sogar den hinkenden alten Libovitz überzeugt. An manchen Morgen war der Postbote eigens zu ihnen gekommen, um ihnen zu sagen, dass er nichts für sie habe und dass es ihm leidtue. Anstatt eines Briefs hatte er Alja die ersten Kirschen des Sommers gebracht. Zu sauer, flüsterte Alja, als der Mann gegangen war, und vergrub die matschigen Früchte in der Erde unter den Sträuchern, Sauerkirschen, gewiss hatte der Mann sich im Baum geirrt.

Auf Briefe von mir aus dem Lager werden Sie keinen einzigen Tag warten müssen, Marina, sagte das Mädchen. Ich schreibe Ihnen gleich, wenn ich da bin. Einen langen Brief über alles. Ich werde jeden Tag schreiben. Und Sie müssen mir alles über Prag erzählen, über den Berg, über Ihr neues Leben, über Ihre neuen Lieben, über neue Dichtungen.

Ich brauche keine Briefe von dir über das Leben in der Schule, ich weiß, wie das ist, und nichts daran interessiert mich, aber du könntest im Lager an unserem Buch weiterschreiben, sagte Marina, das würde mich glücklich machen. An dem Moskauer Buch. Wir müssen es in veröffentlichungsreife Form bringen.

Das Mädchen sah sie erschrocken an, ein flüchtender Vogel, warf dann wieder einen Blick auf die Straße, der Kopf zuckte, aber auf der Straße ging niemand, der Köter vom Nachbarn blieb still, wie würde sie das Mädchen dazu bringen können weiterzuschreiben, neuerdings ließ es sich ständig ablenken.

Und wir müssen zusammen deinen Text durchlesen, bevor du fährst, rief sie dem Kind in Erinnerung. Du hast schon so viel Arbeit auf das Buch verwendet, dass man es nicht unvollendet lassen darf, nicht wahr?

Sie hatte selbst enorm viel dafür getan, hatte den größten Teil der Texte, die das Mädchen zwischen dem fünften und siebten Lebensjahr geschrieben hatte, ins Reine geschrieben, aber das Material vom letzten Winter fehlte noch, über das Jahr 1922, den ganzen Frühling über hatte sie versucht, das Mädchen dazu zu bewegen, es zu schreiben, doch es hatte dem Versuch geglichen, einen ausgetrockneten Fluss zum Strömen zu bringen.

Aber Marina, Sie haben doch gesagt, dass heute nicht gearbeitet wird, bettelte Alja jetzt kümmerlich, wollten wir nicht etwas ganz anderes unternehmen?

Marina richtete den Blick zum Himmel, breitete die Arme aus und seufzte so düster sie konnte. Luchs spürt das Gewitter in der Nase, sagte sie, heute wird es kommen, leider.

Der Himmel ist ganz leer, widersprach Alja natürlich, siehst du das nicht, ganz leer, keine einzige Wolke, schau doch. Nun schau nur, Luchs. Es wird heute nicht regnen. Nein. Können Sie sich überhaupt noch erinnern, wann es das letzte Mal geregnet hat?

Ich kann mich nicht daran erinnern, Aljoscha, antwortete sie.

An dem Tag, als Löwe abreiste. Damals regnete es den ganzen Tag. Ein entsetzlicher Matsch. Erinnern Sie sich nicht, Marina?

Jetzt, da das Mädchen es sagte, fiel es ihr ein. Dass sie sich an so weniges erinnerte, vom ganzen Sommer an kaum etwas, oberflächlich betrachtet, vergingen die Tage alle auf die gleiche Weise, aber dann gab es das, was man nicht sah, das Warten, wie es aus allem mehr machte, die langsamen Wörter, die hervorsprudelnden Wörter, die reißende Strömung, die Briefe des jungen Bachrach, die Augenblicke, in denen plötzlich alles anders wurde, Sand, Wasser und Wind ihre eigene Sprache zu sprechen begannen und Marina sie ohne Vermittlung verstand.

Jetzt erinnerte sie sich daran, wie sie Serjoschas Gepäck durch den tiefen Schlamm trugen, es kam einem vor, als würde das ganze Dorf mit dem Regenwasser vom Berg in den Fluss gespült werden und sie mit ihm, so dürftig hing die Welt an ihrem Fundament, keine Wurzeln, nichts, an dem man sich festhalten konnte, Landstreicherpack. Sie brauchte das Mädchen, um fest auf der Erde zu stehen, ohne es würde sie nicht überleben.

Aber an diesem Morgen stand keine einzige Wolke am Himmel, nicht im Osten, nicht im Süden, im Westen nur dunstige Schlieren. Und das Mädchen war so energisch und entschlossen, dass es mit der reinen Kraft seiner Gedanken die Wolken abhalten würde.

Wir machen heute doch einen Ausflug, rief es in Erinnerung und hob den Reif vom Boden auf, er war gestern im Garten liegen geblieben, *das machen wir doch*, bettelte das Kind, wo Sie doch nicht arbeiten. Gehen wir zur Burg?

Den ganzen Sommer über hatten sie einen Ausflug nach Karlštejn geplant. Alja brachte ihn täglich zur Sprache, morgen, wollen wir nicht morgen gehen, Marina, und diese hatte inzwischen wirklich genug davon, obwohl sie es selbst versprochen hatte, sobald es Serjoscha bessergehe und sie den Anfang für ihr Theaterstück gefunden oder wenigstens *Die Schwäne* überarbeitet habe, sie würden Proviant einpacken und früh aufbrechen, an einem Morgen mit gutem Wetter und wolkenlosem Himmel.

Das Wetter war eine schlechte Ausrede, den ganzen Sommer kein einziger Regentag. Aber sie hatte zu Beginn des Sommers so tief in ihrer Arbeit gesteckt, es kam nicht in Frage, für einen ganzen Tag alles liegen zu lassen. Es war normalerweise bereits Nachmittag, wenn sie die Arbeit unterbrach und Essen machte und Alja dazu brachte, eine Seite oder zwei zu schreiben, wenn nichts anderes, dann wenigstens, was sie am Vorabend gelesen hatten, und dann war es immer schon zu heiß gewesen, um noch irgendwohin zu gehen. Dennoch, die Burg musste man sehen, sie war die größte Sehenswürdigkeit an der Bahnlinie, die von Karl IV. selbst entworfene gotische Perle, zum ersten Mal erbaut im Jahr 1380. Serjoscha studierte die Architektur und die Kunstschätze der Burg in den alten Druckwerken des Clementinums, der König hatte dort Heiligenreliquien von überallher gesammelt, um Prag zum Herzen der geistlichen Welt zu machen, und so erzählte Serjoscha Alja eine Legende: Wer die verborgenen Schätze der Burg berühre, der erhalte das ewige Leben. Vielleicht würde das Serjoschas schwaches Herz heilen, schlug Alja begeistert vor. Olga sagte, in der Burg gebe es keine Schätze, die seien spätestens in den Hussitenkriegen geraubt worden. Es wurden damit Touristen angelockt, und es stand auch im Baedeker. Sie waren keine Touristen, hätte Marina am liebsten eingeworfen, sondern besitzlose Flüchtlinge.

Der ganze Ausflug war anfangs mehr ein Großprojekt von Serjoscha und Alja gewesen, die Expedition zweier Abenteurer, sie glaubte, dass sich die Edelsteine in dem Bau befanden, man musste sie nur finden. Aber sie wollten sich nicht ohne Marina auf den Weg machen. Diese interessierte sich nicht sonderlich für die Geschichte von den Juwelen, auch wenn sie durchaus an die Kraft ihres Bernsteinschmucks glaubte, das war etwas anderes, aber die Wälder und die Berge zwischen Burg und Dorf wollte sie sehen, den Maßstab des Himmels über ihnen, bis wohin er sich erstreckte und wie er die Umrisse der drei Wanderer in diese Landschaft zeichnete.

Im Hochsommer war Serjoschas Zustand schlechter geworden, und als man ihn für viele Monate ins Sanatorium einwies und Marina und Alja tatsächlich zu zweit zurückblieben, geriet die Wanderung zur Burg in Vergessenheit. Schließlich lag Aljas Abreisetag schon zum Greifen nah, es war Mittwoch, der neunundzwanzigste August, alle Tage gingen mit den Vorbereitungen für Umzug und Abreise dahin, Sachen wurden gepackt, und Marina musste dem Mädchen versprechen, dass sie den

Ausflug unternahmen, auch wenn alles noch unfertig wäre, absolut alles, Umzug, Arbeit, Leben, und sei es am letzten Tag vor Aljas Abreise zur Schule der Bogengardts. Und jetzt war dieser Tag, der letzte.

Alja, denkst du vielleicht, ich würde mein Wort nicht halten, erwiderte sie dem Mädchen ernst.

Das tun Sie immer, Marina, sagte das Mädchen folgsam.

Sonst hatte sie ja auch nichts mehr, alles andere hatte sie aus den Händen gegeben, und jetzt würde sie auch noch das Letzte hergeben, den einzigen Menschen, der sie im Leben hielt. Sie hatte auf ihren Mann gehört, der angeblich besser wusste, was für das Mädchen gut war. Neben ihr würde das Mädchen nur zu einer sonderbaren Kleinerwachsenen werden, die nichts konnte, als tote Dichter zu zitieren, hatte Serjoscha gesagt, vorgeblich als Scherz.

Von den toten Dichtern würde das Mädchen wesentlich wichtigere Dinge lernen als von einem Schulmeister der Zarenarmee, widersprach Marina. Außerdem hatte Alja gelernt, mit anderen auszukommen, auch wenn sie sich zu Beginn unter den russischen Kindern im Dorf nicht wohlgefühlt hatte, von denen die meisten Kinder von Soldaten der Wrangel-Armee waren, die man in ein Lager auf der türkischen Halbinsel Gallipoli evakuiert hatte. Viele der Familien waren schon viel länger in den kleinen Dörfern der Kommune untergebracht, die Väter studierten unter der Woche an der Karls-Universität, so wie Serjoscha. Am Anfang kamen die Kinder nicht, um Alja zu bitten, mit ihnen zu spielen. Marina glaubte, dass die Eltern etwas über sie gesagt hatten, anderen Frauen war sie immer verdächtig. Sie hatte einmal gesagt, sie ertrage keinen Kinderlärm um sich herum und noch etwas anderes Unschickliches, das die eine oder andere Dame gekränkt hatte, wie empfindlich Frauen doch waren, ohne den geringsten Sinn für Humor. Die einzige Frau mit Humor in ganz Tschechien war Anna Tesková, die Übersetzerin mit der Adlernase. Marina wollte sie kennenlernen.

Serjoscha hatte gesagt, lass das Mädchen zu den anderen gehen, mache ihm Mut, führe es hin, wenn es nicht anders geht. Und als das widerstrebende Mädchen dann auf den Platz im Hauptdorf geführt wurde, wo die anderen Kinder irgendwelche Ballspiele machten, stand Alja wie erstarrt unter dem einzigen Baum auf dem Platz, hielt sich daran fest und redete vor sich hin. Marina glaubte, das Mädchen würde sich beruhigen, etwas würde geschehen, die Kinder würden sie bemerken und mitmachen lassen, aber als sie zurückkam, um das Mädchen zu holen, stand es noch immer unter dem Baum. Die anderen Kinder waren bereits auf den staubigen Wegen nach Hause gegangen.

Alja hatte mit ihr zusammen viel wichtigere Dinge gelernt, als sie unter den anderen Kindern lernen würde. Und Wort zu halten würde das Mädchen auch lernen müssen.

In deinem Alter erledigte ich den gesamten Briefwechsel von Marija Meyn mit dem Museum von Vater Zwetajew, rief sie Alja in Erinnerung. Hätte ich nur eines Tages beschlossen, meiner Mutter nicht mehr beim Briefeschreiben behilflich zu sein, wäre vielleicht das großartigste Kunstmuseum von Moskau nie gegründet worden. Dann würden heute nicht die Skulptur der Ariadne dort stehen und auch nicht die Balsamkrüge der ägyptischen Göttinnen in den Vitrinen.

Und es gäbe auch keine Kartoffeln und keinen Tabak, nicht wahr?, fragte Alja, und Marina lachte kurz auf. Damals dachte man nicht an so etwas, es gab alles, überreichlich, man machte diese Arbeit nicht wegen des Brotes und des Lebensunterhalts, sondern aus Liebe zur Kunst, sagte sie, und Marija Meyn liebte die Kunst mehr als alles andere.

Mehr als dich und Asja?, wollte Alja wissen. Und Marina antwortete: Genauso viel. Wir waren ihre Kunstwerke.

Normalerweise wirkte es, Marija Meyn zu erwähnen, auch wenn das Mädchen Marinas Mutter nie gesehen hatte, sondern lediglich ein knochiges Porträt ohne Lächeln mit einem bis zum Kinn zugeknöpften Kragen. Und das Mädchen versprach, sein Wort zu halten, seine Hefte einzusammeln, sich geschwind anzuziehen und Marina bei der Wäsche zu helfen. Sie hatten keine Zeit zu verlieren, denn sie mussten bald los, solange es noch kühl war. Marina hörte das Mädchen mit Marschschritten die Treppe hinaufsteigen, *eins, zwei drei, eins, zwei, drei* – ihre kleine Soldatin.

Es fängt mittendrin an, mitten beim fettigen Spülen, beim dünnen Kaffee, beim Zerlaufen des Butterauges, mitten beim Lecken und Aufreißen von Briefumschlägen und mitten im Besuch, der sich in die Länge zieht, inmitten zögernd gesprochener Worte mitten im Halbsatz

Marina, was ist ein Holzwurm, frage ich, ein Schädling, antwortet Marina, so einer, der unten ins Bett reinschreibt der *Todesschreiber*

mitten im Glockenschlag

und beim Binden der Schleife

und mitten in einer Ofenladung kommt das Klopfen, und es kommt ein Brief von Ilja Grigorjewitsch

und es kommt ein Wort, und bevor das Wort sich zum Satz gemausert hat, wissen wir, dass wir jetzt gehen müssen, die Toten sind zum Leben erwacht, und die Fenster in den verschlafenen Häusern strahlen auf

die Löwen in den Springbrunnen brüllen als Wassersteine auf, Boris und Gleb setzen ihre Gebete fort, und die Farbe von Marinas Augen wechselt von schwarzem Grün in himmlisches Blau, die Wimpern voller Sterne, *Sterne am Himmel von Moskau*

und alles wird schneller, so schnell, dass man nicht dazu kommt Kommas zu setzen, bloß das Ticken des Holzwurms, Füße, die sich in Schuhe schieben und hinauf- und hinabsteigen, Treppen Straßen Dächer, und Hände die Holz hacken, Feuer machen, Tee Kaffee Milch eingießen, Mehl schöpfen und ins Leere greifen und Haare bürsten

schreiben und gravieren und vermerken

immer weiter schreiben sie die Welt voll

und jetzt nehmen sie mich inmitten von allem bei der Hand, Finger zwischen Fingern, Füße zwischen Füßen und immer wieder von Neuem zieht die Himmelsaugenmarina mich mit sich und wir tanzen und tanzen den Atemwalzer, ein und aus, wie schnell man doch atmen kann, wie leicht lachen, die Lachmazurka, die Gelächterpolka, ein Jubel so groß wie ganz Moskau, himmlische Freude und Sternenflug, und wir sagen die Worte, die wichtigsten von allen
er lebt er lebt
Löwe lebt

und wir stehen einträchtig vom Tisch und vom Bett und vom Boden und vom Kissen auf, und die Tage haben einen neuen Takt, die Tage, die Nächte, die Morgen, und auch wenn die Bäume noch keine Knospen haben, so fängt das Leben an und Löwe lebt atmet spricht isst geht, und wir sind ein einziges Aufstehen und Aufbrechen, wir sind schneller als die Suppe abkühlen kann und die Blätter knospen und wir nehmen alles mit was wichtig ist

denn wir müssen gehen
er wartet auf uns
wo Marina wo?
in Berlin, dort, in der Stadt der Linden und Pappeln und Friedhöfe
und er lebt?
Löwe lebt
im Herzen der Welt, in der Stadt der Bäume
so sagt es der Brief von Ilja Grigorjewitsch

und so steigen wir in den Zug, der durch die grünen Ländereien des Frühlings führt, bei tauendem Torf und aufgehenden Knospen, immer mehr Frühling, *nach Berlin,* zwischen davoneilenden Bäumen hindurch, sieben Tage, sieben Nächte nichts als Erwartung, er bringt uns bis ins Herz der Welt, hier beginnt die Wanderung und all das, was wir noch nicht wissen können

Moskau
August 1939

Im Büro der Messe der Volkswirtschaftlichen Errungenschaften stellte sich heraus, dass meine Interviewpartner gewechselt hatten. Anstatt mit ukrainischen Stachanows sollte ich mit Nomadenfrauen aus Komi sprechen.

Ich wusste kaum, wo die Republik lag, bevor ich mich mit den Informationstafeln der Abteilung im Hauptpavillon befasste. Ich hatte schnell gelernt, meine Lücken in Sachen Geografie der Sowjetunion zu schließen, das hatte nicht zu meinem kurzen Studium in der Schule der weißen Emigranten gehört und war auch nicht in Marinas Privatunterricht vorgekommen, dem ich es zu verdanken hatte, dass ich die Wohnstätten der antiken griechischen Götter besser kannte als die autonomen Republiken an den Rändern Russlands.

Die größte volkswirtschaftliche Errungenschaft der Republik Komi war die große Workuta-Öl-Eisenbahn, die von Moskau bis ans Nördliche Eismeer gebaut wurde und innerhalb weniger Jahre fertig werden sollte. Weitläufige Kahlschläge hatte man für die Bahnstrecke vorgenommen. Das war die Zukunft, an der wir alle gemeinsam bauten, stand in den Bildunterschriften.

Breite Flüsse, Petschora und Ussa, teilten die vier Millionen Hektar Tundrawald westlich des Urals. Die Flüsse Russlands hatte ich im Internat gelernt und wusste sie noch immer auswendig, besser als die Algebra-Regeln. Allerdings war ich nicht sicher, in welches Meer sie jeweils mündeten. Auf den Messetafeln wurden auch Pläne für breite Palaststraßen und neue Wohnsiedlungen in Syktywkar, der Stadt, bei der sich die Flüsse kreuzten, präsentiert. Wie schnell so eine Stadt errichtet würde, innerhalb weniger Jahre, weil genug Masse beim Bau vorhanden sei, hörte ich die Leute neben mir sagen.

Ich hatte nur eine schwache Ahnung davon, was mit Masse gemeint war: politische Intriganten, etwa Trotzkisten, die eine Revolution und andere Aktivitäten zur Zerstörung des Vaterlandes planten.

In der Volkstradition der Komi seien die Bäume heilig, las ich in den Texten über die Forstwirtschaft, als das Paar neben mir weitergegangen war, aber die heutigen Komi lebten von der wachsenden Waldwirtschaft. Die Tafeln zeigten ausgerissene, umgepflügte Wälder, die Taiga bot Millionen Hektar zum Abholzen.

Die komi-syrjänischen Frauen in ihren mehrschichtigen Kleidern waren ein erstaunlicher Anblick. Ein solches Leuchten von Komplementärfarben hatte ich nicht einmal auf den Gemälden der Fauvisten und Naivisten in Paris gesehen: violette Umhänge, orange, hellrote und gelbe Kaftane, stromblaue geblümte Tücher.

Ich machte in meinem Heft Skizzen von den Frauen und ihren Kindern, bevor ich hinging und mich vorstellte. Sie hatten vertraut aussehende platte, helle Gesichter, nur manche von ihnen waren mandeläugig und sonnengegerbt, so wie ich es mir bei Menschen aus Sibirien vorgestellt hatte. Vom Leben der farbenfrohen Genossinnen in der Tundra hatte ich eine äußerst mangelhafte Vorstellung, obwohl wir die gleichen Lehrsätze teilten, die gleiche sozialistische Wirklichkeit, eine gemeinsame Zukunft im Land der höchsten Wolkenkratzer der Welt. In ihren bunten Kleidern sahen sie eher wie Waldgeister oder Seehundgöttinnen aus als wie Arbeiterinnen aus Fleisch und Blut.

Wie viele Stunden am Tag arbeitet ihr?, fragte ich sie. Ein ganzes Dutzend von ihnen hatte sich um mich versammelt, und sie gafften mich verwundert an, wie Kinder, die zum ersten Mal den Weihnachtsmann sehen. Gleichzeitig blickten sie immer wieder besorgt auf ihren Nachwuchs, der durch die Säulenhalle des sibirischen Pavillons rannte, auf ihre blonden Kinder.

Um welche Zeit steht ihr auf und geht zur Arbeit?, las ich weiter meine Fragen ab. Die komi-syrjänischen Frauen sprachen ziemlich schlecht Russisch, einige so gut wie gar nicht, nur eine etwas besser, und sie dolmetschte für die anderen, ein junges Mädchen noch, die Haare zu Zöpfen geflochten, ohne Kopftuch. Wie teilt ihr die Arbeit auf? Ist die Arbeit schwer? Helfen eure Männer zu Hause? Die Frauen lächelten und nickten auf meine Fragen, noch bevor das Mädchen sie übersetzt hatte.

Auch ohne zu fragen sah man, dass es in der Welt dieser Menschen die Frauen waren, die die Arbeit machten. Unentwegt beschäftigten sie sich im Ausstellungsraum mit etwas, kümmerten sich um die Kinder, kochten im Seitenschiff, während die von der Sonne Sibiriens gegerbten Männer mit ihren pferdeartigen Gliedmaßen draußen auf dem Rasen saßen und würfelten.

Alles ist gut, antworteten die Frauen mit Hilfe der Dolmetscherin auf meine Fragen, wir sind so glücklich, wir haben eine Zukunft, die Männer helfen uns, alles geht gemeinsam von der Hand, an nichts herrscht Mangel, die Kolchose gibt uns alles, was wir brauchen, es ist eine Freude, die Arbeit zu tun.

Ich hätte gern nach den Kleidern gefragt, nach den Farben und Tüchern, ob sie eine Bedeutung hatten, aber genau vor solchen Abwegen musste ich mich hüten. Bei den Redaktionssitzungen war angemerkt worden, ich solle mich in meinen Artikeln mehr auf die Schilderung der Wirklichkeit konzentrieren, auf die Strukturen und die Dialektik, nicht auf Kunst und Ästhetik, außerdem wären meine Texte zu pariserisch, die Revue de Moscou sei aber keine Modezeitschrift, und ich versuchte es, wie sehr versuchte ich nicht, die Wirklichkeit zu sehen und die Funktion ihrer Strukturen, These, Antithese und Synthese, auch wenn das genauso schwer war wie Algebra-Aufgaben, die ich nie zu lösen gelernt hatte.

Wir haben großartige neue Maschinen, wir lernen sie zu bedienen, wir arbeiten gemeinsam zum Wohle der mächtigen Sowjetunion und des großen Genossen Stalin, listete das Mädchen auf, das vielleicht nicht einmal von Geburt an eine von ihnen war, sie kam mir wie eine gewöhnliche Russin vor, falls es so etwas noch gab. Wir sind dem Genossen Stalin äußerst dankbar.

Als ich eine Zeitlang mit ihnen über das Züchten und Häuten von Rentieren, über Landmaschinen und Holzfällen geredet und auf jede Frage die gleichen Lobpreisungen zu hören bekommen hatte, war ich sicher, dass mir die junge Dolmetscherin in auswendig gelernten, nachgeahmten Sätzen antwortete wie ein Papagei, und wusste nicht, ob ich auch nur einen einzigen eigenen Gedanken der Frauen zu hören bekam. Die Antworten glitten mir aus den Händen wie Seife, das ganze Interview war im Begriff, schiefzugehen, und das war nicht allein die

Schuld der Frauen. Ich wusste überhaupt nicht, wie ich die Mauer der Freundschaft brechen sollte, hinter der sich die Frauen versteckten, auf der Hut, nichts Eigenes zu sagen, alles war goldene Zukunft, was durchaus wichtig war, aber verhinderte, das anzugehen, was hier und jetzt anstand.

Danke, danke, vielen Dank, sagte ich zu den Frauen, nachdem ich alle meine Fragen gestellt und nur Phrasen zur Antwort bekommen hatte. Ich würde nicht mehr aus ihnen herausbekommen. Außerdem hatte ich Fragen gestellt, die man nur mit Phrasen beantworten konnte. Trotzdem schrieb ich alles in kleiner, steiler Handschrift auf. Hinter ihrer Freundlichkeit beäugten die Frauen mich misstrauisch, als schriebe ich einen Bericht über sie und sie müssten befürchten, dass ein einziges Wort sie verriete.

Ich schloss mein Notizheft. Es kam mir unhöflich vor, mich einfach zu verabschieden und zu gehen, darum zog ich meinen Dank in die Länge, und da bemerkte eine der Frauen die Zeichnungen. Ich nahm sie heraus und zeigte sie ihnen. Sie waren nicht übel. Ich hatte mit den Kohleskizzen mehr eingefangen als mit den geglätteten Worten des Interviews; ihr unsicheres Lächeln, die mütterlich ausgestreckten Arme, das Vertrauen und die Sorge im selben Blick.

Da ergriff eine Frau mit Kopftuch plötzlich meine Hand und fragte mit freundlichem Lächeln, ob ich in die Kota kommen wolle. Sie sprach mich in wackligem, aber sorgfältigem Russisch als Genossin an.

Ariadna, mein Name ist Ariadna Sergejewna, sagte ich.

Genossin Ariadna, antwortete die Frau steif.

Sie begleiteten mich zum Eingang der Kota, ich bückte mich, musste in die Knie gehen, um durch die Öffnung zwischen den gegerbten Rentierfellen zu passen und in den stechenden Geruch des Zeltes zu gelangen. Die junge Dolmetscherin folgte mir und bedeutete mir, die Schuhe draußen zu lassen. Mit bloßen, verschwitzten Zehen kam ich mir wie eine nackte Riesin vor, als ich mich ungeschickt auf die Fersen setzte.

In der Kota lag eine alte Frau mit offenem, grauem Haar. Sie fuhr zusammen, wachte auf. Die Dolmetscherin flüsterte ihr etwas ins Ohr. Darauf begrüßte mich die Alte in ihrer Sprache, während sie sich mühsam aufsetzte.

Sie fing an, Fragen zu stellen, das Mädchen dolmetschte gehorsam, diese Frau war zweifellos von anderem Schlag als die anderen, die Dorfälteste, Matriarchat. Ob ich verheiratet sei, erkundigte sie sich, in gewisser Weise, antwortete ich, ja oder nein, ja, mein Mann heißt Samuil, na, warum tragen Sie dann noch immer Zöpfe, verheiratete Frauen gehen mit Kopftuch umher, es ist wichtig, an den Kleidungsvorschriften festzuhalten, sonst kommt Unordnung in die Welt, und Leben und Tod geraten durcheinander. Ich konnte von Glück sagen, dass sie mir nicht in die Haare fasste und sie öffnete, so streng, wie sie mit mir sprach. Ohne mich um Erlaubnis zu bitten, band sie mir mit energischer Routine ein Kopftuch um.

Dann nahm sie meine Hände in die ihren. Ihr Griff war weich und warm. Zuerst glaubte ich, sie wolle mir weissagen. Marina hatte mich in Paris einmal zu einer Hellseherin mitgenommen, sie selbst ging oft hin, weil sie sonst nichts sah, was sich außerhalb ihrer selbst befand, und fragte, fragte so lange, bis sie die Antwort erhielt, die sie wollte. Zuerst spannte ich meine Hände an, aber die Frau strich mir über die Haut, seitlich an den Handflächen entlang, und da entspannten sie sich. Sie sagte, ich müsse mich und das Leben, das ich in mir trug, schützen. Das Kopftuch schütze uns beide, es sei ein dünner Vorhang zwischen Leben und Tod. Ich öffnete die Handflächen, aber sie schloss meine Hände und umfasste sie, ich spürte eine Bewegung in meinem Inneren und hatte plötzlich das Gefühl, als würde mein ganzer Bauch weit offen stehen.

Es ist in mir drin, das kleine Wesen, dessen Seele alles um sich herum erleuchtet. Und die alte Frau spürt es auch, mein ganzer Körper strahlt das Leben aus, das in mir mit zwei Lungen atmet, mit zwei Herzen, und jeden meiner Muskeln durchströmt wie die großen Flüsse Sibiriens, und all die weiche schützende Wärme verbindet mich mit dieser alten Frau.

Ich hörte die komi-syrjänischen Frauen und ihre Kinder rings um die Kota und hatte das Gefühl, ein Glied in der alten Kette von Frauen und Müttern zu sein, der diese anfangs noch fremden Frauen angehörten, und ich wusste, dass meine Hände, mein Herz und mein Geist wissen würden, was ich zu tun hätte, wenn die Zeit käme.

Plötzlich rief eine Frau mit lauter Stimme auf Russisch: Was geht hier vor? Mir stockte der Atem, und ich fuhr hoch. Am Eingang stand eine Bedienstete in Uniform, eine Aufseherin, ich hatte sie zuvor schon gesehen. Der Oma sei verboten worden, den Besuchern Märchen zu erzählen, rief sie laut, und wer sich mit den Besuchern unterhalten wolle, müsse das auf Russisch tun. Ob sie etwa allesamt von der Messe fliegen wollten? Wir seien hier schließlich im Hauptsaal, auf einem Paradeplatz.

Ich kroch auf allen vieren zum Eingang und versuchte die Aufseherin zu beruhigen, ich sei gekommen, um ein Interview zu machen, alles sei in Ordnung. Das Licht blendete, mir brannten die Augen. Die alte Frau habe nichts zu mir gesagt, worüber man besorgt sein müsse. Und das stimmte. Ich kroch aus der Kota und stellte mich der Angestellten vor, Genossin Efron von ZhurGas, Redakteurin der *Revue de Moscou*, guten Tag, und die Frau erschrak beinahe, wäre fast über die Zeltschnüre gestolpert, als hätte ich gesagt, ich sei von der Tscheka. Aber dann beruhigte sie sich, ich begriff, dass ich so verwirrt und glücklich lächelte, dass sie nicht anders konnte, als versöhnlich zu werden.

Sie bat um Entschuldigung, erklärte, mit den Ureinwohnern habe es auch vorher schon Schwierigkeiten gegeben. Sie entschuldigte sich auch dafür, dass sie um den fertigen Artikel bitten müsse, um ihn dem Pressekomitee der Ausstellung zur Prüfung vorzulegen, dort nehme man es genau damit, was herausgegeben wurde.

Ich versprach ihr, den Artikel zu schicken, auch wenn ich erklärte, bei den Zeitungen von ZhurGas wisse man, worüber man schreibe, und die Fakten würden überprüft. Die Dolmetscherin habe ihre Aufgabe ebenfalls hervorragend erfüllt. Nachdem die Frau gegangen war, wandte ich mich dem Eingang der Kota zu und verabschiedete mich von der Alten, aber ich war nicht sicher, ob ich noch eine Antwort bekam, es war, als hätte sich die Welt, die ich besucht hatte, hinter mir geschlossen, sobald ich hinausgetreten war in die helle, blendende Welt aus Marmor, goldenen Götzenbildern und Aufseherinnen. Und die Uhr schlug, schlug, schlug. Drei Mal. Marina, fiel mir ein, ich sollte Marina treffen und war zu spät dran, ich hatte das Gefühl für die Zeit verloren, alle Zeit.

Mademoiselle Ariadna, hörte ich es in Koloraturhöhe aus der Menschenmenge krähen, als ich zum Eingangstor eilte, ich hatte nicht die geringste Möglichkeit, stehen zu bleiben, es war fast zehn nach, und bis zum Tor dauerte es mehrere Minuten. Ich hatte nicht begriffen, wie weitläufig das Gelände war.

Alja, meine Amazone, *mon chéri*. Ein Flüstern, das sich zum Alt gesenkt hatte, zwang mich schließlich, stehen zu bleiben. Ich kannte diese Stimme und den stechend milden Duft der Gauloise, die kleine Ségolen aus Gontscharowas Malklasse, und ich sah eine gelenkige und intensiv schwarzrot gekleidete Frau sich zwischen breitschultrigen Arbeitern hindurchdrängeln, wie um Himmels willen war diese Parisienne par excellence hierhergeraten, und auch noch zu einer Landwirtschaftsausstellung?

Ségolen stellte sich auf die Zehen, um Wangenküsse mit mir zu tauschen, aus ihren Haaren und von ihrem Hals wehte mir eine Moschusparfumwolke entgegen wie ein erstickender Vorhang. Es war tatsächlich Ségolen, die Hyänenmalerin, die sich in surrealistische Kreise hineingeschmuggelt hatte. Sie sah selbst wie ein kleines Raubtier aus, schwarzes glänzendes Hermelinhaar, dunkler Flaum über der Oberlippe, der dichter geworden war seit der letzten Begegnung. Der Stil noch immer elegant, Punkte, Streifen, kleine mädchenhafte Schleifen, aber unter allen Krausen und manikürten Fingernägeln das blanke Animalische eines Prädators und die schroffe Widerspenstigkeit eines Gassenjungen.

Sie betrachtete mich ihrerseits erstaunt, du hast aber einen außergewöhnlichen Stil und wirklich aggressive Farben, ich habe dich noch nie in Violett gesehen. In Frankreich sahst du immer ein bisschen wie ein bettelnder Spatz aus, der in den Kleidern anderer Leute umherläuft, aber jetzt machst du einen ziemlich mondänen Eindruck. Moskau tut dir gut. Und darauf dann das erotische Lachen, unwiderstehlich.

Unsicher tastend nahm ich das Kopftuch ab, ich hatte es vergessen, wahrscheinlich hätte ich es den Frauen zurückgeben müssen, ich hatte nicht einmal in den Spiegel geschaut, natürlich stand es mir überhaupt nicht, ein lächerlicher Fetzen, aber eine Art Zauberding, ein Vorhang zwischen Leben und Tod.

Lass gut sein, auf der Modemesse in Paris nächstes Jahr wird es *en vogue* sein, bohemienhaft, authentisch, sagte Ségolen. Sie brachte mich immer zum Lachen, man wusste nie, was kam, darum musste man sie einfach mögen. Und jetzt trinken wir ein Glas, alte Freundin. Hier wird es ja wohl irgendwo ein Weinlokal geben. Und heute Abend gehen wir tanzen, ich bin noch in keinem einzigen Nachtklub gewesen.

Ich sagte, ich hätte etwas anderes vor, aber Ségolen wollte mir nicht glauben. Was, um Himmels willen, solltest du vorhaben? Ich sah sie unsicher an, fast beschämt, und mehr war nicht nötig, denn Ségolen kannte mich besser, als ich es in Erinnerung hatte.

Du lässt dich von dem alten Weibsstück herumkommandieren, sagte sie und steckte mir eine halb volle hellblaue Zigarettenpackung zu. Ich dachte, du bist sie los, nachdem du hierhergezogen bist, aber du bist nicht fähig, die Nabelschnur zu kappen.

Ich hatte vergessen, wie direkt Ségolen war, sie redete ohne Filter, so wurde man wohl, wenn man einmal die Woche bei einem Psychoanalytiker saß, um in seiner Vergangenheit zu wühlen, und wenn man bei surrealistischen Versammlungen vor aller Ohren von seinen Träumen berichtete.

Ich erzählte ihr, dass Marina mit Mur vor einem Monat nach Moskau gekommen war. Und dass sie sich am Anfang schwertat. Tut sie sich nicht immer schwer?, rief mir Ségolen in Erinnerung. Du kommst jetzt mit mir. Wirklich. Das Leben muss jetzt gelebt werden, nicht morgen, *carpe diem* und so weiter.

Ich fragte nach Paris, aber Ségolen hatte von der Stadt die Nase voll, es sei ein muffiges bourgeoises Rattenloch, in dem die Menschen bloß noch Zuflucht bei der *mauvaise foi* suchten, um ihre tägliche Leere zu ertragen. Dazu gehörte auch die Mode. Trotz allem tratschte Ségolen über die anderen Mädchen in Natalia Gontscharowas Zeichenklasse und klagte darüber, wie beschissen steif die Künstler in Paris seien, man könne sich nach dem Surrealismus allerdings auch nichts Neues mehr ausdenken, das ganze Unterbewusstsein war aufgesprengt worden, aber jetzt schrumpfe auch dieses Lager zusammen, es gebe Streitigkeiten, die besten Typen seien in der Nervenheilanstalt, und Breton herrsche despotisch wie der Papst.

Gern hätte ich mehr erfahren, aber ich entschuldigte mich, jetzt nicht mit ihr gehen zu können, es sei Dienstzeit, es gebe keine Möglichkeit zur Spontaneität, und ich schlug vor, dass sie mich am Mittwoch von ZhurGas abholte, dort arbeiteten gute Leute in der Frankreich-Redaktion, die es wert waren, dass man sie kennenlernte. Ségolen passte es am Donnerstag zur Mittagessenszeit, sie käme in die Redaktion, und dann würden wir zu dem Georgier in der Nähe des Puschkin-Platzes gehen, wo es angeblich die besten Chatschapuris in ganz Moskau gebe, Ségolen schien ganz auf dem Laufenden zu sein, jedenfalls mehr als ich, sie wusste sogar von den Typen bei der Revue de Moscou. Wir sehen uns am Donnerstag, Küsschen, und dann erzählst du mir alles, natürlich, ist es nicht großartig hier, ein Versailles für Arme, das Versailles der Arbeiter, du hast recht, Amazone Alja, und wir werden auch noch eine Gelegenheit zum Feiern haben, bestimmt, gewiss, was auch immer. Ich meinerseits wollte alles über Paris hören: über die Herbstmode, über Modelle und Schnitte, vielleicht würde ich wieder anfangen zu nähen, für mich selbst, für meinen wachsenden Bauch. Dann entfernte sich Ségolen auch schon und rief mir mit französisch akzentuiertem Russisch Abschiedsworte hinterher, bevor sie so schnell zwischen den Messebesuchern verschwand, wie sie aufgetaucht war.

Marina schlief auf einer Bank unter Kiefern, sie sah weich und zufrieden aus. Ihr Mantel war aufgegangen, eine Hand umfasste fest die verschossene Stofftasche. Wie klein sie wirkte, gealtert, dabei wurde sie im September erst – ich konnte mich nicht sofort genau erinnern – sechsundvierzig, siebenundvierzig, siebenundvierzig wurde sie. Für einen Moment empfand ich Zärtlichkeit gegenüber diesem Wesen, oder vielleicht war es Mitleid.

Ich setzte mich neben sie, Wasser vom Rasensprenger sprühte auf die Haut, mein Atem beruhigte sich, eins, zwei, drei, alles ist gut, ich war nicht einmal schrecklich spät dran, unnötig, sich schuldig zu fühlen. Marina zuckte nicht, aber sie atmete schnell, hatte einen heftigen Traum, sie war beinahe so außer Atem wie ich nach dem Rennen. Ich hatte mich immer noch nicht daran gewöhnt, wie sehr sich meine Mutter innerhalb von zwei Jahren verändert hatte. Oder hatte ich nur vergessen, wie sie ausgesehen hatte? Ihr Haar war jedenfalls braun und kurz gewesen, als ich Paris verließ, jetzt war sie völlig ergraut. Und nicht nur die Haare waren grau, die ganze Marina bestand aus brüchigen Grautönen; vom Rauchen angegriffene Haut, am Leib graue Lumpen mit Zigarettenbrandlöchern, einer über dem anderen, als würde keine andere Farbe der Welt mehr an ihr haften bleiben.

Ich warf die feucht gewordene Gauloise auf die Erde, zermalmte sie zu einem rötlichen Kranz, ich hatte nicht einmal daran gedacht, zu genießen, wonach sie schmeckte: nach Paris, nach unerfüllten Erwartungen. Marina zuckte jetzt, fuhr erschrocken von den Durchsagen, die aus den Lautsprechern des Platzes kamen, zusammen und griff nach ihrer Tasche. Als sie mich erkannte, sah sie mich so erschöpft an, dass ich spürte, wie auch meine Kräfte unter der Last der Hitze zu ersticken drohten.

Ich sagte, sie habe im Schlaf gelächelt. Ist das ein Verbrechen?, fragte sie und schaute mich sofort vorwurfsvoll an. Es wäre besser gewesen, nichts zu sagen.

Ich gab ihr die Eintrittskarte, obwohl sie sich schon auf dem Messegelände befand. Sie blickte schadenfroh, als wäre ich ein geistig minderbemitteltes Kind, und die Erklärung folgte auf dem Fuße. Am Nachmittag waren die Tore zur Ausstellung geöffnet worden – das ganze

Wochenende freier Eintritt für die Moskowiter, kam es aus den Lautsprechern. Behalte deine teure Eintrittskarte, ich brauche sie nicht, sagte sie und schüttelte sich wie eine Katze, gib sie meinetwegen deinem Journalistenfreund. Diesmal korrigierte ich nicht, er sei mein Mann, mein Bräutigam.

Ich fragte sie, ob sie friere, ob alles in Ordnung sei. Aber Marina lachte nur müde auf, alles in Ordnung, in so guter Ordnung, wie es in den sieben Kreisen der Hölle nur sein kann. Auch ich lachte kurz, und das ärgerte sie offensichtlich noch mehr.

Ich fragte, ob sie ihre Sachen vom Innenministerium bekommen habe, bevor ich sah, dass ein rissiger Lederkoffer an der Bank lehnte, sie hatte ihn bis hierher geschleppt, mit der Metro, mit der Straßenbahn oder mit dem Taxi, es ging mich eigentlich nicht einmal etwas an, aber sie war nun einmal hier, ich hatte sie den ganzen Nachmittag auf dem Hals. Und dann setzte eine Klage ein, die gar nicht mehr aufhören wollte. Sie hatte eine Stunde warten müssen, dann eine zweite, wieder einmal hatte man sie von einer Schlange und einem Schalter zum nächsten geschickt, bei dieser Hitze, gut, mit Mühe hatte sie sich auf den Beinen gehalten. Und niemand hatte gewusst, wer sie war, die Dichterin Zwetajewa. Schließlich, als sie auf die Idee gekommen war, sich als Frau Andrejewna aus Datscha Nummer sieben in Bolschewo vorzustellen, hatte man sie bedient, auch wenn man das selbst nach dem brüsken Maßstab von Paris nicht als Bedienen bezeichnen konnte, und ihr einen Koffer ausgehändigt, denjenigen, der nur ein paar Kleider und wertlosen Plunder enthielt, den hätte sie ebenso gut in Paris lassen können. Der andere, größere Koffer war bei der Tscheka geblieben, derjenige, der alles Kostbare enthielt, die Notizhefte, Unterlagen, Briefe, den Schmuck, er war weiterhin konfisziert, sie würde ihn bekommen, wenn die Ermittlung abgeschlossen war.

Ich spürte einen kalten schwarzen Sog im Bauch, Ermittlung, ich wusste, was das bedeutete, und sie hatte doch wohl nicht ihre Huldigungsgedichte auf die Zarenmutter mit ins Land gebracht, niemand konnte sie vor sich selbst schützen. Ich hatte ihre Texte seit Jahren nicht mehr gelesen, auch wenn sie kaum direkt politischen Inhalts waren, denn einen unpolitischeren Menschen als Marina gab es nicht, ihr Problem bestand einzig und allein darin, dass sie glaubte, nach wie vor in der Welt vor der Revolution zu leben oder in einem romantischen Epos des 19. Jahrhunderts.

Ich fragte sie, ob sie ihren Pass und die sonstigen Papiere bekommen habe, die Reisedokumente. Sie hatten lediglich ihren vorläufigen Personalausweis verlängert. Ich bin weiterhin Frau Andrejewna, klagte sie, also niemand.

Auch Serjoscha hielt sich nicht unter seinem eigenen Namen im Land auf. Aber das wollte ich jetzt nicht ansprechen. Es lohnte sich nicht, darüber mit Marina zu reden. Dann wäre der Tag sofort verdorben gewesen. Und sie würde mich bald über alles ausfragen, auch, ob ich von dem Attentat in Lausanne gewusst hatte. Die französische Polizei war der Meinung, dass Serjoscha das Attentat organisiert, die Täter rekrutiert, sie einem unschuldigen Mann auf den Hals gehetzt hatte, und deshalb war sie aus dem Land geflohen. Ihr Mann, den schon Gewissensbisse plagten, wenn er einen Falter tötete, hätte zu einer solchen Tat fähig sein sollen? Sergei Jakowlewitsch, der das Menschenleben mehr als alles andere achtete? Aber wie auch immer, ein Mensch war getötet worden, und ganz Frankreich dachte, der Mörder sei ihr Mann, wie hätte sie da im Land bleiben können, als Frau eines Mörders. Und das Opfer, dieser Ignaz Reiss, hatte Familie, Marina kannte seine Frau, alle kannten sie, was hatte der Mann getan, dass er auf diese Weise umgebracht werden musste, auf einer Chaussee, hatte er die Wahrheit gesagt, die Wahrheit, die keiner von euch sehen will? War Serjoscha von Vera Traill mit hineingezogen worden? Ich habe die Absichten dieser Frau sofort erkannt, und ich weiß, was für ein schwacher Mensch Serjoscha ist, wie leicht man an ihn appellieren kann. Aber nicht jetzt, nicht das, keine überflüssigen Plädoyers und Tränen. Was es bei mir Neues gab, und wie es mir ging, wollte Marina nicht wissen, aber das war ich gewohnt.

Es ist hässlich, im Gehen zu rauchen, zischte sie, sobald ich ihr den Arm reichte, nachdem wir ihren Koffer in die Gepäckaufbewahrung gegeben hatten, eine alte Gewohnheit, gehen wir, und wir spazierten auf den Hauptpavillon zu, und ich zündete mir eine weitere der Zigaretten von Ségolen an.

Du bist eine junge Frau von achtundzwanzig Jahren und trittst auf wie ein Kerl, setzte sie ihre Kritik fort.

Aber ich lächelte nur und rauchte weiter. Ich musste die Nerven behalten, guter Dinge bleiben, durfte mich nicht wegen Kleinigkeiten aufregen, anstatt den würzigen Geschmack der Gauloise zu genießen. Diese Zigarette würde ich zu Ende rauchen, bestimmt, auch wenn ich mich noch so sehr übergeben müsste, ich antworte nicht einmal, sondern lächle nur, ich Biest.

Was möchten Sie sehen, fragte ich, die Pavillons, die Versuchsgärten, die Musteranpflanzungen, die Imkereien, hier gibt es alles.

Viel zu viele Leute, meinte sie bloß, ich spürte, wie steif und ängstlich sie war, auch wenn sie ihren Unmut darüber zu verbergen versuchte, sich hierhergeschleppt zu haben, es war der falsche Ort für sie, ich konnte ihre Gedanken fast hören. Wir versuchten auf den Rändern der Rasenflächen zu gehen, aber das war verboten.

Ich fragte sie, ob sie Durst habe, Hunger, ob sie sich ausruhen wolle. Nein, Marina schnaubte nur unzufrieden und ging stur weiter, ohne den anderen auszuweichen, ich lächelte den Passanten zu, die ihr aus dem Weg gehen mussten und um Verzeihung baten, ich schämte mich, schämte mich bis ins Mark. Marina hatte Menschenmassen immer gescheut und hier angefangen, die Menge der Menschen unverhohlen zu hassen. Jetzt benahm sie sich wie ein verwöhntes Kind und eine verbitterte Alte zugleich. Die schlimmstmögliche Kombination. Dennoch sagte ich lediglich, dann freuen wir uns eben darüber, dass Sie herkommen konnten. Hier gibt es etwas zu sehen, viel Schönes. Sie merkte nicht einmal, dass ich sie siezte, ihr eigenes Spiel spielte, nur um sie zu ärgern.

Es strömten so viele Leute in den Hauptpavillon, dass es besser war, nicht hineinzugehen, jedenfalls noch nicht, alle, die Gratiskarten hatten, wollten zuerst dorthin. Ich mochte Marina nicht zur Kota der sibirischen Frauen führen, sie hätte deren Zauberkreis nur bissig herabgewürdigt, wenn ich ihr davon erzählt hätte, Marina kam allgemein nicht mit Frauen aus, sofern sie sich nicht eine als Objekt der Verehrung auserkor oder die Freigebigkeit einer Mäzenatin witterte.

Marina interessierte sich auch nicht für die gekonnten Holzschnitzereien an den karelischen Holzhütten, obwohl von dort der Duft nach frisch gesägtem Holz kam, um das Haus herum waren schlanke Birken aufgestellt worden, die perfekte Kulisse, nein, nichts versetzte sie in Begeisterung, auch nicht die Mosaikpaläste aus Georgien oder Usbekistan. Stalins zum Himmel emporragendes Denkmal betrachtete sie nur mit leichtem Kopfschütteln. Ich kommentierte es ebenfalls nicht, ich mied die unnötige Provokation, schließlich hatte ich mich schon einmal geirrt. Ich hatte gesagt, Sie müssen, Marina, einmal Vater Sonne von Angesicht zu Angesicht sehen, dann verstehen Sie all das, alles. Sie haben dich tatsächlich in ihren Fängen, sagte sie damals, nicht verurteilend wie sonst, sondern traurig, und ich wusste, dass es sinnlos war, den Versuch zu machen, sie in diesen Dingen aufzuklären.

Als Nächstes gingen wir den Springbrunnenweg entlang. Es war das erste Mal, dass wir zu zweit waren, seit Marina und Mur im Juli nach Moskau zurückgekehrt waren, immer war noch jemand dabei gewesen, Serjoscha, Mur, Milja, jemand aus dem Haus. Ich versuchte meiner Mutter zu erzählen, an welchem Artikel ich schrieb, wie schwer es war, Fragen an unbekannte Menschen zu formulieren, vielleicht war es so ähnlich wie die Gestaltung einer Romanfigur, du entwirfst etwas, setzt Teilchen zusammen und glaubst, es wird sich etwas Bestimmtes daraus ergeben, bis sie dich plötzlich überraschen, sie haben ihren eigenen Willen, ihre eigene Welt, die Seele dringt immer durch, der Stift kommt nicht hinterher.

Ich merkte sofort, dass Marina nicht zuhörte. Die Arbeit einer Journalistin war ihr zu banal, zu technisch. In Paris hatte sie nicht einmal akzeptiert, dass ich angefangen hatte, mit der Maschine zu schreiben, sie war allem Neuen gegenüber feindselig gesinnt, der einzige Apparat, den sie akzeptierte, war die Kamera, aber die interessierte sie, weil die Fotografie ihrer Meinung nach die einzige mit der Poesie vergleichbare Kunstgattung war, weil sie den Augenblick einfing, und mehr noch: Beide lüfteten den Vorhang vor dem Tod für einen Moment, hielten die Zeit an, alle Bewegung, öffneten eine Tür zur ewigen Dauer. Darum fotografierte sie in Paris wohl auch hauptsächlich Friedhöfe. Aber all das hatte sehr wenig mit der modernen Welt und deren Dokumentation zu tun, mit den Gründen also, um derentwillen ich mich von Kolzow für die Fotografie hatte begeistern lassen.

Plötzlich fragte Marina trotzdem, ob auch ich in dieser grauenvollen Missgeburtensprache schriebe, das sei ja nicht einmal Russisch.

Nein, Marina, ich schreibe auf Französisch, sagte ich.

Du kommst nach Russland und schreibst auf Französisch. Wärst du in Frankreich geblieben, hättest du meine Texte übersetzen können, da du die Sprache so gut kannst.

Marina, ich wollte nicht in Frankreich bleiben. Ich wollte in die Sowjetunion.

Wenigstens hast du gelernt zu arbeiten. Etwas anderes wird hier ja nicht respektiert.

Als wäre das eine Art Strafe. Aus den Lautsprechern dröhnte ein

Radau aus Pionierliedern, Volkstänzen und Durchsagen. Marina redete weiter, aber es war schwer zu verstehen, was sie sagte, gut so, denn ich wäre nur noch wütender geworden.

Vor dem Sahnetortenpavillon der Ukraine entschied ich, dass wir hineingingen, und so führte ich Marina in einen üppig dekorierten, geschmacklosen Zuckertraum.

In dem weitläufigen runden Saal, einer riesigen weißen Halle, die einer Kirche glich, schlugen uns Kühle und der Duft von frischem Stein und Kalk entgegen. Durch die Kuppel fiel Licht wie im Pantheon. Frauen in Tracht mit hohen hellen Kopfbedeckungen hatten sich zu einer rituellen Formation ins Licht gestellt, Weizen- und Haferähren, Feier der Fruchtbarkeit, aber keine Männer weit und breit, auch hier lagen die Errungenschaften der Volkswirtschaft in Frauenhand.

Ein erstaunliches, klares Lied erklang in der Haupthalle, ein junges Mädchen sang mit der tiefen, starken Stimme einer Erwachsenen ungehemmte lange Phrasen, wie der Flug eines Adlers. Die Menschen waren stehen geblieben, um zuzuhören, und unsere Schritte hallten und störten die konzentrierte Atmosphäre, missbilligendes Stirnrunzeln, psst. Wir mussten kurz anhalten. Die Stimme des Mädchens hallte wie vor einer Bergkulisse.

Man hätte glauben sollen, dass diese ruhige Erhabenheit vor Marina Gnade finden und sie beruhigen würde, aber nein, plötzlich stürzte sie wie eine Geisteskranke auf das Seitenschiff zu, woher dieses Tempo, die Kraft, wie ein Gebirgstier, suchte sie etwa nach einem WC? Ich eilte ihr nach wie einem kleinen Kind, aber die Kolchosenarbeiter, die mir entgegenkamen und einen schwülen Schweiß- und Fettgestank ausdünsteten, versperrten mir den Weg.

Als ich in den Saal kam, der sich nach dem Gang auftat, saß Marina schon in einer als tatarische Kaffeestube dekorierten Nische auf einem niedrigen Schemel, wo man ihr starken Kaffee aus einer kleinen Kupferkanne servierte, ist der gut, nicht einmal in Paris hat man echten Tatarenkaffee bekommen, der Satz knirscht zwischen den Zähnen, ah, und auf einmal strahlte Marina, sprach Männer von der Krim an, setzte ihre ganze Anziehungskraft ein, ich haben diesen Berg bestiegen, sage ich euch, und zwar barfuß, und bestimmt kennt ihr Max, Max Woloschin, alle kannten ihn. Sein Haus am Fuße des Karadag-Massivs, da habe ich gewohnt, jeden Sommer, wir waren viele, wir lebten von

Sonne und Wein und süßen roten Zwiebeln, jeden heißen Sommer bis zum Mord am Zaren. Die Männer brachten ein Buch zum Vorschein, zeigten Bilder, auch das Haus von Max war darauf zu sehen.

Ich achtete darauf, dass sie mich nicht sah. Ich hörte heimlich zu, beobachtete sie. Noch immer konnte ich mich unsichtbar machen. Auf den Informationstafeln sah man Häfen, Kriegsschiffe, Badeorte, schmale Gassen, die steil zum Meer hinunterführten, die Wäsche flatterte wie Wimpel in diesen Gassen, der schwarze Berg, Karadag.

Bis zu meinem fünften Lebensjahr hatte ich die Sommer auf der Krim verbracht, auch ich hätte mich an etwas erinnern müssen, aber nicht einmal einzelne Splitter kamen mir in den Sinn. Außer denjenigen, die Marina immer und immer wieder erzählte, die immer gleichen Bilder, Pra und Max, Fotos vom Sommerparadies, nostalgisches Zeug, so etwas konnte ich als Ballast nicht gebrauchen, ich hatte ein neues Leben.

Aber ich war erleichtert. Für einen Augenblick war Marina glücklich, und sei es in diesen lächerlichen Kulissen der Vergangenheit. Die ganze Messe war nichts anderes, dachte ich, eine Spektakelschau der Sowjetunion, verschwundene Stachanowfrauen als Teil einer großen Inszenierung. Auch die komi-syrjänischen Frauen sollten nur eine bestimmte Rolle in einem großen Theaterstück spielen, das nicht realer war als der Glanz der Modenschauen in Paris. Ich wusste nicht, ob ich selbst nur Betrachterin war oder auch eine Rolle einnahm, eine, deren ich mir nicht ganz sicher war. Aber darüber würde ich nicht schreiben können. Ich konnte es nicht in meinen Artikel aufnehmen.

Die Steine waren glatt, kühl und weich, ich nahm einen davon in die Hand. Ein ganzer Steinstrand war hergeschafft worden, fast wie im Scherz, die größte Sinnlosigkeit, bloß Ästhetik für Urlauber, wer hatte eine solche Entscheidung im Messekomitee durchgesetzt? Aber vielleicht handelte es sich auch hier um eine nationale Errungenschaft: ein natürlicher Strand aus Steinen.

Du hast tagelang mit Steinen gespielt, Alja, erinnerst du dich? Das war Marinas Stimme. Meine Mutter stand neben mir, schief getretene, rissige Kordschuhe, zerfasernde, löchrige, hautfarbene Strümpfe. Du hast sie ins Wasser, in die Luft, in alle Himmelsrichtungen geworfen, hattest immer Steine bei dir. Solche Farben, solche Steine gibt es nirgendwo sonst.

Ob es dort noch so ist, wie es war, seufzte Marina und wippte auf den Fersen wie ein kleines Mädchen. Das Meer, die Berge, das Licht, die Steine? Sie streifte die Schuhe ab, zog die Strümpfe aus, ein stechender Geruch, behaarte Beine, in diesem Sommer war sie nicht braun geworden, sie stieg über die Schnüre, die nicht höher gespannt waren als bis zur Mitte des Unterschenkels, und ging auf den Steinen hin und her, und die Steine klimperten, rieselten, es hatte etwas Vertrautes an sich.

Marina, komm zurück, rief ich, aber Marina lachte, ein störrisches, kindlich provozierendes Lachen. Ich war entsetzt, denn ich wusste, was das bedeutete.

Hörst du, was die für ein Geräusch machen, die Singsteine? So etwas gibt es nirgendwo sonst. Erinnerst du dich nicht? Wir gingen stundenlang. Du und ich, wie glücklich wir waren.

Und dann geschah, was ich vorhergesehen hatte, aber nicht mehr verhindern konnte, alles kam so plötzlich, und doch hätte ich es ahnen müssen, die Wächter eilten herbei, wo hatten sie nur gestanden, wahrscheinlich hatten sie dem Lied des Mädchens gelauscht, und hoben Marina an beiden Armen hoch wie ein Blatt.

Frau Genossin, das ist streng verboten.

Ich kauerte noch kurz auf dem Fußboden, spürte, wie sich die vertraute Scham in meinen Gliedern ausbreitete wie eine dicke Paste. Was für ein sonderbarer Mensch, meine Mutter, sie ist verrückt. Niemand sonst hat so eine Mutter, eine solche Närrin.

So kann man einen Menschen nicht behandeln, rief Marina, keinen Menschen. Wisst ihr nicht, wer ich bin?

Ich stand auf und ging zu den Männern. Auf dem Weg bemerkte ich, dass ich einen Stein der Schwarzmeerkulisse umklammerte. Ich schob ihn in die Tasche, Gelegenheit macht Diebe, und das war nicht das erste Mal.

Všenory
August 1923

Die Pelargonie braucht Wasser, erklärte Alja fordernd, als sie wieder herauskam, sie hatte sich bereits angezogen, so, wie Marina es erbeten hatte, trug das abgewetzte graue, löchrige Kleid. Die Säume schnitten in die Schultern, das Kleid war hoffnungslos zu klein, aber es lohnte sich nicht mehr, es weiter zu machen, es würde auseinanderfallen.

Das Mädchen drängte sich an Marina, als diese den letzten Rest Wasser aus der Regentonne in die Waschschüssel laufen ließ. Der Atem des Kindes roch nach süßem Schlaf, es hatte nichts gegessen, viel war für den letzten Tag auch nicht übrig, sie würden auf dem Weg zur Burg Früchte sammeln müssen, die gab es immerhin überall, Birnen, Äpfel, Süßkirschen.

Marina sagte, das Wasser würde nur zum Waschen reichen, diese verflixte Pelargonie, deren Wurzeln faulten vom vielen Gießen bereits. Und weil das Mädchen immer weiter bettelte und versuchte Wasser aus dem leeren Fass zu angeln, wurde Marina allmählich böse. Alja behandelte die Pflanze, als würde diese unter ihren Blättern die Däumeline versteckt halten. Sie redete tatsächlich zu ihr wie zu sich selbst, das hatte Marina bemerkt, hütete sich aber, es zu tun, wenn jemand es hören konnte.

Sie wird ohnehin sterben, wenn es Winter wird, sagte Marina, du kannst sie nicht mitnehmen.

Das brachte das Kind aus der Fassung, s-sie ist aber v-voller K-Knospen, stotterte es, haben Sie das nicht gesehen, Marina, ich habe versprochen, sie mitzunehmen, i-ich werde mich auch u-um sie kümmern.

Wem hast du das versprochen, fuhr Marina das Kind an, dieses geistesschwache Stolpern beim Sprechen brachte sie besonders in Rage, konnte sich das Mädchen denn an diesem Morgen nicht im Geringsten beherrschen.

Und wenn man die Wörter nicht richtig aussprechen kann, fügte sie hinzu, ist es besser, überhaupt nichts zu sagen. Die Lippe zitterte noch immer, das Mädchen brachte keine Bitte um Verzeihung heraus, sosehr es sich auch bemühte. Marina sprach weiter, das Kind könne keine Blumentöpfe in den Zug schleppen, in den Anweisungen stehe genau, was man mitnehmen durfte.

Alja riss sich zusammen, bettelte sie nun an, die Pelargonie mit in die Schwedenstraße zu nehmen und sie so lange zu versorgen, bis Alja aus dem Lager zurückkam. Die Worte gingen ihr nur schwer über die Lippen, aber jetzt stotterte sie wenigstens nicht mehr.

Unsinn, sagte Marina dennoch, um was sollte sie sich noch kümmern, sie musste den Umzug allein machen, sämtliche Koffer und Taschen den Berg hinauf schaffen, die Gedichte und Tragödien, sie konnte sich keine unnütze Pflanze aufhalsen, was war eigentlich daran, an diesem hässlichen Gewächs.

Das Mädchen atmete ein paarmal tief ein und aus und sagte dann, es habe Serjoscha versprochen, sich um die Pelargonie zu kümmern.

Als würde sich Serjoscha um alles Kraut dieser Welt scheren, dachte Marina, quälte das Kind aber nicht weiter, Serjoscha brachte gar nichts zum Wachsen, nicht einmal seine Kartoffeln.

Deine Pelargonie geht nicht ein, wenn sie mal einen Tag kein Wasser bekommt, sagte sie schließlich, weißt du, die Natur trägt um die Ihren Sorge. Auch von dieser Landschaft konnte man nicht sagen, wovon mehr da war, Leben oder Tod, vielleicht nur Masken des Todes, mit denen die Natur sich schützte. Die Blätter an den Bäumen waren müde von der Hitze, staubig grau und wächsern, sie warteten auf Regen. Die Natur änderte sich nicht, nein, sie umgab sie überall wie der Kokon die Motte.

Dann fragte das Mädchen, ob auch das Gras wieder wachse, wenn es regnete, und sie sagte, alles würde belebt werden. Aber der Mensch nicht, auch wenn man ihn noch so gießt, wenn er einmal tot ist, sagte Alja, nicht wahr?

Nein, der Mensch erwacht nicht zum Leben, wenn er einmal gestorben ist, antwortete Marina gereizt, oder etwas in ihr, die Stimme klang fremd, sie spürte einen Kloß im Hals, erinnerte sich an den nächtlichen Druck, sie war davon aufgewacht, dass jemand sie würgte, als wäre es ihre Mutter gewesen, Maria Meyn mit dem Kerzenhals, die Finger um ihre Halsgruben gelegt, jetzt erinnerte sie sich.

Aber die Seele des Menschen stirbt nicht, Marina, sagte Alja entschieden, ebenso entschieden, wie sie zuvor dem Himmel getrotzt hatte. Sie ist unsterblich. So haben Sie es mir gesagt. Und jetzt sage ich es Ihnen.

Sie konnte das Mädchen nicht in die Arme schließen, sie hatte es nie gekonnt, aber jetzt hätte sie es tun wollen. Woher wusste das Kind immer die richtigen Worte, trotz allem? Es war klüger als sie. Darum graute ihr vor der Aussicht, den ganzen Herbst ohne das Mädchen auskommen zu müssen, als wäre sie gezwungen, eine Lunge, mit der sie atmete, herzugeben.

Ein weißes Laken, ein unbeschriebenes Blatt, ohne Trauer, sagte Alja, als sie konzentriert die Hose mit dem Spitzensaum auswrang, damit das Wasser auf die Pelargonie tropfte, sie hatten schließlich einen Kompromiss für das Gießproblem gefunden, auch wenn das Schicksal der Pflanze damit noch nicht geklärt war.

Wäre das ein guter Vers, Luchs?, fragte das Mädchen und reichte Marina das Kleidungsstück. Kommt auf das Gedicht an, Hippo, antwortete sie und hängte es zum Trocknen auf die Leine, es hängt vom sonstigen Rhythmus des Gedichts ab, davon, was du damit ausdrücken willst, vom Metrum des Gedichts.

Und woher kennt man das Metrum?, fragte das Mädchen dann, noch musste es sich beim Wäscheaufhängen auf die Zehen stellen, aber bald wäre es flinker als sie, sollten sie nächsten Sommer hierher zurückkehren, so wie sie es geplant hatten, würde das Mädchen sie schon überragen.

Das kann man auch nicht kennen, sagte sie, denn darauf wusste sie zu antworten, trotzdem hängt alles davon ab, man spürt es einfach. Sie war selbst schlecht im Zählen, auch wenn sie die rhythmische Algebra der Versmaße einigermaßen begriff. Das griechische Metrum und der Rhythmus der russischen Sprache hatten nicht viel miteinander zu tun, das war, als würde man Seljanka mit der Gabel essen wollen. Aber vielleicht sollte man gerade darum versuchen, sie miteinander zu verbinden, die Amme in *Fedra* im archaischen Rhythmus der Volkslieder sprechen lassen und Fedra selbst im Rhythmus des hämmernden Herzens. Aber die Versmaße musste man kennen, sie waren ein Werkzeug beim Herausarbeiten der Seele, wie auch der junge Bachrach gesagt hatte.

Sie bat das Mädchen, das Metrum in Puschkins Gedicht «Ich liebe dich wohl immer noch» zu erkennen. Es sprach ihr die Verse nach, klopfte mit dem Fuß leicht den Takt, paDAm, paDam, erkannte das Metrum und den Rhythmus, konnte ihn aber nicht benennen, obwohl sie Alja im Sommer die Begriffe beigebracht hatte, als sie selbst alles noch einmal rekapituliert hatte.

Marina bat das Kind zu zählen, auf die Betonung der Silben zu achten, darauf, wo der Atem die Silbe zur Erde drückte und wo sie wieder Luft unter die Flügel bekam: unbetont, betont, unbetont, betont, sie atmeten die Silben gemeinsam.

Jambus, erinnerte sich das Mädchen, der Jambus, den Puschkin so liebt.

Sie bat das Mädchen, die Silben pro Vers zu zählen, das war schon schwieriger. Aber das Mädchen hatte einen schnellen Verstand und stellte fest, dass sich in den Versen des Gedichts der zweisilbige Versfuß fünfmal wiederholte. Es war also ein Pentameter. Das ganze Gedicht war in jambischen Pentametern geschrieben, wie auch die Blankverse von Shakespeare, rief sie dem Mädchen in Erinnerung, aber Puschkin setzt den Rhythmus auf russische Art ein und platziert auch die Zäsur auf völlig andere Weise.

Selbstverständlich, Engländer und Russen schweigen auf unterschiedliche Art, sagte das Mädchen klug, darum müssen auch die Pausen an unterschiedlichen Stellen kommen, und es sagte weiter Puschkins Gedicht auswendig auf, wobei sie mit der Ferse den Takt schlug: *O gewähre der Schöpfer ihr jemanden, der sie liebt.* Das Mädchen war vom Wechsel des Metrums irritiert, es geriet fast in Panik, als hätte es selbst einen Fehler gemacht. Marina beruhigte das Kind: Puschkin bricht das Metrum und variiert die Rhythmen mit Absicht, um Gefühlsintensität und Kraft hervorzubringen, die ganze Vitalität. Die Liebe besitzt nie nur ein Kalkül.

So einfach ist das, sagte sie dann, so leicht entsteht ein Rhythmus, sagte sie zu dem Mädchen, ebenso leicht wie das Leben selbst. Und ein Gedicht prägt man sich besser ein, wenn man seinen Rhythmus kennt, sagte das Mädchen zum Schluss.

Jetzt überlegst du dir, welchem Metrum sich dein Vers am besten beugt, sagte Marina, als sie endlich die Wäsche auf der Leine hatten, und gab dem Mädchen Zeit bis zum Abend, den Vers in die fertige Form zu bringen und ins Manuskript aufzunehmen.

An einem gewöhnlichen Tag hätten sie bis zum Mittagessen mit Poetik weitergemacht, aber jetzt mussten sie die Liste der Bogengardts durchgehen, die gesamte Lagerausrüstung. In der Vorwoche hatten sie ausschließlich nach dieser Liste gelebt, sie hatte den Takt bestimmt, sieh nur, Alja, auch die Liste hat einen Rhythmus, hatte sie gesagt, alles hat einen. Sie war von der Hitze erschöpft gewesen, weil sie am Wenzelsplatz durch die Geschäfte gerannt war, auf der Suche nach allem möglichen Fummel, und hatte am Ende nicht mehr gekauft als zweimal Unterwäsche, aber die war immerhin blendend weiß wie Leichentücher. So sauber war sonst kein Unterhemd, auch nach dem Waschen nicht. In den Koffern lagen nicht so viele Garnituren, wie es die Liste der Bogengardts verlangte, es passte gar nicht mehr hinein, und wer besaß schon eine solche Menge Kleider in der richtigen Größe, unbeschädigte weiße Strümpfe für jeden Wochentag, sie würde stopfen, wenn es Strümpfe zum Stopfen gäbe, hier hatte sie erst gelernt, Nadel und Faden zu benutzen, Wollschals zu stricken, Olga Maximowa hatte es ihnen beiden beigebracht, nachdem sie ihre Wäsche auf der Leine gesehen hatte, mit klaffenden Löchern. Weiße Strümpfe, Hemden und Unterhosen, alles sieben Mal, wo sollte sie die hernehmen, da Alja bis dahin nur einen Satz Unterwäsche zum Wechseln gehabt hatte?

Und vergiss nicht, dein Heft mit auf den Ausflug zu nehmen, sagte Marina noch einmal, als die Liste überprüft war. Wir können zusammen schauen, was dem Text noch fehlt, dann ist es für dich leichter, im Lager am Manuskript zu arbeiten.

Das Mädchen wollte wissen, was in seinen Heften denn fehlte, hatte es denn nicht alles aufgeschrieben, woran es sich erinnerte, alles, was sie von der Revolution gesehen und gehört hatten. Die Wahrheit, Alja, sagte sie. Wir müssen schauen, was von der Wahrheit fehlt, das wollen wir aufschreiben, die Wahrheit über das Leben, über Moskau, über die Revolution, über unsere eigenen Seelen. Die Wahrheit kennt keine freien Tage, mein kleines Hippo.

Wie erkennt man die Wahrheit?, fragte Alja. Man kann sie nicht erkennen, sagte Marina, man muss sie spüren.

Sie war wieder voller Eifer, ja, vielleicht würden sie das Manuskript noch heute fertigbekommen, am Abend die fehlenden Teile schreiben, auch die frisch erwachten Berge würden dann in ihren Worten, in ihrer Entscheidung widerhallen.

Solche Morgen wie diesen würde sie am meisten vermissen, sie lauschten einander, und die Welt um sie herum war still, hallte in ihren Wörtern und Gedanken wider, in den kleinen gemeinsamen Gesten, wie gut sie aufeinander hörten, ein Geist, eine gemeinsame Seele. Aber die Morgen hatten die Angewohnheit, unterbrochen zu werden, von der Arbeit, von Verrichtungen, davon, dass man irgendwo hin oder etwas tun musste, von überraschenden Besuchern, so wie jetzt. Alja fuhr aufmerksam herum, sie hatte es nicht vergessen, sondern im Hintergrund gewartet, gewartet, und jetzt endlich, endlich der Brief, der Brief kommt, rief das Mädchen und rannte los, das letzte Unterhemd blieb nur an einem Ärmel an der Leine hängen. Marina korrigierte es mit einer zweiten Wäscheklammer.

Zuerst kam der Hund.

Onegin!, rief Alja und konnte das kurze Ausschlagen der Enttäuschung nicht verbergen, obwohl sie das Tier mit dem ganzen elastischen Klang seines Namen rief, es war kein Hundename und in Marinas Ohren bloß eine Entehrung. Aber so war Olga Andrejewna Maximowa, benannte ihren Mischling nach einem eitlen Helden, die rundliche, nach Erde riechende Olga, die jetzt anstelle des Postboten mit schweren Schritten das Grundstück betrat und in beiden sommersprossigen Händen Milchkannen trug. Die Milchfrau, ohne eine solche kam man nicht einmal hier aus, sie tauchte auf wie ein böses Omen. Aber Olga dachte immer an sie, brachte ihnen ungebeten die Milch, wenn sie sich ihre eigene holte.

Alja küsste Olga auf beide Wangen, Ariadna Sergejewna, sagte Olga und reichte Alja eine Milchkanne. Alja trank direkt daraus, obwohl Marina es verbot, und die Milchhaut hing dem Mädchen dabei an der Lippe, es sah abstoßend aus.

Lass das Mädchen trinken, tadelte Olga Andrejewna fast, es hat Durst. Es war nicht ihre Sache, sich in Marinas Erziehungsmethoden einzumischen, trotzdem wagte sie es, die Vermutung zu äußern, dass nichts Anständiges zum Frühstück im Haus war.

Nein, es ist nichts da, sagte Marina absichtlich provozierend, obwohl sie am Morgen nicht in die Schränke geschaut hatte, das Mädchen hatte sich etwas herausnehmen dürfen, das Kind hatte dauernd bohrenden Hunger.

Alja hielt ihr die offene Kanne unter die Nase, trinken Sie auch, Marina, aber die süße warme Milch mit der Haut darauf löste Übelkeit bei ihr aus, so wie immer. Sie verschloss die Kanne, man müsste sie in den Keller bringen, damit sie bis zum Abend abkühlte. Sie hatte selbst Hunger, obwohl sie versucht hatte ihn mit Kaffee und wer weiß wie vielen Zigaretten zu betäuben.

Danke, Olga Andrejewna, sagte Marina, Sie sind zu freundlich.

Sie hatte die Phrasen gelernt, auch wenn sie sie nicht anwenden wollte. Olga war die Einzige, mit der sie beschlossen hatte, im Einvernehmen zu bleiben, und darum versuchte sie, liebenswürdig gegenüber der Alten zu sein. Es war ein Fehler gewesen, am Anfang Essen von fremden Leuten anzunehmen, wenn man zu stolz war, um sich zu bedanken, da machte man sich nur Feinde, aber wenn man hungrig ist, denkt man nicht darüber nach, nicht, wenn man hungrig ist oder Angst vor dem Hunger hat.

Morgen reisen Sie ab?, fragte die Alte. Die Furchen ihrer Haut glänzten wie Fasern von Rinde, die Lider glichen Astlöchern, das graue, holzige Haar unter dem weißen Kopftuch war feucht vom Schweiß, lange würde Olga nicht mehr wie bisher arbeiten können.

Alja reist morgen früh ab, antwortete Marina. Ich bleibe hier, bringe das Haus in Schuss und ziehe am Wochenende in die Stadt.

Wie schaffen Sie das nur alles allein, lamentierte Olga, ohne Mann, ohne irgendwen? Das war der Grund, warum sie sich normalerweise unter anderen Leuten nicht wohlfühlte, sie brachten sie schon mit einem halben Satz dazu, dass sie sich unpassend und untauglich vorkam. Aber waren sie denn nicht am Leben, auch wenn die Laken Löcher hatten und nicht jeden Morgen sofort etwas zu essen auf dem Tisch stand, bislang hatte sie noch jeden Tag etwas Essbares gefunden, und sei es durch Betteln, sogar in den entsetzlichen Wintern in Moskau.

Ein Pferd bräuchte ich, keinen Mann, lachte Marina, weil sie sich an das Pferd erinnerte, das sie am Morgen im Wald zu sehen geglaubt hatte. Olga schaute sie verwundert an, was?, nichts, nichts, was Sie verstehen würden. Olga Andrejewna schüttelte den Kopf, während sie sich umblickte, noch immer lagen überall Sachen herum, Plunder, auf der Treppe ein offener Koffer, halb gepackt, das arme Mädchen.

Wer sagt mir jetzt Verse auf, wenn Ariadna fort ist?, seufzte die Alte und drückte Alja an sich. Das Mädchen erschrak und versteifte sich, es war die Nähe fremder Menschen nicht gewohnt, auch die von Olga nicht, die Alja sonst wie ihr eigenes Enkelkind behandelte.

Wir geben Ihnen alle Gedichtbücher, die wir nicht mitschleppen können, sagte Alja, als versuchte sie, um Verzeihung zu bitten, und befreite sich dabei aus der Umarmung der Alten, nicht wahr, Marina, das tun wir doch?

Auf Brot kann ich verzichten, aber nicht auf die Bücher, sagte Marina fast wütend. Sie war nicht einmal bereit, über die Bücher Scherze zu machen.

Olga ließ das Mädchen los.

Du kannst dich glücklich schätzen, Marina Iwanowa, dass du so ein Mädchen hast, seufzte Olga und bewegte die leeren Hände, denn sie war es so gewohnt, ihre Enkelkinder zu umarmen, das Mädchen wird sich um dich kümmern bis zum Grab. Ihr seid wie aus einem Holz, ihr beiden. Da kann sich die Welt nicht dazwischendrängen.

Olgas Stimme brach, aber Marina schnaubte. Serjoscha dachte anders, er hatte dafür gesorgt, dass die Welt zwischen sie gekommen war, weil er glaubte, sie sei nicht fähig, für eine ausreichend vielfältige Ausbildung des Mädchens zu sorgen. Und Marina mochte nicht unnötig Tränen vergießen, was ging die fremde Frau ihre Lage an.

Aljas Zug fährt morgen um elf Uhr ab, sagte sie trotzdem, vom Kaiser-Franz-Joseph-Bahnhof.

Vom Hlávní Nádraží also, korrigierte Olga, sie war schon länger im Land und hatte sich angewöhnt, über die Orte zu sprechen, wie es die Tschechen selbst taten.

Das ist der Wilson-Bahnhof, warf Alja ein, benannt nach dem Befreier Tschechiens.

Offenbar hatte Serjoscha dem Mädchen den offiziellen Namen des Bahnhofs beigebracht und ihm eine Geschichtsstunde über das Selbstständigwerden des Landes mit Unterstützung des amerikanischen Präsidenten gehalten.

Das Ehepaar Bogengardt, das sind Engel, sagte Olga, die würden glatt alle Waisenkinder der Welt für ihre Schule adoptieren, wenn sie es könnten.

So dachten die Leute über Wsewolod Alexandrowitsch und Olga Nikolajewna, aber Marina vertraute dem Ehepaar, das der Emigrantenkinderschule vorstand, nicht, trotz Serjoschas Beteuerungen. Auch jetzt im Sommer wussten die Bogengardts noch nicht, wer im Herbst in der Schule Russisch unterrichten würde. Auch das Gebäude war bloß eine Militärkaserne, ein Bunker, ein Lager, wie wollte man den Kindern da Bildung beibringen, man würde sie wie am Fließband zu sprechenden Puppen machen.

Das Kleid wollten wir uns noch ansehen, erinnerte Olga. Oder hast du schon etwas damit gemacht?

Marina zuckte mit den Schultern, nein, habe ich nicht. Sie hatte es versucht, war aber zu ungeschickt mit Nadel und Faden gewesen. Zum Glück fragte Olga danach, so musste sie nicht selbst darum bitten. Olga sagte, sie könne das Mädchen mitnehmen und das Kleid am Vormittag ändern. Aber wenn das Mädchen jetzt mit Olga ginge, würden sie den ganzen Tag nicht wieder loskommen. Also wurde beschlossen, das Kleid sofort in Augenschein zu nehmen und die Maße des Mädchens zu nehmen.

Alja sprang ins Haus, noch bevor sie jemand darum bat, und Marina und Olga konnten noch eine Weile über das Vertrocknen des Grases und das Wachstum des Kindes lamentieren, über die alltäglichen Dinge. Olga suchte Gesellschaft, jetzt, da ihr Sohn mit seiner Familie nach Paris gegangen war und sie allein zurückgelassen hatte. Über Gedichte konnte Marina mit der Alten nicht reden, mit niemandem hier. Dennoch lag etwas Beneidenswertes in Olgas Fähigkeit, im Dorf heimisch zu werden wie in ihrem eigenen und dabei in Sitten und Worten Russin zu bleiben, eine Großmutter ohne Enkelkinder.

Alja kam unverzüglich mit dem Kleid wieder heraus. Marina hatte vergessen, was sie da zustande gebracht hatte. Sie hatte die Ärmel aufgetrennt, aber schon das Heften nicht zu Ende gemacht, weil der Versuch gleich zu verhedderten Fäden führte. Olga sah sich die Arbeit an und lachte wohlwollend.

Sie hatte Marina im letzten Winter das Stricken beigebracht, denn in diesem Winkel konnte man alles Warme gebrauchen. Marina hatte Alja vor der Abreise einen roten Schal stricken wollen, hatte damit auch angefangen, war an den Sommerabenden aber nur langsam vorangekommen, ihr fehlte die Geduld, sich zu konzentrieren, rechts, links, aufnehmen, fallen lassen, aber dann hatte das Mädchen das Strickzeug in die eigenen Hände genommen, und sie hatten abwechselnd gestrickt, und da hatte sie gemerkt, dass dies Wut und Trauer besser besänftigte als alles andere, links, rechts, links, rechts, bis zum Winter wären der Schal für das Mädchen und ein blauer Pullover für Serjoscha fertig, sie hätte den ganzen Herbst Zeit dafür, die Abende auf der Kuppe der Stadt, allein, frei, ein neues Leben.

Es ist genauso leicht wie Gedichtemachen, Marina, plapperte Olga, du nähst einfach Stich für Stich, wie du die Wörter in die Zeile schreibst. Man muss nur die richtige Stelle wissen. Und die Fäden straff genug ziehen, so straff, dass der Stich auch die Toten in der Erde hält. Dann kannst du dich damit sogar ernähren.

Wir werden daraus schon noch ein Kleid machen, lachte Olga nun. Wir müssen nur bei dem Mädchen Maß nehmen.

Zum Glück ist Marina besser darin, Gedichte zu machen, sagte Alja, und Marina sah, dass sie es mit Stolz sagte. Plötzlich war ihr zum Heulen zumute, was waren das jetzt für sentimentale Anwandlungen. Olga merkte zum Glück nichts, weil sie probehalber versuchte den Fadenwirrwarr aufzubekommen und nach einem Maßband fragte, sie wusste gar nicht, wie treffend sie sich ausgedrückt hatte.

Alja fand tatsächlich in irgendeinem Haufen ein Maßband, Marina hatte nicht einmal gewusst, dass sie so etwas besaß, etwas, mit dem man wirklich Dinge auf dieser Welt abmessen konnte, der Maßstab und die Instrumente für die Geografie der Seele waren andere.

Bald wächst dir das Mädchen davon, meinte Olga, als sie das Maßband um die ungeduldige Alja schlang. Ihre Tante ist fast zwei Meter groß, sagte Marina, alle Efrons sind Riesen.

Die Schauspielerin, erinnerte sich Olga. Lilja Jakowlewna? Der neue Stern am Wachtangow-Theater?

Marina war überrascht. War Lilja Jakowlewna so berühmt, dass sogar Großmütter aus den Dörfern hinter dem Ural sie kannten, na, sie taugte bloß noch dazu, verlogene Freundinnen zu spielen, die bereit waren, jeden zu verlassen, wenn es ernst wurde, darum hatte sie auch von allen Frauen genug.

Nach dem Maßnehmen zeigte Alja Olga die Markierungen am Türrahmen, die sie mit Serjoscha eingeritzt hatte, sie bezeugten Aljas sommerliche Wachstumsschübe. Vor seiner Abreise hatte Serjoscha das Mädchen noch einmal gemessen, aber auch sich selbst und Marina, obschon sie längst aufgehört hatten zu wachsen. Demnach war Alja fast so groß wie sie.

Serjoscha war so achtlos, meinte Marina zu Olga, bestimmt wird uns

Paní Sasková einen neuen Türrahmen in Rechnung stellen, dabei haben wir nichts, womit wir ihn bezahlen könnten.

Die Markierungen mussten entfernt werden, bevor Paní Sasková das Haus begutachten käme, auch so eine Arbeit, im schlimmsten Fall musste man den Rahmen abschleifen und neu streichen.

Wenn sie sich darüber nicht beschwert, dann über etwas anderes, auch wenn es keinen Grund gibt, sagte Olga, ich kenne meine Vermieterin.

Marina klopfte mit dem Spazierstock gegen die grau gewordenen unteren Bretter an der Außenwand, gegen den zerfasernden Saum des Hauses.

Morsch sind sie, morsch, sagte Marina mit Paní Saskovás schnarrender Stimme, und obwohl ihre Imitation schlecht war, mussten Alja und Olga lachen.

Der Schnee hat daran gefressen, Paní Sasková, was können wir für Sturm und Regen, erwiderte Alja, die Unschuldige spielend.

Olgas Lachen nahm zu, es steckte sogar Marina an. Sie mochte Olga eben doch, es war einfach mit ihr, anders als mit den anderen Frauen, die nach jedem Brotkrümel schielten. Stimuliert von ihrem Publikum fuhr Alja als Paní Sasková fort: Ihr werdet mit eurem Besitz dafür einstehen. Wie gut das Mädchen seine Stimme in die einer alten Frau verwandeln konnte. Aber den habt ihr ja nicht, sprach Alja weiter, und Marina übernahm: Alle Erbstücke in Scherben.

Und als Nächstes Alja, die jetzt Marina spielte, und zwar gut: Wir haben nichts als die Seele. Wollen Sie einem Menschen die Seele rauben?

Und dann wieder Marina als Sasková: Eine halbe Krone wird man auf dem Zigeunermarkt schon dafür bekommen.

Mehr, dramatisierte Alja: Sie kann weissagen. Sie sieht in die Zukunft. Sie ist so alt wie Sibylla.

Sie blickte auf Marina und fuhr fort: Und meine Spitzendeckchen? Was habt ihr damit angestellt?

Oh, wie schrecklich, sagte Marina, nun mit ihrer eigenen Stimme, überstürzt. Das hatte ich ganz vergessen. Die muss ich ausgraben und hinlegen, all die Schätze der Dame.

Gleich am ersten Tag hatte sie den ganzen Nippes von Paní Sasková weggeräumt, überflüssiger Plunder machte sie nervös wie ein Gewitter in der Ferne. Wo war der ganze Plunder, wo hatte sie ihn hingesteckt, beim Vorbereiten des Umzugs war sie nicht darauf gestoßen, am Ende bekäme die Vermieterin noch die Gelegenheit, sie des Diebstahls zu beschuldigen. Nur den Wandteppich hatte sie hängen lassen, bei dessen Ornamenten man nicht erkennen konnte, ob sie Lilien mit Flügeln oder Vögel mit Blütenblättern darstellten.

Olgas dumpfes, gelassenes Lachen verhinderte, dass sich Marina weiter aufregte. Die Alte lobte sie und Alja als gute Schauspielerinnen, sie könnten ihr Leben auf der Bühne aufführen. Als umherziehender Zirkus, erwiderte Alja. Als Zigeunerzirkus, fügte Marina hinzu. Bis ans Ende unseres Lebens ziehen wir gemeinsam umher.

Aber die Sasková war fairer als die vorige Vermieterin, die sie ohne Grund an die Luft gesetzt hatte, meinte Marina. Auch Olga wusste nur zu gut, dass die alte Grubnerová ihr Häuschen als Ferienhaus vermieten wollte, was mehr einbrachte als die staatliche Unterstützung, und darum einen dreisten Grund erfand, sie vor Beginn der Ferien hinauszuwerfen.

Die Ungerechtigkeit dieser Person brachte Marina noch immer in Rage. Sie hatte befürchtet, die Frau hätte dafür gesorgt, dass sich die Stimmung der Einheimischen gegen sie wendete, hatten sie die Russen doch den ganzen Winter über neidisch beäugt, weil sie sich Butter und Milch als staatliche Essensbeihilfe vom Bauernhof holen durften, während die Einheimischen für ihr Brot schuften mussten wie zuvor, aber als die Sache vors Dorfgericht gebracht wurde, waren die Leute doch auf ihrer Seite, nur die Söhne jener Frau, diese übermäßig in die Höhe geschossenen Nichtsnutze, kamen und warfen Vogeleier ans Fenster. Manche waren eben so, leider, hatten die Dorfbewohner gesagt, wie man von Nachwuchs mit schlechten Manieren spricht. Die gab es auch unter den Russen, dank des Bolschewismus tanzten sie auf dem Tisch, hätte Marina am liebsten gesagt, das ganze Land liegt in den Händen von Schwindlern, aber sie hatte gelernt, den Mund zu halten, vor allem, wenn Russen in Hörweite waren, jeder der weißen Brüder konnte ein Agent der Tscheka sein und ans Büro von Dserschinski berichten, ans schwarze Herz von Moskau. Aber es war rührend, wie die Dorfbewohner die Verstöße einer Eigennützigen zu ihrer Sache machten und für die Flüchtlinge eintraten. Sie hatten viel mitgemacht, und darum ließ man sie in Ruhe, schließlich hatte der Präsident selbst sie als weiße Brüder willkommen geheißen, als Freunde in Not, das hatten sie jetzt erst erfahren. Die Russen selbst waren nicht so, die zeigten auch ihre Verwandten an, wenn sie sich dadurch einen Vorteil verschaffen konnten.

Schließlich gingen Olga und Onegin davon, Olga noch immer Tränen lachend. Sie versprach, das Kleid vor dem nächsten Morgen zurückzubringen, und wollte deshalb nicht Abschied nehmen, und Marina und Alja lachten Olga hinterher, weil sie beim Gehen genauso mit den Gliedmaßen schlenkerte wie ihr Hund, Alja ahmte Olgas Hundehaftigkeit ausgezeichnet nach.

Nachdem Olga weg war, empfand Marina eine sonderbare Leichtigkeit, fast Schwerelosigkeit. Für einen Moment hatten sie sich selbst, wie sie sonst waren, vollkommen vergessen, sie hatten die Anziehungskraft der Erde vergessen, die Art, wie der Mond die Seele, die Wasser, die Flüsse bewegte. Kurz stand die Welt still, das Grauen blieb fern. Und die Sorgen ließen nach. Sie sollte das in Erinnerung behalten: wie ihr Lachen, das Lachen dreier Frauen, einmal die Welt für einen Augenblick in eine neue Ordnung gebracht hatte, all ihre Fäden, die gekappten Enden. Dennoch, dachte sie, ist es gut, von diesem Dorf wegzukommen, in dem sie bald zu dem geworden wären, was der Dorfname verhieß: Zwei nasse Hunde, grau wie das Dorf, das so grau war, dass die Haare ihre Farbe verloren und den Steinen, Bäumen und Hügeln glichen.

Wann ist wann, wie lange noch, durch die Tage, Seite an Seite, Ellbogen an Ellbogen, durch lehmige Dörfer und Städte und Kolchosen, und nirgendwo bleibt eine Spur von uns, die offenherzigen Fenster der Datschen sind geöffnet, Qualmgeruch, Abfall wird verbrannt, schau Marina, die Frauen decken in weißen Kleidern den Tisch, zünden Kerzen an, die Haare hochgesteckt, wir sind immer noch in Russland, ein Meer ohne Ufer, so kommen wir nie ans Ziel, wie langsam der Körper ist, wie langsam der Zug, und nirgendwo ist der Himmel so weit, weit wie die Steppe, wie lange noch, schau die kleinen türkisfarbenen Hütten, Elsternnester auf Dächern, wie auf den Holzschnitten von Bilibin, wir könnten darin wohnen, könnten wir das nicht, und wenn ich das Mädchen dort in dem roten Kleid auf dem schwarzen Acker wäre, wenn ich sie wäre, wer wäre ich dann, wüsste ich, dass ich sie in diesem Moment beobachte, kann man das ahnen, kann man spüren, dass dich jemand betrachtet, wo spürt man das, ist die Seele auch fähig, die Toten aufzuwecken, die Lebenden zu sich zu rufen, und die Seele, sie ist schon angekommen, während wir erst hier sind, so ist die menschliche Seele, nicht wahr Marina, schneller als ein Expresszug

Marinas Antworten sind kürzer als Silben, und die Vorhänge bleiben zu, obwohl ein neuer Morgen angebrochen ist, grünes Meer, das Weiß der Bäume
wie lange noch bis dahin, wo Löwe schon auf uns wartet
am Bahnsteig steht
der Riesenlöwe
er nimmt uns in die Arme, schließt uns in die Arme wie der Wind, und wir gehen gemeinsam durch die große Stadt, breite Straßen, Koksgeruch

gemeinsam sind wir größer als die ganze Stadt, größer als die Welt, Marina sieht immer nur vor sich hin, lächelt nicht, verkriecht sich nachts unterm Bärenfell, aber schläft nicht, holt mich nicht neben sich
dunkel ist es, dunkel, dunkel, es ist Nacht, Nacht, Nacht
erzählen Sie mir etwas, Marina, bitte ich sie wieder, als es hell ist und ich ihr graues Gesicht sehe, grau oder weiß, in einem bestimmten Licht ist es blau, erzählen Sie mir von Löwe und Luchs, erzählen Sie mir noch einmal, wie Löwe am Strand genau den Stein aussuchen konnte, an den Luchs dachte, genau den blauen Stein, wie hieß er noch, Karneol, Topas, Achat, nein, sondern anders, ich weiß es nicht mehr, wir haben den Stein noch, wir haben ihn doch, er ist nicht zurückgeblieben, natürlich nicht, das ist mehrmals überprüft worden, der Stein vom Schwarzen Meer, erzählen Sie, Luchs, wie Löwe die Hand von Luchs nahm und wie sie über alle Berge hinwegstiegen, über den schwarzen und den weißen und über Meere und Wolken, und wie Luchs und Löwe ein Kind bekamen, und was das für ein Tag war, was für ein Wetter, was sie aßen und was sie dem Kind für einen Namen gaben
dem pferdehüfigen
der Jungfau aus dem Labyrinth
aber Marina sieht nur vor sich hin, lächelt nicht, schläft nicht, ob es Tag oder Nacht ist, sie sitzt da wie eine Statue auf einem Berg, erstarrt, ohne Tränen, wie lange noch, wie viele Tage, und wie oft bin ich im Zug von einem Ende zum anderen gelaufen
habe die Waggons gezählt
die Türen, Fenster, Knöpfe
die Tänzerin gesucht
Isadora heißt sie, sie ist in diesem Zug, ein Stern, sagen sie, wir haben einen Stern bei uns, stellt euch vor, und ich denke an die Sterne und an ihr Licht, ans Licht, und wie alle Kinder zu Isadora kommen, sie gibt ihnen ein Zuhause und Essen und Kleider und lehrt sie, sich zu bewegen wie die Wolken am Himmel, wie eine graue Katze in der Nacht
und der Zug bringt uns voran, in ein fremdes Land, in ein neues Reich, als Kinder eines neuen Königs, Zugvögel im Kielwasser, sie rufen krii kiri krii kiriii und zerschneiden die Luft wie scherengleiche Schicksale, so musste es geschehen, die Tochter des Königs verstößt ihren Vater,

betrügt ihren Liebsten, geht mit Fremden davon, nimmt mit, was am wichtigsten ist, um sich zu retten, sie haben das gleiche Blut, die Töchter der Könige von Kreta und Kolchis.

Moskau
August 1939

Die Übelkeit hatte bereits im Pavillon der Ukraine eingesetzt. Ich wollte nicht in eine der nach Fett und altem Suppenansatz stinkenden Kantinen in der Metrostation gehen, weil ich befürchtete, mich wegen der Gerüche übergeben zu müssen. Und dies war nun auch nicht der richtige Augenblick, um die große Neuigkeit mit Marina zu teilen.

Das Teehaus an der Metrostation passte uns beiden, dort gab es reichlich Platz, und Marina konnte in Ruhe und im Sitzen ihre Zigaretten rauchen. Trotz der Zigarettenspitze sah sie nicht besonders weiblich dabei aus, aber sie hatte eben immer gedacht, dass es sie interessanter als andere Frauen machte, wenn sie versuchte, das Geschlecht zu vergessen, und manchmal hatte sie erstaunlicherweise damit Erfolg gehabt.

Die Aufseher hatten uns streng zum Ausgang des Pavillons geführt und mich gebeten, dafür zu sorgen, dass die alte Frau nicht wiederkäme, zum Glück hatten sie nicht nach den Papieren gefragt, dann wären wir jetzt bei der Miliz, und denen könnte man nicht erklären, wer Frau Andrejewna eigentlich war. Ich hätte vorsichtiger sein müssen, den alten, verwirrten Menschen schützen müssen.

Marina drehte sich eine neue Zigarette und zündete sie an, während die alte noch im Aschenbecher qualmte, und sog zornig den Rauch durch das Mundstück. Seit der Episode hatte sie kein Wort gesagt. Den Koffer aus Paris hatte sie zwischen uns gezwängt und hielt den Riemen fest, denn sie bildete sich ein, jemand könnte ihn stehlen. Aber hier gab es keine Taschendiebe, anders als in Paris. Trotzdem tastete ich nach meiner Tasche, denn auch ich hatte mir von Paris eine gewisse Vorsicht bewahrt. Ich spürte den Stein, den ich halb versehentlich gestohlen hatte, zwischen den Unterlagen, in den Falten des Tuchs, glatt, weich, kühl, wie ein neues pulsierendes Geheimnis, für andere unsichtbar.

Wir bekamen unsere Teegläser, sie sind wie früher an solchen Orten, stellte Marina fest, in zierlichen, filigranen Podstakanniki, weißt du noch, und ich nickte, obwohl es mir egal war, ein nostalgisches Überbleibsel aus der Zarenzeit. Plötzlich hielt Marina inne und starrte wie ein Fuchs, der Witterung aufgenommen hat, zum Ecktisch, wo eine Gruppe Männer mittleren Alters saß, Intellektuelle, die sich ruhig, beinahe träge und resigniert unterhielten, vielleicht Schriftsteller oder Leute von einem Kunstkomitee. Marina zwickte mich ins Handgelenk, dass es wehtat, wach auf, Alja.

Sie winkte kurz, die Burschen sind aber alt geworden, flüsterte sie, ich hätte sie fast nicht erkannt. Anatoli Wassilijewitsch Lunartscharski, ein Freund von Blok, und Nikolai Nikolajewitsch Asejew, Schüler von Majakowksi, es kann niemand sonst sein. Ich erkannte nur einen der Männer, den tadschikischen Dichter Lahuti. Er schaute mit seinen schrägen Augen an uns vorbei, wie mir schien.

Auch sonst erwiderte am Ecktisch niemand Marinas Gruß, obwohl sie uns bemerkt hatten. Marina wollte aufstehen. Ich zog sie auf ihren Platz zurück. Die Männer blickten zu uns herüber, wenn Marina nicht hinsah, und als sie aufbrachen, machten sie einen weiten Bogen um unseren Tisch.

Marina drückte die Zigarette aus. Es war Nikolai Nikolajewitsch, schnaubte sie und wurde dabei auf kindliche Art laut, sodass die zur Tür geeilten Männer und die Leute an den Nebentischen es auch bestimmt hörten, er küsst nicht besonders gut, ist ungeduldig, ich würde sogar sagen, er kann es nicht.

Mama, du bist unmöglich, fuhr ich sie an, je weniger Leute wissen, dass du hier bist, desto besser, fuhr ich mit gesenkter Stimme fort und versuchte dabei, meinen Ärger im Zaum zu halten. Ich war nicht in der Stimmung, mit der Frau Dichterin deren Jugendromanzen zu teilen, immer die gleiche Geschichte, Jesus und der Feigenbaum. Meine Mutter konnte sich auch in einen Telegrafenmasten verlieben, wenn sie in der entsprechenden Stimmung war, und stellte sich dessen Gegenliebe vor, sobald er ein wenig im Wind zitterte, bis der Zauber vorbei war und sie begriff, dass der Mast von Anfang an ein krummer Hund gewesen war.

Du nimmst es also auch hin, dass es Marina Zwetajewa nicht mehr gibt, sagte sie scheinbar im Scherz. Es gibt nur noch die Andrejewna, ein Niemand ohne Papiere, ohne Vergangenheit.

Ich machte mir gar nicht erst die Mühe, ihr zu antworten, es wäre aber besser so, von mir aus könnten Marina Zwetajewa und ihre Gedichte beim nächsten Wimpernschlag aufhören zu existieren.

Sie könnten doch mit Serjoscha auf die Krim fahren, wechselte ich das Thema, sobald die Männer gegangen waren und sich faule Frühabendstimmung im Teehaus breitmachte. Bald würden auch wir gehen müssen, ich wollte Marina in den nächsten Zug nach Bolschewo schieben, sie und ihr wertloses Gepäck.

Wohin denn?, fragte sie. Meinetwegen nach Koktebel, schlug ich vor. Dort dauert der Sommer wesentlich länger als hier, sagte ich, und es gibt gute Sanatorien, das würde Vater guttun. Und Ihnen auch, Marina.

Ich habe nicht die Mittel für so etwas.

Bestimmt könnte das Innenministerium das finanzieren. Immerhin hat Vater voll gedient. Angeblich haben sie dort die besten Kardiologen.

Ich will nicht Teil von Serjoschas Verhältnissen sein.

Darauf antwortete ich nicht. Wir waren alle Teil dieser Verhältnisse, auch wenn sie davor die Augen verschließen wollte. Dach, Wände und Fußboden waren Teil der Verhältnisse, Marina war schon immer gut darin gewesen, im Selbstbetrug zu leben. Ihre Wahrnehmung erinnerte an den Sucher einer Kamera, sie war nicht bereit, über die Ränder hinauszuschauen.

Wir müssen bald gehen, sagte ich und reichte ihr die Stofftasche, die ich aus dem Salon mitgenommen hatte. Die Aufseher hatten sie für mich aus dem tatarischen Café geholt. Sie enthielt ihre vorläufigen Papiere, sie hatte vergessen, auf sie zu achten.

Nun wühlte Marina in der Tasche, es ist bestimmt noch alles da, beruhigte ich sie, aber sie machte weiter, niemand sonst hatte eine solche Unordnung in seiner Tasche, sie glich all den provisorischen Wohnungen, die wir gehabt hatten, in die ich nie Besuch mitbringen wollte, bevor ich überall saubergemacht hatte. Schließlich zog sie etwas in Seidenpapier Eingeschlagenes heraus und reichte es mir schüchtern.

Ein rotes Wollgeflecht glitt aus dem Papier. Ich faltete einen hauchdünnen, zerfaserten Schal auseinander, breiter als ein gewöhnlicher, eine Stola, ein altes Ding, an manchen Stellen schon löchrig, es musste repariert werden, war es das, was Marina wollte? Die kleine Magd soll es richten, wer sonst.

Ich hatte schon in Frankreich daran gedacht, sie dir zu schicken, sagte sie.

Danke, Marina Iwanowna, sagte ich und gab meiner Mutter höfliche Wangenküsse. Immerhin war ich noch für etwas gut: zum Stopfen und Auftrennen.

Die Winter sind so kalt hier, sagte sie und beugte sich nach vorn, um mir die Stola umzulegen. Sie roch nach Mottenkugeln und den feuchten Schränken in Paris. In Frankreich hatten wir von den Schals, die ich gestrickt hatte, leben können, bestimmt hatte ich auch die Stola damals gemacht.

Marina setzte die Brille auf. Bis dahin hatte ich sie noch nie in der Öffentlichkeit mit Brille gesehen. Aber jetzt waren die Männer fort, die nicht existierenden Liebhaber aus der Vergangenheit.

Das ist der erste Schal, den ich gestrickt habe, sagte sie.

Du? Du hast doch nie eine Strickarbeit fertiggekriegt, widersprach ich.

Du irrst dich, sagte sie. Den hier haben wir zusammen gestrickt. Sieh nur, er trägt unser beider Handschrift.

Der Schal war unbeholfen gestrickt worden, das sah man mit bloßem Auge, aber aus welcher Hand welche Teile stammten, war schwer zu erkennen.

Erinnerst du dich nicht?, fragte Marina nach, nun aber viel freundlicher.

Ich erinnerte mich. Wir hatten zusammen gestrickt, ich machte weiter, wenn die Augen meiner Mutter ermüdeten, links, rechts, links, rechts, Luchs und Hippo, nur wir zwei, die Maschen und die blauen Bäume des Waldes, die gemeinsame Bewegung der Hände.

Der passt zu deiner Jacke, fuhr Marina fort und trieb mich an aufzustehen, zeig mal, habe ich dir die nicht gekauft?

Ich nahm die naturweiße Popelinejacke von der Stuhllehne. Ich hatte sie die ganze Zeit bei mir gehabt, aber erst jetzt schenkte Marina ihr Beachtung.

Was hängst du sie so hin, die hat ja lauter Falten. Du musst besser auf deine Sachen achten. Es war eine teure Anschaffung. Das Teuerste, was ich je mit Geld angeschafft habe.

Mit Sicherheit war die Jacke das Teuerste, was wir je gekauft hatten. Da hatte sie recht. Aber wir hatten sie von meinem Geld gekauft. Sie gehörte zu den letzten Einkäufen in Paris, und Marina hätte selbst gern so eine gewollt, einfach und schön geschnitten, aus gutem Stoff, aber sie kaufte sie mir, wenn auch mit meinem Geld, von dessen Herkunft sie nichts wusste. Hätte sie es gewusst, hätte sie die Jacke nicht erstanden.

Man kann nicht nach Russland kommen und sich in Kleidern aus dem vorigen Jahrzehnt präsentieren, in Kinderkleidern, sagte Marina, als wir zum Einkaufen gingen, immerhin nicht in die Galeries Lafayette, sondern ins zweitvornehmste Kaufhaus, das auch nicht billig war. Als wäre es mein Fehler, dass ich in den alten Kleidern von anderen Leuten herumlief. Als ich an der Gare du Nord in den Berlin-Moskau-Express stieg, war ich endlich modisch gekleidet, alle Kleidungsstücke und Accessoires den neuesten Modemagazinen abgeschaut, auch nichts Selbstgenähtes, das sah man immer, wie sorgfältig ich auch war, nur Qualitätsarbeit von vornehmen Schneidereien.

Ich faltete die Jacke ordentlich zusammen, es war zu heiß, um sie anzuziehen, und schickte mich endlich an aufzubrechen. Zum Sieben-Uhr-Zug würde sie es schaffen. Marina stand widerwillig auf und sah mich hilflos an. Ihre Kleider waren schäbig und hatten Brandlöcher von den Zigaretten. Eine bemitleidenswerte alte Frau. Sie wird mit der Zeit sterben, zusammen mit ihren Reimen. Aber ich lächelte, ich lächelte nur, ich werde nicht die Beherrschung verlieren, so wie früher, ich halte Distanz, ich bin höflich, du bekommst mich nicht zu fassen.

Ich versprach ihr, sie mit der Metro zum Jaroslawer Bahnhof zu bringen. An der Tür schob ich die Hand in meine Tasche. Ich spürte den Stein, er war vollkommen glatt geschliffen.

Ich nahm ihn in die Hand und gab ihn Marina, ließ ihn auf ihre offene Handfläche fallen. Er war weiß wie ein Zahn, nicht blau und nicht türkis wie der Stein, den Serjoscha vor dreißig Jahren für Marina aufgelesen hatte, aber doch ein Stein vom Strand von Koktebel, so stellte ich es mir jedenfalls vor, es gab keinen zweiten, der ihm glich. Marina erkannte den Stein und sah mich zunächst fragend an. Vielleicht war das eine Geste der Versöhnung, eine Wiedergutmachung, ich war mir nicht ganz sicher. Vor der Miliz hatte ich ihr Verhalten nicht verteidigt, aber trotz allem war sie meine Mutter. Sie umschloss den

Stein mit der Hand und bedankte sich. Mir schien, dass sie lächelte, für einen Moment sah sie weicher aus als den ganzen Sommer über.

Schokolade, bring Mur Schokolade mit, befahl Marina, als ich ihren Koffer in den Lokalzug nach Bolschewo hievte.

Wir hatten den Sieben-Uhr-Zug verpasst, denn Marina war nicht bereit gewesen, mit der Metro zu fahren, wir hatten die Straßenbahn nehmen müssen, mit der es mehr als eine Stunde bis zum Bahnhof dauerte. Überall in Moskau brummten Tag und Nacht die Traktoren, sie rissen alte, rosenrote Mauern ein, türkisfarbene Wände, zerschlugen die Farben Moskaus zu Mosaiken und räumten dem neuen Moskau die alten Fundamente aus dem Weg, das Vergangene musste bis auf die Wurzeln ausgerottet werden, im Stadtbild wie im Menschen.

Die gute, die dunkelste von allen, die mag Mur am meisten, am liebsten mit Aprikosenfüllung, auch Kirsche geht, oder spanische, wenn es welche gibt, weil ich mit meinem Gepäck in kein Geschäft mehr komme, bettelte Marina. Nun ja, Murs Leckereien waren ihr nicht eingefallen, als wir an mehreren Gemischtwarenläden vorbeigegangen waren.

Murchen hat seine Leckerbissen verdient, fuhr Marina fort, wie schwer es der liebe Junge hat, wie großartig er durchhält. Marina verwöhnte Mur, aber das war nicht meine Sache, und sie behandelte ihn, als wäre er fünf.

In der Sowjetunion kann sich immerhin jeder Schokolade leisten, dachte ich, aber ich rief über den Lärm hinweg, ja, ich werde Schokolade besorgen, Marina. Schokolade für Mur. Die beste, die ich finde.

Ich trug den Koffer ins Sitzabteil, sorgte dafür, dass alles seine Ordnung hatte, Fahrkarte, Reisegenehmigung, die Genehmigung, am geschlossenen Bahnhof von Bolschewo auszusteigen, du zeigst alles brav vor, es lohnt sich nicht, Irritation auszulösen. Ich beherrschte meine Rolle gut. Da sie erst nach Einbruch der Dunkelheit ankommen würde, versprach ich, über die Nachbarn Serjoscha anzurufen, damit er sie abholte. Ich war eine folgsame Tochter, bis zum Schluss.

Murchens Schule fängt am Montag an, erinnerte mich Marina noch, als sie sich hingesetzt hatte, und ließ mich nicht gleich gehen. Wir hatten davon gesprochen, der Schulbeginn war in der Sowjetunion immer ein Familienfest, und Marina sah darin die Verheißung, dass sich das Leben in dem neuen Land doch irgendwie regeln ließe.

Wir gehen alle zusammen hin, erklärte sie. Ich sagte, ich müsse am

Montagmorgen in der Redaktion sein. Sie fragte, ob ich nicht freinehmen könne, und das war keine Frage, sondern eine Forderung. Wir gehen gemeinsam zum Schuljahresbeginn, du, ich, Serjoscha. Die ganze Familie. Mur braucht uns.

Marina, ich kann wirklich nicht wegbleiben.

Kannst du nicht einen Artikel darüber schreiben, fragte sie ungeduldig, wäre das nicht ein Thema für die Franzosen? Das größte Fest des Schuljahrs. Jungen und Mädchen mit Schleifen. Da hättest du die Freude und den Jubel der Massen, schreibt ihr nicht solche Artikel in Kolzows Haus?

Nein, dachte ich sofort. Ich würde übers Wochenende kommen, würde Mulja mitbringen, vielleicht auch Lilja, dazu hatte ich das Recht, sie würde es nicht verhindern können, und ich würde saubermachen, die Feier organisieren, aber an meiner Arbeit hielte ich fest, an meinem Leben. Außerdem wäre es zu kompliziert, alles umzukrempeln, die Themen für nächste Woche waren bereits verteilt, ich sollte einen Artikel über die Architektur der Sowjetpaläste schreiben, den könnte man kaum in einen Schulartikel umändern, ich hatte schon recherchiert, außerdem hatte ich noch nie einen sowjetischen Schuljahresbeginn gesehen und wusste von der Welt der Schulen nichts, ich würde nur meine Unwissenheit verraten.

Zum Glück wurde die Abfahrt des Zuges durchgesagt, und ich musste aussteigen. Ich hatte meiner Mutter fast vier Stunden Gesellschaft geleistet, bei jeder kleinen Geste, jedem Laut, bei jeder Berührung war ich gereizt, ich musste weg. Wir werden sehen, murmelte ich und gab Marina Küsse auf die Wangen, umarmte sie nun. Wie klein, dünn, geschrumpft sie war, alle Spannung und Elastizität aus den einst kräftigen Muskeln gewichen, brüchiges Papier, und dennoch gab in ihrem Inneren der gespannte Bogen aus Zorn und Bitterkeit nicht nach.

Als wir Moskau verließen
glaubte ich, dass die Steinfrau nie zurückkehren würde, das schreckliche Wesen, dass es so viel Glück und Freude gibt, dass sie nie mehr zu uns kommen würde, aber das Glück war zu viel
so viel Glück und Freude kann eine Menschenseele nicht ertragen, auch nicht zwei Seelen zusammen
sie ist mir nicht fremd, sie kommt ungefragt ins Haus und nimmt Marina, solange der Samowar gefüllt ist oder der Ofen brennt, in Beschlag, manchmal so lange, bis Gäste kommen, Sonja Holliday, Pavel Antonovka, wer auch immer von den Schauspielern, und dann verschwindet die Steinfrau sofort, sie hat Angst vor Schauspielern wie der Teufel vor Knoblauch und dem Kreuzzeichen, und es vergehen Tage, Nächte, bevor sie zurückkehrt

niemand sonst sieht die Steinfrau
auch die Reisende im unteren Bett sieht sie jetzt nicht, obwohl ich sie sehe und sie mich
ich darf sie nicht verärgern, ich darf ihren Namen nicht nennen, sie nicht mit einem einzigen Wort füttern
sie ist furchtlos geworden, erschreckt sich nicht mehr vor fremden Menschen
vor den Reden der Gäste
wäre ich nicht so sorglos gewesen, so gedankenlos, ganz und gar ein Kind, hätte ich dafür gesorgt, dass die Steinfrau nicht mitkommt, in den Zug steigt, genau in diesen Zug, *nach Berlin*, sondern in Moskau bleibt
mögen die Böen sie verwehen, möge sie an Hunger
oder Dürre sterben, möge sie in

der Steppe erfrieren
kommt nicht zurück, schreiender
Vogel, Blutauge, Aschenhaar
schweinebäuchige Megäre, Todesglocke

was für ein tüchtiges kleines Mädchen, sagt die Frau im unteren Bett,
was für eine lange Reise, was für eine große Welt
und der rumpelnde, rumpelnde, rumpelnde Zug

am Anfang tue ich so, als würde ich nichts merken, ich lese und lese und gehe im Zug hin und her, suche Stern und Licht und die schöne Isadora und versuche schneller zu sein als die Zeit, schneller als die Geschwindigkeit, sie zu täuschen, die Zeit und das Tempo selbst zu sein, aber immer wenn ich wieder ins Abteil komme, sitzt die Steinfrau da, der Frau aus dem unteren Bett gegenüber
bald passt nur noch die Steinfrau hinein
die Steinfrau isst nicht, sie schläft nicht, schaut nur vor sich hin, die Steinfrau schreibt nicht, raucht nur, verqualmt das ganze Abteil, die Vorhänge, die Papiere, Nacht und Tag, die Steinfrau spricht nicht, die Worte werden schwer wie Felsbrocken, *die Worte so schwer, dass man sie nicht heben kann*
und nichts hilft, nicht Luchs und nicht Löwe, sie bleiben in ihrem Versteck, wie es Tiere bei schlechtem Wetter tun, das Leben der Tiere ist so leicht
aber die Steinfrau hat es immer gegeben, vor uns, auch vor der Trauer, die Steinfrau steigt aus der kalten Erde, aus steifen Gelenken, aus dem aufgedunsenen Bauch, aus Haaren und Sand, und sie lebt und atmet aus der Trauer der Menschen wie ein Vampir aus dem Blut Marusjas, und sie ist immer noch hier bei uns, obwohl wir schon tagelang die Erde nicht mehr berührt haben, auch den Himmel nicht, und obwohl wir bloß aus künftigem Wind bestehen sollten, hält uns die Steinfrau in dem, was vergangen ist und was für alle anderen zu existieren aufgehört hat, in der Gesellschaft der anderen fühlt sie sich nicht wohl, nur mit uns reist die Steinfrau, *nach Berlin*, über alle Grenzen hinweg, und wir können sie nicht täuschen, haben Sie etwas zu verzollen?, nichts Kostbares, kein Geld, keinen Schmuck, nur unsere Trauer, sollte

ich Marinas Trauer an die Welt verraten, ich entlarve die Steinfrau nicht, sie reist auf Marinas Namen und Pass, und schließlich öffnet sie ihre Steinlippen, sieht mich an und sagt, wir haben nichts, wohin wir zurückkehren können.

Všenory
August 1923

Marina dachte zunächst nicht, dass der Ankömmling Konstantin Rodzewitsch sein könnte.

Erst als die braun gebrannte Hand des Mannes sich zögernd auf das Tor legte, sah sie, dass es der Gast vom Vortag war, das vom Schlaf aufgequollene Gesicht, der Blick ohne bestimmten Grund zerstreut, die sirupschwarzen Haare dennoch glänzend und mit einem fischgrätenartigen soldatischen Scheitel, die Jacke über der Schulter, Ärmel hochgekrempelt, oberster Knopf offen, gut geschnittene Stadthosen oder wie man die heutzutage nannte.

Warum kam der Mann zurück, und so früh, er konnte nach seiner Ankunft in der Stadt kaum geschlafen haben, hatte sie ihm nicht gesagt, sie ginge mit Alja heute zur Burg? Aber sie würde keine Erklärung bekommen, der Mann aus Minsk kam und ging, wann er wollte, und erst recht in der Ferienzeit. Und jetzt stand er auch schon vor ihr, fast Furcht einflößend, trotz aller Verschlafenheit die reine Gesundheit und Bräune, pure aufrechte, robuste Selbstgefälligkeit, und dazu grinste er bübisch, und Marina merkte, dass sein Mund die Form einer Muschel annahm, wenn er lächelte, es war etwas anderes an ihm als zuvor, aber sie erfasste nicht, was.

Als der Mann aus Minsk zum ersten Mal Mitte August Marina und Alja besuchte, kam er ungebeten und unangemeldet, Marina hielt ihn zuerst für Serjoscha, der mit dem Morgenzug gekommen war, schwankend, von einem Studentenfest oder einer Redaktionssitzung, die sich in die Länge gezogen hatte, nach süßem Wein riechend, so wie es manchmal am Wochenende der Fall war, es gehörte zum Wohnheimleben dazu, sie hatte die Nacht nicht geschlafen, hatte gewartet, war vielleicht kurz eingenickt und um vier aufgeschreckt, als der letzte Zug das Dorf passierte, Serjoscha kam nicht, andere lautstarke Dorfbewohner schwärmten nach Hause, russische Studenten, missbilligende Rufe aus den dunklen Häusern, und sie fand keinen Schlaf mehr, konnte aber auch noch nicht schreiben und stellte sich vor, wie ihr Mann im Straßengraben lag, mit geborstenem Herzen, sie hatte sich nicht um ihn gekümmert, ihn aus den Augen gelassen. Darum starrte sie den Fremden wohl auch so vorwurfsvoll an, wie sie es bei ihrem Mann getan hätte, und prompt ließ ihre schroffe Miene den Mann ins Schwanken geraten, es hätte nicht viel gefehlt, und er wäre davongelaufen.

Er war einer der jungen Offiziere aus dem Lager von Gallipoli, Student an der Karls-Universität wie auch ihr Mann. Serjoscha sprach oft von ihm, selten sei ein Freund so loyal, etwas war zwischen ihnen geschehen, doch Marina war nie dahintergekommen, was die Männer gemeinsam erlebt hatten, zuerst auf der Krim, dann auf dem Schwarzen Meer, auf der Flotte des Grafen Wrangel und schließlich im Hungerlager Gallipoli, wo sie den Winter in Zelten und von Armeniern erbauten Hütten oder auf dem kalten Fußboden der Moscheen verbracht hatten, weder von den osmanischen noch von den französischen Besatzern war Mitleid für die zweihunderttausend Revolutionsflüchtlinge abgefallen. Über das Lager auf der Halbinsel Gallipoli hatte sie Serjoscha nicht viele Worte entlocken können, sie wusste, dass der Hunger dort schrecklicher gewesen war als in Moskau, am Ende waren sie gezwungen gewesen, Schildkrötenfleisch und sonst etwas zu essen, mehr als ein Viertel der Männer kam ums Leben, aber immerhin hatten die Evakuierten sich nicht gegenseitig aufgegessen, oder woher wollte man das wissen, sie seien zu allen Grausamkeiten bereit gewesen, sagte Serjoscha, als er endlich anfing zu reden, seine weißen Schwäne, die Kolkraben, die Roten und die Weißen, in beiden floss das gleiche Blut.

Der Mann aus Minsk war noch immer so wachsam wie im Feld, er sprang zur Seite, als er etwas in den Augenwinkeln sah, etwas Schwarzes und Schnelles, das den Hügel herunter und auf sie zukam. Es war Aljas Spielzeug, ein Hula-Reif oder ähnlich exotisch vom Namen, Serjoscha hatte ihn für das Mädchen gemacht. Das Ding rollte weiter und schepperte gegen den Torpfosten, Alja kam hinterher, schnappte sich den zu Boden getaumelten Reif.

Hallo, Kolja Koljuschkin, sagte Alja und warf dem Mann den Bambusreif gegen den Bauch, hast du etwas vergessen?

Der Mann tat, als wäre er verwundet, er spielte es gut, er war ein besserer Schauspieler als Serjoscha, der von einer Karriere beim Film träumte. Er hatte auch etwas vom Aussehen eines Schauspielers, Marina konnte die süßlichen Drucke in den Theaterfoyers fast vor sich sehen, Bilder, die immer logen, die wahre Körpergröße und die Seelenlosigkeit verbargen, für solche Menschen war alles leicht, das ganze Leben.

Ja, ich habe wohl meinen Kopf vergessen, antwortete der Mann aus Minsk und machte eine Gebärde, als würde er seinen Kopf unter den Arm nehmen, schnappte sich aber den Reif so schnell wie eine Kriegsbeute, und Alja spielte sofort mit, natürlich, im Gesicht die Verzweiflung einer übertrieben mimenden Stummfilm-Tragödin im Lucerna-Palast, mein Reif, meine Seele, mein Leben, Augen wie Teetassen, Augen, in denen man ertrinken konnte wie in den Gewässern des Universums. Das alles war sehr komisch, natürlich, auch wenn Marina nicht wusste, wen die Vorstellung belustigen sollte. Alja musste nur die Augen bewegen, da fing der Mann an, den Reif um seinen Hals kreisen zu lassen, wild wie ein rotierender Derwisch, die Luft wollte zerreißen von dem Schwirren, und Alja folgte der Bewegung mit ihren Gliedern, um und um und um, bis der Mann schließlich im Rhythmus durcheinandergeriet, die Bewegung versiegte, der Hula-Reif bis zu den Knöcheln hinabglitt und der Mann für einen Moment so verlegen dastand, als wäre ihm die Hose heruntergerutscht, dann watschelte er mit den Schritten eines Schluckspechts übers Gras, der kopflose, verrückte Pferdekenner.

Er hatte Aljas Test bestanden, das sah man dem Mädchen an, aber Marina hatte die Vorführung trotzdem nicht zum Lachen gebracht, Übertreibung, Schöntuerei, was trieb er da eigentlich für ein Spiel mit dem Mädchen, was wollte er von ihnen? Zumindest Ihren Hut haben Sie vergessen, *mein junger Bursche*, teilte Marina dem Mann mit.

Spätestens am Nachmittag ist das Gewitter hier, drohte Konstantin, der schlimmste Sturm aller Zeiten. Sinnlos, sich einzubilden, es bis dahin zur Burg geschafft zu haben, und selbst wenn ihr den Hinweg schafft, müsst ihr im Unwetter zurückkehren.

Marina und Alja sahen sich an, sie waren einer Meinung, ein zerstreuter und miserabler Casanova-Imitator würde sie nicht dazu bringen, den Ausflug abzublasen. Der Mann merkte es nicht, sondern versuchte sie zu überreden, mit ihm in die Stadt zu kommen, wenigstens bis Velká Chuchle, auf der Trabrennbahn fand am Vormittag eine Parade anlässlich des letzten Ferientags statt. Sollte das Gewitter ausbrechen, könnten sie zum Essen in ein *Restaurace* gehen oder zu ihm, um sich abzutrocknen. Borschtsch würde es wohl kaum geben, fuhr er fort, und Marina begriff die Bemerkung nicht auf Anhieb, bis sie kapierte, dass der Mann *Borschtsch* verstanden hatte, als sie ihn *Bursche* genannt hatte, Deutsch konnte er also schon mal nicht, aber *Knedlíki* und Gulasch und Pilzomelette bot jede Bierstube an, und für das Mädchen *Jablečnýzávin*, die würden Alenka schon schmecken, jetzt, zur besten Apfelzeit. Wieso war der sonst so schweigsame Mann heute so gesprächig?, er griff den Dingen voraus, sprunghaft sogar, Marina hatte an die Essensfrage noch gar nicht gedacht. Wahrscheinlich bekam man auf der Burg etwas zu essen, dort würde es gewiss ein Buffet geben. Dafür reichte ihr Geld gerade so.

Am Morgen sei etwas über das Unwetter im Radio gekommen, behauptete der Mann aus Minsk, es ziehe von Norden her auf, wo es viele Tage auf dem Meer gewütet und dabei Schiffe umgeworfen und Flutwellen an Land gespült, Häuser weggerissen habe, ganze Fischerdörfer. Der schlimmste Sturm aller Zeiten, sagte er noch einmal. Darauf würde ich sogar wetten. In der Stadt seid ihr in Sicherheit.

Aber Alja hatte beschlossen, dass sie heute zur Burg gingen, und Marina hatte es ihr versprochen. Sie hatte nicht die Absicht, solche Geschichten zu glauben, und sie brauchte keinen Schutz, von keinem Mann. Im Übrigen war der Himmel klar. Allerdings stand die Luft, und es wurde allmählich so heiß, dass sich die Finger steif und geschwollen anfühlten. Die Fliegen flogen tief, sie prallten gegen die Menschen, als wären es Bäume, aber sonstige Vorzeichen eines Gewitters lagen nicht in der Luft. Rodzewitsch hatte sie noch kein einziges Mal auf die Trabrennbahn locken können, nicht einmal in die Stadt, sie wollte nicht, dass dem Mann dämmerte, was für einen schlechten Orientierungssinn sie in der Stadt hatte, sie war wie eine Nachtblinde in einem dunklen Labyrinth, sie wusste kaum mehr als zwei Straßen weiter, bloß vom Franz-Joseph-Bahnhof zur Kirche Maria Schnee und weiter mit der Straßenbahn Nummer 24 zum Wohnheim, in die Vorstadt Vyšehrad, wo es nach Malz und Gummi roch. Würde sie von dieser Route abweichen, würde sie sich garantiert verlaufen, auch wenn man immer wieder auf den Fluss stieß.

Alja wollte wetten, dass weit und breit kein Gewitter käme. Der Mann aus Minsk spielte mit. Worum wollten sie wetten? Na, Alenka, würdest du deine Seele einsetzen?, versuchte nun auch Marina, sich am Spiel zu beteiligen.

Alja warf dem Mann den Reif zu, und der Mann aus Minsk akzeptierte ihn als Wetteinsatz. Um die Seele kann man nicht wetten, sagte Alja ernst, die gehört niemandem. Marina sah, dass sich der Mann beherrschen musste, um über die altkluge Antwort des Kindes nicht zu lachen. Nicht einmal dir selbst?, fragte er, und Alja schüttelte beleidigt den Kopf. Was verstand er schon von ihren Gedanken, natürlich nichts, aber es hatte keinen Wert, es zu erklären, es erklärte sich selbst, wie ein Gedicht.

Sei du nur der Unglücksprophet, Konstantin Boleslawowitsch, fing Marina gereizt an, während sie ihm die gestern liegen gebliebene Kappe hinstieß, sie hatten auf diesen Tag gewartet, und da kam einer und verdarb einfach alles, aber dann fuhr sie wie im Trotz fort, möge der Sturm kommen, mögen Blitz und Donner kommen, all die Niederschläge, die im Sommer nicht niedergegangen sind, danach haben wir uns doch gesehnt, dass der Himmel aufreißt und der Regen die Erde wäscht und die Menschen, darauf haben sie gewartet, darum haben sie gebetet. Die Sonne brannte auf die Farne, dass sie weiß wie Papier waren, auf die ausgelaugten Reihen in Serjoschas Gemüsebeet, und die Beeren in der gelb gewordenen Himbeerhecke siechten in der Hitze vor sich hin, auch sie warteten auf Regen, ach, wäre dieser Sommer doch endlich vorbei.

Der Mann aus Minsk kam seit Ende des Frühlings zu Besuch, aber damals hatte Marina keine Lust verspürt, ihn näher kennenzulernen, sie hatte kaum auf ihn geachtet, das konnte sie, einen uninteressanten Menschen auf sich beruhen lassen. In der Mitte des Sommers brachte Serjoscha ihn dann nach einer durchgefeierten Nacht aus der Stadt mit. Neben Serjoscha wirkte er richtig gedrungen, obwohl er tatsächlich nicht viel größer als Marina war, was ihr erst jetzt auffiel, sie hatte vergessen, wie klein er war, aber er hatte breite Schultern wie ein Sportler aus der Antike, und er hatte nichts von Serjoschas Kränklichkeit an sich, er war einer, der sich durchzuschlagen wusste, bei dem noch keine Unglücksfälle Spuren hinterlassen hatten.

Trotzdem war Marina wütend auf Serjoscha gewesen und auf dessen Trinkkumpan ebenfalls, Serjoscha war nicht in der Verfassung, feiern zu gehen, er hustete damals schon Blut, konnte kaum atmen, hätte eigentlich liegen und auf die Fahrt ins Sanatorium warten müssen. Er war nur losgezogen, um sich dagegen aufzulehnen, um zu zeigen, dass er genauso stark war wie die anderen Männer, und er musste nur etwas zu viel Wein trinken, um in schlechten Zustand zu geraten, ob nun heilender tschechischer Honig darin war oder nicht, sie hatte Serjoscha oft gesagt, wie sinnlos es sei, so zu tun, als könne er mit den anderen die ganze Nacht Sliwowitz trinken, aber das hatte ihn erst recht angestachelt, so kindisch war er, oder alle Männer waren so, als hätte er sich umbringen wollen.

Als die beiden am Morgen aus der Stadt zurückkamen, rochen sie nach süßem Kräuterlikör, Absinth und den muffigen Bottichen der Bierstuben, und Serjoscha war müde, wie eine ausgeblichene Flickenpuppe sah er aus, aber zugleich brannte es seltsam hell in seinen Augen, wie sie es schon lange nicht mehr gesehen hatte, es war das Brennen, das sie erst in Paris wiedersehen würde. Sie wusste damals nicht, dass es schon in Prag passiert war: Der rote Rattenfänger hatte die Flöte geblasen, und in Serjoscha hatte sich eine ganze Welt aufgetan, zu der sie keinen Zugang gehabt hatte und in die sie ihm um keinen Preis folgen wollte. Damals empfand sie nur flüchtige Eifersucht, vielleicht brachte ihn irgendein Mädchen so zum Leuchten, hatte sie geglaubt, so etwas passierte und ging wieder vorbei, und es störte sie ebenso wenig wie früher.

Vielleicht gab es tatsächlich ein Mädchen, oder mehrere, es war ihr völlig egal, sie bewachten sich nicht gegenseitig, in der Stadt wurde die Sommersonnenwende gefeiert, und nackte Mädchen mit Blumenkränzen auf dem Kopf rollten den Hang des Petřín hinunter, zwischen Steinen und Zapfen kugelten sie hinab wie Gnome, herrliche Mädchen und Jungen, Schwestern und Brüder, das war hier so Brauch, ein wahrer Sommernachtstraum, und in der Kneipe konnte man für einen Knopf Bier kaufen, im Újezd, irgendwo zwischen Fluss und Berg, sogar noch nach Mitternacht, das begeisterte die Männer, Serjoscha erzählte es noch viele Male, sie glaubte es nicht, weder die Knöpfe noch die Frauen, nichts als Hirngespinste, und dann noch die verrückte Idee, dass sie warten mussten, bis die Sonne exakt hinter den Türmen der Kathedrale aufging, sie war angeblich so gebaut worden, dass die Sonne im Augenblick der Sommertagundnachtgleiche zwischen den Türmen aufging, aber es war nicht zu dem Spektakel gekommen, und jemand, vielleicht eines der kugelnden Mädchen, Nymphe oder Faun, mit herrlich ovalen

Ohren und Spinnweben auf den Wangen, erzählte, die Männer hätten es falsch verstanden, am Abend der Sommertagundnachtgleiche ginge die Sonne zwischen den Türmen unter, und das sei großartig gewesen, es habe ausgesehen, als stünden die Türme in Flammen, aber das war schon gestern gewesen, und die Männer hatten in einer schummrigen Bierstube gesessen und das Wunder nicht gesehen, und die Sonne ging trotzdem auf, plötzlich stand sie auf der anderen Seite der Stadt hinter den Türmen des Hradschin, war bereits an ihnen vorbeigezogen, ohne dass die Männer es gemerkt hatten.

Die Sonne hatte den Burschen einen Streich gespielt wie der Fuchs im Märchen, das hatten sie nun davon, ein Fuchs für die Füchse, sie hatte spöttisch gelacht, und ihre Boshaftigkeit kam allein daher, dass sie wieder einmal bis zum Morgen gewartet hatte, ohne zu schlafen, und die Schlaflosigkeit hatte überhaupt nichts Gutes an sich; keine Jungen und Mädchen, die den Hang hinunterrollten, keine Sonne, die durch die Nacht hindurchschien, keine Ausblicke, kein Licht, nur graue Erschöpfung, Versteinerung, die Angst, dass die Wörter nie mehr zurückkehren würden und der Rhythmus aufhörte, sich hören zu lassen.

Und dann war da noch der Bruderbund der Männer, zu dem sie keinen Zugang hatte und der so unkompliziert wirkte wie nichts sonst.

Sie hatte versucht, ihre Wut nicht weiter zu zeigen und gar nicht erst angefangen, den Männern die Leviten zu lesen, sondern Kaffee gekocht, Paní Saskovás geblümte Tassen auf den Tisch gestellt, die für ihren Geschmack zu rosenhaften, aber ihre Bewegungen hatten ihren Ärger verraten, die fallenden Löffel, zum Glück war nichts kaputtgegangen, und sie hatte gefragt, ob der Besuch Milch und Zucker nehme.

Wollen wir nicht endlich los, drängte Alja nun, Marina und ich waren schon auf dem Sprung. Bald ist es Mittag und zu heiß, um irgendwohin zu gehen.

Ihre Worte, das Mädchen hatte sie so oft gehört und sich zu eigen gemacht. Jetzt gäbe es keinen Vorwand mehr, den Aufbruch zu verhindern, das hörte sie Aljas Stimme an. Das Mädchen nahm den Mann wie selbstverständlich am Ärmel, obwohl sie ihr mit strengem Stirnrunzeln zu verstehen zu geben versuchte, nein, Alja, nicht, es wäre ein Fehler, den Mann mitzunehmen, das ist unser Ausflug, deiner und meiner, unser letzter Tag, aber das Mädchen wollte das Verbotszeichen, in das sich Marina verwandelte, nicht sehen. Es schaute den Mann aus Minsk mit einem Blick an, den sie in den Filmpalästen gelernt hatte, nahm seine Hand, drückte sie, und der Mann war sofort bereit, seine Meinung zu ändern.

Ich dachte schon, ihr kommt gar nicht mehr los, meinte er leicht spöttisch und reichte Marina seine Tasche. Er brachte ihnen immer etwas mit.

Marina machte die Tasche auf, die Mitbringsel waren verpackt wie Arbeiterproviant, frisches Brot, Rumkuchen, Honig, Salzfleisch, ein Brocken Käse, billiger Sekt, zählte der Mann aus Minsk auf, und Marina verspürte einen gierigen Hunger, obwohl sie dem Mann nicht schon wieder Dankbarkeit schuldig sein wollte. Sie waren noch nicht dazu gekommen, etwas zum Essen einzupacken, und im Haus gab es auch nichts weiter als warm gewordene Milch, eine trockene Brothälfte, etwas Butter, die in der Hitze ranzig geworden war, und im Garten ein paar Pflaumen und Birnen, damit käme man nicht weit, Olga hatte eben doch recht gehabt. Aber Olgas Sorgen waren trotzdem unnötig gewesen, sie sollte nur jetzt einmal herschauen, und vielleicht tat sie das sogar, von ihrem Garten aus, immer fügte sich etwas, so wie jetzt, ohne dass man darum gebeten hätte, an manchen Tagen war die Welt freigiebig, als wollte sie alles erfahrene Übel wiedergutmachen und Marinas Lebenswillen hervorlocken.

Ich kann als Träger mitkommen, schlug der Mann vor, falls die Frau Dichterin mich zum Ausflug zulässt. Nach Karlštejn soll es gehen?

Alja nickte heftig, als hätten sie bereits einen gemeinsamen geheimen Plan. Marina nahm die Tasche mit dem Proviant, sie wog so viel wie ein Backstein, und als sie sie abstellte, nahm sie den Geruch von staubigem, sandigem Schweiß an ihrem Kleid wahr, das sie wie eine zweite Haut trug, so wie die Landschaft, von der sie sich nicht würde lösen können, es war der Geruch der Arbeit vieler Tage, der Schweiß der Dichterin. Die drückende Hitze, die über der Hochebene lag, den ganzen Sommer schon, Tag und Nacht, war in jede Pore ihrer Haut eingedrungen.

Wenn es sein muss, erwiderte sie dem Mann brüsk, ganz und gar unnötig stolz, denn sie wusste schon, dass es diesen Kerl nicht erschüttern würde. Der Mann aus Minsk grinste mit einer Fuchsmiene, abgemacht, Frau Dichterin. Er brauchte ihr trotzdem nicht schönzutun, sie spöttisch zu benennen, zu necken und zu provozieren. Aber in dem schadhaften Kleid konnte sie nicht gehen, ohne Mieder, man wusste ja nicht, wer sich da alles auf der Burg herumtrieb, lauter vornehme Baedeker-Touristen.

Es ist nach Mitternacht, als wir die Grenze überschreiten, im Wald duftet es nach Tabakblüte und Flussschlamm, entweder, oder, nur, aber, sondern, denn
Deutschland, hier warten alle auf dich, sage ich, und hast du nicht auch auf sie gewartet wie auf liebe Freunde, dein Goethe, dein Heine, dein Hölderlin, alle, und schau, jetzt kannst du atmen, und erst das hilft
ich finde von allen Wörtern die richtigen, und die Steinfrau verschwindet wie ein Flaschengeist
die Verwandlerin
und Marina atmet
die Luft der Dichter
und schaut so freundlich auf mich wie Isadora inmitten der Kinder
die Schöpfermutter
alles wird sich fügen, Marina, das Leben, die Gedichte, die Menschen, und alles
und erst dann schläft Marina, mit offenem Mund, sie atmet

jetzt ist sie endlich ganz eingeschlafen, ich schließe ihr den Mund, binde die Schnüre der Strickjacke zu, mache die Zigarette aus und öffne Marinas Faust, decke sie zu, ziehe ihr die Schuhe von den Füßen, lege die Füße hoch, wie klein sie jetzt ist, wie weich, meine Mutter hat die Haut eines Kindes, wie ruhig ihr Atem

schlaf Marina, schlaf
alle Fische und Vögel
alle Hasen und Füchse
legen sich im Wald zur Ruh
schlaf, schlaf, meine Marina

Moskau
August 1939

Zunächst konnte man den Besucher auf dem Sofa im Foyer des Zhur-Gas-Redaktionsgebäudes nicht erkennen, er war tief hinter Kissen und einer großen Ledertasche versunken, ein brauner, schlafender Stein. Als er uns kommen hörte, fuhr er zusammen und hob den Kopf, war mit einem Mal vollkommen munter, jeder Muskel, jede Sehne wach. Jetzt erkannte ich ihn, und ein helles Licht flackerte in mir auf. Am liebsten hätte ich Nina Pawlowna, die mich geholt hatte, an den Schultern gepackt, damit ich dem Besucher nicht mitten im Warteraum um den Hals fiel. Natürlich hatte niemand sonst nach mir fragen können, niemand.

Zuletzt hatte ich Boris Leonidowitsch im Frühjahr getroffen, als er kam, um die Veröffentlichung der Hamlet-Übersetzung in der Ogonjok zu vereinbaren, früh, sehr früh, als der Schnee erst in den Parks und an den Straßenrändern schmolz und das Gras so aussah, als schimmelte die Erde, nicht einmal Knospen an den Bäumen. Am Ende des Tages waren wir gemeinsam die neue Gorki-Straße entlanggegangen und dann die Twerskaja hinunter und hatten uns erst hinterm Manegenplatz getrennt, und auf dem ganzen langen Weg, der ganzen langen Straße, hatte ich von Samuil Dawidowitsch erzählt, alles war noch am Anfang, ein erstaunlicher Junge, wissen Sie, der Erstaunlichste von allen, hatte ich unablässig geplappert, Mulja hier und Mulja da, und war überhaupt nicht auf die Idee gekommen, mich nach seinen Sorgen zu erkundigen. Ich wusste, dass es sie gab, mehr als ein einzelner Mensch tragen konnte, aber er ließ den Kummer nicht zwischen sich und die Welt treten, sondern hörte sich stattdessen alles an, was ich zu sagen hatte. Hätte er mich begleitet, schien mir, gleichen Schrittes und gleich atmend, gemächlich, aber zielstrebig über den Roten Platz, der auf die Parade wartete, in die Straßen von Kitai-Gorod, wo sich die Markthändler drängten, vom Boulevardring zum Gartenring und über den Stadtrand hinaus, hätte ich immer weitergehen können, durch Tage, Monate, Jahre hindurch, bis an den Rand der Welt und dorthin, wo die Zeit begann und das Wachstum des Grases. Aber er hatte an jenem Abend noch Versammlungen und Komitees abzusitzen und hatte es plötzlich eilig, zu Zinaida Nikolajewna und dem Jungen ins Landhaus zu kommen. Kommt nach Peredelkino, wenn der Sommer anbricht, du und Serjoscha, ich würde euch so gern dort sehen, bald ziehen wir in ein neues Haus um, kommt, wenn es fertig ist, wir kommen, wir kommen, kommt bald, der Sommer ist so kurz, und bald grünt das Gras, und die Bäume werden bald Blätter haben, und die werden bald schon wieder auf der Erde liegen, richte allen liebe Grüße aus, das tue ich, das tue ich, allen werde ich es ausrichten, und jetzt war der Sommer fast vorbei, aber die Bäume standen noch immer im Laub, ein langer, langer Sommer, und wir waren noch immer nicht dort gewesen.

Das Gartenleben in Peredelkino hatte ihn gebräunt, er sah wie ein Landarbeiter aus in seinem vom Schweiß gelblich, weich gewordenen Leinenhemd, die Sonne haftete an ihm, obschon er den schönsten Teil des Tages drinnen saß und übersetzte, ein Arbeiterdichter versuchte er nicht einmal zu sein, ackerte aber bis zu zwölf Stunden, so lange Tage hätte ich in der Redaktion niemals durchgehalten. Auch Marina hatte in den alten Zeiten höchstens vier, fünf Stunden am Schreibtisch gesessen, danach machte der Körper die Arbeit und nicht die Seele, und allein brachte er nichts Gutes zustande. Boris aber hatte die Seele eines Pferdes, den Körper eines Ackergauls, und doch waren seine Worte nichts als helles Licht, schweres Erdenlicht, das mir tief in den Leib drang.

Im Foyer wusste niemand recht, etwas zu dem prominenten Gast zu sagen, alle wunderten sich natürlich, was macht der hier, grüßten sie ihn überhaupt, guten Tag, Genosse Dichter, womöglich fürchteten sie ihn doch weniger als er sie. Mir machte er keine Angst.

Meine Freundin Aljoschenka, sagte er.

Boris Leonidowitsch, entgegnete ich.

Er umarmte mich: warme Haut, der Duft nach Stroh, alten Büchern, Bäumen; nach dem Regen hatte er immer nach Bäumen gerochen, mir wurde so wohl, dass ich mich von ihm lösen musste, eine verschämte Sturzwelle von Licht schlug durch die weißen Wände des Foyers und riss das Dach und die Bäume am Straßenrand, die Trolleybusse und die Regenschirme mit, was für eine Flut, was sollte ich mit alldem tun, mit diesem ganzen Leben?

Setzt du dich mit mir ein bisschen draußen hin, die Luft ist so gut nach dem Regen, schlug Boris vor. Er hatte eine Provianttüte aus Pergamentpapier dabei, die er nun öffnete. Oh, Apfelsinen, du hast mir Apfelsinen mitgebracht, freute ich mich. Du musstest durch die ganze Stadt laufen, um sie zu finden. Mindestens seit zwei Jahren habe ich keine einzige Apfelsine zu Gesicht bekommen. Und ich habe gar nichts für dich. Dein Lachen genügt mir, Aljoschka, sagte er, dein Lachen lässt die Toten auferstehen und fröhlich sein.

Zwischen Oberleitungsbussen überquerten wir die Straße vor dem Zeitungsgebäude, und Boris Leonidowitsch nahm meine Hand, und auch wenn ich es normalerweise nicht mochte, dass Männer mich wie Beschützer behandelten, ließ ich es zu. Auf dem Strastnoy Bulvar war alles wie am Morgen, nur heller und glänzender, die Erde und die Bäume dufteten, Linde, Walnuss, Ulme, Platanen, eine honigsüße Orchestrierung von Düften, ich war bis dahin nicht einmal auf die Idee gekommen, sie zu betrachten, unwahrscheinlich viele verschiedene Bäume um uns herum, jeden Tag. Mit ihren vom Regen aufgeweckten Lungen reinigten sie die Luft vom Verkehrsgestank. Als ich hinter mich blickte, merkte ich, dass die Skribenten uns vom Fenster aus beobachteten, vor allem die Genossen Matwejew und Sezeman, gerade jetzt hatte niemand etwas zu tun. Wir blieben dennoch im Park, sollten sie nur schauen, spionieren, schnüffeln. Lief die Glückseligkeit der sozialistischen Gemeinschaft letztlich darauf hinaus, waren wir nichts anderes als Klatschweiber in einem jämmerlich kleinen Dorf?

Die Bänke waren feucht, Boris breitete die Tageszeitung als Sitzunterlage aus, darf man sich auf das Bild von Vater Sonne setzen?, vielleicht doch lieber nicht, das wird ihn ärgern, in so eine Zeitung durfte man nicht einmal Fisch einschlagen, und wir blätterten um, die Architektur der Landwirtschaftsmesse, na gut, all die Pavillons würden unser Gewicht schon aushalten.

Es dauerte, bis wir über etwas anderes sprachen. Ich hatte Boris den ganzen Sommer über vermisst, jetzt erst merkte ich es, das Gras war gewachsen und gemäht worden und wieder gewachsen und nun bereits gelb, aber alles war, wie es sein sollte, wie es sich gehörte. Er hielt noch immer meine Hand, hielt sie in seinem Schoß, es war überhaupt nicht aufdringlich, sondern beruhigte mich, ich spürte den Puls der Schlagadern in seiner rauen Pranke, den Blutkreislauf, den Atem, die Wärme, den langsamen und sicheren Rhythmus des Herzens, den ganzen Menschen in dieser Hand.

Boris nahm eine Apfelsine aus der Papiertüte, schälte sie, teilte sie in zwei Hälften und legte den Rest des Proviants zwischen uns auf die Zeitung. Er hatte auch Tee in einer Thermosflasche von Peredelkino bis hierher getragen. Teilen wir die? Ja, wir teilen sie. Die sind nicht so saftig wie damals. Es ist ja auch noch keine Apfelsinenzeit. Das war es damals auch nicht. Es war im Juni, so heiß wie jetzt. Daran erinnere ich mich nicht. Gut, dass du dich an die Apfelsinen erinnerst. Ich erinnere mich, dass sie nach Sonne schmeckten. Eine riesige Menge Apfelsinen, wir konnten sie nicht einmal alle essen. Du hast den Bettlerkindern welche gegeben, den Straßenjungen, weißt du noch? Und dem halbnackten Sekretär des Komitees auf dem Hotelflur. Das hast du nicht vergessen? Aber nein. Lahuti, sagte Boris und musste sogleich lachen, du erinnerst dich, Lahuti und die Apfelsinen, wieherte er mit Wasser in den Augen, sein ganzer gebräunter Leib rüttelte und schüttelte sich. Es war eine lustige Geschichte. Gut, dass Boris nicht an seiner Apfelsine erstickte, der Pferdekiefer schnappte nach Luft, und ich musste ihm auf den Rücken klopfen, damit sich der Fruchtschnitz löste. Und auf einmal musste auch ich lachen, über die ganze Szene im Hotel am Boulevard St. Germain: Dem tadschikischen Parteifunktionär war es übel ergangen. Er hatte geglaubt, mit dem Handtuch um die Hüfte ins Bad zu gehen, in seiner morgendlichen Benommenheit jedoch statt der Tür zum Bad die Tür zum Flur geöffnet, sich eingebildet, zu Hause zu sein, und die Tür hinter sich geschlossen, bevor er sich umschaute. Und da stand er nun, ohne Kleider, wie ein Ameisenbär, gerade als wir zu unserer Runde durch die Buchläden aufbrachen. Es war unser dritter gemeinsamer Tag, ich war Borjas Stadtführerin, hatte die Aufgabe vom Rückkehrer-Bund übertragen bekommen, aber alles Offizielle vergessen, auch das schlechte Gewissen, die Tatsache, dass ich einen Auftrag hatte, er war mein Borja, für drei Tage gab es auf der Welt nichts anderes.

Beide hatten wir die Taschen voller Apfelsinen, die besten und süßesten Apfelsinen der Welt, die wir am Tag zuvor auf einem Markt kurz vor dem Schließen erstanden hatten, einen ganzen Sack zum Spottpreis, auch im Hotelzimmer hatten wir noch wer weiß wie viele davon. Wir gaben uns beide ernsthaft Mühe, nicht zu lachen, als der nackte Lahuti sich wie der Kaiser in seinen neuen Kleidern gebärdete und so dienstbeflissen Kommandos gab wie immer. Ich ging zur Rezeption, um den Fall zu klären, und Boris bot dem Sekretär inzwischen von den aromatischen Apfelsinen an.

Damals haben wir nicht gelacht, erinnerte sich Boris. Nein. Hätten wir gelacht, säßen wir beide todsicher im Lager. Aber jetzt muss ich lachen. Hu, wie ich lachen muss, fuhr Boris fort, die Menschen lachen heutzutage viel zu selten. Du hast seit einem Jahr nicht geschlafen, bemerkte ich, dich bringt nichts mehr zum Lachen. Aber du bereitest mir immer gute Laune, Aljoschka, auch damals, in deinem kaffeebraunen Schulkleid. Boris war geschickt im Schmeicheln, auch wenn es jetzt eine ironische Spitze enthielt. Es ist kein Schulkleid, wandte ich ein. Natürlich nicht, nein, du hattest ja auch nie eine Kolchose von innen gesehen, zog er mich auf, hast du inzwischen alles zu Gesicht bekommen oder erst die Kulissen? Stichle nicht, Borja, sagte ich und zählte die hervortretenden Adern auf seiner Hand. Ich habe enorm viel gelernt, aber die Dialektik ist für mich noch immer so schwierig wie Algebra, sagte ich. Und die Welt ist komplizierter, als es sämtliche Schemata sind, fuhr er fort. Viel zu kompliziert für mein kleines Gehirn, platzte es aus mir heraus. Aber du siehst jetzt besser aus. Kannst du schlafen? Erst wenn es etwas kühler wird, sagte er, der Sommer ist drückend, und ich bin schon ein alter Mann. Das bist du nicht. Was für ein herrlicher Sommer! Bist du noch immer verliebt? Ja, das bin ich. Ich sehe es. Das mit der Akademie tut mir so leid. Es war nicht dein Fehler. Bewirb dich nächstes Frühjahr erneut, du bist so begabt, Alja, du musst an der Kunstakademie aufgenommen werden, mein Vater ist der gleichen Meinung. Aber auch er kann meine Familie nicht ändern. An deiner Familie ist nichts verkehrt.

Ich wollte in ihm nicht noch mehr Besorgnis wecken. Der Geruch, den Borja verströmte, war der eines gesunden Menschen, nicht der eines kranken und bedrückten wie im Palais de la Mutualité. Aber auch diesen Geruch hatte ich geliebt. So wie die Apfelsinen, den Apfelsinenduft an jenem Nachmittag, als wir zusammen unterwegs waren, den Apfelsinenduft an den klebrigen Fingern.

Hast du etwas Eigenes geschrieben?, fragte ich vorsichtig. Der Tee war getrunken und von den Apfelsinen Kellergeschmack im Mund zurückgeblieben, wir wollten beide noch nicht gehen, und ich mochte nichts anderes mehr essen als Apfelsinen, mir würde nicht schlecht werden davon. Im Frühjahr hatte ich Boris nicht einmal nach der Arbeit gefragt. Als wir uns auf dem Kongress in Paris trafen, hatte er mit dem Schreiben aufgehört, obwohl man versucht hatte, ihm den Mantel des Staatsdichters umzuhängen, wie Marina spöttisch gesagt hatte. Aber das war bereits vier Jahre her. Ich konnte nicht glauben, dass er es so lange ohne Schreiben aushielt. Es wäre wie aufhören zu atmen.

Ich sah, dass sein Hautausschlag verheilt war, hier und da sah man noch Flecken von den gebräunten Schichten des vorigen Sommers, die Spuren der Krankheit, aber ansonsten war die Haut gesund. Dennoch behauptete Boris, weiterhin nicht zu schreiben. Seine Entscheidung hatte Bestand.

Ich protestierte, natürlich. Du kannst eine solche Entscheidung nicht treffen. Lass das Schreiben für dich entscheiden. Aber es war sinnlos, etwas zu sagen. Ich hatte keinen Einfluss auf solche Dinge.

Kreisen sie wenigstens in deinem Kopf? Die Verse, die Sätze?

Vielleicht der Rocksaum eines Menschen oder ein ferner, brüchiger Zufall, der Weg über ein Feld, aber ein Buch kann man daraus nicht machen, zumindest keinen Roman.

Es wird der großartigste Roman der Welt. Ich weiß es, über unser tägliches Leben und all das, was darüber hinausgeht, es wartet nur darauf, dass gerade du darüber schreibst. Einen Roman über die Überwindung der Angst.

Als wäre das so leicht. Es zu sich zu rufen wie einen Menschen. Nein, so leicht ist es nicht.

Schreib es für mich, sagte ich. Ich will es lesen, auch wenn es nur ein Rockschoß ist, ein dünner Saum.

Wenn es je fertig wird, schicke ich es dir, wo immer du bist, aber ich glaube nicht, dass ich es in der Zeit dieser Welt werde schreiben können. Mit dem Prinzen von Dänemark und den Höfen der Könige habe ich genug für ein halbes Leben zu tun. Mir reicht es, meine Stimme durch sie hörbar zu machen.

Wie geht es der dänischen Dogge von Peredelkino?, fragte ich, ist die Arbeit bald fertig?

Es geht langsam mit dem armen Köter, der Rhythmus fehlt, antwortete Boris, aber ich will dir jetzt keine Vorlesung darüber halten, da werde ich schnell langweilig.

Ich sagte, er sei der letzte Mensch, den man langweilig nennen könne, und führte seinen Gedanken fort: Folgen nicht alle Kreaturen dem Rhythmus ihrer Herde, schlug ich vor, mit dem eigenen Rhythmus als Teil der rhythmischen Organisation der Genossen?

Du hast das offizielle Wort zu genau studiert, Alja, spottete Boris, aber es war ein freundliches Necken, darüber hätte ich zu all den Wissenschaftlern auf der Konferenz im Juni sprechen sollen: die Orchestrierung der Rhythmen, der Herdenrhythmus, vielleicht wäre ich dann verstanden worden.

Zu den Hundeforschern?

Zu den Genossen Hundeforschern, durchaus. Zur Herde der Hundeforscher aus der ganzen sozialistischen Welt, fuhr Borja amtlich fort und begann nun doch zu referieren: Aber zuerst muss in diesem Fall natürlich noch der Rhythmus des Hundes als Teil der rhythmischen Organisation der ganzen Familie untersucht werden, wie der Rhythmus seines toten Vaters sich aus dem Grab heraus auf seinen eigenen Rhythmus des Zauderns auswirkt und wie sein eigener Wille sich rhythmisch schließlich gegen die Familie wendet. Aber jene Hundeforscher wie auch deine Lehrer in Genossenschaftskunde wollen solche Bindungen leugnen, die Familie leugnen und zerstören. Was aber ist der Mensch ohne Familie, bloß eine Hülle.

Ich jedenfalls brauche den Rhythmus meiner Mutter nicht, ich bin auch ohne ihre Verse ein ganzer Mensch.

Siehst du, du bist eine Musterschülerin. Bald marschierst du mit ihnen im Gleichschritt in der Parade und verkündest den neuen Menschen.

Das werde ich nicht. Aber hast du gemerkt, wie der Rhythmus der ganzen Welt sich ändert, wenn ein Mensch sich verliebt?

Was weiß ich als alter Mann schon über die Liebe, sagte er.

Ich auch nicht. Ich weiß auch nichts über die Liebe, nichts, was ich nicht in deinen Gedichten gelesen habe, sagte ich. Er drückte meine Hand, fest, er glaubte mir, danke, danke, Alja. Du musst uns in Bolschewo besuchen kommen, Boris. Marina kann nicht einmal nach Moskau reisen. Und sie sucht Arbeit, Gedichtübersetzungen, was auch immer, du weißt, wie viele Sprachen sie beherrscht, und sie lernt auch Georgisch in einer Woche, wenn es sein muss, die werden derzeit ja viel übersetzt, die Georgier.

Ich komme, natürlich komme ich, beteuerte Boris, und über Marina wollte ich auch mit dir sprechen.

Du bist wegen Marina gekommen, nicht meinetwegen. Ich gab das gekränkte, eifersüchtige kleine Mädchen. Ich tat so, als würde ich spielen, was ich in Wirklichkeit zu verbergen versuchte.

Meine Aljoscha, du kommst immer als Erste.

Boris wurde ernst, er blickte sich um – so gut wie niemand zu sehen, nur alte Frauen mit ihren Verkaufsständen – und senkte die Stimme, sog die Wörter fast in sich ein, als wäre es gefährlich, Marinas Namen auszusprechen.

Ich habe so sehr gehofft, dass sie nicht hierher zurückkehren würde, flüsterte Boris weiter, ich warnte sie schon damals bei dem Kongress, aber sie wollte nicht auf mich hören, auf nichts von dem, was ich sagte. Es war eine ziemlich unschöne Begegnung, ich wundere mich kein bisschen, dass sie sich weigerte, mich erneut zu sehen.

Das hatte Marina tatsächlich getan, auch wenn ich sie noch so sehr zu überreden versuchte, eine solche Angst hatte ich lange nicht an ihr gesehen, die panische Angst davor, dass Vorstellung und Wirklichkeit einander nicht entsprechen, und da ihr nichts Besseres einfiel, hatte sie die Zugfahrkarten umgetauscht auf eine Woche früher und war mit Mur in die Bretagne gefahren, angeblich, damit die Ohrenentzündung des Jungen heilte, aber sie heilte dort schlechter, bei dem Wind und der Feuchtigkeit, die reinste Flucht war es gewesen, sie hatte die Wirklichkeit schon immer nur schlecht ertragen.

Sie hasste Menschenmassen, konnte darin nicht sie selbst sein, erklärte ich Boris. Außerdem war sie so lange allein, und dann plötzlich all die Schriftsteller der gleichgesinnten Welt, stell dir vor, als tausendköpfige Menge in dem fürchterlichen Betonklotz. Nicht einmal dir ist es gelungen, ihr das Gefühl zu geben, dass sie dazugehört.

Auch ich habe nicht dazugehört, gewiss nicht.

Du wirst die Landwirtschaftskollektive über alles lieben, hast du zu ihr gesagt, erinnerte ich ihn.

Das habe ich gesagt? Ich kann mich nicht erinnern. Außer dass sie mich ausschimpfte, weil ich auf der Fahrt über Berlin meine Eltern nicht besucht hatte. Und sie hatte recht. Als Botschafter Stalins hätte ich meinen Eltern nicht in die Augen schauen können. Auch sonst erinnere ich von dieser Woche nur dich und die Apfelsinen. Und Lahutin. Das ist die beste Erinnerung, die ich habe. Die Apfelsinen hielten mich am

Leben. Wieder drückte er meine Hand, aber ich prustete nicht mehr los, als er den Namen des tadschikischen Dichters erwähnte.

Auch du warst nicht du selbst. Marina wusste nicht, dass du krank warst. Sie sieht so etwas nicht. Sie ist kurzsichtig für alles außer ihren Einbildungen.

Boris sah mich ein wenig hilflos an, erkannte, dass es mich sofort wütend machte, wenn über Marina gesprochen wurde, ich hätte ihm nichts sagen sollen, was dachte er nun, was dachte er überhaupt von Marina, wir hatten nicht darüber gesprochen, er war so feinfühlig, über niemanden ein böses Wort zu sagen, er verstummte stattdessen geschickt.

Psychasthenische Neurasthenie, stellte Boris dann fest, du kannst Marina sagen, dass so die Diagnose lautete.

Ich fragte ihn, was das bedeutete, ich hatte das Wort oft gehört, konnte aber erst ihm gegenüber meine Unwissenheit offenbaren.

Dem lateinischen Namen nach bedeutet es Nervenschwäche, erklärte er, aber in Wirklichkeit ist es eine Bezeichnung für all jene, die nicht vollkommen im verordneten Takt gehen, aber trotzdem irgendwie versuchen, Schritt zu halten, so wie ich. Es ist ein bisschen wie die offizielle Bescheinigung, dass man verrückt ist. Der Narr des Königs.

Boris legte mir die Hand in den Nacken und zog mein Gesicht näher an sich heran, sodass ich fast sein Gesicht berührte. Für einen Moment glaubte ich, er würde mich küssen, aber ich konnte nicht einmal erzittern, bevor ich verstand, dass es nur eine Vorsichtsmaßnahme war, um die Augenpaare, die uns beobachteten, zu täuschen.

Sag ihr, sie soll alles Geschriebene vernichten, das gefährlich werden könnte, flüsterte er und drückte meine Wange an seine, sie war rau und weich zugleich, Sand und Sträucher, Steppe. Präge dir alles ein. Ihre Papiere sind in der Lubjanka, konfisziert, antwortete ich und hätte ihm am liebsten jedes Wort ins Ohr geküsst. Der größte Teil aber ist in Frankreich, an verschiedenen Adressen, bei Freunden, in Archiven. Sie bildet sich ein, dass man sie eines Tages alle noch veröffentlichen kann.

Boris strich mir übers Haar, und kribbelnde Wärme breitete sich in meiner Schädelbasis aus. Sie müssen auch veröffentlicht werden, eines Tages, in einer anderen Welt, sagte er, zu einer anderen Zeit. Deine Mutter ist eine Dichterin der Zukunft. Wäre das aus einem anderen Mund gekommen, wäre es ein Witz gewesen. Aber jetzt hör zu, sagte er und zog mich näher an sich heran, man hat jemanden zu euch geschickt.

Wollen sie Marina? Ich drückte ihm die Worte auf die Haut, durch die Knochen hindurch. Wer? Ich weiß nur, dass euer Haus auf Berias Liste steht, kamen seine Worte durch meine Haut zurück, und wenn Beria einmal seine Klauen in eine Familie geschlagen hat, kann es sein, dass er jeden davon haben will. Da genügt ein falsches Wort.

Er fasste mich an den Schultern, schaute mir eindringlich in die Augen und sagte, auch du musst vorsichtig sein, Aljoscha. Der Mann ist kein Mensch.

Ich sagte, ich sei nicht bereit, mich zu fürchten. Das sei völlig unnötig. Boris wusste ja, in welchem Haus wir wohnten. Wir standen ohnehin unter ihrer Macht, sie entschieden über die Bedingungen, unter denen wir lebten, so war es gewesen, seit Serjoscha nach Moskau zurückgekehrt war.

Seid vorsichtig, wiederholte Boris, es ist am besten, wenn ihr Moskau verlasst, für alle, für die ganze Familie, sofern ihr zusammenbleiben wollt. Er drückte mich wie zum Abschied. Ein unmöglicher Gedanke, wo sollen wir hingehen, sagte ich. Und pass auf, Aljoscha, dass dein Vertrauen nicht missbraucht wird, fuhr Boris fort. Schau genau hin, wen du in deine Nähe lässt. Wem du vertraust. Wen du ins Herz schließt. Ich würde diesem Gurewitsch nicht trauen.

Ich wich zurück, als hätte er mich ins Gesicht geschlagen, hielt den Atem an. *Mulja brächte das nie über sich.* Ich kannte Mulja durch und durch, jeden Zentimeter, auch das, was er niemandem sonst sagen konnte. In dieser Sekunde war ich bereit, aufzustehen und durch den Park wegzugehen von Boris, und es kam mir vor, als hätte er mich und mein Vertrauen nur benutzt, um Marina zu schützen, und ich Dummkopf hatte für einen Moment geglaubt, dass er mich liebte.

Im Winter hatte Boris mich vor Veras und Roberts Gesellschaftskreis gewarnt, mit Andeutungen und ausweichenden Formulierungen, so reden die Menschen hier, niemals offen, immer flüsternd, in halben Sätzen. Aber all das, wovon er nicht einmal reden konnte, wusste ich selbst und vielleicht besser als er. Vera unterrichtete am Institut des Nachrichtendienstes außerhalb von Moskau und hatte auch mich auf meine Aufgabe im Bund der Rückkehrer vorbereitet. Das konnte Boris kaum wissen, er hatte mich zu keiner Zeit im Verdacht, auch wenn er schon in Paris freundlich stichelte, ich sei von der Ideologie verblendet. Und fast alle taten es, berichteten dem Ministerium. Kolzow hatte es getan und Nina Pawlowa, Vera und Robert Traill, Serjoscha. Auch Boris stand in engem Verhältnis zum Kreml, er hatte die direkte Nummer von Vater Sonne, bestimmt musste auch er Berichte liefern, es war Bürgerpflicht, von staatsfeindlichen Vorhaben zu berichten, von unzuverlässigen Elementen, Schädlingen. Boris wusste über all das bestimmt mehr als ich, mehr auch als Serjoscha.

Sei mir nicht böse, Aljoscha, bat Boris, du bist mir sehr lieb. Ich beneide deine Fähigkeit, über alles nur Gutes zu denken. Niemand sonst hat ein solches Herz.

Ich hörte ihm nicht mehr zu, hörte nicht mehr auf seine in Schmeicheleien gewickelten Spitzen, es waren Worte aus Zucker, mit denen er sich zu retten versuchte.

Da ist noch etwas, hielt er mich zurück.

Ich blieb.

Michail Efimowitsch ist verschwunden, sagte er.

Kolzow? Wieso verschwunden?

Boris stieß ein Zischen zwischen den Lippen aus, ich redete zu laut, verstand, dass ich flüstern sollte.

Oder gestorben. Erschossen worden. Ich bin nicht sicher. Es gibt etliche Gerüchte über ihn.

Aber sein Prozess sollte doch diese Woche beginnen?

Er ist abgesagt worden. Es kann keinen Prozess geben, weil es keinen Angeklagten gibt.

Aber man kann doch niemanden ohne Prozess zum Tode verurteilen?

Er wäre aus erfundenen Gründen verurteilt worden, genau wie Bucharin. Er hätte keine Möglichkeit erhalten, sich zu verteidigen. So gut schrieb er selbst die Dramaturgie der Schauprozesse.

Aus welchen erfundenen Gründen? Artikel 58. Was bedeutet das? Landesverrat. Gegenspionage. Er ist den ganzen Sommer im Untersuchungsgefängnis gewesen, irgendwo bei Bolschewo. In der Nachbarschaft unserer Datscha? Kolzow sitzt in Bolschewo in Haft? Nicht mehr. Man hat ihn erschossen? Oder er hat es selbst getan. Oder die Bittermandelampulle geleert, die er im Ärmelaufschlag versteckt bei sich trug, so wie es gut ausgebildete Spione tun, wenn es ernst wird.

Im Park kamen die Menschen von ihrer Mittagspause zurück wie immer, und wir konnten nicht weiterreden. Auch Boris musste gehen. Ich sah, dass er Angst hatte, viel mehr als in Paris vor vier Jahren.

Aber wir sehen uns bald. Boris versprach, nach Bolschewo zu kommen, wenn es nur irgendwie ginge, gleich am kommenden Samstag. Ja, komm, wir feiern Murs Schulbeginn, decken hübsch den Tisch, Kohlpiroggen und grüne Zwiebelpastete, ordentliches Fleisch, keine zähe Pferdekeule, und Schokolade, wir müssen Schokolade auftreiben, dann verbringen wir einen schönen Abend, ihr lest Gedichte wie früher, du und Marina, ihr werdet wieder Freunde, vergesst alles, was war. Und du darfst Mulja kennenlernen, meinen Liebsten, meinen Mann.

Sei nicht böse auf mich, Alja, bat Boris.

Warum sollte ich es sein, entgegnete ich schnippischer als beabsichtigt, und er hörte es, du bist mein Freund. Mach dir nur Sorgen, ich aber bin glücklich. Glücklicher denn je. Glaub mir.

Ich hätte Boris sagen mögen, dass ich außerdem ein Kind von Mulja erwartete, aber ich sagte lediglich, als Allerletztes wollte ich mich fürchten, ich wollte nur leben.

Boris schaute mich an, und ich wusste, dass ich keine Angst haben musste. Ich küsste ihn auf den Mund. Lippen, die nach Holz schmeckten, natürlich, ich hatte es geraten, hatte es mir so oft vorgestellt. Ein Kuss aus schierem elektrischen Licht, Vogelschwingen, Flussströmung, alle Flüsse Russlands zwischen uns, und in ihnen alle Zeit, alles Gras, alle Geschichte, alles Wachsen, Bilder, dem Licht entströmende Bilder.

Všenory
August 1923

Sie gingen an vielen neugierigen Fenstern vorbei, an Köpfen, die sich abwandten, aber Marina scherte sich wenig darum, in der Gemeinde der Besitzlosen wurde schon lange über sie geredet, und wenn schon, sie wäre bald weg aus dieser Thermosflasche, in der das Leben und die Menschen bei lauwarmer Temperatur gehalten wurden.

Es fiel Marina schwer, im Takt des gemächlich gehenden Mannes zu bleiben, denn sie war es gewohnt, forsch auszuschreiten, mit sirrendem Wanderstock, immer höheren Gipfeln entgegen, anstatt am Hang entlangzutrotten und Zweige am Wegrand abzurupfen. Noch hatte sie sich nicht an die Tempowechsel des Mannes aus Minsk gewöhnt.

Kehren Sie nach Moskau zurück?, fing er an, als sie auf dem staubigen Weg gingen, der am Dorfrand entlang in die Berge führte. Warum zurückkehren, ich bin überall gleich heimatlos, antwortete Marina und versuchte dabei, an Konstantin Boleslawowitsch vorbeizukommen, aber er hielt sie mit seinen breiten Schultern hinter sich wie bei einem Wettlauf und ließ sich auf dem schmalen, von glatten Kiefernstämmen gesäumten Pfad nicht überholen, und so sprach sie weiter zu dem breiten Rücken, die Sprache genügt mir als Heimat, und die habe ich immer bei mir, so wie die Muschel ihre Schale.

Darauf wusste der Mann nichts zu erwidern, und sie gingen schweigend weiter, über Gedankenfetzen brütend, aus der Bewegung des Rückens konnte man nicht schließen, was der Mann innerlich ausspann. Die Luft war schwül und stand, bald wäre es zu heiß, die Sonne brannte auf Farne und Erika, aufgequollene Pflaumen lagen auf dem Weg, man konnte nicht anders, als daraufzutreten, wodurch das Fruchtfleisch unter den Sandalen aufplatzte und mit dem Geruch nach Vergorenem auf der Erde zerlief. Marina hatte den Wanderstab vergessen wie auch ihren Hut und würde ekelhaft braun werden oder in der Sonne verbrennen, normalerweise erinnerte Alja sie daran, aber diesmal hatte sie es nicht getan. Sie hatte nichts mitgenommen, um sich zu schützen, sie spürte nur, wie der Schweiß aus ihren Poren drang und von der Unterwäsche aufgesaugt wurde. Umkehren konnten sie nicht mehr, sie waren schon zu weit und doch nicht in der Nähe von irgendetwas. Alja stapfte im Laufschritt voran, mit kleinen Schritten in dichter Folge, den Reif in der Hand, und hörte kaum, was sie sprachen. Immerhin hatte das Mädchen daran gedacht, sein Heft mitzunehmen, hatte es ins Seitenfach der Provianttasche geschoben. Der hartnäckige Gast würde sie nicht daran hindern, wie geplant zu arbeiten.

Immer fragten alle nach Moskau, war es das, was die Menschen verband? Gab es zwischen ihnen nichts anderes? Sie hatte Lust, offen zu reden, über die richtigen Dinge, kein unnützes Zeug, über Moskau zu reden war vollkommen sinnlos, wie das Aufklauben von Glasscherben mit bloßen Händen – ein Satz von Alja, einer von denen, die sie sich angeeignet hatte.

Ich will wirklich nicht nach Moskau zurück, fuhr sie zornig fort, Moskau liegt auf der anderen Seite, dort, wo ich nichts mehr verloren habe.

Ich stelle immer die falschen Fragen, wandte sich der Mann aus Minsk schließlich zu ihr um. Sie regen sich immer so schnell über mich auf.

Ich rege mich nie auf, erwiderte Marina, ich bin nur direkt.

Aber natürlich brachten sie die Worte des Mannes in Rage, jetzt schon, es war ein Fehler gewesen, ihn mitzunehmen. Alles an ihm hatte sie schon damals geärgert, als er Anfang des Monats zum ersten Mal allein zu ihnen gekommen war, ohne Serjoscha, und sie den ungeladenen Gast nicht einfach hatte links liegen lassen können. Seine unrhythmischen Worte: ob Hilfe gebraucht würde. Ein Mann im Haus. Wo er doch einen freien Tag habe. So redete er, unvollständige Sätze, stocherndes Staccato, aber zu lasch und tastend für ein Staccato. Jetzt, da Serge nicht da sei. Serge mache sich große Sorgen um sie. Den Namen hatte er französisch ausgesprochen, mit weichem, verschliffenen R, er wollte vornehm tun vor ihr, zeigen, dass er noch die zaristischen Sitten der oberen russischen Mittelschicht beherrschte, er kokettierte, obwohl er kaum mehr als zwei Phrasen Französisch konnte, so war es immer, sie würden hier kaum ins Französische wechseln. Dabei hatte er in die Richtung gedeutet, aus der er gekommen war, als würde sich Serjoscha dort in den Büschen verstecken.

Wie ist es, hatte der Mann gesagt, er habe nichts zu tun, auf der Pferderennbahn werde nicht gelaufen, und alle Bekannten seien irgendwo, sämtliche Russen in Italien in den Ferien. Er hatte sie angeblickt, als warte er auf eine Zusage, und dann weitergeredet, gut und gern könnte ich einer Mutter und ihrer Tochter ein bisschen behilflich sein. Zumal er in der Nähe wohne, nur zwei Lokalbahnstationen entfernt, in Velká Chuchle.

Und am meisten hatte Marina geärgert, wie der Mann aus Minsk auf ihren Schmuck schaute, dann auf ihr zerknittertes, vorne feuchtes Gewand, sein bohrender Blick hatte etwas selbstgefällig Rüpelhaftes, und doch schmolz all das bei jedem schnarrenden R dahin. Solche siegessicheren Blicke schüchterten sie nicht ein, man kannte ja den Zustand der Erniedrigung von Wrangels Soldaten, die jungen Bengel waren hinter Frauen her, hinter jeder, hinter Frauen und Pferden, aber sie gehörte weder zu den einen noch zu den anderen.

Sie haben einen Brief von Sergeij bekommen, hatte Marina gleichgültig festgestellt, wobei sie die Vokalschaukel am Ende des Namens betont hatte, Sergeiiiij. Serjoscha, Serge hatte dem Mann tatsächlich vor einiger Zeit geschrieben, nur eine Postkarte mit dem Marktplatz einer mährischen Stadt, der Mann wusste ihren Namen nicht mehr, aber er wusste, dass dort vor einiger Zeit noch ein Mann aufgehängt worden war. Er hatte eine überhebliche Pause gemacht, auf eine Reaktion des Entsetzens gewartet, aber die kam nicht, er wartete vergebens, sie war ruhig wie ein Stein, keine Angst, kein Entsetzen, dort werden sie den Jungen schon gesund machen, glauben Sie mir, sein Ton wurde sanfter und versöhnlicher, in ein paar Monaten läuft er einen Marathon, aber der Zustand des armen Jungen hatte sich im Sommer schnell verschlechtert, obwohl es ihm schon an der Front schlecht gegangen war, er wurde schnell müde, vertuschte alles mit seinem leisen Lachen.

Sie kennen sein Lachen ja, sagte der Mann aus Minsk und imitierte Serjoschas vorsichtiges, warmes Lachen, aber der Funke sprang nicht über, Marina fühlte sich nicht sicherer, auch wenn das Lachen echt klang. Wenn sie einfach nur still war, würde der Mann dann seinen Vortrag fortsetzen und sich verplappern?

Und Serjoscha hat Sie gebeten zu kommen?

Sie können mich gern duzen, gnädige Frau.

Sie hatte ihm das Du nicht angeboten, obwohl er höchstens ein paar Jahre jünger war als sie, wahrscheinlich knapp unter dreißig, ein irgendwie unausgewachsener Bengel. Sie hatte ihr Urteil schnell gefällt, der weiße Soldat war nur der erste Eindruck gewesen und inzwischen schon in sich zusammengefallen, das hier war kein großer, loyaler Revolutionär, sondern ein Bursche mit schlechten Manieren, der nach Stall und Pferdewetten und dem dicken Rauch der Bierstuben roch und versuchte, sein Banausentum mit dem Nachäffen schmeichlerischer höfischer Sitten zu kaschieren, man konnte von Glück sagen, dass er keinen Knicks machte.

Wir brauchen keine Hilfe, danke, hatte sie gesagt, moskowitisch schnippisch, schweizerisch stolz, das lag ihr immer als Erstes auf der Zunge. Sie hatte den Mann zum Bahnhof zurückschicken wollen oder wohin auch immer, Hauptsache fort von ihrem Haus, sodass er keine Vorschläge zum Duzen mehr machen konnte. Sie hatte keine Zeit, sämtliche Freunde von Serjoscha kennenzulernen, all die Eintagsfliegen, wenn er sich nur endlich aus dem Staub machte. Zu der Zeit ging der nächste Zug in die Stadt jedoch erst in mehreren Stunden, gegen zehn. Müsste sie diesem Kriecher nun Gesellschaft leisten, Kaffee kochen, sich Gesprächsthemen einfallen lassen, bis er verschwand?

Sie hatte sich in seiner Nähe irgendwie gestört gefühlt, obschon sie ihn bald zu Spaziergängen in die Berge, in die Wälder, auf die Heide mitgenommen hatten. Zuerst hatte sie geglaubt, er grinse über ihr Aussehen, den dicken Hals und die niedrige Stirn, die kurzen Beine und die riesigen Hände, große, schwere Männerhände, alles unproportioniert, zu klein oder zu groß, und dann dachte sie auch noch wie eine halbwüchsige Kindfrau, obwohl sie dreißig war, im Herbst würde sie einunddreißig werden. Beeinflusste es sie immer noch, was ein Mann über sie dachte, wie er ihren Körper mit den nicht zusammenpassenden Teilen betrachtete? Nach der Zurückweisung durch Wischniak war sie unsicherer geworden, sie fühlte sich alt und hässlich, dachte lieber nicht an ihren Körper, er war nur im Weg, ein bloßes Hindernis, das sich allmonatlich mit schwarzrotem Blut rächte, das dicker dahinfloss als jeder russische Fluss.

Als der Mann zwei Tage später wiederkam und der August an jedem Tag mit gleicher Schwere das Ende des Sommers ausbrütete, wunderte sich Marina. Der Gast musste sich mit ihr langweilen, sie sah überall nur Tod und Ruinen, konnte sich nicht mehr unterhalten, nachdem sie ein ganzes Jahr im Wald gewohnt hatte, zusammen mit Bäumen, dem Kind und der alten Olga, deren Verwandte sie jederzeit zwischen ihren Katzen vergessen würden, wenn das Erbe aufgebraucht und der Schmuck verkauft wäre. Sie konnte ja nicht einmal mehr mit Serjoscha reden, sie waren sich fremd geworden, teilten nur Bett und Frühstückstisch, gelegentliche gemeinsame Ausflüge nach Prag und die Entscheidungen über Aljas Leben, auch wenn diese Entscheidung jetzt ein Fehler gewesen war, den sie Serjoscha nie verzeihen würde. Aber es hatte keinen Zweck, wegen solcher Sorgen den Mund gegenüber diesem Menschen aufzumachen, damit war sie ganz allein. Dennoch kehrte der Mann aus Minsk zurück, ohne dass sie ihn gerufen hätte.

Er mied das Siezen und gab ihr die Namen von Pflanzen und Kräutern, aber das konnte sie nicht erweichen. Frau Geißblatt, Brombeere, Holunderblüte. Lächerliche Namen, lächerliche Schmeicheleien. Und erst recht auf Lateinisch. Sie hatte sich nie für Botanik interessiert, am wenigsten für die lateinischen Namen, die Sprache der Poesie war ihr genug, außerdem, dachte sie, hatte sie schon als Kind gedacht, hatten die Pflanzen eine andere Sprache, sie benannten sich mit Wörtern, von denen wir nichts wussten. Aber sollte er sie nennen, wie er wollte, sie war keine Mimose, die sich zusammenzog, kein kälteempfindliches Moosglöckchen, keine zarte schöne Blüte, die man pflückte und einem Mann auf den Handteller legte.

Auch sonst war Marina unbehaglich zumute. Sie hatte sich unmittelbar vor dem Aufbruch umgezogen, und das grüne Samtkleid fing an zu kneifen und sah außerdem viel zu vornehm aus, sie war zu gut angezogen für einen schweißtreibenden Ausflug in den Wald, wenn wenigstens ein kleines Lüftchen ginge. Das Kleid hatte sich gut auf der Haut angefühlt, aber jetzt merkte sie, dass sie ihr Mieder achtlos geschnürt hatte, es hielt nicht mehr die Formen, sondern fing an zu scheuern.

Genossin Efron sollte aufhören, sich nach Moskau zu sehnen, sagte der Mann nun, und die Tatsachen akzeptieren. Getan ist getan. Diese Tür ist uns beiden für immer verschlossen, zugeschweißt. Einmal für Wrangel, immer für Wrangel. Ich liebäugle mit Paris.

Dort wollen alle hin, schnaubte Marina, wunderte sich aber über die Formulierung, Genossin Efron, versuchte er es mit Ironie, als wäre ihr Mann plötzlich ein waschechter Bolschewik geworden. Aber nicht einmal die Bekehrung zum Bolschewismus würde es Serjoscha ermöglichen, nach Hause zurückzukehren, dachte sie dann, es wäre gut, wenn sein Freund ihm das deutlich machen würde, weil er auf Marina ja doch nicht hörte.

In Berlin gibt es schon zu viele Russen, zweihunderttausend angeblich, und bald sind die Bolschewiken auch dort an der Macht, oder was glauben Sie?, fragte der Mann aus Minsk.

Noch bevor Marina den Mund aufmachen konnte, wurde Alja auf ihr Gespräch aufmerksam. Vielleicht hatte sie auch schon die ganze Zeit mit einem Ohr zugehört und mischte sich erst jetzt ein.

Wenn die Bolschewiken die Macht ergreifen, geht auch dort das Essen aus, sagte Alja, auch wenn es in Berlin von allem so viel gibt, dass man nicht weiß, wohin damit, und so viele Menschen, dass die Russen gar nicht auffallen, außer in der Prager Diele, wo sie alle hingehen, und Obst und Blumen und Häuser und Autos, so viel von allem, dass Marina und ich auf nichts mehr Lust hatten. Erinnern Sie sich noch, Marina, wie der eine Apfel eines Tages schwarz geworden war, weil Sie ihn nicht essen mochten?

Sie hatte in Berlin tatsächlich nicht viel gegessen, nein, obwohl ringsum alles vorhanden war. Für das Essen des Mädchens hatte sie gesorgt, und wenn nicht sie, dann sonst jemand, Ljuba oder Ilja, und es hatte an nichts gemangelt, aber auch das hatte keine Bedeutung gehabt, alles kam und ging, ohne dass sie darum gebeten hätte. Ihr Appetit war erst hier wiedergekommen, in den Bergen, auf dem Dorffest hätte sie einen ganzen geschmorten Hasen essen mögen oder einen Vogel, ja, sie hätte sogar einen Vogel verzehren können.

Haben die Bolschewiken auch Sie dazu gebracht, Russland zu verlassen?, fragte der Mann aus Minsk.

In Berlin hatten es alle furchtbar eilig, etwas zu kaufen oder zu verkaufen, wechselte Marina das Thema, man konnte sie nicht so leicht dazu bewegen, über die Bolschewiken zu reden, auch die Verleger dort waren überhitzt. Als ahnten sie das Weltende voraus.

Das griff der Mann aus Minsk auf. Über Geld konnte er immer reden, er studierte wohl Wirtschaftswissenschaften an der Karls-Universität.

Jetzt hat man es ja gesehen, stellte Konstantin Boleslawowitsch fest, das Geld ist bald nur noch das Papier wert, und nach den deutschen Kapitalisten kann auch die übrige europäische Wirtschaft jederzeit zusammenbrechen.

In Berlin hatte sich nicht nur das Geld geändert, sondern innerhalb eines Monats die ganze Stadt, so schrieb es Jüngling in seinem letzten Brief, und Marina las die Schockmeldungen im Café Louvre, Streiks, Aufstände, Hungersnot, nachdem die Preise von Milch, Kartoffeln und Brot zunächst um das Hundertfache und dann um das Tausendfache gestiegen waren. Die ganze Weimarer Republik geriet aus den Fugen, Menschen ohne Arbeit, Wohnung, bald auch ohne Heimat, so wie sie. Auf den Straßen der Prager Innenstadt strömten die Menschen trotzdem wie immer zwischen Fluss und Bankenstraßen dahin, obwohl alles auseinanderfiel, und Berlin war nicht weiter als eine Tagesreise entfernt.

Man konnte sich Berlin nur schwer in einem solchen Chaos vorstellen, bei der Stadt kamen Marina als Erstes der sichere Asphalt unter den Füßen in den Sinn, die gleichmäßigen, hellen und sauberen Lichterreihen der Straßenbeleuchtung, alles war geradlinig, die Straßen, die Häuser, die Menschen, das Leben, dort konnte sie sich bewegen, gehen, der ganze Stadtplan war in ihren Gliedern gespeichert, und bald dann auf dieser Bühne die gleichen Gräuel wie in Moskau, wie viele Kinder würden im kommenden Winter Hungers sterben, wie viele Mütter blieben mit leeren Händen zurück, als wäre ihnen das Unglück auf den Fersen, in der schweren Schleppe ihrer Worte, der Engel der Zerstörung. Aber diese Angst würde sie mit diesem leichtsinnigen Mann, der so von sich eingenommen war, nicht teilen können, er würde sie für verrückt halten. Mit ihm konnte man sich nur über die Börsenkurse wundern, aber was hatte sie überhaupt mit jemandem zu teilen? Die Menschen wollten nie hören, dass der Tod und das Ende in jedem Augenblick nahe waren.

Marinas Verse hatten den besten Preis, prahlte Alja, alle in der Prager Diele wollten Mamas Gedichte kaufen. Wischniak, Slonim, Grschebin. Alle. Alja brillierte vergebens, denn der Kerl kannte keinen einzigen der genannten Namen, und auch bei Marina lösten sie nichts mehr aus, von den Berliner Romanzen war nichts mehr übrig als die schal gewordene Freundschaft mit Mark Slonim.

Ich war bloß nicht käuflich, sagte sie dann, das sollte der Mann wissen, Geld hatte nichts mit Poesie zu tun, nur mit der Ewigkeit, sie ließ sich nicht in Geld bemessen. Und wie kam es: Versieht man etwas mit zu viel Wert, verliert es am Ende seine ganze Bedeutung. Und jetzt erinnert sich keiner mehr an mich.

Ich weiß, dass Sie ein offenes Wort zu schätzen wissen, sagte der Mann, und Marina war sich nicht sicher, ob das nur eine höhnische

Arabeske war, und darum sage ich jetzt offen, dass ich Ihre Gedichte gelesen habe.

Ach ja?

Als hätte er den Satz vorab geübt und setze nun zu einer Rede an, über ihre Gedichte hatten sie noch nicht gesprochen, überhaupt nicht, kein einziges Wort. Marina war es schon im Voraus peinlich für ihn gewesen.

Das mit den weißen Schwänen.

Das haben Sie gelesen! Marina erschrak geradezu. Es ist nicht veröffentlicht worden. Und wird auch nicht erscheinen. Das wollten nicht einmal die russischen Verleger in Berlin.

Serjoscha hat mir Teile davon gezeigt, erklärte der Mann, er wollte wissen, ob man es in der Zeitung veröffentlichen sollte.

Marina regte sich auf, was war der Mann aus Minsk denn für ein Experte, er verstand bestimmt nichts von Gedichten, erkannte es nicht einmal als solches, wenn er eines sah. Und der Mann erwiderte: Ich mochte es nicht recht. Vielleicht habe ich es auch nicht verstanden. Dabei hätte ich es eigentlich verstehen müssen. Denn erzählt es nicht von uns? Von den Seelen der weißen Soldaten?

Konstantin Boleslawowitsch wartete ihre Antwort nicht ab, sondern fuhr fort, dass es seiner Meinung nach mutig von einer Frau sei, politisch zu schreiben, das Lager zu wählen, er sage das als Unterstützung. Sie brauchte keine Unterstützung, fragte nicht um Erlaubnis, was glaubte der Mann eigentlich, wer er war, nichts als ein erbärmlicher Rüpel.

Erstens einmal gibt es bei mir keine Lager, widersprach sie strikt, außer Zigeunerlagern, das sind die einzigen, wo man etwas vom Leben versteht.

Mich möchte Marina auch nicht ins Lager schicken, unterbrach Alja, und Marina musste sie zurechtweisen. Es gehörte sich nicht, Erwachsenen ins Wort zu fallen, das würde man auch in der Schule der Bogengardts nicht dulden.

Zumindest ist es ein Lager der Weißen, merkte der Mann aus Minsk an. Die Bogengardts gehörten dem engsten Kreis von General Wrangel an, aber das war nicht der Grund, warum man beschlossen hatte, Alja ins Lager zu schicken.

Ich kenne die Farben Rot und Weiß, erwiderte Marina, aber es sind keine Kontrastfarben, jedenfalls laut Goethes Farbenlehre.

Warum war der Mann so sehr darauf aus, mit ihr über Politik zu reden, über Politik und Dichtung, warum fragte er sie nach ihrer Meinung, als wäre er ein Spitzel, angeworben von der Tscheka, ein Schatten, der sich an ihre Fersen geheftet hatte, seit sie in Moskau am Rigaer Bahnhof in den Zug gestiegen war, der das Baltikum durchquerte.

Ich weiß nicht, ob Sie die ernsteste oder die humorvollste Frau sind, die ich je getroffen habe, sagte der Mann aus Minsk lachend und nahm sofort sein Wort zurück, der Feigling, ich habe Ihre Gedichte natürlich nicht gelesen. Ich lese keine Gedichte, schon gar nicht, wenn sie von Frauen und Russen geschrieben worden sind.

Und ich gebe mich normalerweise nicht mit Männern ab, schon gar nicht mit russischen, entgegnete Marina. Sie merkte, dass sie den Köder geschnappt hatte, sie sollte sich vor diesem Mann nicht fürchten, er war bloß ein leichtfertiger Harlekin, ein Casanova für Arme, der versuchte, ihr ebenbürtig zu sein.

Männer haben ihre Prinzipien, fuhr Marina fort, und die befinden sich üblicherweise in grundlegendem Widerspruch zu meiner Prinzipienlosigkeit, darum verstehen wir uns in der Regel nicht besonders gut, was die Dinge dieser Welt betrifft. Es handelt sich um zwei vollkommen unvereinbare Maßstäbe.

Nagel auf den Kopf, sagte der Mann und fing an zu lachen, dabei hatte sie versucht, ihn zu verwirren. Auch ich bekenne mich nicht zu Prinzipien.

In dem Fall sind wir uns gleich, stellte Marina fest, ohne zu bedenken, was sie sagte.

Als der Mann sie anschaute, sah sie keinen Hauch mehr von Spott auf seinen Muschellippen, sondern das Leben selbst, das unermessliche, überall hervorquellende Leben. Und sie lachte, erstaunlich, sie konnte lachen, und es wurde ein leichtes Lachen, als wäre das dunkle Wasser für einen Moment weggespült worden, konnte es so etwas geben? Und eine seltsame Leichtigkeit hob sie in die Höhe wie die Flut das Strandgut am Ufer, wie vor einem Fest. Feste und Menschen, wann hat es das zuletzt gegeben, sie erinnerte sich nicht, es war lange her.

Von da an sprachen sie eine gemeinsame Sprache, was für eine, das wusste sie noch nicht, aber sie musste nicht mehr befürchten, dass ihre Worte oder Gedanken zu viel für diesen Mann wären, ihre ganze Unmäßigkeit. Alles ging schnell, fand seinen Platz, sie blieben stehen, um Früchte von den Bäumen zu essen und Zigaretten zu rauchen, sie tranken Beerensaft, den Sekt sparten sie sich für die Burg auf. Der Mann holte ihnen Pflaumen, Birnen und Kirschen von den Bäumen, reichte ihnen einen Mundvoll Brombeeren, zuerst Alja, dann Marina, und die musste nicht mehr überlegen, was sie sagte, der Mann aus Minsk lachte über alle ihre Scherze, auch über die, die sonst niemand verstand.

Moskau
August 1939

Kolzow war tot. Und ich hatte Boris geküsst. Eines davon war falsch und eines richtig, und dazwischen lagen das ganze Leben und die Arbeit, die Frist dieses Abends.

Ich schrieb den letzten Absatz meines Artikels über die Messe: *Die herzlichen Komi-Frauen haben ihre Wurzeln tief im Boden der Tundra, dem auch ihre ugrische Sprache entspringt. Die uralten Traditionen und die Naturreligion geben unseren farbenfrohen Genossinnen die Freude für die täglichen Mühen, und ihr warmes Lachen bringt selbst das ewige Eis um sie herum zum Schmelzen.* Punkt. Das war es. Die erste Version. Nur die Überschrift fehlte.

Man musste Abstand zum Text finden, gehen, atmen und ihn dann mit neuen Augen lesen. Die Illustrationen waren schon fertig, ich schob sie in die Mappe, ich würde sie Nina Pawlowna vorlegen, wenn ich in die ZhurGas-Redaktion hinüberging und nachsah, ob Mulja schon aus Leningrad zurück war.

Genosse Matwejew kam mir auf dem Korridor entgegen, versuchte sich in aller Breite an mir vorbeizudrängen, damit wir uns unweigerlich berühren mussten, süßlicher Schweiß und Kölnisch Wasser, ein schiefes Lächeln auf dem gebräunten Kindergesicht, Neid, der sich in Spott verkehrt hatte, er tat mir irgendwie leid, hoffentlich würde er ein gutes Mädchen finden, damit er mir nichts mehr nachtragen musste, vielleicht sollte ich ihm morgen Ségolen vorstellen, nein, Hyäne und Ziege passten nicht zusammen, auch wenn es auf der Welt solche vollkommen unpassenden Paare gab.

Genossin Efron, ein geheuchelt freundlicher Ausruf, er wollte plaudern, dies und das, als hätte es nie ein trotziges Schweigen gegeben. Den Schock, den Kolzows Schicksal in mir ausgelöst hatte, würde ich nicht mit ihm teilen. Zuerst kamen ein paar harmlose Fragen über die Messe, hast du Uzbekistan gesehen, und die Pavillons der Armenier, in die Technikhallen bist du sicher nicht gegangen, es schien, als versuchte er mich zu bremsen, bis ich in seinem Geröll feststeckte. Er wollte meine Zeichnungen sehen. Diejenigen, die ich in der Flugzeughalle gemacht hatte, lagen obenauf, er studierte die Motorzeichnungen genau. Die Bilder von den komi-syrjänischen Frauen überging er, die architektonischen Einzelheiten der Ausstellungsgebäude, die ich vor dem Interview gezeichnet hatte, begutachtete er.

Sieh dir dieses Mädchen an, sagte Matwejew, nachdem er den ganzen Stoß kritisch durchgesehen hatte, das hat sicherlich lange gedauert. Ich bin keine Stümperin, hätte ich am liebsten gesagt, aber ich gab mir Mühe, freundlich zu erwidern, das Zeichnen erfordere nur ein wenig Konzentration.

Ich wollte ihm nicht zeigen, dass es ihm gelungen war, mich zu kränken, von Anfang an hatten die jungen Komsomolzen mich auf dem Kieker gehabt, für sie war ich voller fremder, bürgerlicher Gewohnheiten, sie äußersten sich über meine Kleider, meine Art zu sprechen, meine Texte, mit der Begründung, dass ich damit auch sie verdächtig machte. Ich konnte eine solche Paranoia überhaupt nicht verstehen. Und da ich mich in ihren Augen nicht schnell genug änderte, maßregelten sie mich im Komsomol-Klub bis in die frühen Morgenstunden: Das alles sei nur zu meinem Besten, ein unvermeidbarer Wandlungsprozess, den jeder durchlaufen müsse.

Ich versuchte ruhig zu bleiben, darum setzten sie wohl ihr unsichtbares Piesacken in der Redaktion fort. Ich war zu brav und ängstlich, um zu petzen. Ihre Botschaft lautete klar und deutlich: Sollte ich die Absicht haben, in dieser neuen Welt zurechtzukommen, müsste ich mir eine neue Biografie schreiben und meine Geschichte, meine Familie verleugnen. Es kam dann auch so, wie sie es prophezeit hatten: Wegen meiner verdorbenen Biografie war ich nicht für die Kunstakademie geeignet, ich steckte noch zu sehr in meiner Emigrantenherkunft fest, traute mich nicht, mich wirklich davon zu lösen. Selbstverständlich hatte das jemand unter den Komsomolzen verbreitet. Dennoch zeigte ich ihnen nicht, wie sehr mich die Ablehnung niederschmetterte. Ich tat mein Bestes, jeden Tag, um ein neuer Mensch zu werden, ein Sowjetmensch nach Maß, um für dieses System geeignet zu sein, das das beste von allen war.

Schließlich kam Matwejew zur eigentlichen Sache und brachte die Frage heraus, woher ich den Genossen Pasternak kannte. Ich sagte, er sei ein alter Freund meiner Mutter, dabei versuchte ich meine Stimme so farblos und neutral zu halten, wie es nur ging. Ein Freund der Familie. Der andere sah mich frivol an, alle hatten unsere Umarmung gesehen, sie hatten genau das gesehen, was sie sehen sollten, und doch wussten sie nichts. Bald merkte der Genosse, dass er nicht mehr aus mir herausbekommen würde, aber er versperrte mir weiterhin den Weg, wollte noch ein Körnchen Information haben.

Bist du schon mal bei ihnen in Peredelkino gewesen?, fragte er, eindeutig mit einer bestimmten Absicht, natürlich, er wollte seinen Nutzen von mir haben. Ich hingegen wollte weitergehen, meine Arbeit erledigen, den Text bald fertigstellen, die Bilder aus den Händen geben, ich hatte keine Zeit für Korridorgespräche, sie störten meine Gedanken, führten sie von der Sache weg. Matwejew ließ mich trotzdem nicht gehen, sondern wagte es, mich zu bitten, ihn mitzunehmen, wenn ich zu den Pasternaks ginge, bestimmt nicht, dachte ich, sagte aber, Boris habe sehr viel zu tun, so bald würde auch ich ihn nicht besuchen können.

Matwejew fasste mir an die Hüfte, mit schwitzender, schlaffer, warmer Hand. Ich befreite mich. Dass er es wagte! Ich spürte, wie kalte Flammen aus meinen Augen schlugen, das wirkte, er drückte mir die Illustrationen in den Arm und ging wie ein großes, wütendes Kind davon. Ein lächerlicher Kerl, redet das eine, tut das andere. Und mit so einem hätte ich mich zusammentun sollen! Ein erbärmlicher Quälgeist war er, kein erwachsener Mensch. An der Tür drehte er sich um, sieh dir noch einmal deine Motorzeichnung an, sagte er, bisschen zu viele Motoren in dem Flugzeug.

Damit brachte mich der Genosse jedoch nicht ins Schwanken, denn ein Techniker hatte mir alles über die vier Motoren der Ilja Muromez erklärt, ich hatte sie mit eigenen Augen gesehen und die Fakten überprüft. Außerdem hatte ich mich schon früher mit einem von Kolzow initiierten großen Flugzeugprojekt beschäftigt, mit der Maxim Gorki, die im Jahr 1934 das größte Flugzeug der Welt gewesen war und die ungeheure Fortschrittlichkeit der Sowjetunion unter Beweis stellte, bis sie 1935 abstürzte und alle Passagiere ums Leben kamen.

Ich kannte die technischen Einzelheiten der Gorki, verstand aber trotzdem nicht, wie sie bis dahin in der Luft geblieben war, aber das sagte ich nicht laut. Das Fliegen war im Hause Kolzow eine heilige Angelegenheit. Fast so heilig wie der große Meister selbst, der nun seinen demütigsten Diener hatte erschießen lassen. Oder aber Kolzow hatte sich mit eigener Hand gerettet, weil er keine öffentliche Demütigung in Prozessen wollte, deren Zeremonienmeister er zwei Jahre zuvor noch selbst gewesen war. All sein Wissen und seine Leidenschaft waren langsam, wie von Bittermandel verätzt, geschwunden. Ich war sicher, dass es seine Entscheidung gewesen war. Ich hatte in Paris die Ampulle gesehen, er hatte sie großspurig auf dem Tisch der Bar präsentiert, damals hatte ich es für einen schlechten Witz gehalten und nicht gedacht, dass er es jemals ernst meinen könnte.

Die Auslandsredaktion war verschlafen wie oft am Nachmittag, Wanja und Alexej mühten sich in dichtem Machorka-Qualm ab, in dieser Abteilung war der Geruch französischer Zigaretten unbekannt. Ich musste nicht einmal fragen, da machte Wanja schon den Mund auf, denn meine Augen verrieten mich sofort: Mulja war noch nicht aufgetaucht. Aber Emilia Emanuilowna war hier, sagten sie, sie hat dich gesucht, hat sie euch beide nicht im Park angetroffen?

Ich bedauerte es, Milja nicht gesehen zu haben, eigentlich hätte sie uns finden müssen, wie gern hätte ich sie gesehen. Sie hatte die Nachricht hinterlassen, sie komme am Wochenende nach Bolschewo, am Samstag wahrscheinlich, am Samstag habe sie Zeit. Marina wäre guter Laune, wenn Milja an der Feier teilnähme, auf eine junge Philosophin, die bei Heidegger studiert hatte, konnte selbst sie nicht von oben herabsehen, obwohl Milja bis ins Mark rot war wie wir und in Paris mit den gleichen Aufgaben für den Apparat betraut gewesen war wie ich. Marina akzeptierte Milja, man konnte von Glück sagen, dass sie sich nicht Hals über Kopf in sie verliebte und Vorstellungen von einer überlebensgroßen Verbindung mit ihr nährte.

Wanja versprach, den groben Kerl zu mir zu schicken, damit er nach seiner schönen Pariserin schaute, bevor diese vor Sehnsucht verging. Dann spöttelte er noch, was Samuil Dawidowitsch wohl davon halten würde, wenn er hörte, dass ich am helllichten Tag mit anderen Männern im Park herumsäße. Ich lachte nur, das sei eben so meine Art, und mein Lachen brachte die Männer zum Schweigen, es ist die beste Waffe, solange man nur lachen kann.

Als ich durchs Foyer ging, fiel mir auf, dass Kolzows Bild abgehängt worden war. Seit wann fehlte es, seit letztem Winter? War es dieser leere Fleck, auf den Boris so traurig und verloren geblickt hatte? Ich hatte Kolzows Lehren vergessen, ich war nicht scharfsichtig genug, ich sah nicht, was wirklich geschah.

Nina Pawlowna wollte gerade zum Rauchen gehen, als ich das Zimmer des Chefredakteurs betrat. Der neue Chefredakteur selbst war nicht anwesend, das war auch besser so, denn ich war ihm gegenüber schüchtern, obwohl ich mir nie seine Gesichtszüge einprägen konnte, aber plötzlich hatte er sich in einen Minotaurus verwandelt, auch wenn nicht er Kolzow verschlungen hatte, vielleicht wusste er vom Schicksal seines Vorgängers nicht einmal mehr als die anderen. Noch im Herbst, nach Kolzows Rückkehr aus Spanien, als seine Spanischen Tagebücher zur Lieblingslektüre des ganzen Volkes avanciert waren, loderte ZhurGas wie ein Konzert von Tschaikowski, es wurde heftig gearbeitet, aber mit Herz, niemand war so inspirierend wie er, das Haus voller Lachen, Überraschungen, ich kann mich nicht erinnern, jemals so viel gelacht zu haben wie zu Kolzows Zeiten bei ZhurGas. Jetzt war alles anders.

Nina mochte meine Bilder, sie fand, ich müsse Künstlerin werden und hätte mich nicht von einer Exilkünstlerin niederschmettern lassen sollen. Viel hatte ich ihr von dem Krach an der Kunstakademie nicht erzählt, aber natürlich hatte auch sie davon gehört. Die Skizzen hatte ich sorgfältig gemacht. Hände, Fassaden, Türgriffe, Flügel, Holzornamente. Ich war stolz auf meine Bilder, auch wenn es nur Gebrauchskunst war, sie waren gut genug, das hatte ich immerhin gelernt, und zwar ohne Marinas Hilfe, ich würde mich damit ernähren können, mich und mein Kind, da konnten die Gontscharowas, die anderen Modernisten und das engstirnige Komitee der Kunstakademie sagen, was sie wollten.

Ich begleitete Nina nach draußen, sie wies auf eine Bank im hinteren Teil des Hofs. Man spürte den Regen noch in den Bäumen, im Sand, aber die Bänke waren bereits trocken. Ich bot Nina eine Gauloises an, sie wollte wissen, wo ich die her hatte, die Leute von der *Revue de Moscou* rauchten hauptsächlich Gitanes.

Nina kam direkt zur Sache und fragte, ob Boris Leonidowitsch etwas von Kolzow erzählt habe. Wenn jemand im Haus etwas von Kolzows Lage wusste und nicht nur Gerüchte, dann Nina, dessen war ich mir sicher. Sie war nicht nur seine Sekretärin und literarische Beraterin, sondern eine Freundin der Familie und hielt Kontakt zu seinen beiden Frauen, der jetzigen, Maria Osten, und der vorigen, Elisabet Ratmanowa, mit der Kolzow noch immer offiziell verheiratet war. Jetzt verstand ich auch, warum sich Nina am Montag gehetzter gegeben hatte, als sie war. Sie hatte natürlich nicht reden können.

Ich sagte, es falle mir schwer, das Ganze zu verstehen. Warum hatte Kolzow aufgegeben? Ein ordentlicher Prozess hätte doch alles geklärt.

Nina glaubte nicht an Selbstmord und Ampullen, das sei bloß eine Show gewesen, die er für amerikanische Schriftsteller aufgeführt habe, damit er als geheimnisvoller Held in ihre Romane aufgenommen werde. Sie war sich sicher, dass Kolzow das Todesurteil erhalten habe, das dann ohne Prozess vollstreckt worden sei. Sie raschelte mit der Zeitung auf ihrem Schoß, damit es ihre Worte übertönte, aber ich hörte, wie erleichtert sie war, endlich mit jemandem darüber reden zu können. Die Vorwürfe, die man gegen ihn erhob, waren schwerwiegend, aber es gab nicht genügend Beweise, obwohl Kolzow angeblich selbst zugegeben hatte, sowohl für die Engländer als auch für die Franzosen spioniert zu haben. Noch Anfang August hatte man ihn lebend gesehen, aber er war wie ein anderer Mensch gewesen, hatte ausgesehen, als habe man sein Geständnis durch Folter bekommen.

Auf Maria Ostens Bitte hatte Nina während des ganzen Frühlings und Sommers Kolzow über die Lubjanka Pakete gebracht, Unterwäsche, Zahnpasta, Salz, Zucker, gleichzeitig hatte sie ihrem Mann Sachen ins Lager geschickt. Doch am Montag dieser Woche waren keine Pakete mehr für Kolzow entgegengenommen worden, die für Ninas Mann aber schon. Wäre Kolzow in aller Stille in ein Straflager geschickt worden, wie man es mit unbedeutenderen Menschen tat, wären die Pakete angenommen worden.

Nina hatte eine Menge auszuhalten. Wie sehr sie sich allein um ihren Mann sorgen musste! Josif Gordon, in dessen Filmteam Serjoscha in Paris anfangs als Kameraassistent gearbeitet hatte, war vor einem Jahr verhaftet und ans Japanische Meer deportiert worden, nach Magadan. Es musste ein Grund für den Vorwurf der Sabotage vorliegen, und Nina musste eine Vorstellung davon haben, schließlich verurteilte man ja keine unschuldigen Menschen zu Zwangsarbeit in Sibirien. Ich hatte den Verdacht, dass Josif mit Trotzkisten zusammengearbeitet hatte, denn die gab es in Filmkreisen. Nina verleugnete ihren Mann nicht, obwohl die Komsomol-Leute auch sie unter Druck zu setzen versucht hatten, ich war selbst in so einer Sitzung zugegen gewesen, hatte die Gordons aber nicht verteidigen können.

Ich war mir mit Nina darin einig, dass Kolzow der letzte Mensch war, der für einen anderen Staat spionieren würde. Wir hatten ihn beide in Paris erlebt. Er schloss leicht Bekanntschaft mit Frauen, Männern, Ausländern, Schriftstellern und Straßenkehrern, er stand mit allen auf gutem Fuß, aber immer im Dienste des Vaterlandes, und er hasste die Trotzkisten aus vollem Herzen. Die Entwicklung der modernen Sowjetgesellschaft zu beschleunigen stand in allem, was er tat, an erster Stelle, ob es nun um die Fotografie ging oder ums Fliegen.

Ich hatte den Geschmack von Erbrochenem im Mund und versuchte ihn hinunterzuschlucken, ohne dass Nina es merkte. Ich schmeckte süßen Apfelsinensirup – die Orangen von Boris. Die Ärztin hatte gesagt, bis zum dritten Monat könne es zu Wellen von Übelkeit kommen. Sie kamen jedes Mal, wenn ich versuchte, eine Zigarette zu rauchen, als wollte der Körper sagen, das sei nicht gut, und vielleicht war es das auch nicht. Marina hatte geraucht, als sie Mur erwartete, und Vera Traill ebenfalls, Gitanes, Gauloises, sogar Machorka, wenn es nichts anderes gab.

Wir sind alle Feiglinge, sagte Nina Pawlowna plötzlich laut und deutlich. Weil wir nichts unternehmen. Kolzow ist nicht der Erste, dem das passiert. Ich zuckte zusammen, weil Nina es so laut und streng sagte, die Stimmen hallten im Hof wider, aber hinter den Fenstern regte sich nichts, nur in der Redaktion der Revue war jemand, obwohl gerade dort niemand sein sollte, weil ich hier saß. Wir verlangen keine Untersuchung, keinen wirklichen Prozess, sprach Nina weiter. Wir tun nichts. Wir können es nicht, wenn wir am Leben bleiben wollen. Jeder kann der Nächste sein. Auch in der Redaktion gibt es einen Denunzianten, sagte sie und schaute mich scharf an. Alle bespitzeln sich gegenseitig.

Ich lachte kurz auf, aber ich spürte, wie der Rauch in der Brust drückte, als passte er nicht in die Lunge hinein. Nina hatte das Wort Denunziant ausgespuckt wie eine faule Pflaume. Ich wusste, dass sie selbst in Paris Berichte für das Außenministerium geschrieben hatte, so wie ich auch. Alle, die zu Kolzows Kreisen gehörten, hatten es getan, es war unsere Pflicht gegenüber dem Vaterland. Ich hatte gedacht, sie mache das Gleiche auch hier und sei bereit, politische Saboteure anzuzeigen. Ich war ebenfalls dazu bereit, auch wenn der Apparat sich seit meiner Rückkehr nicht direkt mit mir in Verbindung gesetzt hatte.

Ich drückte die Zigarette aus, die Arbeit rief, uns beide.

In Berlin sind die Straßen breit und leer wie ein erwachendes Gemüt, die Menschen schnell wie Züge, die Wäsche auf den Loggias gebleicht wie der Maihimmel, ein einziges Blenden, so hell, dass die Augen nicht offen bleiben wollen, jeder könnte Löwe sein, denke ich, als uns das Zugfenster einen Stadtteil nach dem anderen zeigt, mit dem Lineal gezogene Straßen, die aus dem Tempo des Zugs entstehen wie Träume, und jedes der Häuser, die nie stehen bleiben, könnte unser neues Zuhause sein, zu-Haus-zu-Haus-zu-Haus
bis der Zug
anhält und das Denken und Atmen auch
von hier aus kommen wir nicht weiter
BERLINHAUPTBAHNHOF
das ist *Berlin*, die vorwärtsrollenden Reihen der Autos, Brückenpfeiler und Spitzen aus Stahl und Stahlseile an den Baugerüsten, das rostige Wasser im Fluss, rotes Feuergas, auf dem Fluss Schleppkähne und Fische, auch sie atmen diesen Morgen, ALEXANDERPLATZ, ich kann diese Buchstaben lesen, und doM doM doM schlägt die Domglocke, und als Nächstes FRIEDRICHSTRASSE BELLEVUE ZOOLOGISCHER GARTEN CHARLOTTENBURG, zum Vogelschwarm vervielfachter Hall, angekommen, hier, am Endbahnhof, am Ziel, jetzt
alles bewegt sich noch immer, schaukelt wie das Meer und die Wellen und der *rumpelnde, rumpelnde, Zug*

bleib hier, ich suche Serjoscha, er ist bestimmt dort irgendwo

endlich redet Marina mit mir, wenn auch Deutsch, eine fremde Frau, sonderbar wie alle anderen, und sie stürzt davon, ich bleibe allein
Schuhe, Füße, Knöchel, Hosenaufschläge, dicke Strümpfe, umgeschla-

gene Stiefelschäfte, glänzender Lack, stramm gezogene Schnürsenkel, rote Bänder, Absätze, Keile, schief getretene Fersen, Loch auf Loch
alle außer den Vögeln haben es eilig, aber das habe ich vor langer Zeit gelernt, und darum sind sie meine Freunde, die gesprächigen Vögel, wir haben den gleichen Rhythmus

Marina kehrt zurück, sie ist allein
schaut mich nicht an, lächelt nicht
und ich sage:
was mag Löwe denken, wenn er all die Vögel sieht, so sage ich, er könnte denken, wir hätten sämtliche Tauben Moskaus mitgebracht

ein Taxi, sagt Marina, wir nehmen ein Taxi
und einen Träger brauchen wir, viele Mark, zum Glück haben wir welche

Moskau
August 1939

Der Bote war während meiner Abwesenheit hier gewesen. Auf dem Tisch lag ein Brief auf den ausgebreiteten Blättern für den Artikel und dazu zwei gewöhnliche TASS-Depeschen, wie sie an alle gingen. Auf dem Briefumschlag stand mein Name, mit Maschine geschrieben. Keine Briefmarke, kein Poststempel.

Ich öffnete das Kuvert. Es enthielt eine maschinengeschriebene Mitteilung und eine platt gedrückte Streichholzschachtel. *Genossin Efron wird gebeten, am Freitag dieser Woche um 11 Uhr ins Restaurant Praga am Neuen Arbat zu kommen. Dritter Fenstertisch. Sie bestellen Likör und Schokoladenkuchen. Die Kontaktperson fragt nach Streichhölzern, und Sie geben ihr diese Schachtel in gefülltem Zustand. Die ganze Schachtel. Vernichten Sie diese Mitteilung unverzüglich.*

Keine Stempel, keine Prägungen, ein gewöhnliches gefaltetes Blatt Schreibmaschinenpapier, von dem sich nicht auf den Absender schließen ließ. Ich hätte vor Freude an die Decke springen müssen; den ganzen ersten Winter, Frühling, Herbst hatte ich auf eine solche Kontaktaufnahme gewartet, hatte ich aufgepasst, gelauscht und dann aufgehört zu warten.

Vera Traill beteuerte, ich sei gut angeschrieben, selbstverständlich, und sie wusste das, denn sie war nahe an den engsten Kreisen des Apparates dran, hielt Vorlesungen in der Schulungsanstalt des Innenministeriums außerhalb von Moskau und arbeitete als Journalistin für die Moscow News, die sich im selben Haus am Strastnoy Bulvar befand wie das Büro von ZhurGas, dort hatte ich selbst bald nach meiner Ankunft in Moskau zu arbeiten begonnen. Sie kannte auch Berija und Jeschow.

Ich glaubte ihr dennoch nicht. Sie verbarg etwas, das hörte ich aus ihren Worten heraus. Ich bat sie, die Wahrheit nicht zu schönen und mich nicht zu schonen. Auch wenn ich in Paris meine Zuverlässigkeit unter Beweis gestellt hatte und schnell als offizielle Informantin in der Sonderabteilung des Pariser Flügels des Außenministeriums vorangekommen war. Meine Berichte über die unzuverlässigen Elemente, die sich unter den Jungen in den eurasischen Kreisen eingenistet hatten, waren stets sorgfältig gewesen und hatten sich oft als richtig erwiesen, es hatten sich im Hintergrund trotzkistische Verbindungen gefunden oder sogar Kontakte zur französischen Gegenspionage, ich hatte scharfe Augen und Ohren, eine schnelle Auffassungsgabe, wie Kolzow und Vera in ihren Empfehlungen geschrieben hatten, hier hingegen war ich für die gleichen Aufgaben nicht gut genug, ich war noch immer ein Halbmensch wie in Paris, überall Außenseiterin.

Im Frühling war ich dennoch zu einem Treffen gebeten worden, aber es hatte nicht zu den Aufgaben geführt, auf die ich gewartet hatte. Die Genossin hätte eher ein vom Komsomol geschickter Spitzel sein können, aus der Gruppe von Aleksej Sezeman und Genosse Matwejew, der sich ein Bild von meiner Zuverlässigkeit machen wollte. Möglicherweise hatte es auch mit der Bewerbung für die Kunstakademie zu tun. Ich wusste, wie man ihnen gerecht wurde, ich kannte jede Geste, insofern bewegte ich mich auf festem Boden, aber auch das schien den eifrigen Angehörigen der Jugendorganisation nicht zu genügen, die Wandlung musste wesentlich radikaler sein. Aber es ging nur langsam, die Haut zu wechseln, und nicht nur die, sondern alle Gebärden, die Sprache, die Gedanken, die ganze Identität.

Genossin Ljudmila war mittleren Alters und schmeichlerisch, als ich sie zur Mittagessenszeit in einem Lokal am Theaterplatz traf, sie sprach mich mit dem Vornamen an, fragte lediglich nach alltäglichen Dingen in der Redaktion, wie es mir gefalle, ob die Arbeit interessant sei, wie ich mit den Kollegen auskomme. Sie fragte mich keine Hausaufgaben zur Dialektik ab, so wie es die Komsomol-Kundschafter häufig taten.

Jetzt fiel mir ein, dass sie auch über Kolzow geplaudert hatte, ich wusste nicht mehr genau was, sie waren wohl Kommilitonen gewesen, über Spanien oder Politik wurde nicht näher gesprochen, etwas über Kolzows Beziehungen zu Frauen, und davon gab es wahrlich genug, sowie über die linken Schriftstellerkreise in Paris, in denen er sich bewegte, über Ernest Hemingway, ich hatte ihn in Paris nur einmal in derselben Gesellschaft erlebt und konnte nicht sagen, ob der Bolschewismus des amerikanischen Schriftstellers nur eine Stierkampfshow war, so wie seine sonstigen öffentlichen Aktivitäten. Kolzow hingegen rühmte ich, wie ich konnte, er brachte uns dazu, das Beste zu geben, und sein Humor traf immer ins Schwarze, in der Gesellschaft von Männern war er ungeniert und obszön, aber bei der Wahrheit machte er keine Kompromisse, in keiner Situation. Von Berichten oder Aufgaben war nicht die Rede gewesen, über meine Tätigkeiten schien Genossin Ljudmila, die ich im unaufhörlichen Gedränge der Metro wohl kaum wiedererkennen würde, ziemlich genau Bescheid zu wissen, die Jungs in der Redaktion hatten offenbar über mich berichtet.

Ich hatte in Paris die gleichen Aufgaben erfüllt wie diese dick geschminkte Genossin Ljudmila, die an eine Elefantenmutter erinnerte: Ich hatte mir ein Bild über Emigrantenfamilien gemacht, die die Rückkehr in die Heimat beantragt hatten, über ihre Zuverlässigkeit und Treue zum Vaterland, dafür hatte ich die Nähe der Jungen aus diesen Familien gesucht, hatte sie in Cafés und bei Abendveranstaltungen getroffen, war Schritt für Schritt vertraulicher geworden, hatte mich zunächst selbst geöffnet, gerade so viel, um Vertrauen aufzubauen, und mir dann durch die Erzählungen der Jungen einen Eindruck von der Lage der Familie verschafft, vom Fundament ihrer Überzeugung, hatte mich auf das zubewegt, was ungesagt blieb, hatte schließlich die Unsicherheit entlarvt, die Unzuverlässigkeit, die Illoyalität, sie konnte sich in einem einzigen Wort verbergen, in einem unrhythmischen Satz.

Ich wusste, dass das Vertrauen in Heimkehrerfamilien hundertprozentig sein musste. Wenn man die falschen Elemente in die Sowjetunion schickte, konnte man damit das ganze Land zerstören. Faschisten und vor allem Trotzkisten versuchten mit allen Mitteln, den harten Kern zu unterwandern. Aber diejenigen, die ich für gut und zuverlässig erkannte, verteidigte ich bis zuletzt, und bei den Jungen aus dem Heimkehrerbund sorgte ich dafür, dass sie in ihr Heimatland reisen konnten.

So hatte ich es auch bei Boris Leonidowitsch gemacht, als sich herausgestellt hatte, dass er während des antifaschistischen Kongresses mein erstes Objekt sein sollte. Kolzow hatte dahintergesteckt, er hatte es mir nicht leicht gemacht, denn natürlich hatte man im Apparat gewusst, dass Boris ein guter Freund von Marina war, wahrscheinlich hatte man ihren gesamten Briefwechsel überwacht, auch die Grüße zwischen uns am Ende der Briefe. Es war eine schwierige Aufgabe gewesen, über Boris zu informieren, auch wenn ich Kolzow gefallen, ihm meine Zuverlässigkeit aus tiefster Seele beweisen wollte. Aber Kolzow hatte gezeigt, dass man mit Menschen gut befreundet sein und gleichzeitig sorgfältige Berichte über sie an Moskau liefern konnte. Oft war das sogar zum Vorteil dieser Menschen. Bei Boris wollte man sicherstellen, dass er nicht in den Westen überlief, man wollte ihn in der unmittelbaren Einflusssphäre Stalins behalten, der Schriftstellerverband erwartete Großes von ihm, wenn er nur erst die Prinzipien des sozialistischen Realismus verstünde.

Natürlich wollte ich Boris keinem unnötigen Verdacht aussetzen und schon gar keiner Gefahr. Wir begegneten uns zum ersten Mal seit meiner Kindheit, und er war mir gegenüber fast genauso offen wie in seinen Briefen gegenüber Marina: In der Sowjetunion konnte man unmöglich leben, aber er hatte beschlossen zu bleiben, er könnte nicht ohne seine Sprache leben, ohne seine Familie, er könnte nicht atmen ohne sie.

Beim Formulieren des Berichts über ihn hob ich hervor, dass sein Nihilismus gegenüber dem Sowjetsystem wie auch das, was er in seiner Rede im Palais de la Mutualité undeutlich nuschelnd vorgetragen hatte, nur eine Folge seiner Erkrankung sei und er alles dafür tue, die lebenserhaltende Kraft des politischen Systems und die Bedeutung des gemeinsamen Zukunftstraums zu sehen, wie die Geschichte sei auch die Zukunft wie Gras, dessen Wachstum man nicht verhindern könne, legte ich seine Worte geschickt aus. Der Bericht war einer, mit dem Boris einverstanden gewesen wäre, der aber trotzdem seine und meine unbedingte Loyalität gegenüber dem Vaterland vermittelte. Wir wollten sein Bestes, alle beide.

Was Boris betraf, war ich mir dessen gar nicht mehr sicher, aber der nach Schwefel riechende, unumwundene Brief war endlich ein Zeichen dafür, dass meine Probezeit vorbei war. Sie vertrauten mir. Man akzeptierte mich also doch für Aufgaben des Apparats, so wie es Vera Traill versprochen hatte. Auch wenn ich noch keine Gewissheit hatte, war es erleichternd zu denken, dass ich ihrem Maßstab gerecht wurde, dass meine Anstrengungen endlich belohnt würden, dass ich in Sicherheit wäre, unter den großen roten Fittichen.

Von dem Überbringer der Nachricht hatte ich keine Vorstellung, mit der gewöhnlichen Hauspost dürfte er kaum gekommen sein, sicher arbeitete jemand in der Redaktion für den Apparat, natürlich, der neue

Chefredakteur berichtete bestimmt direkt an den Kreml, so wie Kolzow es getan hatte. Die Streichholzschachtel als Erkennungszeichen wirkte etwas lächerlich, solche Codes waren im Pariser Büro nicht verwendet worden, alle kannten sich, wussten, wer im Apparat tätig war, wer zu den Freunden gehörte, vor wem man sich hüten musste, die Kreise waren klein, das Personal überschaubar. Jemand war jedoch in meiner Abwesenheit in der Redaktion gewesen. Hätte ich genauer auf die Gestalt geschaut, die sich hinter den Fenstern bewegte, hätte ich sie vielleicht erkannt.

Die Schachtel zeigte eine verträumte Art-Nouveau-Frau im gleichen Stil wie die Mädchen auf den Plakaten der Pariser Absinthlokale, aber dieses Bild war die Prager Version des Motivs, Muchas Maimädchen, Mädchen und Vogel, so gezeichnet, dass man nicht erkennen konnte, wo das Mädchen endete und der Vogel begann. Unten stand auch, dass die Hölzchen in der Tschechoslowakei hergestellt worden waren, obwohl es die Tschechoslowakei gar nicht mehr gab, seit dem Frühjahr nicht mehr, sie war jetzt ein vom Führer beherrschtes Protektorat, und es konnte sein, dass der faschistische Wahnsinn bald ganz Europa in der Faust hätte. Das war, worum es bei alldem ging: um den Kampf gegen den Faschismus. Darum hatte ich mein Leben geändert, darum war ich nach Moskau zurückgekehrt, ins Herz der Freiheit und der Gerechtigkeit.

Der Apparat hatte mir rasch einen Pass, ein Visum und eine Fahrkarte nach Moskau beschafft. Erst zwei Jahre zuvor hatte man mich rekrutiert, als ich im Bund der Heimkehrer tätig war, der unter der geheimen Beobachtung des Innenministeriums stand. Die ganze Zeit hatte ich auf die Reise gebrannt, auf den Beginn eines neues Lebens, weit weg von Marinas Befehlsgewalt, im Land der Menschen, wo alle, auch die Frauen, gleichberechtigt und frei waren.

Die Sowjetunion, in der die meisten jungen Leute, die sich um den Heimkehrerbund scharten, nie gelebt hatten, war für uns alle ein märchenhaftes, ideales Land, in dem jeder seinen Platz, sein Recht, seine Freiheit hatte, im Gegensatz zu Paris. Dort waren wir immer nur Bürger zweiter Klasse. So lange ich mich erinnern kann, hatte ich mit meinem Vater den Traum von der Rückkehr nach Moskau geteilt, immerhin hatten wir dort gelebt, es war unsere einzige und wahre Heimatstadt, die Stadt meiner Geburt. Viele der ungeduldigen, neidischen jungen

Leute aus dem Bund würden bald in die Heimat reisen dürfen, aber das wussten sie noch nicht. Jetzt war ich an der Reihe.

Die Sekretärin des Heimkehrerbunds händigte mir die Dokumente am Gründonnerstag aus, vor der Sitzung der Jugendabteilung. Auf der Straße trugen alle plötzlich Sommerkleider. Noch einen Frühling zuvor hätte ich mir aus Modezeitschriften herausgepickte Sommergarnituren genäht und versucht wie ein Filmstar auszusehen, so wie die anderen Pariserinnen in ihren hellen, leichten Kleidern, aber jetzt eilte ich durch die frühlingshafte Modenschau zum Büro in der Rue de Buci im sechsten Arrondissement und war stolz auf meine schlichte Uniform, schmaler kaffeebrauner Rock, weiße Bluse, rotes Tuch, eine Schuluniform, hatte Boris Leonidowitsch gesagt, obwohl er wusste, worum es bei der Kleidung ging. Sie drückte besser als jedes Wort aus, was ich war.

Auch Serjoscha war an jenem Abend im Büro, obwohl er in der letzten Zeit so viel zu tun gehabt hatte, dass er es nur mit Müh und Not schaffte, zu Hause in Vanves vorbeizuschauen, zuletzt hatte er einen großen Brocken echtes Rindfleisch gebracht, nicht irgendwelche Pferdeinnereien, hatte ihn zerlegt und war wieder zur Arbeit gegangen, als Kameraassistent bei Nachtaufnahmen, sagte er zu Marina und Mur, aber ich wusste es besser, eine Filmkamera hatte er seit dem Abbruch seines Studiums nicht in den Händen gehalten, nur der Form halber lagen die Bücher von Eisenstein und Kuleschow und anderen sowjetischen Filmtheoretikern auf seinem Nachttisch. Serjoschas Abteilung bereitete eine Intervention vor, über die nicht genauer gesprochen werden durfte, er hatte mit neuen Rekrutierungen alle Hände voll zu tun, so wie immer, womöglich würde er nach Spanien fahren müssen, spätestens dann würde auch Marina alles erfahren, davor hatte Serjoscha am meisten Angst, mehr als vor dem eigenen Tod.

Vera Traill hatte rosa Champagner mitgebracht, und es wurde vor der Versammlung auf mein Glück und meine Gesundheit angestoßen. Auf das neue Leben in der Sowjetunion! Vera hatte eine neue Frisur, die Fingernägel, die Aufmachung, eine gepuderte Bienenkönigin. Auch sie sollte bald nach mir nach Moskau zurückkehren, Robert wartete auf sie, ihr Engländer, den sie im Winter geheiratet hatte, auch ihn würde ich kennenlernen dürfen. Ich musste mich nicht allein in Moskau niederlassen, wir würden die Stadt gemeinsam erobern, Vera würde diesmal länger bleiben, sie hatte sich eine wichtige Aufgabe verschafft, über die sie mit mir nicht reden durfte, ich würde es dort erfahren, alles würde ich erfahren, selbstverständlich, wir waren beste Freundinnen geworden, wir kannten vor allem die Herzensangelegenheiten der anderen, lediglich von ihrem Verhältnis mit Serjoscha hatte sie mir nichts erzählt.

Marina hatte mich unnötig daran zu hindern versucht, mich zum engeren Kreis der Eurasier zu gesellen und mich an Vera Traills Machenschaften zu beteiligen. Sie akzeptierte meine Begeisterung für Politik nicht, obwohl mein Leben dadurch endlich Richtung und Inhalt bekam. Sie hielt das für fanatisch und blind, und natürlich vertraute sie auch hierbei meinem Urteilsvermögen nicht. In Paris hatte sie ihr ganzes politisches Interesse verloren und sah sich über alle Lager erhaben. Auf welche Seite du dich auch stellst, tränkst du deine Hände in Blut, sie retten dich und deine Kinder nicht, sondern nehmen dir dein Eigentum und lassen dir nicht einmal die Rinde vom Brot und die Krümel vom Tabak. So drückte sich Marina aus. Sie sah immer die düstere Seite von allem, wenn sie sich endlich einmal entschloss, etwas gründlich zu betrachten.

Anfangs bewunderte sie Vera durchaus. Ein großes Schiff braucht ein großes Meer, sagte sie über Vera, ausnahmsweise ohne Spott. Vera war damals gerade einmal knapp über zwanzig. Würde Marina so etwas auch über mich sagen, nein, nie, für mich reichten Küche und Keller, dachte ich damals und war verbittert. Marina bewunderte Veras geistige Reinheit und ihren Mut: Vera wollte in der Gegenwart leben, vollständig und unbedingt, und wagte es, sich von ihrem Mann zu trennen, dem alten Musikologen Suwtschinski, der sie nicht liebte und dessen Gedankenwelt ihr zu konservativ war, zu weiß und zaristisch. Marina dachte, dass Vera die Seele eines Mannes und Soldaten hatte, so wie sie selbst auch. Von ihrer weißen Familie und ihrem Ministervater waren Vera nur die monatlichen Schecks recht, die Briefe des Vaters schickte sie in die Sowjetunion zurück. Als sie dann Mitglied der Kommunistischen Partei wurde, blieben die Schecks des alten Gutschkow aus. Um ihr Jurastudium an der Sorbonne zu finanzieren, fing Vera an, alte kirchenslawische Texte zu übersetzen. Marina wiederum fing an, Vera zu hassen, nicht so sehr, weil sie Kommunistin geworden war, sondern weil sie inzwischen meine Freundin war und weil sie Serjoscha besser kannte als Marina, weil sie wusste, was es bedeutete, mit Wrangels Truppen das Schwarze Meer zu überqueren und am

Ufer von Gallipoli Hunger zu leiden. Und je mehr Vera mit ihrem Fanatismus Marina verärgerte, umso mehr verliebte ich mich in sie. Wie beim ersten Mal.

Vera glich Isadora Duncan, die ich als Kind bewundert hatte: die erste Kommunistin, auf die ich mein Auge richtete, eine echte Poetin des Kommunismus, die bewies, dass sich die sozialistische Freiheit in jeder menschlichen Geste verwirklichen ließ. Wie sie übertrug auch Vera ihr politisches Denken in die Praxis und fürchtete sich vor nichts. Ich wollte wie Vera sein, demselben Blutkreislauf angehören, demselben furchtlosen Herzen.

Ich bewunderte die wilde, verrückte Energie, mit der Vera entschlossen war, die Welt vor der ausbeutenden Klasse zu retten. Das Leben mit ihr war ein einziges Abenteuer. Wir tanzten bis zum Morgen in den Klubs am Montparnasse, aber um zehn Uhr vormittags machte sie schon wieder Strategieplanungen mit Prinz Mirsk, Genosse Afanasow oder Milja Litauer, oder sie sprang in den Zug nach London, um dort den trotzkistischen Flügel zu beschatten und anschließend mit intellektuellen Schriftstellern von Bloomsbury zum Abendessen zu gehen. Allerdings sagte sie, die knöcherne Schriftstellerin mit der langen Nase, die zu sehr von sich eingenommen und eine gute Freundin von Prinz Mirsk war, habe sie für eine russische Prostituierte gehalten und sei auch nicht bereit gewesen, ihr Vorurteil zu revidieren, nachdem Vera ihr Marinas Dichtungen aus der Prager Zeit vorgetragen hatte, von denen sie, die kein Russisch konnte, natürlich kein Wort verstanden habe; ein unwirsches Weibsstück sei das gewesen, ohne Seele, ohne Herz, eine typische angelsächsische Ästhetikerin.

Ich ließ Vera über mich bestimmen, weil ich wusste, dass sie mir half, aus mir einen neuen Menschen zu machen, eine freie, emanzipierte Frau. Als Leitstern diente Moskau. Dort würde ich endlich neu geboren werden und meinen Platz auf der Welt finden. Dort schlug das warme, gute Herz der Welt, Vater Stalin, der geboren war, um uns von unserer schmerzhaften Vergangenheit zu befreien und uns das Glück und die Zukunft zu schenken.

Bald hielt man uns für Geschwister, obwohl wir uns nicht ähnelten, zwar waren wir beide lang wie Giraffen, aber jeweils aus anderem Holz, aus anderem Material, doch dann sagte jemand, eure Stimmen sind gleich und euer Lachen, der gleiche Rhythmus, ich hatte also gelernt, wie Vera zu lachen, mir wie sie die Nägel zu lackieren und das Gesicht zu pudern, damit man mich bemerkte, für voll nahm, eine so gute Nachahmerin war ich.

Als die Gläser geleert waren, merkte ich an den ausweichenden Blicken der anderen jungen Versammlungsteilnehmer und an der gedämpften Stimmung, dass viele neidisch auf mich waren, vor allem die eifrigen Geschwister Podolski, die schon viel länger für den Heimkehrerbund arbeiteten als ich und noch immer nicht in die Sowjetunion reisen durften. Die Verbindungen ihrer Familie zur Kommunistischen Partei Frankreichs musste noch geklärt werden, alles musste überprüft werden, jedes unschuldige Treffen mit den Nachbarn. Ich war selbst bei ihnen zu Hause gewesen und hatte einen genauen Bericht über alles, was ich bei ihnen gesehen und gehört hatte, geschrieben, etwas versteckten sie, da war ich mir sicher.

Ich hatte meine Pflichten beim Heimkehrerbund äußerst gewissenhaft erfüllt, war darum schnell zur Vorsitzenden aufgestiegen und bekam immerfort Dank und Unterstützung. So etwas war ich von zu Hause nicht gewohnt, es veranlasste mich dazu, immer mehr zu tun und alles zu geben. Ich wäre sogar bereit gewesen, als Freiwillige in den Spanischen Bürgerkrieg zu ziehen, wenn Serjoscha mich gelassen hätte. Nur Vera, die Sekretärin des Bundes und Serjoscha wussten von den Berichten, die ich im Laufe des Jahres über die im Bund aktiven jungen Leute geschrieben hatte.

Serjoscha betrat den Raum nicht, sondern hob an der Schwelle das Glas, aber ich sah, dass sich mein Vater für mich freute und stolz auf mich war. Ich durfte seinen größten und wichtigsten Traum erfüllen: heimkehren. Ihm würde sich diese Möglichkeit vielleicht nie bieten, obwohl er sein ganzes Pariser Leben, mehr als zehn Jahre, dem Bund und verdeckten gefährlichen Operationen gewidmet hatte. Er war unersetzlich, aber es gelang ihm trotzdem nicht, seine Fehler abzubezahlen, womöglich würde er nie in der Lage dazu sein, glaubte er.

Nach der Versammlung verstaute ich die Fahrkarten in meinem Fach. Die Unterlagen, die mit dem Apparat zu tun hatten, die noch nicht fertigen Berichte, mussten in einer grünen Kassette eingeschlossen werden, dort legte ich die Karten hinein. Zu Hause wollte ich sie nicht aufbewahren, auch Serjoscha fand, sie wären im Büro besser aufgehoben, auch wenn meine Reisevorbereitungen in diesem Stadium noch nicht das Licht der Öffentlichkeit zu scheuen brauchten. Marina hatte zwei Wochen zuvor von meiner Abreise erfahren, bekam aber noch immer Anfälle, sie heulte, sie sprach nicht mit mir, sie machte mir Vorwürfe, immer abwechselnd. Ich kümmerte mich inzwischen nicht mehr darum, du kannst ja ein Dienstmädchen einstellen, eine, die gegen Geld tut, was getan werden muss, ich befreie mich von der Sklaverei bei dir, es gibt einen Ort auf der Welt, wo der Mensch wirklich frei sein kann, ohne dass er von jemandem verurteilt wird. Ich war des Streitens müde und verbrachte immer weniger Zeit zu Hause, redete mit Marina nur mehr über das Nötigste, über Einkäufe und Geld, selten kam ich nach Hause, wenn sie und Mur noch auf waren, ich hatte die Arbeit in der Zahntechnikerpraxis, dazu die Abendveranstaltungen, außerdem musste ich natürlich möglichst viel Zeit mit den anderen Angehörigen des Jugendflügels verbringen, um sie im Auge behalten zu können, sicherzugehen, um zu beobachten und zu berichten. Längst hatte ich die Wörter «Zuhause», «Mutter» und «Familie» in Anführungszeichen gesetzt. Ich hatte eine neue Familie, neue Schwestern und Brüder.

Der Umschlag des Zugbillets bestand aus dicker, rauer Pappe und trug das blaue Zeichen von Intourist. Das erste Zwischenblatt zeigte den rot umrandeten Stempel der Französischen Eisenbahn, einen Zug mit Pegasusflügeln. Darunter scharf und aufrecht mein Name, Fräulein Ariadna Sergejewna Efron, in lateinischer und kyrillischer Schrift. Wie entschlossen die kyrillischen Buchstaben wirkten. Auch sie brachten zum Ausdruck, dass ich endlich zu dem Menschen wurde, der in meinem Namen vergraben war, endlich bestand Bedarf für meine Findigkeit und meinen Mut. Der Umschlag enthielt vier seidendünne Blätter, Fahrkarten und Platzkarten, mit festem Druck ausgefüllt, damit lesbare Kopien für die Eisenbahngesellschaft und für den Apparat entstanden, der die Reise bezahlte. Fahrkarte und Schlafwagenplatz für den Zug Paris–Berlin und dann der Anschluss von Berlin nach Moskau über Riga. Die letzte Fahrkarte war wieder in lateinischer wie in kyrillischer Schrift ausgestellt. Moskau, Москвá.

Die Reise dauerte fünf Tage. Sechzehn Jahre zuvor hatte allein der Abschnitt Moskau–Berlin so lange gedauert, eine endlose Reise. Zwischen der Ankunft des Zuges aus Paris und der Abfahrt des Zuges nach Moskau hatte ich einen Tag in Berlin, denn der Zug kam um 7.05 Uhr in Berlin Zoologischer Garten an, und ich fuhr erst mit dem Abendzug um 21.30 Uhr weiter. Ich hatte einen ganzen Tag im späten Mai Zeit und die Absicht, in Berlin die Viertel aufzusuchen, in denen ich im ersten Sommer mit Marina gewohnt hatte. Prager Platz, Prager Diele, das laute Café der Moskauer Emigranten, der Loggiabalkon in der Trautenaustraße, aber ich traute mich kaum, vom Bahnhof aus in irgendeine Richtung zu gehen, denn auf den Straßen patrouillierten Soldaten, schwarz-rote Hakenkreuzfahnen wehten auf den Plätzen, die Stadt war zum Marsch bereit, selbstsicher, gewalttätig und bedrohlich, in meiner Not schlug ich prompt die falsche Richtung ein, es fing an, in Strömen zu regnen, und plötzlich befand ich mich mitten in einem dicht belaubten Regenwald, nirgendwo ein Mensch, bis mir eine Giraffe entgegenschritt, die mich von oberhalb der Bäume ansah, als kenne sie mich. Erst als ich den Zaun zwischen mir und dem Tier erblickte, erinnerte ich mich, was für ein Ort das war: der Tiergarten. Serjoscha hatte mich beim ersten Mal dorthin mitgenommen, anfangs hatten wir nichts miteinander zu reden gewusst, aber während des Ausflugs fanden wir eine gemeinsame Sprache, Luchs und Löwe und Hippo, alle Tiere des Waldes, die alte Geschichte, die wir uns seit Anbeginn der Zeiten gegenseitig erzählten.

Es wurde früh dunkel, ich wartete am Bahnhof auf den Zug, lange hatte ich mich nicht so sehr gefürchtet. Das ist die Zukunft Europas, dachte ich, im letzten Moment brachte ich mich davor in Sicherheit, bevor sich die Tore schlossen, der letzte Spalt im Berg bei Hameln. Ich würde durchkommen. Ein Land ohne Faschismus – dafür durfte ich von nun an leben.

Im Pass machte ich ein lächelndes, leicht ängstliches Gesicht, die Augen, weit offen, wichen tief in die Höhlen zurück. Erst durch das Foto begriff ich, wie entsetzlich dünn ich war, wenn auch mit besseren Haaren als damals, als der Arzt in der Zahntechnikerschule feststellte, dass ich unter Unterernährung litt, ich musste nicht einmal sagen, dass ich seit Monaten meine Regel nicht mehr gehabt hatte. Im Frühjahr hatten wir sogar echtes Fleisch zu essen gehabt, nicht nur Pferd oder billigste Innereien, und meine Haare glänzten unter den gleißenden Scheinwerfern des Fotografen. Weiße Bluse, rotes Tuch, das auf dem Bild grau war, weshalb es nichts von meinem Ziel verriet. Aber das Wichtigste war, dass ich jetzt als vollwertige Bürgerin der Sowjetunion galt. Und am wertvollsten war das zweite Dokument: die Reiseerlaubnis.

Neu geboren werden! In einem neuen Land! So dachte ich, als sich der Zug in Bewegung setzte, ins Land der neuen Menschen.

Voškov
August 1923

Sobald sie aus dem Wald traten, wurden die eckigen schwarzen Backsteintürme von Karlštejn sichtbar. Marina hatte sie noch nie von so nahe gesehen, nur auf Bildern. Sie erinnerten an japanische Tempel, auch wenn sie solche ebenfalls noch nie zu Gesicht bekommen hatte. Alja war begeistert, sie tanzte mit ihrem Hula-Reif, als hätte sie die Wette schon gewonnen.

Aus dem nahen Dorf stieg der Geruch von brennendem Stroh auf, und auf dem gelb verbrannten Feld kamen ihnen Landarbeiter entgegen, die mit schiefen Blicken grüßten. In den Augen der Hiesigen waren sie sonderbare Fremde. *Dobry den, pánove*!, wünschte Alja den Männern laut guten Tag. *To je krásny den*! Das Mädchen sprach das Tschechische mit dem Akzent der Dorfkinder aus, man hätte es nicht als Russin erkannt, das geschickte Nachmachervögelchen.

Und es war wirklich ein schöner Tag und kein roter, wie es Marina im Tschechischen fälschlich verstanden hatte, die Luft war jedenfalls noch klar, und wenn es Wolken gab, dann versteckten sie sich hinter den Bergen. Alja ließ den Mann aus Minsk hinter dem Reif herrennen, schnell, schneller, das Mädchen und der Mann bewegten sich wie aufgezogene Apparate vorwärts, und Marina wollte diesmal nicht Schritt halten, sie hatte sich eine Zigarette angezündet, ging langsamer, die Zigarette bestimmte den Takt.

Alja und der Mann aus Minsk stritten über den Namen der gelben Ölpflanze, die auf dem Feld wuchs. Marina kannte sich schlecht mit Pflanzen aus, Ölrüben oder Raps, ihr war das völlig gleich, und sie hatte es auch dem Mädchen nicht beibringen können. In Moravská Třebová würde Alja mit Sicherheit Pflanzen für ein Album sammeln und pressen und dazu die lateinischen Namen lernen müssen, *Matricaria chamomilla*, *Parnassia palustris*, einige waren sogar Marina im Gedächtnis geblieben.

Sie klopfte die Asche ab und vergewisserte sich, dass sie nicht im Gras weiterschwelte. Dann fiel ihr Blick auf einen Strauch, unter dem, verdeckt von halbhohen Gräsern, die abgetrennte Pfote eines Tieres lag, ganz sauber, es war nicht einmal Blut daran, und die Verwesung hatte noch nicht eingesetzt, es musste die eines Hasen sein, wie ein Schmuckstück, aber irgendwo lief nun ein Tier ohne Pfote umher, auf der Grenze von Leben und Tod, auch dieses Omen vor ihren Augen heraufbeschwörend, warum nur bemerkte sie es, warum nicht die anderen, warum sah sie den Tod in jeder Knospe des Lebens? War es die Trauer in ihr, die den Mann anzog, die Gegenkraft? Sobald er ihr kaltes, ausgeblichenes Fleisch, kalt wie grauer Stein, gerochen hätte und die Nähe des Todes, würde er sofort verschwinden, nachdem er sie zum Leben erweckt hatte, würde sie verstoßen, wie es alle anderen zuvor getan hatten.

Der Mann aus Minsk hatte an der Böschung eines Bewässerungsgrabens einen Strauß Feldblumen mit dicken Stängeln für das Mädchen gepflückt. Und wie heißt die?, hörte Marina ihre Tochter fragen. *Hypericum perforatum*, sagte der Mann, das Echte Johanniskraut, heilt Seelenkrankheiten. Hyperion? Ja? *Hyperion Perforatum*, die Medizin des Dichters. Das Mädchen freute sich und sagte, es werde auf dem Rückweg einen ganzen Armvoll pflücken.

Die kleinen Dinge machten Alja glücklich, der Reif, die Türme, die Pelargonie, der überraschende Gast, bei Marina schlugen sie nicht an, alle Versuche des Mädchens, sie fröhlich zu stimmen, wirkten künstlich, betonten nur noch die Umrisse ihrer Niedergeschlagenheit. Das feierliche Gefühl hatte sich aufgelöst, war also auch nur eine flüchtige Illusion gewesen, nie mehr würde sie von etwas hingerissen sein. Das Herz schmerzte, so sehr hing es an seinen Toten, es ließ nicht los, ließ Marina nicht leben, es hatte seine eigenen Ansprüche, von den Kräutern an einer Böschung würde es sich nicht lähmen lassen. Gegen die Dichterkrankheit gab es nur ein Heilmittel: das himmlische Eingreifen. Das wusste auch der Verfasser des Hyperion. Aber das würde Alja im Internat für russische Waisenkinder nicht lernen; die einzige Schule, die das lehrte, befand sich unter freiem Himmel in den Bergen und im Wald.

Es war gut, eine Weile vom Haus wegzukommen, denn dort wartete in jeder Ecke der Aufbruch, die Trennung, der Abschied, die Unmöglichkeit, das Leben fortzusetzen. Sie würde ihr Kind in fremde Hände geben, als hätte sie aus dem ersten Mal nichts gelernt. In den Bergen ließ die Angst nach, die Angst vor dem Schlimmsten, man musste atmen, sonst kam man nicht den Hang hinauf. Ein und aus, ein und aus, Atem, in dem sich der Rauch festgesetzt hatte.

Sie sollte sich für Alja freuen, sich dazu zwingen. Aljas Leben fängt jetzt erst an, sie kommt in die Schule und muss keine schweren Arbeiten im Haus mehr verrichten, sie darf studieren, mit anderen Kindern zusammensein, als Kind unter Kindern, unter Russen. So hatte es Serjoscha unentwegt gesagt, der vernünftige Serjoscha, der ausnahmsweise, endlich einmal, die Zügel in die Hand genommen und ohne Marinas Zustimmung eine Entscheidung getroffen hatte.

Denk doch nur, ein neuer Anfang, ohne Kind, ohne Mann, du kannst die ganze Welt allein umarmen, hätte sie sich früher gesagt. Oder eine Freundin, wenn es eine gegeben hätte, die so etwas hätte sagen können, hätte es ausgesprochen. Aber genau das war jetzt so entsetzlich, dass sie nicht einmal daran denken wollte: der Verlust des Mädchens. Und die Frage, wie es nun weitergehen sollte. Nichts würde mehr sein wie zuvor.

Vor dem Dorf, an dessen Namen Marina sich nicht erinnerte, zweigte ein Weg ab, der zum Fluss zu führen schien. Die Karte war daheimgeblieben, obwohl sie den Ausflug den ganzen Sommer geplant hatten, waren sie schlecht ausgerüstet losgegangen. Alja und der Mann aus Minsk eilten voran, sie waren bereits weit auf dem Weg, der eindeutig hinter das Dorf führte, nicht zum Ufer hinunter, wo sie hinmüssten, um zum Schloss zu gelangen.

Sie war sich natürlich nicht sicher, was für eine Richtung sie einschlagen mussten. Mit Alja oder Serjoscha war sie nie so weit gegangen, und sie hatte keine Karte, weil sie gedacht hatte, sie würden sich nicht verirren können, solange sie sich in Sichtweite des Flusses und der roten Spielzeugzüge auf der Bahnlinie hielten.

Marina blieb stehen, löschte die Zigarette und merkte, dass sie doch außer Atem war, weil sie versucht hatte, mit den anderen Schritt zu halten. Bald würde sie sich einen Notbehelf einfallen lassen, die Stofffetzen waren bereits ganz feucht, was könnte sie stattdessen nur nehmen, auch hier halfen Feldblumen nichts.

Sie rief nach Alja, aber das Mädchen hörte sie natürlich nicht, es redete über alles Mögliche, endlich einmal hatte jemand die Geduld zuzuhören, man konnte den leichten, aber sicheren Tonfall bis hierher hören, vielleicht sagte Alja dem Mann Gedichte auf, von denen er nichts verstand.

Genosse Rodzewitsch, rief sie ungeduldig, bleiben Sie stehen!

Der Mann drehte sich um und hielt an, dann ging er auf sie zu, fing sogleich an zu laufen, ist etwas nicht in Ordnung?, doch, alles in Ordnung. Die Mittagsglocken fingen an zu läuten, in jedem Dorf zur unterschiedlichen Zeit, in unterschiedlichem Rhythmus, viele kleine Lieder zu einem gemeinsamen Lied gestimmt.

Der Mann aus Minsk war vom Laufen außer Atem, er trug die schwere Provianttasche, und sein Gesicht war wegen der Hitze dunkelrot bis hinunter zum Hals und zur Brust.

Meiner Meinung nach führt der ins Dorf Karlštejn. Marina nahm dem Mann etwas von seiner Last ab und deutete auf den Weg. Nicht wahr?

Der Mann aus Minsk fasste den Hang ins Auge, sein Gesichtsausdruck wurde zur nachdenklichen, taxierenden Maske eines Fachmanns, hinter die man schwer blicken konnte, ein plötzlich vollkommen fremder und harter Mensch, der Muschelbogen des Mundes nur noch ein Uhrzeiger, scharfe Umrandung der Augen, Bedrohung, würde er so im Moment der Trennung, des Verstoßens aussehen, ohne jedes Gefühl? Warum dachte sie so, bevor noch irgendetwas angefangen hatte? Es war wie eine blitzschnelle Warnung, eine falsche Note.

Ziemliches Zickzack, sagte er. Es gefiel ihm nicht, dass ihm in Marinas Augen eine Fehleinschätzung unterlaufen war. Wenn wir den nehmen, müssen wir wieder zu weit zurückgehen. Der Hang ist so steil.

Marina sagte, der andere Weg führe ins falsche Dorf, zu weit weg vom Fluss.

Alja erklärte, sie sei nicht bereit, umzukehren. Sie und der Mann aus Minsk taten sich zusammen und behaupteten, ihr Weg würde zurückführen, auch wenn Marina noch immer widersprach.

Schließlich beendete der Mann aus Minsk den Streit und wies in einer diagonalen Linie über die Wiese. Meiner Ansicht nach ist das die beste Route, sagte er, hob das Mädchen vom Weg ins hohe Gras und folgte ihm mit großen Schritten, ohne auch nur einen kurzen Blick auf Marina zu werfen. Diese folgte nicht gleich, sie ärgerte sich, dem Mann die Entscheidungsgewalt überlassen zu haben. Sie hatte sich von der Soldatenmaske irritieren lassen, das hier war Aljas und ihr Ausflug, aber sie besaß einen so schrecklich schlechten Orientierungssinn, sie wollte nicht, dass sie sich verliefen. Und sie erinnerte sich, dass Serjoscha gesagt hatte, der Mann sei an der Front bei der Aufklärungstruppe gewesen, er habe sich zwischen den Linien bewegen müssen und wisse die besten Strecken abzuschätzen. Also folgte sie dem stocksteifen Mann, dem Soldaten, der so von sich eingenommen war.

Sie kürzten über die Wiese ab, deren Halme bis zur Hüfte reichten, gingen einen Hang hinauf. Dort verlief ein Pfad, der zu einem Felshang führte, auf einmal änderte sich die Landschaft, sie kamen an den Rand des Abgrunds, die Luft wurde leicht und kühl, zwischen den Steinen verliefen Pfade, hier war jemand gegangen, auch wenn ihnen kein Mensch mehr begegnete, die Bäume wuchsen struppig und kümmerlich, und erst jetzt sah man, wie schwarz der Stein in diesen Bergen war, in der Hauptstadt bestand der Boden aus hellem Sandstein, weshalb die Häuser einen heiteren Pastellton hatten, in den Bergen waren auch die Häuser streng schwarzweiß oder grau.

Als der Pfad verschwand und der Hang zur Steilwand wurde, begann auch der Mann zu zögern. In den senkrechten schwarzen Klüften lauerte die Kälte, als hielte sie den Atem an. Alja war anzumerken, dass sie sich Sorgen machte und sich fragte, wie man hier wieder wegkam.

Marina beschloss, ihre Angst nicht zu zeigen, nicht vor diesem Mann, nicht vor dem Kind. Zwischen Mut und Ängstlichkeit lag nur eine dünne Membran, die jederzeit reißen konnte, wenn man nicht aufpasste. Sie gab den anderen ihre Last und stieg die von der Sonne gewärmte Felswand hinauf, ließ sich nicht von dem Mann helfen, sondern kletterte behände und sicher wie eine Gemse. Das hatte sie schon auf der Krim geübt, in den schwarzen Bergen von Koktabel, eine Schar von Menschen in weißen Gewändern, barfuß, ihr Körper erinnerte sie an all das, sie war die Schnellste und Furchtloseste gewesen, die nichts zu verlieren hatte und zugleich alles, das ganze Leben.

Für einen kurzen Augenblick stand Marina allein am Abgrund: ihr Wald, ihr Berg, alle Elemente, Licht und Leichtigkeit, alle Widerstände und Scheußlichkeiten des Körpers gerieten in Vergessenheit. Hierher hatten sie kommen müssen, es war genau die richtige Strecke gewesen.

Sie zog Alja energisch zum Felsvorsprung hinauf und nahm als Nächstes dem Mann aus Minsk die Proviánttasche, die Wolldecke und den

Reif ab. Schließlich ergriff der Mann ihre ausgestreckte Hand und hievte sich nach oben, und dann standen sie in schwindelnder Höhe da. Im Tal bellten die Hunde, die Landschaft glich einem Gemälde der Frühromantik, obschon sie sich gar nicht im Herzen Deutschlands befanden. Sie spürte die Steilhänge, die Bäume, das Heidekraut als Rhythmus in ihrem Körper, in allen Adern, in den Knochen, sie ließen den Druck der Verse in ihr nahezu unerträglich anschwellen.

Aber jetzt stand dieser Mann neben ihr, kein Trugbild, und sie hätte ihm etwas sagen mögen, was nicht zu literarisch, zu ernst, zu humorlos war, mit ihm teilen mögen, was sie auf einmal fühlte, ihre Grenzenlosigkeit, aber noch bevor sie den Mund aufmachen konnte, spürte sie einen entschlossenen Druck am Arm, der sich wie eine weiche Welle in ihr ausbreitete. Es hätte auch Alja sein können, aber sie wusste, dass sie es nicht war. Etwas durchfuhr sie wie ein Wind, ging durch Leib und Seele hindurch, verband sie mit dem anderen, und plötzlich kam Wind auf und blies ihnen schwarzen Sand in Augen und Haare, und es kam ihr so vor, als genügte es, sich dem zu überlassen, als bräuchte sie nicht mehr. Sie kam sich wie ein zügelloser Junge vor, der keine Angst hatte, aus der Höhe hinabzuspringen, denn mit einem Mal verstand sie, wie frei sie waren, in diese leere Luft geworfen, ohne etwas, wonach sie greifen konnten, das Vergangene entglitt ihren Händen, alle Bande zerfielen zum Pfad, zu Sand, zu Staub, und sie ließ es geschehen und hatte keine Angst, sich in diesen anderen Menschen zu stürzen wie in tiefes schwarzes Wasser.

Fühlt euch wie zu Hause, sagten Ilja Grigorjewitsch und Ljuba Michailowna, so wie es sich für Russen gehörte, unser Heim ist euer Heim, bei Ilja und Ljuba ist es übrigens wie zu Hause, russisch, und morgens ist es heiß wie in Moskau, aber der Tisch biegt sich wie im Film, oder auf den Stereoskopbildern von der Krim, der Duft nach frisch gemahlenem Kaffee, nach Sahne mit Mohn
liebes Mädchen, hast du nicht daran gedacht, dir die Füße zu waschen, sagt Ljuba,
deine Fußsohlen sind ganz schwarz
ich habe sie bestimmt gewaschen
dennoch sind die Fußsohlen schwarz, als wäre ich auf Kohlen gegangen, schwarze Zehenspuren auf Ljubas Spitzenbettwäsche, Λ. M. Э., sie gehörte Ljuba und niemandem sonst, unsere eigene Wäsche liegt noch in den Truhen, weiße Leichen, die wir hinter uns herschleppen, fühlt euch wie zu Hause, schlaft in unserer Wäsche, in unseren Betten, esst von unserem Tisch, denkt unsere Gedanken

ich betrachte mich selbst, ob ich schon überall schwarz bin, so wie Puschkin,
nur die Augen sind schwarz wie bei den stürmischen Frauen im Film
ich wäre eine gute Schauspielerin
Lilja hat das gesagt
jetzt weiß ich nicht, was für eine Rolle ich spielen sollte
ich erinnere mich an etwas aus einem Traum, weit weg war ich, habe etwas gesucht, was, ein Spielzeug, Kohl, einen Schmetterlingsflügel, unter einem Haufen Wintermäntel, Liljas Hände, Liljas Haare, ich habe die Haare von Tante Lilja geflochten, aber dass ich schwarze Fußsohlen habe, als wäre ich im Filmtraum gegangen und von dort mit schwarzen

Füßen zurückgekehrt, erinnerst du dich nicht, nein, sage ich, nichts von schwarzen Füßen, vom Kohlenkeller, aber der Traum war so schwarz, sodass es sein kann, dass ich dort gewesen bin, im Kohlenkeller

Ljuba und Ilja lachen, und bald lacht auch Marina

die kleine Somnambule, sagen sie

ich erzähl dir mal was, sagt Ljuba, und Ljuba erzählt:

ich ging Nachtmilch holen, es war vielleicht drei, halb vier

die Stunde des Wolfs, sagt Marina, wenn ich da aufwache, kann ich nicht mehr einschlafen, die nächtlichen Geräusche nehmen mich in Beschlag, als würde ich mich in einen Radiosender verwandeln, meine ganze Haut als Empfänger, zu der Zeit ist der Vorhang zwischen Lebenden und Toten am dünnsten, man kann hindurchsehen, aber Ljuba will nichts mehr davon hören, sondern fährt fort

die Milch hilft mir, Schlaf zu finden, wenn ich mitten in der Nacht aufwache, warme Milch ist das Beste, Milch und Honig, vielleicht noch Zimt darauf, frisch geriebener Zimt

zur Sache, Frauen, zur Sache, sagt Ilja, Ilja Grigorjewitsch ist immer ungeduldig, wenn die Frauen reden, Frauen kommen nicht zur Sache, wieder einmal sieht man es, Frauen können nicht erzählen

und ob ich erzählen kann, ich erzähle, wie ich aus der Küche kam und sah, dass die Tür zur Treppe offen stand, ich erschrak, ist da jemand, ein Räuber, ein Mörder, nein, niemand, nirgends, und auf der Treppe, jemand steht auf der Treppe, ich nahm etwas in die Hand, das ich im Dunkeln gerade greifen konnte, es war wohl ein Regenschirm, damit hätte man bestenfalls jemanden aufscheuchen können, einem großen Mann jagt man damit keinen Schrecken ein, meine liebe Ljuba, du bist wieder vom Thema abgekommen

obwohl es dunkel war, sah ich, dass auf dem Absatz ein kleines Wesen kauerte, ein Tier, dachte ich zuerst, eine Katze, ein Fuchs, nachts sind Füchse auf den Straßen unterwegs, ist er wegen des Abfalls gekommen, der Sandmann, rief ich aus, es war der Sandmann, Coppelius, der den Kindern, die nachts nicht schlafen, die Augen aus dem Kopf gräbt, aber Ljuba fährt fort, ich machte Licht und sah, dass es Ariadna Sergejewitsch war, unsere Alja

Ljuba sah sofort, dass du schliefst

und eine Schlafwandlerin darf man nicht aufwecken

und so erzählen sie, aber ich höre nicht einmal mehr die Hälfte von dem, was Ljuba sagt, denn ich geniere mich und schäme mich und werde rot, und die Ohren glühen, die Stirn, die Hände, ich muss sie mir mehrmals anhören, die lustigste Geschichte des Sommers, sie geht so: Es war Alja, und Alja kicherte in einer Ecke der Treppe wie ein Vogel und redete jemandem zu, jemand Kleinem, wie einem Kind, einem Säugling, und dann sang sie, sie sang tatsächlich, etwas von Fischen, etwas von Vögeln, es war kein russisches Lied, vielleicht war es Französisch, ich wusste nicht, dass du Französisch sprichst, Aljoscha, wie in einem feinen, kleinen Tanz, das Trippeln einer Ballerina, nach dem Vorbild der großen Duncan, Falter flogen um dich herum, Falter, Vögel und Gras, wie in warmem Wind

Ljuba führte mich ins Bett zurück, bevor ich aufwachte, denn wenn man eine Schlafwandlerin aufweckt, kann es sein, dass der Traum bleibt und die Schlafwandlerin verrückt wird, das ist vorgekommen, und ich hätte bleiben können, wie ich war, vogelgleich, und Ljubas Geschichte beweist es, in mir gibt es zwei Welten, die verrückte Montagewelt, in der sich die Gesten miteinander verbinden, und diese noch verrücktere Stadt, die fremd und vertraut zugleich ist, von der man nichts begreift, reine Kulisse

Moskau
August 1939

Kolzows Abwesenheit war jetzt anders zu spüren als zuvor, als hätte sich der Puls des Gebäudes verlangsamt.

Ich konnte ihn mir nicht tot vorstellen. Mehr als jeder andere war er voller Leben und Leidenschaft gewesen. Schwarzes, vor Fett glänzendes Haar, die weiche Lederjacke eines Fliegers, runde Brille wie ein Pariser Intellektueller, dahinter ein wachsamer Blick, dem nichts entging. Zielstrebige Würde und ein verdecktes Lachen, das dafür sorgte, dass ihm die Frauen nachliefen. Schamlose Witze, die dafür sorgten, dass die Männer ihn für einen Freund hielten. Alles an ihm hatte aufgehört zu existieren, auch seine weiblich weißen Hände und die rissigen Zähne.

Wegen Mulja war ich unruhiger als sonst. Mulja hatte von Anfang an zu Kolzows Kreis gehört, hatte es durch dessen Einfluss in eine wichtige Position bei ZhurGas gebracht. Ich hatte die zweite Fassung des Artikels und die Bildunterschriften fertiggeschrieben, aber Samuil Dawidowitsch kam nicht, obwohl ich lange in der Redaktion blieb. Er rief nicht an und schickte keine Nachricht. Vielleicht war er direkt zu Schuretta gegangen, das Kind war krank, versuchte ich mich zu beruhigen, oder er musste seinem Schwiegervater helfen, er würde seine Leningrad-Reportage am nächsten Morgen fertig in die Redaktion bringen, und ich musste so lange warten, bis ich ihm meine Neuigkeit erzählen konnte. Bei Schurettas Familie konnte ich nicht anrufen. Ich konnte nicht die Schwiegermutter, den Schwiegervater, die ehemalige Frau, das Kind nach meinem Mann fragen. Was sollte ich sagen, wenn das Kind an den Apparat ginge, du bekommst ein Geschwisterchen, einen Bruder, einen

Spielkameraden, ich nehme dir deinen Vater weg, zerstöre deine Familie. Ich musste geduldig abwarten. Nichts war schwerer als das Warten, das Bändigen der Angst, das Anhalten der Bilder, die durch den Kopf liefen.

Wanja hatte hereingeschaut, bevor er ging, und gerufen, ich solle mit den anderen in den Klub kommen, aber ich sagte, ich müsse noch arbeiten, obwohl es nichts mehr zu tun gab. Seit dem Frühjahr war ich nicht mehr ohne Mulja in den Klub gegangen. Ich hatte die Akzeptanz dieser Leute nicht nötig. Sollten sie nun zur Abwechslung mich vermissen. Außerdem wollte ich mit ihnen nicht Kolzows Weggang teilen. Die Zeit dafür würde beim Eintreffen der offiziellen Mitteilung kommen.

Ich überprüfte noch einmal den Artikel, Satzbau, Zeichensetzung, Rhythmus, aber ich konnte mich nicht mehr richtig konzentrieren. Ein stummer Text. Wie naiv und oberflächlich, ohne Seele, ohne Struktur. Dennoch legte ich Nina den Artikel auf den Tisch, ich lag im Zeitplan, wie immer, daran hielt ich fest. Nina war schon gegangen, sie würde den Text am nächsten Morgen dem Chefredakteur vorlegen und vor Mittag die Korrekturen bekommen. Dann würde ich notfalls morgen alles noch einmal schreiben, am Ende wurden die Artikel trotzdem immer fertig.

Ich machte einen Abstecher in die Auslandsredaktion. Inmitten des Durcheinanders auf Muljas Schreibtisch stand zwischen Meldungen von TASS und ausländischen Presseagenturen ein Bild von seinem Sohn Aljoscha. Das blonde Kind mit den leicht abstehenden Ohren wirkte zuversichtlich, es erinnerte kein bisschen an seinen Vater. Notizzettel, Aufzeichnungen, abgekaute Bleistifte, Koh-I-Noor, auch die kamen aus der Tschechoslowakei, Koh-I-Noor war die Endstation einer Straßenbahnlinie in Prag, und ich hatte geglaubt, dass sich dort ein prächtiger indischer Palast mit Diamanten auftäte, aber als ich mit Marina und Serjoscha an Silvester hingefahren war, um russische Freunde zu besuchen, hatte es sich als bloße Bleistiftfabrik entpuppt, mit Bleigeruch und niedrigen gelben Fabrikbaracken auf der Fläche eines ganzen Häuserblocks, keine Spur von königlichem Glanz, solche Erinnerungsbilder hatte ich, Splitter, die ich mit nichts Ganzem in Verbindung bringen konnte, mit einem richtig oder falsch geführten Leben, dennoch kam ich von dem Ballast der Vergangenheit nicht los.

Was würde ich über Mulja sagen können, was wusste ich von ihm?

Tintenspritzer auf dem Tisch, grau gewordene Asthmapfeife, Zigarettenasche in sauberen Linien, Kaffeeflecken auf verstaubten Papieren, alles Spuren des Menschen, den ich liebte, und ich liebte jede Spur, die er hinterließ. Unter dem Tisch stand eine Holzkiste mit Witzblättern, die gleichen, die ich bei Mur gesehen hatte, und unvollständige Kreuzworträtsel, ein Plüschbärchen, ob das für den Jungen war, auf dem Fußboden eine Einkaufsliste, von einer anderen Person, vielleicht von der Schwiegermutter, in leicht altmodischer Handschrift geschrieben: Mehl, Eier, Waschmittel. Die Urkunde des Journalistenverbands war heruntergefallen, ich hob sie auf, wischte sie ab und stellte sie aufs Regal zurück.

Dann nahm ich den Aschenbecher und leerte ihn, gern hätte ich auch die verwelkten Tulpen, deren Wurzeln schon faulten, entfernt und die Kaffeetasse mit dem Schimmel, der grünen Milchhaut, aber der Geruch schlug mir auf den Magen, und ich fasste nichts an.

Ich nahm einen Stift, zeichnete ein Herz auf eine saubere Seite des Notizblocks. Und da, bei all dem unsauberen Durcheinander, hatte ich plötzlich das Gefühl, als wäre Mulja hier, in allen Gegenständen, bei mir, als atmeten wir dieselbe Luft. Als sammelte er jetzt sorgsam die Aschelinien in die hohle Hand und ließe sie in den Papierkorb schweben, schaute mich wie ein Verirrter an, unsicher und fremd. Ich kannte diesen Gesichtsausdruck von mir selbst: fremd in einem fremden Land, fremder als je etwas zuvor.

Boris irrte sich. Von allen Menschen wäre Mulja der Letzte gewesen, den man beauftragt hätte, uns zu bespitzeln. Wen von uns denn, Mulja war in Gesellschaft der Familie immer feinfühlig, stellte nie aufdringliche Fragen, Marinas Gedichte interessierten ihn, aber er wollte von meiner Mutter nichts Spezielles wissen, er wunderte sich nur, dass wir so ein schlechtes Verhältnis hatten, dass ich so unschön von ihr sprach. Muljas Mutter lebte nicht mehr.

Eher war zu befürchten, dass Mulja selbst zwischen die Zähne des Apparats geraten war. Jeder kann der Nächste sein, hatte Boris gesagt. Hatte Nina gesagt. Kolzow war ein Beispiel dafür.

Um mich selbst war mir nicht bange, aber um Mulja dafür umso mehr. Wenn man ihn verhaften würde, sei es aus einem triftigen oder einem nicht vorhandenen Grund, wenn er in ein Lager in einer gottverlassenen Gegend käme, dann würde ich ihn nicht verleugnen, nicht diese, meine Familie, ich würde mit ihm gehen und unser Kind mit mir tragen, auch wenn wir dann beide als Volksfeinde abgestempelt würden. Erkannte man daran, dass man jemanden wirklich liebte, wenn man anfing, Angst um ihn zu haben und bereit war, alles für ihn zu tun?

Ich versuchte noch herauszufinden, ob auf dem Tisch Spuren von mir zu erkennen waren, ob ich einen Platz hatte in dieser Landschaft von Gegenständen, ob sie etwas über meinen Platz in Muljas Geist, Seele, Herz verriet. Aber ich fand keine einzige Spur, keinen einzigen Beweis. Stattdessen kam ich mir wie ein Eindringling vor. Ich spionierte aus dem falschen Grund, für mich, für mein Kind, nicht aufgrund legitimer Prinzipien zum Wohle des Staates. Ich musste an das glauben, was ich vor mir sah.

Ich bin nicht blind, nicht taub, ich bilde mir die Objekte meiner Liebe nicht ein, so wie Marina es tut, ich lasse mich nicht aus der Ferne von einem Feigenbaum verzaubern und verfluche in der Nähe seine fruchtlosen Äste, ich glaube nur an das, was ich sehe, höre und mit Händen greifen kann. Muljas Haut. Und seine Worte. Wenn du eines Tages nicht mehr weißt, ob du mich liebst, dann denk immer an die Liebe, die ganz am Anfang stand, sagte Mulja zu mir, als ich zum ersten Mal traurig darüber war, dass ein solches Glück nicht andauern konnte und ich es nicht ertragen würde, mich von ihm zu trennen, ihn zu verlieren.

Der Anfang der Liebe war im Hin und Her des täglichen Lebens unmöglich zu erkennen. Sie war unmerklich gekommen, ohne Worte unter die Haut gegangen, inmitten aller hektischen Bemühungen und Kämpfe. Hatte es schon angefangen, als ich neben Mulja die Treppe von ZhurGas hinaufgegangen war? Wir waren mit demselben Trolleybus gekommen, hatten im Nieselregen gewartet, bis wir die Straße überqueren konnten, und eine seltsame Wärme breitete sich in mir aus, als der stillste Mann in der Redaktion, dessen Namen ich mir damals noch nicht gemerkt hatte, auf mich aufmerksam wurde, mich wie ein Schicksalsgenosse anlächelte und wartete, bis ich über die Straße konnte, eine Geste, ein unrhythmischer Schritt, der etwas sichtbar machte, das mir zuvor nicht aufgefallen war.

Das zweite Mal: Der stille Mann kam mir entgegen, als mich die Genossen Matwejew und Sezeman nach der Komsomol-Sitzung zum Weinen gebracht hatten. Sie hatten es nicht gesehen. Natürlich nicht. Die Tränen waren mir erst auf dem Gang gekommen, als ich schon fast die Tür zum WC erreicht hatte. Aber vor ihm konnte ich das Weinen nicht rechtzeitig verbergen, er sagte nichts, da war nur ein sonderbar teilnehmender und verständnisvoller Blick, schwerwiegender als jedes

Wort, ich bin da, wenn du mich brauchst. Hochmütig ging ich an ihm vorbei, beinahe kalt, mit dem erhabenen Glanz des Kerzenhalses. Ich sperrte die WC-Tür hinter mir ab, weinte aber nicht mehr. Ich fühlte mich stark, ich würde das überstehen, ich würde es ihnen zeigen, ich würde auf eigenen Beinen stehen, mit jedem Muskel. Den mitfühlenden Mann vergaß ich, nicht einmal in der Redaktion schenkte ich ihm Beachtung. Bis wir uns beim Feiern nach Redaktionsschluss trafen, im Februar, vielleicht auch schon im März.

Wir waren mit einer großen Schar beim Tanzen gelandet, Swing, Jazz, Bossa nova, obwohl das damals schon seit zwei Jahren verboten gewesen war, aus Angst vor westlichen Einflüssen, dennoch war der Klub voller weiß gekleideter Angehöriger der Elite, die Frauen trugen dünne Seide und Chiffon wie in Paris. Vera und Robert hatten uns schon früher dorthin mitgenommen, ein geheimer Tanzklub, richtige Zigeuner, und auf Schallplatte La Quintette du Hot Club de France und andere, und das versetzte mich in so gute Laune, es war das Einzige, was ich von Paris vermisste, der Rhythmus half mir, mich zu vergessen, Marinas Schmähungen, die Demütigungen der Gontscharowa, die Tatsache, dass ich zu nichts taugte. Wenn ich mit Vera Traill oder Ségolen und den anderen Mädchen zum Tanzen ins Quartier Latin gegangen war, hatten wir so lange getanzt, dass ich oft erst mit dem ersten Zug am nächsten Morgen nach Hause gefahren war.

Auch an jenem Abend war alles unschuldig, die Zigeunergitarren, die bitteren französischen Zigaretten, der süße Kognak von der Krim, die fröhliche Gesellschaft, die Leute von Moscow News, Veras und Roberts Freunde, deren Namen ich bereits vergessen hatte, Milja ernst und mit Schuldgefühlen wie immer, auch Nina war am Anfang dabei und zwei Kerle aus der Ogonjok-Redaktion, allerdings keine allwissenden Prediger aus dem Inlandsressort, und dazu dieser stille Auslandsredakteur, Genosse Gurewitsch, dem ich inzwischen sogar ein bisschen aus dem Weg ging. Ich wusste nicht viel über ihn, außer dass er in England oder den Vereinigten Staaten gelebt hatte, im Internat gewesen war, Sohn eines jüdischen Kleiderhändlers, glühender Kommunist, wenn auch Importware. Importware, so nannten die Jungs auch mich. Gurewitsch war schon viel länger als ich in Moskau, hatte aber ebenfalls seine Kindheit im Ausland verbracht. Mit den Leuten von der Moscow News sprach er Englisch, wovon ich nicht mehr als ein Wort hier und da verstand, Lehnwörter aus dem Französischen.

In der Nacht vergaß ich für kurze Zeit, dass ich in Moskau war, es kam mir vor, als wäre ich wieder in Paris oder als wären Vera und Robert wieder in der Stadt, ich tanzte mit allen, Männern und Frauen, und mitten im Foxtrott mit dem wortkargen Genossen Gurewitsch, Schritt, Schritt, Wechselschritt, Muljas rechte Hand auf meinen Schulterblättern, seine linke Hand in meiner rechten, meine linke Hand auf Muljas Arm, erinnerte ich mich: Nein, ich war in Moskau und führte ein eigenes Leben, in dem ich morgens aufwachte, ein Leben, das in meinen Händen lag, ohne dass jemand über meinen Willen bestimmte, über meine Lust, meine Zeit, ich hatte einen anderen Rhythmus in mir, musste nicht vor zwölf Uhr zurückrennen, um den Ofen zu leeren, in den Keller, wo ich mich schmutzig machte. Dieser Zauber sollte andauern, denn es war die Wahrheit. Und so tanzte und tanzte ich, denn ich war frei, verfügte über meinen Körper, mein Denken, meine Sprache, in der Masse der Menschen, der besten von allen.

Als der Klub irgendwann schloss, sausten wir im amerikanischen Auto der Typen von Moscow News durch die verregneten nächtlichen Straßen, über die Kanäle, über den Fluss, am Kreml vorbei, er war ziemlich dunkel, ein Licht nur, auch ohne es auszusprechen, wussten wir, wer dort noch wach war, am alten Klostergelände vorbei, auf Kitai-Gorod zu, über die geschlossenen Märkte, und vor einem neuen Haus stiegen wir mit viel Lärm aus. Über dem Eingangstor stand ein stolzes Arbeiterpaar, eines der stolzesten, wie stolz Milja darauf doch war, Menschen der Zukunft, wir alle.

Beim Weiterfeiern spielte Miljas Zimmergenosse Sascha auf seinen Gitarren und anderen, außergewöhnlichen Saiteninstrumenten, die er in den verschiedensten Winkeln der Sowjetunion und rund ums Schwarze Meer zusammengetragen hatte, und wir sangen. Als die anderen damit aufhörten und stattdessen tanzten, sang ich weiter, ein altes Wiegenlied, *alle Füchse und Hasen, alle Tiere des Waldes*. Ich war ziemlich betrunken, es gab billigen Sekt, georgischen Rotwein, das Lied hatte ich ewig nicht gesungen, seit der Kindheit nicht mehr, und auf einmal, als Genosse Gurewitsch mich ansah, fing ich an zu weinen, ich konnte gar nicht mehr aufhören damit, die anderen tanzten, ich weinte, ich wusste nicht, warum, aber ich hätte wahrscheinlich bis zum nächsten Tag geweint, hätte nicht jemand in der Nachbarwohnung gegen den Heizkörper geschlagen, es war bereits fünf Uhr morgens, milchige Dämmerung war am Horizont der Stadt zu erkennen, und in unserer Folgsamkeit wurden wir schnell leise, ich hörte auf zu weinen, die anderen hörten auf zu tanzen, alles war vorbei, es ist nichts, nur die Trunkenheit, ich weiß nicht einmal, warum ich geweint habe, sagte ich zu Mulja, der sich neben mich gesetzt hatte, ohne dass ich gemerkt hätte, wann, schweigend, er versuchte nicht, mein Weinen zu unterbrechen, aber er war da und ging nicht weg. Der Plattenteller drehte sich und drehte sich noch, als wir uns ansahen, und dann gähnte Mulja, versuchte es natürlich zu verbergen, aber er wäre fast geplatzt dabei, und da musste ich lachen, ich lachte, weinte und beruhigte mich schließlich, wurde ganz still, alles war klar, und ich war klar. Milja und Sascha waren bereits ins Bett gegangen, uns blieb das Sofa, auf dem wir saßen. Wie leicht alles auf einmal war, wie leicht es war, zu leben. Alles war an seinem Platz und richtig. Alles war gut.

Mulja schlang den Arm um mich, damit ich nicht vom schmalen Sofa fiel, Aprikosenduft, die schwarzen Locken einer Puppe, weiche Haut wie bei einem Kind. Sonst nichts, wir schliefen nur und atmeten. Und als Mulja aufwachte, sagte er: Genossin, ich bin froh, dass du immer noch da bist, und für einen Moment glaubte ich, auf den Fußboden zu fallen, weil er den Griff lockerte, aber dann zog er mich auch schon fester an sich. Am Handgelenk pochten die Adern, als hätte sich das Herz dorthin begeben und vervielfacht, und als Mulja es mit seiner Hand umschloss, beruhigte es sich ebenfalls. Ich hielt den Atem an, ließ zu, dass Mulja mich mit seinem Atem erfüllte. Hier bleibe ich, in deinem Atem, dein Atem enthält die ganze Welt. In diese Umarmung passe ich, sie ist so groß wie mein Herz, für mich gemacht, dachte ich oder jemand in mir dachte es, eine neue Stimme, seltsam vertraut, in diese Umarmung, in diesen Fluss steige ich, er besänftigt allen Aufruhr und alle Angst, die Schläge des Herzens, ich muss mich nicht fürchten, nicht eine andere sein, mir selbst fremd.

Wir mussten flüstern, damit wir die anderen nicht weckten. Die, an deren Namen ich mich nicht erinnern konnte, schliefen auf dem Fußboden im Flur. Vorhänge gab es nicht, die Fenster gingen in zwei Richtungen, man sah die Türme, die Kathedralen, den Kreml, ganz Moskau in unserer Umarmung, im Sonnenlicht wie neugeboren, die aus dem Schlaf entstiegene Stadt. Wie privilegiert wir waren. All das gehörte uns. Wir waren die neuen Menschen, in uns lag die Zukunft, in diesem Moment.

Wir tranken die abgestandenen, zimmerwarmen Reste in den Flaschen der letzten Nacht, nahmen den Tonarm von der noch immer kreisenden Platte und gingen in die stille Stadt hinaus, Sonntag, Ruhetag, der erste Tag meines neuen Lebens.

Zum ersten Mal fühlte ich mich in Moskau zu Hause, ich kannte die Straßen, sie kannten mich. Die fast menschenleere Stadt, von einer dünnen Eisschicht überzogen, blaugelbweißes Frühjahrsfrostlicht, das unter unserem Lachen schmolz. Und die ganze Frühjahrsstadt war neu und frisch geboren, sie wandelte sich in einem fort, wuchs im Takt unseres Atems, neue Metrostationen, Wohnviertel, neue Straßen, neue Wörter und Namen, und so wuchs auch die Liebe über alle Ängste hinaus, sie eroberte die Stadt aus allen Richtungen. Wie Hochzeiten bis in alle Ewigkeit, jeden Tag Hochzeit und das Hohelied. Die Liebe verlieh mir Umrisse, die jene dieser Stadt waren, der ganzen neuen Welt.

Mulja würde nicht zu mir zurückkehren. Ich würde mich ohne ihn zurechtfinden müssen. Auf eigenen Beinen, mit eigenen Kräften.

Dieser Gedanke fiel mich mit unausweichlicher Gewissheit an, als ich den Anfang der Merzljakowski pereulok erreichte, zwei Blocks von Liljas Haus entfernt, und die ganze Hitze der letzten Augusttage wie eine schwere, muffig gewordene Wolldecke in meinem Nacken lag. Nicht weil er sich in etwas politisch Zweifelhaftes verstrickt hatte und man uns beide zur Zwangsarbeit hinter den Ural schicken würde, ohne das Recht, Kontakt zueinander zu halten. Nein, Mulja hatte mich verlassen und kehrte zu seiner Frau und seinem Kind zurück. Ich hatte mir alles nur eingebildet, diese Liebe war bloß ein Produkt meines blinden Gefühls. Und ich würde allein nach Hause gehen müssen, nach Hause, nach Hause, was war das schon, ein Rattenloch inmitten lebenslänglicher Heimatlosigkeit. Und ich bin gar nicht neu und stark, nicht Alja, die Amazone, sondern alt und verbraucht, voller ungeweinter Tränen, ohne jede Willenskraft und Selbstdisziplin.

Ich glich Marina mit ihrem Feigenbaum. Ich hatte mir eingebildet, der Mann liebte mich und wäre bereit, Schuretta, seine Familie, die große gemeinsame Wohnung für immer zu verlassen. Meine Hybris, mein selbst verursachter Irrtum, mein Selbstbetrug, meine Fantasie hatten mir eine Falle gestellt. Dennoch setzte ich einen Fuß vor den anderen wie eine Maschine und sprach zu ihm, rief innerlich: Hilf mir. Ich schaffe es nicht ohne dich. Ohne dich bin ich eine Blinde, die durch die Finsternis tastet. Du zeigst mir den richtigen Weg, lehrst mich die richtigen Worte, führst mich der Zukunft entgegen, ich habe sonst niemanden, ich will keinen sonst.

Und er wirkte, dieser Zauber, die Kraft der Vorstellung, ich gelangte an die Tür, drinnen war es sogleich kühler, ich stieg die Treppe zum dritten Stock hinauf, blieb vor dem Etagentelefon stehen, las außer Atem das Schwarze Brett, Bitten um Rückrufe hingen dort, die meisten in der Handschrift des alten Sudak, wie schaffte es der Alte mit seinen gichtigen Füßen nur, immer als Erster den Hörer abzunehmen? Für Lilja Nachrichten von Schauspielern, vom Theater, Nachrichten an die anderen Wohnungen, aber nichts für mich. Nichts von Mulja. Natürlich nicht. Ich musste mich allein zurechtfinden, den Gang entlanggehen, die Tür öffnen, über die Schwelle treten, die Tür hinter mir schließen, dafür würde die Kraft noch reichen.

Bevor ich die Tür hinter mir zumachte, bemerkte ich ein Stück Papier vor meinen Füßen, um ein Haar wäre ich darauf getreten, als ich eintrat, war es im Luftzug von der Wand geweht worden. Ich hob es auf, und darauf stand in Sudaks Handschrift: *Mitteilung an Genossin A. Efron von Genosse Gurewitsch. Treffen am Jaroslawler Bahnhof Fr. 13.15 Uhr.*

Ich spürte einen scharfen Stich unter dem Herzen, mir zerrann die Kraft in Händen und Beinen, ich wurde weiß im Gesicht, musste mich auf die vom alten Sudak abgewetzte Bank setzen. Am Freitag. Am Freitag fahre ich mit Mulja nach Bolschewo, und alles wird gut. Besser als gut. Und ich werde sagen: Weißt du was, mein Geliebter, ich habe Neuigkeiten für dich. Da setzte das Zittern ein, als wäre etwas durch und durch Erschütterndes geschehen. Was erschrak ich so, da doch alles gut war, alles so, wie es sein sollte? Wahr. Samuil Dawidowitsch war Wirklichkeit, meine Liebe wirklicher als die Straßen der Stadt, als die Hitze ausstrahlenden Dächer.

Bevor ich in den Schlaf sank, stellte ich mir Samuil neben mir vor, ich stellte mir die Nacht vor, die er neben mir geschlafen hatte. Zuerst hatte er mich nur gestreichelt, die Haut kitzelte so, dass ich unter seiner Hand zuckte wie ein Hecht in der Reuse, die Haut stieß den anderen ab, trotz des Wunsches, mit dem anderen zu einem Wesen zu verschmelzen, die Haut kann man nicht kontrollieren, in keiner Weise, obwohl ich beschloss, ruhig zu bleiben, aber ich zuckte, bis Mulja zuließ, dass ich ihn küsste und mich an ihn drückte, und das tat ich, ich markierte jeden Streifen Haut als mein Eigen und beruhigte mich, und Mulja durfte mir die Angst vor dem abstreifen, was mit uns geschehen würde, jedem von uns, und ich versuchte nur noch auf seiner Haut überallhin zu gelangen, und meine Lippen reckten sich nach allen nackten Stellen zwischen den Knöpfen und nach der Halsgrube und küssten Mulja alle fremden Gerüche weg, den Geruch der sauberen Laken seiner Frau, den Fettgeruch des Frühstückslokals, den Machorkagestank der Redaktion, sodass Platz war für den Duft von Erde und zerfallenden Blüten, und ich schob die Hand durch die Schlitze zwischen den Knöpfen bis in die Achsel, in die klebrige Grube, die Hand schmolz, wurde zur Haut des anderen, zu Sand in der Wüste, zu weiten Ebenen, zu Klüften, aus denen ich Feuchtigkeit, Wasser, Schlaf schöpfte, und jedes Mal wenn Mulja über meinen Bauch fuhr und sagte: Mädchen, dachte ich daran, wie geheim das alles war, ich zitterte, zuckte, wollte zerbersten, ich genoss das Geheimnis, ich genoss es, jetzt mehr als Mulja über uns zu wissen, gerade jetzt, alles war möglich, wie lautlos und unsichtbar das Glück war, das Meer, in dem ich schwamm, das mich trug, das mich in sich ertränkte, mit dem ich verschmolz, Muljalja, ein und derselbe akazienduftende Traum, helles Türkis, bis Mulja sich fest an mich presste, fast wie in Panik, als gäbe es kein zweites Mal, und meine Hände gegen das Kopfende des Bettes drückte und mir den Mund verschloss, damit ich nicht spräche, wie ich sprach, nicht lachte, wie ich lachte, meine Hände und Füße blockierte, damit ich nicht anfinge, mich zu rekeln wie die träumenden, schlafenden, in sich verkrochenen, vergoldeten, skelettdünnen Mädchen auf den süßlichen Gemälden dieses Wiener Künstlers oder das eine, das dem Grauen ins Gesicht gesehen hatte, mit herausgestrecktem Po auf dem Bild des auf eine Südseeinsel gezogenen Bankiers, das schwarze Mädchen, urwüchsig und wild, oder damit ich ihm nicht den Hintern hinhielt wie die Mädchen auf den Schwarz-Weiß-Fotos, wie sie die Gontscharowa in ihrer Schublade hatte, ich wusste nicht, dass auch eine Frau solche Bilder sammeln konnte, ich bin gut in all diesen Rollen, ich bin eine ernsthafte Verführerin und gewinne ihn für mich, ich wechsle die Rolle, und dann lache ich immer, ich lache und kümmere mich nicht um die übrige Welt, sollen es doch alle hören, ich bin schlecht und wunderbar und eine Megäre und ein Mädchen, das den Hintern hinhält, und ein schlafender Schwan, aber jetzt bin ich die Schwanenmutter, schütze mit meinen Schwingen mein Kind, und wenn er sich gegen mich wendet, stoße ich ihn rückwärts den Hang hinunter, wie ein brechender Ast bin ich und lasse ihn nicht in mich kommen, ich wehre ihn ab, stoße ihn von mir, ziehe ihn an mich, sauge ihn auf und spucke ihn aus, alles zugleich, damit er nicht kaputt macht, was noch gar nicht begonnen hat, die Insel, die noch nicht aus dem Wasser gestiegen ist, die noch niemand gefunden hat, die Najaden-Nereiden-Insel, aber er hört mich nicht, spürt die Schwanenschwinge an meinem Bauch nicht, sondern stößt mich weit weg, so weit, dass kein einziges vertrautes Elementarteilchen mehr zu atmen bleibt, da ist nur finsterste Finsternis, er dreht mich um, und ich sehe kurz die Morgendämmerung, aber wir befinden uns wieder in einem dunklen Tunnel unter den Bergen, die Wände kommen eng und erhitzt über mich, Wildschweine rennen hinab in schwarzem, tiefem Sand, zwischen den Rändern, in den Augen brennen kleine Flammen, der Sand lodert heiß, sie quieken, hinterlassen kleine Hufspuren im Lavasand, kein Laut im Krater, ist das Liebe?, so schmerzhaft und unerträglich, ist sie so stark, die Kraft, mit der wir zum andern werden müssen, dass die Erdkruste zerspringt, könnte er mit dieser Wut und dieser Macht so tief vordringen, dass das, was kaum angefangen hat, aufhört zu existieren, darum gräbt er sich in mich hinein, um sich abzuschaben, nachdem er den Körper zerbrochen hat, der mir gehört und niemandem sonst, und als er vom Berg herunter ist, kommt er erneut und dreht mich auf alle viere, sein Nacken hebt sich, er legt die Ohren an und drückt meine Kehle ans Geländer, ans Fenstergeländer, und ich sehe unter mir ein Tal, in dem die Wasser, die das Land durchschneiden, überkochen, und ich frage ihn, ob er mich liebt, ob er mich mehr liebt als alles andere auf dieser Welt, und er murmelt nur und keucht, und ich sehe in ihm alle Männer, die ich je geliebt habe, und weiß, dass ich nie mehr einen anderen lieben werde, dass ich ihn nie verlassen, nie verstoßen werde, nein, und bevor ich es noch begreifen kann, sinkt er mir kraftlos in die Arme und ich spüre eine warme Flüssigkeit und das erschlaffte Glied in mir.

Voškov
August 1923

Der Sturm zog hinter den Bergen auf, als hätte er dort den ganzen Morgen darauf gewartet, dass jemand kam, um ihn zu bestaunen. Der Wind rollte die nördlichen Meereswolken vor sich her, die ebenfalls Bergen ähnelten, Dunkelheit legte sich über alles, und für eine Weile war es ganz still, bevor die Wolken mit gewaltigem Rauschen einen metallisch hämmernden Regen losließen, der wie eine schwarze Wand auf die Wandernden einstürzte.

Sie gingen dem Sturm entgegen, ließen sich Regen und Sand ins Gesicht klatschen. Das Wasser war warm und erlösend, sie riefen Hurra, sangen wie Kinder, Marina, Alja und der Mann aus Minsk, ein einziges Karussell, bloß leichte Tropfen, und als der Regen ihre Stimmen übertönte, musste lauter gerufen werden, immer lauter.

Sie befanden sich auf einer Lichtung, als der Blitz neben ihnen einschlug, sie waren nichts als Blitzableiter, ohne jeden Schutz. Zunächst blickte Marina nur kurzzeitig geblendet auf das Leuchten, aber als der Donner einsetzte, wich plötzlich das Gefühl aus ihren Händen, der Herzschlag stolperte, und erst dann geriet sie in Panik, als wäre sie nackt aus dem Schlaf hochgefahren, und bevor sie noch etwas denken konnte, klammerte sie sich an die Schulter des Mannes, an das nasse, weiße Hemd, und spürte, wie ihr die Angst durch den Arm fuhr wie ein heftiger Stromschlag.

Marina ließ abrupt los. Als Erstes hätte sie das Kind schützen müssen, aber sie sah das Mädchen nirgendwo. Es wird doch nicht vom Blitz getroffen, vom Wind verweht worden sein, oder es ist zu weit gegangen, an den Abgrund, ausgerutscht, immer diese Sorge, der schwarze Schatten. Dann sah sie das Mädchen, es stand mit ausgebreiteten Armen im Regen, als nehme es alles in sich auf, die Kräfte der Götter. Eine furchtlose Kriegerin. Was für eine Offenheit, Furchtlosigkeit, Alja wusste ihre Sterblichkeit noch nicht zu fürchten, nein, sie begriff es nicht, darum war sie so allmächtig, so uneigennützig wie ein Tier, die Augen aufs Künftige gerichtet, man konnte nur neidisch sein. Marinas Augen hatten sich in die Gegenrichtung gedreht, sie sahen nur noch Ruinen, gebrochene Rhythmen.

Das ist doch nur ein kleiner Schauer, sagte Alja immer wieder, ein ganz winziger, während sie zusammen mit dem Mann aus Minsk aus dem Reif, der Wolldecke und einem Gürtel einen Regenschutz zwischen den Eschen konstruierte. Ein klitzekleiner Regen, sprach das Mädchen wie in einer Beschwörungsformel vor sich hin, Wasser für die Pelargonie, ein Tröpfchen Wasser.

Als sie fertig waren, stellte der Mann aus Minsk fest, dass ihm die Jacke fehlte, vielleicht hatte er sie beim Haus liegen lassen, weil es schon am Morgen so drückend heiß gewesen war, ansonsten hätte er sie dem Mädchen oder dessen Mutter zum Wärmen gegeben, aber es half nichts, wie zerstreut er doch war.

Plötzlich war alles wieder gut, das Plaudern des Mannes, die Geschäftigkeit des Kindes, sogar der Regen, wie heimelig, so musste sich sogar Marina beruhigen. Im Schutz der großen Bäume war die Erde noch stellenweise trocken, und das Rauschen des Regens klang dröhnend wie zwischen den Wänden einer Kirche. Die Hast von eben schrumpfte zu etwas Lächerlichem zusammen, der Körper war schneller als der Geist, er hatte seinen eigenen Willen, stärker als sie, der Mann aus Minsk grinste noch immer, darüber, dass er sie einen Moment lang vollkommen entblößt gesehen hatte. Aber warum hätte er es nicht sehen sollen, warum hatte sie Angst vor diesem Wesen, das ihr plötzlich vertrauter vorkam als je ein anderes zuvor?

Hört nur, der Regen hört auf. Alja kniff die Augen zu und drückte Marinas Hand, ein Morsekode, Marina, du musst auch die Augen schließen, dann hört der Regen auf.

Marina drückte als Antwort ebenfalls zu, also gut, dann los, und schloss die Augen, ein Spiel, sie hatte es dem Kind selbst beigebracht, der Hunger ging weg, wenn man es sich vorstellte, und das sollte auch für den Regen gelten, wenn die Vorstellung nur genau genug war. Und sie hörte das Mantra im Atem des Mädchens: Jetzt hört der Regen auf, als könnte man mit den Silben die Kräfte der Natur befehligen, mit dem Rhythmus der Versfüße, sie hatte das Mädchen erfolgreich gelehrt, mit Worten die Naturelemente zu beherrschen. Sie scheint kein ganz gewöhnliches Kind zu sein, flüsterte der Mann aus Minsk Marina ins Ohr.

Trotz Aljas Willenskraft hörte es sich nicht so an, als würde es aufhören zu regnen. Das kurzzeitige Nachlassen gehörte zum Puls des Regens, als hätte er einen eigenen Atem. Wenn Marina die Augen einen Spaltbreit öffnete, sah sie, wie die Entschiedenheit Aljas Blick schärfte, die Augen wurden pechschwarz, sie waren so entschlossen wie am Briefkasten ihres Hauses in Všenory, der ganze Steinbockkörper ein einziger Entschluss, sich in einen Brief zu verwandeln, der nicht gekommen war. Und als Allerletztes wollte Alja ihre Wette verlieren, jedenfalls nicht gegen diesen Mann. Sie war noch nie gut im Verlieren gewesen, das lernte man vielleicht, wenn man mit anderen Kindern spielte, aber nicht in den Geschichten, mit denen Alja aufgewachsen war. Darin ging man lieber aus freiem Willen und erhobenen Hauptes ins Opferfeuer, als dass man sich den Göttern geschlagen gab.

Durch den Schrecken war die Welt um sie herum klarer geworden, der Wald hatte scharfe Umrisse angenommen wie in einem hellseherischen Traum oder als würde man ihn durch ein frisch geputztes Fenster betrachten, durch den Regen wurden die Farben, denen der brennende Sommer zugesetzt hatte, aufpoliert, sämtliche Grüntöne traten deutlich hervor, von dunkel bis licht. Ebenso viele Schattierungen wie die Natur hatte die Seele. Hatte Goethe das gesagt? Goethe oder Hölderlin, die beide in der Natur die Berührung der Ewigkeit gesehen hatten, die Einheit der Elemente, nur da, und auch sie musste darauf hören, nicht auf das eigene Blau, das bloß formloses Urchaos war, ohne anderen Grund als die Todesangst.

Als das Mädchen die Augen öffnete und verlangte, dass sie ihren Weg fortsetzten, wurde Marina ärgerlich, sie wusste nie, was sie tun sollte, wenn das Mädchen so war, quengelig und fordernd, und nicht auf sie hörte, ihre Worte waren nichts als Luft für das Kind, warum konnte es nicht einen Moment stillhalten. Hin und wieder sahen die Umrisse der Burg durch den Regen hindurch aus wie der Schatten eines Riesen, und das Mädchen sagte, sie wären ja schon fast da, nur noch ein paar Schritte.

Der Mann aus Minsk war nun mit Marina einer Meinung. Es hatte keinen Sinn, ein Risiko einzugehen, sie müssten ein anderes Mal zur Burg gehen. In sein Gesicht waren der Rechenmaschinenausdruck und die Aufmerksamkeit des Spähers zurückgekehrt. Dem Mädchen erklärte er geduldig die Situation, in lehrerhaftem Ton, und half ihm zu verstehen, dass der Regen die Entfernungen zu verringern schien, er führte in die Irre, in Wirklichkeit war es noch weit bis zur Burg. Zum Glück war Alja zu gut erzogen, um dem Mann direkt zu widersprechen.

Das Gewitter kreiste über dem Tal. Der Regen hielt hartnäckig an und zeigte keine Anzeichen nachzulassen. Aber Aljas Entscheidung blieb bestehen: Ihrer Meinung nach regnete es immer noch nicht, ihre weit offenen Augen sahen nichts als Sonnenschein, auch wenn es heftiger blitzte als zuvor, Bäume umstürzten und in Marinas Bauch wieder hilflose Leere aufloderte, und obwohl dem Blitz fast auf der Stelle ein Donner folgte. Marina zählte, immerhin war das Unwetter noch zehn Kilometer entfernt. Drei, korrigierte der Mann aus Minsk, man muss die Zahl der Sekunden durch drei teilen, das Gewitter ist drei Kilometer entfernt. Marina schnaubte angesichts dieser Haarspalterei.

Hippo, meine Kleine, hör auf, dich wie ein gewöhnliches kleines Kind aufzuführen, sagte Marina überdrüssig zu Alja, die sie und den Mann an den Händen zog, damit sie weitergingen. Wäre das Mädchen ein Pferd gewesen, hätte es sich auf die Hinterbeine gestellt, aber weil es von Marina erzogen worden war, stieß es nur einen Laut aus, dem man die ganze seelenraubende Wut und Entschlossenheit anhörte, und im Gesicht des Mädchens sah Marina ihr eigenes Spiegelbild, den Stolz einer polnischen Prinzessin.

Marina Iwanowna Zwetajewa, Sie sind eine Betrügerin, sprach das Mädchen feierlich. Erneut flammte heftig ein Blitz auf und unterstrich die dramatischen Fähigkeiten des Kindes, aber nun mochte Marina der Vorstellung nicht mehr mit Wohlwollen begegnen. Bevor sie jedoch die Geduld verlor, entfernte sich der Gewitterdonner nach beiden Zählweisen.

Marina nahm die Flaschen, die der Mann mitgebracht hatte, aus der Tasche, zwei Bier, ein billiger Sekt, ein Getränk für das Kind war nicht dabei, da musste es eben Bier zu sich nehmen, das Brot der Deutschen. Marina reichte dem Mann die Sektflasche. Was feiern wir?, fragte sie, das Ende des Sommers offenbar, erwiderte der Mann, einen neuen Anfang, ein neues Leben, entschied sie, entschieden sie gemeinsam.

Der Mann machte die Flasche auf, der Sekt schäumte über, er war warm und überhaupt nicht gut, wenn man ihn so aus der Flasche trank, es gab keine Gläser, wie hätte sie an so etwas denken sollen, andere Frauen hätten vielleicht daran gedacht, Hennen, die sich um alles kümmerten.

Der Mann aus Minsk hatte einen Plan. Wenn der Regen nachließ, bestünde ihre einzige Möglichkeit darin, ins nächste Dorf zu laufen und in den Zug zu springen. Dort kämen sie ungefährdet hin.

Und wohin fahren wir dann?, fragte Marina.

Der Mundbogen des Mannes war wieder weicher geworden, fast weiblich, wie auch sein zierliches Kinn, die Ohren, die Schlüsselbeine, Elle und Speiche, alles wie bei einer Puppe gekonnt gefertigt, aber voller Leben.

Wohin auch immer, als Erstes natürlich nach Prag, und von dort kommen wir mit dem Zug überallhin, antwortete der Mann. Nach Konstantinopel, schlug Marina vor. Nein, nicht dorthin, sagte er. Lieber nach Rom oder Athen. Dann fahren wir nach Kairo, schlug Marina vor, an den antiken Ruinen gibt es nichts Neues zu sehen. Ich will etwas sehen, von dem ich nichts weiß. Das Geld, das sie hatte, reichte gerade für ein Mittagessen in der Kantine, aber sie fühlte sich vollkommen verantwortungsfrei, sie war niemandem etwas schuldig, eine Zigeunerprinzessin war immer bereit, den Ort zu wechseln, war immer unterwegs. Fahren wir irgendwohin, nur nicht nach Moskau.

Alja schaute sie weiterhin vorwurfsvoll an, als würde sie am liebsten zuschlagen, die Augen schwarze Sterne, schwarze Löcher. Der Mann aus Minsk versuchte das Mädchen zu necken, was die Bogengardts wohl dazu sagen würden, wenn du mit uns auf Weltreise gehst, du könntest uns mit kleinen Vorstellungen auf der Straße das Reisegeld verdienen, wir würden unter freiem Himmel schlafen, aber das Mädchen ließ sich nicht besänftigen und spielte nicht mit.

Marina bot vom Proviant an, ohne sich nun weiter um das Schmollen des Mädchens zu kümmern, um das säuerliche Schweigen, das man fast hören konnte wie den Druck in einer Gasflasche. Von ihr hatte das Mädchen die Wörter und die Poesie gelernt, von Serjoscha die Stummheit und die Kunst, zornig zu sein, beides brauchte man im Leben, doch gerade jetzt sollte das Kind nicht alles verderben.

Sie hatten alles dabei, Rumkuchen, der unter dem Transport etwas gelitten hatte, Sekt, ein paradiesisches Mittagsmahl. Alja weigerte sich jedoch, etwas davon zu nehmen, obwohl sie sonst gut aß und nichts ablehnte, jetzt war ihr nicht mal das Bier recht. Marina und der Mann aus Minsk aßen den Kuchen, den konnte man nicht aufheben, das Mädchen war selbst schuld, wenn es nichts davon nahm, denn das konnten die Tschechen, sie verschlangen ein sahnereiches Stück nach dem anderen, wie entschlossene, schreckliche Kinder, und zählten den Abstand zwischen jedem Blitz und Donner, eins, zwei, drei, die himmlischen Heerscharen, nichts würde sie mehr erschrecken können.

Wie gut sich auf einmal alles hier und jetzt anfühlte, im Herzen des rauschenden Riesen. Dies war die Burg, in die sie gekommen war. Die HEIMAT in der Welt der Heimatlosen und zugleich die Berührung der Unendlichkeit in den nassen Kleidern, auf dem verschmierten Kuchenpapier, im Lachen, in der Lächerlichkeit von allem, irdische Hochzeit unter dem Schutz der Donnergötter, ein ernstes Spiel und die Gewissheit, dies alles in Wörter übersetzen zu können, in Verse, die keinen Vergleich kannten.

Nur die Zigaretten waren feucht, der Lederbeutel, in dem Marina sie bei sich trug, war offen geblieben, und das Wasser hatte den Inhalt ruiniert. Aber auch dieses Problem wurde gelöst. Wie einfach das Leben auf einmal war. Der Mann aus Minsk zog aus dem Innenfach der Provianttasche eine trocken gebliebene Zigarettendose heraus, richtig aus Silber und mit eingraviertem Familiennamen. Normalerweise rauchte er nicht, hatte jedoch gewusst, Marinas Gelüste ritterlich vorauszusehen, die Zigaretten waren sogar schmal genug, nach ihrem Format gedreht.

Aljas Notizhefte fielen auf den Waldboden, der Mann aus Minsk wischte sie sorgfältig ab, reichte sie Marina, ist das ein neues Meisterwerk der Dichterin, fragte er grinsend, ein Meisterwerk ja, aber nicht von mir, sondern von der künftigen Nobelpreisträgerin hier, der russischen Selma Lagerlöf, sagte Marina und versuchte von dem Mädchen Unterstützung für ihr Lob zu bekommen. Alja wich ihrem Blick entschieden aus. Marina schlug ein Heft auf, hielt die Hand darüber, damit die Tinte nicht zerlief, wie viel Arbeit ginge verloren, wenn das Geschriebene mit dem Regenwasser die Hänge des Voškov hinunter in den Fluss rinnen würde, mit der Berounka in die Moldau, in die Elbe, wie in Smetanas sinfonischer Dichtung. Aber das Dach, das der Mann aus Minsk gebaut hatte, hielt weiter den Regen ab, sodass keine Gefahr bestand.

Russland fehlt eine richtige Prosaistin, aber das wird sich ändern, ereiferte sich Marina, Alja wird noch einmal Anna Karenina neu schreiben, aus der Sicht der Frau. Ich muss das nicht selbst tun. Hören Sie sich das an, was für ein psychologischer Blick, was für eine Sprache dieses Kind hat, dazu sind viele Erwachsene nicht fähig, und Alja war noch keine zehn, als sie das schrieb, Marina war sicher, das Mädchen mit ihrem Lob besänftigen zu können, nur mein Hippopotamus kann die menschliche Seele so intelligent beschreiben.

Marina fing an, den Text zu lesen, den Alja in ihrer sorgfältigen Handschrift geschrieben hatte, eine Beschreibung aus der Berliner Zeit, über den Verleger Wischniak, den Alja hartnäckig Helikon nannte, obwohl das nur der Name des Verlags war, aber Alja fand ihn viel schöner als den Namen des Mannes: *Helikon ist ständig zwischen zwei Polen gespalten – den täglichen Dingen und dem Seelenleben. Das Gewicht der täglichen Dinge hält ihn auf dem Boden, ohne es würde er sofort in den Himmel emporschweben, so wie Andrei Bely. Eigentlich muss er wegen seiner Gespaltenheit nicht sonderlich besorgt sein: Er besitzt so wenig Seele, was er mehr braucht, ist Geld, Ruhe, Schlaf, Bequemlichkeit, alles Dinge, die die Seele nicht bietet. Wenn ihn Marina in seinem Büro aufsucht, ist die Ruhe dahin, sie raubt sie ihm wie die Seele, die unruhig macht.* An dieser Stelle korrigierte Marina ein wenig den Gedanken und den Satzbau, der unnötig kompliziert war, das Mädchen musste noch Klarheit, Deutlichkeit lernen, aber dann fuhr sie lächelnd fort: *Zu Marinas Freundschaft gehören keine Wiegenlieder und auch keine Wiegen*, ließ jedoch die folgende Übertreibung weg, die besagte, sie würde mit ihrer himmlischen Begeisterung sogar ihre Kinder aus dem Wagen stoßen, und las beim nächsten Absatz weiter: *Zu Helikon spricht Marina wie eine Titanin. Sie ist für ihn so unfassbar wie der Polarstern für die Bewohner des Fernen Ostens, und ebenso verlockend. Marinas Worte bringen Helikon dazu zu glauben, dass am Ende seines von mühsamen Alltagsgeschäften erfüllten Tunnels Licht in Sicht ist, statt das Abwasser einer Fabrik.*

Die Metapher in deinem letzten Satz, *statt das Abwasser einer Fabrik*, ist sehr treffend, meinte Marina zu Alja, aber ansonsten hast du den Satz achtlos unfertig gelassen, *am Ende seines von mühsamen Alltagsgeschäften erfüllten Tunnels* ist zu schwerfällig und umständlich. Wir müssen ihn ändern, er bringt den ganzen Abschnitt ins Ungleichgewicht. Es gibt noch viel zu tun. Wir hätten mit den Korrekturen doch bis zum Abend warten sollen, dachte sie verärgert, es ist zwecklos, im Regen zu redigieren, man würde den Bleistift auf dem weich gewordenen Papier nicht einmal sehen.

Der Mann lehnte sich an Marinas Schulter und schaute auf den Text. Sie haben die gleiche Handschrift, stellte er plötzlich fest, so schön und zierlich, wie Sie selbst es sind. Er legte den Arm um ihre Hüfte, und Marina wandte den Blick nicht ab, sondern spürte, wie ihr Herz durch den Brustkorb fiel, in den Rücken, in den Solarplexus, als der Mann sie mit der anderen Hand drückte, entschlossen, ohne jede Sanftheit. Das Herz, sie hatte seine Existenz nur noch als faustgroßen, bleischweren Stein gespürt, jetzt war da ein zugiger Gang, plötzliche Leichtigkeit. Dennoch blieb sie ruhig, ihr musste man nicht schmeicheln, auch wenn die Worte des Mannes aus Minsk sich in den Hohlräumen des Leibes anfühlten wie Farn, der sich öffnete.

Marina gab ihm Aljas Heft und forderte ihn auf weiterzulesen, und er las wie ein gut ausgebildeter Schauspieler, ernst und ohne Spott: *Ich konnte spüren, wie Marina seinen gebrochenen Halm an sich zog wie die Sonne einen Pflanzentrieb. Diese Sonne war jedoch weit entfernt, denn das Universum von Marinas Wesen ist so beherrscht wie zusammengebissene Zähne, während er weidengelb und weich wie Erbsensuppe ist.*

Marina musste über die immer pompöseren Metaphern lachen, die plump aus dem zu starken Bemühen hervorgingen. Alja, du kannst den Mann nicht in einem Satz mit einer Weide und mit Erbsensuppe vergleichen, wenn du keine Parodie schreiben willst, sagte sie belehrend, obwohl sie spürte, wie sie im Arm des Mannes zu dünnem Papier wurde, hier ist die Darstellung unfreiwillig komisch.

Aber die Situationsbeschreibung beherrscht Alja gut, nicht wahr, meinte der Mann. Und scharfsichtig ist sie, vor allem, was die Männer betrifft, fügte Marina neckend hinzu. Die Männer und das Leben, oder Alja?, fragte sie, versuchte aber vergebens Blickkontakt mit dem Kind aufzunehmen.

Helikon, Wischniak, ist wirklich so. Wie leicht seine Welt doch zu erschüttern ist, scherzte Marina, hoffentlich ist er kein Freund von Ihnen, aber soll er nur sagen, was er will, wir werden noch einen Verleger finden, und das hier wird ein großartiges Werk, *Die irdischen Zeichen*, unser gemeinsames Buch, erklärte Marina, und sie konnte ihren Eifer nicht zügeln, sie spürte, wie ihr an der Seite des Mannes warm wurde, sie würden dieses Buch tatsächlich zu Ende schreiben. Das geschieht den Ästheten, die mein Buch nicht veröffentlichen wollen, nur recht, da haben sie ihre Politik, die Wahrheit über Moskau, die Wahrheit über das Russentum, die Wahrheit der Seele. Marina klappte das Heft zu und schob es in die Provianttasche zurück. Sie sah, dass Alja rote Ohren hatte, auch rote Wangen, aber sie war sicher, dass sich das Mädchen freute.

Hatten Sie ein Verhältnis mit diesem Wischniak?, fragte der Mann aus Minsk provozierend, Serjoscha erwähnte so etwas nach seiner Rückkehr aus Berlin, er befürchtete, Sie könnten wegen eines Verlegers dort bleiben.

Die Romanze dauerte nicht mehr als einen Tag, anderthalb, lachte Marina spöttisch. Wie Alja schon sagte, ein Mann wie fahle Erbsensuppe.

Auf einmal verließ das Mädchen den Unterstand, schoss wie ein Hase oder Fuchs davon und sagte kein Wort. Marina fuhr hoch und rief Alja hinterher, aber diese war bereits hinter Sträuchern verschwunden. Der Mann aus Minsk beruhigte Marina, bestimmt hatte das Kind nur ein kleines Bedürfnis und würde bald zurückkommen.

Marina stieß ein gezwungenes Lachen aus, sie war noch nie sonderlich natürlich mit solchen Dingen gewesen, auch ihre eigene Blase war am Platzen, in der Tat, das war sie, auch sie hatte sich schon seit einiger Zeit beherrscht, weil sie nicht in die nassen Büsche gehen mochte, als wären die Körper auf die gleiche Zeit eingestellt, wenn die eine ihre Notdurft verrichtete, musste auch die andere gehen, so war es seit der Geburt des Mädchens gewesen. Und die Lappen, sie mussten gewechselt werden, an ihrer Stelle könnte man Moos nehmen, der Mann würde alles bald merken, zurückschrecken vor ihr, zum Glück würde man den dunklen Fleck auf dem nassen Kleid nicht so deutlich sehen, und sie könnte aufstehen und sich endlich in Bewegung setzen.

Aber wir haben doch keine Not?, fragte der Mann. Nein, antwortete Marina, obwohl der schwarze Schlund der Angst als Sog im Bauch zu spüren war, sie stieg auf, fing an, sie zu erfüllen, ich habe keine Not.

Da nahm sie der Mann aus Minsk in die Arme, mit einem stumpfen Griff, fast grob, bestimmend. Sie drehte sich um und küsste ihn schnell, als wollte sie das als Erstes von der Tagesordnung haben, das Mieder gab an den Knochen des Mannes nach, was war sie darunter mehr als das weiche Fleisch einer Molluske, schlaffe Muskeln, die Kraft aus den Gelenken geschwunden, und Blut, Blut, das aus ihr herauswollte, so wie das ganze Leben. Aber sie gab ihrem Gewicht nach, sank dem Mann in die Arme, und dann küsste sie ihn, um alles aus sich herauszuküssen, die Trauer, die Angst, die Sorge und die Erschöpfung, die eine trockene

Wüste aus ihr gemacht hatte, und sie küsste ihn so, als würde sie dabei alles Vertraute hinter sich lassen, wie Lehm, der unter den Füßen weggrutschte, alles Fundament wurde zerstört, so küsste sie, wie sie noch nie geküsst hatte, oder doch, Sonja, Sonja mit dem Pferdelachen hatte sie ebenso heftig geküsst, als wollte sie sich an den Schleimhäuten des anderen festsaugen, an den Sehnen, Fasern, am Leben, gib mir das Leben, nicht die Ewigkeit.

Alja, bist du fertig, rief Marina, während sie ihr Kleid glattstrich.

Die feuchte Wolldecke war so schwer wie ein Tierfell, als sie darunter hervortraten, und sie ließ Wasser durch. Das Mädchen reagierte nicht. Keine Antwort auf die Rufe. Es war auch nirgendwo in der Nähe zu sehen, nicht in den Büschen, nicht hinter den Bäumen, nicht im Gras, zwischen dem Waldkerbel. Marina blickte in die Ferne und sah dann Fußabdrücke, von breiten Lederschuhen hinterlassen, sie schienen tiefer in den Wald hineinzuführen, aber etwas weiter weg verschwanden sie bereits unter dem Wasser. Das Mädchen war seiner eigenen Wege gegangen und inzwischen bereits wer weiß wo gelandet.

Marina stürzte zwischen die Bäume. Der Mann folgte ihr. Schwarz umrandet wogte die Sorge. So etwas hatte Alja noch nie getan. Das Mädchen war schon immer vorausgerannt, und sie hatte es laufen lassen, im Vertrauen, dass es zurückkommen würde wie das Echo in den Bergen, und so war es auch immer gewesen, immer war es zurückgekommen.

Warte, weit kann das Kind nicht gekommen sein, beruhigte sie der Mann, ihr verlauft euch noch beide, wenn ihr euch so losreißt.

Mit einem Ruck befreite sich Marina von der Hand des Mannes, wieso gab er ihr Ratschläge. Aber sie wusste nicht mehr, in welche Richtung sie sich wenden sollte, wo die Burg war, was sich das Mädchen eigentlich gedacht hatte, war es dorthin gelaufen, und was hatte sie selbst getan, hatte sich von so einem Harlekin verführen lassen, nun soll er mal zeigen, wie klug er ist.

Ich glaube nicht, dass sie zur Burg ist, spekulierte er, sie versteckt sich irgendwo.

Marina wusste, dass das Mädchen so entschlossen sein konnte, allein zur Burg zu gehen. Das Gewitter hatte sich inzwischen in Richtung Dorf verzogen, der Blitz würde das Mädchen nicht mehr treffen. Dennoch hatte sie Angst, schnell gewann das Entsetzen die Oberhand, das gleiche Gefühl wie zuvor auf dem Feld, die Angst lähmte jedes ihrer Glieder, sie war jetzt wie eine Färse, die im Schlamm stecken geblieben ist, wo sie gerade noch die zu allem fähige Welteroberin gewesen und mit der Geschwindigkeit der Gedanken über den Kontinent gegangen war wie Lenz, eine Wandersfrau aus dem Geschlecht der Amazonen.

Der Mann aus Minsk sah natürlich, wie sie erstarrte, und sein Gesicht nahm einen hilflosen, zurückhaltenden Ausdruck an. Er war im Krieg gewesen, hatte Sterbende und Leichen gesehen, aber mit hysterischen Frauen konnte er nicht umgehen, wahrscheinlich hatte er Angst vorm Weinen und vor Tränen, so wie alle Männer. Angst und Mut, sie trennt nur ein dünner Vorhang, so wie Leben und Tod.

Marina rannte los, hilflos war sie nicht, nicht vor den Augen eines Mannes, anfangs lief sie in die falsche Richtung, sie hatte jetzt schon die Orientierung verloren, sie rief nach dem Mädchen, diesen Mund hatte sie geküsst, den da. Die Eschen wurden von Eichen abgelöst und diese von Nadelbäumen, als sie an den Rand des Steilhangs kamen, der zum Dorf hin abfiel. Inzwischen hatte der Regen so weit nachgelassen, dass man die Burg wieder mit deutlichen Konturen sah, man hätte sie fast greifen können.

Als sie einen bewaldeten Hang erreichten, auf dem Steine und Äste vom Wasser hinabgespült wurden, stiegen sie zum Fluss hinunter. Marina spürte, wie der Schlamm unter ihren Füßen nachgab, als geriete auf einmal die ganze Erde ins Rutschen. Sie fand das Gleichgewicht nicht wieder, sondern stürzte auf den weichen Boden. Sie tat sich nicht weh, aber ein Fuß steckte im Lehm fest. Als sie versuchte ihn herauszuziehen, spürte sie einen kleinen Ruck. Der Riemen an der Sandale war gerissen.

Der Mann aus Minsk hob sie auf, das war der Gipfel, wie peinlich. Der Schuh blieb im Lehm stecken. Der Mann grub ihn aus, machte ihn sauber, aber er war unwiderruflich kaputt, es waren die einzigen Sandalen, die sie hatte, ihre besten Schuhe, und neue konnte sie sich nicht leisten.

Sie setzten ihren Weg fort, es war schwer, zu atmen und zu gehen, die Zigaretten waren beim Sturz nass geworden, Marina musste sie wegwerfen. Sie versuchte barfuß über den kalten, glitschigen Schlamm zu stapfen und musste sich mehrmals am Arm des Mannes festhalten, um nicht erneut das Gleichgewicht zu verlieren, wieder spielte ihr der Körper einen Streich, der unzuverlässige Körper, sie war für solche wirren Spiele nicht geschaffen.

Sobald der erste Brief eintrifft, vergessen wir Ilja und Ljuba, die Verräter, die Kleinbürger, erhängt euch an euren Prinzipien
Marina verbrennt Ilja Grigorjewitschs Briefe und öffnet einen neuen

mit einer Schwertimitation reißt sie, nichts Böses ahnend, das Kuvert auf, graues Papier, spröde und dick, aber der Brief ein einziges exaltiertes Atmen, und alle Gedichte, Meine Schwester, Das Leben

Lippen und Lippen, in Sterne zu tauschende!

Heißt es doch – Himmelsgewölbe umhalst,
Hände geflochten um Herakles' Herrlichkeit

erinnerst du dich an Boris Leonidowitsch, er ist Dichter, es gibt keinen zweiten so großen in Russland, aber er sagte zu mir: *eines Tages möchte ich einen großen Roman schreiben, einen Liebesroman, dessen Hauptfigur eine Frau ist, eine Heldin wie bei Balzac,* und ich dachte, wie richtig, wie notwendig, er ist ein echter Dichter, natürlich erinnere ich mich an Boris Leonidowitsch, besser als Marina selbst: Schneefall, Gedichtabend in Samoskworetschje, in der Küche die Hände eines ängstlichen Bären, das blaue Glas, das sie umklammern, er fürchtet sich vor dem Auftritt mehr als vor dem Tod, und als er anfängt, bringt er vor lauter Stottern nichts heraus, aber im verschneiten Hausgang bleibt er vor mir stehen und sagt: Keine Trauer, die der Schnee nicht linderte, diese Worte trage ich den ganzen Winter in mir.

Den ersten Brief lernen wir gemeinsam auswendig, wir lesen ihn laut, sodass wir eins sind mit dem Atem des Briefs. Jeder Brief duftet an-

ders, wie die Bäume, die zu den verschiedenen Jahreszeiten anders duften. Nur die Handschrift bleibt gleich.
Viele leichte Seiten für Marina, fünf, sieben Seiten, ein Sturzregen des Lichts, sagt sie, und für mich eine schwere Seite, so schwer wie eine Hand.
Er ist wichtiger als alle dortigen Dichter zusammen, sagt Marina. Er ist mein Bruder, mein Leben.

Anfangs ist die ganze Stadt voll von seiner Handschrift, der Himmel, die Bäume, das Wasser, die Fassaden, die Museumsinseln, die Worte wie ein Vogelflug oder die Spur, die ein Flugzeug hinterlässt.
Als wir aufwachen, sind seine Worte mit uns wie das Licht der Sonne. Und von da an: unser tägliches Leben bloß ein Sturzregen des Lichts. Und seine Sätze und sein Duft bleiben in uns wie Wasser und Schwerkraft, sie geben allem einen neuen Rhythmus, der Sprache eine neue Form.

Moskau
August 1939

Serjoscha kam nach Mitternacht in die Merzljakowski pereulok, als ich schon eingeschlafen war, auch Lilja schlief fest.

Zunächst wachte ich davon auf, dass ich nicht atmen konnte, als würde ein schweres, nasses Wesen auf meinem Gesicht sitzen. Ich kam erst zu mir, als ich begriff, dass jemand im Flur war. Ich erschrak nicht, denn ich wusste sofort, dass es kein anderer als Serjoscha sein konnte. Mein Vater konnte sich so leise nähern wie ein Dieb, wie ein Beschatter. So musste er sich überall bewegen, er durfte sich nicht zeigen, er durfte nicht entdeckt werden.

Er zog die Rosshaarmatratze vom Schrank im schmalen Flur und rollte sie auf dem Fußboden aus. Lilja hatte gesagt, ihr Bruder könne im Zimmer schlafen, wenn Zinaida Mitrofanowa nicht da sei, aber Serjoscha schlief immer auf der Matratze im schmalen Flur. Zum Glück hatte ich an diesem Morgen gefegt, und es waren nicht gleich wieder Schauspieler angerannt gekommen, um bei Lilja Stunden zu nehmen.

Ich gab Serjoscha eine Decke und ein Kissen, von denen ich eine Menge in meinem Alkoven hatte. Die Dunkelheit war so dicht, dass ich meine eigene Hand nicht sah, dennoch erkannte ich, dass Serjoscha sich auf die Matratze gesetzt hatte und die Schuhe auszog.

Meine kleine Hippo, flüsterte er.

Löwe, lachte ich und legte meine Hand durch den Vorhang hindurch in die Hand meines Vaters, und alle Tiere des Waldes. Lilja drehte sich auf ihrem knarzenden Diwan um und ächzte, aber sie war von Serjoschas Kommen nicht aufgewacht. Sein Lachen klang müde. Man hätte einen kranken Mann nicht die ganze Nacht auf den Beinen halten dürfen. Beratungen, Beratungen, Pläne, vielleicht auch Verhöre, und trotzdem gab man ihm keine richtige Tätigkeit im Apparat, nichts, worauf man bauen konnte. Hielt man ihn für zu krank? Oder musste er vor den Augen des Staates immer wieder seine Zuverlässigkeit unter Beweis stellen, so wie er es in Paris Tag um Tag hatte tun müssen? Hatte er seine Loyalität nicht deutlich genug gezeigt, indem er einen Mord auf sich genommen hatte, den andere begangen hatten? Denn um das Attentat in Lausanne vor einem Jahr im Herbst ging es bei Serjoscha, auch wenn Marina es nicht glaubte. Die französische Polizei und die Organe der Gegenspionage hatten Marina vor ihrer Abreise Angst eingejagt, und sie hatte in Paris niemanden um sich gehabt, der ihr die Wahrheit hätte sagen können. Die Wahrheit lautete, dass Serjoscha bereit gewesen war, sich für die Planung des Attentats auf den Verräter und Spion Ignaz Reiss verantwortlich zu erklären, um andere, wichtigere Instanzen zu decken und damit er endlich die Erlaubnis erhielt, nach Moskau zu reisen. Damit wollte er sich endlich von seiner Vergangenheit reinwaschen, vom Stigma der weißen Armee, von dem Irrtum, den er in seiner jugendlichen Unüberlegtheit begangen hatte. Der Preis, den er für die Heimkehr bezahlt hatte, war wesentlich höher als der, den ich hatte zahlen müssen. Aber nicht einmal mir konnte er verraten, wen er mit seiner Geschichte deckte.

Mein Vater sagte, er wolle auf dem Flur zwei Stunden die Beine ausstrecken, aber kaum lag er, wirkte er sonderbar erregt und unruhig. Ich schlug vor, dass er in meinem Bett schlief und ich auf der Matratze, denn ich würde sowieso in wenigen Stunden aufstehen und zur Arbeit gehen. Er lehnte ab, sagte, er würde früh nach Bolschewo zurückfahren, er wolle nicht, dass sich Marina Sorgen machte, außerdem habe man ihn angewiesen, es zu vermeiden, sich tagsüber in Moskau zu bewegen.

Ich fragte, ob etwas passiert sei. Ja, es sei in der Tat etwas passiert, flüsterte Serjoscha. Ich wusste, dass ich ihn nicht nach dem Inhalt der nächtlichen Treffen fragen konnte, aber nun sagte er, ich könne alles morgen in der Zeitung lesen. Da musste ich einfach nachfragen, denn zumindest bei ZhurGas waren keine umwälzenden Nachrichten eingegangen, und ich war länger als alle anderen dort gewesen. In den Zeitungen am Strastnoy bulvar würde man die Meldung um diese Zeit bereits kennen. Aber alle Morgenzeitungen waren bereits in Druck gegangen. Die Titelseiten wurden neu gemacht, wusste Serjoscha, die Chefredakteure seien gewarnt worden. Er musste es nun doch erzählen.

Wir achteten darauf, Lilja nicht zu wecken, obwohl es mir vorkam, als müsste mit diesem Glockenschlag die ganze Welt erwachen: Stalin und Hitler hatten in der Nacht ein Abkommen geschlossen. Genauer gesagt hatten ihre Vertreter Genosse Molotow und der deutsche Außenminister Ribbentrop bis in die frühen Morgenstunden verhandelt und danach ein Papier unterzeichnet, mit dem sich beide Staaten verpflichteten, von jeglichen Angriffen gegen den anderen abzusehen.

Zunächst glaubte ich Serjoscha nicht, ich dachte, er mache Witze. Stalin sollte in bestem Einvernehmen einen Pakt mit seinem schlimmsten Feind geschlossen haben? Aber es stimmte. Die Information war unmittelbar nach der Unterschrift aus dem Kreml in die nächtliche Besprechung in der Lubjanka gekommen. Außerdem war die Meldung bereits an die ausländischen Nachrichtenagenturen gegangen. Die Einzelheiten würden sich am Morgen herausstellen, auch Serjoscha wusste nichts Genaueres über die Vertragsbedingungen.

Am liebsten hätte ich eine der riesigen Champagnerflaschen aufgemacht, die die Schauspieler hiergelassen hatten, aber stattdessen sagte ich zu meinem Vater, er müsse versuchen zu schlafen, sonst laufe sein Herz von all der Aufregung bald seinen letzten Galopp. Er sagte, ich solle mir keine unnötigen Sorgen machen, es laufe genauso lange, wie es solle, einen Vertrag werde es schon noch verkraften.

Ich wusste, dass er Schwierigkeiten hatte, Schlaf zu finden, ganz gleich, wie müde er war. In der Datscha musste er die ganze Zeit damit rechnen, zu nächtlichen Besprechungen abgeholt zu werden, sie wurden nie im Voraus angekündigt. Oft schlief er erst im Morgengrauen ein, wenn sie mit Sicherheit nicht mehr kommen würden. Serjoscha hatte erzählt, wie er in der Nacht reglos im Bett lag und die Augen geschlossen hielt, auf die Geräusche hörte und nicht zur Arbeit aufstand, obwohl er wach war. Würde er aufstehen, käme sogleich ein Auto vorgefahren, und es ginge wieder los, da war er sich sicher. Zum Glück wusste er inzwischen, dass er jedes Mal am Morgen wieder nach Hause kam. Bei den nächtlichen Beratungen hatte er gelernt, wach zu bleiben, sie ließen ihn so viel Kaffee trinken, wie er wollte, dadurch kam der Schlaf auch am nächsten Tag nicht so leicht. Und nun peinigte ihn Marina Tag und Nacht, mal mit Stummheit, mal mit Vorwürfen, und ließ nicht locker.

Diese Nacht konnten wir beide nicht gleich einschlafen. Als ich merkte, dass sich mein Vater noch hin und her wälzte, fragte ich ihn, was es in der Datscha Neues gebe. Er wollte nicht darüber reden, sagte nur, er vermisse mein Lachen, er wolle mehr davon hören. Es wurde überhaupt viel zu wenig gelacht im Haus. Noch im Winter hatten wir eine Menge Grund zum Lachen gehabt, es war ein außergewöhnlicher Winter gewesen, unser erster gemeinsamer Winter in Moskau und natürlich so kalt wie angekündigt, der kälteste Winter seit dem Kriegskommunismus. Noch war nicht alles geregelt, wie es hätte sein sollen, aber das Haus blieb auch bei starker Kälte warm, und ich brachte es über mich, morgens mit dem ersten Zug in die Redaktion zu fahren, und bei der Rückkehr ließ ich die Moskauer Probleme im Zug zurück, den Angriff von Genosse Matwejew und Genosse Sezeman und der ganzen Komsomolabteilung, ich brachte sie nicht mit nach Hause. Wir lachten nicht einmal über etwas Spezielles, sondern über kleine Dinge, über den unbeholfenen Tanz der Vögel, die sich in der Kälte aufplusterten, über Vaters Buster Keaton- und Charlie Chaplin-Vorführungen, über die Witze in Murs Briefen, wenn wir zusammen Holz holten und eisiges Wasser aus dem Brunnen, ein kleines, gemeinsames, mit dem Leben zufriedenes Lachen. Es half zu arbeiten, zu studieren, die unerträglich langsame Veränderung zu ertragen.

Ich konnte mir vorstellen, was für eine schreckliche Atmosphäre in Bolschewo herrschte, Tag für Tag, da würden nicht einmal Murs Karikaturen helfen. Nach Marinas Ankunft hatte das Leben in Bolschewo nur aus Streit bestanden, sie wusste die Luft zu vergiften. Warum konnte sie Serjoscha nicht loslassen oder ihm verzeihen, schließlich hatte er für seine Familie seinen Namen und seinen Ruf, sein Leben und seine Freiheit aufs Spiel gesetzt. Marina machte ihm die schwersten Vorwürfe deswegen: Weil er sie allein in Paris zurückgelassen hatte, wo sie von sämtlichen Emigranten verachtet und bespuckt worden war. Als hätte er die Wahl gehabt.

Ich erzählte meinem Vater noch, dass der Apparat endlich Kontakt mit mir aufgenommen habe. Und dass am Freitag das erste Treffen mit der Kontaktperson stattfinden solle und ich deswegen ziemlich aufgeregt sei. Ich habe dir doch gesagt, dass man dich rekrutieren wird, seufzte Serjoscha aufmunternd, aber nicht überrascht, vielleicht wusste er davon, hatte eventuell sogar versucht, Einfluss auf die Entscheidung zu nehmen. Es wäre seltsam, wenn sie dich hier nicht rekrutieren würden. Du hast in Paris so gute Arbeit geleistet.

Wieder lauschte ich auf Lilja, lauschte nach dem Flur. Das Haus war ganz still, nur die Wasserrohre gurgelten irgendwo, ein Kind weinte, wegen Ohrenschmerzen vielleicht, jede Nacht weinte jemand. Mein Vater drückte durch die Bettdecke hindurch meine Hand, ich freue mich für dich, sagte er. Ich selbst war eher besorgt, jedoch nicht einmal sicher, was mir Sorgen bereitete, es war doch alles gut jetzt, im besten Fall sogar die Kriegsgefahr in die Ferne gerückt.

Ich spürte einen schweren Kloß im Hals, als ich Luft holte und meinen Vater fragte, ob er etwas von Kolzow gehört habe. Er und Michail Kolzow hatten sich nie nahegestanden, obwohl sie bei denselben Operationen mitgearbeitet hatten, Serjoscha sagte, er sei nie mit Intellektuellen klargekommen, die sich selbst in den Mittelpunkt stellten, aber ich hatte den Verdacht, dass eine Frauengeschichte dahintersteckte, Kolzow hatte Serjoscha irgendein Mädchen vor der Nase weggeschnappt, vor Maria Osten, der Deutschen mit dem roten Haar und den noch roteren Schriften hatte Kolzow allen die Frauen weggenommen.

Serjoscha atmete scharf: Dieser Mann hat uns betrogen. Und wir hielten ihn für einen Freund, der Stimmung und Moral hochhielt. Ich sagte, es falle mir schwer zu glauben, dass Kolzow ein trotzkistischer Verräter wie Reiss gewesen sein solle, der eine Strafe ohne Prozess verdient habe.

Serjoscha sagte, so einfach sei es nicht gewesen. Es hatte sich herausgestellt, dass Kolzow für die Franzosen gearbeitet hatte, die ganze Spanien-Operation war bloß eine Deckoperation gewesen, bei der er den Franzosen Stalins Taktik verriet. Er war geschickt, natürlich, fuhr Serjoscha fort, es gelang ihm, alle zu täuschen, auch den Meister, der ihn behandelte wie seinen eigenen Sohn. Auch dein Wort ist als Beweis für seine Gegentätigkeit verwendet worden.

Ich wunderte mich, denn ich hatte nie über Kolzow berichtet. Auch der Frau vom Komsomol hatte ich nichts gesagt, was ihm hätte schaden können. Bei Kolzow haben sie sich geirrt, behauptete ich erregt. Kolzow war so zuverlässig wie finnischer Granit und gegenüber dem Staat und dem Apparat so loyal wie du, Serjoscha.

Du musst dich nicht aufregen, Alja, beschwichtigte Serjoscha, es ist unsere Pflicht gegenüber dem Vaterland, von allen Fällen Meldung zu machen, und du hast richtig gehandelt, ohne es zu wissen. Unzuverlässige Elemente müssen natürlich eliminiert werden. Wir wissen auch genau, fuhr er fort, dass die Maschinerie systematisch läuft und so exakt, dass keine Irrtümer passieren können. Alles wird mehrfach überprüft.

Mein Vater klang hart und unnachgiebig, und obwohl er noch immer flüsterte, erkannte ich seine Amtsstimme, die ich oft bei den Versammlungen der Eurasier gehört hatte, vor allem dann, wenn er eine Situation als bedrohlich oder seinen Status als unsicher empfunden hatte.

Kolzow war schon lange nicht mehr zuverlässig gewesen, erregte sich Serjoscha, auch mit den Amerikanern und Engländern tauschte er Informationen aus. Außerdem war er kein warmherziger Mann, wie du glaubst, sondern ein kaltblütiger Spieler. Es war genau dieser Kolzow, der bei der Eroberung von Madrid die Anweisung erteilte, ein ganzes Gefängnis voller Franco-Anhänger hinzurichten.

Aber das waren Faschisten, verteidigte ich Kolzow, er besaß Stalins Vollmacht, die Faschisten und Trotzkisten zu vernichten. Besitzt du sie nicht auch? Hättest du nicht ebenso gehandelt? Da fing mein Vater heftig an zu husten, der Anfall schüttelte seinen ganzen Körper, es klang, als würde seine Lunge reißen, das Herz zerspringen, und ich konnte nicht weiter über das Thema sprechen. Ich stand auf, fasste ihn an den Schultern, rieb ihm den Rücken.

Hast du Medikamente?

Nein, ich brauche sie jetzt nicht. Das geht vorbei.

Ich bot ihm Wasser aus dem Glas an, das ich auf Anraten der Ärztin für morgendliche Übelkeit bereitgestellt hatte, und gab ihm ein größeres Kissen, damit er in halb sitzender Position schlafen konnte. Das half gegen die Hustenanfälle. Schon als Kind hatte ich das gelernt. Schließlich ließ der Husten nach, Serjoscha legte sich hin und zog sich die Decke bis zu den Ohren, er atmete so schnell, so ungleichmäßig, als versuchte er den Herzgalopp einzudämmen, ich hörte seine Erregung, in der ich mehr Angst als Anklage wahrnahm, dennoch zog er mich plötzlich am Fuß, kitzelte mich, gut, dass ich nicht aufkreischte und Lilja weckte. Aber die Tante schlief fest, man hörte das gleichmäßige Schnurren ihres Atems. Dann wurde mir etwas bewusst. Ich hatte meine eigene Lage völlig vergessen, meinen Grund zum Feiern, die Schwangerschaft, aber jetzt war es zu spät, um Serjoscha davon zu erzählen.

Ich wollte keinen Schlaf mehr finden. Die Dinge, die passierten, waren zu groß, um begreifbar zu sein, sie wurden langsam unwirklich, eine gewaltige Umwälzung fand in meinem Körper und gleichzeitig auf der ganzen Welt statt. Wirklich waren nur Serjoschas Schnarchen, Liljas Atmen, die Dunkelheit, in der ich durch Zeit und Raum trieb. Bald schlich sich auch schon das Morgenlicht in die Straße, und ein bleicher Schein brach das Dunkel zwischen den Vorhängen. Serjoschas Atem legte sich, beruhigte sich, er schnarchte wie mit Sordino, als wäre er sich der anderen auch im Schlaf bewusst, als wollte er nicht stören, keine Aufmerksamkeit erregen, in keiner Hinsicht zu viel sein.

Mein Vater hatte auch in Paris auf dem Fußboden meines Zimmers geschlafen, als wir wegen unbezahlter Miete die Wohnung gewechselt hatten und die Möbel gepfändet waren. Er war lange zur Behandlung im Sanatorium gewesen, hatte sich aber erholt und nach Hause gedurft und sich noch kein Bett besorgen können. Mit Marina schlief er schon seit Jahren nicht mehr in einem Bett, ich erinnerte mich nicht einmal, ob sie es je getan hatten.

Auch damals hörte ich seinen röchelnden Atem, sein Aufschrecken im Schlaf, er war nicht richtig geheilt, obwohl er viele Monate in dem Sanatorium an der Schweizer Grenze verbracht hatte. Dennoch beruhigte mich Serjoschas Atmen im dunklen Zimmer, es ließ mich den Hunger vergessen, die Sticheleien von Natalia Gontscharowa in den Zeichenstunden, meine Unbeholfenheit, die Tatsache, dass ich bloß eine Bildermacherin und Kopistin war, keine echte Künstlerin, und dazu Marinas Befehle und Schmähungen, wie sich alles immer zu einem erstickenden Streit aufschaukelte und ich am Ende mit voller Absicht etwas so Gemeines zu Marina sagte, dass sie weinen musste, sich geradezu in Tränen auflöste, nirgendwo war ich so geschickt wie darin. Aber stets fühlte ich mich danach den ganzen Tag schlecht, die ganze Zeit fühlte ich mich schlecht, als trüge ich Steine unter dem Brustbein.

In vielen Nächten kam mein Vater nicht nach Hause, trotzdem wartete ich im Halbschlaf auf ihn und fuhr bei jedem Schritt im Treppenhaus hoch. Manchmal kam er und roch nach Pastis, rollte seine Matratze nervös aus, ächzte, und wenn ich ihn fragte, was los sei, jammerte er, er habe alles verdorben, und noch kurz vorm Einschlafen lamentierte er, warum der Mensch seine Vergangenheit nicht einfach vergessen und frei sein dürfe.

Immer mehr Nächte blieb er fort. Auch nachdem seine Zeitung eingestellt worden war, arbeitete er weiter im Heimkehrerbund, aber bei nächtlichen Filmaufnahmen, wie er es Marina erzählte, arbeitete er nicht. Und Marina schien es einerlei zu sein, wo er war, selbst wenn er die ganze Nacht mit irgendeinem Frauenzimmer im Bett verbracht hätte. Sie konzentrierte sich auf Murs Schule und auf das Schreiben ihrer Kindheitserinnerungen.

Leichte Mädchen hatte Serjoscha nicht gehabt, aber gute Freundinnen, junge Frauen, die es ihm angetan hatten, wie Vera Traill, damals noch Suwtschinski nach ihrem konservativen Mann, und Milja Litauer, blaublütige und revolutionäre, zielstrebige und selbstständige Frauen, die auch im Bund arbeiteten. Ich sah oft, wie der Fürsorgeinstinkt auch dieser intelligenten Frauen erwachte, wenn Serjoscha eintrat, die Augen tief in den Höhlen, die Kleider verschossen, mit dem Lächeln eines Tierjungen und mit der tragischen Vergangenheit, die immer irgendwann zur Sprache kam: revolutionäre Anarchistenfamilie, die Mutter in Haft, dann nach Paris ins Exil, wohin Serjoscha nicht mitgenommen wurde, er war krank, zu alt oder zu jung, alles gleichzeitig, bald der Tod des Bruders, ein entsetzlicher Unfall, der Junge hatte sich beim Kriegsspiel versehentlich erhängt, sich selbst gehenkt, es war nur ein Spiel gewesen, aber der Selbstmord der Mutter unmittelbar danach war kein Spiel gewesen, den Tod ihres Mannes ertrug die Anarchistin Elisabet Durnowo, nicht aber den Tod ihres jüngsten Sohnes, der ihr Ein und Alles war, und Serjoscha erfuhr von beiden Unglücksfällen erst an Weihnachten, man hatte ihm nichts gesagt, hielt ihn nicht einmal dafür für wichtig genug, kein Wunder, dass ihm da alles auf die Lunge und aufs Herz schlug.

Als mir der wahre Charakter von Serjoschas nächtlichen Aktivitäten klar wurde, sprach ich kaum noch mit Marina. Ich engagierte mich immer mehr im Heimkehrerbund, und Vera Traill war inzwischen bereits eine gute Freundin geworden, wir verbrachten die Tage im Büro des Bundes in der rue de Buci und die Nächte in den schwarzen Swingbars am Montmartre, im Le Croix du Sud und im Bricktop. Erst durch das, was Vera sagte, begann ich zu verstehen, dass der ganze Heimkehrerbund nur eine Deckorganisation für die Observierungen und nachrichtendienstlichen Aktivitäten des Außenministeriums und der Geheimpolizei war, für das, worüber Marina immer mit tiefem physischem Entsetzen sprach; sie bezeichnete diese Leute als Mörder von der Tscheka.

Serjoscha kam im Schutz seiner Decktätigkeit eine wichtige Rolle zu, eine wichtigere, als es jede Arbeit des Kameraassistenten Josef Gordon gewesen wäre: Er rekrutierte Menschen als Kundschafter und Spione und nahm selbst an umfassenden Observierungsmaßnahmen teil. Es gab zwei klare Feinde: die Faschisten und die Trotzkisten. Leo Trotzki, ehemaliger Spitzenmann der Revolution und der Kommunistischen Partei, der sich gegen Stalin gewandt hatte und sich irgendwo in Südamerika versteckt hielt, war gefährlicher für die weltweite Sicherheit als Hitler, seine Verbündeten hatten sich in allen linksgerichteten Kreisen eingenistet, besonders unter Künstlern, und es war klar, dass sie nach einer neuen Revolution in Russland trachteten.

Serjoscha verbot mir, mich in die politische Aktivität des Bundes einzumischen. Aber er selbst hatte eine neue Chance erhalten, die Fehler der Vergangenheit zu korrigieren, seinen Dienst in der Wrangel-Armee.

Zu der Zeit stiegen Serjoschas Honorare, und auch wenn sich mein Vater nie etwas aus Geld gemacht hatte, war er sichtlich stolz, endlich den Unterhalt nach Hause bringen zu können, nun mussten wir nicht mehr nur von Marinas versiegenden Stipendien und den Almosen von Wohltätern leben. Marina hätte auf das Geld der Tscheka gespuckt und wäre lieber verhungert, aber Serjoscha tarnte es als unschuldige Kameraassistentenhonorare. Marina ärgerte sich nur, dass Serjoschas Name nie im Abspann eines Films genannt wurde.

Für das erste große Honorar kauften wir bei der Versteigerung eines Nachlasses ein Bett für Serjoscha. Es war von Holzwürmern zerfressen, ausziehbar, aber nicht lackiert und nicht gestrichen, sondern aus richtigem, atmendem Holz. Es wurde hinter einem Vorhang in der Küche aufgestellt, sodass Serjoscha kommen und gehen konnte, ohne Marina und Mur aufzuwecken, die im einzigen Zimmer schliefen. Für Marina kaufte Serjoscha ein neues Kleid für ihre Auftritte, auch wenn die poetischen Veranstaltungen und kulturellen Soireen Jahr für Jahr weniger wurden, niemand wollte Marinas Deklamationen hören, weder die Pariser noch die Russen, niemand interessierte sich für das Seelenleben zur Zarenzeit.

Nach und nach offenbarte sich mir das ganze Muster. Fast alle unsere russischen Bekannten arbeiteten für die Geheimpolizei, nur Marina schien von alldem nichts zu wissen: Das Paar Klepin-Sezeman, das nach Norwegen gezogen war, nur um Trotzkis Sohn zu beobachten, Milja Litauer und Vera Traill natürlich und viele Bekannte aus der Zeit in der Tschechoslowakei, sogar Rodzewitsch, Serjoschas Freund und Marinas ehemaliger Liebster aus Prag, der schon lange vor Serjoscha im Dienst des Innenministeriums gestanden hatte, und in allen brannte das gleiche Feuer: Sie wollten ins Neue Moskau. Sie einte das gemeinsame Ziel, eine freie Welt der Gleichberechtigung, die auf noch nie gesehene Weise in ihrem Land Wirklichkeit wurde, in ihrer Heimat, in der mächtigen Sowjetunion. Jeder wollte Teil davon sein. Diese große Vorstellung hielt auch meinen Vater am Leben, obwohl sie weder seine Krankheit noch seine existenzielle Not linderte.

Bald war auch ich Teil dieses großen gemeinsamen Gedankens und Ziels und bereit, dafür alles zu tun, was dazugehörte. Ich bekam Arbeit als Redakteurin beim Heimkehrerbund, man vertraute mir immer mehr, und schließlich bat man mich, Berichte über Angehörige der Jugendgruppe des Bundes zu schreiben, der ich mich angeschlossen hatte und zu deren Leiterin ich bald aufstieg. Das ist auch nichts anderes als die Redakteursarbeit, dachte ich damals, außerdem war es meine Pflicht.

Marina durfte und wollte nichts davon wissen. Sie machte sich nützlich, indem sie sich übermäßig um ihre beiden Männer kümmerte, um Mur und Serjoscha, um das Essen und die Gesundheit. Um Butter und Kotelett. Kein Wunder, dass Serjoscha in Sanatorien und Luftkurorte musste, in bessere Luft und in die Betten von schönen und mutigen Frauen, oder dass er plante, sich den Freiwilligenkorps im Spanischen Bürgerkrieg anzuschließen.

Marina herrschte über das Kabuff in der rue de Condorcet in Clamart, aber vor dem, was in der Welt wirklich vor sich ging, verschloss sie die Augen. Sie reagierte nicht einmal darauf, dass die Faschisten anfingen, in Berlin Bücher zu verbrennen, auch von ihren Schriftstellern, von Heinrich Heine und anderen Juden. Das Grab von Serjoschas Mutter und Bruder auf dem Friedhof Montparnasse hingegen pflegte sie wöchentlich und brachte bei der Gelegenheit auch Blumen an das Denkmal für Baudelaire. Aber wir lebenden Menschen waren keine kleinen und bedeutungslosen Flüchtlinge mehr neben ihrer großen Poesie, sondern Teil einer größeren Flamme, die bald gegen die faschistischen Welteroberer und die Zerstörer der Zivilisation auflodern würde. Und ich fing an, mir meine Freiheit zu nehmen, Stück für Stück.

Als Serjoschas Tätigkeit im Zusammenhang mit dem Attentat von Lausanne ans Tageslicht kam, befand ich mich bereits in der Sowjetunion. Plötzlich schrieben alle französischen Zeitungen über ihn. Erst da wurde Marina alles klar, durch die Zeitungen, die Polizeiverhöre, durch ehemalige weiße Emigranten, die sie kannte, und die ihr beinahe ins Gesicht spuckten. Aber da war Serjoscha bereits außer Landes geschafft worden und konnte ihr nicht mehr die Wahrheit über das Attentat erzählen. Und jetzt waren wir hier, die ganze Familie, im Land unserer Geburt, von dem ich versprochen hatte, es sei der beste und gerechteste von allen Orten auf der Welt, das Land der Freiheit, der Gleichberechtigung und des Glücks.

An dem Tag regnet es wie in Afrika.
Ich habe nicht gewusst, dass es so regnen kann, hier ist es möglich, einmal in hundert Jahren regnet es so, und da kommt Löwe zu uns, und wir haben ihn uns nicht vorgestellt.
Nach dem Regen blühen die Linden und die Pappeln duften, ja, Bäume, Bäume, Bäume überall, klebrig nach dem Regen.
Löwe.
Lebendiger als auf den Bildern. Er, der sich nicht bewegt, aber dennoch echt ist, keine Puppe, keine Illusion, kein Film, kein Traum.
Zuerst umarmt Löwe Marina, dann mich, dann noch einmal Marina und uns beide und fängt von vorne an, obwohl uns das Umarmen erschöpft. Löwe ist dünner als ein Kranich, die Finger nichts als Knochen, trotzdem geht er durch meine Umarmung nicht kaputt wie die Glanzbilder und die Männer und Frauen aus den Filmen, die kann man nicht einmal umarmen, und sie riechen nach nichts. Löwe riecht nach Sand und Pappeln,
nach Kastanien, als hätte er die Gerüche aller Bäume der Stadt in sich aufgesogen, obwohl er erst angekommen ist, Bäume, Bäume,
und er riecht nach Löwe, natürlich, nach dem afrikanischen Regen riecht er nach Löwe.
Haben wir uns je so umarmt, Freude, erstarrte Freude, Freude, die einen zur Salzsäule macht.
Ist das Alja?, sagt er, was für ein großes Mädchen du schon bist.
Ich habe eine Brezel in der Hand, und ich habe einen klebrigen Mund. Löwe hat sie von einem rufenden Händler am Bahnsteig gekauft, und sie ist noch ganz warm, mit Käse überzogen. In den Taschen hat er nur Prager Kronen, wie hat er da eine Brezel kaufen können, und auf dem Rücken einen schmutzigen Sack, was ist darin?

Aber ich esse die Brezel am Bahnhof mit Löwe, und die Vögel fliegen immer noch unter dem Dachgewölbe des Bahnhofs, alle Vögel Moskaus, sie haben gewartet.
Kein weißer Anzug, kein Löwenfell, kein goldener Flor, sondern ein schmächtiger Mann in zu großem Hemd und Hosen und mit einem Soldatensack auf dem Rücken, er trägt ihn mit sich wie sein Zuhause, und heimatlos ist er auch, so wie wir, ein verlassener Vagabund.
Wie klein wir sind, aber wir sind nicht mehr bloß Spiegelungen und fantastische Wesen, auch wenn die Brezel nach Wasser und Fett und Sand schmeckt.

In Löwes Sack sind Papierpuppen, viele unausgeschnittene Bögen, aus Konstantinopel, aus dem Basar am Bosporus, aus der Mitte von fremden Menschen und sonderbaren Gerüchen, die königliche Familie, nicht die des Zaren, sondern die des Kalifen, zusammengerollt, eine platte Familie, dünn wie Laken, auf einer Seite vollkommen leer.
Man kann sich ein Leben für sie vorstellen, sagt Serjoscha, viele Leben, jeden Tag ein neues.
Für Marina ein Kleidungsstück, eines, das sie nicht tragen wird, das sehe ich, es ist nicht ihre Farbe, nicht ihr Schnitt, sie hat sich im Kaufhaus des Westens ganz andere Kleider angeschaut. Serjoscha hat sie sich anders vorgestellt, eine andere Größe, ein anderes Aussehen, er hat sich an eine andere Frau erinnert, an eine Filmsilhouette.
Der Zauberer Serjoscha aus Tausendundeiner Nacht, sagt Marina dennoch fröhlich. Ich sah die Puppen und dachte an meine Mädchen, an alle meine drei Mädchen, sagt Serjoscha. Beiden kleinen Mädchen habe ich die Bögen mitgebracht.
Weißt du es nicht, sagt Marina, fast sehe ich die Steinfrau und drücke ihre Hand. Hat Ilja nichts erzählt?
Damals wusste ich es nicht.
Aber jetzt weißt du es. Gut. Dann muss darüber nicht geredet werden. Dann wird nicht darüber geredet.
Jetzt bekommst du zwei, sagt Marina, beide Bögen. Ich mag keine Puppen, aber Papierpuppen gehen. Du darfst sie behalten. Du kannst dir jeden Tag ein neues Leben für deine Familie vorstellen. So wirst du es auch tun. Und schreibst es in dein Heft. Das ist eine gute Übung.

Ich schreibe, Marina schreibt. Man muss nicht reden. Die Steinfrau bleibt fort.

Aber ich beobachte sie, wenn sie glauben, dass ich schlafe.
Ich dachte, du magst Puppen. Kinder mögen sie wohl trotzdem.
Was weißt du schon von Kindern, du weißt nur etwas vom Krieg.
Wollen wir es trotzdem versuchen?
Was, um Himmels willen, sollen wir versuchen?
Zu leben.
Wie kann ich leben? Glaubst du, ich kann noch leben?
Wie soll es möglich sein zu leben?
Schwarze Vögel prallen im Zimmer gegeneinander, fliegen gegen die Fenster, alle Vögel Moskaus.

Ist das Alja?, fragt Serjoscha.
Oder bin ich eine andere?
Nur Alja, dieses Mädchen hier. Ich bin allein, obwohl wir zwei sein sollten.
Aber darüber wird nicht geredet. Mir kommt es allmählich so vor, als wäre ich nicht das Mädchen, das ich sein sollte, so, wie er nicht der Löwe ist, der er sein sollte.
Er fragt Marina, was ich will. Nicht mich.
Wir haben die gleichen Augen, aber kein einziges gemeinsames Wort. Wir können nicht miteinander reden. Wir können keine einzige Geschichte erzählen, wenn wir zu zweit sind. Ich kann nicht nach Konstantinopel fragen, nicht nach dem Schwarzen Meer, nicht nach dem weißen Schiff Argo, nicht nach dem Goldenen Vlies.
Ich werde ein stilles Mädchen, ich antworte, wenn er etwas fragt, aber er weiß mich nichts zu fragen.
Marina hat eine Verabredung, sie liebt jetzt den Mann von Helikon, letzte Woche einen anderen, in den Briefen Boris, in der Wirklichkeit nur Boris, Boris, mein Boris, nur ihn liebe ich. Marina wird jede Nacht von Neuem aus seinen Worten geboren.

Im Tiergarten, als die Sonne uns beide erschöpft hat und wir stehen bleiben, um zu trinken, kein Bier diesmal für mich, zieht Löwe eine

Fotografie aus der Tasche. Sie ist zerknickt, als wäre sie im Schwarzen Meer, im Bosporus, in der Donau, in allen Flüssen der Welt eingeweicht worden. Zwei Mädchen, zwei Augenpaare, blauer Dämmer.
Meine Mädchen, sagt Löwe, das hier sind meine beiden Mädchen.
Sag Marina nicht, dass du diese Fotografie hast, sage ich. Marina wird zu traurig.
Nein, ich zeige ihr dieses Bild nicht, verspricht Löwe, halten wir zusammen die Trauer fern, meine kleine Hippo. Machen wir Marina glücklich.
Löwe nimmt das Bild, faltet und versteckt es und weiß danach nicht, was er mit seinen Händen anfangen soll.
Er ist so einer, er weiß nicht, was er mit den Händen anfangen soll.
Luchs, Löwe und Hippo.
Und jetzt sind wir alle zusammen. Auf diesem Bild.

An seinem Geburtstag macht Löwe mir ein Geschenk, obwohl es sich nicht gehört, aber Löwen sind so, sie machen alles falsch herum, geben alles von sich an die anderen, den Löwenanteil.
Dies ist eine Pelargonie, sagt er.
Pelargonie, der Name gefällt mir.
Sie ist nicht besonders schön, aber man muss sie nicht oft gießen, sie hält alles aus. Erzähl ihr all deinen Kummer, sie hört dir zu, wenn dir sonst niemand zuhört.
Sie hat also eine Seele, sage ich. Das ist also eine Blume, die eine Seele hat, die Pelargonie?
Ja, sie hat eine, alles was lebt, hat eine Seele, alles, was sich bewegt und berührt. Wenn du genau hinhörst, spricht sie bestimmt, zu dir spricht sie, wenn es jemand hören kann, dann du.

Am nächsten Morgen ist Löwe weggegangen. Löwe ist immer am Weggehen, er ist niemals hier.

Voškov
August 1923

Alja stand wie eine Erscheinung vor ihnen auf dem Weg und konnte die Tränen nicht zurückhalten. Das Mädchen heulte laut, Marina hatte es zuletzt bei ihr so gesehen, als sie ein ganz kleines Kind war auf dem Arm ihrer Njanjas, die es verwöhnten. Sie forderte es auf, sich zu beruhigen, alles sei jetzt gut. Vom Hang aus sah man deutlich, wie weit es in Wirklichkeit noch bis zur Burg war.

Der Mann aus Minsk fasste das Mädchen teilnahmsvoll an beiden Schultern, aber Alja stieß ihn weg, sodass er um ein Haar ausgerutscht und im Schlamm gelandet wäre. Marina hätte sich für Aljas unverschämtes Benehmen entschuldigen müssen, aber ihr schien, dass der Mann aus Minsk etwas Aufdringliches an sich hatte, er rückte zu nahe. Sie hatte ihn an sich herangelassen, aber das gab ihm nicht das Recht, das Mädchen wie seine Tochter zu behandeln.

Lass uns nach Hause gehen, Marina, heulte das Mädchen, ich will nach Hause, und es schlotterte nass, frierend und kläglich, erst jetzt begriff Marina, wie dünn es angezogen war, sie hatten beide nicht an ein Gewitter geglaubt, sie als Mutter hätte Vorsorge treffen müssen.

Sie gingen auf einem anderen Weg zurück, als sie gekommen waren, hofften, dass es die richtige Richtung war, jedenfalls blieb die Burg hinter ihnen zurück. Zwischenzeitlich wirkte die Landschaft fremd, auch wenn alle vom Regen gepeitschten Dörfer gleich aussahen, eines nach dem anderen, niedrige gekalkte Häuser, die ihr weißes Leuchten eingebüßt hatten und unglücklich grau unter den Ziegeldächern hervorlugten, Spitzengardinen in den Fenstern, Pflaumen- und Birnbäume in den Gärten, vergilbte Dahlien, Misthaufen, Ziegen, endlose Gänseherden, die ranzig-süßlichen Gerüche der Aborte, Schilder, die vor Hunden warnten, *Pozor*! Scham! Marina las sie immer auf Russisch, auf den Straßen überall der gleiche Matsch, keine Gehwege, nur Abwasserbäche, überall der schluckende Akzent der Landbewohner, nur die Gänseherden besudelten sich fröhlich in den Pfützen, das Gewitter hatte sich verzogen, das Leben ging weiter, man lebte, es war Dienstag oder Samstag.

Na, sagte Marina, jetzt ist es aber mal gut, als Alja in Stoßatmung schluchzte, aber mit dem Sturm legte sich auch das Weinen. Sie drückte die Hand des Mädchens bewusst so fest, dass es wehtat. Hör jetzt auf. Großes Mädchen.

Der Mann aus Minsk ging schweigend hinter ihnen, er trug die Sachen und war vielleicht sogar ein bisschen beleidigt, Marina war sich nicht sicher, wie empfindlich er war, hätte sie für das Mädchen um Verzeihung bitten sollen, die beiden versöhnen, nein, das war nicht ihre Aufgabe. Marina merkte, wie sie ungeduldig wurde, sie wollte nur noch nach Hause, an den Schreibtisch, an die Arbeit, sie wollte nichts anderes tun als arbeiten.

Dann, als sie schon zu weit weg von der näheren Umgebung des Burgdorfs waren, um wieder umzukehren, kam plötzlich die Sonne hervor, wie um sie zu ärgern. Alja hatte sich bereits zurückfallen lassen, und Marina blickte sich nur ein, zwei Mal um, ob das Mädchen noch folgte. Aber Alja ging ganz für sich, als gäbe es die Erwachsenen gar nicht, und schon gar nicht richtete sie ihre Aufmerksamkeit darauf, wie Marina neben dem Mann aus Minsk herging, wie sie einander kurz berührten, dabei hatte sie bestimmt längst erraten, was sich zwischen den beiden tat, normalerweise bemerkte sie das Entflammen einer Romanze schneller als Marina selbst.

Sieh mal dort! Der Mann aus Minsk stieß Marina leicht in die Seite, sie hatten das Dorf passiert, von dem Marina glaubte, es läge auf der Hälfte der Strecke, und sie fand den Stoß, wie spielerisch er auch sein mochte, so aufdringlich wie seinen Blick am Morgen.

Das Mädchen führte mit großen Gesten sein eigenes Stück auf, anscheinend beruhigte es sich allmählich. Es dauerte eine Weile, bis Marina es begriff, bis eine Gebärde sich mit der nächsten verband und sie die sonderbare Doppelung verstand. Das Mädchen machte soldatische Schritte, hob die Hand, richtete die Haare, drehte den Kopf, tat alles so wie sie, hob den Rocksaum wie sie, das Mädchen konnte eine genaue Karikatur von ihr hervorbringen, den gesamten Rhythmus nachahmen, eine Stummfilmkokotte voll süßlicher Gefallsucht. Marina hätte das Bild am liebsten angehalten, konnte aber vor Scham nichts sagen, sondern stimmte nur verlegen ins Lachen des Mannes aus Minsk ein. Als wiederholte der Film immer nur eine Szene, eine ruckartige Gebärde, die die ganze Freude am Gezierten verriet und nur schlecht die schwarz klaffende Leere verdeckte.

So genau die Arbeit auch war, die das Mädchen machte, wenn sie Marinas Bewegungen auseinandernahm und neu zusammensetzte, ergab sich ein falsches Bild, ein verzerrender Spiegel, einer, wie sie ihn in Prag gesehen hatten, im Saal der Wunder auf dem Petřin. Das Bild im Spiegelsaal hatte sie zum Lachen gefunden, aber dieses Spiel hier nicht, die Vorführung des Mädchens ging unter die Haut wie eine Allergie, warum hörte es nicht endlich damit auf und ließ sie in Ruhe, was wollte es eigentlich bezwecken?

Alja hatte das Spiel schon in Berlin entwickelt, wenn Marina ins Gespräch vertieft neben einer männlichen Person herging, handelte es sich nun um Wischniak oder Bely oder um einen anderen Bekannten, Kavalier oder literarischen Freund. Immer wusste Alja aus der Situation ein kleines Theaterstück zu machen, und alle mussten lachen, über Marina lachen und Alja bewundern, Aljas Witz und Pfiffigkeit.

Und wenn das Mädchen einmal mit dem Spiel begann, hörte es nicht mehr damit auf. Es war wie ein hartnäckiger Albtraum, der nicht abbrach, der Spott wirkte auf Marina wie ein Kurzschluss, sie war nicht mehr fähig, sie selbst zu sein, als entglitte ihr jede Gebärde, die sie zu machen versuchte, wie ein Fahrrad auf glatter Straße. Wenn einem die Gesten geraubt wurden, blieben einem nichts als die Splitter der Seele, und die waren für sich genommen nichts, nur ein auseinandergefallenes Orchester. Eine bürgerliche Scheinheilige, das Schlimmste, was es für sie gab.

Aber beim Publikum kam die Vorstellung jedes Mal an. Der Mann aus Minsk konnte das Lachen nicht zurückhalten, und das animierte das Mädchen erst recht, es spielte den gesamten pastoralen Ausflug als lächerliche Komödie nach. Zum Glück hinderte das den Mann daran zu sehen, wie Marina blockiert wurde, sich regelrecht verknotete, wie schwer einem allein das Gehen fiel, wenn man jede einzelne Bewegung bedenken musste. Die beste Waffe war, dem Mädchen keinerlei Beachtung zu schenken und den Weg fortzusetzen, irgendwann wäre das Spiel vorbei.

Trotzdem drehte sie sich noch einmal um, in der Absicht, das Mädchen zu bitten aufzuhören, der Weg war auch so schon beschwerlich genug, aber da sah sie, dass das Kind keine Schuhe anhatte, auf dem ganzen Rückweg schon nicht, die nackten Beine waren voller Lehm, die Füße steckten tief im Schlamm. Sie fragte streng, wo die Schuhe seien. Da verstummte das Mädchen. Als Marina in es drang, erzählte es, die Schuhe seien im Schlamm stecken geblieben, sie sei nicht mehr herausgekommen, und dann fing es an zu weinen. Marina fuhr es an, sofort damit aufzuhören. Warum hatte es nichts gesagt, sie hätten sie zusammen geholt, es waren Aljas beste Schuhe, womit sollte sie jetzt ins Internat gehen? Marina war erbost.

Der Mann aus Minsk versuchte sie zu beruhigen, als sie weitergingen, Alja wieder fest an Marinas Hand, und versprach, in der Stadt Schuhe für Alja zu besorgen und ins Internat zu schicken, schließlich hatte er das Gewitter über sie heraufbeschworen, erklärte er mit vorgeblichem Bedauern. Marina konnte natürlich nicht einwilligen, sie würden ohne fremde Hilfe auskommen, das käme gar nicht in Frage, und nun war der Mann aus Minsk wieder so fremd wie am Anfang.

Wie kann ein Mensch ganze Schuhe verlieren, hörte sich Marina murren, als sie sich dem Dorfrand von Všenory näherten, du bist wie dein Vater, sagte sie zu Alja, ein genauso zerstreutes und nichtsnutziges Wesen.

Als sie die Tür öffneten, nahm Marina den muffigen Geruch des Hauses wahr: Erde und angebrannte Milch, der Staub und das Fett der Saskows, die Armut und der Moder, der von den Kleidern ausging und den man ansonsten nicht roch, er war während ihrer Abwesenheit zum Vorschein gekommen, und er kam immer wieder, auch wenn sie Türen und Fenster öffneten, die Luft stand im Haus, die Vorhänge regten sich nicht, der stechende Geruch ihres eigenen Körpers, da war sie, die bittere Trauer, da war das schwere Herz, schwer wie ein Berg, jetzt aber nicht zu ihr gehörig.

Der Holzboden pochte, kopkop, kopkop, unten lag noch immer alles durcheinander, sie wollte nicht, dass der Mann aus Minsk die ganze Unordnung sah, ihr Leben, aber da stand er nun, zum Glück war es drinnen dunkel, über allem lag ein lichtloser Dämmer wie im Winter.

Marina zog sich in Aljas Zimmer um und wechselte die Stofflumpen, zum Glück war nichts durch das Kleid gedrungen, das Blut war vom Futter aufgehalten worden. Inzwischen hatte sich der Mann aus Minsk in ihrem Zimmer abgetrocknet, die nassen Hosen hochgekrempelt und das Hemd ausgezogen, ohne in irgendeiner Weise um Verzeihung zu bitten, es war so natürlich wie in der Sommerkolonie in Koktebel, niemand nahm von der Nacktheit der anderen Notiz, sie gehörte dazu. Wasser tropfte aus den Haaren und von den Ohren auf Hals und Brust, der Mann aus Minsk hatte eine breitere und braunere Brust als Serjoscha, mit einem Feld gleichmäßiger, in der Sonne gebleichter Ringellocken. Marina wusste, dass sie den Körper des Mannes trotzdem nicht so anschauen dürfte, direkt und ohne Scham, die Knochen, die rund waren, die glatte Haut, der Mann bestand aus lauter gesundem Wohlbefinden und Selbstsicherheit, aus in der Sonne verbrachtem Müßiggang, aber der gesamte Anblick war so irreal schön, dass sie nicht anders konnte. Sie war einfach voller Verwunderung, hätte sie ihn angefasst, hätte sie es getan, wie der zweifelnde Thomas auf dem Gemälde von Caravaggio Jesus berührt, auf dem, das Vater Zwetajewa in seiner Glanzzeit als Leihgabe ins Puschkin-Museum geholt hatte, war dies das Leben, konnte ein Mensch so sein? Sie behielt ihr schwankendes Gemüt jedoch für sich, wie die bis zum Kinn zugeknöpfte Maria Mey mit ihrem Kerzenhals.

Sie begriff es zunächst nicht, als der Mann um trockene Kleider bat, aber als sie zu sich kam, sagte sie: selbstverständlich. Serjoschas Kleider waren bereits eingepackt, um ins Sanatorium geschickt zu werden, aber etwas würde sich finden, ganz bestimmt. Und sie fand auch etwas, ein Hemd, eine Hose, ein Paar Strümpfe, sie passten dem Mann, wohingegen sie an Serjoscha schlaff herabgehangen hätten.

Die bringe ich natürlich zurück, versprach der Mann. Aber erst später in der Stadt, erwiderte Marina, es lohnt sich nicht mehr, hier noch etwas herzubringen. Dann treffen wir uns in der Stadt, sagte der Mann. Natürlich. Sofort. Wie lautet deine Adresse? Švédská 1373. Auf dem Berg. Hinter der katholischen Kirche. Die Schwedenstraße, ein großartiger Ort zum Wohnen, der beste in der ganzen Stadt, auch wenn er nach den Eroberern benannt ist. Marina wusste nicht, wovon der Mann aus Minsk sprach, und er erzählte ihr, die Truppen des schwedischen Königs hätten im Jahr 1648, am Ende des Dreißigjährigen Krieges, von dorther den Hradschin angegriffen und fast ohne Kampf erobert, bis sie im Westfälischen Frieden Prag an die Habsburger verloren. Die Tschechen haben ihre Unabhängigkeit wirklich verdient, sagte Marina, und dürfen sie hoffentlich auch behalten, dachte aber, dass der Mann letztlich wie jene Wikinger damals zu ihr gekommen war, in ihr Herz: ohne Kampf. Sie haben ja politische Ansichten, lachte der Mann, irgendwie seltsam verlegen.

Aljas beide Koffer standen fertig gepackt bereit. Marinas Reisetruhe war bereits nach unten getragen worden. Der Mann aus Minsk fragte denn auch, wie sie den Umzug zu organisieren gedenke. Ich habe auf dem Hof nach einem Wagen gefragt, antwortete Marina. Mit einem Pferd? Ein Pferd oder einen Esel brauche ich, sonst kriege ich die Sachen nicht vom Fleck. Wer lenkt den Wagen, wollte der Mann wissen, Sie? Ich finde schon jemanden, der mir hilft, entgegnete Marina, sind Sie sicher, fragte der Mann, ich kann auch mit Pferden umgehen. Natürlich konnte er das, natürlich, und so würde sich alles regeln, dachte Marina, dieses Leben.

Der Mann aus Minsk war bereits angezogen, als Alja hereinkam. Man sah sogleich, dass im Briefkasten nicht das Erhoffte gelegen hatte, auch wenn sie zwei Briefe bei sich hatte. Sie gab sie Marina, sagte aber nichts. Dann schmollte sie eben.

Weitere Post hatte Alja nicht. Serjoschas Brief würde vor ihrer Abreise also nicht eintreffen, wenn er überhaupt je käme. Aber die Enttäuschung des Mädchens bereitete Marina keinen Kummer mehr, im Gegensatz zu dem fremden Trotz, der das Kind noch immer im Griff zu haben schien.

Das ganze Haus dröhnte, als es die Treppe hinaufmarschierte, eines Tages würde noch das Dach herunterkommen, aber das wäre dann nicht mehr ihr Leben, ein Dach gab es, aber keinen Fußboden, was war das für ein Haus, was für eine Welt, was für eine Heimat. Alja, benimm dich, rief sie dennoch und schämte sich, vor dem Mann so zu brüllen. Sie war schon völlig erschöpft von ihrem Zorn. So bin ich, auch so, hässlich und müde, eine vom täglichen Leben betäubte Frauenhälfte, ohne Zauber, ohne Klarheit der Seele.

Sie blickte auf das erste Kuvert. Frau Marina Iwanowna Zwetajewa, Horní Mokropsy č 33, Všenory, Cechia. Eine entschlossene, etwas gewöhnliche, praktische Handschrift, wie ein Strauß Baumwurzeln. Der Brief trug den Stempel der Schule, den gleichen wie auf dem Annahmeschreiben, mit dem Poststempel Moravská Třebová, bereits Anfang letzter Woche abgeschickt. Der zweite Brief kam aus Berlin, Jünglings ästhetische Handschrift, zu spät. Sie legte die Briefe zur Seite, hielt den Atem an und ließ die Luft langsam entweichen. Nicht jetzt, erst wenn der Mann gegangen war, würde sie die Briefe öffnen können.

Sie müssen sicherlich noch packen, sagte der Mann, machte Anstalten aufzubrechen, obwohl er nicht gehen wollte, und dabei blickte er neugierig auf die Briefe. Sie würde ihn fortschicken müssen.

Wir brechen morgen früh auf, sagte sie. Die Kinder versammeln sich vor Mittag am Bahnhof. Wir müssen zeitig dort sein.

Auch für mich ist es dann Zeit zu gehen, schloss der Mann, wenn ich für die Nacht noch in die Stadt kommen will.

Ach, wenn man ihn aufhalten könnte, wenn keine Züge gingen, wenn er hierbleiben könnte, ach, wenn man alles kommen lassen könnte, was kommen sollte. Dieser Mann taugt mir und ich tauge ihm, so wie ich bin, das Leben ist hier, das Leben, die Freiheit, das neue Leben. Und gleichzeitig ist alles schon zu Ende. Auch das sah sie voraus, in jeder Möglichkeit des Verliebens steckt stets die Trennung, das Verstoßen, die Untauglichkeit, mit der man nicht fertigwird. Und sie sagte: Du schaffst es gut zum nächsten. Ich begleite dich.

Ich hole nur meine Jacke, antwortete der Mann. Ich bin sicher, dass ich sie heute Morgen im Garten liegen gelassen habe.

Dann ist sie zumindest ordentlich gewaschen worden.

Die Jacke fand sich jedoch nicht, weder drinnen noch draußen. Ärgerlich, er hatte sie auch beim Ausflug nicht dabei, konnte sie also nicht am Wegrand liegen gelassen haben. Hier sollte sie sein. Marina schien es, als hätte sie sie draußen gesehen, als sie kamen, aber sie erinnerte sich nicht genau. Die Schlüssel des Mannes steckten in der Jackentasche, dazu wertloser Kleinkram, und auch sonst war die Jacke nicht sonderlich wertvoll, eine milde Gabe der Universitätsgilde, im Schrank hingen noch viele gleichartige Modelle. Er komme auch ohne Jacke nach Hause, sagte der Mann, auch wenn es den Anschein hatte, als hoffe er auf das Gegenteil. Marina lud ihn dennoch nicht ein, über Nacht zu bleiben, also mussten sie gehen, abends fuhren die Züge seltener. Aber schlimm, dass die Schlüssel weg sind, sagte Marina, das ist ein geringer Preis für einen solchen Tag, antwortete der Mann. Für was für einen? Für unseren.

Moskau
August 1939

Deine Mutter ist sicher froh, dass sie endlich nach Moskau zurückkehren konnte, fing Ségolen an, als wir das Druckhaus in der Samotetschni pereulok betraten und uns der Geruch der Chemikalien so stark entgegenschlug, dass ich mich fast übergeben hätte, man kennt ihr Werk in Moskau bestimmt besser als in Frankreich.

Ich hatte die Verabredung zum Mittagessen ganz vergessen und musste Ségolen in die Druckerei mitnehmen, wo ich das Vorabmaterial der Revue de Moscou abholen sollte. Die Maschinen hatten am Morgen angehalten werden müssen, damit die Nachricht vom Nichtangriffspakt noch auf die erste Seite der Tageszeitungen kam, aber sie liefen nun wieder wie am Jüngsten Tag.

Ihre Werke werden bei uns so verdammt wenig übersetzt, dass es eine Schande ist, fuhr Ségolen fort, als wir an den Druckhallen vorbei zum Büro eilten. Sie hatte einige ins Französische übersetzte Gedichte von Marina gelesen, und besonders der Brief an die Amazonen, Marinas erster komplett auf Französisch geschriebener Text, hatte Ségolen kribbelig gemacht.

Ich hätte ihr lieber die Besonderheiten des vom Plakatkünstler El Lissitzky entworfenen modernen Gebäudes gezeigt als über meine Mutter gesprochen. Das neue Druckhaus war eines von Kolzows Großprojekten gewesen, ein bedeutendes Werk der modernen Architektur, das die industrielle Formgestaltung des Bauhauses mit seinen großen, schiefen, unverzierten Stahlfenstern und dem utopischen Wolkenkratzerkonstruktionismus der Suprematisten vereinte. Ségolen interessierte sich jedoch offenbar nicht dafür, wie der architektonische Raum uns auf eine bessere Zukunft vorbereitete, ihr Interesse galt einer ganz anderen Moderne.

Deine Mutter war in ihrer Jugend also wirklich eine Sapphische so wie Natalie Barney und Gertrude Stein und alle die anderen Frauen der neuen Welt, hatte Ségolen schon in Paris unter der Kuppel eines Cafés groß getönt, unnötig laut, sodass es an den anderen Tischen und bis auf die Straße zu hören gewesen war.

Ich hatte Marinas Brief an die Amazonen, von dem Ségolen sprach, nicht gelesen, seit Jahren hatte ich keine Texte von Marina mehr gelesen, außer wenn ich gezwungen war, etwas für sie auf der Maschine ins Reine zu schreiben, aber ich erinnerte mich, wie aufgeregt Marina gewesen war, nachdem sie Barneys Frauensalon besucht hatte. Ich hatte das Gefühl, dass sie, nachdem sie von den unfreundlichen Lesben beäugt worden und Gast an ihrem überbordenden Tisch gewesen war, plötzlich begriff, in einem falschen, altmodischen Leben zurückgeblieben zu sein, und nun frustriert ihren Zorn an uns ausließ. Ein falsches Leben – ich wusste, was das bedeutete, aber mit ihr wollte ich dieses Gefühl nicht teilen.

Trotzdem war ich im Bilde über die Freundinnen, Lieben und Anbetungen aus der Jugendzeit meiner Mutter, ich erinnerte mich an Sofija, Sonja, Sonetschka, Frauen, die Marina inzwischen durcheinandergerieten, wenn sie von ihnen erzählte. Damals liebte Marina alles und jeden, Frauen, Männer, Berge, Flüsse, Licht, Kamele und Feigenbäume. Sie verschwendete ihre Liebe. Vielleicht konnte sie die Frauen nicht mehr voneinander unterscheiden, vielleicht hatte sie bei den immer neuen Geliebten nur immer das gleiche Gefühl gesucht.

Nie hatte sie ihre Liebschaften verheimlicht, im Gegenteil, sie waren Teil ihrer Provokation und ihres Bemühens, etwas Besonderes zu sein. Ich glaubte nicht, dass etwas Tieferes darin lag, es war auch keine zwingende Lebensentscheidung wie bei Lilja, die in aller Wortlosigkeit und Unsichtbarkeit beschlossen hatte, ihr Leben auf sechzehn Quadratmetern mit Zina zu teilen. Nach einer Frau hatte Marina mich allerdings zu forschen gebeten, als ich zurückkam, nach Sonetschka nämlich, der Schauspielerin, die vor meiner Rückkehr nach Moskau bei einem entsetzlichen Autounfall ums Leben gekommen war.

Die Sowjetunion ist wirklich ein fortschrittliches Land, wenn sie solche Liaisons erlaubt, rief Ségolen auch jetzt laut beim Dröhnen der

Druckmaschinen, und ich konnte ihr nicht sagen, dass die Romanzen meiner Mutter in der Zeit vor der Revolution stattgefunden hatten und Homosexualität heutzutage zu den schlimmsten Verbrechen gehörte und dass sie vorsichtiger sein solle mit dem, was sie äußere, aber Ségolen setzte ihr Getue fort: Ich kenne keine andere Frau, die so mutig und ehrlich über ihre Homosexualität geschrieben hat, höchstens vielleicht die antike Frau, die sich vom Felsen ins Meer gestürzt hat, aber die zählt nicht.

Zum Glück verstanden die wenigsten in der Druckerei Französisch, auch sonst schenkte uns gerade niemand Beachtung. Unter Hochdruck wurden die neuen Titelseiten der ZhurGas-Blätter gesetzt, während des Vormittags sollten sie in Umlauf gebracht werden.

Nur Prawda und Iswestija hatten es geschafft, vor den anderen über den Pakt, der in der Nacht im Kreml geschlossen worden war, zu berichten, bei ZhurGas war die Neuigkeit in der Nacht nicht angekommen, obwohl die Meldung bereits das Ausland erreicht hatte. Auf der Titelseite der Prawda, die ich selbst auch auf dem Weg in die Redaktion verschlungen hatte, verfolgte ein munterer Genosse Stalin mit breitem, väterlichen Lächeln die feierliche Zeremonie mit Molotow, Ribbentrop und einigen Beamten, deren Namen ich noch überprüfen musste.

Man wird Marinas Werke hier nicht veröffentlichen, antwortete ich absichtlich am Thema vorbei, als wir das Büro erreichten, in dem das Material meiner Zeitung zum Glück noch darauf wartete, gesetzt zu werden. Ich würde gegenüber Ségolen die Vorlieben meiner Mutter oder ihre Fähigkeit, zu lieben und nicht zu lieben, nicht kommentieren, das war absolut sicher. Außerdem hätte ich das, was ich zu sagen hätte, eine Woche später aus dem Mund einer dritten Person gehört.

Allmählich wurde ich auch ungeduldig. Während Ségolen quasselte, ging ich das Material für die Zeitung durch und überlegte mir den Umbruch der Freitagsausgabe neu, damit die Nachricht vom Pakt auf die erste Seite passte. Natürlich musste der Text des Abkommens ins Französische übersetzt werden, und es musste genau erwogen werden, was es für die Franzosen bedeutete. Stalin hatte einen ähnlichen Vertrag auch mit der Regierung Daladier geschmiedet. Drohte der Krieg also doch von Frankreich oder von England her? Wenn man einen Kopf abhackt, wächst ein zweiter nach. Die zynischen alten Genossen in der Auslandsredaktion hatten den Pakt gleich am Morgen in Zweifel gezogen. Irgendein Hund lag darin begraben. Zwei Feinde schlossen nicht einfach so ein Abkommen, und es war die Frage, ob überhaupt die ganze Wahrheit über den Pakt in die Redaktionen gelangt war.

Marina hätte in Frankreich bleiben müssen, um veröffentlichen zu können, versuchte ich trotz allem das Gespräch mit Ségolen aufrechtzuerhalten, hier steht sie für eine Vergangenheit, von der niemand mehr etwas hören will.

Du musst mich auch im konstruktivistischen Menschenbild unterweisen, sagte sie, und ich war nicht sicher, ob Ironie in ihrer Stimme lag. Ich will eine wirkliche Kommunistin werden, die keine Schlacke aus der Vergangenheit mit sich herumträgt, sondern sich von der Zukunft her definiert. So ist es doch richtig, oder?

Ich lachte vielleicht ein bisschen zu eifrig. Denselben Lehrsatz versuchte ich selbst seit drei Jahren zu verinnerlichen. Es war eine harte Lektion, aber ich glaubte nicht recht, dass auch nur eine Französin je eine wahre Kommunistin werden konnte, so wie eine russische Dichterin keine französische werden konnte und Marina keine sapphische Freiheitskämpferin. Die Schülerin von Breton und Aragon hatte immerhin die Zeichenklasse der Gontscharowa erlebt und nach meiner Abreise selbst eine ziemliche Wandlung durchgemacht, und nun versuchte sie mich mit allen Mitteln davon zu überzeugen. Die avantgardistischen Aktionen und die freudianische Passion für die Wirrnisse des Unterbewusstseins waren *passé*, sie hatte in den letzten zwei Jahren *Das Kapital*, Lenins Werke, aber auch Stalins Kurzen Kurs und Bucharins Fibel des Kommunismus gelesen, obwohl das Buch des hingerichteten trotzkistischen Putschisten inzwischen auf der schwarzen Liste stand, und benutzte Begriffe aus Dialektik und Materialismus souveräner, als ich es je lernen würde. Ségolen hatte eine politische Erweckung erfahren, auf ähnliche Art wie ich mitten im Kurs der Gontscharowa meine surrealistische Erleuchtung hatte und von nichts anderem mehr sprach als von unbewusster Wirtschaft und objektivem Zufall.

Aber jetzt war sie statt an Politik mehr an unserer Familie interessiert und erkundigte sich als Nächstes nach Serjoscha. Ich muss einfach fragen, sagte sie, als wir uns wieder auf den Weg in die Redaktion machten, ob die Dinge stimmen, die letzten Herbst über deinen Vater in allen französischen Zeitungen standen. Sie wollte auch wissen, ob sich Serjoscha in Moskau aufhielt.

Serjoscha ist nicht in der Sowjetunion, antwortete ich schnell und zog sie eilig auf die Straße, wo niemand darauf achtete, was wir redeten.

Serjoscha war auch nicht in der Sowjetunion. Es gab Sergei Efron in diesem Land nicht, offiziell existierte er nicht. Nur Genosse Andrejew, den die wenigsten kannten.

Mein Vater ging letzten Herbst in den Spanischen Bürgerkrieg, erzählte ich gemäß der vereinbarten Geschichte, als uns die Hitze entgegenschlug, seitdem haben wir nichts mehr von ihm gehört.

Sagst du jetzt die Wahrheit? Der Krieg ist seit einiger Zeit zu Ende, und die Russen haben sich vor den Faschisten verzogen, drang Ségolen in mich, während wir auf den von Pappelsirup überzogenen, heißen Straßen weitergingen, sie dämpfte jetzt von sich aus die Stimme, merkte, dass sie nicht mehr schreien musste, um verstanden zu werden, angeblich sei er hierhergeschmuggelt worden, gleich nachdem das Attentat von Lausanne ans Tageslicht gekommen war, insistierte Ségolen und hatte damit ganz recht. Mir kannst du es sagen. Wir sind doch Freundinnen. Ich erzähle es nirgendwo herum. Darauf schwöre ich Stein und Bein.

Dann hätte ich ihn bestimmt getroffen, sagte ich, obwohl es schlimm war zu lügen. Ich mache mir Sorgen um Serjoscha, fing ich mein Bekenntnis an, anfangs haben wir über die Leute aus der Redaktion von ihm gehört, er war als Arzt an der Front, aber jetzt hat seit einem Jahr niemand mehr etwas von ihm gehört. Ich glaube aber, dass er noch lebt. Ich würde es spüren, wenn er tot wäre.

Wie solltest du das spüren?, fragte Ségolen, und ich wusste darauf nicht zu antworten. Man spürt es eben. Es ist die Verbundenheit. Ich war eine gute Schauspielerin. Und so sagte ich Ségolen auch, sie solle sich im künstlerischen Theater von Moskau die Aufführung von Anna Karenina ansehen, die auch Stalin gelobt hatte. Dann würde sie vielleicht verstehen, wovon ich redete, von *rasluka*, von der Verbindung der Seelen über die Entfernung hinweg, auch wenn es für das russische Wort keine französische Entsprechung gab. Allerdings war die Vorstellung für fast zwei Jahre ausverkauft. Auch wir Moskowiter verstehen etwas von Liebe, Leidenschaft und Opfer, fügte ich noch hinzu. Die Sowjetrussin Anna stellte eine Frau dar, die über den Mut verfügte, getrieben von ihrer Leidenschaft aus der reaktionären Frauenrolle auszubrechen. Annas Leidenschaft hätte ebenso gut die Ideologie sein können, die sie dann nach Spanien geführt hätte, um dort an der Front zu kämpfen, wie es Kolzow und Serjoscha getan hatten, beendete ich mein Referat.

Als ich sagte, ich müsse wieder in die Redaktion, hätte aber noch Zeit, sie zur Metrostation zu begleiten, ließ Ségolen endlich ihre neugierigen Fragen sein und fing an, von Vera Traill zu erzählen. Ob ich von ihr etwas gehört hätte, nein, seit dem Frühjahr nicht. Ich hatte Ségolen und Vera irgendwann in einem Klub am Boulevard St. Germain einander vorgestellt, aber nicht gewusst, dass sie Kontakt zueinander hielten. Ségolen hatte Vera Traill und deren Kind vor der Abreise in Saint-Gilles-sur-Vie am Meer besucht, sie hatten sich für den Sommer am selben Ort niedergelassen, an dem Marina und ich seit unserer Ankunft in Frankreich oft die Ferien verbracht hatten. Das Kind war fast zwei, rannte über die Sanddünen und redete, was das Zeug hielt, es kam nach seiner Mutter, betörte alle mit seiner Keckheit.

Ich hatte ein Bild des Jungen für Serjoscha bekommen und dazu eine an mich adressierte gemeinsame Postkarte. Es ist ein Mädchen, berichtigte mich Ségolen, jedenfalls meiner Meinung nach, Mascha oder Maria, ich bin mir nicht sicher, ich interessiere mich nicht so für kleine Kinder, fuhr sie fort. Für diese kreischenden, verschmierten Kackmaschinen. Es hatte so ein dreieckiges Gesicht und grüne Augen, aber haben das nicht alle?

Ein Mädchen – und ich habe ihm zusammen mit Serjoscha in einem Päckchen blaue Schühchen geschickt. Wie war ich nur auf die Idee gekommen, dass es ein Junge war? Zum Glück würden Geschlecht oder Farbe in der neuen Welt keine Rolle mehr spielen, alle wären gleichberechtigt.

Ich überlegte, ob ich Ségolen von meinem künftigen Kind erzählen sollte, es schien mir natürlich, immerhin war sie eine meiner ältesten Freundinnen, aber sie kam mir zuvor.

War Vera deine Geliebte?, fragte sie. Ich war sprachlos. Wie kam sie nur darauf?

Nein, sie war nicht meine Geliebte, natürlich nicht, sagte ich, versuchte zu lachen, aber so gezwungen und errötend, dass Ségolen bestimmt Verdacht schöpfte. Wir hatten kein Liebesverhältnis, wiederholte ich, und dabei nahm meine Nervosität nur noch mehr zu. Ségolen sah mich zweifelnd an, lächelte aber, als glaube sie, etwas besser als ich zu wissen.

Vera ist eine großartige Frau, wirklich charismatisch, ergänzte sie, als würde sie mein Schweigen akzeptieren, sie ist fähig, die Welt nach ihrem Willen zu verändern. Dann redete sie im gleichen Plauderton weiter wie zuvor und ließ mich ihre Einbildungen nicht korrigieren. Aber dass ich gekränkt war, konnte ihr nicht verborgen geblieben sein.

Durch Vera Traills Hilfe war es Ségolen gelungen, eine Reisegenehmigung für Moskau zu erhalten. Sie verriet nicht, dass Vera oder der Apparat sie geschickt hatten, um eine Sonderaufgabe zu erfüllen, obwohl klar war, dass sie irgendeine Gegenleistung für die Fahrkarte erbringen musste, niemand wurde bloß als Tourist hierhergeschickt. Sicher war zumindest, dass man Ségolens Hintergrund genau überprüft hatte. Ähnliche von Vera und Serjoscha und anderen Eurasiern faszinierte enthusiastische Frauen und Männer hatte es auch im Büro des Bundes gegeben, zum Beispiel Renata Steiner, eine Schweizer Lehrerin, die immer um Serjoscha herum gewesen und später im Fall Reiss als Mitbeteiligte am Mordanschlag festgenommen worden war. Auch ihr Wunsch, nach Moskau zu reisen, war entsprechend stark gewesen. In Paris hätte ich nicht geahnt, dass Ségolen einmal eine von ihnen sein würde.

Ich verabschiedete mich von ihr unter den roten Leuchtbuchstaben der Metrostation Puschkinskaja, und sie küsste mich auf den Mund und sagte, Alja, ich finde es wunderbar, dass wir Freundinnen sind, dann drückte sie mir noch ein Päckchen französische Zigaretten in die Hand. Ich spürte den Kuss im Unterleib, mit der papierdünnen Membran über der zarten Wölbung.

Ich war inzwischen so spät dran, dass sich mir vor Schreck das Herz umdrehte. Wir vereinbarten, nächste Woche tanzen zu gehen, so wie früher in Paris, und als Ségolen schon dabei war zu gehen, rief sie mir noch hinterher, sie wisse, wovon die Menschen in diesem Land träumten: von Josif Wissarionowitsch mit dem Schwalbenschnurrbart, nicht wahr?

Ihr tollkühner Scherz jagte mir einen noch größeren Schrecken ein als ihr Kuss, aber niemand hier schenkte der französischen Sprache Beachtung. Und als ich an der nächsten Straßenecke das Wandgemälde von Vater Sonne auf der Brandmauer eines Hauses erblickte, sah ich, dass der Schnurrbart den Umriss einer Schwalbe auf seinem Gesicht bildete, und auf einmal sahen alle Bilder von Stalin entlang der Straßen aus, als würden die Schwalben auf seinem Gesicht nur darauf warten loszufliegen, alle Schwalben auf allen Bildern des Meisters, was für ein Gewimmel.

Vera Alexandrowna war nicht meine Geliebte gewesen, sondern meine erste Liebe. Vor ihr hatte es nur Boris gegeben, den Mann, den ich damals nur brieflich kannte. Danach hatte mich Ségolen jedoch nicht gefragt. Und Vera veränderte mein Leben, half mir, mir selbst und meinen Entscheidungen zu trauen. Vera war mein freies Geleit.

In Moskau begann mein neues Leben in Gesellschaft von Vera Traill am Cafétisch im Hotel National und bei nächtlichen Autofahrten, in Veras Kleidern und Schuhen. Ich schlief auf dem Sofa, das Roberts und Veras Kaninchen angeknabbert hatten, oder zwischen den beiden in der Suite im National, wenn ich keine Lust hatte, in Liljas Rattenloch zu fahren. In Paris war ich lediglich zwei Mal mit dem Auto gefahren, und nie zuvor hatte ich ein Fünfsternehotel betreten, aber Vera stellte mich am Tisch von Fürst Mirski als ihresgleichen vor, als ihre Schwester. Obwohl der Literaturhistoriker Mirski als einer von wenigen Marinas Dichtung bewunderte, war ich für ihn nicht die Tochter der Dichterin, sondern eine von Vera und Kolzow auserwählte Bürgerin der neuen Welt.

Vera war damals schon schwanger und unterrichtete in einer Schule des Innenministeriums außerhalb von Moskau. Robert, Journalist, Engländer, den Vera geheiratet hatte, um einen britischen Pass zu bekommen, lebte damals noch in Moskau, auch er gehörte zu den Leuten des Pressehauses am Strastnoy bulvar, zu Kolzows Kreisen. Vera hatte sich in den spitzmäusigen Robert verliebt, obwohl das anfangs gar nicht Bestandteil des Plans gewesen war. Eine Schönheit, die sich in Männer verliebte, die wie Ratten aussahen. Und obwohl sie schwanger war, ließ sie Robert ziehen, zu den Freiwilligenkorps nach Spanien, jemand musste gehen, Kolzow und Robert taten es stellvertretend für uns, der eine mit dem Stift, der andere mit dem Gewehr. Vera wollte niemandes Freiheit im Wege stehen, sie gab den anderen, was sie selbst verlangte. Bald liebte ich Robert so wie Vera, sie waren ein vollkommenes androgynes Doppelwesen, die Verkörperung der bolschewistischen Idee, und bereit, für diese bis zum Tod zu kämpfen.

Niemand, wirklich niemand konnte Vera Verotschka widerstehen, weder Frau noch Mann, Vera betörte alle, und darum brachte sie uns auch dazu, ihr zu folgen, ohne dass wir es bemerkten, manch ein Mann hätte sich für sie enthaupten lassen, auch Serjoscha. Aber ihre eigenen Gefühle zeigte Vera nicht. Sogar als die Nachricht kam, Robert sei in Spanien gefallen, blieb sie ganz ruhig.

Prinz Swjatopolk-Mirski war Veras Schwachstelle, der mongolenäugige, unsaubere und unpraktisch veranlagte Mirski mit dem schwarzen Bart, der alles über die russische Literatur wusste und die Aktivitäten der Eurasier in Frankreich leitete, in dem vollen Bewusstsein, dass der Bund bloß Blendwerk war, in dessen Schatten Innen- und Außenministerium ihre Operationen in Frankreich organisierten. Mirski, der an eine Wühlmaus erinnerte, glaubte, er habe seinen Dienst in der weißen Armee bereits gesühnt und dürfe in Ruhe in die Heimat zurückkehren, so wie es auch Serjoscha und viele andere Eurasier hofften. In seinem Fall reichte es aber noch nicht. Als Mirski verhaftet wurde, tat Vera alles, um ihren Freund freizubekommen, sie rannte zu den Burschen im Kreml, jede Nacht, obwohl man schon ihren Bauch sah. So nannte sie sie, die Burschen im Kreml, und sie hatte keine Angst, sie zu verspotten, Jagoda, Jeschow, Beria. Vera hatte vor nichts und niemandem Angst, und sie wollte, dass alles sofort passierte.

Die einen Meter siebenundachtzig große Vera, die den entzückten Befehlshaber Jeschow, der ihr gerade bis zur Hüfte reichte, herumkommandierte, zwischen ihnen die runde, in schwarze Seide gehüllte Kugel ihres Bauchs, fest und elastisch, dieses Bild kommt mir jedes Mal in den Sinn, wenn ich an die Burschen im Kreml denke, und darum habe auch ich keine Angst vor ihnen, nicht einmal vor dem Neuen, Lawrenti Beria, von dem es hieß, er jage auf den nächtlichen Straßen nach einsamen jungen Frauen, um sie zu seinen Bräuten zu machen. Vera ging nicht um ihrer selbst willen zu den Burschen im Kreml, ihre Freunde waren ihr Ein und Alles, für sie hätte sie alles getan. Und Geheimdienstchef Jeschow, den Vera als Zwerg bezeichnete, verliebte sich mit der ganzen Kraft seiner gedrungenen Gestalt in sie, rettete Mirski aber selbstverständlich nicht. Vera blühte in ihrer Schwangerschaft auf, und auch ich wäre am liebsten ein Kind in ihrem Bauch gewesen, der Dotter im Eiweiß.

Ich habe Vera nie gesagt, was ich für sie empfand. Einmal küsste ich sie, abrupt, im Dunkeln, aber sie wich zurück, schob mich gelassen zur Seite, machte das Licht an. Später wurde darüber nicht mehr gesprochen. Hätte Robert noch gelebt, hätten sie gemeinsam über mich gelacht, dachte ich. Bald nach meinem Annäherungsversuch reiste Vera ab, einen Monat vor dem berechneten Termin. Sie hatte mir nicht erzählt, dass sie nach Paris fahren würde. Vom Rezeptionisten des National erhielt ich die Mitteilung, Vera sei mit dem Nachtzug abgereist.

Nein, sie habe keine Nachricht hinterlassen. Nein, sie sei nicht verhaftet worden. Sie habe sich samt Gepäck, Fahrkarte und Bauch mit dem Taxi zum Bahnhof bringen lassen. Ich weiß nicht, wie lange sie von ihrer Abreise gewusst hatte oder ob ihr in derselben Nacht der Befehl zur Ausreise erteilt worden war. Seitdem habe ich kein einziges persönliches Wort von ihr erhalten. Sie legte mich weg wie eine alte Modezeitschrift. Ich wurde in einer Liebesgeschichte verstoßen, die nicht einmal begonnen hatte, dachte ich damals. Serjoscha wusste von Veras Abreise mehr als ich, konnte aber nichts verraten. Er sagte nur, Vera habe wegen des Kindes fahren müssen, sie habe ihr Kind retten wollen, aber er sagte nicht, warum sie fliehen musste, ohne sich von jemandem zu verabschieden, nicht einmal von ihrer besten Freundin.

Všenory
August 1923

Der Mann aus Minsk schaffte es zum letzten Zug, obwohl der Wind mit allen Kräften versuchte, sein Fortkommen zu bremsen und zu verhindern, sogar der Wind wollte, dass sie zusammenblieben, und sie mussten das letzte Stück auf dem glitschigen Uferweg zum Bahnhof rennen. Der Mann erinnerte sie an den Ausflug, den sie machen wollten, wenn das Mädchen ins Lager abgereist wäre, Ende der Woche, bevor auch Marina das Dorf verließe. Wir schlafen unter freiem Himmel, der Mond wird immer noch voll sein, wir braten Kastanien und sammeln Krebse im Bach, wie zwei heimatlose Abenteurer, du darfst mir von all deinen Gespenstern erzählen, ich erzähle dir alles, absolut alles, und noch mehr, und das Leben geht weiter, das Atmen, alles.

Der Wind hatte sich gelegt, als Marina den Hügel zum Haus hinaufstieg, aus dem Zug kamen nur wenige Leute ins Dorf, die Russen waren noch unterwegs, man musste mit niemandem Höflichkeitskonversation betreiben. Obwohl sie an diesem Tag schon viele Werst gegangen war, mehr noch, über den Rand der Welt hinaus, spürte sie keine Müdigkeit. Der Sturm steckte noch in ihr, der Wind, die Abgründe, das Gewitter und das Licht. Sie war gezwungen, die fürchterlichen Stiefel anzuziehen, aber mit denen kam man auf dem glitschigen Weg wenigstens voran. Dass die Sandalen kaputt waren, ärgerte sie, doch das war ein geringer Preis für all dieses Glück und das Licht, von dem sie getragen wurde. Wie lange es tragen, wie bald es trügen würde? Wie lange, bis anstelle des Lichts nur noch schwarzer Wind wäre?

Dann fiel ihr ein, dass die Provianttasche des Mannes beim Haus geblieben war, die würde man also noch brauchen, man musste nur daran denken, Aljas Arbeitshefte herauszunehmen und ihr mitzugeben, das Mädchen konnte das Manuskript im Lager zu Ende schreiben und es Marina schicken, damit sie alles zusammenstellte. Oder sollte sie Aljas Teil selbst fertigschreiben? So würde wenigstens etwas daraus werden, aber dann wäre es nicht ihr gemeinsames Werk, kein Buch von Mutter und Kind.

Wie schmal und grau ihr Haus jetzt aussah, wie eine Waldhütte bloß. Seit dem Frühjahr war es ihr Zuhause, dreihundert Kronen im Monat, und die ganze Zeit hatte sie befürchtet, es würde ihnen verloren gehen, würde abbrennen oder im Schlamm versinken, wenn sie weg waren, oder dass es beim Aufwachen einfach nicht mehr da war, nur noch eine Ruine, zertrümmerte Wände, solche Träume.

Zum ersten Mal erschien ihr die Vorstellung nahezu erleichternd, dieses Haus und diese Landschaft aufzugeben, dieses, oberflächlich betrachtet, friedliche Leben. Sie würde es hergeben wie die Hundertkronenscheine, die sie einmal im Monat der alten Sasková in die Hand zählte, sie würde die sinnlose Hoffnung auf eine Familie und einen gemeinsamen Alltag mit Serjoscha vergessen, das war nicht ihr Leben, nicht das, wofür sie bestimmt war.

Die Bäume standen vom Regen geschlagen um das Haus herum, die gehorsamen Wächter, denen sie vertraute. Sie waren nicht streng, tadelten nicht, verurteilten nicht, im Gegensatz zu den Menschen, aber ihr schien, dass sie sich eine Erklärung wünschten. Oder sie wünschte sich etwas von ihnen, dass sie ihr sagten, was getan werden musste. Wenn sie diese Liebe behalten durfte, würde sie dann ohne das Mädchen auskommen, würde sie auf eigenen Beinen stehen und annehmen können, was das Leben ihr gab, die Freiheit, die ihr langsamer Körper mehr fürchtete als den Tod? Das brauchten ihre Verse, um sich aus dem Inneren herausschälen zu können. Das war ihr einziges Prinzip, und nach dem musste sie handeln, und sei es gegen die anderen. Serjoscha hat es sich selbst zuzuschreiben, dachte sie beinahe schadenfroh, er hat mich ja in diese Romanze getrieben, indem er mir auch mein zweites Kind nahm.

Jemand, der spät noch vom Zug kam, brachte die Hunde in der Nachbarschaft zum Bellen, gerade als Marina das Tor hinter sich schloss. *Podsem, podsem*, hörte sie die Befehlsrufe der Frauen. Anfangs hatte sie geglaubt, alle Hunde im Dorf hätten den gleichen Namen, Podsem, aber Alja hatte erklärt, das bedeute nur «komm her, komm her». Sie würde ihren Hund nach diesem Ruf benennen, Kommher. Das Bellen und die schroffen Warnungen trieben den Fußgänger weiter, und bald erreichte er ihr Gartentor. Es war die Lumpensammlerin, auf dem Rücken einen Sack wie eine Boa, über den Lippen schnurrbärtig und doch noch nicht alt.

Dobry večer, paní, sagte die Frau.

Marina sagte ihr auf Russisch, dies sei das letzte Haus im Dorf, danach fange der Wald an. Aber das sah die Frau selbst. Sie habe bereits die anderen Häuser im Dorf abgeklappert, beklagte sie sich, hartherzige Menschen hier, auch die Zeiten sind hart, und es kommen noch härtere.

Marina sammelte flugs ein, was sie rund ums Haus finden konnte, Kleider, die Alja zu klein waren, Serjoschas aufgerissene Gummistiefel, mit denen man durchaus noch gehen konnte, sie hätte der Frau noch das Gras im Garten gegeben, wenn es ihr gehört hätte, sie füllte ihren Sack, Lumpen um Lumpen. Wie gut, auch dieses Zeug so leicht loszuwerden.

Paní, vy jste anděl.

Nein, sie war kein Engel, aber sie war an diesem Tag einem Engel begegnet, er war durch sie hindurchgegangen, hatte ihr seine ganze Kraft gegeben, ein schrecklicher, schrecklicher Engel. Auch ihre neue Adresse lautete so, Anděl, Engel, eine Wohnung im Stadtteil der Engel, auf dem Berg, im Griff der himmlischen Heerscharen.

Die Frau küsste ihr die Hände.

Dies ist ein demokratisches Land, sagte Marina, bitte keine königlichen Gesten.

Ich habe drei Kinder und einen Mann – auch er Lumpensammler, erklärte die Frau dankbar. Jetzt habe ich Kleidung für die ganze Familie.

Wenn Sie Ende der Woche noch einmal kommen, kann ich Ihnen auch den Rest geben, sagte Marina, alles, was ich nicht mitnehme.

Oh, Frau, ich werde bestimmt kommen. Mit meinem Mann.

Auf ihrem Gesicht schien Habgier auf, als sie die herumliegenden Schätze beäugte. Ein Paradies für Lumpensammler. Und würde Marina nicht abreisen, kaufte sie der Frau und ihrer Familie womöglich ein ganzes Haus und einen Platz auf dem Friedhof dazu.

Die Frau ging singend davon, Marina begab sich durch den Garten zum Haus, sie fröstelte, wenn sie sich das Leben der Bettlerin vorstellte, als trüge die Frau, dieses fast irreale Ungetüm, das Leid der ganzen Welt in ihrem Sack. Am meisten schauderte sie jedoch bei dem Gedanken, irgendwann einmal selbst so sehr an den Dingen zu hängen, am Materiellen, am täglichen Leben. So ein Leben wäre schlimmer als der Tod, es wäre ein langsam aufgeschobenes Sterben. Aber befand sie sich nicht in einer fast ebenso heiklen Lage, bettelte sie nicht um Gnadenbrot, eine Mutter, die ihre Kinder nicht ernähren, nicht einmal die eigene Tochter am Leben halten konnte?

Es gab noch eine Menge zu tun, bis das Haus leer war. Das Bärenfell hatte den Sommer über auf der Gartenschaukel gelegen, nach dem Regen würde es kaum noch zu retten sein.

Auf der Treppe zur Haustür stolperte Marina über Serjoschas Schuhe. Sie waren natürlich nass geworden. Die hätte sie der Frau ebenfalls aufdrängen sollen, aber die war bereits im Wald verschwunden, es hatte keinen Zweck, ihr noch zu folgen. Sie sahen erbärmlich aus, verbogen, willenlos von all der Niedergeschlagenheit, nicht auf diesen Boden zu gehören, sie wollten weg, aufbrechen, zurück nach Moskau, hatten sich aber trotzdem dem Dasein ständig auf der Flucht gefügt, der Ruhelosigkeit, der Heimatlosigkeit. Mit der gleichen Unruhe hatte Serjoscha auch Marina angesteckt. Zumindest musste man die Schuhe ins Haus holen, damit sie bis Ende der Woche trockneten. Sie würde später entscheiden, was sie mit ihnen anfangen würde, aufheben oder der Lumpensammlerin geben, falls diese ein zweites Mal käme.

Das Leder war gar nicht so hart, wie sie es in Erinnerung hatte, sondern wie weiche Haut, gelblich und verbrannt, gutes Leder, Schweinsleder oder Pferdeleder. Schwer vorstellbar, dass die Schuhe einmal Teil eines größeren Tieres gewesen sein sollten. Jetzt kamen sie einem vor wie etwas, das ein eigenes Leben besaß, Seele und Atem, etwas, in dem Serjoscha seine Abdrücke hinterlassen hatte. Sie hätten ihm von den Füßen fallen können, ohne dass er es gemerkt hätte, das Leder war an den Rändern spitzenartig geworden, so zerbrechlich wie Serjoscha selbst, kaum noch vorhanden, und die Schnürsenkel wie aus Angelschnur, Fischernetz, Haaren.

Auch im feuchten Zustand rochen die Schuhe leicht nach Nelken. Vielleicht hatte Sergei sie in Konstantinopel gekauft, in einem Basar, wo es nach Fellen und Gewürzen und Apfeltee und grob gemahlenem Kaffee duftete, hatte dort mit dem Mann aus Minsk Kaffee getrunken, Kampfgefährten, zwei Brüder.

Sie hatte von Konstantinopel geträumt, nicht letzte Nacht, aber der Traum kam häufiger, jetzt, da sie überhaupt wieder welche hatte, drängten sie sich geradezu: eine Brücke und eine Treppe, schmaler als diese, voller Licht, aber irgendwie tiefdunkles Licht, eines wie auf Heiligenbildern, und sie gingen auf Straßen, die mit diesem Licht beschlagen waren, dem Meer entgegen.

Serjoscha war bei ihr, der Serjoscha, den sie in Moskau gekannt hatte, der Mann vom Sandstrand, barfuß, mit Steinen in der Tasche, und sie kannte den warmen Atem des Mannes auf ihrer Haut, an ihrem Hals, aber wenn sie Serjoscha ansah, bestand sein Gesicht aus Wasser.

Wie Marina da mit den Schuhen in der Hand auf der Treppe stand, hatte sie das Gefühl, als wäre ihr Serjoscha genau so nah wie im Traum, als atmete er in dem durchgescheuerten Leder, in dem müden, stechenden Geruch darin, zögernd, aber erregt, immer ein bisschen zu schnell, Blutgeschmack im Mund, außer Atem, und eine fast erschrockene Zärtlichkeit überkam sie, Zärtlichkeit, die dem Tod voranging, und sie spürte, wie sich die Verärgerung legte. Als käme ihr Mann in seinen abgetretenen Schuhen schwankend den Weg entlang, als würde das Wasser durch die Nähte dringen, diese Schuhe waren nicht für das Überqueren von Feldern gedacht, sondern für das Umhergehen im Garten, für den langsamen Gang zwischen Haus und Schuppen, zum Pflaumenpflücken, zum Zapfen von Birkensaft, zum Pflegen der Tomaten und Bohnen – nein, Serjoscha würde barfuß an ihr vorbeigehen, die Zehen im Lehm, so, wie er es den ganzen Frühsommer getan hatte, ständig mussten wegen der Lehmflecken die Laken und Bettbezüge gewaschen, gekocht werden, eine müde Erscheinung, ein schwankender Pfahl in windiger Landschaft, inmitten des Grüns, fremd in Marinas Wald, trotzdem kamen sie nicht voneinander los, er war der einzige Mann, der sie niemals verstoßen würde, alle anderen tun es.

Serjoscha macht ihr keine Vorwürfe, niemals, er hört zu, wundert sich, so willst du es jetzt machen, bist du dir sicher, Serjoscha versteht es, auch das, was heute passiert ist, ein Kuss, ein Entflammen, pass auf, dass du nicht ganz und gar verkohlst, niederbrennst, es geschieht jedes Mal schneller, noch bevor sie es merkt.

Alja hatte sie kommen hören und stieß in der Tür mit ihr zusammen, von seltsamer Erregung ergriffen, als befände sie sich mitten im Schreckensmoment einer Tragödie. Das Mädchen hatte die weiße, verschossene Militärjacke angezogen, sie hing an ihm herab wie an Serjoscha. Die Jacke von der Wrangel-Armee hätte auch in den Lumpensack gehört, was sollte man damit anfangen, Serjoscha hatte sie nicht aufheben wollen, er wollte die Gespenster aus dem Hungerlager von Gallipoli nicht sehen, die Fähigkeit des Menschen, alle Menschlichkeit zu vergessen.

Die willst du doch nicht etwa mit ins Lager nehmen?, lachte Marina. Das Mädchen antwortete nicht, aber Marina sah, dass es sich genau das vorgenommen hatte. Aljas Augen waren furchterregend, wenn sie vor Wut glasig wurden. Warum trug das Mädchen ihr noch immer den missglückten Ausflug nach, sie konnte doch nichts für das Wetter?

Als Alja ihr den früher am Tag eingetroffenen Brief gab, mit einer störrisch, fordernd ausgestreckten gebräunten Hand, deren Fingernägel gereinigt und geschnitten gehörten, längst schon, sah Marina, dass die Augen des Mädchens nicht wütend, sondern verweint waren, aus irgendeinem Grund war es außer sich. Aber sie konnte nicht fragen, was es hatte, denn es rannte bereits zur Tür hinaus.

Marina erkannte die eckige kyrillische Schrift von Frau Bogengardt. Warum reagierte das Mädchen so? Hatte es den Brief geöffnet? Vielleicht eine Absage, doch kein Platz, alles nur Wunschdenken, oder etwas Dramatischeres, Neuigkeiten von Serjoscha. Das Kuvert war jedoch unversehrt.

Marina machte es auf und las den Brief rasch, ihr Herz schlug heftiger, womöglich stand doch etwas Besorgniserregendes darin, man befürchtete immer das Schlimmste, die Wendung vom Glück zum Unglück, vielleicht konnte man dem Mädchen den Platz doch nicht geben, weil sie noch nicht die ganze Gebühr für das Schuljahr bezahlen konnten.

Man redete sie auf offizielle Art an, sehr geehrte Frau Marina Iwanowna Zwetajewa, waren sie nicht Bekannte, woher diese Förmlichkeit, aber eigentlich waren sie ja nur Freunde von Serjoscha, vielleicht hatten sie Angst vor ihr, der Schriftstellerin. Im Brief ging es ebenso offiziell weiter. Zunächst wurde daran erinnert, die im Sommer eingetroffene Anfrage zu beantworten. Würde sie ihre Tochter begleiten, um sie auf den Anfang des Schullebens vorzubereiten? Man hoffte auf ihre Anwesenheit, genau genommen verlangte man von ihr, dass sie für die ersten Wochen mitkam. Die Schule werde ihr helfen, ein Quartier in Třebová zu finden, dort gebe es nach der Ferienzeit mehrere Zimmer zu vermieten. In den Räumlichkeiten der Schule könnten leider keine Familienangehörigen übernachten. Die Eltern der anderen Kinder, diejenigen, die noch am Leben waren oder denen es gelungen war, in Europa zu bleiben, hätten allesamt versprochen zu kommen. Nur die Antwort der Dichterin Zwetajewa werde noch erwartet. Es wäre eine Freude, wenn Sie uns zum Schulbeginn behilflich sein könnten.

Ein als höfliche Bitte getarnter Befehl, der bereits eine Anklage enthielt, bevor sie auch nur eine Entscheidung getroffen hatte. Sie haben dann und dann zu erscheinen, wir wünschen Ihren Aufenthalt bis dann und dann. Gehören Sie zu den Lebenden oder zu den Toten?

Marina konnte sich nicht erinnern, dass schon einmal die Rede davon gewesen wäre, das Kind zum Schuljahresbeginn zu begleiten. Oder sie hatte es versäumt, eine Benachrichtigung zu lesen, oder hatte sie schlecht gelesen oder nicht beachtet. Es stimmte, dass sie mit anderen Dingen beschäftigt gewesen war, als sie den Briefwechsel mit den Bogengardts geführt hatte, mit dem Theaterstück, mit dem Gedichtband, mit der Lage in Deutschland, mit Jünglings Briefen, mit dem Warten darauf, mit der Sorge, mit Serjoschas Erkrankung, alles Weitere war zu viel gewesen, sie konnte sich einfach nicht um alles kümmern. Und irgendwo im Hinterkopf hatte sie wohl auch geglaubt, dass aus der Abreise des Mädchens doch nichts würde.

Aber jetzt verlangte das Leben ihr etwas ab, sie wurde gebraucht, ihre «Anwesenheit». Sie musste nach Moravská Třebová. Für zwei Wochen. Müsste sich dort immer wieder von dem Mädchen verabschieden und die andere Welt, die ihr das Kind entreißen würde, akzeptieren. Eine Trennungsprozedur von zwei Wochen würde sie nicht ertragen, darum war das Mädchen auch so ungehalten, ihm fiel es nicht weniger schwer, dachte Marina, während sie mit dem Brief in der Hand in den Garten ging. Zuerst diese Nacht, dann der morgige Tag. Und dann alles noch einmal von vorn. Wie sollte sie außerdem das Zimmer bezahlen, in einem teuren Hotel in der Stadt? Und sie müsste sämtliche Pläne fallen lassen, keine jugendlichen Spiele, keine Leichtigkeit des Lebens, keine Gnade. Kein Mond und kein Lagerfeuer, keine gebratenen Krebse, keine Nächte im Gras. All das wollte ihr das Leben nicht gönnen, es hielt nur Pflichten für sie bereit, bestrafte sie für die Feier des Augenblicks.

Marina sah das Mädchen zunächst nicht, wo war es hin, doch nicht etwa schon wieder einfach verschwunden? Sie wollte schon auf die Straße eilen, da merkte sie, dass Alja auf einen Baum geklettert war und in ihrer weißen Uniform auf einem Ast der Eberesche saß. Wartete das Mädchen darauf, dass ihre Mutter es beschwören würde herunterzukommen? Nein, den Gefallen würde sie ihm nicht tun, sollte es seinen Zufluchtsort nur behalten.

Der Wind nahm wieder zu, und die Äste in den Baumkronen bewegten sich. Marina ergriff den untersten Ast, sie war noch gelenkig und kräftig, und das Mädchen staunte geradezu, als sie zu ihm hinaufkletterte. Es weinte nicht mehr. Tränen machten Marina immer ungehalten. Das Mädchen wusste das, es machte lange, klare Atemzüge, schluckte heldenhaft sämtliche Schluchzer, wich Marinas Blick jedoch aus.

Marina beschwor das Mädchen, den Waffenrock auszuziehen. Die Bogengardts würden es als Blasphemie verstehen, und sie sagte, Alja dürfe die Puppe, die sie von Tanja Maximowa bekommen hatte, mitnehmen. Darüber hatten sie schon einmal diskutiert, Marina gefiel es nicht, wenn das Mädchen mit Puppen spielte, und hatte ihm deshalb verboten, die Puppe, die es von Olgas Enkeltochter geschenkt bekommen hatte, mitzunehmen, obwohl auf der Liste der Bogengardts sogar ein Spielzeug genannt wurde.

Ich mache mir nichts aus der Puppe, sagte Alja nun. Du kannst im Lager mit anderen Mädchen spielen, sagte Marina versöhnlich, bei mir lernst du nur diese uralten verrückten Geschichten. Spielen kann jeder, sagte Alja, das haben Sie doch selbst gesagt. Aber du bist nicht jeder, erwiderte Marina schon etwas wärmer. Alja schaute sie spöttisch an, plötzlich sah sie aus wie Maria Meyn. Spielen kann jeder, erinnerte sich Marina jetzt – so hatte sie es gesagt, auch wenn sie es gar nicht so gemeint hatte.

Weißt du, mein Aljoscha-Schätzchen, versuchte sie das Kind zu besänftigen und den vertrauten Kontakt wiederherzustellen, ich glaube, ich bin ein bisschen verliebt in den Pferdefreund. Was hältst du von ihm? Aber das Mädchen schnaubte nur, Sie verlieben sich sogar in einen Kastanienbaum, wenn er zufällig gerade vor Ihrer Nase blüht. Marina lachte, diesen Satz hatte das Kind von Serjoscha gehört. Alja war bereits auch ein bisschen zum Lachen, und Marina dachte daran, den Brief der Bogengardts zu erwähnen und Alja zu fragen, was sie davon hielte, wenn ihre Mutter ihr für ein, zwei Wochen ins Lager folgen würde, aber weil das Mädchen weiterhin nur in die Ferne starrte, beschloss sie, mit diesem Gespräch bis später zu warten.

Hast du zufällig Koljas Jacke gesehen?, fragte sie dann. Nun drehte sich das Kind um, schaute sie an wie ein Fuchs, schüttelte den Kopf. Wollen wir die Hefte herausholen?, versuchte es Marina noch, so freundlich und aufmunternd, wie es nur ging. Das Mädchen sagte, es müsse die Pelargonie gießen. Die Pelargonie, richtig, die Pelargonie, die Pelargonie muss genau in diesem Moment gegossen werden. Das Mädchen ließ sich vom Ast herab und auf den Boden fallen. Marina sah, dass ihm das Fußgelenk wehtat, als es auf die Beine kam, aber trotz des Schmerzes rannte es zum Haus. Sollte es nur seine Pelargonie gießen, es gab ohnehin noch so viel zu tun.

Die Provianttasche des Mannes aus Minsk stand neben dem Schuppen. Marina trank die Neigen aus den Flaschen, die Reste vom Brot und dem grauen Stück Salzfleisch könnten sie zum Abendbrot essen, aber das letzte bisschen abgestandener Sekt verursachte ihr Übelkeit, denn durch den war sie zu der leichtsinnigen Kokotte geworden, über die das Kind seine Possen gemacht hatte.

Das Seitenfach der Tasche war offen und leer. Hatte Alja ihre Hefte schon herausgenommen? Die Tasche war feucht, es hatte hineingeregnet, hoffentlich waren die Hefte nicht ruiniert, gewiss hatte sich das Mädchen Sorgen darum gemacht und sie deswegen ins Haus geholt. Sobald die Blume gegossen war, würden sie sich an die Arbeit machen.

Das Bärenfell müsste sie vor Einbruch der Dunkelheit vor dem Regen in Sicherheit bringen und dann noch einmal trocknen lassen, man konnte von Glück sagen, wenn man ein paar Kronen dafür bekam, mitnehmen würde sie es nicht. Und die Wäsche – nach der Wäsche würde sie anschließend schauen, die war natürlich auch nass geworden. Im Frühjahr, nachdem der Schnee geschmolzen war und von den Bergen Bäche herunterschossen, hatte sie das Fell zunächst in den Keller gebracht, aber es war so feucht gewesen, dass es dort fast verrottet wäre, voller Fliegenlarven, also hatte sie es nach Serjoschas Weggang zu Beginn des Sommers auf der Gartenschaukel zum Trocknen ausgebreitet und sich dabei an ihren Traum erinnert, an den Traum mit dem sterbenden Bären, von Ungeziefer gehetzt, umkreist, ausgehungert, der in ihr Bett kam, sie bat, ihn zu heilen, und sie ließ ihn über sich kommen, drückte ihm das Becken entgegen, erstickte fast unter ihm, er zermalmte sie auf dem kalten Fels, und er weinte, seine Krallen waren scharf, er biss ihr in die Brust, in die Schulter, in den Hals, und sie wachte davon auf, dass sie weinte, weil der Bär sie betrogen, verstoßen, allein auf dem kalten Stein liegen gelassen hatte wie ein abgenutztes Kleidungsstück. Davon kam sie zu sich.

Sie hob das nasse Fell auf, es war schwer wie ein Toter, und was für ein Geruch. Dann rutschte etwas heraus, etwas Glattes und etwas Raues zugleich, und sie erschrak, als wäre der Bär plötzlich zum Leben erwacht, sie schrie wie in einem bösen Traum. Als sie sich wieder beruhigt hatte, erkannte sie, was es war: nichts Lebendes, sondern das Sakko des Mannes aus Minsk, in Streifen geschnitten.

Alja plapperte in ihrem Zimmer mit der Pflanze, während sie mit einer kleinen Gießkanne die Wurzeln wässerte. Marina spürte, wie sich der Zorn in ihr verdickte, als das Mädchen im Mulch kratzte, ohne sie anzuschauen. Sie hätte die Pflanze zu Boden schleudern können, aber das Mädchen schützte die Pelargonie mit ihrem Körper. Marina packte das Mädchen an den Haaren, zog es vom Fenster weg und breitete die Stoffstreifen und alles, was in den Jackentaschen gewesen war, auf dem Bett aus, die Schlüssel, die gerollten Kronen, die Telefonnummer einer Frau namens Jana, die Spielmarken, den Zahnstocher.

Das Tatwerkzeug, die Schere, lag noch auf dem Fußboden. Wie überheblich und gleichgültig. Das Mädchen hatte sein Zerstörungswerk verrichtet, als Marina den Mann zum Zug begleitet hatte, daher die Erregung, der wahnsinnige Blick, die Tränen im Flur, als sie zurückgekommen war, und der Auftritt in Serjoschas Waffenrock.

Und wenn ich von deiner Pflanze eine Knospe nach der anderen abschneide, was würdest du dazu sagen? Das Mädchen drückte die Pflanze an sich und schaute Marina nun eindeutig furchtsam an.

Natürlich würde ich so etwas nicht tun, sagte Marina und warf die Schere in die Kiste mit den Sachen, die nach unten gebracht und eingepackt werden sollten. Sie bekam Mitleid mit dem Mädchen, das die Pflanze schon ein ganzes Jahr pflegte, sie nach den Umzügen wieder zum Leben erweckt und mit ihr gespielt hatte, weil ihm das Spielen mit Puppen verboten worden war.

Und als sie sich beruhigt hatte und das Mädchen fragte, wie alles vor sich gegangen sei, erzählte das Kind, es habe die Jacke nach der Rückkehr aus den Bergen versteckt. Aber warum nur, wolltest du, dass der Mann bei uns bleibt? Nein, antwortete das Mädchen, ich wollte, dass er für immer und ewig verschwindet. Und dass Löwe zurückkommt.

Marina wusste nicht, ob die offenen Worte des Mädchens Mitgefühl oder Ärger bei ihr auslösten, aber sie versuchte ruhig zu bleiben. In wesentlich freundlicherem Ton fragte sie nach den Heften. Waren sie schon eingepackt? Sie wollte vor den abendlichen Verrichtungen noch einmal gemeinsam das Manuskript durchgehen, damit das Mädchen wusste, wie es im Lager weitermachten sollte.

Alja sagte, sie habe keine Hefte. Wieso?, fragte Marina lachend. Sie habe eben keine. Normale Kinder müssten keine Dichtungen und Romane schreiben. Sie bat das Mädchen, darüber keine unnötigen Scherze zu machen. Wo sind sie, wenn nicht in der Provianttasche? Das Mädchen rang die Hände, und Marina sah, dass es noch etwas vor ihr verbarg.

Als sie es am Handgelenk packte und fest zudrückte, sagte es, die Hefte seien ertrunken, es habe sie ertränkt, es habe eines nach dem anderen vom Voškov-Berg geworfen.

Marina verfügte über kein einziges Wort, das an die Wut heranreichte, die sich in ihr nun noch mehr verdichtete.

Ich will ein normales Kind sein, sagte Alja.

Marina begriff nicht einmal selbst, wie schnell ihre Hand dem Mädchen ins gebräunte Gesicht schlug.

Löwes Sachen sind fort,
ich sehe es gleich, als ich den Gazevorhang lüfte,
sie haben fertig gepackt in der Ecke gestanden,
ich sehe jeden Morgen nach und frage:
Wann musst du gehen, Löwe, und Löwe antwortet,
ist es nicht schön hier, wie im Märchen, Kuppeln und Türme und alles, Bäume
und Weite, die erstaunliche Stadt Alexandrow, die Hauptstadt des alten Moskau, eingefasst von den Mauern Iwans des Schrecklichen, wenn es Herbst wird, kehren wir nach Moskau zurück, dann darfst du wieder in deinem eigenen Bett schlafen, wir drei zusammen, wieder daheim, und er schaut Marina an, nicht wahr, Sie, Marina, Aljoschka und ich, und Marina weicht aus,
schaut weg, und ich sehe, wie Marina in sich hineinlacht und ein Lächeln unterdrückt, das nicht sein darf,
meine Füße reichen nicht bis zum Boden, als ich mich auf den Bettrand setze, sobald ich stehe, versuche ich sofort dorthin zu gelangen, wo das Licht hinfällt, auf dem Tisch stehen eine Milchflasche und Brei, so wie an gewöhnlichen Morgen, ich muss essen und trinken, ich kann es allein, aber jetzt
suche ich nach Löwes Sachen,
die Sachen müssen irgendwo hier sein, Löwe ist nur zum Exerzieren gegangen, und alles ist wie an einem gewöhnlichen Morgen,
wenn ich Milch trinke, ist es ein gewöhnlicher Morgen, und ich trinke Milch, es ist ein gewöhnlicher Morgen, und Marina schreibt
Marina hat geschrieben, seit der kameläugige Ossip weg ist, hat ein Lächeln gelächelt, das man nicht lächeln darf, Marinas Lächeln windet sich wie Klematis um meinen Bauch, wie die Erbsenblüten, die die

weiße Wand hinaufklettern, so wie an jedem Morgen, und das Licht hat ein Spitzenmuster auf den Fußboden gemacht, es ist immer schon da, wenn ich aufwache

Ich trete in den Kreis, der warm ist vom Licht, esse meinen Brei, an diesem gewöhnlichen Morgen, sitze in der Sonne beim Pinkeln, an diesem gewöhnlichen Morgen, öffne eine Erbsenschote, in der keine Würmer sind, obwohl ich es zuerst glaube,

weil ich viele gegessen und eine weggeworfen habe, in der ein Wurm wohnt, ich verstecke sie unter der Bank, ich will sie noch einmal sehen, und der Teller ist in den Zuber geschoben worden, Marina nimmt mich an der Hand

an einem gewöhnlichen Morgen gehen wir das Exerzieren auf der Lichtung anschauen,

eins, zwei, drei

eins, zwei, drei, das Feld riecht wie ein Stall, und das Gras ist lang geworden, wo sie nicht aufstampfen, Löwe bleibt nicht im Takt mit den anderen und fällt zurück, *eins, zwei, drei, Rekrut Efron,* ich halte mir die Ohren zu, damit ich nicht höre, wie er angeschrien wird

Aber es ist kein gewöhnlicher Morgen, an dem Marina schreibt und der Tag vor einem flattert wie ein weißes Laken im Wind, und wenn ich keine Schüsse mehr höre, weiß ich, dass Löwe bald kommt und

seine Nase an meiner reibt

die Soldaten ziehen heute ab

ich habe in der Nacht gehört, was sie reden

du musst es ihnen sagen, du kannst um Befreiung bitten

ich halte es aus, besser als das hier

Marina fängt an zu weinen, obwohl Serjoscha es tun müsste, ich halte den Atem an

du gibst dich den anderen, aber nicht mir

den Löwenanteil

dann wird es still

Marina hat sich das Haar glattgekämmt und lässt die Tür offen

Wir gehen nicht zum Exerzierfeld, sondern biegen eine Gasse weiter links ab, dorthin, wo die Kirche und der Brezelladen und die Marktleute sind und der Bahnhof und das Fensterbrett und die weiße Katze, die die Tante mit Zucker füttert, darum ist sie weiß, weiß wie mein

Kleid, das ich ganz allein angezogen habe und das man an gewöhnlichen Tagen nicht anzieht
ich gehe voran wie eine Ente, im weißen Kleid geht es sich leicht, und ich werde Marina nicht fragen
ich gehe vor ihr her
Soldaten weinen nicht
Im Kies gibt es rote Steine, an einem anderen Tag würde ich sie sammeln, bis die Taschen voll sind, wenn man einen glatten Stein findet, kann man ihn in den Mund stecken, wenn sie es nicht sehen
Löwe sieht es
Löwe legt die weiche Hand auf meine Wange, und er muss nicht mehr tun als
mir über die Lippen wischen, da spucke ich den Stein in seine weiße Hand,
die knochigen Finger umschließen den roten Stein wie einen Schmuck
Was für einen wunderschönen Stein du gefunden hast, sagt er, den nehmen wir für die Sammlung mit, die Sammlung liegt auf dem Ikonentisch, die Edelsteine des Zaren, dort liegt auch der Stein, den Löwe für Marina gefunden hat, der blaue Stein, der Stein vom Schwarzen Meer, so lange der Stein da ist, müssen sie sich auf dieser Welt nicht voneinander trennen,
so lange der Stein da ist, finden sie einander auch auf der anderen Seite der Welt, *dieser Stein*, dieser eine Stein
Die Stadt ist wie ein in der Hitze nach Luft schnappendes Tier, sage ich zu Marina, und sie mag den Satz
Was für ein Tier?
Ein schnelles Tier, ein Bisam? Ein Wiesel?
Ein Hermelin?
Das Wiesel ist viel schöner
Die Stadt ist wie ein in der Hitze nach Luft schnappendes Wiesel,
aber jetzt hat es noch keinen Rhythmus,
woher kommt der Rhythmus?
von der Bewegung, von der Bewegung der Welten, und von dir, von mir, höre darauf
Meine Stadt schnappt wie ein Wiesel in der Hitze nach Luft
großartig, Aletschka, besser, viel besser

Marina nimmt meine Hand und drückt zu, das ist meine Belohnung, ich bin ein gutes Mädchen, ich tue alles, was Marina will
So heiß ist es, dass die Sonne ein Stück Papier von sich aus entzünden kann, und die Wälder rings um die Stadt brennen, und das Gras und die Sträucher, und es regnet Ruß auf die Straßen und auf die weiße Wäsche, und wie sehr man sie auch kocht, der Ruß geht nicht weg

Wir stehen unter einem Baum
die Frauen, die in der Sonne stehen, sind die gleichen, die am Exerzierfeld gewesen sind, mit schwarzen Blumentüchern, heute mit schwarzen, gestern mit roten und schließlich mit weißen
dennoch sind sie nicht so blass wie am Anfang
Ich habe etwas Klebriges an der Hand, es ist zuerst weiß und wird dann schwarz
eins zwei drei eins zwei drei
Der Himmel ist so weiß, dass ich zuerst nichts sehe,
dann flattern dunkle Formen in den Augen, wie schwarzes Wasser, durch das man nicht hindurchsieht, und ich erkenne Löwe nicht, zuerst erschrecke ich, weil er einer geworden ist, den ich nicht kenne, jemand, der zwischen den anderen zerläuft, die laut rufen, sich an den Händen fassen, die Handgelenke umdrehen, und die alle gleich aussehen, außer Löwe, der anders ist, aus viel weicherem Material, aus Samt, aus Sauerrahm, aus Hafergrütze und Vogelschwingen
Wie kann Löwe heil bleiben, wo die anderen so scharf und hart sind, denke ich, wenn man mit dem Finger auf Löwes Bein drückt, entsteht ein blauer Fleck, und die Wunden verheilen nicht, so wie bei mir, aber ich bin noch ein Kind
zu Marina sage ich jetzt nichts
Die gelben Felder duften bis hierher, aber Löwe duftet nicht mehr, fast vergesse ich, wie Löwe geduftet hat, wie ich selbst und wie Marina nach Zigaretten und Seerosen
zuerst kommt der Eisenbahngeruch, aber nicht der von Mandelplätzchen, und dann Löwe
Löwe duftet nach Ziegenmilch und Gras
ich sitze auf Löwes Schoß
mein Mädchen, ich bin hier, keine Angst

wenn ich den Arm um Löwes Hals schlinge, spüre ich zuerst den stechenden Kragen, wie hält man es in so dicken Kleidern nur aus?, sie wiegen mehr als ein Bärenfell, und Löwe, der schmächtig ist wie ein Vogel, wie schafft er das alles, und wozu, durch Steppen und über Berge gehen sie so, in ihren weißen Mänteln, weiß wie Schwäne, *eins zwei drei, eins zwei drei*

Löwe korrigiert seine Haltung, ich kenne die Sehnen und Knochen unter seiner Haut, das Geräusch der Knochen, das wie das Rascheln von Papier ist, und ich sehe, dass er an der Wange blutet, die Rasierklinge hat ihn geritzt, ich weiß, wie leicht man davon eine Wunde bekommt

Löwe hat mir erlaubt, ihn zu rasieren, als Kamel bei uns war, Löwes Hände zitterten, sodass er es selbst nicht konnte, Kamel schlief neben Marina, Marina badete in Kamels Worten wie in Honig, und ich sah, dass Löwe mit seinen Decken auf dem Teppich geschlafen hatte, aber jetzt ist Kamel fort

Weshalb will er uns verlassen und dieses schwere Fell tragen?

Löwe hat immer Geduld, mit mir zu spielen, er lässt mich und mein Kleid fliegen, und ich bin nichts als Wind und Haar und ein Rad in der Luft, leichter als der Wind, Sternenstirn

Sie halten mich beide fest, Marina und Löwe, und ich drücke mit der einen Hand Marinas Hinterkopf und mit der anderen Hand Löwes, sodass ihre Stirnen gegeneinanderstoßen

Die Felder sind gelb und voller Blüten und schwindelerregend wie ein Kleid

Aljoschka, hör auf, du bist zu wild,

ich kann nicht atmen, sagt Marina

ich kann nicht leben, sagt Serjoscha

wenn ich dich verliere, nehme ich mir das Leben

ich bewache sie

du kannst ja nicht einmal die Toten ertragen

Marina kratzt Löwe an der Wange, und die Wunde geht auf, eine Träne rinnt in die Wunde, und die Träne mischt sich mit Blut, und ein blutroter Tropfen rollt die Wange entlang und auf mein Kleid und wird dort zum hellroten Fleck, als wäre Himbeersaft darauf gekommen

Marina sagt Entschuldigung

Serjoscha sagt Entschuldigung

obwohl es nichts gibt, wofür er um Entschuldigung bitten müsste, noch nicht
Marina drückt die Wange auf Löwes Wunde, und ich drücke meine Wange auf die Tränen, ich weiß nicht auf wessen, dann sind wir ein und dasselbe Wasser, klar und hell, und ich sehe die Steine am Grund des Meeres und den weißen Himmel unter ihnen, und die beiden legen die Arme um mich, und ich bin zwischen ihnen, und sie keuchen, aber so leise, dass nur ich es höre
Marina sagt das Gleiche wie in der Nacht
du müsstest nicht gehen
aber Löwe sagt nichts mehr, sondern hält den Atem an, und ich halte ihn auch an, genauso lange wie er, und würde er nicht den Atem anhalten, würde er in Stücke zerfallen, würde Stockwerk für Stockwerk einstürzen wie ein Haus, und dann höre ich das Rascheln der großen Vögel,
als hätten sie irgendwo gewartet und würden nun den Himmel erobern, wie ein Omen, ein Zeichen
Ein Gedicht, du schreibst darüber ein Gedicht, Aljoschenka, die täglichen Vorzeichen
und wir sehen zu, wie die Flügel den Himmel bedecken,
für einen Moment ist alles schwarz wie bei einer Sonnenfinsternis
die Landschaft ohne Farben, schwarze Straßen, graue Holzhäuser, weißer Himmel, aber das Feld duftet gelb
Marina tritt vor die Frauen hin und sagt, ich möchte wissen, wie vielen von unseren Männern man in die Brust schießen wird
Die Frauen sehen Marina an, als hätte sie um Mehl gebeten, und wenden die Blicke ab, sie gehen, dorthin, wo die Männer sind, nur wir bleiben unter dem Baum

Marina öffnet die Fensterläden und schließt sie, trägt das Buch vom Tisch zur Fensterbank und die Bürste von der Fensterbank zum Tisch und den Porzellanhund ins Küchenregal
Auf dem Regal liegt eine Uhr, sie nimmt sie in die Hand, Marina hat vergessen, sie Löwe zu geben, obwohl sie versprochen hatte, sie ihm zu überreichen wie einen Ring
Ich sehe Löwes Hand

die knochigen Finger halten den schwarz gewordenen Rand des Glases, und am knochigen Handgelenk ist ein weißer Streifen anstelle der Uhr
Löwe entfernt sich am Firmament wie der Wind, über schwelende schwarze Felder hinweg, über Berge, über Wasser, und es regnet Ruß auf unsere Haare, und er geht nicht mehr weg
Ich presse die Augen fester zu, sodass es an der Stirn wehtut
solange wir Löwes Uhr haben, halten wir ihn am Leben
solange, jetzt
solange sind wir eins, Löwe,
Luchs und Hippo

Moskau
August 1939

Für den Sohn der Dichterin, rief eine nasale Männerstimme, sie überfiel mich, als ich vom Treppenhaus aus die Etage betrat. Der alte Sudak stand im dunklen Gang und reichte mir etwas in Pergamentpapier Eingewickeltes, suchen Sie so etwas?

Im Gang roch es nach Kohl, wieder kochte jemand Kohl, Herrgott, Kohl im Bett, Kohl im Ausguss, selbst die Kühe würden Kohl fressen, der Kohl würde uns nie ausgehen.

Ich wog das Paket in der Hand, es raschelte leicht. Der Alte schlurfte hinter mir her zur Tür, schon den ganzen August war das Licht im Flur kaputt, ich tastete mit dem Schlüssel nach dem Schloss, es machte Sperenzien, ich schaltete das Licht in der Wohnung an, der Mann blieb auf der Schwelle stehen, guckte sich vorsichtig um, ich konnte den Spalt in seiner Oberlippe erkennen, er sah aus wie ein Barsch.

Lilja hatte ihm zwei Tage zuvor die Tür vor der Nase zugeschlagen, hier gibt es nichts für dich, hatte die Tante dem alten Briefträger direkt gesagt. Das ist ein Spitzel, flüsterte sie mir zu, als Sudak zum erstenmal an uns vorbei zu seinem Zimmer humpelte, in dem er als Einziger auf der Etage allein wohnte. Meinen eigenen Beobachtungen nach war der Alte halb taub und fast blind und wollte nicht glauben, dass ich nicht Liljas Tochter war, besonders genau oder gründlich in seinen Beobachtungen konnte man ihn also nicht nennen, am Anfang hatte er sogar mich für Lilja und Lilja für mich gehalten. Aber die Tanten verdächtigten die Hälfte der Hausbewohner, Spitzel zu sein, und hassten sie mehr als alles andere. Ich stand außerhalb jedes Verdachts, die kleine Aljoscha, obwohl sie sehr wohl wussten, aufgrund welcher Verdienste Serjoscha in einem vom Innenministerium verwalteten Dorf untergebracht worden war.

Ich öffnete das Päckchen, und da lugte die verknickte Ecke einer Tafel Schokolade hervor. Die beste und einzige, sagte der Alte, von der staatlichen Fabrik. Er tastete sich bereits in den dunklen Flur vor, bevor ich den Mund aufmachen konnte, um ihm zu danken. Ich folgte ihm, konnte ihn an der Schulter festhalten, bevor er an seine Tür gelangte.

Mein Bruder liebt diese Schokolade, sagte ich und bot ihm zum Dank Zeitungen an, wollen Sie sich welche holen kommen, alle schreiben über das Abkommen. Der Alte sagte, er könne nicht mehr lesen, und würde der Krieg nicht auch ohne die Zeitungen kommen? Ich hatte vergessen, dass er kaum noch etwas sah.

Das Abkommen ist ein Schritt zum dauerhaften Frieden, sagen alle, beteuerte ich, es wird ein Winter des Friedens, zehn Winter Frieden. Sicher nicht, wenn man den Krieg fragt, antwortete der Mann und schlurfte weiter, nun seinerseits meinem Dankbarkeitsversuch ausweichend.

Aber seien Sie auf der Hut, drehte er sich noch einmal im Dunkeln um, die Schokolade ist Luxusware, und Sie können deswegen verhört werden. Es wird ja wohl niemand wegen einer Tafel Schokolade verhaftet werden, lachte ich. Von mir haben Sie die nicht, sagte er und öffnete die Tür zu seiner geräumigen Einpersonenwohnung. Natürlich nicht, beruhigte ich ihn, das bleibt unser Geheimnis, sagte ich noch, bevor er die Tür hinter sich schloss.

Ich schämte mich für Liljas kindisches Verhalten und meine Überheblichkeit. Auch ich war dem aufdringlichen, einsamen Nachbarn aus dem Weg gegangen. Dabei wollte er uns gar nichts Böses, dachte ich, er arbeitete wohl nicht einmal für die Tscheka, auch wenn er ein Zimmer für sich hatte, ein einsamer Alter ohne Familie, der sich vor den Menschen mehr fürchtete als Lilja und Zina, man brauchte ihn nicht einmal wegen des Zimmers zu beneiden.

Irgendein Pygmalion hatte unsere Wäsche von der Leine gerissen und auf einen Haufen geworfen und seine eigene aufgehängt, als ich die am Vorabend gewaschenen Sachen im Keller holen wollte. Es war nicht das erste Mal. Immer wieder piesackte uns jemand ein bisschen. Stellten sich Gemeinschaftlichkeit und Freundschaft in der Realität so dar, in Form von Misstrauen und kleinen Sabotageakten?

Serjoschas lange Unterhosen, Murs Hemden, die Matrosenhose, die Handtücher, Laken und Kissenbezüge bildeten ein einziges verschlungenes Bündel voller Falten, wie die in Mullbinden gewickelten Neugeborenen, die ich im Fenster der Frauenklinik gesehen hatte, als ich in der nebenan liegenden kardiologischen Abteilung gewesen war, um Serjoscha nach der Herzuntersuchung zu besuchen.

Nach Bolschewo konnte ich keine zerknitterte Wäsche mitbringen; Marinas schadenfrohes Lächeln, Murs kindischer Zorn, Serjoschas Herz, es würde kein spöttisches Wort, keinen einzigen Streit mehr ertragen.

Ich brachte die Kleider nach oben, obwohl sie noch feucht waren, denn im Keller hätten sie über Nacht nur angefangen zu riechen. Dass nun auch das noch passieren musste. Wie machten sie das, die Menschen, die ihren Haushalt und ihr Heim versorgten, alles in Ordnung hielten? Auch ich wollte für Sauberkeit sorgen können, die Welt weiß und schön halten für das, was noch keinen Namen und keine Gestalt hatte, das noch nichts als Dunkelheit in mir war, aber mein Leben war immer in Unordnung, ich bekam es nicht in den Griff, nichts ging vonstatten, wie ich es plante, als hielte mich jemand in seiner Gewalt.

Auch den schon ganz schwarzen Wäschesack hätte ich waschen müssen. Wo hatte der nur herumgelegen? Er roch nach den Wohnungen in Paris, nach dem Fett und dem Hunger der Unterkünfte in Meudon, Clamart und Vanves, auch dort war die Wäsche im Sack in den Keller und zurück geschleppt worden, und er roch nach benutzten Kleidern und Bratkartoffeln, nach Schufterei und unausgesprochenen Wörtern, nach Tagen, an denen alle wie auf eine gemeinsame Vereinbarung hin verstummten, und Schatten und Abkehr unser tägliches Leben bildeten.

Der Sack hatte meinen Vater ans Schwarze Meer begleitet, von Konstantinopel nach Prag, nach Paris, von einem Krankheitsort zum nächsten und jetzt hierher, als man meinen Vater heimlich ins Land gebracht hatte, auf einem Kriegsschiff über das Eismeer, und er eines frühen Morgens im Frühling vor Liljas Tür gestanden hatte, ich war davon als Erste aufgewacht.

Nachdem ich die Wäsche auf Liljas Diwan gelegt hatte, bemerkte ich etwas am Boden des Sacks, ein Stück Stoff war herausgeschnitten und durch ein anderes ersetzt worden. Es war die Stelle, an der man die fast völlig verblassten Umrisse des Adlers gesehen hatte, und ich selbst hatte

Serjoscha geholfen, den Flicken einzunähen. Seltsam, dass Serjoscha dieses Ding nie ausrangiert hatte, obwohl er sich sonst von allem, was mit der weißen Armee zu tun hatte, nach und nach losgesagt hatte, die Arbeit im Bund der Eurasier war nur eine dünne Schutzhülle des richtigen Lebens gewesen, und war es ursprünglich überhaupt Serjoschas Sack, oder hatte er Rodzewitsch gehört?, dem Waffenbruder von Gallipoli und Reiter von Prag, Vera Traills zweitem heimlichen Liebhaber, ich hatte das alles gesehen, obwohl Vera glaubte, es vor mir zu verbergen. Hatte Marina Vera deshalb nicht ertragen können, weil sie begriffen hatte, dass Vera mit Rodzewitsch liiert war, dem Mann, den sie selbst verspottete, wo es nur ging?

Sie würden mich nach dem Treffen mit Boris fragen. Das begriff ich, als ich darauf wartete, dass das Bügeleisen in Liljas Wohnung heiß wurde. Es war vollkommen klar. Darum wollten sie mich sehen. Jemand aus der Redaktion hatte umgehend von unserem Treffen auf der Parkbank berichtet. Darum war Boris auch so nervös gewesen, er wusste, dass man uns beobachtete.

Ich nahm das erste zerknitterte Kleidungsstück, versuchte tief durchzuatmen und faltete es auseinander: Serjoschas Hemd, an dem Knöpfe fehlten, an den Achseln dünn geworden, die gelben Flecken gingen nicht einmal mehr mit Lauge heraus. Die Hemden meines Vaters, die Unterröcke meiner Mutter, Murs Hemden, Laken, Handtücher, alle grau geworden, verschossen, müssten gestopft und ausgebessert werden.

Was wollten sie von mir, was hätte ich der Frau aus dem Café Prag zu sagen, oder noch schlimmer, wenn es ein Mann wäre, Männer brachten mich immer dazu, etwas zu sagen, was ich nicht sagen wollte, ich hatte meine Worte nicht unter Kontrolle, ich würde genau das sagen, was sie sich erhofften.

Eigentlich hatte Boris nicht einmal etwas erzählt, über das man dem Apparat Bericht erstatten müsste, nichts, was gefährlich gewesen wäre oder illoyal, die Tatsache, dass er sich nicht imstande sah, zu schreiben, war ja wohl keine parteifeindliche Tätigkeit. Aber er ging ein Risiko ein, als er uns warnte, und er hatte natürlich Angst um seine Familie, viele Freunde von ihm waren im Lauf des Sommers verhaftet worden, auch der Theaterregisseur Meyerhold, Menschen verschwanden wie in tiefem Wasser, machte er sich darum Sorgen um uns, auch um Marina?

Ich breitete die gestreifte Pyjamahose meines Vaters auf dem Bügelbrett aus, seine fast durchgescheuerte, beim Tragen vom Leib fallende Haushose, so lange ich mich erinnern konnte. Die Hitze zischte auf dem Schritt. Lilja würde noch eine Zeitlang nicht kommen, ich hatte Zeit, in Ruhe nachzudenken, ohne dass sie jeden meiner Gedanken in diesem kleinen luftarmen Zimmer hörte, und ich hatte Zeit, jeden Saum und jede Naht zu bügeln, für einen Moment waren sogar die schäbigen, abgenutzten Kleidungsstücke wie neu, weich auf der Haut meines Vaters, ach, wenn sie ihn nur heilen könnten, stärken, glücklich machen, ihm das Leben ermöglichen.

Natürlich würde ich zugeben müssen, mich mit Boris getroffen zu haben, alle hatten vom Fenster der Redaktion aus gesehen, wie wir in der Grünanlage vor dem Pressehaus zwischen den Holunderbüschen spazierten. Und wenn ich handeln würde, wie es sich gehörte, müsste ich von Boris' Warnung berichten, hinter so einer kleinen Sorge konnte etwas Größeres stecken, von dem ich keine Vorstellung besaß, so hatte man es mir im Büro beigebracht, es war nicht meine Aufgabe, Dinge einzuschätzen, sondern zu berichten, etwas zu merken und zu notieren, mit den Typen der Schreibmaschine in die Haut der Makulatur schlagen: Diese und jene Unzuverlässigkeit des Genossen tritt u. a. in folgenden Dingen zutage. Während des Schriftstellerkongresses in der Mutualité hatte ich Boris schützen können, aber jetzt wusste ich, dass ich von den Zweifeln, die ich in ihm aufwallen sah, berichten musste, wenn ich eine weiße Weste behalten wollte. Aber ich kannte Boris, ich wusste, was er hinter sich hatte, er befürchtete immer das Schlimmste, sorgte sich um die anderen wie eine nervenschwache alte Jungfer, psychasthenische Neurasthenie, womöglich hielt ihn die Krankheit noch immer umklammert, die metaphysische Sorge. Was hat dich krank gemacht?, hatte ich ihn in Paris gefragt. Die Zeit, die Geschichte, antwortete er, das Wachsen des Grases.

Ich bügelte das Laken für ein Ehebett, drückte sorgfältig auf die zerfaserten Spitzenränder und die roten Stickereien, in dieser Bettwäsche hatte vor uns eine andere russische Emigrantenfamilie geschlafen, die bei einem entsetzlichen Zugunglück ums Leben gekommen war, wir hatten sie nicht einmal besonders gut gekannt, über die Armenhilfe war uns etwas von ihrem Nachlass vererbt worden. Mit dem Sohn hatte ich lange Sonnentage in den Dünen am Atlantik verbracht, Schwärmer und Grillen gesammelt, und der Junge hatte mich zum ersten Mal geküsst, und nun war auch er tot, und mir blieb nur ein gezackter Seestern in der Tasche meiner Strickjacke. Von Kolzow hatte ich nicht einmal das, vielleicht ein Foto oder zwei, die modernen Formen von einzelnen Gebäuden, Erinnerungen an aufmunterndes Schulterklopfen, an Stunden, in denen wir uns kaputtlachten. Die Gegenstände blieben, auch wenn sich die Erinnerungen und die Menschen in Luft auflösten. Aber Boris musste ich schützen, ich durfte nicht durch Unbedachtheit, falsche Wörter, falsche Taten dazu beitragen, dass ihn Kolzows Schicksal ereilte. Ich war schuld an Kolzows Tod, wenn nicht direkt, so doch mittelbar.

Erst jetzt begriff ich, wie nervös ich selbst den ganzen Tag gewesen war trotz der Meldungen über den Frieden, ich hatte in kurzen Zügen geatmet, auf mich geachtet wie auf eine wertvolle Geige in ihrem Kasten und war dennoch von einem Ort zum anderen gerannt, aufgeschreckte Sätze ratterten mir durch den Kopf wie die zusammenmontierten Schnipsel auf einer Filmspule. Es war mir gelungen, vor Ségolen alles zu verbergen, aber vor Lilja würde ich nichts vertuschen können, meine Augen verrieten alles, die Angstlinie, die sich um meine arme Seele legte wie ein Henkersstrick. Den Theaterbesuch hatte ich wegen der Überraschungen nach der Nichtangriffs-Nachricht absagen müssen, die Aufführung hätte mich möglicherweise beruhigt.

Schließlich beschwichtigte das Bügeln die drängenden Gedanken durch die langsamen, sorgfältigen Bewegungen, die den klaren Formen der Hosen und Hemden folgten, und durch den Dampf, der aus den heißen, bald trockenen Fasern aufstieg. Ich bügelte, und nichts auf der Welt war in diesem Augenblick wichtiger. Das konnte ich. In der Zahntechnikerpraxis, in der ich für den Vorrat an Material und Instrumenten zuständig gewesen war, hatte ich einiges an Technik gelernt, war dort aber auch eine gute Büglerin geworden. Ich hatte Geduld, ich war gewissenhaft, ich mochte den Duft gebügelter Kleider, das war etwas, das es zu Hause nicht gegeben hatte, bei uns war selten gebügelt worden. Marina glaubte, die Kleider würden am Leib glatt werden, wo sie ja auch die Falten bekommen hätten, und bei Sergeis Feierlichkeiten lieh man sich Hemden von den Nachbarn, auch eines von diesen hier gehörte dazu, ein vergessenes geborgtes Hemd.

Ich hatte die Hemden und meine Kleider zum Bügeln in die Praxis mitgenommen, auch die Eurasier-Uniform, die ich bei den Versammlungen des Jugendflügels trug sowie immer dann, wenn ich im Büro arbeitete. Ich hatte in der Praxis gebügelt und die Uniform in meinem Fach dort aufbewahrt, weil ich sie daheim nicht tragen konnte, Marina wäre die Wände hochgegangen, zumindest hätte es einen langwierigen Streit gegeben, nicht einmal von meiner Wahl zur Vorsitzenden der eurasischen Jugend konnte ich Marina erzählen, obwohl ich mir gewünscht hätte, dass sie einmal auf ihre Tochter stolz sein könnte, zugäbe, dass ich wichtig war, und zwar nicht nur, weil ich zu Hause den Fußboden fegte und das Geschirr spülte. Damals war mir klar, dass ich genauso handeln würde, wie es der Apparat verlangte, ich verteidigte mein Land, meine märchenhafte Heimat, die von Spekulanten und Machthungrigen aus allen Richtungen bedroht war. Und ich würde ihnen weiterhin beweisen müssen, dass ich eine richtige Kommunistin war, ein neuer Mensch, der vor allem dem Staat und seinen Organen gegenüber loyal war. Und schon drängte sich mir ein entsetzlicher Gedanke auf: Hatte Vera abreisen müssen, weil es ihr sonst ergangen wäre wie Kolzow, weil sie sich und ihr Kind retten wollte?

Aufgewühlt und strahlend kam Lilja von der Durchlaufprobe im Theater zurück, man sah, warum es ihr noch immer gefiel, mit den Schauspielern zu arbeiten, mein großherziger Vogel, eine echte Storchenmutter. Sie sagte, die Vorstellung würde doch bewegend werden, und mir schien, dass ihr fast die Tränen kamen, der Tod der kleinen Nurotschka werde fast schon zu wirklichkeitsgetreu auf die Bühne gebracht. Ich fragte, woran das Mädchen in dem Stück sterben müsse, aber da schlug Lilja schon ein anderes Thema an.

So ein Hemd muss man stärken, sagte sie, als ich zum Schluss Murs Hemd in den Sack schieben wollte. Es war das einzige neue, leuchtend weiße Kleidungsstück im ganzen Haushalt. Marina hatte ihr letztes Geld in die Garderobe des Jungen gesteckt, damit er sich in der Schule nicht für seine Armut zu schämen brauchte. Das Hemd stammte von einer Pariser Qualitätsmarke, sogar berühmte Schauspieler kleideten sich in Frankreich damit.

Ich hatte das Bügeleisen bereits zum Abkühlen hingestellt, aber Lilja schoss, kaum dass sie ihre Tasche abgestellt hatte, in einem heftigen Energieanfall sofort los, und ging die Stapel mit den verschiedensten Sachen durch, Schachteln, Paletots, Muffe, Operngläser, Zeitschriften, Manuskripte, von denen das Zimmer voll war.

Stärke, irgendwo müsste doch Stärke sein, Lilja hatte sie gesehen, als sie nicht benötigt wurde, und wenn man Dinge nicht brauchte, lagen sie meistens vor den Füßen herum, immer im Weg, bis man sie irgendwohin stopfte, wo man sie dann nicht mehr fand.

Liebe Liljenka, das ist nicht nötig. Das ist gut genug so, versicherte ich, aber Lilja war es nicht gut genug. Hier werden die Hemden gestärkt, alle Kinder haben am ersten Schultag gestärkte Kragen, plapperte sie und ging hin und her, hob Schachteln auf und öffnete sie. Georgi Sergejewitsch will bestimmt gut aussehen, das weiß ich, so ein Charmeur, wie er ist. Den Mädchen gefällt das. Er kommt nach seinem Vater. Und der Schuljahresbeginn ist in der Sowjetunion immer ein großes Familienfest. Die Mädchen tragen große Schleifen, ebenfalls gestärkt.

Was wollte meine Tante mit ihrem Anfall von Mütterlichkeit eigentlich demonstrieren? Mur nahm es genau damit, was er anzog, aber das Stärken würde er kaum zu schätzen wissen, außerdem lehnte er alles Getue um ihn garstig ab, diese Seite an meinem Bruder kannte ich gut. Und Marina wird sich aus dem Stärken auch nichts machen, sagte ich, das Wort ist bei uns nie gefallen, außer vielleicht in einem Gedicht als Metapher, aber wofür, wusste ich nicht mehr, wohl kaum für die Reinheit, eher für das Vergessen.

Lilja fiel dann ein, dass sie die Dose vor wenigen Tagen in der Hand gehabt hatte, als sie etwas darunter hervorgeholt hatte, aber wohin sie geraten war, daran erinnerte sie sich nicht. Seltsam, dass man sich an den größten Teil der Gesten, die man im Lauf eines Tages vollführte, schon nach wenigen Stunden nicht mehr erinnerte, und doch setzte sich aus ihnen letztlich das Leben zusammen, aus Gesten, an die sich niemand erinnerte, denen niemand Beachtung schenkte.

Liljas Geschäftigkeit steckte jedoch an, und schon merkte ich, wie ich ihr beim Suchen half, obwohl ich nicht einmal wusste, wie die Dose mit der Stärke aussah. Konnte man nicht ebenso gut Kartoffel- oder Maismehl verwenden? So war es zumindest in der Zahntechnikerpraxis gemacht worden. Ich suchte auch an Stellen, wo die Stärke aller Vernunft nach nicht sein durfte, aber infolge von Liljas unpraktischer Veranlagung konnte sie letztlich überall stecken, selbst im Bücherregal. Zina würde sie in diesem Durcheinander auf Anhieb finden, sie erinnerte sich immer an alles, wie eine Elefantenmutter, aber Zina war jetzt nicht hier, um dafür zu sorgen, dass die Dinge an ihrem Platz standen.

Lilja lebte von geliehenen Sachen, von geliehenen Leben, und das hatte Zina letzten Endes immer zu akzeptieren, wenn sie das Leben und das Bett mit Lilja teilen wollte. Wie viele mögliche oder unfertig gelassene Leben lagerten in Liljas Zimmer, und dazu noch die Theaterstücke und die einstudierten Rollen, die vorgestellten Leben, die jeden Tag ihren Platz auf Liljas Bühne einnahmen, ohne Feiertage, Lilja war identisch mit ihren Sachen und ihren Stücken, und doch war nichts davon ihr Eigentum.

Als würde man in einem Vogelnest wühlen, dachte ich, als eine Schachtel an einer Ecke aufriss und mir kleine Löffel und anderes Tischsilber entgegenkamen, allerlei Glänzendes, das hierhergeschleppt worden war. Die Bücher, die Anfang der Woche heruntergefallen waren, lagen in einem Stapel auf dem Fußboden, sobald ich Zeit hätte, würde ich sie zum Binden bringen.

Sie fragen mich gar nicht, schnaubte Lilja, die Sachen kommen einfach herein, in Säcken und Truhen und Kisten, wenn die Menschen fortgehen, alles, was sie zurücklassen, findet sich hier, wenn man nur sucht, auch die Filzstiefel und die Felle und Gipsköpfe, von wem auch immer die stammen. Aber was willst du deinen Freunden sagen? Irgendwann brauchst du selbst einmal die Hilfe einer Biene.

Eine alte Redensart, von Zina aufgeschnappt, was bisweilen so klang, als spräche Zina durch Lilja und nicht sie selbst. Aber in dieser Angelegenheit waren sie unterschiedlicher Meinung, jeden Tag, immer dieselbe Platte. Zina versuchte zu verhindern, dass alle hier ihr Zeug abluden, denn was wollten sie mit dem Kram fremder Leute, nur weg damit, auf einen Schlag, auf die Müllkippe. Lilja wehrte sich strikt dagegen, das Einlagern der Vergangenheit sei eine ehrenvolle Tätigkeit, es werde nichts weggeworfen, Zina sei bloß eifersüchtig, und schon hatten die Tanten ihren mit warmen kurzen Berührungen schnell zu schlichtenden Zank.

Auch die blauen Gläser kamen nun zum Vorschein, die waren eine Woche zuvor gesucht worden, als Lilja von ihren Studenten georgischen Wein geschenkt bekommen hatte, die kleinen blauen Kristallgläser der Durnowoids, Likörgläser, zu denen auch größere Gläser und eine Schüssel gehörten, aus Paris mitgebracht, nach dem Tod von Liljas und Serjoschas Mutter und Bruder, viel war auch von dieser Tragödie nicht mehr übrig, nichts als diese Gläser und die schwarzen Knochen der Trauer, die durch Liljas Haut schienen, die gleichen wie bei Serjoscha, nur dass sie bei meinem Vater nie verhüllt waren, sondern immer sichtbar.

Dieses Klavier gehört Marina Iwanowna, sagte Lilja, als sie die darauf getürmten Dinge durchsah, dafür fanden sich immer Träger, wenn wir umziehen mussten, vor allem wenn erwähnt wurde, dass es das Klavier von Maria Meyn war, das Instrument der berühmten Schweizerin, die mit dem Gründer des Puschkin-Museums verheiratet gewesen war. Aber das war das alte Moskau. Von hier wird man es als Brennholz abholen, wenn ich einmal das Zeitliche segne.

Den Klavierdeckel hatte seit Ewigkeiten niemand mehr geöffnet, die Ränder waren mit Sachen vollgepackt. Lilja nahm ein schwarzes Notizbuch vom Sockel eines Mädchenkopfes, wo es unter mehrere Theatertextbücher geraten war, wem gehört das denn, sicher nicht dir, wahrscheinlich hat es eine Schauspielerin liegen lassen, murmelte sie und warf einen Blick hinein.

An dem schmuddeligen Seidenband erkannte ich, dass es Mulja gehörte, hier hatte er es liegen lassen, er war wirklich nervös gewesen, als es vor zwei Wochen plötzlich verschwunden war, und ich hatte selbst in der Redaktion danach gesucht, in Cafés, in denen wir gesessen hatten, danach gefragt, auch im Versammlungsraum, aber ich wäre nicht auf die Idee gekommen, es hier unter Papiertüten und Stößen von Manuskripten zu suchen. Am Tag der Marine hatte Mulja das Notizbuch vergessen, vor genau vier Wochen, und hier hatte es die ganze Zeit gelegen. Als wollte die Wohnung Mulja aufsaugen, ihn zu einem Teil von sich machen, ihn wie ich Stück für Stück erobern. Lilja gab mir das Buch. Ja, es war das von Mulja, die Ecken abgenutzt, das violette Band am Ende angelutscht.

Ich sagte Lilja, ich würde das Notizbuch meinem Mann zurückgeben, und sie stellte keine weiteren Fragen. Ich würde es nicht aufschlagen, nicht darin lesen, dafür durfte sich Mulja bei Marina bedanken, denn sie hatte mich dazu erzogen, die Notizbücher anderer Leute für heilig zu halten, aber Mulja hätte auch gar nichts anderes erwartet, Mulja vertraute mir so, wie ich ihm vertraute.

Stärke fanden wir trotzdem nicht. Aber weil Lilja nach der Durchlaufprobe offenbar nicht zur Ruhe kommen konnte – sie lebte sich stets so in den Ablauf hinein, als stünde sie selbst auf der Bühne –, bat ich sie, mir zu helfen, die Laken zu ziehen.

Wird dein Schatz nach Bolschewo kommen?, fragte sie neckend, während wir die Laken zogen und zusammenlegten wie in einem alten Tanz, einem schottischen, oder einer anderen eckigen Schrittfolge, eins, zwei, drei.

Er wird kommen, sagte ich. Ich hatte es ihr am Vortag erzählt, aber sie erinnerte sich nicht mehr daran, in letzter Zeit vergaß sie tatsächlich manches, an alles Alte konnte sie sich besser erinnern.

Ich mag deinen Schatz sehr, obwohl er so schweigsam ist, sagte Lilja und führte den Tanz mit den Laken zielstrebig, in schnellem Rhythmus, und ich folgte ihr. Ich musste lachen, Mulja konnte durchaus reden, o ja, das konnte er. Wir stampften rhythmisch auf den Fußboden, während wir in symmetrischen Figuren aufeinander zu- und voneinander weggingen, vor, zurück, vor, zurück, das hatte ich auch mit Marina gemacht, fiel mir jetzt ein, in St. Gilles, wo der Seewind die Laken trocknete, Sand überall.

Und du sollst auch kommen, Lilja, bat ich, was tust du hier allein?

Ach nein, mit einem Ruck zog mir Lilja zornig das Laken aus der Hand, soll Marina ihren Haushalt für sich behalten. Und sie soll auch ihren Teppich nehmen, sie soll nehmen, was sie will, ich habe ihn ja hier für sie aufbewahrt.

Lilja faltete die Laken auf einer Ecke des Tisches und ging plötzlich dazu über, die Möbel vom Teppich zu schieben, sie kann ihren Teppich haben, plapperte sie, das ist kein Problem, soll sie nur mitnehmen, was sie hiergelassen hat, schließlich gibt es hier Teppiche genug, für die ganze russische Armee. Dann fing sie an, den Teppich unter den Kisten hervorzuziehen. Ich eilte ihr zu Hilfe.

Die ganze Woche hatte ich sie schon fragen wollen, was es mit dem Teppich auf sich hatte, was für ein seltsamer Streit deswegen ausgebrochen war, aber Lilja hatte meine Fragen überhört.

Alle hatten die Konfrontation mit angehört. Am Vormittag planten sie noch, zusammen in die Beeren zu gehen, die Wälder waren voller Blaubeeren und Preiselbeeren, und sie kochten sich Tee, im Topf aus Paris, weil der Samowar nicht mehr funktionierte und noch niemand dazu gekommen war, einen neuen zu besorgen. Ich war noch unter dem Dach der Sommerküche mit dem Spülen beschäftigt, weichte das Geschirr vom Vorabend ein und ging nach drinnen, um das Frühstücksgeschirr zu holen, als Lilja mir im Wohnzimmer entgegengelaufen kam. Sie hatte geweint, war fleckig im Gesicht und am Hals, auch wenn sie versuchte es mit ihrem Tuch zu verbergen.

Wenigstens Kinder und Männer sollen saubere Kleider haben, sagte sie so laut, dass Marina es oben hörte, denn kurz darauf stürzte diese mit stampfenden Fersen die Treppe herunter. Serjoscha machte sich aus dem Staub, begab sich zum Rauchen auf die Veranda, wo die Sonne noch hinschien, ich wollte nicht Partei ergreifen und am Ende beide trösten müssen. Marina packte den Wäschesack: Was willst du damit? Lilja erwiderte, sie nehme die Fetzen mit in die Stadt, um sie zu waschen und zu stopfen. Marina lachte. Du und stopfen? Und Lilja: Ich will euch nur helfen. Und Marina: Das hättest du rechtzeitig tun sollen. Da warf sich Lilja den Sack auf den Rücken, ging nach draußen und machte sich auf den Weg zum Bahnhof.

Den darfst du mitnehmen, sagte Lilja, nachdem sie den Teppich zusammengerollt hatte, ich bin der Frau Dichterin nichts mehr schuldig.

Das würde ich gewiss nicht tun. Sollte ich mit dem schmutzigen, staubigen Teppich auf der Schulter meine Kontaktperson treffen? Außerdem hatte ich für eine Person schon genug zu tragen.

Lilja, du bist verrückt.

Verrückt ist doch die ganze Welt, man wird ihr gleich. Kann dein Mulja den nicht tragen?

Nein, nein, Lilja. Versuchen wir meinetwegen nächste Woche irgendwo ein Auto aufzutreiben, aber nicht jetzt, das hat noch Zeit.

Der Teppich hatte zwanzig Jahre lang an seinem Platz gelegen, er würde nicht kaputtgehen, wenn er noch ein paar Wochen länger liegen bliebe, auch einen Monat, und die Streitereien über ihn würden ihm ebenfalls nichts anhaben.

Ich verstand trotzdem nicht, warum Marina unbedingt diesen verblassten Teppich haben wollte, der schon Löcher hatte, Marina, für die kein irdischer Besitz weniger Bedeutung haben konnte, die Materialität des Alltags. Darin war sie als Asketin bolschewistischer als die Bolschewiken, warum hätte sie wegen eines Teppichs Streit anfangen sollen, sie war ja noch nicht einmal in Liljas Wohnung gewesen und hatte gesehen, in welchem Zustand der Teppich war, völlig abgetreten.

Serjoscha hatte erzählt, wir hätten den Teppich schon in der Wohnung in der Samoskworetschje gehabt, auf der anderen Seite des Flusses, und ich hätte darauf laufen gelernt. Das dürfte für Marina kaum so bedeutungsvoll sein, dass sie deswegen Streit anfing. Ich selbst konnte mich natürlich nicht ans Laufenlernen erinnern, außerdem hatte ich bessere Erinnerungen an die Wohnung in der Borisolewski pereulok, an die drei Stockwerke, die kalten, großen Räume und die wackligen Möbel, die ausgestopften Tierköpfe, von Staub und Dunkelheit überzogen. Die Wohnung in der Samoskworetschje musste ich mir vorstellen: die kleine Alja auf ihren unsicheren dicken Beinen, wo wollte sie hin, was sah sie vor sich, Beine, von Tisch und Menschen, sie hatte angefangen zu unterscheiden, was tot war und was eine Seele hatte.

Schließlich gab die Tante mit märtyrerhaftem Gebaren auf, sie war vor lauter Erregung vollkommen erschöpft, sie sollte auf ihr Herz achten.

Würdest du Marina Iwanowna diese Schachtel bringen?, fragte Lilja, nachdem sie sich mit einem Glas Wein beruhigt hatte, jetzt, da man den Abendtrunk endlich aus den blauen Familiengläsern zu sich nehmen konnte. Sie hielt die gut erhaltene Schokoladenschachtel in der Hand, die mir Anfang der Woche vom Regal gefallen war. Ich möchte, dass du ihr das gibst.

Das war keine Frage, keine Bitte, sondern eine tonlose Feststellung.

Du kannst auch hineinschauen, wenn du willst. Es gehört Marina.

Lilja gab mir die Schachtel. Ich machte sie jedoch nicht mehr auf. Es war zu spät, um in der Vergangenheit zu graben, in altem Plunder. Ich wickelte sie in ein Laken, schob sie in den Wäschesack und sagte, ich sei bereit, schlafen zu gehen, Lilja solle das auch tun. Sie sah mich eine Weile hilflos an und rang die Hände, als knetete sie Teig oder Stärke, etwas Bröckelndes jedenfalls, es sah aus, als würde ihr etwas aus den Händen rinnen. Sie wirkte wie ein verstoßener, zerstreuter Vogel, der nicht wusste, wohin er gehörte.

Sorgfältig packte ich die saubere, gebügelte Wäsche mit den anderen Mitbringseln in Serjoschas Sack aus der Zarenzeit, ein Stoß warmer, weißer Begnadigung. Ich schob die Wäsche tief in die Schwärze des Sacks, wo sie wieder durcheinandergeriet, so wie das Leben, das sich wohl nie in hübsche Stapel ordnen ließ, auch wenn man es noch so sehr versuchte, jedenfalls nicht mein Leben, das aus Fäustlingen, die nicht zusammenpassten, und schadhaften Tassen ohne Henkel bestand. Sudaks Tafel Schokolade, Muljas Notizbuch, Serjoschas Zeitungen, Marinas Tuch, auch das alles packte ich in den Sack mit der Wäsche.

Richte Serjoscha liebe Grüße aus, sagte Lilja, als sie schon im Bett lag, und ich umarmte sie, mein großes, kleines Vögelchen, ich würde die lieben Grüße ausrichten. Und in dem Moment spürte ich, wie meine Tante mich mit ihrer ganzen gutherzigen und bereitwilligen Natur liebte, mit ihrer gewaltigen, warmen Seele, die etwas Tierhaftes an sich hatte, die Liebe eines großen Vogels, eines Kranichs oder eines Schwans, alles passte in dieses kleine Zimmer wie in eine verschlossene Schachtel und in die Luft, die zu viele Menschen atmeten.

Všenory
August 1923

Den ganzen August hatten wir Nils Holgerssons wunderbare Reise gelesen, es fehlte nur noch der Schluss. Heute würde sich herausstellen, ob Nils wieder in Menschengestalt zurückfinden würde. Zuletzt hatte die Müdigkeit Marina mitten im Kapitel überwältigt, und sie war davon aufgeschreckt, dass sie eine sonderbare Traumsprache zu lesen schien, die Wörter flossen dahin, sie hörte ihre Stimme als ferne, fremde, milchartige Unterwasserstimme. Es war nicht das erste Mal. Irgendwann hatte sie versucht, etwas von dieser Sprache in ihr Notizbuch zu übertragen, aber sie war so brüchig, dass sie zerfaserte und sich auflöste, wenn sie am Morgen versuchte, ihre dünnen, zu dünnen, Fäden zu fassen.

Es war noch früh, als das Mädchen ins Bett ging. Es musste nicht angetrieben werden, man sah, dass es im Stehen einschlief, der Ausflug hatte an seinen Kräften gezehrt, wenn es nur nicht krank wurde. Und man sah ihm an, dass es nicht weiter über den Ausflug reden wollte, nicht über Jacken, nicht über Schuhe, nicht über Hefte. Auch nicht über den jüngsten Zwischenfall. Und Marina ließ es gut sein, endlich einmal, manchmal musste man die Dinge einfach auf sich beruhen lassen, nachgeben, auch wenn von der Welt eine Ecke abgebrochen war und nicht mehr zurückkommen würde, auch wenn sie zusammen die Pelargonie am Rand des Pflanzbeets eingesetzt hatten und Alja dabei zu ihr gesprochen hatte wie zu einem Kind.

Das kostbare Buch lag unter der Matratze, fast wäre es vergessen und paní Sasková hinterlassen worden. Schriftstellerinnen wie diese Schwedin waren selten.

Alja hatte sich das Ende von Nils Holgerssons Reisen vorab überlegt, so wie Marina es sich gewünscht hatte.

Ich finde, Nils sollte sich in einen Vogel verwandeln, meinst du nicht?, sagte Alja, bevor sie anfingen zu lesen, die Vögel lieben ihn mehr als seine schrecklichen Eltern.

Aber glaubst du, die Elstern trauern nicht um ihren verlorenen Sohn?, fragte Marina.

Um diesen Plagegeist?, schnaubte Alja. Die Vögel brachten seine besten Seiten zum Vorschein.

Denk doch nur an die Eltern in Hameln, wandte Marina ein. Haben die nicht um ihre Kinder getrauert?

Die dachten nur an ihr Geld und an ihre Bäuche. Und merkten erst, als die Kinder verschwunden waren, wie sehr sie sie liebten.

Du bist streng, meine kleine Alja.

Nein, ich bin nur wahrhaftig, sagte das Mädchen ernst und fügte hinzu: Aber Sie sind natürlich nicht so eine, Marina Iwanowna. Die Liebe des Luchses ist langmütig und gerecht, ich weiß, dass Sie so streng mit mir sind wie mit sich selbst.

Marina musste anfangen zu lesen, um ihre Rührung nicht zu zeigen, denn die Tränen drängten sich ihr in die Augen. Sie selbst hatte nicht gelernt, um Verzeihung zu bitten, aber ihre Tochter konnte verzeihen und war klüger als jeder Erwachsene, dem sie je begegnet war. *Razluka*, die Verbindung in der Trennung, die bliebe erhalten, auch wenn sie nie mehr in diese Alltagsroutine zurückkehren sollte. Übermorgen würde Alja in einem fremden Bett aufwachen, inmitten einer Mädchenarmee und geweckt von militärischen Kommandos, aber immerhin auf Russisch, altem, zaristischem Russisch, oder: Frau Bogengardt, rotes Haar mit strengem Scheitel, den Geruch der Nacht dick mit Parfum überzogen, schlüge mit der ganzen Selbstgefälligkeit ihres fetten Körpers die Bettdecken der Kinder auf. Die Verbundenheit zwischen ihr und Alja aber würde bleiben. Auch ungeachtet dessen, dass die Maria Meyn in ihr dem Kind eine Ohrfeige verpasst hatte.

Mitten im Lesen fing Alja an, Fragen nach der alten Frau zu stellen, die nach Marinas Rückkehr vom Bahnhof vor dem Haus stehen geblieben war. Hatte Marina sie denn nicht erkannt? Es war das Schicksal persönlich, erklärte Alja mit großer Selbstverständlichkeit. Das Schicksal mit einem Sack auf dem Rücken. Ich habe es gleich erkannt. Was wollte sie?

Lumpen für ihre Familie, antwortete Marina, natürlich, auf die Idee hätte ich gleich kommen müssen.

Sie wollte natürlich Lösegeld, sagte Alja ernst. Was hat sie Ihnen dafür gegeben?

Die Freiheit, möchte ich meinen, ließ sich Marina auf das Spiel ein.

O, weißt du, Luchs, die Freiheit bekommt man nicht zu einem so geringen Preis, klagte Alja. Das war erst die Anzahlung. Man hätte um ein Gedicht oder zwei bitten müssen.

Die sind mein Beruf, sagte Marina. Für die bin ich zuständig. Aber die Alte wusste selbst nicht, dass sie das Schicksal war. Drei Kinder hat sie und einen Mann, allesamt Lumpensammler.

Das sagen sie immer. Hat sie versprochen wiederzukommen?

Marina nickte.

Ach, Marina, Sie werden sich immer wieder aufs Neue freikaufen müssen.

Jetzt lachte Alja. Marina merkte, dass sie selbst erst jetzt richtig atmete, aus und ein. Ihre kleine Märchenerzählerin. Wie anstrengend es war zu streiten, sie hasste solche Situationen. Zum Glück war es vorbei, geriet schnell in Vergessenheit.

Ich habe nicht daran gedacht, lachte sie.

Sie wird dir alles nehmen. Die Freiheit ist das teuerste Gut.

Ich weiß. Man muss einen hohen Preis dafür bezahlen.

Du wirst vielleicht alles hergeben müssen, wirklich alles, fügte Alja hinzu.

Das befürchte ich auch, sagte Marina, lachte leicht, unsicher wie ein Kind.

Auch der Baum dort kann in der Nacht aufs Haus stürzen, sagte Alja. Und alles ist plötzlich zerstört.

Welcher Baum?, fragte Marina. Sie stehen alle fest in der Erde.

Die Kiefer dort, sagte Alja, die höchste von allen, hörst du, wie sie klagt und seufzt? Sie ist müde, sie will ihren Wachtposten verlassen.

Da sagte Marina zu dem Mädchen, es solle sich keine Verrücktheiten vorstellen. Morgen früh gingen sie zum Bahnhof, und dann finge für das Mädchen ein neues Leben an. Und jetzt würden sie Nils Holgerssons Abenteuer zu Ende lesen.

Aber sie kamen in dem Buch noch immer nicht bis zum Ende. Diesmal schlief Alja von Marinas Stimme ein. Und Marina nickte ebenfalls ein. Aber es war kein richtiger Schlaf. Es war, als bliebe sie außerhalb des Schlafs, kreiste um ihn wie um ein Haus, ohne hineinzugelangen, als sähe sie drinnen fremde Gestalten, die sich in ihrem Zuhause niedergelassen hatten, helle Lichter, blendende Kronleuchter, und sie selbst im Dunkeln, in dem man seine eigene Gestalt nicht mehr erkannte.

Moskau
August 1939

Der Kuppelsaal des Restaurants Praga war noch ganz leer, an den Fenstertischen saß niemand. Ein Kellner, der wie ein Pelikan aussah, fühlte sich offenbar gestört, als ich mit meinem Gepäck eintrat, brachte die Sachen jedoch zur Garderobe und führte mich höflich über den Schachbrettboden zu einem Platz. Zuerst wies er auf einen Tisch für eine Person in einer kleinen Nische neben der Tür. Erst als ich sagte, ich wolle weiter hinten sitzen und erwarte jemanden, bekam ich einen richtigen Tisch.

Ich war die bäurische Unfreundlichkeit der Moskowiter gewohnt. Im Gegensatz dazu wussten die Franzosen, wie man bediente, ob in Paris oder auf dem Land, sie plauderten im Vorbeigehen dies und das, waren herzlich, fühlten sich ein bisschen überlegen, vergaßen dich aber auch schnell. Kam man hier ein zweites Mal in ein Lokal, erinnerte sich der russische Kellner, wo man gesessen und was man bestellt hatte.

Es hatte den Anschein, als wäre das Restaurant noch gar nicht geöffnet. Hinter dem Tresen wurde zerstreut Ordnung in den Vitrinen gemacht, in der Luft lag ein leichter Geruch nach altem Fett, von den Teppichen stieg das pflaumige Aroma von Wein auf, das erst im Lauf des Tages von Bratgerüchen überlagert werden würde. Die dicken Kuchenstücke auf der drehbaren Etagere in einer Vitrine zogen einen dennoch an. Der einzige Kellner im Saal rollte weiße Tischdecken vom Vorabend zusammen, ich hatte ihn tatsächlich bei einer Arbeit gestört, die am Vorabend nicht erledigt worden war, was beim Pelikan schlechte Laune ausgelöst hatte. Wo wurden die alle gewaschen? Eine Riesenarbeit in der Bleiche jeden Tag, jede Nacht.

Das Restaurantorchester baute seine Instrumente auf einem kleinen Podest in der Ecke gegenüber auf, und ein schmalgesichtiger Pianist mit Ziegenbart spielte Tonleitern, um die Finger gelenkig zu machen, voranstürmende Läufe, und nun Triller, Rolltreppen, Zugabfahren. Als er merkte, dass ich seine Übungen beobachtete, zwinkerte er mir vom Flügel aus zu, Erlend Nikulaussohn, der Herzensbrecher aus Undsets Epos, würde genauso aussehen. Das Zwinkern machte mich verlegen, aber ich lächelte zurück. Die anderen Musiker stimmten bereits ihre Instrumente, sie bemerkten das Augenspiel nicht oder waren es zu sehr gewohnt.

Zum Glück kam der Kellner endlich zu mir. Ich bestellte einen Likör und ein Stück Kuchen. Auf seinem Gesicht machte sich Verwunderung breit. So früh am Morgen! Dabei hätte man glauben sollen, einer wie er habe schon alles gesehen. Grund zum Feiern, begnügte ich mich zu erklären, obwohl ich am liebsten für noch mehr Staunen und Leben um mich herum gesorgt hätte. Ich war voller Selbstvertrauen, voller Glut und trotzdem ruhig, erstaunlich gelassen.

Das Gesicht des Mannes wurde wieder neutral, Aufdringlichkeit und das Verraten eigener Gemütsregungen gehörten eindeutig nicht zu seinen Aufgaben. Er bat mich, den Kuchen zu wählen: Sacher, Charlotta, Apfelstrudel, Kuchen wie königliche Kleider, hier wurde nicht gegeizt.

Normalerweise aß ich keinen Kuchen, in Paris hatte ich es mir gar nicht leisten können, aber jetzt hätte ich sie alle vor mich hinstellen und verschlingen können, wie Alice im Wunderland bei der Party des Hutmachers. Ich beschloss trotzdem, anstelle von Schokoladenkuchen ein bescheideneres Stück Apfelkuchen zu nehmen – das Aschenputtel unter lauter Königstöchtern und bestimmt auch das billigste.

Der Kellner empfahl dazu Calvados, und als ich schon zustimmen wollte, fiel mir ein, aus welchem Grund ich hier war: nicht zur Kuchenparty des Hutmachers, sondern zu einer offiziellen Verabredung mit meiner Kontaktperson. Nein danke, Likör bitte, auch wenn ich nicht sicher war, ob man das Getränk an der Farbe oder an der Form des Glases als solches identifizieren konnte. Ich musste Sorgfalt walten lassen. War die Kontaktperson schon eingetroffen? Nein, der Saal war leer, helle Staubpartikel schwebten in der Luft.

Das Stück, das die Musiker anspielten, hatte ich schon einmal gehört, es war keine gewöhnliche Kaffeehausmusik, sondern ein leicht jazziger Walzer, Hochzeitsmusik, beim Komponisten war ich mir nicht sicher, und ich fragte den Kellner, um welches Stück es sich handelte. Er bedauerte, es nicht zu wissen, sprach nun aber schon wesentlich höflicher mit mir, auch wenn die in drei Falten gelegte Stirn erneut Verwunderung verriet, wahrscheinlich wirkte ich in seinen Augen reichlich sonderbar. Bei einem Treffen mit dem Apparat dürfte man eigentlich nie Aufmerksamkeit erregen, am liebsten sollte man gesichts- und persönlichkeitslos bleiben. Ich konnte trotzdem nicht übersehen, wie der Pianist mich erneut anlächelte, während er sich in seine gelenkigen Klaviersätze hineinlebte.

Der Kellner legte auf dem Weg zu den Musikern sogar ein paar Laufschritte ein und strich *en passant* ein paar Tischdecken glatt. Erlend Nikulaussohn antwortete dem Pelikan ausführlich, ich war gespannt, ob man mir die Nachricht ebenso detailliert überbringen würde oder ob ich alles aus der Gebärdensprache des elfenartigen Mannes ableiten müsste. Der Kellner war bereits wieder auf dem Weg zu mir, als ein Mann an der Tür erschien, ziemlich klein, nilpferdhaft gedrungen und breitgesichtig. Er blickte sich im Saal um und wirkte irgendwie ungehalten. Mein Herz machte klick wie der Auslöser einer Kamera, sogar der Kellner bemerkte meinen Schrecken und wich mitsamt der Geschichte des Pianisten zurück. Ich versuchte Luft zu holen, spürte aber, dass mir die Kraft aus den Muskeln kroch wie flüssiger Teig aus der Schüssel. Wäre Mulja nur hier, um mich zu beruhigen, bis ich gleichmäßiger atmete. Oder Lilja, Liljas weiche Hand, die alles kannte und alles eindämmte.

Ich kramte meine Zigaretten heraus, die Gauloises von Ségolen, wäre es ganz schlimm, in diesem Moment eine französische Zigarette zu rauchen, fragte ich mich, obwohl es einerlei war, der Apparat interessiert sich wohl kaum für die Rauchgewohnheiten der Leute, aber die tschechischen Zündhölzer, die waren wichtig. Meine Hände zitterten, und ich konnte nichts dagegen tun, obwohl ich mir vorgenommen hatte, gelassen zu bleiben, mich zu beherrschen. Zumindest saß ich am richtigen Tisch. Ich schaute nicht auf den Mann, sondern nach draußen oder auf etwas, das ich nicht sah, denn vor allem hing ein weißer Papierschleier.

Das Zwergflusspferd trat vor mich hin, als meine Zigarette endlich brannte. Er musterte mich offen und dreist vom Kopf bis zur Brust, wo der Tisch den Rest meines Tennisdresses abschnitt, sodass ich mir wie ein wertloser Gegenstand vorkam. Dann nahm ich die Streichholzschachtel, so wie es in der Nachricht gestanden hatte, und schüttelte sie.

Tschechoslowakische Zündhölzer, sagte der Genosse, so wie ich es erwartet hatte.

Ja, antwortete ich, die sind von guter Qualität. Erst jetzt wurde mir allmählich leichter zumute. Hier saß ich, das Nilpferd würde mir den Weg weisen, und ich würde abbiegen, wo ich es für richtig hielte. Mit diesem Mann würde man nicht zu lange quatschen müssen.

Der Kellner brachte den Likör und den Kuchen, doch den falschen, einen Baisertraum, aber ich wollte nicht noch mehr Irritation verursachen, indem ich ihn umtauschte, auch wenn ich gern noch einmal die Falten auf seiner Stirn gesehen hätte. Ich nahm mir vor, im Spiegel nachzusehen, ob ich meine Stirn auch so echsenhaft runzeln konnte. Der Kellner erklärte, die Komposition stamme von Schostakowitsch, es handle sich um einen Walzer, den er vor zwei Jahren für den Jazzmusikwettbewerb in Leningrad komponiert habe, und das Orchester lasse fragen, ob es etwas Schönes zu Ehren des Fräuleins spielen dürfe.

Es soll mir recht sein, lachte ich, mein Name ist übrigens Kristin, sagte ich, Kristin Lavranstochter. So lange sie keinen Jazz spielen, murmelte Genosse Nilpferd. Es wird in diesem Restaurant doch Anweisungen geben? Jazz ist keine Musik, die der Ideologie entspricht. Die entsprechende Regelung ist Anfang des Jahres in Kraft getreten. Der Kellner nickte erschrocken, es erschienen fünf anstatt drei Falten auf seiner Stirn, offenbar war der Genosse im Haus bekannt. Das Orchester ist neu, und Schostakowitsch ist ja eigentlich klassische Musik, nicht wahr, Nationalkomponist, Staatskomponist, erklärte der Kellner, und ich sah, wie sich vor Angst sein Gefieder sträubte.

Genosse Stalin mag ihn nicht mehr, sagte Nilpferd.

Plötzlich wurde die Stirn des Pelikans glatt und das Gesicht weiß, so weiß wie sein Kragen. Ich rettete ihn, indem ich ihn bat, den Männern zu sagen, sie sollten Smetanas Moldau spielen, denn war dies nicht ein tschechisches Restaurant, der Fluss floss durch Prag, er hatte zwei Namen, Moldau und Vltava, ob sie das konnten? Ich fing an, es zu summen, traf anfangs den Ton nicht genau, bis ich dann die Melodie fand, im Frühling hatte Serjoscha mich gebeten, das Stück auf dem Plattenspieler laufen zu lassen, nachdem Hitler die Tschechoslowakei angegriffen hatte, für Marina wollte Serjoscha die Musik spielen lassen. Erlend Nikulaussohn hatte unseren Wortwechsel offenbar gehört, die Kuppel leitete weiter, was man sagte, sicher nicht der beste Ort für ein Tscheka-Treffen, denn er fing an, nach der Melodie zu tasten, und bald folgte ihm das ganze Orchester, Kontrabass, Gitarre, Geige, eine luftige Kaffeehausversion, die Leichtigkeit Prags, Alice im Wunderland, der Fluss im Frühling mit der Kraft, die dem Eis entsprang, schäumend, ein breiter, munterer Lobpreis des Lebens.

Nilpferd nickte, billigte die Musik, obwohl er sichtlich ungeduldig war wegen des zusätzlichen Programms, bestellte aber einen Tee mit Marmelade. Inzwischen hatten an den Tischen nebenan weitere frühe Gäste Platz genommen. Vielleicht war der Mann nervös, nervöser als ich, oder er hatte einen Kater, aufgeplatzte Äderchen in den Augen, auch auf der Haut, obwohl er nicht viel älter als ich sein konnte, zwischen Mund und Nase verlief eine Narbe, wie ein Geflecht, das beide verband, ein Hasenschartenkind, wie Sudak, oder das Opfer einer Misshandlung, dachte ich, aber weiter wollte ich mir über ihn nicht den Kopf zerbrechen. Die Narbe ließ ihn jedoch zerbrechlich erscheinen, er rechnete damit, dass die Menschen die Blicke abwandten, darum hatte er sich eine harte, aggressive, hochmütige Schutzhülle zugelegt, man musste freundlich zu ihm sein, lächeln, genau zuhören.

Ich fragte den Genossen, ob er auch ein Stück Kuchen möge, er sei ausgezeichnet, vielleicht war ich etwas zu vertraulich, aber ich war mir nicht sicher, wie wir nach außen hin wirken sollten, ob wie Liebende oder wie Geschäftspartner. Die sinfonische Dichtung deutete gerade das Verschmelzen nationalromantischer slawischer Seelen auf einem Berg an. Der Mann warf einen kurzen, gierigen Blick auf den Kuchen, und ich erkannte den kleinen Jungen in ihm, aber dann wurde das Gesicht wieder hart, nein danke, nur Tee. Ein verstoßenes Kind. Ich sagte, er könne von meinem Kuchen probieren und schob den Teller in die Mitte des Tischs, aber er rührte ihn nicht an.

Ich war nicht sicher, ob ich zunächst über dieses und jenes reden sollte, bevor es zur Sache ging, über Musik, die Messe, die Hitze, den Nichtangriffspakt, worüber die Leute gemeinhin redeten, aber der Kellner war beim Einsammeln der Tischdecken nun offenbar weit genug weg, denn der Mann ergriff schließlich das Wort.

Genossin Efraimow.

Efraimow klang noch jüdischer als Efron, biblisch, aber ich korrigierte ihn nicht, denn mein nervöses Gegenüber kam mir unberechenbar vor. Es würde ihm nicht gefallen, wenn ich mich in seine Wortwahl einmischte, wahrscheinlich war er sowieso misstrauisch gegenüber Frauen, vielleicht hatte ihn seine Mutter grausam unterdrückt und er konnte deshalb nicht mit ihnen zusammenarbeiten. Oder aber es sollte mein Codename sein, mein Deckname.

Woher kennen Sie – er überprüfte in seinen Unterlagen den Namen – Fräulein Ségolen Hondrius, Genossin Efron?, fragte er und korrigierte sich dabei selbst, was meinen Namen betraf.

Der Schreck durchfuhr mich wie elektrischer Strom. Mir war überhaupt nicht in den Sinn gekommen, dass sie sich nach Ségolen erkundigen könnten, was wollten sie bloß von ihr? Oder ja, vielleicht wollten sie Ségolen rekrutieren und dafür ihren Hintergrund überprüfen, da mussten sie natürlich Fragen stellen und vorfühlen. Allerdings konnte ich mir Ségolen unmöglich als Kundschafterin, Zivilinformantin, Agentin vorstellen, Ségolen konnte kein Geheimnis für sich behalten, sie hatte keine Geduld, sie griff alles auf, verbreitete alles in der ganzen Umgebung, als wären die Angelegenheiten der anderen ihr Eigentum. Hatte ich ihr etwas im Vertrauen erzählt, wussten plötzlich auch die anderen Mädchen alles. Im Pariser Büro hätte ich bestimmt vor Ségolen gewarnt – nein, auf keinen Fall zuverlässig, wenn auch liebenswert –, falls irgendwann zur Debatte gestanden hätte, sie zu rekrutieren. Was also wollten sie von meiner Ségolen, der Touristin, die sich amüsierte? Sie würde sich am ehesten zur Restaurantkritikerin eignen.

Die Moldau erklang noch immer inbrünstig, das Wasser stieg und fiel und schäumte an den Berghängen hinauf, die Steilhänge hinab, der Große nasse Hund und der Kleine nasse Hund, das nebelumhüllte Dorf, das nach dem Winter auf einmal im Sonnenschein lag, das Licht in der Tschechoslowakei war ganz eigen, genauso wie in dieser Musik, es strahlte von überallher. Ich merkte, dass ich bis zu den Ohren rot wurde, und wagte es nicht mehr, den Pianisten anzuschauen, dessen Griff ich bereits auf der Haut spürte, in meinen Gliedern, in meinem Blut. Im Kielwasser all der Aufregung und Anspannung führte er mich in der weißen Sommerflut an einem böhmischen Fluss und an den grünen Bergen Mährens entlang den norwegischen Fjorden entgegen.

Ségolen besuchte dieselbe Kunstschule in Paris, antwortete ich stockend, wir waren in einem Kurs. Atemlos, als hätte ich etwas Gewaltiges gesagt, nahm ich einen Schluck Likör, vergaß, dass ich beschlossen hatte, nichts zu trinken, ich musste versuchen, ruhig zu bleiben, so ruhig wie Undsets Heldin.

Sie wussten von ihrer Ankunft in der Sowjetunion?

Nein. Wieso?

Sie gab Sie als Kontaktperson an, als sie über den Vaterländischen Bund die Reisegenehmigung beantragte.

Aber Ségolen weiß nicht einmal, dass ich beim Bund gearbeitet habe. Ich habe nie mit Außenstehenden darüber geredet.

Genossin Traill hat sie für uns rekrutiert.

Ségolen hatte mir nichts gesagt, und Vera auch nicht. Ich wusste von keiner Verschwörung. Hatten sie Ségolen geschickt, um mich auszuspionieren, nein, jetzt kapierte ich gar nichts mehr. Zu kompliziert. Der Mann wirkte bedrohlich, auch wenn er nichts sagte, wovor ich hätte Angst haben müssen.

Sie haben sich diese Woche zweimal mit ihr getroffen, fuhr er fort. Am Dienstag und gestern.

Das trifft zu.

Stand ich unter Beobachtung? Ich hatte nichts bemerkt, wäre nicht einmal auf die Idee gekommen. Bestimmt würde er gleich auch nach Boris fragen. Alles floss schneller und schneller, im Takt der ungestümen Moldau, ich konnte mit den zwei Strömen nicht mithalten. *Wir sprachen über ganz gewöhnliche Dinge. Wir sprachen über ganz gewöhnliche Dinge.*

Wann hat sie zum erstenmal Kontakt zu Ihnen aufgenommen?

Wir sind uns ganz zufällig auf der Messe begegnet, am Dienstag dieser Woche.

Sie hat davor also keinen Kontakt zu Ihnen aufgenommen, auch nicht mit der Redaktion?

So weit ich weiß nicht.

Genosse Nilpferd zog nun doch meinen Kuchenteller an sich heran und fing an, das Stück Apfel-Baiser-Kuchen zu essen.

Sie hat Ihnen eine Postkarte aus Paris geschickt, aber die befindet sich in unserem Besitz.

Sie überwachten also auch meine Post. Das war mir nicht in den Sinn gekommen.

Sie hatten das Treffen nicht vorher vereinbart?

Natürlich nicht. Ich hatte ja keine Ahnung, dass sie in Moskau ist, bevor ich sie auf der Messe sah, und dort beschlossen wir, uns zum Mittagessen zu treffen und Neuigkeiten auszutauschen.

Worüber haben Sie sich unterhalten?

Ich versuchte mich zu erinnern, worüber wir gesprochen hatten, wie sonst auch über Mode, Farben, Tanzen, Restaurants, über die Beziehung zur Mutter, über die Liebe und über die Schühchen von Veras Kind.

Über Mode, über die Messe und über die Komi-Frauen, antwortete ich.

Die Komi-Frauen? Was haben Sie über die Komi-Frauen geredet?

Er zog ein schwarzes Notizbuch heraus.

Ich erzählte ihm, was die Komi-Frauen über Bäume dachten.

Sie haben ihr keine internen Dinge des Landes verraten?

Natürlich nicht. Ich sprach nur über den Artikel, den ich gerade fertigstellte, er würde erst heute erscheinen, jedenfalls sollte er das, verspätet wegen des Nichtangriffspakts.

Allerdings hatte ich die Zeitung nicht am Kiosk gesehen, als ich am Arbat eilig die letzten Lebensmittel und für Serjoscha und Nikolai Klepin die neuen Blätter gekauft hatte, obwohl sie normalerweise schon morgens an zwei Kiosken zu haben waren.

Die Sache ist die, dass diese Ségolen Hondrius von der Gegenspionage des Französischen Staats in unseren Dienst eingeschleust worden ist.

Ich sah den Mann ungläubig an, als wäre das schon einmal passiert und würde sich jetzt wiederholen, mit sonderbarer, traumartiger Verzögerung. Die französische Gegenspionage, *Le Deuxieme Bureau.*

Wir haben allen Grund, diesen Menschen zu verdächtigen.

Die Musik hatte gewechselt. Ich trank noch etwas Likör, meine Hände zitterten, und ich konnte nichts dagegen tun. Gleichzeitig hatte ich das Gefühl, als hätte der Pianist mir den rhythmischen Stempel seiner Finger aufgedrückt.

Hat das irgendwie mit dem Genossen Kolzow zu tun?

Was wissen Sie von Kolzow?

Dass sein Prozess abgesagt wurde.

Ich habe nicht die Befugnis, darüber zu sprechen.

Es war nicht meine Absicht gewesen, im Gespräch mit meiner vorigen Kontaktperson etwas Negatives über ihn zu sagen, erklärte ich dann. Ich möchte das korrigieren. Genosse Kolzow war der Ideologie und dem Staat gegenüber loyal und ergeben. Die wenigsten sind so zuverlässig wie er.

Der Mann sah mich überdrüssig an.

Was für einen Sinn hatte meine Erklärung, wenn Kolzow tot war und ich eine Teilschuld an diesem unwiderruflichen Geschehen trug?

Sie sind bestimmt bereit, einen vertraulichen Bericht für uns über alles zu schreiben, worüber Sie sich mit der Hondrius unterhalten haben?

Ich sagte, ich hätte ihm alles gesagt, was ich wisse. Ich wisse nichts. Den Likör hatte ich ausgetrunken, auf dem Teller vor dem Mann lagen nur noch Krümel.

Wir klären die Angelegenheit und sind dankbar für jedes Detail, das sie uns liefern. Sie bekommen eine direkte Nummer.

Eine Nummer wohin?

Ins Blumenzimmer. Das Wort klang sonderbar lieblich aus seinem Mund.

Es war Berias Zimmer in der Lubjanka. Ich erinnerte mich, dass Vera Traill gesagt hatte, sie habe Angst, dort einzutreten, aber sie hatte mir nicht verraten, warum.

Sie melden sich unverzüglich, wenn etwas Neues auftaucht?

Ich werde mich nächste Woche mit ihr treffen, sagte ich und bereute es auf der Stelle.

Sehr gut.

Er stand auf und schickte sich an zu gehen.

Die Streichhölzer nahm er mit. Die Schachtel aus Prag. Auch die. Jetzt fangen sie an, mich Stück für Stück aufzufressen.

Glückwunsch, drehte er sich noch einmal zu mir um. Ich war nicht sicher, ob mit spöttischem oder warmem Unterton.

Wofür?

Sie sind in gesegneten Umständen.

Ich schaute ihn verblüfft an und sah dabei gewiss wie eine Verrückte aus. Hatte der Genosse meine Gedanken gelesen? Und warum benutzte er eine altmodische religiöse Formulierung?

Ich habe die Resultate noch gar nicht bekommen.

Die Resultate sind da. Sie sind positiv.

Niemand wusste etwas, ich hatte niemandem davon erzählt, sondern die Neuigkeit in meinem Inneren geschützt aufbewahrt, aber dieser Mann kannte mein Leben und mein Schicksal, er hielt die Fäden in der Hand.

Und falls wir in gutem Einvernehmen mit Ihnen zusammenarbeiten, Genossin Efraimow, werden wir Ihnen und dem Vater des Kindes natürlich behilflich sein, eine geräumigere Wohnung zu finden. Schließlich brauchen Sie einen Ort, wo das Kind zur Welt kommen kann.

Hatte Boris schon in Paris versucht, darüber mit mir zu reden, mich davor zu warnen? Das war das Muster, es gab keinen Ort, an den sie nicht vordrangen, so rauben sie dem Menschen am Ende die gesamte Privatsphäre, sie gehen in jeden Nerv, in jede Geste hinein. Und ausgerechnet diese Leute sollten mein Kind schützen?

Ich stand auf und spürte, wie meine Beine zitterten. Ich gab dem Mann die Telefonnummer zurück. Meine Hand wurde tätig, bevor ich nachdenken konnte.

Ich glaube nicht, dass ich die brauche, sagte ich, und meine Stimme zitterte ebenfalls. Danke.

Ungläubig nahm er den Zettel in Empfang. Ich registrierte, wie der ranzige Geruch des Wodkas vom Vorabend aus seiner Haut drang. Er wartete noch ab, ob ich es rückgängig machen, ob ich die Nummer wieder an mich nehmen würde, aber ich tat es nicht.

Ich wusste, dass ich damit von weit oben und mit großem Anlauf ins Leere gesprungen war. Ich wusste, dass ich womöglich alles verlor, als Erstes die Arbeit bei ZhurGas. Mit heiler Haut würde ich nicht davonkommen.

Všenory
August 1923

Als die Lichtkegel des Paris-Schnellzugs das Fenster der Dachkammer trafen, wachte Marina auf dem Rand von Aljas Bett auf. Das Kind lag in festem Schlaf und rührte sich nicht mehr, wenn Marina sich bewegte. Die Flamme in der Lampe flackerte, sie würde bald ausgehen, saugte das letzte Öl auf, so wie die Dunkelheit die Zeit aufsaugte, die Ordnung der Dinge.

Sie hatte keine Angst mehr vor der Dunkelheit, konnte sich vor nichts mehr fürchten, auch wenn sie hier im Winter oft gleichzeitig mit Alja schlafen gegangen war, damit der Schlaf die Dunkelheit unter sich begrub. Aber jetzt hatte die Dunkelheit eine neue, freundlichere Daseinsform angenommen, es kam Marina vor, als wäre sie wieder Kind geworden und erinnerte sich nicht mehr an die Namen, die die Menschen den Dingen gegeben hatten, wenn sie im Dunkeln ihre Gestalt änderten, stattdessen hörte sie, wie sie atmeten, was ihr Rhythmus war. Sie hörte auch, wie die Bäume draußen atmeten, sich verabschiedeten.

Der Winter war eine endlose Nacht, voller Fremdheit, die Tage öffneten sich im grauen Nebel für wenige Stunden, am Anfang lag nicht einmal Schnee. In Moskau gab es immer irgendwo Licht, immer rief, flüsterte, stritt, sang jemand, aber in dieser Gegend, die glaubte, der Mittelpunkt Europas zu sein, jedoch im Abseits lag, zerstreut, im Wald, nichts als Finsternis. Wenn die Kapuze der Nacht über die Dörfer und Berge fiel, hörte die ganze übrige Welt auf zu existieren, und sie befanden sich zu zweit im Dunkeln, sie und Alja, und der Kosan-Gasofen, den man nächtelang bewachen musste, damit er nicht ausging, damit kein Feuer herauskam, die Lichtkegel der Züge zwischen Prag und Beroun fraßen im Abstand von ein, zwei Stunden vom verschneiten Flussarm, aber auch damit war es vor zehn Uhr vorbei.

Nachts fiel es ihr schwer zu schreiben, sie brauchte den Morgen, und auch morgens war es lange dunkel, die Kirche stand direkt neben dem Haus, dort gingen die Lichter früh an, auch bei Dunkelheit und Schneematsch, man konnte die Straße überqueren, selbst wenn es noch so glitschig war, noch so dunkel und sogar im Nachthemd, dann, wenn man nicht in die Berge und in den Wald gehen konnte, sondern in die erste Messe um sechs. Und der Wald machte ihr Angst in der Nacht, auch wenn der Mond schien und sie allmählich die Wege kannte, aber es war, als würde man tief in sich selbst hineingehen, in das, was man nicht sehen, nicht hören will, die nächtlichen Stimmen verfolgten sie bis in den Schlaf, ein Vogel, ein Eulenfalter, ein Reh, alles, was sich dort regte, auch Tiere ohne Namen und Geschichte, und Alja hatte Angst vor Räuberhorden und vor Leuten, die Russen hassten, die nach Kneipe stinkend von Haus zu Haus zogen, sich holten, was zu holen war, und Demütigung zurückließen. Marina hingegen hatte keine Angst vor ihnen, sie hatte nur Angst vor ihren eigenen Träumen, vor dem Aufwachen durch einen Schrei ohne Stimme.

Ob die aus Berlin mitgebrachte Leuchte diesen Umzug noch einmal heil überstehen würde, die grüne Glashaube, die Freundin, das Auge, das die Bekenntnisse der Briefe überwachte, dachte Marina, als sie die Flamme kleiner stellte und darauf achtete, Alja nicht zu wecken.

Sie ließ gerade so viel Licht, dass sie sich im Spiegel sehen konnte, und legte die Bernsteinkette ab, ihren täglichen Harnisch, den sie morgens anlegte wie der Prinz der Vltava, der Ritter von Bruncvík mit dem Pagenkopf, damit sie fähig war, der Welt entgegenzutreten, und um sich vor allem zu schützen, was sonst direkt in die Seele eindringen und sie zerbrechen und durcheinanderbringen würde.

Marina nahm die Ringe von den Fingern, einen nach dem andern, die Bernsteinringe von der Krim, zumeist Geschenke von Serjoscha, sie lösten sich heute leicht, Regen und Sturm hatten die Schwellung zurückgehen lassen, die an heißen Tagen die Hände zum Abend hin gebrauchsunfähig machte.

Maria Meyns Rubinring bekam sie normalerweise nur mit Hilfe von Seife vom Finger, versuchte es aber trotzdem ohne. *Seht nur, wie Musjas*

Hände gewachsen sind. Die sind ja wie die Pranken eines Arbeiters. Sie hatte den Ring bekommen, als sie und ihre Schwester Asja ins Internat in Freiburg kamen. Niemand verbot ihnen dort, Schmuck zu tragen, freilich war ihnen auch sonst nichts verboten, und so trug sie die Kleider falsch herum, lief in hohen Schuhen umher wie die Kokotten der Stadt und rauchte Zigaretten mit Spitze, sie, die Dreizehnjährige, nicht mehr das Wunderkind von Maria Meyn, sondern vom Tiger erwählt, die Muse der Revolution.

Seht nur, wie Musjas Hände gewachsen sind. Die sind ja wie die Pranken eines Arbeiters. Das hatte Maria Meyn vor aller Ohren zu ihr gesagt, als Marina erklärt hatte, sie höre mit dem Klavierspielen auf, und fortan nicht mehr zwei Stunden am Tag übte, wie sie es bis dahin folgsam getan hatte, *noch ein wenig, liebe Musja,* in dem Versuch, immer wieder dem Wunsch der Mutter zu entsprechen. Aber wie viel sie auch spielte, wie schön sie Verse drechselte, Maria Meyn war nie mit ihr zufrieden. Weggeworfene Hände. Daran wird sie sich immer erinnern. Was vorher für ein Geschenk des Himmels gehalten wurde, die über die Tasten laufenden Händc, ein Wunder Gottes, auf das man sich nichts einbilden durfte, wurde zum Fluch, dass es die Enkelin von Professor Ilovaitski wagt, seht nur, nichts bleibt in ihren Händen. Immer dasselbe, die Stimme der vornehmen Schweizerin hörte nicht auf, indirekte Schmähungen zu flüstern.

Der Ring hatte drei rote Steine, drei Blutstropfen, drei Tode. In der Mitte der größte, Maria Meyns lauter Kampf. Ohne sich um den Schmerz zu kümmern, riss ihn sich Marina schließlich vom Finger und ließ alle Ringe in die Tasche ihres Kleides fallen, aus den Augen, aus dem Sinn, husch in den Wald mit dem Schwein, Katzenjunge waschen. *Untaugliche Hände, immerfort, lässt ihr Kind sterben, an Hunger und Krankheit, so eine ist meine Tochter.* Und sie selbst war kein bisschen besser. Heute erst war sie ebenso hart gegen ihr eigenes Kind gewesen, als hätte Maria Meyn aus dem Grab heraus durch sie mit dem Kind geschimpft.

Geißblatt, Blume der Daphne. Die Worte des Mannes aus Minsk trug sie stattdessen noch immer im Leib, die Finger der Farne, und die Frau im dämmrigen Spiegel lächelte, bevor Marina begriff, das sie selbst es war, die lächelte. Das Spiegelbild sah fremd aus, fern, wann hatte sie diese Frau zum letzten Mal gesehen? Pflücke dein Blümchen nur anderswo, hatte sie zu dem Mann gesagt, vergeblich versuchte er ihr zu gefallen, sollte er sie doch nennen, wie er wollte, das würde sie nicht aus der Fassung bringen, und doch gefiel es ihr, dass er es wollte. Lass mich diese Freude annehmen, zerstöre sie nicht, sieh nur, wie zerbrechlich und klein sie ist, wie lebendig, ich bin die Freude nicht gewohnt, seit Jahren hat es das nicht gegeben, so ein Licht.

Übermorgen, am Freitag oder spätestens am Samstag, wenn das Mädchen auf die Reise geschickt, danach das ganze Haus leer geräumt und alles auf Teufel komm raus mit Hilfe des Mannes aus Minsk und der Pferde einen anderen Berg hinaufgeschafft worden war, einen noch höheren, dem Himmel noch näher, als hätte das hier nicht gereicht, nach Anděl, in die Stadt der Engel, würde sie in der Wohnung in der Schwedenstraße vor demselben Spiegel stehen; ein Zimmer, ein Fenster, eine Wohnung auf dem Berg, Aussicht über die Stadt: der Chinesische Wald, die Hungermauer, der schwarze Fluss, die malven- und sepiaroten Dächer zwischen den Hügeln, die grünen Türme wie im Märchen, ihre eigene Wohnung, womöglich könnte es ein Zuhause werden, oder es würden nur Rilkes schreckliche Engel dort wohnen, die wussten, dass Schönheit nichts anderes war als des Schrecklichen Anfang, dass es unmöglich war, auf der Erde zu leben.

Sie hatte das Zimmer auf dem Berg gleich als das ihre erkannt, obwohl bei der Besichtigung noch die Möbel des vorigen Bewohners darin standen. Als wäre sie früher schon dort gewesen. Ein Ort zum Atmen, tote Insekten auf dem Fußboden, Staub in den Ecken, die Umrisse der Möbel anderer Menschen an den Wänden, ein schiefer Fensterpfosten, aber doch ein neuer Anfang, eine neue Stadt, eine neue Sprache, ein neuer Mensch. Und der Mann aus Minsk an ihrer Seite, *mein junger Bursche*, als ihr Gefährte würde er mit ihr im gleichen Rhythmus atmen, auf den Serpentinenwegen des Petřín, hinauf und hinab.

Nein. Das war das falsche Bild. Der Herbst bedeutete Arbeit. Sie musste zu Ende bringen, was hier seinen Anfang genommen hatte, in diesem Wald, die Hefte, die unfertigen Manuskripte. Unter den Augen von anderen, und waren sie ihr noch so lieb, noch so nah, konnte sie nicht schreiben, nicht wie sie wollte, nicht genau genug sehen, nicht das Unlösbare lösen, das Unermessliche ermessen.

Und jetzt ängstigte sie die ganze Freiheit, der sie sich überlassen sollte, die ganz und gar neue Stadt, durch die sie noch nie gegangen war, ohne sich zu verlaufen. Und sie selbst, allein, ohne Kind, ohne Familie, was wäre sie ohne Alja, ohne die begleitende Nähe des Kindes, nicht als Schutz, aber wie ihre eigene Sprache. Sie musste die Poesie neu erfinden, an jedem Tag, musste Rhythmus, Maß, Metrum finden in dieser Welt der Schicksallosen. Würde die Trauer zurückkommen, wäre sie fähig, so zu schreiben, wie sie es anfangs im Winter nicht gekonnt hatte? Der Schatten dieses Winters verfolgte sie noch immer. Wäre sie wenigstens fähig zu lieben, oder wäre die Trauer stärker als die Liebe? Oder wäre das hier stärker, dieses Lächeln, das nach Regen duftende schnurrende Glück der Haut, was war es, das Umstürzen alles Alten, eine kategorische Wende, Wende des Atems, Fest des Schreibens oder leere, verkohlende Ekstase, von der am Morgen nichts mehr übrig wäre?

Alja bewegte sich, murmelte etwas im Schlaf. Wenn das Kind bloß nicht krank geworden ist, der Regen und das Unwetter, es war ganz außer sich, Marina hatte es noch nie so gesehen, schwarzer, gewalttätiger Sturm anstelle von Licht.

Vielleicht hatte das Mädchen recht, wie immer, als Marinas strenges Gewissen. Wie leicht sie sich von billigen, nach Parfum riechenden Worten bezirzen ließ, im Takt der Romanze. Das ist nicht dein Leben, sondern bloß das Spiel eines Harlekins. Und wieder sah sie im Spiegel die knochige, unbeugsame Frau, so wie immer des Nachts, Maria Meyn; Kerzenhals, das Gesicht des Todes in ihr wie ein Stein, ein Stein, der jede Nacht größer wurde.

Maria Meyn war schon 1905 in Freiburg sehr krank gewesen und Marina damals nicht viel älter als Alja. Sie hatten nicht gewusst, wie ernst es war, sie und ihre Schwester Asja, ungeachtet dessen, dass der Tod die ganze Zeit, in der sie beiderseits der Alpen von einem russischen Pensionat zum anderen gereist waren, sie als Spielgefährte begleitet hatte. Genua, Nervi, Lausanne, Schwarzwald, und die stille *Mra*, die Todin, wie sie und Asja sie nannten, zärtlich, damit sie nicht beleidigt war und böse wurde, war ihre folgsame Begleiterin und wurde behandelt wie ein geladener Gast.

Sie trugen sogar ihr Gepäck. Warum ist es so schwer?, fragte Asja, wenn sie wieder einmal den nicht mit Namen versehenen schwarzen Koffer ins oberste Stockwerk einer neuen, von Russen bewohnten Pension schleppten, und Marina antwortete: die Sünden der Toten. Und nachts stand Asja immer wieder auf, um nachzusehen, ob der Koffer geschlossen war, damit sie nicht im Dunkel der Nacht in ihre Träume schlichen und sie in ihre Gewalt nahmen. Marina hatte Asja natürlich Angst gemacht und gesagt, genau das könne passieren, sobald sie einschliefe, und Asja glaubte immer alles.

Damals hatte Maria Meyn noch die Kraft gehabt, die fröhliche, tüchtige Anführerin zu spielen, auch wenn ihr das Sprechen und Lachen Schmerzen bereitete. Marina erinnerte sich an die gespannten Adern am Hals, an die geweiteten Poren und an die Haut, auf der sich Blässe und Röte abwechselten. Die gleichen Symptome hatte Serjoschas Haut im Frühling gezeigt, sie hätte die Zeichen erkennen müssen, es waren immer die gleichen, aber sie hatte sie nicht sehen wollen und sie wollte auch jetzt nicht daran denken. Als sie zu den Moskauer Patriarchenteichen zurückkehrten, verwandelte sich die warme, mütterliche *Mra* im Knochenmark der Maria Meyn zu einem brüllenden Raubtier. Das Schreien dauerte viele Monate, aber das Puschkin-Denkmal zuckte nicht mit der Wimper, die Teiche froren zu, sonntags kamen Familien zum Schlittschuhlaufen, und sie war sicher, dass alle es hörten, ganz Moskau wusste, dass hier jemand starb, und dass es eine schwere Arbeit war, nicht so leicht wie das Ansetzen von Kwas.

Jeder Mensch trägt den Tod in sich wie die Frucht den Kern. So schrieb es Rilke in seinem Roman, der Marina kurz nach Aljas Geburt in die Hände gefallen war, der Roman eines Dichters, wenngleich aus dem Mund eines dänischen Adligen vorgetragen. Kinder tragen einen kleinen in sich und Erwachsene einen großen. Aber sie hatte nicht geahnt, dass Maria Meyns Tod so gewaltige Ausmaße hätte, dass ganz Moskau zu klein dafür wäre, wohingegen der Tod von Maltes Großvater im Roman nur der Größe eines Landguts entsprach. Diese ganze Kraft hatte Maria Meyn unter ihrem eng geknöpften Kleid verborgen gehalten und nur momentweise in Tigers Anwesenheit gezeigt.

Natürlich hätte Maria Meyn nicht so früh sterben sollen. Marina war nicht einmal vierzehn, hatte noch keinen geküsst, außer hinter Maria Meyns Rücken in Nervi heimlich Tiger, der sie zum Auskurieren in sein Zimmer geholt hatte. Nach dem ersten Kuss hatte sie beschlossen, Revolutionärin zu werden, bereit, alles hinter sich zu lassen, Zar und Gott, so wie Tiger es getan hatte, und mit ihren Genossen in eine schmutzige Kommune zu ziehen. Tiger war ihre erste Liebe, die Verkörperung romantischer Heldenträume. Und Tiger, ihr Prinz, erwiderte ihren Kuss, damit sie gesund wurde, aus dem Traum erwachte, und dann lachte er sein spöttisches Anarchistendichterlachen, und Marina wollte überhaupt nicht mehr gesund werden, sondern bis ans Ende ihres Lebens in Tigers Zimmer bleiben und Revolutionsgedichte für ihre anarchistischen Genossen schreiben. Das Klavier oder Tiger, sie hatte eine Wahl zu treffen, und ihre Wahl war die grausame Rache eines Kindes. Maria Meyn hatte sie verstoßen, und nun verstieß sie Maria Meyn. Aber natürlich wurde sie dann auch von Tiger verstoßen, als er Maria Meyn verstieß.

Auf Tiger folgten Napoleon und Puschkin und Casanova und Stenka Rasin. Von ihnen lernte sie die Furchtlosigkeit der Männer im Krieg und in der Liebe, was das Gleiche war. Und auch wenn sie in Tigers Leben kommen und gehen durfte, wie sie wollte, reden und lachen und sein, wie sie mochte, hatte sie sich insgeheim Maria Meyns Tod gewünscht, um an ihre Stelle treten zu dürfen, um selbst Maria Meyn zu sein, Nacht für Nacht in Tigers Armen einzuschlafen. Zur Strafe wurde die schrecklichste aller schrecklichen Vorstellungen wahr.

Es genügte nicht, dass sie es sich vorstellte, sondern die Worte stellten sich in den Dienst der Vorstellung: Du hast nie jemanden geliebt, flüsterte sie der schlafenden Maria Meyn ins Ohr, nicht einmal Tiger.

Danach starb Maria Meyn, nicht in derselben Nacht, aber im selben Herbst, der Schrei nahm seinen Anfang in diesen Worten, das monatelange Sterben. *Das griechischtragische Wort ist tödtlichfactisch.* Sie wusste, was Hölderlin mit diesem Satz meinte. Aber noch immer traute sie sich nicht, auch nur einen Vers über Maria Meyn zu schreiben, und sie wusste nicht, ob sie jemals dazu imstande sein würde.

Natürlich liebte Maria Meyn auf ihre Art, die an vorsichtige Schritte auf der zugefrorenen Moskwa im Frühjahr erinnerte. Sie liebte die schlichte Asja, den spöttischen, selbstbewussten Tiger und das Museum, das ein besseres Leben und einen noch besseren Tod lehrte, und die Musik, ihre Musik natürlich am meisten. Marina vermochte sie jedoch nicht zu lieben, obwohl Marina sich zur rechten und linken Hand ihrer Mutter gemacht hatte, zu Augen und Ohren, obwohl sie morgens aufwachte, bevor die Öfen warm waren, und vormittags ausgefeilte Geschäftsbriefe auf Französisch und Deutsch schrieb, hochgeehrter dieser und jener, wir sind daran interessiert, den Kopf der Phädra in unsere Sammlung aufzunehmen, die Ferse des Achilles, das Fußkettchen der Nofretete, einen Zehennagel der Hatschepsut, in der Einsamkeit des zehnjährigen Kindes wollte sie schreibend dafür sorgen, angenommen zu werden, aber das geschah nicht, es kam kein einziges warmherziges Wort, kein Dank, nicht einmal, als das Museum fertig war und die Griechen und die Ägypter in seliger Eintracht in der dritten Etage standen. Sie war Maria Meyn zu kompliziert, zu düster und zu ähnlich.

Eines Tages würde sie über Maria Meyn schreiben müssen. Über ihre Pianistinnenhände, über die Bäche und Senken der Tonleitern, über die Adlerschwingen der Tasten. Das wäre ihr Roman, ein Buch über Symbiose und Trennung, über vorgestellte Verbundenheit und über die Verbundenheit noch in der Trennung, *razluka*, die Alja erkannt hatte.

Sie musste schreiben, so viel stand fest. Ohne das Schreiben würde sie nicht leben, nicht atmen können. Ein gemeinsames Buch würde es nicht geben, davon musste sie Abstand nehmen, es würde nicht erscheinen. Und sie hätte nicht die Kraft, allein darauf zurückzukommen. Sie empfand so große Trauer, dass sie nicht wusste, was sie damit anstellen sollte. Moskau lag im Jenseits, sie hatte dort nichts mehr verloren.

Über Moskau würde sie nicht schreiben können, aber über Maria Meyn sollte sie schreiben, darüber, wie sehr sie die Verkörperung der Dichtung war, mit der Sprache im Rückgrat, als Urstoff. Und sie musste über die Märchen und Verse schreiben, die Maria Meyn ihr unter dem Bärenfell ins Ohr geflüstert hatte, wie sie sie vollgestopft hatte mit Helden und unsichtbaren Welten, sie musste darüber schreiben, wie eilig es Maria Meyn gehabt hatte, noch vor ihrem Tod ihre ganzen Schätze an sie zu vererben, die gesamte Kunst der Welt. Und sie musste über all die halben und unausgesprochenen Sätze zwischen Maria Meyn und Vater Zwetajew schreiben, mit denen die Erinnerung an ermattete Lieben gehegt wurde.

Und sie musste darüber schreiben, wie Maria Meyn sie von der Welt der gewöhnlichen Menschen absondern wollte, von den anderen Kindern, die eine Gefahr für sie waren, wie Bazillen, die drohten, sie zu ihresgleichen zu machen. Und all die im Takt von Chopin und den Lawinen der Tonleitern geäußerten Forderungen, auch darüber würde sie schreiben müssen.

Und sie müsste über Maria Meyns Hände schreiben, darüber, wie ihre Hände immer die richtige Stelle trafen, wie auch ihre Worte. Wie sie nachts im Dunkeln die stehen gebliebene Uhr stellte, ohne die Zeiger zu sehen. Das blinde Wissen der Hand.

Aber immer wenn sie versuchte über Maria Meyn zu schreiben, fand sie keinen Zugriff, obwohl sie wusste, dass Maria Meyns Rhythmus in jeder ihrer Zellen und Muskeln steckte, aber mit ihren Versen kam sie diesem Rhythmus nicht bei.

Wenn sie versuchte Maria Meyn zu erfassen, hörte sie nur strengen

Tadel und Forderungen. Im Herzen von Maria Meyn hörte der Rhythmus auf, die Worte erstarrten, vollkommene Stille, Nullpunkt. War die eigene Mutter etwas, über das man nicht schreiben, das man sich nicht vorstellen konnte, etwas, wofür es keine Worte gab? Nur die Hand eines Kindes würde die Wahrheit über ein solches Verhältnis schreiben können, ohne zu werten.

Erst nach Irinas Tod, erst als Marina im Zug saß und zuerst Moskau und dann ganz Russland hinter ihr zurückblieb und aufhörte zu existieren, als wäre es nur ein Albtraum gewesen, begriff sie, dass sie noch immer wütend über Maria Meyns Tod war, so wütend war sie, dass sie nicht wusste, wohin mit sich, wie sie sich die ganze Fahrt still auf dem klebrigen Sitz halten, wie sie aufrecht bleiben sollte, in aufrechter Haltung ihr Rücken, jeder Knochen, jeder Muskel, woher sie die Kraft zum Atmen nehmen sollte, sie war wütend auf die Tote, die damals bereits seit mehr als vierzehn Jahren im Grab lag.

Maria Meyn hatte sie für das bestraft, was der dumme Traum eines Kindes war, und sie mit den kranken Kleinen allein gelassen. Maria Meyn hatte ihr nicht gesagt, wie man ein Kind pflegt und am Leben hält, Marina hatte sich alles selbst beigebracht, aber keinen Erfolg gehabt. Die Leiche ihres zweiten Kindes hatte sie nicht einmal sehen dürfen, bevor man es in ein Massengrab geworfen hatte. Sie hasste Maria Meyn, sie hasste sich selbst, ihr war ein Kind entglitten, und jetzt gab sie ein zweites in fremde Hände. Sie würde es von sich abreißen müssen wie Efeu.

Niemand außer Alja hatte ihre Trauer um Irina gesehen, in Moskau musste man es verbergen, verstecken, dort durfte man keine Schwäche zeigen, man musste mit allem fertigwerden, hart sein, und am Ende musste es begraben werden, um weiterleben zu können, damit die Wörter kamen, damit sie daran glauben konnte, dass es auf der Welt eine Bahn gab, auf der sie gehen konnte.

Die Poesie war ihr Wasser, die Musik, die sich in die Seele gekerbt hatte und nur in Laute, Verse, Rhythmus, Wörter und Schrift übertragen werden musste, und wenn man sie nicht mehr hörte, wenn der Himmel nur noch der Himmel war, der Stein ein Stein, der Berg ein Berg, blieb sie am Boden liegen, im Schlamm, so wie hier am Anfang, die Tage hatten nicht vergehen wollen, die Wörter waren nicht gekommen, das Wasser, das sie wieder nach oben getragen hätte, es kam ihr vor, als wäre sie auf dem Grund eines ausgetrockneten Flusses liegen geblieben, um von den Tieren gefressen zu werden, und niemand holte sie heraus.

In dieser Nacht musste sie die Umzugsvorbereitungen zu Ende bringen, daran denken, den Nippes der Vermieterin, den sie weggeräumt hatte, wieder hinzustellen und sich auch um all das zu kümmern, was sie nicht mitnehmen würden. Ein kaputter Koffer war gestern bereits voll geworden mit kaputten Sachen, die niemand brauchte, die wagte sie nicht einmal der Lumpensammlerin mitzugeben. Was wollte sie mit Sachen? Sachen konnten zerbrechen, ihre Bedeutung verlieren, so wie Freundschaften und Lieben, aber Gedichte nicht, wenn sie einmal fertig waren, ihren Rhythmus und ihre Form gefunden hatten, sie konnten nicht mehr kaputtgehen, sie konnte sie nicht mehr verlieren. Wenn die Lumpensammlerin wiederkäme, dürfte sie mitnehmen, was sie wollte, auf ihrem Karren, Marinas ganzes Leben, sie konnte alles weggeben, mochte als Gegenleistung nur ein Gedicht, ein unsterbliches Gedicht, selbst wenn sie danach bis zu ihrem Lebensende obdachlos wäre.

Ihre Unterlagen und Hefte beschloss Marina als Letztes zu ordnen, wenn das Mädchen weg war, sie brauchte dafür einen Tag, sie waren alle noch unsortiert, nicht verpackt, nicht zu Ende geführt; nicht abgeschickte Briefe, Rohlinge für Gedichtbände im Überfluss, längst beerdigte Manuskripte, Notizbücher, die keine Tagebücher mehr waren, aber auch noch keine Gedichte enthielten, Zitate aus dem Psalter, Dramengerüste, das war alles, alles, was das legitimierte, was ihr Leben war, wie es war, und doch halbseiden und unvollendet.

Wenn man doch einfach die Manuskripte in einer Truhe an Wischniak in Berlin schicken und sagen könnte, Helikon möge eine Auswahl von allem drucken, es waren so viele Gedichte da, und im Sommer hatte sie fast allem den letzten Schliff gegeben, sogar einen Namen hatte sie für die Sammlung: Nach Russland. Jüngling hatte als Kurier nicht getaugt, sie hätte wissen müssen, dass sie zu viel von ihm verlangte, der junge Mann hatte gewiss Beziehungen zu Verlegern in Berlin und war vor Ort, aber er konnte nicht verhandeln, war noch zu unerfahren. Vielleicht war ja doch ein Wunder geschehen, vielleicht schrieb ihr Jüngling deshalb jetzt und hatte vorher bloß keinen Kontakt mit ihr aufnehmen können wegen der Lage in Berlin, weil ganz Deutschland in Flammen stand und auf dem Weg in die Revolution war, weil die Welt zwischen ihnen lag.

Marina hatte den Brief vergessen. Den Brief, auf den sie Woche um Woche gewartet hatte, fast zwei Monate. Und als sie nun in den Flur ging und den dünnen, viel zu dünnen Umschlag öffnete, wollte sie ihn nicht mehr lesen. Wie schnell der Zauber schwand, innerhalb einer Minute: nur höfliche ästhetische Worte. Dabei hatte sie so schnell Feuer gefangen, durch ein paar Wörter nur, mit denen der Mann seinen Wunsch zum Ausdruck gebracht hatte, ihr Echo zu sein, der Widerhall ihrer Seele, sie in ihrer Totalität anzunehmen, und sie hatte sich vorgestellt, dass die Liebe im Nu möglich sein konnte, so wie ein Feuer nach trockenen Blättern griff, hatte sich Nähe und Mitgefühl vorgestellt, wo bloß höfliche Distanz war. Und mit diesem Menschen hatte sie geglaubt, alles teilen zu können. Eine ungeheure Menge Seelenkraft hatte sie dafür verbraucht, es war eine Verschwendung von Vorstellungskraft gewesen.

Ich bitte um Verbundenheit, nicht um Feindschaft, schrieb Marina in ihrer Antwort, schnell wie im Telegramm: *Schwere Tage liegen vor mir. Heute wird sich alles ändern. Ich stehe an der Schwelle eines neuen Anfangs, eines neuen Lebens, an einer Wegkreuzung. Große Dinge stehen bevor. Dafür brauche ich mich ganz. Seien Sie nicht mein Feind.* So endete es. Was für eine leichte Trennung. Eine Geste, ein Wort. *Einzweidrei.* Damit man sich traut, zu lieben und zu leben, muss man sich auch trauen, sich zu trennen, Entscheidungen zu treffen, loszulassen, lernen, gut und richtig zu sterben. Damit man sich zu lieben traut, muss man aufhören, sich etwas einzubilden. Ein Soldat weint nicht, vergießt bei der Trennung keine sentimentalen Tränen, nicht über eine Liebe, die es nicht einmal gegeben hat.

Es war nicht das erste Mal. Sie hatte schon etwas gelernt, bei Wischniak und Slonim war sie schneller gewesen, hatte nicht lange gefackelt, sie waren so schnell weg gewesen, dass von ihnen kein einziger Abdruck zurückgeblieben war. Aber einer behielt in ihr nach wie vor seinen Platz, als Atem, als Takt, als stiller Dialog, der wie ein dünner Seidenfaden war, ein Quecksilberbach, der durch die Seele lief. Allein das hatte sie mit dieser Romanze zu kaschieren versucht, aber es war die falsche Kopie gewesen, niemand konnte Boris ersetzen, nicht Jüngling, nicht der Mann aus Minsk, kein einziger Mann und auch nicht der schrecklichste Engel.

Alles ändert sich, als

Njanja Nummer drei sagt ein Wort, das man nicht sagen darf.

Die Mamma, sagt sie, als sie mir den Morgenbrei macht, den ich nicht will. Die Mamma wird böse, wenn du nicht isst, dabei müsste sie *maman* sagen.

Mamma bedeutet nichts.

Njanja drei sagt viele Wörter falsch, auch wenn sie für mich nur nach neuen Wörtern klingen, weil ich sie noch nicht gehört habe.

Dennoch schickt Marina sie fort.

Ach, ich habe doch nur geredet, wie man mit Kindern redet, aber das war es eben, das war dein Fehler.

Njanja drei hätte einfach still sein und ihre Arbeit machen müssen, so wie die Schweizer Porzellanpuppe, die im Schrank sitzt. Die wird hervorgeholt, wenn Leute zum Tee eingeladen sind, dann darf sie auf dem Bärenfell Platz nehmen, mit dem Tatarenhut, den Löwe ihr aufgesetzt hat, und mit der Aufgabe, sich kultiviert auf Französisch zu unterhalten, wenn man sie darum bittet. Sie kann viel besser Französisch als ich, sorgfältige Sätze, trinken Sie, liebes Fräulein, den Kaffee lieber mit Milch oder mit Sahne, fragt sie, obwohl wir Tee trinken, aber in Frankreich und zumal in der Schweiz trinkt man Kaffee, und darum spricht die Puppe so.

Njanja drei dagegen spricht, wie es die Leute vom Land tun.

Nu wollnwerma npaar kleene Piroggschen machen, sagt Njanja drei.

Manchmal, wenn sich Njanja drei ereifert, fällt sie Marina ins Wort. Dann werden ihre Wangen rot und ihre Hände warm.

O, wie schön ist sie dann, meine Njanja.

Son properes Mädelchen bist du, min kleenes Pummelchen, sagt Njanja drei.

Min kleenes, goldiges Häschen.
Solche Wörter gibt es in Marinas Welt nicht. Wie die Wörter, so die Seele. Und die Njanja hat die Seele eines ungebildeten Menschen. Das steht fest.
Am nächsten Morgen sagt Marina, wir kommen gut zu zweit aus. Du und ich.
Mein Mädchen, meine Sternenstirn. Mehr brauchen wir nicht. Wir tun alles nach unserem eigenen Rhythmus. Wir sind klüger als die anderen. Zu klug für diese Welt. Uns reichen die Romantiker, Puschkin, Goethe und Hölderlin. Sie kannten die richtigen Wörter, das richtige Maß.

Leute kommen und gehen, normalerweise Tanten. Auch die Tanten sind der Meinung, dass Njanja drei aus den hintersten Käffern stammt, bis wohin sich die Welt nicht erstreckt. Auch Njanjas kommen und gehen.
Aber, sagt Tante Lilja, wie kommst du nun zurecht? Allein mit allem. Du kannst das doch gar nicht, liebe Schwester. Du bist so unpraktisch veranlagt. Du hast nie gelernt, Kartoffeln zu schälen, Holz zu hacken.
Ich bin nicht allein, sagt Marina.
Sie schaut mich an.
Ich bin jetzt Marinas Hände, nicht nur die rechte, sondern beide. Ich bringe die Milch auf den Tisch und Ordnung in den Alltag. Und ich kenne die richtigen Wörter. Das ist das Wichtigste.
Außerdem muss ich wie Löwe sein, denn auch er ist nicht da. Ich bin sein Herz. So bleibt die Liebe in Marinas Seele, und die Trauer hält sich fern.

Wir machen einen Spaziergang um den Kreml, und ich darf mir etwas wünschen. Ich wünsche mir immer das Gleiche. Und wenn ich es gewünscht habe, lese ich alle Wörter, die an den Wänden geschrieben stehen, zuerst leise für mich und dann laut. Ganze Wörter.
Brot.
Tabak.
Laden.
Marina löst die Hand, und mir wird kalt im Fäustling, obwohl auf dem

Fäustling eine Sonnenscheibe zu sehen ist, die heilt, die von allem heilt, der Bund von Geist und Materie, alles ist gut.
Ich denke, dass sie stolz auf mich ist, aber sie sagt: Verwende deine Fähigkeiten nicht unnütz für solche Sachen, oder willst du so dumm werden wie Njanja drei?
Dabei habe ich viel mehr gelesen als Njanja Nummer drei, die gar nicht lesen kann.
Ich will alle Wörter der Welt lernen. Das ist mein Wunsch, und nur die Mauern des Zarenpalastes hören ihn, im dichten Schneegestöber, während die bronzenen Glocken läuten, duDumm, duDumm tönen sie und tönen auf meiner Haut.

In Marinas Welt gibt es zwei Arten von Wörtern.
Es gibt: geh nicht dahin, komm her, nimm das, gib jenes, bügle, hilf mir, hör zu, hör zu, nein, nicht, schneller, jetzt darfst du nicht stören, wir kommen zu spät, komm und gib Marina einen Kuss, hierhin, auf die Hand, jetzt gehe ich. Marina geht und kommt, wie sie will, alle kommen und gehen, wie sie es will. Und sie redet, wie sie will.
Wenn Marina sagt, dass Njanja drei geht, dann geht Njanja drei.
Eigentlich ist es so auch bei Löwe gewesen, aber das darf man nicht sagen. Würde ich es sagen, würde Marina vielleicht nicht weinen, sondern wäre still, würde nichts sagen, und das ist am schlimmsten.
Wenn ich ganz Ohr bin, also ganz Seele, zieht Marina das Bärenfell über uns, schlägt ein Buch auf und liest mir eine Geschichte vor oder zwei, drei, so viele, dass die Kerze erlischt und die Schatten mir nicht mehr immer neue Helden und mutige Taten vorflackern, Jünglinge und Prinzen, gutherzige Könige.
Es gibt Geschichten und es gibt Gedichte.
Ich habe den Unterschied gelernt. Geschichten kommen aus der Welt, die alle gemeinsam haben, aber Gedichte kommen aus dem Herzen, darum sind sie wichtiger. Jeder hat seine eigenen Gedichtwörter, man muss sie nur finden. Man muss sie hören.
Die Gedichtwörter sind unser Geheimnis. Die Sprache, die nur wir sprechen. Die Herzwörter. Sie werden heimlich geflüstert, als Letztes am Abend, als Erstes am Morgen.
Wenn ich ein Herzwort sage, weiß ich, dass Marina gleich bei mir sein

wird. Dafür braucht man nicht mal eine Stimme, die Bewegung des Herzens, das Herz, das das andere Herz berührt, setzt es in Gang.
Durch die Herzwörter weiß ich, dass wir ein Mund und ein Herz sind, ein Rhythmus und ein Atem.
Über die Wörter werde ich zu ihrem Bild, zu Marinas Bild, andere Bilder habe ich nicht.

Wir kommen zurecht, wir zwei, meine Sternenstirn. Du und ich, sagt Marina, als Njanja drei weg ist.
Wir kommen zurecht, sage ich, als die Trauer in ihrem Bauch wächst.
Der Krieg nährt uns, wie er kann. Der Krieg trägt für uns alle Sorge, er ist wie ein Flügel. Der Flügel eines weißen Schwans. Und ich weiß, dass Marina nicht weggeht, selbst wenn alle anderen gegangen sind.
Ich bin für Marina da. Ohne mich überlebt sie nicht.

Als Njanja drei fort ist, geht es mit dem Schlangestehen los, mit den Karten und Vermerken und Portionen und Partien und Teilen, von denen ich bis dahin nichts gewusst habe.
Für Milch und Tabak gibt es keine eigenen Spalten. Die muss man woanders besorgen, und sie sind unsichtbar, man kann sie nicht messen.
Manchmal warte ich darauf, Milch berühren zu können, milchige Haut. Milch besteht aus dem gleichen Stoff wie die Seele und der Tabak, wie Wärme und Nähe, erst, wenn auf der Milch eine Haut wächst, wird sie Materie, aber das kommt selten vor, ich trinke die Milch sofort.
Alles andere hat eine eigene Spalte: Brot, Mehl, Zucker, sogar Kerzen.
Auf die gleiche Art gibt es auch in mir Platz für alles, was man sehen kann. Kapuze, Knöpfe, Filzstiefel, festgenähte Fäustlinge, und alles selbst gemacht, von Njanja drei. Alles ist da, denn in der Schlange kann viel Zeit vergehen.
Was ist viel Zeit, woher soll ich wissen, was viel Zeit und was wenig?
Es hängt davon ab, wie lang die Schlange ist und wie schnell sie sich voranbewegt.
Schlange heißt, im Schnee stehen, Schnee fällt und schmilzt, jeden Tag anders, die Menschen in der Schlange stehen immer anders geordnet, wie die Wörter in einem Satz. Viel Zeit heißt, dass der Schnee um die

Filzstiefel schmilzt und die Füße nass werden und es einem vorkommt, als dringe das Eis bis in die Knochen. Die Filzstiefel sind noch neu und am Morgen hart wie Eis, wenn ich sie anziehe, mit kleinen Perlen verziert, nie zuvor habe ich etwas so Schönes gehabt. Sie sind so neu, dass man mit ihnen nicht in einen Sturm gehen möchte, um zu merken, dass sie nicht halten, sie werden nass und riechen nach dem Fell eines streunenden Hundes, und der Geruch bleibt an den Händen haften, bis es Abend wird.

Ich höre, was die Leute reden. Jeder hat sein eigenes Maß an Wörtern, und jeder benutzt sie auf seine Art, in seiner Reihenfolge, so wie die Vögel, die kleinen Wintervögel, die an der Regenrinne hinauf- und herunterklettern, alle auf andere Art singen, jeder nach seinem Gewicht. Ob die Vögel über die gleichen Dinge wie die Menschen reden … *was es heute geben mag … das Übliche wohl, Mehl, Salz, Kerzen … und kein bisschen mehr, für jeden nach Karte … damit die Ware nicht ausgeht … sie wird sowieso irgendwann ausgehen … jemand steckt sich etwas in die eigene Tasche, das findet man dann auf dem Schwarzmarkt wieder … wenn gehamstert wird, ist irgendwann nichts mehr da …*

Die Schlange kommt nicht voran, der Schnee ist schmutziggestampft. Ich werde müde und kann mich nicht mehr aufrecht halten. Wenn der Sturmwind mit den Türen knallt und die Fenster zum Klirren bringt, hüpfen diejenigen, die die Kraft dazu haben, auf der Stelle, *einszweidreivier*, damit aus den Zehen nicht der gleiche Matsch wird, den man am Morgen im Wassereimer findet. Können wir der Schlange nicht sagen, dass sie weitergehen soll? Und bevor Marina antworten kann, rückt die Schlange weiter, jemand kommt, eine Fuhre, ist es das jetzt, und die Vögel stieben zum Himmel auf, sind plötzlich eine schwarze Wolke, unsere Vögel, es sind erst wenige von ihnen hier.

Lasst die junge Frau vor, sie ist schon den ganzen Tag hier, seht ihr nicht, dass sie in Umständen ist.

Auch solche Menschen gibt es, sagt Marina am Abend, Menschen, die noch an andere denken. Ungefragt. Ist das nicht erstaunlich?

Ebenso erstaunlich ist es, dass es Eisperlen gibt und dass sie unsichtbar werden, wenn sie schmelzen.

Später sagt Marina, es gebe solche Menschen gar nicht. Die Menschen dächten nur an sich in diesem Land der blutrünstigen Hunde.

Kleines Fräulein, sagen sie, *Fräulein, sing uns was ... wer solche Augen hat, muss auch eine besondere Stimme haben, sing uns was, was soll ich singen, alte Lieder, nicht die, und neue gibt es nicht, fremde kann man nicht singen, sing uns was, Mädchen, sing uns deine eigenen Lieder.*

Singen oder nicht singen, ich bin kein Vogel, die haben ihre eigenen Lieder, ich habe nur Wörter, zum Glück kann ich es nicht zu Ende denken, weil jemand sagt: *Lasst das Mädchen in Frieden, seht ihr nicht, dass es am Ende ist, hat schon vor Sonnenaufgang herkommen müssen, das arme Ding ... haben Sie keine Njanja, die nach dem Kind schaut, wenn Sie hier sind ... niemand hat mehr eine ... die Zeit der Njanjas ist vorbei ... man muss sehen, wie man allein zurechtkommt mit allem ...*

Woher wissen die Vögel all das, sie kennen alles, den Wind, den Regen und auch die Sonne, sie wissen, wie die Jahreszeiten kommen und gehen und die Zeit, sie müssen nicht rechnen.

Wenn viel Zeit vergangen ist und sogar der Rock nass geworden ist und auf dem Rock die gleichen Glasperlen entstehen wie auf den Filzstiefeln, fange ich an zu zählen, damit die Zeit vergeht, zuerst zähle ich die Perlen, dann die Vögel, zum Schluss die Menschen, Münder, Augen und Knöpfe. In der Schlange ist das Zählen leicht, bis plötzlich Menschen ankommen, die sagen, sie wären zuerst hier gewesen, schon seit dem frühen Morgen, die ganze Zeit, *seid ihr blind,* und andere gehen, weil heute vielleicht doch nichts geliefert wird, *auch wir werden alle leer ausgehen ... wieso ... auch in Sankt Petersburg ist das Brot aus ... den Arbeitern ist das Brot aus dem Mund genommen worden ...* Und dann kommt Brot, und es kommt ein Schneesturm, ein lachender Sturm, und zum Brot gibt es getrocknete Blaubeeren, von denen man einen blauen Mund bekommt wie im Sommer, und das Brot reicht für das ganze Viertel, auch für das nächste noch, und alles andere ist ebenfalls in Überfülle vorhanden, Kerzen, Mehl und Salz, es gibt reichlich zu tragen, mit beiden Händen, und es ist wie im Märchen, wie Weihnachten, ein großes Fest, mit Eis verziert.

Als Njanja drei geht, ist bald ganz Moskau auf der Straße.

Als Njanja drei geht, fangen die Kirchenglocken an zu läuten, obwohl es Nacht ist, von den Dächern und aus den Fenstern ragen rostfarbene

Fahnen, und als wir auf die Straße gehen, sehen wir, dass die Fahnen Menschen sind. Sie blicken sich nicht um, sondern bewegen sich schnell wie in den lebenden Bildern, und es sind mehr, als man zählen kann.

Wir gehen auf die Straße, denn alle sind draußen, obwohl die Straßenbahnen nicht fahren.

Auf den Straßen wird die Marseillaise gesungen. Soldaten schießen in die Luft, und fremde Menschen küssen einander.

Freiheit, rufen die beschleunigten Menschen. Endlich Freiheit.

Neue Kräfte erheben sich, das Erstaunliche geschieht.

Das ist wie in dem Buch, Marina, in dem blauroten Buch.

Im Buch über Napoleon.

Feiern wir ihn?

Wenn es nur so wäre.

Warum singen wir dann seine Lieder?

Es gibt noch keine eigenen Lieder. Noch weiß niemand, worüber man singen soll.

Warum können sie nicht die alten Lieder singen?

Die alten Lieder erzählen vom Zaren.

Kannst du nicht neue Lieder machen?

Ich werde es tun, schon bald werde ich es tun. Aber zuerst muss dieses Neue hier leben. All das hier.

Wird Löwe zurückkommen?

Löwe kommt, wenn der Krieg zu Ende ist.

Niemand weiß, was wird.

Dennoch geschieht alles viele Male von Neuem, auf Märkten und Plätzen und Hausdächern, und bald stellen sich die Menschen morgens wieder in die gleichen Schlangen, essen das gleiche Brot und trinken die gleiche Milch, schreiben mit den gleichen Buchstaben.

Marina schlingt die Arme um ihren traurigen Bauch, er ist so groß, dass er bald nicht mehr durch die Tür passt, und ihr Gesicht ist so leer wie das Viereck, das eine Postkarte am staubigen Fenster hinterlassen hat.

Warum gehen wir nicht mehr feiern?

Diese Freiheit ist nur Geschrei.

Was ist das Wort, das der Zar gesagt hat? Das falsche Wort? Ist es das gleiche, das die Njanja gesagt hat? Oder Löwe? Es ist so leicht, das falsche Wort zu sagen. Woher kann man die richtigen Wörter wissen, woher die richtige Reihenfolge? Woher kennt man den Rhythmus? Woher das richtige Maß?

Bolschewo
August 1939

Im letzten Moment haben wir es zum Zug nach Bolschewo geschafft. Mulja war zu Beginn der Fahrt gereizt, beklagte sich über die Hitze und den Schmutz im Zug, über die harten Bänke und die sturen Hausierer, die den Zug von einem Ende zum anderen abklapperten, als wären sie nur da, um Mulja zu ärgern.

Nachdem ich ihn dazu gebracht hatte, eine ganze Wassermelone zu essen, und er sein Gesicht in ihr wässriges, süßes Fleisch versenkt hatte, wurde er wieder er selbst, und schließlich durften wir ein paar Stunden für uns sein, ohne auf andere Rücksicht nehmen zu müssen. Werst für Werst wurde ich mir sicherer, dass wir genau für dieses Leben bestimmt waren, vom klebrigen Saft der Wassermelone verbunden, Gelenk an Gelenk, um an einer Stelle zu bleiben, während der Zug uns dem gemeinsamen Ziel entgegenführte.

Das ist mein Leben, mein eigenes Leben, dachte ich, als wir das Gleis zum Dorf auf der anderen Seite der Bahnstrecke überquerten, Mulja ist an meiner Seite, mein Mann, und ich wunderte mich nicht einmal darüber, dass uns niemand am Bahnhof abholte.

Mulja ging mit schaukelnden Schritten vor mir her und machte sich über den Bahnhofsbediensteten lustig, der uns auf dem Bahnsteig scharf nach unseren Papieren gefragt hatte.

Was ist, fragte er und drehte sich um, was lachst du, na, über dich, ich versuchte mit ihm Schritt zu halten, gibt es da vielleicht etwas zu lachen, eine Schnepfe war das, nicht wahr, oder ein Haselhuhn, hat er nicht genau so ausgesehen wie ein aufgeplusterter Vogel, lachte er, und ich wusste, dass ich diesen Mann mehr liebte als Erde und Himmel, und ich dachte, dass ich diesen Moment nie vergessen werde, die knöcherne Farbe des Himmels, den Widerstand der Hitze über den Gleisen.

Das Rattern des Zuges übertönte unsere Stimmen, aber der Bedienstete sah uns immer noch, versuchte uns hinterherzupfeifen und gestikulierte in Richtung der weißen Tafel, deren Verbote ich auswendig konnte: *Bei Ankunft und Abfahrt der Züge wird Stille verlangt. Sprechen auf dem Bahnsteig verboten. Sprechen auf dem Dorfgebiet eine halbe Stunde vor und eine halbe Stunde nach Ankunft des Zuges verboten.*

Normalerweise fragte mich der Bedienstete nicht nach meinen Einwohnerpapieren, aber heute benahm er sich, als hätte er mich noch nie gesehen, und verlangte sowohl Muljas Reiseerlaubnis als auch meine sämtlichen Dokumente, um sicherzugehen, dass wir keine trotzkistischen Vandalen in der von ihm kontrollierten Zone waren, die das Innenministerium wegen Sonderaufgaben geschlossen hatte.

Nach der Zugfahrt waren wir beide voller Schweiß, den die Wassermelone rot gefärbt hatte, und wir hatten klebrige Gesichter und Hände wie Kinder. Bis ins nächste Dorf sah man uns an, was wir auf der Holzbank im leeren Waggon getan hatten, und wir hatten uns nicht säubern können, die weißen Kleider waren voller hellroter Flecken, und ich hatte das Gefühl, ganz und gar aus Schleimhaut zu bestehen, an der sich Bartstoppeln gerieben hatten. Der arme Bedienstete war vermutlich einfach eifersüchtig gewesen.

Auf der Hauptstraße des Dorfes war es so heiß, dass sich nicht einmal die Eidechsen bewegten, es staubte unter den Füßen, der Staub bedeckte den Wegerich an der Böschung, den Kerbel, die Gräser, den in den Graben geworfenen Abfall. Die schmutzige Straße sah aus wie nach dem Weltuntergang, nach dem Pfiff des Zuges hatte sie sich schnell geleert, die Großmütter hatten ihre wackligen Tische verlassen, die Ernte aus dem Wald auf glänzenden Wachstuchunterlagen trocknend, Pilze, Blaubeeren, Ranunkeln, die ihre Blätter verloren hatten. Die Dorfbewohner versteckten sich in ihren flachen, ungepflegten, baufälligen Häuschen, wo die Türen schief in den Angeln hingen und die Fensterläden verriegelt waren, wie es die Vorschriften bestimmten. Ich war bereits an das seltsame Spiel gewöhnt, dass das Dorf nicht existierte, nur eine Kulisse war, und die Bewohner nicht sahen und nicht hörten, dass wir an ihren Fenstern vorbeigingen, bis sie vor Erleichterung aufatmeten, wenn wir weg waren und das Leben weiterging, bis der nächste Zug kam, mit den nächsten Ankömmlingen, die nicht existierten.

Mulja schritt ernst und konzentriert die Straße entlang, ich gab mir Mühe, neben ihm würdig zu erscheinen. Stechender Rauchgeruch überlagerte den Gestank der Abflüsse, als wir an der kleinen Kapelle vorbeikamen, an der das Türkis abblätterte und die von den Straßenkehrern als Geräteschuppen genutzt wurde, Müllverbrennung um die heißeste Zeit, jetzt im August, überall schwelte es, bald würde der Wind Feuer verbreiten. Und wie sehr wir auch versuchten zwei unsichtbare, aber respektable Journalisten aus der staatlichen Zeitungskooperative zu sein, Genosse Gurewitsch und Genossin Efron, auf der Straße eines gesperrten Dorfes, existierten wir doch sehr, schwitzend, wund gerieben, rot und keuchend, schwanger von der ganzen Welt, und ich musste wieder lächeln und warf Mulja Blicke zu, und bald flog mein Lachen überallhin wie die Flammen des Waldes, auch hinter die verschlossenen Türen, es hörte nicht auf, sich auszubreiten, wie hätte es auch geringer sein sollen, weniger glücklich.

Was jetzt?, wurde Mulja erneut missmutig, obwohl er bereits besserer Laune war, was ist jetzt schon wieder, na, weil du so ernst bist, nein, sondern weil alles gerade so gut ist, hier mit dir, obwohl du im Zug gesagt hast, du hättest keine Lust, das ganze Wochenende für diese Leuten zu ackern, hast du das nicht gesagt, undankbar, wie sie sind, außer dem guten Serjoscha, und die Klepinins warten nur darauf, dass ich für sie das Hausmädchen spiele, bei der Hitze, die Teller von einem Dutzend Leute, und das Durcheinander und das Geschirr, das auf den Abwasch wartet, und die ganze Arbeit doppelt, nein dreifach, drei Tage und drei Mahlzeiten und jeder drei Teller, zwölf mal drei mal drei mal drei, rechne das mal aus, wer kommt eigentlich alles, also Lilja kommt nicht, obschon ich es noch so versucht habe, die arme Lilja, ganz allein in der Stadt, aber Emilia Emainulowna kommt, und vielleicht auch Boris Leonidowitsch, stell dir vor, vielleicht lernst du an diesem Wochenende Boris kennen, sagte ich und dachte, dass ich wegen dieser Freude alles ertragen würde, alles, Marinas Launen und das fettige Geschirr.

Hast du gerade gesagt, dass auch Milja kommt?, begriff Mulja als Nachzügler, als der Zug schon mitten in der Ebene war und die Hitze die Schritte langsamer werden ließ, die Seele, die Gedanken. Aber du magst sie doch, lachte ich, wir waren lediglich einmal am Arbat tanzen, verteidigte sich Mulja, sie ist hinter Serjoscha her, hast du das nicht gesagt, sie müsste einen richtigen Mann finden, beim Tanzen findet sie keinen, schlechte Gesellschaft, Schwindler und Spieler, die anständigen Männer haben eben Angst vor ihr, weil sie so intelligent ist, ist sie das denn, ja, aber sie selbst hat am meisten Angst vor ihrem Verstand, so wie alle, aber nicht ich, du hast mich, und ich hab dich, mein Liebster.

Bis zum Haus führte keine richtige Straße, eigentlich gab es das ganze Haus oder die Ansammlung von Häusern gar nicht, keine Adresse und kein Telefon, keine Stelle auf der Karte. Offiziell existierten wir nicht, und weil wir nicht existierten, durften wir alles tun, was wir nur wollten, und alles sagen. Und ich wollte nur wenig, nur Mulja an meiner Seite, und dass ich dieses Glück behalten durfte, das Licht.

Wir kamen zum Brachland, was für eine Stille überall, die Wälder, der Himmel, die Wiese, und es gab nichts zu sagen, nur Halbgedanken, ich befürchtete, schon das könnte zu viel sein, ich nahm Muljas Hand, die weiche Hand eines Schlafenden, umschloss sie wie ein Handschuh. Über die offene Fläche verlief ein von den Quecken dunkelrot gestreifter Trampelpfad, der sich zuerst zwischen Abfall und Holunder hindurchschlängelte, das Gras voller durchgerostetem Schrott, Bleche, deren Rostflecken aufgerissenen Augen glichen, aus denen grauer Beifuß hervorstach, Halme vom letzten Winter, riesige erschlaffte Blätter, vom Huflattich des Spätsommers überwucherte türkisfarbene Kübel, verblasstes Türkis überall, die Farbe des Glücks und der Besänftigung, Guttaperchaklumpen, Lampenfüße, was noch, unnützer Schrott, Puppenköpfe, Kleiderfetzen, bis die Quecken von welken Disteln abgelöst wurden und der Pfad an einem steinigen Hang entlang in den Wald führte.

Ich fand den Weg mit geschlossenen Augen, hatte ihn im Winter, mit dem Abendzug kommend, oft im Dunkeln zurückgelegt, oft war der Pfad gefroren gewesen, manchmal musste man durch Tiefschnee gehen, und im Spätwinter war ich einmal ausgerutscht und gestürzt und auf einen Stein geschlagen, davon hatte ich noch immer eine Narbe am Handgelenk. Wir überquerten den Graben, danach kam dunkles Gestrüpp, in dem sich die Farne auf den Pfad neigten, das man aber nicht mehr als Wäldchen bezeichnen konnte, es trennte uns von der Bahnlinie. Das Wasser im Graben kam aus dem Gefängnis des Innenministeriums, das es im Dorf auch nicht gab, außer in den Unterlagen der Geheimpolizei, auch wir wussten davon nichts, wir rochen und hörten es nur, das Wasser stank leicht nach Urin und Exkrementen.

In diesem Gebäude war Kolzow gefangen gewesen. In ebendiesem

Gefängnis hatte man ihn seit dem Winter inhaftiert, so hatten es Boris und Nina erzählt. Und an ebendiesem Gefängnis war ich im Winter und Frühjahr täglich vorbeigegangen. An diesem Ort hatte er sich erhängt oder den Inhalt der Giftampulle geschluckt, mit der er auch vor mir in Paris angegeben hatte, oder er hatte sich erschossen. Wir hatten nichts gehört. Ein Baum ist umgestürzt, sagten wir, wenn es irgendwo knallte. Im Wald ist ein Baum umgestürzt, niemand hat es gesehen.

Ich fragte Mulja, ob er etwas von Kolzow gehört habe. Er war nicht so schockiert gewesen wie alle anderen in der Redaktion, als Kolzow vor Weihnachten verhaftet worden war, er hatte gesagt, in Kolzows Gesellschaft habe er sich stets als privilegierter Einwohner der neuen Welt gefühlt. Aber jetzt war Muljas Haltung eine andere: Er hatte gehört, dass man Kolzow nach Magadan oder Petschora gebracht hatte, in eines der am weitesten entfernten Zwangsarbeitslager. Er hatte nicht nur selbst den Franzosen, Deutschen, Engländern, Trotzkisten und Franquisten in die Hände gespielt, sondern die Hälfte der Mitglieder seiner eigenen Redaktion angeschwärzt, auch Mulja. Und man konnte sich nur vorstellen, wie seine schmutzige Zunge gesungen hatte. Darum hatte Mulja im Frühjahr sein Parteibuch verloren, zum Glück hatte der Verräter nicht noch mehr Verwüstung anrichten können. Ich hatte Mulja noch nie so wütend gesehen, er hatte mir nichts von dem Vorfall erzählt, aber jetzt klang er fast schadenfroh, nie hatte ich ihn jemanden so schwer anklagen gehört.

Je näher wir dem Haus kamen, desto stärker drängte die Angst nach oben, wie Bierschaum, wie eine Tolle.

Niemand war uns entgegengekommen, wurde mir bewusst, obwohl sie uns erwarteten, normalerweise kam jemand, wenigstens der gelangweilte Mur. Und wenn das Haus leer ist, wenn wir kommen, nur saure Milch, zerlaufene Butter und vertrocknetes Brot auf dem Tisch? Es war, als hätten sogar die Bäume meine Angst erkannt, hätten sie gemessen wie die Schuhgröße oder die Größe der Jacke, sie hatten schon immer mehr gewusst als ich. Es werden nicht alle auf einmal abgeholt, erinnerten mich die Bäume, immer nur einer auf einmal, damit die Übriggebliebenen weiterhin Angst haben.

Mulja hätte mich für verrückt gehalten, hätte ich ihm gesagt, ich hörte die Bäume reden, als wäre ich eine Komi-Frau aus den Wäldern, aber kaum hatte ich das gedacht, kam mir plötzlich, ohne Vorwarnung, das ganze Frühstück, der Buchweizenbrei und die Preiselbeeren, das

Getränk und der Kuchen im Café Praga säuerlich hoch, die Hand ging zum Mund, das Essen quoll heraus, und ich ließ Mulja los. Ich musste laufen, Schutz suchen, unter dem offenen Himmel heraus, an den Waldrand, fast wäre ich gegen die Birken gestoßen, die Lunge rieb an den Rippen wie die Popelinejacke, und hinter den Bäumen ließ ich alles heraus, alles, was ich seit dem Morgen und die ganze Woche über in mich hineingestopft hatte, die Stärke, die Lauge, den Staub, den Muff der Kommunalka, Kolzows Flaschenbodenbrille, das Korsett der Flüstereien, die Schwere der Eichentüren, den Fluss unter den Fingern des Pianisten.

Als wären Bänder aufgegangen, brach alles heraus auf das Heidekraut und die riesigen Blaubeeren, Brombeeren und Sauerklee, das Erbrochene spritzte auf die dünne weiße Rinde, der Körper stieß ab, was in ihm fremd war, und weil er das Fremde in sich nicht erbrechen konnte, presste er alles andere heraus wie im Zustand der Vergiftung. Der fahle, süßliche Geruch provozierte einen weiteren Schwall, wenn ich nur alles ausspucken könnte, alles Alte, bis in die Tiefe des Magens hinein all das, was sich in meinem Gewebe abgelagert hatte, in meinen Knochen, in meinem Blut, wie könnte man es herausreißen und aus dem Nichts von Neuem geboren werden.

Mulja war mitten auf dem Pfad stehen geblieben, er stand einfach da und glotzte, kam nicht zu Hilfe gerannt, stand zwischen Unrat und Sauerklee, und erst als ich stöhnte, Mulja, Liebster, entschuldige, als gäbe es an meinem Zustand etwas, für das ich ihn um Verzeihung bitten müsste, setzte er sich mit zögernden Schritten in Bewegung. Aber als er endlich bei mir war und den süßen Ekel, der aus mir gekommen war, roch, verzog sich sein Gesicht vor Abscheu, und er konnte nicht hinsehen, nicht atmen, er wollte mich nicht anschauen.

In dem Moment wusste ich, Mulja würde nicht mit mir leben können. Er würde da stehen bleiben, auf dem Pfad zwischen zwei Frauen, zwischen zwei Leben, ohne zu wissen, in welche Richtung er gehen sollte. Aber ich überging den Gedanken sofort, und bald vergaß ich ihn auch, denn ich wollte nicht, dass er der Wahrheit entsprach.

Ich hatte beschlossen, diesem Menschen gegenüber ehrlich und offen zu sein, ehrlicher als je zu jemandem zuvor, mich zu trauen, mich mit verbundenen Augen in seinen Arm fallen zu lassen, so wie es die Turnerinnen der Spartakiadenbewegung bei der Parade auf dem Roten Platz vorgeführt hatten. Trotzdem sagte ich ihm, ich hätte wohl etwas Verdorbenes gegessen, und er antwortete, es sei gerade etwas im Umlauf, der kleine Aljoschka habe es letzte Woche auch mit dem Magen gehabt, das ist dieser Monat, der August, das Essen wird sauer, verdirbt so schnell, wenn man es nicht sauer einlegt, der Hundemonat, die ganze Nacht hat der Junge sich übergeben, es hat gar nicht mehr aufgehört, du erinnerst dich doch, dass ich am nächsten Abend so müde war, dass ich in der Redaktion auf dem Sofa einschlief, Schuretta und ich waren beide aufgeblieben, um uns um den Jungen zu kümmern, Kinder machen so viel Arbeit. Ja, ja. Sie rauben dem Menschen die Freiheit, alles. Genau. Zum Glück ist unser Leben anders. So ist es. Unser Leben.

Und so machte ich mich allein sauber, während Mulja in angemessener Entfernung wartete, ich wischte mir die Hände und das Gesicht und meinen weißen Tennisrock am Farn ab, dann gingen wir weiter. Er hielt zwei Schritte Abstand, ich nahm nicht einmal mehr seine Hand, atmete nach innen, um ihn nicht noch mehr abzustoßen, und konnte nicht sagen, was ich sagen sollte, ihm nicht die Neuigkeit mitteilen, meine ganze Liebe, denn ich hatte Angst, er würde sich abwenden und mich allein lassen mit diesem Licht, das mich verbrennen würde.

Die niedrige Datscha war hinter alten Kiefern und hohen Büschen dicht an der Bahnstrecke errichtet worden, sodass man sie von der Straße aus fast nicht bemerkte. Schwarze Balken, azurblaue Fensterrahmen, Herzen in den Läden, eine eingeschossige Datscha, so bescheiden und einfach, wie man es sich nur vorstellen konnte. Dennoch fühlte ich mich dort mehr zu Hause als in dem Rattenloch in der Merzljakowsk, oder wenn es auch nicht direkt ein Zuhause war, dann zumindest ein Stützpunkt, eine Freistatt, eine Tür, die immer offen war, bis zu diesem Sommer hatte es sich hier leicht und gut gelebt.

Am Gartentor war das Schloss gebrochen, Mulja bekam es nicht richtig zu. Was für eine schlechte Arbeit, zwei Wochen lang waren die Männer mit dem Tor beschäftigt gewesen und hatten in der Zeit in der Baracke im Garten gewohnt, am gemeinsamen Tisch gegessen, das Geschirr nicht abgeräumt, und jetzt war es schon wieder kaputt, gut, dass die Reparateure wenigstens weg waren. Mit dem alten Tor hatte es keine Probleme gegeben, nein, es war völlig in Ordnung gewesen, warum hatte es überhaupt ausgetauscht werden müssen?

Serjoscha war draußen, schwang seine Sense im Gras. Ich sah ihn sofort, alles wie immer, alles gut. Und als mein Vater uns kommen sah, setzte er sich wie ein kolossaler Elch in Bewegung, mit nackten Füßen, mit den ädrigen Beinen eines Riesen. Kleine Hippo, rief er und streckte im Laufen die Arme, hielt sich die Brust, aus Gewohnheit oder Schmerz, ihr kommt jetzt schon, ich hatte geglaubt, erst mit dem Abendzug, nein, nein, nein, ich habe heute frei, rief ich, und als er versuchte mich außer Atem in den Arm zu nehmen, taumelte er zuerst gegen Mulja, der abrupt zurückscheute, der vor der fremden Nähe erschrak wie vor angreifenden Hunden. Aber Serjoscha war noch schneller in seiner Reaktion und kehrte seine unbeabsichtigte Haltlosigkeit in eine busterkeatonartige Tanzchoreografie, über die auch Mulja lachen musste.

Ich umarmte meinen Vater, drückte meine Hände auf seinen verschwitzten Rücken, das Hemd klebte an der Haut, und ich spürte die Knochen darunter, den rauen Atem, mein Vater hatte noch mehr abgenommen. Aß er genug? Oder nahm er ab, ganz gleich, was er aß?

Du sollst dich nicht so anstrengen, Serjoscha, sagte ich und griff nach der Sense in seiner Hand, das macht dein Herz nicht mit. Frisch gemähtes Gras, darunter Beifuß, Margeriten und Disteln, lag überall im Garten, er hatte bereits ein ziemlich großes Parallelogramm gemäht, er musste den ganzen Vormittag gearbeitet haben.

Ich habe auf euch gewartet, verteidigte sich Serjoscha, als ich die Sense an den Zaun lehnte, wenigstens einmal im Sommer muss das Gras ja gemäht werden. Du hättest die Männer bitten sollen, es zu tun, sagte ich, was für Männer, na, die mit dem Schloss, ach, die mit dem Schloss, natürlich, aber die kann man doch nicht bitten, die Sense in die Hand zu nehmen, und warum nicht, das passt nicht, jeder hat seine eigene Beschäftigung, genau festgelegt, auch ich, eine beschäftigungslose Beschäftigung, nun hör schön auf, Vater, es wird schon alles wieder.

Hat meine Aljonka schon angefangen, auch dich herumzukommandieren?, wandte sich Serjoscha an Mulja und versuchte ihm etwas offizieller die Hand zu geben. Sie ist gut im Erteilen von Befehlen, nicht wahr?

Das ist mir schon aufgefallen, sagte Mulja höflich, aber soll sie nur, ich mache trotzdem alles nach meinem Kopf. Dabei legte er mir allerdings den Arm um die Hüfte und schaute mich untertänig an. Ich küsste ihn auf die Stirn, und prompt schreckte er vor meinem süßlichen Atem zurück. Ich sah, dass ein Schatten über das Gesicht meines Vaters ging, eine Sorge, eine Trauer, aber er schüttelte sie schnell ab und lächelte sein warmes Hirschlächeln mit den durch die Medikamente gelben Zähnen.

Etwas schwirrte in der Luft, kein Vogel – weiter konnte ich nicht denken, als neben uns ein rostiger Wurfhammer dumpf im Sand aufschlug und zur Fichtenhecke rollte. Dem Höllending folgte trottend mein kastanienbraun gebrannter, in seiner Haltung an baumelnden Rotz erinnernder Bruder Georgi.

Was denkst du dir eigentlich?, fuhr ich ihn auf Französisch an. 'tschuldige, nuschelte Mur, sodass es wie zermatschtes Obst in seinem Mund klang, ich hab euch nicht gesehen.

Serjoscha fuhr Mur über die Sommerstoppeln, aber der Junge entzog sich mit gequältem Schnaufen der Berührung seines Vaters, welcher darauf enttäuscht die Hände versteckte und nichts weiter sagte.

Mich ärgerte diese Trägheit und Gleichgültigkeit, der Junge musste gesehen haben, dass wir im Garten waren, zumindest hatte er unsere Stimmen gehört, aber sie ließen ihn ja auch tun, was er wollte, Mur hatte garantiert noch nie die Sense angefasst, auch den Rechen nicht, er tat nichts, was auf Arbeit hinauslief, alles bekam er fertig vorgesetzt, sie würden ihn auch noch bedienen müssen, wenn er erwachsen war, ihm das Essen vorsetzen und saubere Kleider hinlegen.

Wo ist deine Mutter?, fragte ich Mur. Die wird bald erscheinen, sagte Serjoscha, ist zum Brunnen gegangen, hat mich das Wasser nicht selbst holen lassen, wie immer, und ihr lasst mich auch nicht arbeiten. Mein Vater lachte, wirkte jedoch besorgter als sonst, machte nervöse Erklärungen, und ich spürte, wie sich etwas metallisch Kaltes in mir regte.

Lass sie halt für sich sein, fuhr ihn Mur an, wer will das schon sehen. Wenn sie vor den Zug läuft, ist das ihre Sache.

Ziemlich schlechter Humor, Georgi Sergejewitsch, fuhr ich ihn an, auch wenn ich wusste, dass es sinnlos war, wütend auf den Jungen zu sein. Offenbar wusste sich Marina nicht mehr anders zu helfen als mit dieser billigsten Drohung von allen, die garantiert alle in Angst und Schrecken hielt und dafür sorgte, dass sie sich stets bewusst waren, wo Marina gerade ging, wo es knackte.

Im College war ich Meister im Kugelstoßen, sagte Mulja, als hätte er das ganze Gespräch nicht verstanden. Er nahm den Wurfhammer und wog ihn in der Hand. Den Hammer habe ich nicht so gut beherrscht, aber wenn du willst, zeige ich dir ein paar Kniffe mit der Kugel.

Mur war sofort zum Wettkampf bereit. Passt auf, dass nichts passiert, rief ich, wie immer besorgt. Mulja klopfte dem Jungen auf die Schulter, löste mit dessen Erlaubnis die rostige Kette, suchte nach dem Gleichgewicht, setzte die Kugel am Hals an und stieß sie weit in die Richtung, aus der wir gekommen waren. Der eiserne Brocken flog in einem sauberen Bogen bis an den Zaun und machte eine Mulde ins trockene Gras.

Samuil Dawidowitsch und Mur hatten sich erst ein Mal gesehen, am Bahnhof, als wir sie vom Zug aus Leningrad abgeholt hatten. Mit Müh und Not hatte Mur damals den Mund aufgekriegt, er fremdelte vor Menschen, die er nicht kannte, er traute niemandem außer Marina. Aber gleich auf dem Bahnhofsvorplatz fing er an, Marina seine Forderungen vorzutragen, die unter Bezeugung großen Respekts im Nu erfüllt wurden. Der kleine Napoleon, hatte ich Mulja zugeflüstert, während wir ihr Gepäck trugen, aber er hatte den Witz nicht verstanden. Als ich nun den Mann und den Jungen betrachtete, dachte ich, sie könnten Brüder sein, ihre Ähnlichkeit war mir vorher gar nicht aufgefallen. Aber umso mehr schien mir Mulja jetzt zu dieser Familie zu gehören, sie zu vervollständigen.

Geht es dir heute besser?, fragte ich meinen Vater, als ich ihn zum Treibhaus mit den Tomaten begleitete. Seiner Gewohnheit entsprechend wollte er dort den Begrüßungstrunk reichen, die Ernte war gereift, wir würden eigene Tomaten auf dem Tisch haben, Russlands Heldin und Schwarze von der Krim. Ich bin ein gesunder Mann, beruhigte er mich, mach dir um mich keine Sorgen. Ich nickte, obwohl ich ihm kein Wort glaubte. Serjoschas Haut war bläulich, schwarze Ringe fassten die Augen ein, und ich nahm einen stechenden Geruch wahr. Wenn mein Vater Kummer hatte, wenn er bedrückt war und es verbarg, roch man es sofort, auch wenn er versuchte, alles in das Wollgewebe seines weichen Lachens zu wickeln. Wenn die Angst am größten war, lachte er am meisten.

Sie sollten dich wenigstens mal eine Woche richtig schlafen lassen oder wenigstens mitteilen, wann sie dich abholen kommen, sagte ich besorgt, aber Serjoscha zuckte mit den Schultern und machte scht, damit ich schwieg. Dann schlüpfte er in seine Pantoffeln. Sie machten ihn alt. Ich befühlte den Saum seines Hemdes, der aufgerissen war, das ausgelaugte dünne Hemd atmete auf seiner Haut, als schliefe es, man müsste ihm etwas Neues zum Anziehen kaufen, alle seine Hemden glichen Spinnweben. Ich sagte, ich hätte die frische Wäsche mitgebracht und würde sie gleich an ihren Platz bringen.

Er erkundigte sich, wie es seiner Schwester gehe, sie hatten sich zuletzt gar nicht gesehen. Und du glaubst, sie ist darüber traurig? Lilja dachte, du trägst ihr etwas nach, stichelte ich. Ich habe sie nicht überreden können, mitzukommen, ich habe es versucht, nur den Teppich hat sie mir aufgedrängt.

Serjoscha atmete langsam aus, und ich hörte das gleiche Pfeifen, das entsteht, wenn man gegen einen geknickten Grashalm bläst. Wer weiß schon, wie man solchen Frauen gefällt, schnaubte er, auf welche Seite man sich auch schlägt, es ist immer schlecht. Ich sagte, Lilja bestehe darauf, Marina den Teppich zurückzugeben, aber er müsse mit einem anderen Verkehrsmittel gebracht werden, ich würde sehen, ob das möglich wäre, und mein Vater sagte, er verstehe ganz und gar nicht, warum man sich wegen eines alten Teppichs streiten müsse. Bei manchen Leuten läuft die Zeit rückwärts und nicht vorwärts, dachte ich, sagte es aber nicht.

Er fragte mich nach meinem Treffen mit der Kontaktperson. Sogleich spürte ich einen kalten Sog in meinem Innern, behielt vor meinem Vater jedoch die Nerven. Ich versprach ihm, später von dem Treffen zu erzählen. Ich bin stolz auf dich, das weißt du doch, sagte er dann und legte mir den Arm um die Schulter, und ich sah, wie Tränen in seine Augen traten.

Dein Bruder lernt schnell, war Mulja plötzlich da, man muss ihm nur ein Beispiel geben. Fast erschrak ich wie vor einem Fremden. Peinlich, vor Genosse Gurewitsch Tränen zu vergießen, sagte Serjoscha ebenfalls verwirrt, aber er sei einfach so glücklich, uns bei sich zu haben.

Genossen, auf die Werktätigen, begann Serjoscha feierlich und zog damit flugs das Narrenkostüm an, das er für Gäste bereithielt. In Paris war mein Vater ein ausgezeichneter Unterhalter geworden, bei den gemeinsamen Abenden im Büro in der rue de Buci hatte er seinen eigenen Hof, vor allem Frauen fühlten sich in seiner Gesellschaft wohl, Frauen und junge Männer.

Serjoscha zog unter dem Hochbeet mit den Tomaten eine halbvolle Flasche lokalen selbstgebrannten Wodka hervor und goss ihn in Gläser mit abgeschabten Verzierungen, sie waren alle unterschiedlich, außer Gebrauch genommen, in ein akkurat gezimmertes Regal gestellt, trinken wir, fuhr er fort, trinken wir auf die Gesundheit und ein langes Leben, und dabei hustete er hohl zwischen den Wörtern. Es klang fürchterlich, ich würde mich nie daran gewöhnen. Der Husten war eindeutig schlimmer geworden, nachdem Marina gekommen war und sie das Schlafzimmer teilten, in dem Marina rauchte. Nichts würde sie dazu bringen, das Rauchen aufzugeben, nicht die großen deutschen Verseschmiede, nicht einmal Shakespeare, der Boris dazu gebracht hatte, nicht mehr zu qualmen.

Serjoscha leerte sein Glas, obwohl er kein großer Trinker mehr war, er konnte nicht, natürlich nicht, mein Vater war nicht gesund, auch wenn er das Gegenteil behauptete, stark wie ein Löwe, was er nie gewesen war, außer in unseren gemeinsamen Märchen und in Marinas Heldenfantasien.

Für mich auch, bettelte Mur, und ich glaubte zuerst, das sei ein Scherz, aber dann sah ich, dass er es ernst meinte, sich vor Serjoscha mit gespitzten Lippen und in die Hüften gestemmten speckigen Armen aufbaute, und Serjoscha, der viel zu gutmütig war, wollte schon ein Glas für den Jungen aus dem Regal nehmen.

Vater, sei nicht verrückt, fuhr ich ihn an, manchmal war er vollkommen verantwortungslos, in Frankreich wäre das nicht in Frage gekommen, mit Wasser vermischten Wein konnte man den Kindern unter Umständen geben, aber doch nicht puren Alkohol. Ich vergaß immer wieder, dass wir Russen letztendlich nichts anderes waren als primitive Hinterwäldler hinter einer Fassade von Bildung und Vergeistigung.

Serjoscha stellte das Glas unverzüglich zurück, bat um Verzeihung, aber ich sah in seinem Gesicht den Ausdruck eines beleidigten Kindes, dem ein lustiges Spiel willkürlich unterbunden wurde: Nicht einmal das gestattet ihr mir, wieder einmal vertraut ihr mir nicht, immerhin war ich als Sanitäter an der Front, ich weiß, was ein Mensch aushält und was nicht. Auf Murs Gesicht erschien die gleiche Miene, nur angespannter, mit den harten Zügen des Märtyrers, die er von Marina gelernt hatte. Ich versprach ihm Schokolade, wenn er nur noch ein wenig abwartete.

Wo ist sie, gib sie mir, fauchte er, sofort, und wurde dabei so unruhig wie ein Waschbär. Ich ärgerte mich, es überhaupt erwähnt zu haben, die Methode des billigen Verwöhnens hatte ich von Marina gut gelernt. Mur war nur zufrieden, wenn man ihm ständig teure Leckereien bot, die ihn mal dieses und mal jenes Objekt der Begierde vergessen ließen. Wie leicht der Junge letztlich zu lenken war.

Zum Wohl, sagte Samuil etwas ungeduldig und leerte sein Glas. Serjoscha musste darauf natürlich noch ein zweites auf die gleiche Art leeren, den Gleichschritt halten, unter Männern, aber der Schnaps wirkte sofort, Serjoschas Gesicht warf wie auf einen Schlag Falten, aber dann machte sich darin warme Seligkeit breit. Ich nippte widerwillig an meinem Glas, der Geruch erinnerte an Reinigungsmittel, und mir wurde noch übler, mein Magen war jetzt vollkommen leer, ich konnte beim besten Willen nicht mehr als einen kleinen Schluck nehmen.

Der Schnellzug nach Moskau passierte das Haus, die Fenster klirrten, das Geschirr im Regal, das ganze Regal, die schlangenhaften Zweige des Tomatenstrauchs hielten, aber es sah aus, als würden die Früchte jeden Moment von den schweren Zweigen auf die Erde plumpsen. Der Spülplatz quoll über, das sah man von Weitem, man roch auch die Essensreste, und wieder stieg eine Übelkeitswelle in mir auf, aber jetzt würde ich ihr nicht nachgeben. Ich erblickte eine schwarze Gestalt neben der Bahnlinie. Es war nicht Marina, sondern der Schatten eines Baums oder etwas wie ein Fell, das an einem Baum aufgehängt war.

Sind die nicht prächtig, prahlte Serjoscha vor Mulja und pflückte eine übergroße reife Frucht vom dicken, behaarten Stängel. Vom gebrochenen Stielansatz ging warnender Schierlingsgeruch aus. Serjoscha jonglierte mit seinen Tomaten wie ein Zirkusartist, denen muss man Gesellschaft leisten, man muss mit ihnen plaudern, ihnen manchmal auch Gedichte rezitieren. Darum sind sie wahrscheinlich so gut gewachsen. Ich habe lange Abende mit Nikolai Andrejewitsch hier gesessen, habe die Frauen drinnen wie eifersüchtige Katzen zanken und ihre Reviere abstecken lassen.

Im Gewächshaus war es schweißtreibend wie in einer türkischen Sauna, obwohl ich mich noch unter der Dusche im Garten gewaschen hatte, einer baufälligen Erfindung von Serjoscha. Mulja wollte wissen, wessen Gedichte gut für die Tomaten seien. Im Augenwinkel sah ich ein Buch auf der Fensterbank liegen, Gedichte von Max, noch immer einer von Serjoschas Lieblingsdichtern, wenn auch ein besserer Maler, Eisenstein und andere Filmbücher schien er ebenfalls zu lesen, war mein Vater zu seinen alten Träumen zurückgekehrt, als Kameramann oder Schauspieler arbeiten zu dürfen, beim Film, so wie er es in Paris geplant hatte, bevor er sich dem Heimkehrerbund widmete, oder war die Montagetheorie noch immer eine illusorische Ausflucht? Serjoscha überhörte Muljas Frage, er war wohl zu sehr damit beschäftigt, die Tomaten mit seinem stumpfen, vierschrötigen Messer zu zerteilen, oder er hielt es für besser, mit den Gesprächen über Poesie zu warten, bis Marina zurückkam, die Expertin.

Ich nahm das Buch zur Hand und zeigte Mulja die Gedichte von Maximilian Woloschin. Auf dem Vorsatzblatt stand eine Widmung für die Liebenden von Tenaro, für Serjoscha und Marina. Es hatte bereits etwas unter der Feuchtigkeit im Treibhaus gelitten, aber Mulja blätterte interessiert darin. Ich konnte mich gut an einzelne Verse erinnern, irgendwann hatte ich auch diese Gedichte auswendig gekonnt, Cimmeria, der Anfang und das Ende der Welt, die weißen Schwäne, das türkisfarbene Wasser der Krim. Ich empfahl meinem Vater, besser auf das Buch zu achten, es würde sich mit Feuchtigkeit vollsaugen, wenn er es bis in den Herbst hinein im Gewächshaus liegen ließe, bald kämen die Regenfälle. Wenn sie nur kämen, gab er grinsend zurück, und ich hörte, dass es ihm schwerfiel zu atmen.

Die Luft wurde dick in dem brütenden Glaswürfel, frischere Luft sickerte nur durch ein kleines Gitter dicht über dem Boden herein. Ich versuchte es ganz aufzubekommen, aber viel mehr Sauerstoff ließ es nicht durch, da sah ich in einer Ecke, halb unter den Tisch geschoben, die armen alten Schuhe meines Vaters, die gab es also immer noch, wie zusammengekauerte Bisamratten, er war damit schon in Prag herumgelaufen, immer waren sie voller Lehm gewesen, nichts wurde weggeworfen, an meinen Füßen hatten sie wie die Schiffe der Wrangel-Armee ausgesehen.

Serjoscha legte die Tomaten auf einen Teller und streute Salz darüber, die sind jetzt perfekt, sagte er, auch ich kann etwas Perfektes zustande bringen, und alle waren der gleichen Meinung, wie aromatisch, in den letzten Sommertagen hatte sich der Geschmack verdichtet, es hatte sich gelohnt abzuwarten. Meiner Meinung nach schmeckten Tomaten oft nicht besonders, man erwartete immer mehr Geschmack von ihnen, aber diese als Samen von der Krim mitgebrachten dunkelvioletten, innen an Granatäpfel erinnernden Tomaten waren süß und saftig, solche bekam man sonst nirgendwo.

Ich war nicht sicher, ob es die einsetzende Betrunkenheit oder die Entspannung war, als Mulja eine von meinen Zigaretten nahm, sie anzündete und auch Mur eine anbot. Ich würde ihm später sagen, er solle in Serjoschas Anwesenheit nicht rauchen, konnte aber Mur nicht mehr daran hindern, eine Zigarette zu nehmen. Marina ließ ihn nicht rauchen, obwohl sie es selbst in seinem Alter schon getan hatte.

Man konnte zusehen, wie Mur männlicher wurde, sobald er die Zigarette bekommen hatte, als wäre auch ihm der Schnaps zu Kopf gestiegen. Er führte Mulja eine Szene über Schnurrbart-Adolfs Bande vor, offensichtlich hatte er ihm sein fragwürdiges Bravourstück schon beim Kugelstoßen gezeigt, weil Mulja sofort zu wissen schien, worum es ging. Ich konnte es nicht mit ansehen, wie Mur rauchte, und nahm ihm die Zigarette ab. Bevor er protestieren konnte, drückte ich ihm die Schachtel mit dem Konfekt in die Hand. Hier, beste Qualität, und die Zigarette, aus der ich einen Lungenzug machte, war im Nu vergessen.

Was ist das? Skeptisch machte er die Schachtel auf, drehte die kunstvoll geformten Pralinen hin und her, zerdrückte eine zwischen den Fingern, sodass die Füllung auf sein Handgelenk quoll, der Schmutzfink. Igitt, ich hasse Schokolade mit Kirschfüllung, und auch noch helle, rief Mur sogleich aus, sie muss dunkel sein.

Dunkel. Marina hatte es gesagt. Und mit der besten Füllung, Aprikose, oder was es nun einmal war. Ich hatte nicht daran gedacht, denn ich war so zufrieden gewesen, nach all der Mühe eine Lösung für mein Problem gefunden zu haben.

Wenn sie dir nicht gut genug ist, gib sie zurück, sagte ich und griff nach der Schachtel. Mur riss sie wieder an sich, worauf die Pralinen zu Boden purzelten.

Scheiße, fluchte er, verdammt.

Ich verpasste ihm eine Ohrfeige. Pass auf, was du sagst, du Flegel.

Das hätte ich nicht tun sollen, was war nur in mich gefahren, die Hand war schneller gewesen als der Verstand.

Entschuldige. Vielmals.

Ich versuchte, ihm über die gerötete Wange zu wischen, aber Mur entzog sich mir.

Schon gut, sagte er, geht vorbei.

Vor Mulja gab er sich stärker, als er war, aber ihm drangen Tränen in die Augen. Ich hatte meinen Bruder noch nie geschlagen und auch sonst keinen Menschen, nicht einmal an Marina hatte ich mich vergriffen, obwohl ich es manchmal gewollt hätte, woher diese Geste, als wäre mir ein Glas aus der Hand gerutscht, bei einem so nichtigen Grund, wegen eines Schimpfworts, warum vor Muljas Augen?

Ich konnte Mulja nicht gleich ins Gesicht sehen, ich stellte fest, dass er vom Hals aufwärts scharlachrot geworden war, und war mir nicht sicher, ob es vom Alkohol kam, von der Scham oder vom Ärger. So bin ich, auch so, dachte ich, als ich ihn schließlich kurz anschaute. Er machte ein Gesicht, wie ich es noch nicht bei ihm gesehen hatte, abweisend und anklagend, ich hatte alles verdorben, fragte mich schon, ob ich mein Kind überhaupt würde lieben können, wo es mir bei meinem Bruder nicht besser gelang, aber dann schaute Mulja einfach an mir vorbei.

Entschuldige, flehte ich Mur an, aber er war bereits damit beschäftigt, Fliegen in einem Glas zu sammeln. Auch Serjoscha vermied es, mich anzuschauen, er fing an, mit Mulja über den Nichtangriffspakt zu sprechen. Ich sagte, die Einkäufe sollten ausgepackt werden, bevor sie schlecht wurden. Bald müsste das Abendessen gemacht werden.

Drinnen herrschte fahles, staubiges Dämmerlicht, und niemand reagierte, als ich rief. Marinas Schuhe waren fort, Jacke und Hut aber an ihrem Platz, sie konnte also nicht weit sein. Nur die halbwilde Katze Pink mit ihrem geschwollenen Auge schmiegte sich an meine Beine.

Murs Bett auf der Veranda war ein einziges Durcheinander, Witzblätter, ein angebissenes Brot, Kleiderhaufen, obwohl es schon auf den Abend zuging, und niemand mochte ihm etwas sagen. Und Fliegen, überall Fliegen in Gläsern, lebende, tote. Die müssten weggeworfen werden. Sofa, die Tochter der Klepinins, die ebenfalls auf der Veranda schlief, hatte ihr Bett fein säuberlich gemacht. In der Hängematte lagen Murs zerfledderte Hefte, Unterwäsche, schmierige Konfektpapierchen. Ich pflückte die Kleidungsstücke heraus und legte sie in einer Ecke auf einen Haufen, die würde ich später zum Waschen mitnehmen, aber nach Moskau würde ich sie nicht schleppen, das musste hier mit der Hand erledigt werden.

Ich packte das Essen in der Küche aus, auf dem schmutzigen Tisch, an dem gegessen worden war, die Butter und ein Stück Speck waren stehen geblieben und wurden ranzig. Ich würde sie jetzt nicht anfassen, ich würde auch nichts sagen, ich würde versuchen, den Mund zu halten. Die Klepinins waren am Morgen eilig aufgebrochen, im Haus hielten sich nur noch zwei kranke Menschen und ein antriebsloser Schuljunge auf. Ich musste mich ans Werk machen, die Sachen auspacken, den Abwasch abarbeiten, Suppe für den Abend kochen, alles für morgen vorbereiten, der Abend und die Dunkelheit würden bald kommen. Und das Fest, die Feier, was für eine Arbeit, ich würde am nächsten Tag von früh morgens an schuften müssen.

Zwischen den Lebensmitteln und der Wäsche im Sack stieß ich auf etwas Hartes, eine zweite Schokoladenschachtel, die alte, die mir Lilja mitgegeben hatte, und auf Muljas Notizbuch. Ich hatte vergessen, im Zug die Sprache darauf zu bringen, und vorhin hatte ich auch nicht daran gedacht.

Ich brachte die Wäsche ins Zimmer meiner Eltern, auch dort waren die Betten nicht gemacht, weder auf Serjoschas noch auf Marinas Seite, es war auch nicht gelüftet worden, der Lampenschirm aus Papier hatte einen Schleier aus Staub angelegt, die Wäsche der ganzen Woche lag in Haufen auf dem Fußboden, nur einige saubere Kleidungsstücke hingen an einem Nagel an der Wand. Die Bücher jedoch standen sauber aufgereiht an der Wand, Goethe, Puschkin, Lagerlöf. Marinas Koffer thronte mitten im Raum, wo er am Dienstag nach der Ankunft mit dem Zug abgestellt worden war, wahrscheinlich war er seitdem nicht angerührt worden, irgendein primitiver Aberglaube oder pure Schwermut hielten ihn geschlossen.

Ich hängte Murs gestärktes Hemd auf einen Bügel und diesen an den Nagel an der Wand, irgendwo gab es wohl auch eine gute Hose, ich müsste sie suchen, oder eine von Serjoschas Hosen kürzen oder bei einer alten den Saum auslassen, diese Kunst beherrschte ich sicherlich noch, viel Zeit mit dem Nähen hätte ich bis Montag und Schulbeginn nicht.

Im gemeinsamen Wohnzimmer standen die Türen zu der Seite, auf der die Klepinins-Sezemans wohnten, offen, von dort fiel ein Keil gelbliche Abendsonne herein. Die Hälfte, die unserer Familie zugeteilt worden war, hatte schmalere Fenster, durch die wegen der hohen Kiefern nur wenig Licht hereindrang, und auch das nur an wenigen Stunden am Morgen. Am Abend stand die Sonne niedrig hinter dem Wald, und das Grundstück lag im Schatten, trotzdem saß man abends im ungepflegten Garten und ließ sich von den Mücken stechen, wenn man nicht in Serjoschas Tomatenpalast geladen wurde.

Bei den Sezemans war es immer sauber, eine unsichtbare Mauer hinderte unsere Unordnung und unser Durcheinander daran, sich aufs Nachbargebiet auszudehnen. Nina Nikolajewna nahm es mit ihrem Revier genau, besonders achtete sie auf Ordnung rund um das Ikonen-Arrangement an der Mittelwand, wo Marina prompt in der ersten Woche ihren Aschenbecher stehen gelassen und den ersten Streit ausgelöst hatte. Für Marina waren nur die Bücher heilig, die von Nina Nikolajewna in Drucken ausgestellte neue Kunst, Kusma Petrow-Wodkins breitgesichtige Sowjetfrauen versuchte sie gar nicht erst zu verstehen, vielleicht allerdings deshalb nicht, weil der Künstler die junge Dichterin Anna Achmatowa gemalt hatte und nicht Marina. Nina war geduldig mit Marina, in ihren Augen zählte sie noch immer zu den größten russischen Dichtern, auch wenn sie seit mehr als zehn Jahren kein einziges Buch mehr veröffentlicht hatte.

Unsere Seite des Hauses sah immer mehr wie ein Lagerraum aus, seit Marina zurückgekehrt war, jetzt im Sommer wurde der Kamin nicht benutzt, er war mit brennbarem Abfall vollgestopft, auch darum müsste man sich vor der Feier kümmern. Im Frühjahr hatte ich gedacht, ich könnte mit Mulja in das Haus ziehen, wenn er endlich von der Familie seiner Exfrau wegginge, wenn er seine Angelegenheiten geklärt hätte, wir würden das Haus in Ordnung bringen, hätten einen ruhigen Winter, lange Spaziergänge im Wald, morgendliche kalte Züge in die Stadt, mir hatte das gefallen, auch wenn ich werktags vor fünf aufstehen und zum Zug musste, bevor das Haus warm geworden und das Eis im Trinkwassereimer geschmolzen war. Aber jetzt sah alles anders aus. Wollte ich mein Kind in dieses Haus bringen, meine Liebe, mein Leben, damit alles von Marina gemustert wurde?

Das Flirren einer Zigeunergitarre erfüllte den Raum, als ich den tragbaren Plattenspieler anstellte, und sofort vergaß ich meine Sorgen, die sich wie Gummibänder straff um meine Stirn spannten. Ich hatte die Gitarren und Geigen vermisst, das Feierliche, die Leichtigkeit in den Rillen der Platten, allein die Instrumente und der Rhythmus brachten mich wieder in gute Stimmung, *zazuzazaa*. In dieser Musik hatte ich zum ersten Mal die Verheißung auf ein eigenes Leben gehört, auf einen eigenen freien Rhythmus. Seitdem hatte ich mich darauf zubewegt, und jetzt hatte es endlich begonnen, ich war mittendrin, musste jede Minute genießen, und ich würde es schaffen, wäre dazu fähig, käme Schritt für Schritt voran, wie beim Zigeunerjam im Quartier Latin, *zuzazezuzazaa*, Schritt, Schritt, Wiegeschritt, Schritt, Schritt, Atemzug, die Knochen lösten sich aus den Gelenken und bewegten sich im Takt der Gitarre. Es funktionierte sofort, keine Angst mehr, keine Sorgen, das Leben findet hier statt.

Jedes selbstständige Swing-Mädchen musste einen tragbaren Plattenspieler haben, hatte ich in Paris erfahren, sogar auf den Modeseiten der Zeitschriften öffneten und schlossen die Mädchen die Deckel eleganter, mit Tweed bezogener Kästen, knips, knips, und eine umfassende Plattensammlung gehörte dazu, die neuesten Aufnahmen, Empfehlungen vom *Hot Club du Jazz*, die aktuellsten Namen. Der erste Gegenstand meines Lebens, in den ich mich verliebte. Mein erster eigener Apparat. Marina hatte ihn auf einem Markt für gebrauchte Sachen entdeckt, und ich war wirklich überrascht, dass sie einem so oberflächlichen Wunsch überhaupt Beachtung schenkte, aber an der Schwelle zur Reise, als die Trennung näher rückte, war Marina mir gegenüber sogar höflich geworden, und wir stritten uns nicht und sprachen auch über andere Dinge als über das Alltägliche oder die Angelegenheiten ferner Bekannter, dennoch hatte ich das Gefühl, dass sie meinen Zuspruch mit Gegenständen erkaufen wollte. Ein zu später Versuch, viel zu spät, dachte ich damals, als ich den Plattenspieler schloss und auf meine Reisetruhe stellte, bevor wir zur Gare du Nord aufbrachen.

Die Pariser Garderobe hing unberührt an den Wänden, die Blusen und Kleider aus dünnem, flatterndem Stoff. Ich wollte nicht mit westlicher Kleidung Aufsehen erregen, seit mich Alexei Sezeman und Genosse Matwejew nach einer Versammlung gerügt hatten: Eine Sowjetfrau sieht nicht aus wie eine kapitalistische Modepuppe. Sie hatten bestimmt nicht gewusst, dass es Kleider bester Qualität aus den Damenabteilungen von Pariser Kaufhäusern waren, allein meine Reisegarderobe kostete zig Mal mehr, als wir bis dahin je für Kleidung ausgegeben hatten. Sie waren von meinem Fotografinnengehalt bezahlt worden und zum Teil vom Geld des Außenministeriums, nach dessen Herkunft Marina weder mich noch Serjoscha je gefragt hatte.

Sonst war von meinem Leben in Frankreich nicht mehr viel übrig, das Regal quoll über von Marx, Lenin, Lehrwerken der Komsomolzen, Bucharins Fibel, die müsste ich sicherheitshalber vernichten, spätestens Kolzow hatte die Verdorbenheit dieser ehemaligen Vertrauensperson von Stalin nachgewiesen. Ich war eine fleißige Studentin gewesen, hatte das neue System und seine Denkweise verstehen wollen, den dialektischen Materialismus und den objektiven Realismus, all das, aber seit ich meine Zeit mit Mulja verbrachte, blieben die Bücher liegen, ich konnte mich nicht aufs Lesen konzentrieren, im Frühling hatte ich kaum meine journalistische Arbeit erledigen können, ich hatte mich darauf verlassen müssen, dass das, was ich gelernt und verstanden hatte, trug, dass ich keine falschen Schlussfolgerungen zog, nicht versehentlich falsche Wörter wählte, auf falsche Gedanken kam.

Die Bazars und Vogues hatten die Zöllner durchgehen lassen, nur zwei hatten sie konfisziert, für ihre Frauen, dachte ich, oder sie träumten selbst von den geschminkten und frisierten zierlichen Pariserinnen auf den Modefotos. Inzwischen waren die französischen Zeitschriften unter praxisorientierten Ausgaben von Rabotnica und Ogonjok vergraben, in denen die Frauen zielstrebige Fabrikarbeiterinnen waren, Landmaschinenbenutzerinnen mit Kopftuch, konzentrierte Flugzeugtechnikerinnen, retuschierte Kolchosenmütter oder moderne, selbstständige Ehefrauen, die ebenso gut eine Filmkamera wie einen Säugling im Arm halten konnten. Mit Hilfe dieser Zeitschriften hatte ich versucht, zu lernen, wie eine Sowjetfrau aussehen und klingen soll, was sie über die Welt wissen und denken muss, über die richtige Wirklichkeit.

Den Ausschnitt aus Hamlet, den Boris übersetzt hatte, musste ich in einer Ogonjok vom Frühjahr suchen. Ich sah die Zeitschriftenstapel durch und versuchte mich zu erinnern, was Boris über den Rhythmus gesagt hatte, wie man den Rhythmus von Hamlet ins Russische übersetzt, den Rhythmus des Willens, der alles bestimmte, das Reden, das Handeln, jede Gebärde, Zweifel und Selbstsicherheit. Boris würde es mir morgen Abend selbst vorlesen dürfen, die Zeit ist aus den Fugen, wer würde sie zurechtzurücken suchen, ging es so, hatte es Boris so übersetzt?

Boris hatte schon vor einem Jahr mit Kolzow vereinbart, die Hamlet-Übersetzung in der Zeitschrift zu veröffentlichen, zu einer Zeit, als man Shakespeare noch für konform mit der offiziellen Staatsdoktrin gehalten hatte, beide hatten hart dafür gearbeitet, dass Shakespeare als einer der Ecksteine des sozialistischen Menschenbildes betrachtet wurde und seine Dramen wieder aufgeführt werden durften. Eine Zeitschrift wie Ogonjok gab es in Frankreich nicht, sie war die Fahnenträgerin eines neuartigen, modernen Journalismus, auf ihren Seiten spielten Fotografien die Hauptrolle, keine verführerischen, retuschierten Modestrecken, sondern großformatige Wirklichkeitsaufnahmen von Architektur, Fabriken, Verkehr, Menschen bei der Arbeit. Kolzow holte aus der neuen Technik immer alles heraus, er hatte die Fotografie ebenso geliebt wie den Film, auch schon in dessen Anfangsphase, die dokumentarische Macht beider Medien für die Darstellung der neuen Welt. Jetzt waren von Kolzow selbst nur noch Bilder und Wörter auf Papier übrig, Licht und Schatten und dubiose Gerüchte. Aber die Zeit lief weiter, und die Zeitung lebte weiter, auch wenn ihr Initiator tot war, im Blatt würde wohl nicht einmal ein Nachruf erscheinen.

Ich kramte meinen Kosmetikbeutel aus der Tasche, das Eau de Cologne, den Puder, den Lippenstift, ich hätte noch Zeit, mich zurechtzumachen, bevor ich anfing, das Abendessen zuzubereiten. Ganz unten in der Tasche fand ich auch die Apfelsine, die mir Boris geschenkt hatte, warm und weich inzwischen, außerdem nahm ich Muljas Notizbuch heraus, abgeschabte Ecken, brüchiger Goldschnitt, nein, ich würde es nicht aufschlagen, auch wenn es mich für einen kurzen Moment verlockte, ich hatte Lust, darin zu blättern, nachzusehen, ob sich darin Erklärungen, Gründe, Wörter fanden, für etwas, das er vielleicht nicht sagen konnte. Dafür, warum ich das Gefühl hatte, er wäre manchmal gar nicht da, obwohl er neben mir saß, ganz dicht, er glitt mir aus den Händen wie nasse Seife.

Trotzdem legte ich das Buch auf den Tisch, war mein Vertrauen so gering? Ich vergriff mich nie an den Tagebüchern und Heften von anderen.

Die Tür ging, und Mulja trat ein. Wegen der Musik hatte ich seine Schritte nicht gehört und zuckte zusammen wie ein Kind bei einer Missetat, als hätte er schon von weitem meine Gedanken erahnt. Mulja erkannte sofort sein Eigentum und sah mich gereizt an, hier war es also geblieben, er streckte die Hand aus und griff nach dem Buch. Ich hielt es fest, auch wenn ich selbst nicht genau wusste, weshalb.

Hast du es gelesen? Für einen Moment sah Mulja aus, als würde er mir gleich eine Ohrfeige geben, so wie ich es bei Mur getan hatte, und als wäre es tatsächlich geschehen, spürte ich Röte aufsteigen, auf den Wangen, an den Ohren, an den Schläfen. Natürlich nicht, du Dummkopf, sagte ich und warf das Notizbuch aufs Bett. Es entfaltete sich wie ein Fächer. Lose Zettel fielen heraus. Ich lese nicht in den Notizbüchern anderer Leute, das habe ich noch nie getan, sagte ich gekränkt.

Mulja schnappte sich das Büchlein, warf einen Blick hinein, las ausdruckslos etwas und steckte es ein. Da steht nicht mehr drin als Aufzeichnungen für einen alten Artikel, er atmete auf, beruhigte sich, lächelte, ich wusste nicht, worüber, er schaute an mir vorbei, wie er es im Tomatentreibhaus getan hatte.

Stell die Musik ab, die macht einen ja ganz nervös, sagte Mulja, auf die gleiche Art gereizt wie im Zug, was ist das überhaupt? Doch nichts von uns? Cab Calloway, sagte ich, und Django Reinhardt. Neurotischer bürgerlicher Schund, schnaubte er. Ich widersprach, aber nein, Jazz ist die Musik der Zukunft, unsere Musik, die Musik der Zukunft, die wir gemeinsam aufbauen, und Django ist der Beste von allen, hör es dir an, das ist meine Musik, mein Zimmer, aber dann begriff ich, wie in mir wieder heimtückisch das egoistische bürgerliche Ego dachte, dasjenige, das ich loswerden wollte, weil es dem Aufbau einer gemeinsamen sozialistischen Wirklichkeit im Weg stand.

Ich nahm die Nadel von der Platte. Du bist mir lieb, Mulja, sagte ich und küsste ihn. Du solltest dich ausruhen, stimmt, diese Hitze, sagte er, so drückend, alles schwillt an.

Die Platte drehte sich immer langsamer, und Mulja erzählte, er sei um sieben Uhr am Morgen mit dem Jungen aufgewacht und habe Ross und Reiter gespielt, durch die ganze Wohnung sei er galoppiert. Und ich sah vor mir, wie der Mann das Kind auf den Schultern trug, es in die Luft warf, wieder auffing, die Welt von den Ausmaßen seiner Arme. Aber das Kind, das ich sah, war nicht das Kind auf dem verblassten Foto, das Aljoscha genannt wurde wie ich. Das Kind, das ich sah, hatte noch keine eigenen Züge, auch keinen eigenen Namen, sondern ein pflaumenförmiges Gesicht, einen leisen Atem. Aber ich sagte noch immer nichts, noch war es nicht an der Zeit. Ich schloss den Deckel des Plattenspielers.

Dein Hemd ist voller Falten und Flecken, bemerkte ich stattdessen, als Mulja sich aufs Bett fallen ließ, das weiße, von der Psychiaterin, mit der er verheiratet war, am Morgen gebügelt, oder kümmerte sich die Schwiegermutter um den Haushalt? Schuretta hatte viel zu tun, und Mulja bügelte gewiss nicht selbst. An diesem Morgen war in allen Moskauer Wohnungen gebügelt und gestärkt worden, ein richtiger Bügelmorgen, ein Feiertag, man konnte den Duft des Bügelns auf den Straßen riechen, alle zogen die besten Sachen an, es duftete nach Sauberkeit, nach einer Frau mit weißem Schleier. Und nun fuhr ich mit der Hand über Muljas Ärmel, über den Arm, die Härchen, über den Handrücken, aber Mulja schmolz nicht unter meiner Hand dahin, sondern verspannte sich, und die Haut wurde zum Harnisch.

Ich hatte nun Hunger und Durst. Darum schälte ich Boris' Apfelsine, und es war mir egal, ob dabei Saft auf Muljas Hemd spritzte, es hatte sowieso schon hellrote Flecken. Was tust du da, Mädchen, du musst ein bisschen besser aufpassen, sagte er wie zu einem Kind, aber ich passte nicht auf, und so wurde der gelbe Fleck immer größer auf dem von Schuretta gebügelten weißen Hemd, auf den von allen Ehefrauen gebügelten Hemden. Ach, was ich tue?, gab ich zurück, ich überlege, wie viele Kinder geboren werden müssen, damit alle im Fünfjahresplan vorgesehenen Blechkreisel Benutzer finden. Ist es nicht schön, wenn das Hemd eine neue Farbe bekommt, außerdem war es schon voller Falten und schmutzig. War es nicht, ich hab es heute Morgen frisch angezogen, das ist nicht möglich, sei nicht kindisch. Kontrolliert Schuretta deine Hemden?

Die hat anderes zu tun.

Sie ist eine von den Aktiven.

Ja, das ist sie. Ich muss mir ein sauberes Hemd für die Heimfahrt aufsparen.

H-E-I-M. Ein solches Wort kenne ich nicht. Ich träufelte immer mehr gelben Saft auf das Hemd, sodass von der Frucht nichts mehr zu essen übrig blieb.

Das ist blöd, Ariadna Sergejewna.

Fragt dir jemand hinterher?

Sie wissen, dass ich bei einem Arbeitseinsatz bin, da stellt man keine Fragen.

Dann kannst du ja sagen, dass ich es schmutzig gemacht habe.

Ich nahm den Lippenstift vom Spiegeltisch und beschmierte damit den Kragen. Ist es so gut? Das war zu viel für Mulja, er stieß mich von sich.

Du hast eine Frau, die es genau nimmt. Eine Pillendreherin.

Sie ist nicht meine Frau.

Hat er das gerade wirklich gesagt?

Du bist es. Er hat es nicht gesagt. Hat er gesagt: Liebste, du, meine Aljoscha? Nein. Noch nicht. Er würde es noch sagen.

Bist du immer noch mit ihr zusammen, damit du deine Medizin bekommst? Ja? Auch das sagte ich nicht. Sondern aß, was von der Apfelsine noch übrig war, ohne Mulja auch nur ein Stück abzugeben.

Mulja wurde trotzdem nicht böse, das wurde er nie, er zeigte es nicht, wenn er kochte, dafür war er zu gut erzogen worden, in einer jüdischen Familie und einem amerikanischen Internat. Darum hielten ihn die Komsomolzen für unberechenbar. So war er, und ich musste noch stärker versuchen herauszufinden, wo das andere Extrem lag, was Mulja dazu bringen würde, mich zu lieben, und was ihn veranlassen könnte, mich fast zu verstoßen.

Ich schmiegte mich wieder an ihn und schnurrte wie ein Katzenjunges, damit er alles andere zwischen Himmel und Erde vergaß, Hemden und Apfelsinen und Schalen, alles außer meinem Duft, dem Duft eines verliebten Menschen, der gar kein Duft war, aber ohne den er trotzdem nicht leben könnte, und mit einem Schwung setzte ich mich rittlings auf ihn. Spielen wir. Lass uns einfach spielen, bettelte ich, spielen wir Königin und Reiter, *reite, reite, reite, Blankas Reiter*, oder spielen wir etwas anderes, sagte ich, und meine Hände machten sich an Muljas Gürtel zu schaffen, lass gut sein, keuchte er, alle können uns hören, aber ich machte weiter, die anderen sind draußen, jetzt ist ein guter Augenblick, niemand hört uns, ich pflockte meine Arme rechts und links von seinem Kopf ein, blockierte sein Becken mit meinem, er war so groß wie ich, er passte zu mir, wann ziehst du bei Schuretta aus, bedrängte ich ihn, du liebst Schuretta doch nicht, sondern mich, und Schuretta liebt Konstantin, nicht wahr, und macht sich überhaupt nichts aus dir, Schuretta wollte nur fort von zu Hause und heiratete dich, damit sie bei deinen Eltern wohnen konnte, und jetzt sind deine Eltern weg, und Schuretta liebt deine Wohnung, in der sie schließlich ihre ganze Sippschaft einquartieren musste, die sie glaubte losgeworden zu sein. Beruhige dich, Alja, beruhige dich, ich liebe Schuretta nicht, ich liebe dich, sagte Mulja, sagte, was ich hören wollte, wenn auch nach Anwendung noch so unfairer Mittel, und als ein warmer Lichtstrahl auf seinen Bauch und auf die Zehen glitt, als Muljas Lippen meine Halsgrube küssten, mein Schlüsselbein, niemand tat es so wie er, beruhigte ich mich und blieb neben ihm liegen und atmete, atmete so, als wollte ich mich zu einem Atem mit ihm atmen, ein Körper, ein Atem, ein und aus, Muljalja, ein Wort wie zwei Schlangen, die miteinander verwachsen und anfangen, ihr zweigeschlechtliches Leben zu leben, oder wie die Bänder, die man zu Weihnachten machte, tanzende Bänder, von denen man nicht sagen konnte, was welche Seite war, und wo sie zusammenfanden, und da hatte Mulja endlich den gleichen Traum wie das Mädchen und vergaß alles andere zwischen Himmel und Erde, ein neuer Mensch, ohne Namen und Vergangenheit, der alles vergaß, außer dem Duft seines verliebten Mädchens, der gar kein Duft war, ohne den er aber nicht leben konnte, so duftete das Mädchen, und er atmete es ein, so ein Duft ist das, was würde aus ihm erst noch werden, wenn das Mädchen ihn nach ihren Träumen formte.

Durchs Fenster wehte der stumpfe Gestank einer Machorka herein, er war unverwechselbar. Ich richtete mich auf, ich war eingeschlafen, wusste nicht, wie lange, es war noch hell, Abend oder Morgen, ich blickte hinaus. Um die Bäume an der Bahnlinie hing ein Rauchschleier in der stehenden Luft wie von den Ästen der Bäume gehalten, um die Stämme vom Zuglärm zu schützen.

Mulja schlief neben mir. Es war halb sechs, am Abend, nicht am Morgen, ich hatte kaum länger als zwanzig Minuten geschlafen, aber es kam mir vor, als wäre ich irgendwo weit weg gewesen, irgendwo tief drinnen, mein Herz pochte wie nach einer Rhythmusstörung. Laken, Hemden, weißes Vergessen, und darunter etwas, der Schlaf verflüchtigte sich bereits, aber ich spürte seine weiße Masse noch irgendwo schweben, fast mit Händen zu greifen und doch in unerreichbarer Nähe.

Dass Mulja in der Lage war, hier so fest zu schlafen, war ein gutes Zeichen, ein Beweis dafür, dass er sich bei uns wie zu Hause fühlte. Es gab keinen Grund, an ihm zu zweifeln, es war schwer für ihn, zwei Leben, zwei Familien, die ganze Welt eine Baustelle. Er hatte sein Notizbuch auf der Tasche liegen lassen, Arbeitsnotizen für den nächsten Artikel, im Vertrauen darauf, dass ich mich nicht daran vergreife. Genauso müsste ich ihm vertrauen, ich konnte nichts anderes tun als vertrauen, dem anderen fast fremden, dem Atem, der durch und durch ging, über die Wörter hinweg.

Im Garten stieg Zigarettenqualm auf. Ich stand auf, ging ans Fenster und sah Marina, sie stand neben einem Baum, ebenso grau wie dessen Stamm, in ihren flatternden Fetzen voller Brandlöcher, sie hatte sämtliche Lumpen aus Paris mitgeschleppt. Mit scharfen, abgehackten Handbewegungen rauchte sie, mir kam ein Vogel in den Sinn, der an einer Leiche pickte. An der gepressten Haltung, an den stockenden, frustrierten Handbewegungen konnte man die ganze in ihr gärende Feindseligkeit ablesen, die Bitterkeit, die kein anderes Objekt kannte als das Leben selbst. Hatte sie die ganze Zeit dort gestanden, hinter dem Haus, im Schatten, zurückgezogen von den anderen? Hat sie uns zugeschaut, ohne etwas zu sagen und ohne dass wir sie bemerkt hatten? Nein, sie war keine Spannerin. Und sie hatte mich auch noch nicht bemerkt, sie sah nur die Dunkelheit ihres eigenen Gemüts. Wie lange würde meine Mutter ihre Anklagen noch mit sich herumtragen, wenn nur ein Vers käme, der Saum eines Gedichts, dann entkämen wir alle für einen Moment dieser Qual, oder würde auch das nicht mehr helfen, taugte auch die Poesie nicht mehr als Medizin für das Leben?

Boris Leonidowitsch kommt am Samstagabend, sagte ich zu Marina. Ich versuchte, es ihr so mitzuteilen, als wäre es die natürlichste Sache der Welt, wie die Ankunft eines Briefs, wie Regen, das Wachsen des Grases oder das Vergehen der Zeit. Ich sah, dass sie kein Wasser geholt hatte, die Eimer standen umgedreht an der Hauswand, auch das würde ich übernehmen müssen, es gab keinen Tropfen Wasser mehr in der Küche.

Marina glaubte mir nicht. Ich bin seit mehr als einem Monat hier, und er ist nicht gekommen, sagte sie. Boris hat mich nie sehen wollen.

Boris hat enorm viel zu tun, sagte ich. Und eine Familie. Zwei Familien.

Immerhin hat er Arbeit, erwiderte Marina.

Ich erzählte ihr, dass er hauptsächlich übersetzte. Shakespeare. Hamlet.

Na, das passt ja, sagte sie, beide die gleichen Zauderer, er könnte wahrscheinlich einen ganzen Roman über das Zaudern schreiben, weg da, du Quälgeist, zischte sie Bilka an, die weiße Bulldogge der Klepinins, die sich an ihre Beine schmiegte. Den Hund haben sie dagelassen, um uns zu ärgern. Ich musste lächeln, als ich mich daran erinnerte, wie ich mit Boris über Hamlets Willenskraft und den Rhythmus der Hunde gesprochen hatte, ein Chlebnikow hätte einen ganzen Roman über den Rhythmus eines Hundes schreiben können.

Bilka ist unser aller Hund, sagte ich, allmählich wurde ich ungeduldig, ich mochte mir dieses Gejammer nicht mehr anhören, ist das meine Mutter, zischt wie ein Tier ohne Haut, Jesusmaria, helft mir, dass ich nicht werde wie sie. Hier gehört allen alles, auch Ihnen, Marina. Katzen und Hunde eingeschlossen.

Marina wühlte nervös in ihrem Tabaksbeutel. Er war wohl fast leer, da gab ich ihr mein Mitbringsel, eine neue Tüte Machorka, Papier, aber sie sagte nur, das würde auch nichts mehr retten, nahm es aber trotzdem an sich, panisch, als hätte sie Angst, man könnte es ihr wegnehmen wie einer Morphinistin die Droge.

Ist alles in Ordnung?, fragte ich sie, wobei ich versuchte mitfühlend zu klingen.

Ein höhnisches Lachen: In deiner Welt gibt es ja nur Gutes, Alja, nichts als Superlative.

Entschlossen nahm ich die Eimer und schickte mich an, zum Haus zurückzugehen.

Hat dein Gast vor, das ganze Wochenende zu bleiben?, fragte Marina. Dieser Mann da. Mulja, sagte ich und nickte. Ich würde mich von ihr nicht ärgern lassen, nicht anfangen zu streiten. Und ich lächelte sie an, so breit, so glücklich ich konnte, ein Lächeln, das der Wurzel des Rückgrats entsprang, mein Mann, mein Liebster, der in diesem Moment in meinem Bett schlief, gegen ihn können deine böswilligen Worte nichts ausrichten.

Dieser Mann wird dich nicht glücklich machen, sagte Marina. Er wird dir nichts als Unglück bereiten.

Ich lachte. Auch dieses Glück gönnst du mir nicht, vor Neid, wie die Stiefmutter im Märchen, aber es ist mein Glück, das kannst du mir nicht nehmen.

Nichts an deiner Liebe ist wahr, sagte sie. Das sagte Marina zu mir.

Všenory
August 1923

Wir müssen uns sehen. Den ganzen Winter hat Marina das gedacht. Es stand in jedem Brief. Sie schrieb es, und Boris antwortete ihr auch so. Wir müssen uns sehen. Bald. Bald. Der Gedanke daran hielt sie in den dunklen Nächten am Leben, an den aufgeweichten, schlammigen Hängen, wenn nichts mehr trug, kein Wort, kein Vers. Oft hatte sie den gleichen Traum. Ebenso oft überlegte sie, wie sie davon erzählen könnte. In einen Brief nahm sie ihn nie auf. Hätte sie es getan, wäre der Traum dann ausgeblieben?

Du sitzt in einem Zug, stehst ab und zu ungeduldig auf, kannst nicht mehr ruhig sitzen bleiben, die Pferdesehnen in deinen Beinen schmerzen, all das Leben, das Licht, der Regen, die Bäume, der Zug streift Berg und Wasser, die Berge sind schwarze Zähne, wie damals, als wir die Reise hierher gemacht haben. Der Zug überquert den Fluss, denselben, den wir überquert haben, und bald wird er zu einem anderen mit anderem Namen, weißt du noch, wie er hieß?

Im Traum passiert nicht viel, aber er wirkt trotzdem herzzerreißend, jede Bewegung wie ein nahes Flüstern, Hals, Schläfen, Atem, die Linie des Ohrs, der Knick des Ärmels, nicht einmal Berührung, sondern eine Wärme und Spannung von Kräften, die zwischen ihr und Serjoscha fehlten, sie würden auch nicht mehr zurückkehren, so wie ein verwaschenes Kleidungsstück nicht mehr in seine alte Form fand.

Boris ist wie ein Fluss, groß und breit, ein Fluss, dessen Wasser klar und rein dahineilt, hatte sie einmal zu Serjoscha gesagt, als der sie bat, einen Brief lesen zu dürfen, solche Menschen sind selten. Serjoscha war es, der ihr den Brief auch gebracht hatte, er war an das Studentenwohnheim adressiert gewesen. Serjoscha ließ Alja den Brief vorlesen, und Alja las wieder alles, immer, gefiederte Worte voller Licht, sagte sie, in euren Worten ist der gleiche Rhythmus wie bei Liebenden. Und Serjoscha sagte, in euch ist der gleiche Rhythmus, die gleiche Sprache, als wärt ihr schon Liebende, das sind wir auch, sagte sie, wir sind Liebende, seit die Sprache erfunden wurde. Und sie dachte, das sei ausreichend, ausreichend auf dieser Welt. Aber dann kamen der Winter und die leeren Morgen, die Sicherheit, wie es sie früher nie gegeben hatte, die Entschiedenheit, mit der sie versuchte, ihrem Traum zuvorzukommen, diesem Traum, der sich immer wiederholte, und dem Zug, der noch immer nicht sein Ziel erreicht hatte. Wie eine Traumwandlerin hatte sie umhergehen müssen, aber sie war vollkommen wach. Eine verrückte, ungezügelte Frau.

Bis zum Morgen gab es oft Stunden, da ich mich aus dem Gefängnis von Fingern, Ellbogen, Knochen, Haaren befreite wie eine Spinne aus ihrem Netz, würde sie Boris erzählen, alles würde sie ihm erzählen. Zärtlich setzte ich sie wieder an, die Hände, die Beine, die Haare, ich schloss dem Kind die Faust und setzte im Dunkeln die Mütze in Kindergröße auf, weil es das einzige warme Kleidungsstück im Haus war außer dem dicken Bärenfell. Als wolltest du dich als Kind maskieren?, würde Boris fragen, und sie: Warum sollte ich mich maskieren, ich bin doch gar keine Erwachsene, bin nie eine geworden, auch wenn die Welt noch so sehr versucht hat, mich zu brechen, und auch wenn meine Haare noch so ergrauen. Ich bin ein Page, nichts als Geist und Entschluss. Und du weißt das. Nur du. Du bist der einzige Mensch, der mich ganz und gar kennt.

Als alles fertig war, schloss sie die Tür, ließ Alja in ihrem eigenen Bett schlafen, auch Serjoscha schlief häufig noch. Sie eilte den Hügel hinab zur Haltestelle Všenory, um in den Lokalzug Beroun–Prag um 4.35 Uhr zu steigen, vielleicht wäre sie wieder zurück, bevor das Kind aufwachte, sie hätte einen Besucher dabei, Alja würde sich freuen, und Serjoscha auch, wie über die Begegnung mit einem Bruder, ihr mögt euch bestimmt, würde sie sagen. Serjoscha würde Kaffee kochen, und sie würden im Schneegestöber einen langen Spaziergang die Berge hinauf unternehmen, bis zur Erschöpfung würden sie gehen, bis an den Rand der Welt.

Und ein ums andere Mal kam sie am Hauptbahnhof an, bevor noch die Straßenbeleuchtung angezündet worden war, stieg mit den Fabrikarbeitern aus dem Zug, das war ihre Arbeit, ihr Kreuz, und sie war ebenso gelassen wie jene Männer in Blaugrau. Sie wussten, was kommen würde, sie warteten auf den Sturm wie sie.

Die rollenden Zahlen und Buchstaben auf der Anzeigetafel bildeten alle fünf Minuten eine neue Konstellation wie der Sternenhimmel, aber noch stand dort nichts von ihrem Zug. Endlich nahmen die Wörter an der Wand Gestalt an wie durch eine Erscheinung: Internationaler Fernzug Berlin Hauptbahnhof – Dresden Neustadt – Bad Schandau – Děčín – Ústí nad Labem – Praha Holešovice – Praha Hlavní Nádraží, Ankunft příjezd 6.55, und bald wurden sie von schwungvollen Durchsagen wiederholt, in deren Takt sie auf dem Bahnsteig auf und ab ging, auf demselben Bahnsteig 3, an dem sie mit Alja aus Berlin angekommen war, und so würde es bis ans Ende der Welt weitergehen, der erste Zug am Morgen.

Sie setzte sich, zündete sich eine Zigarette an. Die Schläfer auf den Bänken wechselten, die Brötchen- und Zeitungsverkäufer mit ihren Karren kamen, Zigeunerkinder bettelten um Geld, sie hätte ihnen die Kleider, die sie am Leib hatte, gegeben, aber Geld besaß sie nicht. Eine der Straßenlaternen ging an und erlosch, und da wusste sie: Du kommst, du bist bald hier, riechst nach den breiten Straßen von Berlin, nach Koks und Kastanie und Pappel, und es steckt auch noch ein bisschen Moskau in den Falten deiner Jacke, und ich bin in deinen Armen, lege den Kopf an dein Hemd und spüre, dass du ein Herz hast, einen Brustkorb, einen Bauch, eine Hüfte, all das an mich gedrückt, du atmest meinen Atem, und es gibt keinen Unterschied zwischen ihnen.

Und so würden sie reden, immerzu: Den ganzen Herbst über habe ich morgens nicht schreiben können. Den ganzen Herbst habe ich auf dich gewartet. Du musstest einfach kommen, würde sie sagen. Du hast dich nicht getraut, zu mir zu kommen, würde Boris entgegnen. Du hättest einen Grund erfinden können, einen sterbenden Verwandten in Berlin oder etwas anderes, für so etwas wird durchaus ein Visum gewährt. Ich habe gewartet, dass du kommst. Du hast doch nicht etwa Angst vor mir. Wäre ich gekommen, würde sie entgegnen, hätte ich meiner ganzen Traurigkeit eingestehen müssen, dass du ihr Spiegel bist. Du bist mir zu nah, ich kann nichts verbergen, würde sie sagen, denn Boris würde sie alles sagen können, alles, was sie niemandem sonst sagen konnte. Und jetzt? Und jetzt? Sehe ich deine Trauer jetzt etwa nicht, kenne ich dich etwa nicht durch und durch? So würden sie reden, ohne Anfang, ohne Ende, denn alles hatte vor Langem schon angefangen und war immer in Gang gewesen. In der Bahnhofskuppel flogen die vom Nachtfrost noch aufgeplusterten Vögel hin und her, und das alles war natürlich, so natürlich wie im Traum.

Um 6.45 Uhr ging Marina in die Bahnhofshalle zurück, in der Kuppelhalle öffnete das Fanta-Café. Wenn du kommst, setzen wir uns hierher, dachte sie und blickte mit Wärme auf die Stühle, von ihnen ausgewählt, ihre Stühle, auf denen sie sitzen und türkischen Kaffee trinken würden, von diesen staubigen Stühlen aus würden wir die verträumten Frauen an den Deckenreliefs betrachten, die Hellseherinnen, die sich hinter den Blütenblättern von Blumen verstecken, als wollten sie pflanzenähnlich werden wie Mimikry-Insekten, wovor schützten sie sich, oder war es die Verkleidung des Angreifers? Sie wussten, was auch sie bereits wusste. Aber um es zu verstehen, müsste sie schreiben, sie müssten es beide.

6.54. Sie hat neun Minuten gewartet und kehrt zum Bahnsteig 3 zurück, als der Zug einfährt, die Menschen drängeln, Frauen in hohen Stiefeln, mit Sack und Pack und Bündeln, blasse Jungen mit Rockschößen, Küsse, Trennungen und Verschmelzungen, Tränen, die Ruhe eines Soldaten inmitten des Schmerzes, es wird auf Deutsch, Tschechisch, Russisch gerufen, und sie versteht nicht eine dieser Sprachen, kein Wort, sie steht auf der Stelle, schlägt mit den Flügeln, aber die heben sie nicht in die Lüfte zum Flug. Alle gehen an ihr vorbei, als gäbe es sie nicht, nicht einer bleibt stehen, kein Einziger, sie ist grau, die Menschen schauen an ihr vorbei, könnte es sein, dass sie gesichtslos wird für die Welt, ein Niemand, vielfach im Stich gelassen?

Du warst nicht da, sagt sie zu Boris, als dieser endlich kommt, als Stimme, als Musik, als Rhythmus. Ich kehrte erst zurück, als es Nachmittag war und das Haus kalt, der Gasofen erloschen, das Kind wiegte sich selbst im Bärenpelz und sang ein Schweizer Kinderlied und drückte das zerknickte Bild der wundertätigen Gottesmutter in der Hand, ein Zauber, der sie für den Rest des Lebens schützte. Du bist verrückt, sagte sie zu sich selbst, du bist eine verrückte, zügellose Frau. Dennoch machte sie sich erneut auf den Weg, an jedem Morgen, an wie vielen Morgen, wie viele Wochen lang, es schneite, schneite erneut, die Burg im Januarschnee begraben, die Türme mit den beschneiten Spitzen, in der Vorstadt die schnaubenden Schlote der Fabriken in der Kälte und die heulenden Pfeifen, der süße Malzgeruch der Brauereien und Marinas ganze geografische Idiotie, lange zeigten sie nichts anderes an als das Kommen von Boris, die ganze Stadt der Traumwandlerin Libuše und des Ritters Bruncvík wartete auf sein Eintreffen, Ankunft, *příjezd*, sie liebte die Stadt damals mehr als alles andere, die Bühne ihrer möglichen Begegnung, jede Straßenecke gehörte ihr.

Schließlich ein Brief aus Moskau, noch immer an das Studentenwohnheim und an Serjoschas Obhut adressiert: Boris hatte Berlin verlassen, war nach Moskau zurückgekehrt. Und – sie hörte es erst später: hatte geheiratet, ein Kind bekommen, neun Monate nach jenem ersten Morgen. Trotzdem, als Marina den ganzen Tag lang das Abendessen zubereitet hatte, aus Resten, erfrorenen Kartoffeln, zermahlen für Pfannkuchen, Bramboráky wurden sie hier genannt, eine neue Form für die Kartoffel, und danach, als sie im Bett lag, ihr Strickzeug auf den Fußboden gelegt und die Augen geschlossen hatte, Serjoscha noch unten war, ging alles Licht der Welt über sie hinweg, eine weiße Kraft, reines Licht, das sie trug wie die Götter. Und die Worte, die sie glaubte verloren zu haben, kehrten endlich zurück.

Ich mag keine Begegnungen im wirklichen Leben, schrieb sie danach an Boris. *Ein Traum oder ein Brief, das sind mir die liebsten Treffpunkte*. Wir haben einen Bund des Geschriebenen, dachte sie, den Tod im Leben. Ich brauche nichts als deine Pferdeschrift, sie ist wahrer als wahr, deine Wasser- und Lichtschrift, deinen Fluss. So dachte sie, aber sie schrieb es nicht mehr. Denn die Briefe kamen, obwohl Boris nicht kam. Und die Träume. Und dennoch blieb den Träumen die Hoffnung der Morgen erhalten, der Siebenuhrzug aus Berlin, schneller als Luft, rascher als Schall und Licht, als wäre noch immer ein Band, ein Saum zwischen ihnen, als käme Boris in Wirklichkeit immer näher, zu ihr.

Bolschewo
August 1939

Für einen Raumteiler braucht man eine Genehmigung, erklärte Serjoscha geduldig am Esstisch, den wir schon im Frühsommer ins Freie getragen hatten, unter die Kiefern, an die ebenste Stelle des Grundstücks.

Du hast ja noch gar nicht gefragt, warf ihm Marina sogleich vor, obwohl du dich jede Nacht in Moskau herumtreibst, diese Leute entscheiden darüber nicht, verteidigte sich mein Vater, der Mensch muss doch wenigstens manchmal in Ruhe atmen können, ganz für sich, ohne dass alle es sehen, ohne dass das Haus ständig voller fremder Leute ist.

Da waren wir wieder. Mitten im Streit. Wäre er nicht so gut erzogen gewesen, wäre Mulja vom Tisch aufgesprungen und ohne ein Wort des Abschieds gegangen, um auf den nächsten Zug zu warten, so wie es Lilja am letzten Wochenende getan hatte. Aber ich hatte ihn den ganzen Sommer über auf die Begegnung mit Marina vorbereitet, sie ist nun einmal so, man darf es nicht persönlich nehmen, zu allen gleich unfreundlich. Sanft umfasste ich Muljas Handgelenk, in seinem Blick zuckte nichts, vielleicht bezog er Marinas Äußerung gar nicht auf sich.

Ende des Sommers hatten wir die gleiche Klage an jedem Wochenende gehört: Marina ertrug das Leben mit der anderen Familie nicht, obwohl sie Schicksalsgenossen waren. So arm sie in Frankreich auch gewesen war, hatte sie dort immerhin nicht bei fremden Leuten wohnen müssen, hier konnte sie morgens unmöglich in die Küche gehen, weil sich dort andere Menschen aufhielten und sie nicht als Erstes überlegen mochte, wem welche Tasse gehörte und wohin mit der Zigarettenasche und wohin mit dem Kaffeesatz, da fragte sie sich, ob man nicht wenigstens das Wohnzimmer abtrennen könnte. Ich hatte so viel Gespür für die Situation, dass ich meiner Mutter diesmal keinen Vortrag über die schönsten Gedanken des Sozialismus hielt, über das Teilen und die Gemeinschaft. Allein sind wir nichts. Aber ich wusste, das wäre Zeitverschwendung, die Folge wäre nur noch mehr Streit gewesen.

Ich stellte Salzgurken und Sauerrahm auf den Tisch, und das tägliche Ritual der beiden ging weiter: Kannst du nicht in irgendeine Paravent-Abteilung gehen und nach der Erlaubnis fragen? Andere beantragen doch bestimmt auch Paravents und was sonst noch alles, das kann doch nicht so schwer sein. Es gibt keine eigene Paravent-Abteilung, die werden zwischen den anderen Sachen erledigt. Aber gerade hast du doch gesagt, dass sich die anderen dort nicht darum kümmern, dass ihr Wichtigeres zu tun habt, aber wenn ich frage, was, dann darfst du nicht antworten. Ich darf über diese Dinge nicht sprechen, das weißt du genau. Ihr dürft dort Geheimnisse haben, aber wir nicht.

Fahrt zusammen ans Schwarze Meer, versuchte ich das Thema zu wechseln, als ich die Suppe brachte, die ich am Abend gekocht hatte, nur ihr zwei, wenn der Herbst beginnt und die Strände leer werden, das würde euch guttun. Gemeinsame Ferien.

Ach, auf die Krim, platzte Serjoscha heraus, als ich den Topf mit der Soljanka weiterreichte. Ich hatte einen Teller mehr gedeckt, falls noch jemand mit dem letzten Zug kam. Mein Vater sagte, er habe von Anstalten genug, in denen fühle man sich als Mensch erst richtig krank. Du bist im letzten Herbst in so gutem Zustand von dort zurückgekommen, erinnerte ich ihn. Er war zwei Monate in Aluschta im Sanatorium behandelt worden, Klima- und Thalassotherapie, er war braun gewesen und hatte bis zum ersten Frost zwanzig Jahre jünger ausgesehen, auch selbstsicherer war er gewesen, schließlich hatte er zu den Auserwählten gehört, die man einer Behandlung für Wert erachtete, kein weggeworfener Arbeitshandschuh, wie er sich üblicherweise selbst in einem Nebensatz abtat.

Ich schlug vor, dass sie Koktebel besuchten, sich das Haus von Max und Pra ansahen, daran hatten sie in Paris immer wieder zurückgedacht, beide zusammen und jeder für sich, als wäre es eine Art Urheimat des Glücks gewesen. Ich fügte hinzu, Marina habe auf der Messe die Abteilung der Krim sehr gefallen. Sie haben es doch gemocht?, fragte ich sie. Marina sah mich ironisch an, und ich begriff, dass ich zu ihr gesprochen hatte wie zu einem Kind, in plumpen Phrasen. Angeblich gab es dort auch guten Kaffee, sagte Serjoscha, echten Tatarenkaffee. In seiner Stimme lag keine Spur von Ironie, und ich ahnte, dass Marina von der Messe nicht die ganze Geschichte erzählt, sondern sich irgendeine Halbwahrheit zurechtgeschmiedet hatte.

Was um Himmels willen sollen wir auf der Krim, fragte Marina, ohne vom Suppenteller aufzublicken. Die Berge, das Wasser, all das herrliche Türkis, dort gäbe es alles Mögliche für euch beide, sagte ich, das sind Landschaften, in denen die Seele zur Ruhe kommt. Ich wählte meine Worte nun mit mehr Bedacht. Das Haus von Max sei nahezu eine Ruine, alles was nicht niet- und nagelfest gewesen sei, sei gestohlen worden, erzählte Serjoscha, ein Wunder, dass keine Wände herausgerissen worden seien, Bücher und Bilder seien verbrannt worden, es habe wohl keiner geglaubt, dafür Geld zu bekommen. In den Zimmern liefen Nutrias und Waschbären herum, überall stank es entsetzlich nach Urin, ich hätte mich fast übergeben, und der Wind habe Sand in die Ecken geweht.

Was ist ein Nutria?, wollte Mur wissen, er wurde ungeduldig, hatte die Suppe verschlungen, als hätte er die ganze Woche nichts gegessen, und wollte sofort aufstehen, er hatte keine Lust, sich die ewigen Geschichten über die Krim und andere Orte anzuhören, die er nie gesehen hatte, über Menschen, denen er nie begegnet war und die ihm nichts bedeuteten. Ich sagte, ein Nutria sei eine Art Biber oder eine Flussratte, ein Schmutztier, auch wenn es einen schönen Namen habe, und ich erinnerte ihn zum fünfhundertsten Mal daran, dass die Unterstützung von Max entscheidend dazu beigetragen habe, dass Marina überhaupt Dichterin geworden sei und ihr selbst verlegter Debütband im alten Russland eine so enorme Beachtung gefunden habe und dass seine Mutter Pra meine Patentante sei. Aus alter Gewohnheit machte ich das Kreuzzeichen für die Verstorbenen und bedeutete dem Jungen, sitzen zu bleiben, bis alle gegessen hatten.

Die Krim und die gesamte Kaukasusregion werden bald eine Schlüsselposition innehaben, stellte Mulja fest, der sich bis dahin nicht getraut hatte, am Gespräch teilzunehmen, und riet Mur, es sich hinter die Ohren zu schreiben, der Ölsektor habe Zukunft. Aber Mur interessierte sich nur für Witzblätter und fürs Essen, er hatte sich einen zweiten Teller Suppe genommen und schaufelte sie in sich hinein. Nach dem Gold des Schwarzen Meers trachten auch die Deutschen, fuhr Serjoscha fort, darum wird es bei dem Pakt nicht mit einem Stück Papier getan sein.

Sei nicht so pessimistisch, Vater, fiel ich ihm ins Wort, der Krieg ist jetzt wenigstens für kurze Zeit unter den Teppich gekehrt worden. Und wie soll er dort verschwinden, unterm Teppich?, fragte Serjoscha spitz, und ich fand es erfrischend, endlich einmal unterschiedlicher Meinung mit meinem Vater zu sein, oder was meinen Sie, Samuil Dawidowitsch? Was schreiben die ausländischen Zeitungen über das Abkommen?

Mulja berichtete, Frankreich und England hätten ihre Beobachter aus Moskau abgezogen. In Europa glaube man, die Waffen seien niedergelegt worden. Serjoscha konnte das dennoch nicht überzeugen: Ich würde den Deutschen keinen Fingerbreit trauen.

Während die anderen über Politik redeten, blickte Marina zerstreut auf den Wald, als lausche sie, ob ein Gewitter im Anzug war oder ein Zug kam. Es interessierte sie nicht, selbst wenn die Welt um sie herum in Flammen stand, sie hatte zu keiner Zeit begriffen, dass ihre Deutschen die größte Bedrohung für die Zukunft der Welt darstellten. Für sie war Deutschland noch immer die Wiege von Flüssen, Bergen und Dichtern, das Germanien der Märchen. Außer dass schon Tacitus gesagt hatte, wer würde schon Asien, Afrika oder Italien verlassen, um sich freiwillig auf den Weg nach Germanien zu machen, wo die Landschaften hässlich, das Klima kühl, die Äcker und Aussichten trübsinnig waren, außer in dem Fall, dass es sich um das Vaterland des Betrachters handelte. Auf einmal wandte sich Marina doch Mulja zu, obwohl sie ihn kaum begrüßt hatte, als sie sich an den Tisch gesetzt hatte.

Ich sehe eure Zukunft sehr genau voraus. Bei eurer Kunstfertigkeit werden bald alle weißen Strände und das türkisfarbene Meer schwarz und rot sein vom Öl und vom Tod. Oder haben Sie dazu etwas zu sagen, Genosse Gurewitsch? Dabei befahl sie ihm mit einer Geste, ihr die Schüssel mit den Tomaten zu reichen. Ich sah Mulja vom Hals her rot werden, vor Verlegenheit, vielleicht auch vom Wein. Wenn meine Augen nichts verbergen konnten, so war es bei ihm die Farbe der Haut, die seinen Seelenzustand sofort verriet, als wäre er mit den Echsen verwandt.

Ich bat meine Mutter höflich aufzuhören und erklärte ihr geduldig, Mulja habe nichts mit Öl, geschweige denn etwas mit dem Krieg zu tun, aber als Journalist müsse er über die Weltlage auf dem Laufenden sein, über Wirtschaft und Industrie, wie auch über die Politik, und der Pakt, guter Gott, sei nun wirklich nicht Muljas Werk. Bevor Marina weiterreden konnte, brachen knatternde Motorräder samt Benzingestank aus dem Wald, eine lärmende Schar junger Leute, die Mädchen in geblümten Kleidern auf dem Sozius, gefolgt von weiteren Mädchen auf Fahrrädern, wehende lange Haare, Freitagstanz. War es das, worauf Marina gehorcht hatte? Sie hasste diese Dinger, sie hasste alle motorgetriebenen Fahrzeuge. Aber Murs Aufmerksamkeit galt sofort den Krafträdern, er sprang auf und rannte zum Zaun, um sich die Fahrer anzusehen, plötzlich war der Junge wach, voller Energie und Eifer lief er hin und her, damit er zwischen den Fichten hindurch möglichst viel sah.

Ich war nicht sicher, was Mur mehr interessierte, die Motorräder oder die Mädchen, aber ich befürchtete, dass gleich ein offener Streit im Gange sein würde. Marina würde ihn kaum aus dem Dorf hinaus und zum Tanz gehen lassen. Am Wochenende zuvor war die Tanzmusik bis zum Haus zu hören gewesen, und Mur hatte sich den ganzen Abend wie ein Sturmsignal aufgeführt, hatte Türen zugeschlagen und Sachen hingeknallt, aber Marina hatte nicht nachgegeben, ich wäre mit dem Jungen hingegangen, aber schon der Vorschlag wäre so verstanden worden, dass ich mich gegen Marina stellte. Nun wagte es Mur nicht einmal mehr, zu fragen, er konnte die Antwort bereits in Marinas Gesicht lesen, sie hatte sich innerhalb einer Sekunde in ein einziges Verbotszeichen verwandelt.

Als die Motorräder weg waren, kam die Rede auf Themen, die weniger gefährlich waren als das Öl im Kaukasus, Apparate und Geräte, ob es sich nun um Filmkameras oder Abhörgeräte handelte, sie waren eine Leidenschaft von Serjoscha, aber jetzt wurde über das Herz geredet, über dessen Mechanik. Serjoscha erzählte, wie man ihn im Krankenhaus in Moskau an eine Maschine angeschlossen habe, auf der man die Herzkurve verfolgen konnte, und zwar als gezeichnete Linie und als Ton, der im Zimmer erschallte, und wie er aufgrund dieser Erfahrung, dass sein Herz außerhalb von ihm galoppierte, plötzlich vieles begriffen habe, die Bedingungen von Zeit und Raum, wie sie auf einmal sichtbar wurden, als hätte sich das ganze Krankenzimmer in seine Herzkammer verwandelt, und er hatte verstanden, dass der Rhythmus seines Herzens die Zeit bestimmte, den Verlauf seiner Zeit.

Es trabe noch ganz tüchtig, erzählte Serjoscha, als ginge es um ein temporeiches Abenteuer, noch ist meine Pumpe kein hoffnungsloser Fall, eine Zukunft hat man damit durchaus. Bald würden die Ärzte imstande sein, ihm ein neues Herz zu bauen. Wie eine Art Uhrwerk?, fragte Mur.

Ihr müsstet alle ein fabrikgefertigtes Sozialistenherz, das vom Kreml aus gesteuert wird, bekommen, fügte Marina spitz hinzu, dann wärt ihr glücklich. Ein einheitliches Herz. Alle mit dem gleichen Rhythmus. Vorgeschrieben von eurem Nachtwandler, taDam-taDam-taDam, im Takt der Maschinen. Da habt ihr dann eure Metrik der Zukunft.

Wenn sich keine bessere Verwendung für mich findet, witzelte Serjoscha nun seinerseits, können sie an mir Versuche mit dem künstlichen Herzen anstellen. Dem wirst du dich mit Vergnügen beugen, schließlich bist du längst ihr Eigentum, meinte Marina, sie dürfen aus dir machen, was sie für richtig halten. Eine Marionette der Tscheka.

Wieder wusste sie ihre Worte so zu wählen, dass sie den wundesten Punkt trafen. Serjoscha blickte seine Frau hilflos an. Ich bat Marina, sich nur um ihre eigenen Angelegenheiten zu kümmern. Da brach Serjoscha in ein unbändiges Husten aus, und Marina klopfte ihrem Mann energisch auf den Rücken, aber davon wurde der Anfall nur schlimmer. Ich griff nach Marinas Hand, lass Serjoscha in Ruhe, sagte ich, es wird sich gleich legen, und einen Moment später atmete mein Vater auch wieder normal.

Hat hier denn keiner auch nur ein bisschen Sinn für Humor?, lachte Marina dann, es war ein hartes, konfuses Lachen.

Nein, sagte ich. Da warf Mur den Kopf zurück und stand vom Tisch auf, er hatte sich die ganze Woche das gleiche Thema anhören müssen, er hatte genug davon und ging in hochmütigem Trott zum Haus, schlaff wie eine weiche Banane.

Mulja hatte neben mir seine Suppe gelöffelt, als hätte er von dem Gespräch nichts mitbekommen, und so saßen wir bis zum Ende der Mahlzeit am Tisch, ohne etwas zu reden. Im Zimmer, hinter verschlossener Tür, war ich so wütend, dass ich meine Schallplatten hätte an die Wand werfen können, die Rhythmen der Zukunft. Sie hat es geschafft, auch diese gemeinsame Mahlzeit zu verderben, alles, sagte ich zu Mulja, warum hat sie die weite Reise bis hierher gemacht, wenn sie uns bloß das Leben verderben will? Aber Mulja lächelte nur und nahm mich in den Arm, und für einen Moment verschwand alles Elend.

Wo ist Mur, wo ist mein Junge?, rief Marina, wie eine Elster rannte sie durch den Garten, hast du drinnen nachgesehen, dort ist er hin, ich habe es gesehen, da ist er nicht, er ist nirgendwo, vielleicht im Tomatenpalast, in was für einem Palast, in deinem Palast der Völker.

Davon wachten wir auf, es war noch Abend, noch immer derselbe Tag, gelbes Licht an der Grenze von Wald und Feld. Ich stand auf und trat ans Fenster, hielt mir das Laken und mein Kleid vor und sah, wie Serjoscha draußen Marina zum Gewächshaus folgte, es ein bisschen beschützend, denn es war sein Revier, und er ließ Marina nicht hinein. Er betrat es allein, aber auch da war der Junge nicht.

Mulja hatte schneller die Kleider an und war vor mir draußen. Ich folgte ihm barfuß, knöpfte im Laufen mein Kleid zu, mir war kalt trotz der Hitze, ich war nichts als zitternde Haut, leicht wie Gras, ich versuchte, durch Atmen meine Füße auf die Erde zu bekommen, auf den Stein der Treppe, und Fassung zu gewinnen.

Er ist zu den Gleisen gegangen, Jegoruschka, mein Einziger, Marina fing an zu zucken wie ein Fisch, der aufs Trockene geraten war, der letzte Zug wird bald kommen.

Ich nahm meine Mutter an den Handgelenken, sie zitterte, Mur ist nirgendwohin gegangen, warum sollte er so etwas tun, sei nicht verrückt. Marina atmete in kurzen Intervallen und unregelmäßig, dann sagte sie leise: Und wenn sie den Jungen geholt haben, abgeholt wie meine Schwester, was ist das für ein Land, wo Menschen verschwinden wie am Tor von Tenaro. Mur ist nichts passiert, sagte ich vehement. Er treibt nur ein Spiel mit uns. Das Verschwinden von Tante Asja zu Beginn des Sommers, vor Marinas Ankunft, hatte sie wild und paranoid gemacht, niemand wusste, wohin Asja aus ihrem Haus in Tarussa verschwunden war. Erwachsene, die sich in die Politik einmischten, konnten nachts zu Untersuchungen abgeholt werden, aber doch keine Kinder. Ich bat Marina, wenigstens für einen Moment rational zu sein. Mur wusste auf sich aufzupassen.

Serjoscha kam aus dem Gewächshaus, schloss die Tür, der Junge ist nicht da, aber meine Flasche auch nicht, sagte er. So was. Sie war noch halb voll. Ober er zum Tanz gegangen ist und sich gedacht hat, er bietet den Mädchen ein Schlückchen an?, spekulierte Mulja mit Serjoscha. Gut möglich, dass er dorthin ist, mit der Flasche in der Hand, auf der Suche nach Mut und Genossen. Jungen sind Jungen, die Schule fängt an, und die Kindheit hört auf, so ist das nun mal. Irgendwie muss man es feiern.

Ich drängte Mulja, mit mir auf die Suche zu gehen, weit konnte der Junge nicht sein, allerdings hatte er genug Zeit gehabt, den Inhalt der Flasche in sich hineinzuschütten. Und dann kann er durchaus unter den Zug geraten, sagte ich. Serjoscha lachte, warum lachten wir, wir waren schrecklich. Ich bat Serjoscha, Marina ins Haus zu bringen, damit sie sich ausruhte, wir würden den Jungen finden, bestimmt.

Warum muss es mir immer so ergehen, ich kann meine Kinder nicht bei mir halten, hörte ich Marina schluchzen, wie sie alles immer aufblähte, es machte mich rasend. Kein Wunder, dass sich der Junge einen solchen Streich ausgedacht hatte, so wie wir uns alle benahmen. Ich wusste, dass ich selbst auch nicht schuldlos war, denn ich hatte ihn schlechter behandelt als einen streunenden Hund. Marina blieb auf der Terrasse sitzen, Gesicht und Hände weiß, man hörte erschöpftes Schniefen, als wir durchs Tor auf die Straße traten, was versuchte sie damit zu erreichen, und was würde geschehen, wenn der Junge eines Tages einfach wegginge, ohne dass Marina ihn aufhalten könnte?

Wir hatten noch nicht die Mauer des Jungenheims erreicht, als Mulja die Flasche erblickte. Die grüne Flasche lag unübersehbar im Straßengraben, Serjoschas Flasche, halb voll weggeworfen. Im trockenen Gras roch es nach frischem Schnaps, der Junge hatte nicht alles getrunken, es war zu viel für ihn gewesen, spekulierten wir gemeinsam, jetzt torkelt er durch den Wald. Und wie sollten wir ihn dort finden?, er konnte überallhin gegangen, gestürzt und betrunken eingeschlafen sein. Wir eilten weiter, immerhin stimmte die Richtung, bald wäre es dunkel, es ging auf neun Uhr zu. Bestimmt wollte er zum Tanz, mit stolzer Brust und offener Jacke, auf der Suche nach einer Freundin. Marina musste darum trotzdem nicht einen solchen Aufstand machen, hier waren keine Rache- und Totengötter am Werk, sondern lediglich der russische Schnapsteufel.

Mur lehnte an der Mauer und übergab sich, als er uns sah, versuchte er zu fliehen. Aber die Übelkeit zwang ihn stehen zu bleiben, alle Kraft schwand aus seinen Muskeln, und er sank an der Mauer zu Boden.

Mein Kätzchen, sagte ich, mein kleines Murchen, ich nahm ihn in den Arm, stützte ihn, er war schwer wie ein Sack Zement, ich wusste noch, wie ich denselben Jungen auf meinen Armen über den Strand getragen hatte, im tiefen Sand, überallhin hatte ich ihn getragen, den molligen, schweren Jungen, und immer war Mur bereit gewesen, auf meinen Arm zu kommen, Alja Arm, Alja Arm, auf dem einen Arm den dicken Jungen, unterm anderen Marinas Briefe, die Seelenromanzen. Als Mur wieder ein bisschen zu sich kam, gab ich ihm mein Taschentuch und empfand eine enorme Zärtlichkeit für den Jungen, nicht einmal der süßliche Geruch des Erbrochenen stieß mich ab. Auch Mulja zögerte nicht, sondern half, er hatte eine Flasche mit schalem Wasser dabei, davon ließ er den Jungen trinken, wir versorgten es gemeinsam, das klein und hilflos gewordene Kätzchen.

Wolltest du da hin, hinter die Mauern?, scherzte ich auf Französisch. So schlecht ergeht es dir zu Hause doch auch wieder nicht. Allmählich konnte sich Mur auf den Beinen halten, aber er lachte nicht, wurde aber auch nicht wütend. Er schmunzelte nur schwach. Mehr Besserwisserei war nicht nötig. Außerdem war es in Muljas Gegenwart rücksichtsvoller, mit Mur Russisch zu sprechen, nicht Französisch, so wurde es zwischen uns immer gleich kindischer, denn ich hatte angefangen, mit ihm altes Russisch zu sprechen, mit denselben Wörtern wie früher, die Kindersprache.

Mur saß auf einem Stein, klagte weiterhin über Übelkeit und übergab sich erneut, nur zu, lass alles raus, dann geht es dir besser. Als er sich allein auf den Beinen halten konnte, machten wir uns auf den Rückweg. Auf der Straße kamen uns Jungen und Mädchen auf Fahrrädern entgegen, auf Sattel und Gepäckträger, fröhlich lachend, nicht viel älter als Mur, vielleicht wäre er schon im nächsten Herbst einer von ihnen, würde das Ende des Sommers feiern, würde dann seine Grenzen schon besser kennen, seinen Körper, seine Kraft, als Mensch muss man lernen, sein Maß zu kennen.

Wir sahen zu, dass Mur zum Haus kam, er versprach, brav zu Marina zu sein, die auch schon in den Garten gestürmt kam und den Jungen in ihre Obhut nahm, die Vogelfrau, so ein großer Dummkopf, legen Sie ihn ins Bett und geben Sie ihm frisches Wasser, morgen früh geht es ihm schon wieder besser. Jungen sind eben Jungen. Und als Marina ihn auf die Veranda führte, flüsterte ich Mulja zu, ich wolle noch nicht ins Haus gehen, es sei noch früh, der Abend schön, ein richtiger Augustabend.

Im Wald kniff ich die Augen zu und gab Mulja die Hand. Führe mich, sagte ich, band mir ein Tuch um den Kopf, kurz schien noch einmal die Silhouette des Waldes auf, irgendwo hier gibt es einen Teich mit klarem Wasser, zwischen den Bäumen, man kann bis auf den Grund sehen, lass uns schwimmen gehen, bevor es dunkel wird, das schaffen wir noch. Mulja verstand nicht sofort, worin seine Aufgabe bestand, aber als ich seine Hand auf meinen Hinterkopf legte und ihm die Enden des Tuchs in die andere Hand drückte, band er sie zusammen, genau so ist es gut, nicht zu straff, und als ich ihm den Arm reichte und ein paar entschlossene Schritte machte, fing er an mich zu führen, vorwärts, über Baumstämme und Mooshöcker hinweg, genau so, nur zu, du brauchst nicht so vorsichtig zu sein, irgendwo ist er, wir finden ihn bestimmt.

Das hatte ich in Moravská Třebová mit den anderen Mädchen in der Schule der Bogengardts gespielt. Wir liefen auf dem Teich Schlittschuh und drehten noch Pirouetten, nachdem die anderen schon gegangen waren und es dunkel wurde, und erst wenn wir kein Gefühl mehr in den Zehen hatten, kehrten wir im Halbdunkel zur Schule zurück, aber immer auf einem anderen Weg, man musste sich von den anderen führen lassen, aber trotzdem immer raten, wo man gerade war, auf dem Laufenden bleiben, sich vor dem erhängten Mann hüten, und so lernten wir die Straßen der Stadt kennen, und so ließen mich die anderen Mädchen mitspielen.

Mulja sagte, wir behandelten unsere Mutter wie einen benutzten Handschuh, und merkte außerdem an, Marina sei immerhin einmal eine bedeutende Dichterin gewesen. Bei uns wird alles so lange benutzt, bis es nicht mehr geht, zum Schluss sogar die Löcher. Wäre sie nur ein Handschuh! Es kommt einem vor, als hätte sie keine Haut, wenn sie so ist, alles dringt direkt durch, keinerlei Schutzschicht. Eine Tragödin, für die jedes Missgeschick der Weltuntergang ist. Und die Welt ist tatsächlich untergegangen, diejenige, auf der ihre Gedichte einen Platz hatten, gab ich fast wütend zurück. Es war nicht Muljas Sache, Marina zu verteidigen, schließlich hatte sie sich auch ihm gegenüber unverschämt benommen, ihm vor Augen geführt, dass er fremd im Haus war.

Aber Mulja nahm es nicht persönlich, wie ich es auch geahnt hatte. Er dachte daran zurück, wie er in Murs Alter gewesen war, man kenne sich selbst nicht in dem Alter und wolle auch sonst nicht hören, was die Eltern sagten, und dann verändert sich die Welt um einen herum auf einmal. Auch wenn man sich noch so sehr darauf einstellt, geht alles in Stücke und muss zu einem neuen Muster zusammengesetzt werden, und niemand kann einem dabei helfen. Mulja redete und redete und redete, als wäre das sein letzter Tag auf dieser Welt, als wollte er alles loswerden, alles sagen. Ich sah sein Gesicht nicht, hörte nur seine Stimme und das Rauschen des Waldes, und weit jenseits der Bäume die Rhythmen vom Tanz. Er hätte noch wer weiß was alles gesagt, sein ganzes Herz geöffnet, und ich war buchstäblich ganz Ohr, aber plötzlich blieb er stehen und flüsterte: Ich habe das Gefühl, da ist jemand.

Wir lauschten. Auch mir schien es, als wäre uns jemand gefolgt, obwohl ich um mich herum nichts sah. Ich nahm das Tuch ab, öffnete die Augen, es dauerte lange, bis ich mich wieder ans Sehen gewöhnte. Es war dämmrig, fast dunkel. Wer sollte um diese Zeit noch im Wald sein, ein Betrunkener vom Tanz, ein knutschendes Pärchen.

Einen Steinwurf entfernt stand ein Baum, auf dessen Stamm wir schauten, findest du nicht auch, dass der sich bewegt, nein, der bewegt sich nicht, aber gerade hat er sich bewegt, dann fällt der Baum plötzlich um. Irgendwo knackte es, weiter weg, warte, warte hier, ich gehe nachsehen, was da ist. Mulja folgte dem Geräusch, und ich setzte mich auf einen Stein.

In den Bäumen raschelte es, bald würde vielleicht Wind aufkommen, es kühlte ab. Auf einmal war ich mir nicht mehr sicher, ob das Rauschen vom Wind kam oder ob jemand atmete, ein tiefes, langsames, keuchendes Atmen, tiefer als das eines Menschen. Wieder musterten mich die Bäume, sagten nichts, wussten aber mehr als ich. Ich hatte Angst, wusste jedoch nicht, wovor.

Es war dunkel geworden, ich hörte Mulja nicht, hätte ihn nicht von den Bäumen unterscheiden und nicht sehen können, ob er in der Nähe war. Ich wusste nicht, in welche Richtung wir gegangen waren, wo das Dorf lag, wo die Bahnlinie, wo Mulja war, wo er blieb. Vielleicht war er bereits zum Bahnhof zurück gegangen, saß im Zug nach Moskau, öffnete daheim die Tür, nahm sein Kind in den Arm, schlief neben seiner Familie ein. Und ich blieb allein mitten im Wald, dessen Anfang und Ende ich nicht kannte. Ich rief innerlich nach ihm, warf Steine, geh nicht fort von mir, und dennoch hatte ich das Gefühl, als könnte dieser Mann einfach so aufhören zu existieren, so wie die Steine, die in der Dunkelheit verschwanden.

Und dann stand er da. Seine Hände fassten mich an den Hüften, ich zuckte zusammen, die Hände waren schweißnass und rau, dann nahm ich den Pappelgeruch wahr, den Geruch von Holz und Gras, Kinderhaaren, einen fast milchartigen Duft, und ich musste mich nicht umdrehen, um zu wissen, dass es Mulja war, der mich hielt. Er legte die Arme um mich, in seinen Händen lag immer ein kleiner Vorbehalt, eine Anspannung, als wären sie nicht ganz da, als hätten sie Angst, im Gegensatz zum Herzen, der Hammer seines Herzens an meinem Herz, sie schlugen gegeneinander wie Glocken.

Da war niemand, beruhigte mich Mulja, vielleicht Kinder vom

Schullandheim, mit funkelnden Augen, mehr wohl kaum, oder ein Hase, ein Luchs. Wir wussten beide, dass es zu dunkel war, um noch den Teich zu suchen, wir mussten zurück, würden morgen noch schwimmen gehen können, schließlich hatten wir Zeit, alle Zeit der Welt, ich bringe dich am Sonntag hin, ich verspreche es dir, nur wir zwei, du und ich, mein Liebster, mein Mann, mein Mulja.

Ich drehte mich um, küsste ihn direkt auf den Mund, trockene, nach Zigaretten riechende Lippen, die unter meiner Berührung weich wurden, und Wald und Welt nahmen Gestalt an, und meine Umrisse vereinigten sich erneut mit seinen Umrissen, alles war gut, alles war an seinem Platz.

Beim Haus war eine Menge los, als wir kamen. Ein Pferd hatte sich losgerissen und war vom Wald aus über die Bahnlinie gelaufen und scheuend durch die Gärten galoppiert. Marina, Serjoscha und Mur standen am Tor und wunderten sich, und die Leute aus dem Nachbarhaus, die wir selten sahen, außer wenn wir das Telefon brauchten, waren an ihr Tor gekommen, das Kind dürr wie Wollgras, die gedrungene Frau und ihr Mann, eine bärtige Schlafmütze mit Brille, ich stellte ihn mir als Mathematiker oder Kernphysiker vor, auch sie wohnten in einem Haus, das dem Innenministerium gehörte.

Mur sah beschwipst und erschrocken aus, ein bisschen wie wenn er schlafwandelte, aber vollkommen wach, er war schon etwas nüchterner, müde nur, ergriff als Erster das Wort, worauf der nervöse Chor der Nachbarsstimmen folgte, der dahinfloss wie der Jenissei mit Frühjahrseis, auch Marina war aufgeregt.

Das Pferd war weiß, wäre es gewesen wie jedes andere, aber es war weiß, sagte Marina. Das Pferd, *le cheval* – Mur redete Französisch und Russisch durcheinander – hatte gelahmt, war ihnen aber trotzdem entkommen. Und tatsächlich weiß. Es rannte in eure Richtung. Ganz scheu. Wo kam es her? Vielleicht von der Kolchose. Oder von weiter her, in der Sowchose Smulowitsch werden weiße Pferde gezüchtet.

Das verheißt nichts Gutes, sagte Marina. Sie wirkte so, als hätte sie ein Gespenst gesehen. Wieso? Es ist ein schlechtes Omen. Und wer sagt das? Puschkin. Was weiß der schon? Das, was Dichter wissen. Puschkin sah ein weißes Pferd vor seinem Tod im Duell und wusste, dass dies sein Schicksal war. Und trotzdem ging er ins Duell? Er musste. Habt ihr nicht gesehen, dass es erst geboren hatte? War es eine Stute? Dann muss irgendwo das Fohlen sein. Falls es noch lebt. Ist das kein gutes Omen? Kehrt das nicht alles wieder zum Guten?

Das Pferd tauchte nicht wieder auf. Wir gingen ins Haus. Nur Marina blieb draußen, um auf das Pferd zu warten. Ich musste über die Geschichte lachen und Mulja auch, schlechtes Omen, Schicksal, Puschkins weißes Pferd, ein Wunder, dass es nicht gleich Pegasus war, wäre es das nur gewesen und hätte meine Mutter mitgenommen, Dichterschicksal. Da kamen ja etliche Pferde zusammen, witzelte ich im Bett, oder Riesenhasen, je nachdem, Hitze und Nervosität hatten alle durcheinandergebracht, keine Spur von Vernunft mehr in der ganzen Bande.

Mulja duftete nach warmer Milch und Honig und etwas stechend Distelhaftem. Er drehte sich zu mir um, als hätte ich ihn darum gebeten, und schob sich zwischen meine Schenkel, zuerst wie beiläufig, als würde er all das hier in Ehren halten, darauf achten, nicht zu weit zu gehen, und ich kam ihm bebend entgegen, drückte zögernd das Becken gegen seine Haut.

So wiegten wir uns durch die Nacht, aus dem Schlaf aufsteigend und wieder in Schlaf sinkend, hüteten uns davor zu entflammen, in einem Rhythmus der Körper, der der Natürlichste zu sein schien, keine Müdigkeit, keine Schwere, wie eine unmerkliche Bewegung, ein und dasselbe Wasser, Welle und Schilf, auch noch, als die Grenze von Morgen und Nacht verwischte und Eulen mit Kinderstimmen anfingen zu pfeifen, zu rufen, am Teich, an dessen Rändern Welse schwammen.

Mondjunge, flüsterte ich, aber Mulja hörte es nicht. Sternenstirn, sagte ich im Dunkeln, Namenloser, Akaziensohn, Fackelträger, Lichtbringer, der mit den Wildgänsen fliegt, mit Tauben und Schwänen, und im Flug schläft, jedes Wort wiederholte ich innerlich, probierte am Gaumen sein Gewicht, damit es wahr wurde und nicht zerfiel und zur Vorstellung wurde, denn das, was noch nicht angefangen hatte, hatte doch irgendwie seinen Anfang gefunden und alles aus den Angeln gehoben und war ein einziges unausgebildetes Großes.

Ich versuchte fertige Formulierungen zu bilden, damit ich am nächsten Tag die Neuigkeit erzählen konnte, im richtigen Moment, gleich am Morgen, und es war, als hätte Mulja diese Formulierungen irgendwo am Falz zwischen Schlaf und Wachen gehört, als er in mich kam, er atmete, atmete diese dichte weiche Luft ohne Wörter.

Mondjunge, silberner! Mein Bruder.
Wenn die Moskwa das Eis verliert, ist er schon bei uns.
Dein schöner Bruder.

Er hat Augen wie du, sagt Marina, wenn nach einem Wind der Schnee auf dem Fluss schmilzt und der Himmel aus Milch ist, aber das Eis auf dem Fluss bleibt. Sie sind so groß wie deine, aber doch anders.
Kamelaugen, Fichtenaugen.
Und die Wimpern so lang, dass man mit ihnen die Sterne fegen kann, die Lippen dunkler Mohn, mit ihnen trinkt er die Milch der Nacht.
Dein Bruder.
Mein Bruder, mutig wie ein Löwe, kameläugig.

Tante Lilja macht mit mir Ostern und den Frühling. Rot ist der Lebensfaden, bringt sie mir bei, Blau das Garn der Seele, Gelb die Auferstehung der Seele. Und Eierschalenweiß das neue Leben und das Vergessen.
Neun Eisperlen, neun Freudentränen. Sie bringen Serjoscha zurück.
Der Welt gehen die Eier nicht aus, die Hühner hören nicht auf, Eier zu legen, auch in dieser Zeit nicht.
Was für eine Zeit?, frage ich.
Der aus den Fugen geratenen, antwortet Lilja.
Darf ich den haben?, frage ich und nehme Liljas silbernen Schmuck, der die Form eines Vogels hat, in die Hand.
Ja, wenn du ein großes Mädchen bist und deine Brüste wachsen. Das ist ein Schmuck für große Mädchen.

Aber der Frühling kommt zuerst, er kommt ohne den Zaren, er kommt, als ich alle Eier in ihrem Versteck finde, er kommt die Flüsse entlang, von hinter den Bergen, bringt das Eis zum Schmelzen, und die Menschen gehen wieder auf die Straße, und der Frühling kommt zurück, obwohl keiner mehr über die Zeit und die Sonne bestimmt.
Dann kommt uns auf der Treppe Nadja Sikorksi entgegen, wir brauchen einen Arzt, einen Arzt und Gottes Segen, ruft sie und macht mehrere Kreuzzeichen, und Lilja führt mich mit zwei Sätzen in den obersten Stock, die Tür ist offen, sie macht das Kreuzzeichen, wenn auch nicht so wie in der Kirche, daran erkenne ich, dass dies kein gewöhnlicher Tag ist.
Im Zimmer kommen und gehen die Menschen, Bekannte, Fremde, ich erinnere mich trotzdem nicht an sie.
Fremde Menschen in unserer Küche, sie halten Wasser im Samowar heiß. Obwohl sie reden wie Vögel, höre ich jemanden weinen.
Kinder weinen so.
Der Mondjunge, der silberne! Mein Bruder.
Er ist gekommen.

Ein Mädchen. Es ist ein Mädchen, klein wie eine Puppe, antworten sie, als ich frage, wo ist der Junge, der Mondjunge.
Ist er noch unterwegs? Warten wir alle auf ihn?
Die Frauen sehen mich traurig an. Wie traurig es ist.

Man dreht mich an der Tür um.
Jetzt atmet es … ein ganz klein wenig … kommt es zu Bewusstsein … psst, seid leise … gesund ist es nicht … noch blau … was für ein großer Kopf … unnatürlich … ein Wasserkopf … nur ein bisschen verdrückt … wie schlaff es da liegt.
Ich höre ein zweites Weinen.
Es wäre besser gestorben.
Das ist Marina.

Hier ist sie, deine Schwester.
Es ist das falsche Wort. Ich sage das Wort nicht.
Falsch.

Schreckliches Wort.
Sie ist in weiße Gaze gewickelt, eingewickelt wie ein Ei. Die Haut ein gelber Flor. Ovaler Kopf, eine Wichtelmütze. Die Augen bloß dicke Spalten. Sie sehen nichts.
Ein Wunder, dass sie es überlebt hat.
Gebt dem Mädchen das Kind. Sie will es halten. Ihre Schwester. Sie ist schon ein großes Mädchen. Die große Schwester.
Eierkopf. Fettauge.
Man hat ihm einen Schmuck umgehängt.
Einen Vogel. Liljas Vogel.
Den Schmuck, den Lilja mir versprochen hat.
Wenn du ein großes Mädchen bist und Brüste bekommst.
Ich nehme es nicht auf den Arm, ich laufe davon.
Der Fettkopf rollt aufs Kissen.
Soll es doch sterben, rufe ich, mit seinem Wasserkopf.
Ich rufe es so laut, dass Lilja es hört. Ich rufe es so laut, dass Marina es hört. Dass die Ohren aller Gäste kaputtgehen.
Das gehört dazu. Eifersucht, sagen die Menschen, die kommen und gehen, die das Wasser im Samowar zum Kochen bringen.

Ich lasse mich von Marina nicht anfassen. Ich lasse sie nicht mit mir reden. Ich höre ihre Worte nicht. Wenn sie mich anfasst, werde ich ihr Eigentum, so wie alle Dinge, die ich sage. Ich will ihr nicht gehören.
Trotzdem, die Hände tasten sich durch den Vorhang wie blind und packen mich am Handgelenk. Ich presse die Augen zu und spanne die Haut zum Harnisch an, *eins, zwei, drei.*
Die Hände streicheln mich so sanft, dass mir zum Weinen ist.
Aber.
Ich beschließe, dass ihre Hände hart sind und lügen.
Ich stehe erst auf, als Marina fort ist und ich mit ihm allein bin. Ich sehe nach. Seine Beine sind gekrümmt und ganz rot. Es hat weiße Strümpfe an, keine schwarzen. Sein Kopf ist so groß wie das Kissen, aber mir wachsen keine Brüste, obwohl man es mir versprochen hat.

Lilja sagt, wir haben alles genau richtig gemacht, wir haben eine Kerze angezündet und sind um die Kirche herumgelaufen. Wir haben sie

gerettet, und jetzt schützt der Schmuck deine Schwester. Er begleitet sie, wenn der Vorhang zwischen Leben und Tod am allerdünnsten ist. Aber ich habe mir keine Schwester gewünscht. Ich habe mir einen mondäugigen Bruder gewünscht, den ich mehr als jeden anderen lieben darf. Und ich habe mir den Schmuck gewünscht, Lilja hat ihn mir versprochen.
Später bekommst du einen eigenen Schmuck, sagt Lilja. Später wird sich für alles eine Lösung finden. Später wirst du all das vergessen, auch wenn du dich jetzt schlecht fühlst. Später wirst du das verstehen, was dir jetzt schlecht vorkommt. Später. Es gibt auch später noch Leben.

Später hoffe ich, dass es an der Milchhaut erstickt, die entsteht, während es schläft, aber das geschieht nicht. Überall riecht es nach Milch, und es trinkt sie aus, bevor sie abgestanden ist. Später bekommt es einen Namen. Aber ich nenne es nicht bei dem Namen, ich nenne es nicht Schwester. Später fängt es an zu wachsen und zu Kräften zu kommen, und ich habe das Gefühl, es schaut mich an, als würde es sich an etwas erinnern.
Später hört Marina auf, sich seinen Tod zu wünschen. Irina, sagt sie, mein lieber kleiner Schneesturm, *der Wind wiegt den schläfrigen Wald, schlaf, mein Kleines …* Später ist Marina froh, so wie sie es mit mir nie ist.
Später kommen die Wörter, die Herzwörter, Marina schreibt viele Gedichte.
Marina sagt, Irina wird die Schönste von allen sein, alle werden sich in sie verlieben. Marinas Augen sind voller Tränen, wie wenn sie von zu guten Menschen spricht, die nicht mehr da sind.
Später höre ich, dass die Menschen, die übrig geblieben sind, dem Zaren den Kopf abgenommen haben, und der rollt nun, wo er rollt.
Später werde ich Irina auf den Arm nehmen, aber jetzt noch nicht. Jetzt weiß ich, dass die Wörter wie die dünne Eisschicht auf dem Morgenwasser sind, die leicht nachgibt und bricht, und darunter ist nichts als schleimiges Dunkel.

Es kann nichts, aber es lacht, es lacht immerzu. Und es will immer mehr, immer mehr, der lachende Mund wird nie satt.

Eines Tages kann ich mich nicht mehr beherrschen. Als es sich auf dem Boden wälzt und lacht, fange auch ich an, mich zu schütteln, das Lachen kommt aus mir heraus, das gleiche Lachen, ich schüttle mich vor Lachen, ich lache, dass mir die Tränen kommen, ich lache und lache und lasse mich von ihm betatschen, mit seinen zuckrigen Fingern. In der Nacht singe ich es in den Schlaf, ich singe mein eigenes Lied, *alle Füchse und Hasen, alle Tiere des Waldes* ... und es lacht auch im Schlaf noch, ein nach Datteln duftendes Lachen, und erst da merke ich, dass Platz im Raum ist, der Tisch ist fort und die Bank und der Stuhl, nur die Abdrücke im Fußboden sind von ihnen übrig und die Umrisse auf der Tapete, die Dinge kommen und gehen wie Tanten und Zaren und Anarchisten, die im kalten Zimmer einziehen und nach gegerbtem Leder und Räucherfleisch riechen, auf dem Markt auch noch die letzten Sachen verkaufen und mich fragen, du willst doch kein Unkraut sein, ein Schoßkind des Zaren, solchen wird der Kopf abgehackt.

Aber jeden Morgen werde ich zu den Wörtern, in die Marina mich kleidet, etwas anderes habe ich nicht.
Die Herzwörter, mein Gedicht.

Bolschewo
August 1939

Die Blumen. Ich müsste Blumen pflücken. Ohne sie wäre es keine richtige Feier, dachte ich, als ich dem ersten Strahl des Morgens auswich, der als schmaler Keil die Fenster der Veranda teilte. Die Sonne war gerade erst aufgegangen, das Licht spärlich, aber neu, Funken sprühend, es würde ein guter Tag werden, die Feier, meine Neuigkeit, Borjas Besuch, alle Menschen, die mir am liebsten waren, um mich herum.

Ich achtete darauf, Mur nicht zu wecken, der auf der Veranda fest in seiner Hängematte schlief. Die Sonne schien durch das Terrassengeländer in einem Streifen auf seine Wange und die Haare. Auf seinem Gesicht sah man keine Spur von der abendlichen Unternehmung, es lag wieder das kindlich Weiche und Runde darin. Er schlief friedlich, ob er sich nach dem Aufwachen überhaupt noch an etwas erinnerte, peinlich wäre es ihm wohl kaum, er war es gewohnt, dass man sich um ihn kümmerte.

Ich ließ Bilka und die Katzen zum Fressen auf die Veranda und ging nach draußen. Tau lag auf dem Gras, über den Schienen hing Nebel. Es war noch so still, dass man hörte, wie die Bäume atmeten. Ich hatte fest geschlafen, fühlte mich aber müde wie nach einer schweren Arbeit. An Träume konnte ich mich nur halbwegs erinnern, aus ihnen stammte das Gefühl, sich geplagt und abgemüht zu haben, ich wollte ganz schrecklich dringend irgendwohin, zog mir hastig eine Regenjacke über, um mich zu schützen, das war mühsam, ich war darunter nackt, und darum fühlte sich der Körper schon beim Aufwachen an wie von schwerer Arbeit erschöpft, außerdem hatte ich wohl auch Töne von mir gegeben, geknurrt, denn ich war heiser. Man müsste anfangen, die Träume aufzuschreiben, damit man sich besser an sie erinnert, sonst lösen sie sich so schnell auf wie der Lärm eines Zuges in der Ferne, mir schien, als hätte ich im Traum auch das weiße Pferd gesehen, das Marina am Abend für ein schlechtes Omen gehalten hatte.

Wegen meiner Übelkeit war ich nach dem ersten Zug um 5.35 Uhr nicht mehr eingeschlafen. Mulja hatte tief schlafend neben mir gelegen, auf dem Bauch, mit weißer Haut und mollig wie ein Kind, und sich an einem Mückenstich auf dem Oberschenkel gekratzt. Er war nirgendwohin gegangen, obwohl ich in dem seltsamen Puzzle, das der Traum aus den Ereignissen von gestern zusammengesetzt hatte, auch auf der vergeblichen Suche nach ihm gewesen war. Ich hatte in Embryonalstellung dicht neben Mulja geschlafen, die Hände unter seinen Brustkorb geschoben, und beim Aufwachen erleichtert die Hände tiefer unter seinen Bauch geschoben, wo die Wärme und das Leben waren.

Ich setzte mich an der Hauswand in den Schatten, auf eine grau gewordene, von den Vorbewohnern unbeholfen zusammengezimmerte Bank. Bald würden sich die Vögel voll ins Zeug legen, jetzt zirpten in den Kiefern erst einige, wie um vor meiner Anwesenheit zu warnen. Der Sonnenfleck verhieß einen heißen Tag, die Temperatur würde rasch über dreißig Grad steigen, es war kein Ende des Sommers abzusehen, dennoch wartete man an den letzten Augusttagen unwillkürlich, dass etwas endete.

Marinas Zigarettenzubehör war über Nacht draußen geblieben. Als ich die Metalldose öffnete, sah ich, dass sie kein bisschen Tabak mehr enthielt. Marina wäre äußerst schlechter Laune, wenn sie nicht gleich am Morgen ihre Zigarette bekam. Das Glas unter der Bank quoll vor Kippen über und roch nach totem Hund, schon durchfuhr mich eine neue Woge von Übelkeit, alle Bewegungen um mich herum, das Geflatter der Vögel, das Zittern der Bäume, der Wind, waren als Wellen im Magen zu spüren, von wo sie sich bis in die Fingerspitzen und Zehen ausbreiteten, es war schlimmer als gestern, schlimmer als an jedem Morgen zuvor, und es ging auch nicht weg, indem ich an etwas anderes dachte.

Serjoscha war aufgewacht, man hörte drinnen einen dumpfen, trockenen Hustenanfall, eine Lunge wie schnarrende Trommeln, es dauerte und dauerte. Ich wollte schon aufstehen und zu ihm gehen. Die Anfälle waren eindeutig schlimmer geworden, er müsste zum Arzt gehen, ich könnte Kontakt zu Veras Arzt aufnehmen, falls mein Vater es nicht schaffte, selbst einen anzurufen.

Bevor ich mit meinen schlaffen Gliedern aufgestanden war, kam Serjoscha in den Garten. Er sah munter aus, wenn auch weiß wie Papier, um seine Augen lagen schwarze Ringe. Da fiel mir ein, dass ich auch ihn im Traum gesehen hatte, steif vor Sorge war ich ihm gefolgt, ohne dass er mich sah. Er ging durch einen weitläufigen Park, vielleicht in Versailles, barfuß, in einem noch neuen Pyjama, einen Sack auf der Schulter, er suchte einen Schlafplatz, nebenan lag ein Flugfeld, die Maschinen starteten und landeten, aber er legte sich schließlich zum Schlafen auf den Rasen, mit dem Sack als Kopfkissen. Er bemerkte mich nicht, obwohl ich zu ihm ging, ich dachte, er ist betrunken oder müde und ich müsste bei ihm bleiben, um über seinen Schlaf im Schatten der Flugzeuge zu wachen, obwohl ich es eilig hatte. Die Maschinen starteten und landeten, trotzdem war es sonderbar still, man hörte das Schwirren der Vogelflügel. Ich wusste, warum ich bei meinem Vater war: Ich würde ihn nicht ins Flugzeug steigen lassen. Mein Vater durfte kein Flugzeug besteigen.

Heute wird ein Raumteiler gebaut, erklärte Serjoscha resolut ohne eine Spur des zerbrechlichen Mannes aus dem Traum. Er reichte mir eine Tasse Tee, der über Nacht im Samowar gezogen hatte. Wenn wir uns wegen eines Paravents ruinieren, dann von mir aus, aber ich kann dieses Gejammer nicht mehr hören. Der Tee war bitter wie Gift, aber nachdem ich ihn getrunken hatte, legte sich die Übelkeit. Ich sagte zu meinem Vater, er müsse seine Kräfte nicht dafür einsetzen, Marinas Launen nachzugeben.

Ich habe doch meine Leute, sagte er, Mulja und Mur dürfen mir helfen, und er sprühte vor Eifer, so wie damals, wenn er mit Vera Traill strategische Pläne schmiedete. Ich hatte diesen Gesichtsausdruck nicht sonderlich oft gesehen, in Moskau bestand das Leben für Serjoscha nicht mehr aus der Erfüllung von Erwartungen, sondern aus bloßem Warten. Es war ein Zwischenzustand. Ich werde einen aus Papier machen, im japanischen Stil. So einen wie bei Vera Suwtschinski, erinnerst du dich, in Meudon, genau so einen. Und du kannst ein Bild darauf malen, meinetwegen eine Landschaft. Eine, die Marina gefällt.

Ich erinnerte mich, dass in Vera Traills Schlafzimmer tatsächlich ein japanischer Papierparavent gestanden hatte. Mein Vater kannte also Veras Schlafzimmer, wie ich vermutet hatte, obwohl sie seine nächtlichen Besuche, bei denen es wohl kaum um den Aufenthaltsort von Trotzkis Sohn oder um seine Beschatter gegangen war, geheim gehalten hatten.

Dann machten wir eben diesen verflixten Paravent, ich war einverstanden, versprach sogar, etwas zu malen, wenn ich dazu käme, eine Landschaft, Bäume, Vögel, Steine, das war eine gute Idee, vielleicht würde sich danach auch alles andere fügen, würden die Tage leichter dahingehen, die Flüsse strömen, der Herbst kommen, wenn es Zeit wäre.

Ich berichtete Serjoscha von meinem Treffen im Café Praga. Mein Bericht fiel undeutlich aus, ich konnte nicht klar genug begründen, warum ich den Auftrag, der mir durch die Kontaktperson angeboten worden war, nicht angenommen hatte. Ich hatte einfach das Gefühl gehabt, es nicht zu können, es wäre falsch gewesen, ich wollte nicht, dass Ségolen in Schwierigkeiten geriet. Von Kolzow sprach ich nicht, auch nicht über meine Schuldgefühle, meinen Verdacht.

Ist er dein Freund, wenn man ihn zum Spionieren geschickt hat?, fragte Serjoscha mich plötzlich streng. Du hast zwei Jahre darauf gewartet, im Dienst weitermachen zu dürfen. Schließlich haben sie dich akzeptiert, und nun holst du dir die Meuchelmörder auf den Hals.

Ich hatte meinen Vater noch nie so wütend gesehen und nie so voller Angst, nur mit Mühe gelang es ihm, das Teeglas in der Hand zu behalten. Er war erst ein Mal böse auf mich geworden, damals war ich kaum zehn gewesen, wir lebten in einem Dorf irgendwo am Rand von Prag, ich war aus Versehen in den Eimer mit der Farbe getreten, mit der die Fenster gestrichen wurden, lief mit türkisfarbenen Füßen über das neue Pflaster vor dem gemieteten Haus, und mein Vater warf mich in hohem Bogen in die Luft. Jetzt wirkte er ebenso erbost.

Ich bat ihn, ruhiger zu sprechen, nahm seine Hand, er hatte schrecklich kalte Hände, und der gleiche kalte Quecksilberstrom ging mir vom Herzen in die Beine, in die Fingerspitzen. Wir konnten nicht offen reden, denn im Nachbarsgarten tat sich etwas, dort waren sie ebenfalls früh auf den Beinen. Außerdem durfte sich mein Vater nicht aufregen, ich versuche ihn zu beruhigen, ich würde keine Schwierigkeiten bekommen, es hätte nichts mit Reiss und anderen trotzkistischen Abtrünnigen zu tun. Aber dem Apparat gegenüber sagt man nicht Nein, ich habe ja auch nicht direkt Nein gesagt, verteidigte ich mich. Ich würde über keinen Bewohner dieses Hauses Berichte schreiben, so etwas war auch in

Paris nicht verlangt worden, es bestand keine Pflicht, über Familienmitglieder und Freunde zu berichten. Aber wir sind nicht in Paris. Nein, das sind wir nicht. Und was hat die Kontaktperson gesagt?, wollte mein Vater wissen. Nichts, antwortete ich, und es kam mir zunächst so vor, als erinnerte ich mich nicht. An den Geruch des Mannes und an seine Narbe am Mund erinnerte ich mich besser als an das, was gesagt worden war. Und er hatte mir eine Wohnung versprochen, für mich und mein Kind. Trotzdem wusste ich, dass ich das Richtige getan hatte, das, was ich tun musste, um Kolzows Tod wiedergutzumachen. Ich hätte strikter sein, dich von Anfang an gar nicht erst mitmachen lassen sollen, haderte Serjoscha mit sich, es ist meine Schuld, dass wir bald alle im Keller der Lubjanka sitzen.

Vater, hör auf, bat ich ihn. Ich war sein Lamentieren gewohnt, er malte immer das schlimmste Bild von der Zukunft, war davon überzeugt, in den Augen des Apparats noch immer nicht genug für seine Vergangenheit bezahlt zu haben, glaubte, dass irgendwann das Schiff kentern, sinken und uns alle mit in die Tiefe ziehen würde. Von dieser Sorge hatte er im Lauf des Jahres eine graue Mähne bekommen, und wenn er sich noch mehr sorgen würde, wäre er bald ganz und gar weiß. Ich beschloss, ihm nichts von Boris Leonidowitschs Warnung zu sagen, auch über Kolzow würde ich nicht weiter reden, ebenso wenig wie über den Baummenschen gestern im Wald, das alles würde sein Herz zu sehr belasten. Heute sollte ein Festtag sein.

Der Vormittag verging schnell. Mir blieb keine Zeit für Kummer und Sorge, es gab so viel zu tun, dass ich nicht dazu kam, die Seele zu pflegen, wie Tante Asja gesagt hätte. Fast wäre es mir gar nicht aufgefallen, dass Marina den ganzen Morgen nicht aus ihrem Zimmer kam, obwohl die Klepinins weg waren und sich in der Küche niemand aufhielt außer mir, ich hätte ihr sogar den Morgenkaffee gekocht. Ich machte mich sofort ans Werk, die Unordnung von einer Woche, der Schmutz des ganzen Sommers mussten beseitigt werden, Böden wischen, Küche fegen, Fenster putzen, und dann das Essen, in den Keller und zurück, in den Keller und zurück, hundert Mal, und jedes Mal die Hand auf das kühle Herz des Kellers legen, auf den Eisblock, der noch die glücklichen Tage des Winters, das Lachen und die Leichtigkeit in sich trug. Und Blumen müsste ich pflücken. Den Paravent bemalen. Ich würde alles schaffen, kein Problem, es kam mir vor, als hätte ich Kraft für zwei.

Als Mulja und Mur aufwachten, war es nach zehn und die Arbeit schon weit gediehen. Ich setzte mich kurz mit Mulja in den Garten, bevor ich ihn abkommandierte, Serjoscha zu helfen. Dein Lächeln, sagte ich zu Mulja, ist ein bisschen wie das der Mona Lisa, als wüsstest du etwas, das wir anderen nicht wissen, als hättest du eine zweite Welt, in die andere nicht hineinkommen. Und doch hatte ich das Gefühl, dass gerade jetzt alles in Ordnung war, man konnte das Gewicht des Lebens fast hören, es lag im Bogen von Muljas Lächeln, und er lächelte mich immer wieder an und ich ihn, alles war hell und klar, nach dieser Nacht war ich mir sicher, dass er mich liebte, dass er von nun an sein Leben mit mir teilen würde, seine Morgen und Nächte. Wenn es nur immer so sein könnte, ein müßiger Vormittag in der Sonne, wir zwei, diese stille Milde, die Zeit ging nach uns, nicht nach Uhren und Zügen, wenn dieser Tag doch niemals enden würde, wenn wir nicht in die Stadt zurückkehren, unterschiedliche Wege gehen, uns in enge Formen zwängen müssten, Genossin Efron und Genosse Gurewitsch, Journalisten des staatlichen Zeitungskombinats.

Aber der Friede war nicht von Dauer. Mulja fragte nach dem Telefon, ungeduldig wie immer, und wollte wissen, ob man zum Anrufen nach wie vor zu den Nachbarn gehen müsse, ob im Haus noch immer kein eigenes Telefon angeschlossen worden sei. Ich vermutete, dass Schuretta ihn gebeten hatte, anzurufen, sich zu melden, der Geist dieser Frau wachte über jede seiner Gesten, hielt ihn fest im Griff. Mulja hatte Angst vor ihr, auch wenn er mir sagte, er sei frei von allen bürgerlichen Bindungen, vor allem von der Ehe.

Aber es war beruflich, es ging um den Pakt. Ich hatte das Abkommen natürlich schon vergessen. Ribbentrop. Auch diesen komplizierten Namen hatte ich vergessen, der nach Regen klang, so schnell geriet die Arbeit aus dem Sinn, wenn ich nur eine Nacht in der Datscha schlief. Und es war natürlich nicht nur beruflich.

Machst du dir Sorgen?, fragte ich. Ich muss mich vergewissern, antwortete er, die Telegramme von Reuters und AP kommen um diese Zeit rein. Kannst du nicht wenigstens am Samstag eine Pause machen, die Welt ruht aber nicht, sie wartet auf dich, mein begabter Spitzenjournalist, du würdest noch dein Leben und deine Ehre für das Land hergeben, geh, geh, ich würde ihn nicht aufhalten, nicht anbinden, ich war stolz auf meinen Mann, den Vater meines künftigen Kindes.

Ich zeigte Mulja den Weg zu den Nachbarn, obwohl er sagte, er wisse ihn noch. Wie hätte er sich auch ändern sollen, Straßen können sich ändern, Straßennamen, aber das ist doch bloß ein Pfad, trotzdem kann man sich verlaufen, erst gestern warst du nahe daran, dich zu verlaufen, sei nicht albern, Alja, doch, ich bin kindisch, dein kleines Mädchen, geh nicht, ich will keinen Augenblick von dir getrennt sein, ich höre auf zu existieren, werde vom Wind verweht, verdorre, werde alt, wie dramatisch du bist, mein Mädchen, nimm mich mit, ich muss auf die Wiese, Blumen pflücken, heute ist nämlich ein Festtag, Murs Feier, erinnerst du dich, ich habe es dir gestern gesagt, ich muss sie pflücken, bevor sie welken, die Blume bist du, hat er das gesagt, hat er das wirklich an dem Morgen zu mir gesagt, solche Wörter, oder bilde ich mir alles nur ein?

Aber ich ging an seinem Arm an jenem Morgen, über den Graben, unter Bäumen hindurch, über die Wiese, im Gleichschritt, und als hätte ich alles neu und wie beim ersten Mal gesehen, Licht, Farben, Muljas Haut, Augen, Haare, Nägel, alles vibrierte, von den Zehen aufwärts zum Bauch und in den Nacken, mir war leicht zumute, leichter, und doch hatte ich Kraft für zwei, und ich hatte Mulja bei mir, meinen Liebsten, wunderbarer als jeder andere auf der Welt, ich will mich nicht verlaufen, ich gehe nie von dir weg, nicht einmal im Traum, ich will mein Leben mit dir verbringen, in deinen Armen, die Welt von deiner Höhe aus betrachten, und ich will nichts mehr für mich allein erleben oder sehen, alles, was ich allein erfahre, kommt mir bedeutungslos vor, mit dir will ich die Wunder der Welt sehen, alle sieben Wunder Russlands und die roten Wälder und sprechenden Bäume der Komi, die Flüsse Sibiriens, sämtliche Flüsse Russlands, die Mosaikstraßen von Samarkand, die blaugrünen Berge und Täler von Tschetschenien und Georgien, die Ruinen der Rundkirchen von Armenien, die Ölfelder von Taschkent, mit dir will ich das Schwarze Meer umrunden und quer darüber hinwegsegeln, ich will den Ural erklimmen und die weißen Straßen von Jekaterinburg betreten, wenn es Frühling ist und alle Bäume blühen, ich will über die Gletscher gehen und dem Lied der Wale lauschen, durch die Steppen der Mongolei reiten und in einer Jurte wohnen, ich will in einer Kolchose und in einem U-Boot wohnen und ganz oben in einem neuen Wolkenkratzer und Äpfel und Pflaumen und Weintrauben pflücken und mit der Eisenbahn vom einen Ende der großen und mächtigen Sowjetunion zum anderen reisen, von Leningrad nach Magadan, oder mit dem Auto, mit einem geschlossenen amerikanischen Wagen, und mit den Männern und Frauen in den Dörfern reden, Weltraumtechniker und Fabrikarbeiter befragen, zum Mond fliegen, mich auf den Denkmalboulevards klein fühlen, in diesem Reich, das größer ist als der Mensch, und auch wenn wir nicht auf den Mond kämen oder bis an die Ränder des Reichs, möchte ich jeden Morgen um Viertel vor sieben neben dir aufwachen, als Erste aufstehen und Tee und Kaffee und Brei kochen, den ersten Schnee betrachten, das Schmelzen der Flocken auf der schwarzen Erde, ich würde dir lächelnd antworten, obwohl du nicht willst, dass man morgens mit dir spricht, ich möchte mich in einer unteren Etage desselben Gebäudes nach dir sehnen, dich in der Mittagspause treffen und mich mit dir im WC einschließen, dich küssen, dir die Hose aufknöpfen, nicht jetzt, meine kleine Alja, nicht jetzt, ich muss telefonieren, und so musste ich eben die Finger von ihm lassen und ihm erlauben, den Rest des Weges über das Grundstück der Nachbarn allein zurückzulegen, denn er hatte es bereits eilig, eilig, Ribbentrop, drip, drop, das Telefon wartete, die Telegramme und die ganze Welt, falls sie im Takt dieser Regentropfen nicht doch aus den Fugen geraten war, man muss es wissen, muss wissen, ergründen und glauben, dass Mulja zurückkommt, in dieses Bild, in dieses Glück, in dieses Licht und dieses Geheimnis, mein Mann, meine Wonne, ich musste einen ganzen Armvoll zarter und heller Blumen pflücken, Wicken und Süßgräser und Glockenblumen und was dort nicht alles wuchs, alle Wörter der Welt nehmen hier ihren Anfang, alle Dichtung fängt hier an, es fängt mit meinem Kind an, mit unserem Kind, aller Rhythmus, alle Zeit fängt noch einmal an, die neue Welt.

Für diesen Moment noch strömte die Zeit ungebunden dahin, lief vor mir her, bald wäre der Tag halb vorbei, und ich pflückte Blumen, spielte wie ein Kind, ohne Kummer, schnurrte wie eine Katze, schnurrte und rekelte mich, bis mich die Eile an den Schultern packte, das hier und das dort, es musste getan und gemacht werden, Eile, dripdrapdropdrop, Serjoscha und Mur klopften und hämmerten, und ich wienerte und säumte, schnippelte und knetete, den ganzen Tag, die Hände blieben fleißig, die Hände, die Füße und der Geist, und als Mulja wieder zurück war, kam ich nicht einmal dazu, ihn zu fragen, ob Krieg oder Frieden herrschte und ob der Teppich noch auf dem Boden lag, und schaute auch nicht nach, was er tat, er hackte Holz, begriff ich später, Holz für den nächsten Winter und den übernächsten, er mähte Gras, der ideale Schwiegersohn, mäht, hackt, mäht, auch wenn es nichts mehr zu hacken gibt, und ich verteilte die Blumen im Haus, weiße, gelbe, blaue, ich stellte sie überallhin, auf beiden Seiten des Hauses, auch auf der Seite der Klepinins, sie gehören allen, die Blumen, geteilte Freude, und so holte ich Gläser aus den Schränken, füllte sie mit Wasser, trennte die aneinanderhaftenden Blumen voneinander, sie wollten sich nicht lösen, die Stängel voller Sirup, diese namenlosen Pflanzen, ich kannte nur Ranunkeln und eine mit hartem Stiel, die wie eine Nelke aussah, und marschierte im Zimmer hin und her, dass die Blütenblätter herabrieselten wie Falter, der letzte Strauß, den ich auf die Fensterbank stellte, war dennoch ein prächtiger Busch, und als der Tag in den Nachmittag überging und die Schatten wieder länger wurden, winkte ich meinem Vater, und da machte er ein Foto von mir, die Blumen der Persephone. Und wer bist du?, rief ich. Bloß der Kameramann, er ließ die unsichtbare Kurbel der Kamera surren, das Kinoauge, ich nehme alles auf, diesen Tag, unseren gemeinsamen, sagte er, ich filme dieses ganze Glück, damit es niemals vergeht.

Der Tag des Schmetterlings ist kurz und der des Kohls noch kürzer, sage ich.
Ich will mehr, sagt Irina.
Wir haben nur das. Kein Kohl in ganz Moskau. Du bekommst etwas, wenn du brav bist. Ich reiße Blätter vom Kohl ab wie Flügel, rolle sie zu Zigaretten und stecke sie mir in den Mund, Blätter, Flügel, Blätter.
Ich will Zucker und Brot.
Wenn du nicht aufhörst, kommt die Milchfrau.
Ich esse schneller, ich esse den Kohl wie weißen Schnee.
Wer ist die Milchfrau?
Du wirst sie schon erkennen.
Und ich mache es vor.
Bu-hu-huu, hier kommt die Milchfrau, ich keuche und keuche und werde durch die Kerzenflamme so groß wie die Milchfrau, die Steppdecke als Bauch, die Finger als Hakennase, sie hackt und hackt und pickt, den schnappe ich mir, diesen kleinen Bissen, Haut und Knochen, Irina fängt so laut an zu schreien, dass es die Kalkwände durchdringt. Ein Schrei, der Sterne spaltet.
Und ich schlage sie, damit sie still ist.
Aber sie ist nicht still, sie fängt an zu weinen und hört nicht mehr auf. Schließlich rolle ich ein Blatt für sie, klein wie ein Schmetterlingsflügel, es ist so klein, dass es auch ungerollt in ihren Mund passen würde.
Marina sagt, die Milchfrau wird eine von uns holen, sage ich.
Ich will nicht weg, sagt Irina. Ich will hierbleiben.
Dort dürfen wir so viel essen, wie wir wollen.
Dann gebe ich Irina ein neues Blatt, ein etwas größeres, und noch eines, so, da, und sie beruhigt sich. Danach esse ich den Kohl bis zum Strunk auf, damit ich nie mehr Hunger habe, und den Strunk verstecke

ich in der Ofenasche, dort verbrennt er wie der Mutterkuchen der Kuh und wie die Sünden der Toten.
Marina muss nur entscheiden, wen von uns beiden sie holt, sage ich zu Irina, als ich die Ofenklappe schließe.

In der Tür steht ein schwarzer, hakennasiger Schatten.
Schau, Irina, wir gehen fort. Schnell.
Die Milchfrau. Der Holzwurm.
Irina schreit, und ich drücke ihr die Hand auf den Mund. Schnell verstecken, damit uns niemand findet.
Unter den Tisch, hinter das Bett, in Löwes Zimmer.
Die Milchfrau hat eine Schere, mit der sie uns die Köpfe abschneidet, wenn wir nicht still sind, sage ich, aber Irina kann nicht still sein.

Marina bringt uns zurück, hält uns fest an der Hand, ihre kleinen Soldaten.
Wir sind leise Mädchen. Man muss höflich sein. Man hat uns dazu erzogen, uns so zu benehmen, als befänden wir uns am Hof des Schweizer Königs im Dienst seiner Marine.
Und jetzt kann auch Irina still sein, sie ist erschrocken, die Schere, flüstert sie, wo ist die Schere.
Die Frau gibt uns zwei Flaschen Milch, eine für Irina, eine für mich. Irina lässt ihre um ein Haar fallen, so sehr fürchtet sie die Milchfrau. Milch ist immer noch Milch, ob es einen Zaren gibt oder nicht, sagt die Milchfrau und lacht mit einer Männerstimme, und die Kartoffeln sind lebendig und nicht tot.

Mädchen, jetzt gibt es Milch, Kohl und Kartoffeln, freut sich Marina. Ein Festtag.
Sie nimmt Irina auf den Schoß und gießt ihr Milch ein, auch mir gießt sie welche ein.
Machen wir Kohlsuppe mit warmer Milch.
Ich erstarre, bevor ich etwas sage. Ich sage es, weil ich muss.
Irina hat den ganzen Kohl aufgegessen.
In Irina passt doch wohl kein ganzer Kohl hinein?, fragt Marina. In so einen kleinen Mund. In so ein winziges Mädchen.

Die fette, widerliche Irina, sage ich. Talgkopf, Fettauge. Sie hat alles gegessen, obwohl ich gesagt habe, das darf man nicht.
Irina sagt nichts. Warum sagt sie nichts?
Wie soll ich nur mit euch fertig werden, stöhnt Marina, und ich höre, wie in ihr die Wut aufsteigt wie ein Gewitter aus leisem Regen.
Und dann hebt sie Irina an den Armen hoch und trägt sie ins Spielzimmer. Und ich höre, wie sie Irina ans Bett bindet, und ich höre Irina weinen.
Aber ich sage nichts. Kein einziges Wort.
Dann gehen Marina und ich los, neuen Kohl suchen, und Eiszapfen fallen vom Himmel herab vor unsere Füße.

Als wir zurückkommen, trinke ich die Milch, die abgekühlt ist, drinnen ist es so kalt wie draußen, und die Milchhaut bleibt im Hals kleben, und ich kann sie nicht schlucken. Ich versuche, sie auszuspucken, sie bleibt an den Händen haften und verfängt sich in den Haaren. Was ich herausklauben kann, schüttle ich in den Ofen, und dann sehe ich nach: Der Kohlstrunk ist verbrannt, er existiert nicht mehr, auch der Mutterkuchen der Kuh ist nicht mehr da, und meine Sünde auch nicht, das falsche Zeugnis.

Bolschewo
August 1939

Genossin Efron, höre ich eine vorsichtige, helle Stimme an der Tür sagen, ich kann nicht erkennen, ob es die eines Mädchens oder eines Jungen ist. Im Türrahmen steht ein schmales Kind, das aussieht wie ein Katzenjunges oder eine Hyazinthe, Sascha aus der Nachbarschaft, sieben Jahre alt, da ist ein Anruf für Sie. Der Junge siezte mich, ich hätte wohl sagen müssen, ist nicht nötig, Genosse Soundso, aber mir fiel sein Familienname nicht ein, wir nannten sie Spitzel, aber das konnte man nicht sagen, wenn ein Kind dabei war.

Ich ließ die Blumenvase auf der Veranda stehen und folgte dem Kind, ohne weitere Fragen zu stellen, vielleicht rief Lilja an, oder Boris, dem es gelungen war, sich eine Besuchserlaubnis zu beschaffen, Milja, der man sagen müsste, sie solle Brot, Käse oder Konserven mitbringen, obwohl sie noch schlechter in praktischen Angelegenheiten war als Marina und Lauch brachte, wenn man um Äpfel bat, Grütze, wenn man um Zündhölzer bat, auf Milja konnte man sich in diesen Dingen ebenso wenig verlassen wie auf Marina.

Der Junge ging langsam vor mir her wie immer, normalerweise antwortete er nicht auf Fragen, auch wenn ich mir oft alles Mögliche einfallen ließ, Schwimmen, Angeln, Schulanfang, in der Hinsicht war er irgendwie pflanzenhaft, aber trotzdem freundlich, hatte gelernt, zu schweigen und unsichtbar zu sein, unseren Leuten gelang das wesentlich schlechter.

Wir gingen über niedergetretenes Gras, in Muljas und meiner Spur vom Morgen. Sobald er in Niemandsland kam, in sein Revier, war der

Junge nicht mehr angespannt, er ging nun zerstreut, in Gedanken versunken, knipste mit den Fingern Grashalme ab. Und mit seiner Zerstreutheit steckte mich das Kind an, sodass ich eine hohle Hülse abbrach und auf die Schmetterlinge schaute. O, was für Schmetterlinge, sagte ich zu dem Jungen, die kannte ich mit Namen, sogar an die lateinischen konnte ich mich erinnern, Serjoscha hatte sie mir beigebracht, Serjoscha und einer der Schriftstellerfreunde meiner Mutter, der in Prag zu Besuch gewesen war, einer, mit dem wir zu Fuß durch die halbe Stadt bis hinter die Berge gingen, wo der Himmel weiter war als anderswo, und es bestand keine Eile, da war eine seltsame Leichtigkeit, Wladimir hieß auch er, Wladimir Wladimirssohn, sammelte Schmetterlinge, war hinter einer Seltenheit her, trug mich auf den Schultern, sagte, er nehme mich als seine Tochter mit, bis mir wieder einfiel: ein Anruf, ich war unterwegs, einen Anruf entgegenzunehmen, jemand hatte mir etwas Wichtiges mitzuteilen, etwas Plötzliches, das nicht warten konnte, und erst jetzt machte es sich in den Beinen und Armen bemerkbar, ein abruptes Aufwallen der Angst, eine Rhythmusstörung, ein Herzstillstand. Sie rufen an, ich muss zum Verhör, in die Lubjanka, vor Beria hintreten, ich hatte einen Fehler gemacht, einen Irrtum begangen, hatte mich gegen die Götter erhoben.

Rosalia Isadorowna ist gestorben, sagte eine Männerstimme, ich erkannte sie zunächst nicht, so anders war sie, so anders in Rhythmus und Ton. Und ich kannte auch den Namen nicht. Meine Mutter. Rosa. Als glitte die Stimme auf dem Atem, sonderbar leicht, aber leicht nur, weil es zu schmerzhaft wäre, es mit der ganzen Kraft der Lunge zu sagen. Rosa, die Mutter von Boris Leonidowitsch.

Er sagte bedauernd, er könne jetzt nicht zu uns fahren, er müsse bei seiner Familie bleiben, es sei schwer für alle. Selbstverständlich, selbstverständlich, ich versuchte, ruhig zu klingen, obwohl ich nach dem Überqueren der Wiesen noch immer nach Luft rang von all der Eile, wie nach dem Tanzen, der Glockenschlag um Mitternacht. Boris beschrieb sachlich und ruhig, was geschehen war, vielleicht erleichterte ihn das Reden doch, oder er hatte ein Medikament genommen, das seine Stimme so klingen ließ, für einen Moment hörte es sich an, als würde er mir das Memorandum eines Komitees erläutern, sachlich, aber doch mit Herz, Borja konnte nichts ohne Herz tun.

Rosas Herz hingegen war am Mittwoch stehen geblieben, am selben

Tag, als wir uns vor ZhurGas im Park getroffen hatten. Leonid und Rosa waren noch immer in England, hatten dort abgewartet, bis das Wetter kühler wurde, wegen Rosas Gesundheit hatten sie ihren neuen Wohnort gewählt. Sie hätten im Herbst von England nach Moskau zurückkehren sollen, nach zwanzig Jahren Abwesenheit, weg vom schwelenden Krieg. Aber auch in England war es seit vielen Wochen heiß, zu heiß für Rosa, der Anfall war in der Nacht gekommen, das Herz hatte einfach aufgehört zu schlagen.

Inmitten aller Trauer konnte Boris sich noch um unser Befinden sorgen, auch um Marina, und ich versprach, nach Peredelkino zu kommen, sobald es ihm nur recht war. Er erinnerte sich, dass ich am nächsten Wochenende Geburtstag hatte, ob ich vorhätte zu feiern, wollte er wissen. Das beste Alter, das ganze Leben ein Fest, alles noch vor dir, genieße es, Aljoscha, sagte er und klang wieder nach sich selbst, genieße jeden Moment. Und vergiss nicht, deinen Nächsten zu sagen, dass du sie liebst. Das ist das Wichtigste, Alja. Und denke daran, dass ich dein Freund bleibe, ganz gleich, was geschieht. Ich konnte ihm nichts mehr sagen, denn er legte bereits auf, aber ich glaubte, er wusste auch so, was ich für ihn empfand.

Die Hausherrin fragte, ob ich schlechte Nachrichten erhalten hätte, weil ich auf dem Schemel neben dem Telefon sitzen blieb. Es war ein Kinderschemel, ich begriff erst jetzt, dass ich darauf lächerlich aussah mit meinen langen Beinen, sogar für den Hyazinthenjungen war er garantiert schon zu klein, für die Katzen höchstens passend, und die Katzen strichen mir auch um die Beine. Was rochen sie wohl an mir?

Ich sagte, ein Freund habe ein Familienmitglied verloren. Die Frau machte das Kreuzzeichen, brach allerdings mittendrin ab und sagte hastig, mein Beileid, Genossin. Es war nicht einmal meine Trauer, ich trauerte wegen der Trauer eines anderen, aber ich spürte, wie sie sich in mir drehte wie ein Tier, das von seinem Schmerz erwacht, wie sehr sie auch mich niederdrückte, ich hatte das Gefühl, sie nicht tragen zu können. Ich war Rosalia Isadorowna nie begegnet, der berühmten Pianistin, die für die Kunst ihres Mannes auf ihre Karriere verzichtet hatte, ihm ins Exil gefolgt und schließlich an seiner Seite gestorben war.

Zwei Tode in einer Woche, zwei Mal entzog sich das Leben meinen Händen, als wäre mir eine Vase entglitten und ich nicht auf die Idee gekommen, sie aufzufangen. Ein schwarzer Fleck tat sich auf, der größer wurde und alles aufsaugte, die Wiese, die Schmetterlinge, die Sonne.

Die Nachbarin entfernte sich nicht, sondern blieb im schmalen Flur stehen. Ich sagte, ich ginge gleich, müsse mich nur kurz beruhigen, es eilt nicht, bleiben Sie nur sitzen, möchten Sie etwas, wir machen gerade Limonade, Sascha, hol der Genossin doch etwas Limonade, ich hatte gar nicht gemerkt, dass sich der Junge hinter dem Rock seiner Mutter versteckte, es sah aus, als hätte sie ihn herausgeschüttelt, der Junge konnte sich tatsächlich unsichtbar machen, dieses Haus hatte überall Augen und Ohren, so war das, sollten sie nur lauschen, ich hatte nichts zu verheimlichen.

Der Junge brachte ein Glas grüne Limonade, sie sei aus Gurke gemacht, erklärte seine Mutter, ist sie nicht gut, doch, sagte ich mutig, obwohl sie nach Gesichtsmaske schmeckte, der Junge trank, als wäre er kurz vorm Verdursten, ein ganzes Glas in einem Zug. Ich gab der Frau mein Glas zurück, und da sagte sie unwirsch, mit gesenkter Stimme, ein bisschen ängstlich: Seien Sie vorsichtig, Genossin. Ich zuckte mit den Schultern. Wieso? Mehr konnte die Frau nicht sagen, sie führte mich zur Tür, es hätte nicht viel gefehlt, und sie hätte mich mit einem Stoß in den brütend heißen Garten hinausbefördert.

Marina war in ihrem Zimmer, den ganzen Vormittag schon, saß in dem ungelüfteten Verschlag auf dem Bettrand, als käme sie nicht allein hoch, die mit Brandlöchern übersäten Laken um sich geschlungen wie Henkerstricke, dabei hatte ich sie am Abend gebeten, die schmutzigen gegen saubere zu wechseln, auch das hätte ich selbst tun sollen, und auf dem Fußboden ein ganzer Trog voller Zigarettenkippen, bald hätte sie den Tabak, den ich ihr für eine Woche mitgebracht hatte, aufgebraucht, und womöglich hatte sie nichts gegessen, durch den Zigarettengestank hindurch roch ich den widerwärtigen Kitt auf den Schleimhäuten.

Rosalia Isadorowna ist tot, sagte ich und hütete mich, über die Schwelle zu treten, weiter konnte ich die Trauernachricht nicht abmildern, zu so etwas war ich nicht mehr in der Lage, nicht einmal auf Boris' freundliche Bitte hin. Marina sah mich an, als hätte ich sie bei einer wichtigen Entscheidung gestört, bei der es um Leben und Tod ging, unbetonte Silbe oder betonte Silbe, oder um eine Zäsur, aber sie arbeitete wohl nicht, sie hatte es hier die ganze Zeit nicht getan. Boris' Mutter, fügte ich hinzu, erinnerst du dich? Eine Pianistin, wie Maria Meyn.

Ich weiß sehr wohl, wessen Mutter sie war, erwiderte Marina bissig, wodurch ich mir sofort blödsinnig vorkam, was wusste ich schon über den Tod zu sagen, über das Leben, über irgendeinen Menschen. Und was für eine Mutter, eine Mutter, die der eigene Sohn nicht sehen wollte, als er durch Europa reiste, als Laufbursche der Bolschewiki, fing Marina dann an, wahrscheinlich traute er sich nicht, ihr seine Visage zu zeigen. Und wurde wütend auf mich, weil ich es wagte, ihm das zu sagen. Jetzt trauert er bestimmt um seine liebe Mutter, der arme Mann.

Alle diese Wörter kamen fast in einem Atemzug, wie auf der Bühne, und was für eine Bühne, mehr ein Krankenbett. Der arme Mann. Armer Boris. Was hätte er denn tun sollen?, fragte ich, dürfte er deiner Meinung nach nicht trauern, dachte ich, sagte es aber nicht, es wäre sinnlos gewesen, hatte nur Marina das Recht zu trauern, und worüber, über das ungelebte Leben, über ungeschriebene Gedichte? Marina sparte sich eine Bemerkung über den Besuch, der nun ausbleiben würde, sie hatte es besser gewusst, wie immer, sie konnte es sich leisten, schadenfroh zu sein, aber ich hätte ihr wahrscheinlich den Eimer mit den Zigarettenkippen über dem Kopf ausgeleert, wenn sie jetzt Schadenfreude gezeigt hätte.

Rosa kann froh sein, dass sie vor ihrem Tod das alles nicht mehr hat mit ansehen müssen, sagte Marina stattdessen, ich würde es lieber auch nicht sehen, den siebten Kreis der Hölle, von dem ihr glaubt, es sei das untergegangene Atlantis. Sie sah mich so anklagend an, als wäre ihre ganze Enttäuschung meine Schuld, auch die Tatsache, dass sie an Bord der SS Maria Uljanowa hatte gehen und hierherfahren müssen, da habe es Rosa dort, wo sie jetzt war, viel besser.

Ich nahm den Eimer, er roch nach Leiche, und öffnete das Fenster. Sie hielt den Atem an wie ein Kind in der Trotzphase, das seinen Willen durchsetzen will. Sie hatte beschlossen, dass ihr nur noch übel sein sollte, Erleichterungen würde sie nicht akzeptieren. Du weißt jedenfalls, wie man langsam stirbt, sagte ich dann, gedenkst du, in diesem Zimmer zu ersticken? Ich versuche wenigstens nicht, dem Tod etwas vorzumachen mit verlogenem Glück, so wie du, sagte sie. Und ich war bis zum Schluss am Sterbebett meiner Mutter, ich ertrug die ganze Vorstellung. Es klang, als würde sie mir jetzt schon vorwerfen, garantiert nicht bei ihr zu sein, wenn sie stürbe, und nein, das würde ich auch bestimmt nicht.

Hast du etwas gegen Boris?, fragte ich, während ich ihr Bett abzog, man müsste das Bettzeug zum Auslüften hinausbringen, auch die Decken und Kissen, der siebte Kreis, den wusste sie selbst um sich herum zu errichten.

Der Mann bildet sich ein, alles über das Leben zu wissen, aber vom Tod weiß er nichts, antwortete Marina und rückte zur Seite, um mich meine Arbeit machen zu lassen, als wäre ich ein Zimmermädchen in einem Hotel, allerdings würde weder Trinkgeld noch ein Wort des Dankes abfallen, das wusste ich nur zu gut.

Du kannst es ihm ja beibringen, sagte ich.

Er hört mir nicht mehr zu, klagte Marina. Alle anderen zog er mir vor, als er in Paris zu Besuch war. Ich konnte von Glück sagen, dass ich nicht um eine Audienz ersuchen musste.

Boris war in Paris wirklich krank, verteidigte ich ihn, er konnte sich kaum zusammenhalten. Er wollte niemanden sehen. Und als Allerletztes wollte er seine Eltern beunruhigen, sich in dem Zustand bei ihnen zeigen.

Kennst du seine Seele so gründlich, erregte sich Marina nun, kennst du ihn besser als ich? Ich antwortete nicht, das brauchte ich nicht, ich musste ihr nicht über Boris Bericht erstatten, in ihren Augen war ich bloß die Überbringerin einer Nachricht, eine wertlose Botin, aber ich kannte Boris tatsächlich besser als sie, nicht nur den leidenschaftlichen Boris aus den Briefen, sondern auch den wirklichen, den wahren Boris, seinen Tonfall und den Rhythmus seines Atems.

Hatte er eine richtige Diagnose für seine Krankheit?, erkundigte sich Marina dann mit fast schon versöhnlichem Ton. Nervenzusammenbruch, antwortete ich, er hatte seit mehr als einem Jahr unter Schlaflosigkeit gelitten, psychasthenische Neurasthenie lautet der medizinische Begriff, die Unfähigkeit, die Wirklichkeit so zu akzeptieren, wie sie ist, und ich konnte mir nicht verkneifen hinzuzufügen, dass ihr das Krankheitsbild durchaus vertraut sein dürfte.

Du hast die Terminologie der Tscheka gut gelernt, warf sie mir vor, denn krank bin auch ich, eine Störung in eurem System. Denunziere mich auf der Stelle bei ihnen, mir ist es gleich, ob ich im Lager sitze oder euch hier zur Last falle, wo ihr mich hier doch offensichtlich sowieso nicht haben wollt. So weit kann ich dich noch lesen, dein Mitleid mit der eigenen Mutter, deine Nächstenliebe.

Ich umklammerte den Türrahmen so fest, dass er sich hätte lösen können, sollte er doch, es würde passieren, wenn ich mich nicht gleich abwendete. Das letzte biblische Wort hatte sie ausgesprochen, als wäre es ein ekelhaftes Ding in ihrem Mund. Nein, Marina, ich habe keinen Anlass, Sie zu denunzieren, erwiderte ich, erstaunlich ruhig, und fuhr ebenso ruhig fort, verwundert ob meiner Klarheit: Und über die Liebe sage ich nur, dass Sie in Ihrem Leben nichts anderes geliebt haben als Ihre eigene Seele, und das ist durch und durch niederträchtig und selbstsüchtig. Und was Sie an einem anderen lieben, ist nur Ihr eigenes Bild. Hoffentlich werde ich meine Kinder besser lieben können und sie nicht um ihre Liebe und ihr Glück beneiden, so wie Sie es tun.

Marina sah mich nicht an, sie tastete nervös nach ihren Rauchsachen, aber der Beutel war leer, wie auch ihre Hand. Ich würde ihn nicht auffüllen.

Bevor eine von uns weiterreden konnte, hörte ich jemanden von draußen in den Hausgang und auf das Zimmer zukommen. Kurz darauf stand Serjoscha an der Tür, bat um Entschuldigung, kam aber nicht dazu, das Zimmer zu betreten, weil Marina sagte, sie wolle uns beide nicht sehen, uns Mörder von der Tscheka, keinen von beiden, und bevor sie uns eigens darum bitten musste, ihr Zimmer zu verlassen, gingen wir. Den Eimer mit den Zigarettenkippen nahm ich mit.

Draußen konnte ich die Tränen nicht zurückhalten, es brach aus mir heraus, so schlecht fühlte ich mich, *eins, zwei, drei, ein Soldat weint nicht*, aber da half kein Mantra. Serjoscha wirkte hilflos wie eine Salzgurke ohne Saft. Er wusste, wie Marina und ich uns gegenseitig quälen konnten, und wusste nichts dagegen zu tun, er hatte es noch nie gekonnt, wir waren stärker als er. Aber als er anfing, einen traurigen Filmclown zu spielen, schluckte ich schniefend die Tränen und atmete mit einem entschlossenen Lächeln im Gesicht tief durch, es war nichts, sie weiß ja gar nichts von mir, sagte ich, ich muss mich nur wieder daran gewöhnen, wenn man mit ihr zusammenlebt, ist alles schwärzer als Schwarz.

Die Männer hatten den Paravent fertig, er hatte Scharniere und alles, von alten Türen abgeschraubt, bespannt hatten sie das Holzgitter mit einem angegilbten Lakenstoff, das Ganze war wacklig, blieb auf ebenem Boden aber stehen. Serjoscha klappte die Konstruktion auf und zu, er versuchte mir Freude zu bereiten, indem er Buster Keatons Ausdruckslosigkeit nachahmte.

Die Leisten müssen noch lackiert werden, sagte er und nahm die angebrochene Lackdose in die Hand, die noch von den Männern, die das

Gewächshaus für die Tomaten gebaut hatten, übrig war, danach darfst du dich ans Werk machen. Und pass auf, dass du nicht in den Farbeimer trittst. Immer wieder erinnerte er mich an das alte Missgeschick, jedes Mal wenn eine Farbdose in Reichweite war, als wäre ich stets bereit, meinen Fuß hineinzustecken und, mit Farbe um mich spritzend, durch die Welt zu stolpern, Hippopotamus, das plumpe Mädchen, das aus seinen Kleidern herausgewachsen war, türkisfarbene Fußabdrücke auf dem Pflaster eines Tscheka-Häuschens, mein erstes Gemälde, aber inzwischen musste ich lachen darüber, und ich hätte nie gedacht, dass in diesem zerbrechlichen, mageren Mann so viel Kraft steckte, dass er mich in hohem Bogen in die Luft werfen konnte, an den Flug erinnerte ich mich, nicht daran, wie ich auf der Erde landete.

Wir waren uns auch einig, dass der ganze Paravent gestrichen werden musste, im jetzigen Zustand würde Marina ihn nicht billigen, falls überhaupt, um etwas zierliches Japanisches handelte es sich jedenfalls nicht. Pinsel fanden sich im Schuppen, aber die Männer, die hier gewesen waren, um den Zaun zu reparieren, hatten sie nicht gereinigt, sie waren trocken und hart.

Warum musste sie uns hierher folgen?, fauchte ich, denn ich konnte mich nicht mehr beherrschen, sie hat uns beide ohne jeden Prozess verurteilt, du bist auch nur noch eine einzige Bitte um Entschuldigung. Aber auch das reicht ihr nicht. Hat sie dich wenigstens erklären lassen, wie sich alles zugetragen hat?

Marina hat jedes Recht, mich zu hassen, sagte mein Vater und wühlte in seinen Kisten, was die französische Polizei nach meiner Abreise über das Attentat von Lausanne erzählte, reicht ihr, sosehr sie Polizisten sonst auch verabscheut. Mehr will sie nicht hören. Du bist ein Mörder, hat sie mir schon am ersten Abend gesagt, als sie hier ankamen, du, den ich mehr geliebt habe als mein Leben.

Serjoscha sprach resigniert, aber mich machte es wütend, am liebsten hätte ich ihn geschüttelt. Er war stets loyal gegenüber Marina gewesen, gegenüber allen, hatte nie über irgendjemanden ein schlechtes Wort gesagt, Marina übernahm auch das für ihn. Marinas Liebe, oder das, was sie Liebe nannte, war schon lange nichts anderes mehr als Demütigung und Fesselung, aber das wollte mein Vater nicht sehen.

In einer Kiste fand er zwei unbenutzte Pinsel, und wir konnten anfangen. Zusammen mit meinem Vater machte ich die ersten Pinselstriche auf dem Holz. Der strenge Geruch des Lacks erregte Übelkeit. Ich fragte Serjoscha, ob er je daran gedacht habe, Marina zu verlassen. Er antwortete nicht gleich, verteilte weiter den Lack, und ich befürchtete, ihn mit meiner Frage gekränkt zu haben.

Ich hatte ihn das nie gefragt, aber in Paris hatte ich geglaubt, er würde es tun, Marina stieß ihn mit der gleichen Kraft von sich, wie sie mich mit Pflichten an sich band. Als sich mir Serjoschas zweites Leben offenbarte, dachte ich, er hätte durchaus mit Vera oder einem anderen Mädchen weggehen und meine Mutter und Mur verlassen können, er hätte das sehr wohl tun können, sie schliefen nicht einmal in einem Bett, sie hatten nicht mehr gemeinsam als die Adresse.

Es hat so eine Zeit gegeben, machte er schließlich den Mund auf, aber das ist lange her. Weihnachten dreiundzwanzig. Du wirst dich kaum daran erinnern.

Er irrte sich. Ich erinnerte mich an dieses Weihnachten genau. Damals war ich in der Schule der Bogengardts. 1923, so hatte ich es auch in das Bewerbungsformular für die Kunstakademie geschrieben, und das war ein Fehler gewesen, ein weißer Fleck in meinem Lebenslauf, und das einzige Mal, dass Marina mich zum Lernen in eine Schule gelassen hatte.

Die Familie des Vermieters hatte einen Fisch in der Badewanne, lachte ich, einen lebenden Karpfen. Die Familie, von der ihr die Wohnung gemietet hattet und die im Erdgeschoss wohnte, erinnerst du dich? Ich wollte den Fisch freilassen, aber er war schon verschwunden, nur der Geruch blieb, ich erinnerte mich noch immer an den lau metallischen Gestank, und mir wurde schlecht. Und Marina hasste die schwarz gebeizten gotischen Möbel und die Vorhänge und die Tischdecken, den deutschen Bürgerkrimskrams, diese Nachahmung von Würde, sprach ich weiter, wie gut ich mich an das Zimmer erinnerte, besser als an die Schlafsäle bei den Bogengardts und an die Schulklassen in der Kaserne. Und Marina räumte auch dort alle Ziergegenstände weg, warf weiße Laken über die bunteren Möbel, damals machte sie sich noch etwas daraus, wie es um sie herum aussah. Und ich konnte ihr nicht sagen, dass mir die Möbel gefielen, auch wenn sie sich nachts in kummervolle, seufzende Bettelweiber verwandelten.

Und wir hatten eine Tanne von der Vermieterin, die falsch herum an der Decke hin, wie es bei den Tschechen Brauch ist, fing nun auch Serjoscha an, sich zu erinnern, für euch beide war das ganz und gar fremd, aber für mich war es so, wie es sein sollte, so war es mit allem, das ganze Leben stand auf dem Kopf, nur der Schmuck hing wie zuvor.

Ich hatte beschlossen, dass wir uns trennen, wenn deine Ferien vorbei wären, wurde Serjoscha nun ernst, und du weiter bei den Bogengardts zur Schule gingst, Marina bekäme ihre Freiheit und ihre billige Romanze. Ich stehe ihrem wirklichen Leben im Weg, so hatte sie es gesagt. Sei ein Mühlstein um ihren Hals. Sie sagte, sie erwarte ein Kind. Von diesem Menschen.

Ich wusste, von wem mein Vater sprach, obwohl er mir gegenüber nie zuvor auch nur mit einem Wort auf diese Romanze angespielt hatte, auch dann nicht, als Konstantin Rodzewitsch nach Paris gekommen und im Bund mit den gleichen Tarnaufgaben beschäftigt war wie Serjoscha und beide ein Verhältnis mit Vera Suwtschinski hatten, ohne es voreinander zu verheimlichen. Es war ein offener Wettstreit, den Vera sichtlich genoss, auch wenn sie nicht wusste, dass es dabei um alte Schulden ging. Das hatte ich Vera auch nie erzählt. In meiner Gegenwart hatten Marina und Serjoscha nie über Konstantin Boleslawowitsch gesprochen, glaubten, ich wisse es nicht, sogar Marina bildete sich ein, ich hätte nicht gemerkt, wie sie sich von diesem Casanova für Arme verführen ließ, der Mann war bloß ein Heuchler, das hatte ich sofort gesehen, denn ich war im Schauspielern so gut wie er.

Ich konnte nicht glauben, dass sich Marina gerade diesen Mann ausgesucht hatte, fuhr Serjoscha so erregt fort, als wäre alles erst vor Kurzem geschehen. Und ich hatte ihn wie einen Bruder mit nach Hause gebracht und alles geglaubt, was er redete, alles, was er an einem Schachtisch in Konstantinopel seinen weißen Brüdern erzählte, dass er zu uns gehörte, hier und da in Wrangels Truppen gekämpft hatte und mit dem Schiff nach Gallipoli gekommen war und gehungert hatte wie wir anderen auch. Ich vertraute euch seiner Fürsorge an, bat ihn sogar darum, sich um euch zu kümmern. Und dieser Bitte kam er in der Tat nach.

Über fast alle anderen Liebesgeschichten von Marina machte Serjoscha Witze, wie Marina selbst auch. Wir hatten beide schon vor langer Zeit gelernt, dass Marina für Romanzen so schnell entflammte, wie sie ihrer überdrüssig wurde, sie waren selten mehr als Geschöpfe ihrer Fantasie, jedes Mal das Gleiche, wie Jesus bei der Begegnung mit dem Feigenbaum, aber ihre Verse verlangten es, wie die Erde Dünger brauchte, die Bedingung für ein Gedicht war stets ein neues, überirdisches Objekt, das Erde und Himmel verband, Sprache und Seele, das war ihre Poetik, und alle Menschen, wir eingeschlossen, waren nur Gebrauchsgegenstände, Statisten in ihrem großen Theaterstück. Man konnte uns ebenso leicht zur Seite schieben wie Kulissen im Theater. Diese Lehre hatten wir gut gelernt, unter ihren Bedingungen ging das Leben weiter, sie garantierte einen Wechsel von aufschäumendem und stillem Wasser, konzentriertes Arbeiten, und am Ende auch ein neues Gedicht, ein Poem, die Erlösung, die Rettung, messianischen Frieden.

Davor hatte Marina meinem ganzen Leben Bedeutung verliehen, sagte mein Vater nun ruhiger, er wusste selbst, dass er sich nicht aufregen durfte, und verteilte konzentriert den Lack auf dem Holz, ohne sie war ich nichts, aber ich war gern die Erde, auf der sie wuchs, mit allen ihren Versen. Serjoschas Worte kamen in abgewogenen Sätzen, wie in einem Brief, und dass sie mit dir auf mich wartete, hielt mich am Leben, ich fand die Kraft, Verwundete auf dem Schlachtfeld zu retten und in den Erdlöchern von Gallipoli selbst ein Mensch zu bleiben, in den kalten Nächten und bei Hungersnot. Und als wir uns nach dem Krieg wiedersahen, hatte ich die Gewissheit, einen Platz auf dieser Welt zu haben, ob ich nun weiß oder rot war, und auch wenn Marina eine oder fünf Romanzen hatte, so wie gleich in Berlin, schluckte ich alles, obschon es sich anfühlte, als würde ich mir selbst brennende Speere in den Körper rammen.

An Marinas Berliner Romanzen erinnerte ich mich. Ich war in die Einzelheiten der Liebesbeziehungen eingeweiht worden wie eine Komplizin und gar nicht auf den Gedanken gekommen, dass Serjoscha unter ihnen leiden könnte. Helikon, Slonim – und Boris Leonidowitsch, die heftigste von allen, wenn auch nur auf Papier, auf der großen Landkarte von Marinas Seele.

Anfangs konnte ich mich überhaupt nicht in dich hineinversetzen, fuhr Serjoscha fort, du warst für mich wie ein fremdes Kind, obwohl du ihre Worte sagtest, in ihren Versen dachtest, dennoch seltsam, erwachsener als wir beide zusammen, zu klug, um unser Kind zu sein.

Ich hörte zu, mein Vater hatte noch nie so mit mir gesprochen, nicht einmal in dem langen Winter, in dem wir zusammen in diesem Haus gewohnt hatten, ohne dass uns jemand daran gehindert hätte zu reden, worüber wir wollten. Aus diesem Grund wollte ich dich auch in das Lager schicken, sprach Serjoscha weiter, zu anderen Kindern, damit Marina dich nicht mit ihrem ganzen Unglück belastete. Während des ersten Winters, den wir wieder zusammen verbrachten, begann ich zu erkennen, wozu sie dich brachte: Du warst erst zehn, tatest aber alles, um sie auf den Beinen zu halten, ohne dich wäre sie mit nichts fertiggeworden. So etwas kann man von einem Kind nicht verlangen. Sie sagte, es sei eine Symbiose, aber meiner Meinung nach hat sie alles Leben aus dir herausgesaugt wie eine Schmarotzerpflanze. Und da du im Lager nicht mehr ihre Untergebene warst, rächte sie sich auf die gleiche Art wie bei mir, als sie gesehen hatte, dass ich nicht ihr großer Kriegsheld war, so wie auf dem Bild von mir, das sie in ihrem Medaillon trug, und fing an, aus dir genauso ein Nichts zu machen wie aus mir. In den Weihnachtsferien bei den Bogengardts ließ sie dich ganz allein, das sah ich, aber ich konnte nichts dagegen tun. In Marinas Augen gehörtest du nicht mehr ihr, sondern der Schule, so wie die anderen Waisenkinder. Aber ich bin der Dinge immer erst zu spät gewahr geworden, um noch etwas zu unternehmen.

Serjoscha schluckte, ich sah, dass er nicht wusste, wie er weiterreden sollte. Er konzentrierte sich darauf, die Samenflocken zu lösen, die an der lackierten Oberfläche hängen geblieben waren. Ich sagte, er habe doch etwas getan, so wie er es selbst eben gesagt habe, indem er verlangt habe, mich auf eine Schule zu schicken, ich wusste noch, wie sehr Marina dagegen gewesen war. Aber es schien, als hörte er nicht zu, was Marina betrifft, bin ich immer hilflos gewesen, setzte er seine Selbstgeißelung fort. Am hilflosesten war ich beim Blick auf ihren Selbstbetrug: sich ein ums andere Mal zu verlieben als Medikament gegen eine Krankheit, die man nicht ertragen konnte.

Mein Vater schaute mich immer noch hilflos und schuldbewusst an. Warum habt ihr euch nicht getrennt?, fragte ich ihn noch einmal. Warum hast du sie nicht einfach verlassen? Vor allem in Paris haben die Menschen das doch getan, haben die Gefährten gewechselt wie das Stammlokal.

Als die Romanze zu Ende ging, hätte Marina das nicht ohne mich überlebt, erklärte Serjoscha, sie wäre verkümmert. Du bist der Mühlstein an meinem Hals, so drückte sie sich aus, wiederholte mein Vater, als sie mir erzählte, sie habe sich in meinen sogenannten besten Freund verliebt. Sie sagte, der Mann habe sie gelehrt, wie man lebt, richtig lebt, atmet, eine Frau ist, ein Mensch. Aber als sich der Wind drehte und Rodzewitsch sie verließ, oder als Marina aufging, dass er eine Doppelrolle spielte, dass er ein Spion der Tscheka war, der zu uns geschickt worden war, um unsere politischen Meinungen auszukundschaften, und sie den Elendigen verlassen musste, ich weiß nicht mehr, wie herum es schließlich war, da stand meine Rolle fest: Ich musste ihr als Rettungsring dienen, sie annehmen, bei ihr sein, damit sie am Leben blieb, damit sie ihr Poem schreiben konnte, dasjenige, um dessentwillen man sich an sie erinnern würde, das Klagelied aller sich trennenden Frauen, die Tragödie der Heimatlosen und das Monument meines Daseins als Gehörnter. Das Poem, in dem aus einem unbedeutenden Hügel ein titanisches Gebirge wird. Aber ich nahm meine Rolle an, ohne Fragen zu stellen. Dazu hatte sie mich schon vor langer Zeit ernannt, als sie sich zuerst in diese Dichterin verliebte und dann in Osip Emeljanowitsch, ich war ihr Rettungsring, als alle anderen sie verstießen. Und ich konnte sie dir nicht aufhalsen, damit du sie pflegtest und nach diesem Trauerspiel wieder auf die Beine brächtest. Und so ist es seitdem, wir wagen es nicht, einander freizulassen, weil wir Angst haben. Uns verbindet keine Stärke und auch nicht die Freiheit, wie sie noch immer glaubt, die Freiheit, sich jeden Tag füreinander zu entscheiden, sondern die Schwäche, keine andere Wahl treffen zu können, nichts sonst hält uns noch zusammen. Und so gehen wir gemeinsam unter oder retten uns gemeinsam.

Aber du hättest nicht mehr lange bleiben müssen, sagte ich, ihr habt fast ein Jahrzehnt ganz und gar getrennte Leben geführt. Aber wir sind noch immer eine Familie, meine kleine Hippo, gab Serjoscha mit Wärme zurück und besänftigte mich allein mit seinem Blick, so wie als Kind. Nichts kann das schmälern. Nicht einmal die Tatsache, dass wir aufgehört haben, uns zu lieben. Wir sind in einem Knoten miteinander verbunden, den man nur aufbekommt, indem man ihn durchschneidet, und dann reißen wir alle ab, ich will das nicht tun. Und hätte Marina denn allein in Paris bleiben können? Als meine eigentliche Tätigkeit ans Tageslicht kam, verlor sie alles, was sie hatte, die alten Bekannten grüßten sie nicht mehr, alle Russen in Paris verstießen sie, die weißen wie die roten, wer hätte ihr helfen sollen, nachdem sie aufgrund ihrer Absolutheit die Brücken zu allen ihren Mäzenen niedergebrannt hatte. Der einzige Mensch, zu dem sie noch Kontakt hielt, war Anna Tesková in Prag. Die einzige Frau, die Marinas Ergüsse, ihre Verzückung, Verzweiflung und ihr Flehen um Almosen noch annehmen konnte. Andere Freunde hatte sie wohl nicht mehr. Und meinetwegen hatte sie ja auch ins Exil gehen und zwanzig Jahre heimatlos umherwandern müssen, ohne Sprache, ohne Leser. Sie hatte nicht einmal ein Heimatland, in das sie zurückkehren konnte. Die Schulden, die ich bei ihr habe, sind nicht gering.

Und du glaubst ihr!, sagte ich erregt, auch mich hat sie das glauben gemacht und als Dienstmädchen gehalten. Sie macht dich zum Schuldigen für ihr Unglück, weil sie nicht fähig ist, auf sich selbst zu schauen!

Ich habe Marina geliebt, ich habe sie mehr geliebt als mein Leben, sagte er schließlich, aber ich glaube nicht, dass ich sie immer noch liebe, schon lange nicht mehr. Aber weil es außerhalb der Liebe nichts gibt, nur Finsternis und Chaos, müssen wir uns selbst und einander glauben machen, dass wir uns doch noch lieben, wir müssen jeden Tag so tun, als ob. Was für ein schreckliches Spiel.

Mein Vater legte mir die Hand auf die Schulter, drückte zu, aber zum Glück habe ich dich, meine kleine Hippo, dich und Lilja und all das hier, die Erde und den Himmel, Russland! Und ich kann atmen, diese Luft, dies alles, diese Kiefern. Ich bin nicht unglücklich, auch wenn mein Leben zu keinem anderen passt, sich auf nichts reimt.

Nachts sprechen die Vögel im einzigen beheizten Zimmer in der Borisoglebski pereulok, fliegen in meinem Traum ein und aus.
Ich bin frei zu lieben, wen ich will, zu küssen, wen ich will, mein Eigentum zu geben, wem ich will.
Für den Preis des Kleides
hättest du Mehl für einen Monat bekommen.
Kümmere du dich um deine eigenen Lieben. Ich kümmere mich um meine.
Du hast mir meinen Bruder genommen. Wegen dir musste er gehen. Er ertrug deine Geschichten nicht mehr.
Selbst genommene Freiheit, billige Freiheit.
Teuer! Sieh nur, wie sehr du uns wehtust. Unserem Bruder!
Wir haben nur zu helfen versucht, aber dir ist nichts recht.
Hättet ihr eben geholfen, als die Zeit dafür war. Was hast du ein zweites Kind in diese Welt gesetzt, wenn du nicht einmal das erste allein versorgen kannst. So habt ihr zu mir gesagt.
Psst, sie hört uns, sie wacht noch auf.
Und man hat es ja gesehen, du hast dein Kind nicht einmal am Leben halten können, hast nur mit allen gefeiert, mit Frauen und Männern, gut, dass nicht auch noch mit Pferden.
Und deine sterben, noch bevor sie geboren worden sind. Aber ich gehe jetzt, ich bin Puschkins Pferd, Puschkins weißes Pferd, und ich habe keine Angst vor dem Tod. Das ist meine Farbe, schwarz, schwarz.
In allen Zimmern flattern sie umher, die schwarzen und weißen Vögel, und finden nicht zu den Fenstern hinaus.

Bolschewo
August 1939

Ich wusste, was ich auf den Paravent malen würde. Einen Kiefernast, einen fernen Berg, das Licht der frühen Sonne.

Rasch skizzierte ich das Bild. Ich hatte es als klare Vision vor mir.

Ein Mädchen steht an einem Berghang. Es trägt etwas, nein, sie hat die Wassereimer auf die Erde gestellt, obwohl sie es eilig hat, das Geschirr wartet auf Wasser, die Blumen warten aufs Gießen, sie ist ein gewissenhaftes Mädchen, tut alles, worum man sie bittet, sie hat es eilig, bald geht der Zug, sie muss weitermachen. Aber jetzt steht sie hier, schaut zu, wie die Sonne hinter anderen Bergen aufgeht, sie will all das noch einmal sehen, bevor es verschwindet, sie ist hier und kann sich den Ort nicht vorstellen, an dem sie morgen sein wird, und sie fragt sich, was aus alldem wird, wenn das Morgen beginnt, wenn sie fort ist, wohin das Vergangene geht. Diese Bäume, all ihr Grün, dieses Gras, ob das alles zu wachsen aufhört, wenn sie fort ist?

Aber das tut es nicht. Noch hat es nicht damit aufgehört. Das Mädchen steht noch immer da, am Berghang, und wartet auf morgen, auf das, was man nicht wissen kann.

Ich male das Mädchen nicht, aber ich sehe sie. Sie sieht mich nicht. Sie wirkt gleichzeitig vertraut und fremd, in ihren Augen kann man alles sehen, die ganze Landschaft, wie der Sturm gewütet hat, das niedrige Dorf, das Spätsommergras, die abgerissenen Äste und den umgestürzten Baum, die buttergelben Splitter der Kiefer auf dem nassen Gras, die zerrissenen Kleider der Blumen. Die Berge gleichen jedoch noch immer den Rücken nebeneinanderliegender Hunde. Das Mädchen gießt die Pelargonie, sie weiß, dass die Blume den Winter nicht überstehen wird, und doch muss sie in dieser Landschaft zurückgelassen werden, zwischen den Bergen, sie kann sie nicht mitnehmen. Sie flüstert der Pelargonie ein Geheimnis zu, das nur sie kennt, und jetzt kennt es die Pelargonie auch: Marina liebt mich nicht mehr. Aber ich kann ihr nicht zeigen, dass ich es weiß. Das würde sie nicht ertragen. Und so schneidet sich das Mädchen aus der Landschaft wie eine Puppe aus Papier und wirft sich in den Strom der Zeit, in den Fluss, der in zwei Richtungen fließt.

In Moravská Třebová vergaß ich die Pelargonie, ich vergaß auch Marina und alles, was sie mir beigebracht hatte, ich vergaß das Siezen und die Versfüße und die Namen der griechischen Götter. Ich vergaß auch den weißen Pferdemann auf dem Berg, sein Lachen, *Alja scheint kein gewöhnliches Kind zu sein.* In der Schule der Bogengardts war alles anders: fünfzig Pritschen, fünfzig weiße Seelen, fünfzig weiße Herzen, fünfzigfaches Atmen.

Ich tat alles, um ein Teil der großen Mädchenschar zu sein, den anderen gleich zu werden, innerhalb von drei Monaten veränderte ich mein Sprechen, mein Denken, meinen Rhythmus. Ich wurde unsichtbar, existierte zugleich aber viel stärker. Noch immer überkommt mich bei Paraden oder im Gedränge der Metro dieses Gefühl: Ich wachse über mich hinaus unter diesen Menschen, ich lebe und atme.

Als Marina und Serjoscha mich an Weihnachten besuchten, kamen sie zusammen, aber ich sah kein einziges Mal, dass sie sich angeschaut hätten. Nicht einmal, als Serjoscha abends seine Erzählung über die Abenteuer von Löwe, Luchs und Hippopotamus im Lande des Kublai Khan fortsetzte. Sie benahmen sich, als existierten sie füreinander nicht. Sie glaubten, ich wüsste es nicht, würde nicht verstehen, was vor sich ging. Aber natürlich wusste ich es, ich hörte die Nächte hindurch, was sie im Alkoven des Mietzimmers redeten, weil sie das Bett teilen mussten und dadurch auch gezwungen waren, miteinander zu sprechen. Ich stellte mich schlafend, ich hatte früh gelernt, heimlich zuzuhören und zuzuschauen, nie schlief ich vor ihnen ein. Und sie redeten, redeten über den Mann aus Minsk, über Konstantin Rodzewitsch. Jede Nacht.

Marina hielt es in der Wohnung nicht aus, in der man aus Angst vor den Nachbarn leise sein musste, jedes Husten drang durch die Wände, Serjoscha verbrachte die Tage mit den Bogengardts, nahm dort auch die Mahlzeiten ein. Marina und ich waren wieder zu zweit, aber wir kamen nicht mehr miteinander aus, alles, was ich sagte, war falsch, alles, was ich tat, war zu viel, wir gingen sogar in unterschiedlichem Takt. Mit mir sprach sie nicht mehr über Rodzewitsch, auch nicht über ihre anderen Romanzen, so, wie sie es früher getan hatte, nicht einmal über Boris Leonidowitsch. Und Marinas Blick – irgendwann begriff ich, dass sie mich nicht einmal sah, auch wenn ich ihr noch sosehr in die Augen schaute.

Ich nahm sie zu Spaziergängen mit, wollte ihr den Platz des gehenkten Mannes zeigen, alles, was ich im Lauf des Herbstes gesehen und mir vorgestellt hatte. Die ganze Stadt war vereist, erstarrt und mit Schnee überzogen, der Barockspringbrunnen, die Dächer, die Türme, die Renaissancefassaden. Sie hasste die Stadt, wollte sich dort nicht aufhalten, obwohl die Menschen Deutsch sprachen. Mährisch Trübau hieß sie mit anderem Namen. Eine Stadt ohne Seele, sagte sie, ein seelenloser Deutscher ist das Schlimmste, was es gibt. Also gingen wir in die Wälder, auf die Berge, stapften durch den Schnee, der uns bis zur Hüfte reichte. Ich versuchte mit ihr zu reden, über alles, was mir in den Sinn kam, um die Marina zurückzubekommen, die ich kannte, ich sprach über Seelen, Sterne, Schicksale, Mädchengeheimnisse, über die Liebe, für die wir zu sterben bereit waren. Ich versuchte sie dazu zu bringen, zu laufen, Engel im Schnee zu machen, neue Spiele auszuprobieren, die mir die anderen Kinder beigebracht hatten, Blindenführen, gehenkter Mann. Aber Marina hörte mir nicht zu. Sie sah mich nicht. Versuchte nicht einmal, mich zu belehren. Ich war kein Teil von ihr, sondern ein fremdes, sonderbares Mädchen, ein gewöhnliches Kind, vollkommen bedeutungslos für sie.

Als Marina und Serjoscha nach Prag zurückfuhren, mit demselben Zug, aber zu unterschiedlichen Adressen, war ich sicher, dass ich sie beide nie mehr sehen würde, dass ich mich in eine weiße Gans oder einen Kranich oder einen Schwan verwandeln und mit ihnen im Schwarm fortfliegen müsse, nach Süden, nach Süden, ins ferne Afrika oder ins Land des Kublai Khan, so wie die verstoßenen Königssöhne. Ich war entsetzt, konnte es aber niemandem zeigen, nicht einmal der rothaarigen Hausherrin mit dem großen Busen. Und so wurde ich krank, wie ich schon einmal krank geworden war, aus reinem Willen, um aus dem Lager herauszukommen, damit Marina und Serjoscha mich nicht verließen und sie sich nicht gegenseitig. Ich werde nur krank, wenn ich wirklich in Not bin und es wirklich will, wenn mein Körper etwas will, das die Seele nicht versteht oder wogegen sie sich wehrt. Und ich tat es. Und es geschah: Meine Krankheit verband sie wieder, wir waren wieder eine Familie, alle drei, Löwe, Luchs und Hippo, und wir kehrten zu den Hundebergen zurück, und ich gab Marina Wörter und Maschen, Maß und Betonung, ich strickte rote und blaue Stolen, und der Schnee schmolz, und das Gras wuchs, und es schneite erneut, und dann kam Mur auf die Welt, mein Bruder Georgi und wir lebten unser Leben glücklich bis zum Schluss.

Und Mur war nicht das Kind des Mannes aus Minsk, auch wenn Serjoscha das argwöhnte, auch nicht das von Boris, obwohl Marina sich das wünschte. Er war von Anfang an einzig und allein Marinas Kind. Und es war Murs Schuld, dass meine Kindheit dann doch nicht wiederkam, auch nicht die Verse, mit denen ich Marinas Liebe hätte zurückgewinnen können.

Am schneereichsten Tag des Winters habe ich den Kohl und die Schere und die Milchfrau vergessen, auch Irina erinnert sich nicht mehr daran, sie isst Schnee wie Zucker, und das hält uns alle Winter hindurch am Leben und macht uns fröhlich wie Schmetterlinge, und wir singen, Irina, ich und Sonja, die Marina am meisten auf der Welt liebt, heute liebt sie Sonja, morgen Pawel Antonowka, aber heute ist Sonjas Tag, und diese Tage lieben wir, Zuckertage, Tanztage, Feuertage, an denen wir auf dem Fußboden essen wie Nomaden, und wir lieben Sonja, denn alles, was Sonja tut, ist richtig, und wir lieben ihre weißen Hände, die Zucker und Tabak und Datteln und Liebe und Tanz in Fülle ins Haus bringen, wie reich wir sind, niemand ist reicher auf dieser Welt.
In den Ofen, in den Ofen, singen wir, Großvater Ilowaitschkis Biedermeiersofas, die Schweizer Uhr, im Walzer, im Walzer, Marina spielt, und wir tanzen Walzer, einszweidrei, einszweidrei, zweizweidrei, zweizweidrei, dreidreidrei, linkszweidrei, die musikalischen Stühle, und Sonja fällt vom Stuhl, und Marina fängt sie auf, die Spitzensäume fliegen, ein Stuhl kippt um, die Rückenlehne bricht, und sie küssen sich und lachen und küssen sich wieder, und ich merke nicht, dass die Milchfrau an der Tür steht.
Das Spiel hört auf, und ich schaffe es nicht zum Stuhl, weil ich versuche im Takt der Musik zu bleiben, nur Marina und Sonetschka schaffen es, sich zu setzen, und Irina ist in Sicherheit, denn sie sitzt auf Sonetschkas Schoß.

Die Milchfrau hat leere Hände, keine Milch, keine Kartoffeln, nicht einmal eine Schere. Mädchen, Mädelchen, ihr kleinen Vögelchen, sagt sie mit einer Männerstimme und nimmt uns beide an der Hand.

Ihr dürft beide mit ihr gehen, sagt Sonetschka, und wir beide sagen nichts, denn sie hat uns gebannt. Denn alles, was Sonetschka sagt, ist richtig. Die weißesten Hände der Welt, die schönsten Augen und der roteste Mund der Welt.
Ihr kommt beide mit mir.
Marina sagt nichts.
Irina geht die ganze Treppe allein hinunter und ist fröhlich, wie sie lacht, Welt, nimm uns an, Licht.
Und ich gehe mit Irina.
Ihr werdet jeden Tag Milch und Zucker bekommen, sagt Marina, Milch und Zucker.
Das wird euch retten, sagt sie, und ich höre keine Traurigkeit in ihrer Stimme.
Gott segne euch, sagt Sonja und macht das Kreuzzeichen, damit Sünden und Tod sie nicht berühren.

Bolschewo
August 1939

Ich ging in mein Zimmer, um mehr Farbe zu holen. Die Tür war angelehnt und ich dachte, Mulja sei dort, habe sich stillschweigend zu einem Schläfchen zurückgezogen, aber auf meinem Bett saß Mur, mit der offenen Pralinenschachtel von Lilja vor sich, deren Inhalt er um sich herum verteilt hatte. Es war nicht die Schachtel vom alten Sudak, keine Süßigkeiten, auch wenn der Deckel eine Schokoladenfabrik aus der Zarenzeit zeigte, sondern das Päckchen, das Lilja mich bat, Marina zu geben, und das ich vollkommen vergessen hatte, weil so viel zu tun gewesen war, weil ich hundert Dinge zu erledigen hatte.

Ich schaute den Jungen gewiss erzürnt an, denn er hatte sich unerlaubt an meinen Sachen vergriffen, aber er erschrak nicht mehr vor mir, obwohl ich ihm am Vorabend eine Ohrfeige verpasst hatte, schaute ruhig und fragend zurück wie ein Erwachsener und wich nicht aus wie sonst, und es kam mir vor, als hätte ich diesen Blick schon einmal irgendwo gesehen. Gelassen erklärte Mur, er sei gekommen, um weitere Witzblätter zu holen und habe die Schachtel auf dem Tisch gesehen, er habe nur mal kosten wollen, sich gedacht, ich hätte ihn gestern angeschmiert, ihm alte Schokolade gegeben, während die richtige und gute hier war und auf die Feier am Abend wartete, und da habe er sich nicht beherrschen können und hineingeschaut. Es sei aber keine Schokolade in der Schachtel gewesen, sondern etwas anderes.

Das hier, sagte er und rückte zur Seite, ein bisschen unbeholfen, als hätte er den Sommer über abgenommen und wäre in die Höhe geschossen, sodass er seine Gliedmaßen nicht mehr mit der gleichen molligen Geschmeidigkeit beherrschte wie zuvor. Ich kam nicht dazu, weiter böse zu werden, denn ich sah, was er da sorgfältig auf dem Bett ausgebreitet hatte: eine naturweiße, etwas gelb gewordene und verschossene Jacke, eine Mütze und kleine Handschuhe, ein blassschwarzes, geflicktes Kleid, graue Strümpfe, die an den Fersen die Farbe verloren hatten, ein Wollpullover, der beim Waschen eingegangen und hart geworden war, sowie einen Silberschmuck in Vogelform. Alles lag da wie zum Anziehen bereit. Nur die Schuhe fehlten. Das Pflaumengesicht. Das unsichtbare Kind.

Mur hielt eine Zeichnung in der Hand, die ebenfalls in der Schachtel gelegen hatte, gelbes Makulaturpapier, von der Rolle abgerissen, an den Rändern schadhaft, es roch noch nach alten Chemikalien. Ich setzte mich neben den Jungen aufs Bett und achtete darauf, sein sorgfältiges Arrangement nicht kaputt zu machen.

Zuerst sah ich mir die Zeichnung an. Sie zeigte keine festgefügte Landschaft, alles schwebte schwerelos auf der Bildoberfläche: Vögel, ein Schmetterling, Löwe, Luchs und Hippo und weiter weg am rechten oberen Bildrand das türkisfarbene Meer, an dessen Rand ein Berg, ein Dorf, ein Aprikosenbaum, weißes Brot und weiße Steine. Links hinter Luchs war ein Fluss zu sehen. Am Ende des Flusses eine schwarze Tür. Wir hatten das Bild zusammen gemalt, und ich hatte in Schönschrift meinen Namen an den unteren Rand geschrieben und dann ihr beim Schreiben des Namens geholfen. I R I N A stand dort in schmächtigen Buchstaben, auch den Namen des Vaters hatten wir zu schreiben begonnen, aber er verwandelte sich unterwegs zuerst in eine Naht, dann in einen Vogelschwarm, der zum oberen Bildrand flog, nach Süden, zum Schwarzen Meer, ans Meer, ans Meer, dem Türkis entgegen. Ich hatte ihre Hand umfasst, mit ihr zusammen den Stift gehalten, sie geführt, sorgfältig jeden Buchstaben gezogen, aber die Vögel hatte Irina selbst gezeichnet, die schwarzen Silhouetten, Möwen, Gänse oder Schwäne, das war nicht zu erkennen, sie sahen aus wie umhertapsende Buchstaben. Wer von uns den Schmetterling gemalt hatte, wusste ich nicht mehr. Aber alles war erhalten geblieben, Lilja hatte es in dieser Schachtel aufbewahrt.

Auf dem Stuhl lagen weitere Bilder, sie hatten ebenso sorgsam zusammengefaltet in der Schachtel gelegen, aber Mur hatte sie so hastig geöffnet wie Schokoladenpapier, und jetzt glichen sie kleinen Booten. Die Kleider hatte er jedoch wie ein Tableau angeordnet oder wie auf dem Bogen einer Anziehpuppe.

Irina hat immer gelacht, sagte ich, deine Schwester. So eine Freude kann man gar nicht begreifen, so eine Wonne.

Wie soll das da meine Schwester sein, wenn sie schon tot war, bevor es mich überhaupt gegeben hat?, fragte Mur.

Versuch dich mal ein bisschen besser auszudrücken, sagte ich und klang wie Marina. *Das da* sagt man nicht über einen Menschen, sondern nur über ein Tier.

Meinst du vielleicht, das weiß ich nicht?, meinte Mur abfällig und warf mir ein Blatt Papier hin, das er auseinandergefaltet hatte, irgendeine Schwester wird *sie* ja wohl sein, korrigierte er sich mit überheblichem Ton, auch wenn mir nie jemand etwas von *ihr* erzählt hat.

Dieses Papier war dickeres, kostbares Dokumentenpapier, es trug ein altes Wasserzeichen und die Unterschriften eines Standesbeamten des Kreises Moskau und der Leiterin des Kinderheims. Ich wusste nicht mehr, wie die Frau ausgesehen hatte, obwohl wir ihr jeden Tag begegnet waren. Auch auf diesem Blatt stand der ganze Name des Mädchens, allerdings in geprägten Druckbuchstaben. Geburtstag 13.04.1917. Todestag 16.02.1920. Todesursache: Tuberkulose. Dem Totenschein war die Mitteilung hinzugefügt worden, das Kind sei wegen Seuchengefahr in einem Massengrab bei Kunzewo beigesetzt worden.

Ich hatte das Dokument zuvor nicht gesehen. Und nie, niemals hatte ich daran gedacht, wo Irina begraben war oder warum es nie eine Beerdigung gegeben hatte, keinen kleinen Sarg, keinen Trauerzug, keinen Stein. Darüber hatten wir nie gesprochen. Irina war einfach fortgegangen, nie von dem Kinderheim zurückgekehrt, von dem man mich frühzeitig holte, damit ich meine Tuberkuloseinfektion auskurierte. Aber das Dokument enthielt einen Fehler: Irina war nicht an Tuberkulose gestorben, sondern an Hunger, an Unterernährung.

Mein zweites Kind wurde in einem Kinderheim der Bolschewiki vom Hunger getötet, sagte Marina den Leuten, wenn sie das Thema ansprachen, das wussten auch die Russen in Paris, und die gleiche Erklärung hatte ich in mehreren Briefen gelesen. Ich hingegen erkrankte an Tuberkulose, und Marina holte mich wieder nach Hause, um mich zu pflegen. Sie hatte uns auf den Rat einer Bekannten hin ins Kinderheim gegeben, weil sie selbst uns im ersten kriegskommunistischen Winter im von der Hungersnot geplagten Moskau nicht ernähren konnte. Nahrung sollte dort in Hülle und Fülle vorhanden sein, Hilfslieferungen von den Amerikanern, und Irina hatte immer Hunger. Endlosen Hunger. Dafür reichten nicht einmal die Nahrungsmittel der Amerikaner aus. Am Hunger starb sie dann auch, und darum hatte ich für sie bei jeder Mahlzeit einen zusätzlichen Teller hingestellt, als es wieder etwas zu essen gab, in Berlin, in Prag, in Paris, Nahrung in Hülle und Fülle.

Ich nahm den vogelförmigen Schmuck in die Hand, er war so schwer, dass ein kleines Mädchen ihn gar nicht hätte tragen können, und ich konnte mich auch nicht erinnern, ob Irina es gedurft hatte. Sie hatte ja nicht einmal ihren eigenen Kopf richtig tragen können, er hatte immer gestützt werden müssen, so schwach war sie, keine Nahrung hatte ausgereicht, um sie zu stärken, kein Essen auf der Welt hätte sie am Leben gehalten.

Der Schmuck war ziemlich plump gemacht, ein nationalromantischer Schnörkel, ein spiralartiges Labyrinth. Ich hatte immer gedacht, es sei mein Schmuck. Lilja hatte versprochen, ihn mir zu geben. Aber Irina hatte meinen Schmuck bekommen, damit sie am Leben blieb. Wie genau ich mich daran erinnerte, an mein Philosophieren damals, an die Wut, an die Hoffnung, dass Irina doch sterben würde und ich diesen Schmuck bekäme, der mir gehörte. Hatte ich tatsächlich gehofft und gedacht, Irina würde sterben?

Mur reichte mir einen schwarzen Beutel aus Samt, darin hatte der Schmuck, in Seidenpapier eingewickelt, gelegen. Er enthielt ein kleines Heft, getrocknete Schmetterlinge, getrocknete Blumen rieselten uns entgegen, als ich es allzu unvorsichtig aufschlug, sie rieselten und bröckelten mir allesamt auf die Hose. Zwanzig Jahre hatten sie unversehrt bei Lilja im Regal gelegen, und kaum bekam ich sie in die Finger, wurden sie zu Staub, nichts blieb heil in meinen Händen, ich war wie Serjoscha, der die Pflanzen und Falter von der Krim geschickt hatte, an sein Schmetterlingsmädchen, das er nie zu Gesicht bekam. Das unsichtbare Mädchen.

Der Beutel schien noch etwas zu enthalten, vorsichtig schob ich zwei Finger hinein. Etwas Sprödes, Glattes, Gelocktes, ein Büschel Kinderhaare. Sofort zog ich die Hand zurück, als hätte ich etwas angefasst, das noch lebte.

Doch, ich habe dir von Irina erzählt, verteidigte ich mich vor Mur, nachdem ich den Flügelstaub der Schmetterlinge wieder aufgeklaubt und in den Beutel gegeben hatte, bestimmt habe ich das. Ich habe dir etliches erzählt, du kannst dich nur nicht mehr daran erinnern, ganz sicher. In Meudon, weißt du noch, als wir aus Tischen und Kissen eine Höhle bauten und ich dir vorlas und Geschichten erzählte, habe ich da nicht von Irina erzählt, doch, bestimmt, ich habe dir sogar ein Bild gezeigt, Irinas Augen, sie waren noch größer als meine, erstaunliche, betörende Augen. Und unsere Spiele, bestimmt habe ich dir davon erzählt, wir spielten die gleichen Dinge wie du und ich.

Ich kann mich nicht daran erinnern, murmelte Mur, ich war noch so klein. Ich verschloss den Beutel und beruhigte mich, ich wollte Mur nicht verlegen machen, es war ein schwieriges Thema für den Jungen, auch wenn er schnell von Verstand war, jedenfalls war er es gewesen, als ich noch mit ihm gespielt und ihm das Lesen beigebracht hatte. Irina war in allem langsam gewesen, und Marina hatte sich schnell über sie geärgert, Marina mochte überhaupt keine kleinen Kinder, aber ich hatte auch meine Schwester unterrichtet, Wort für Wort, Buchstabe für Buchstabe, IRINASERGEJEWNAEFRON.

Es gibt kein zweites Lachen wie ihres, sagte ich dann, *aijaajiaaija*, Zucker, Zucker, ich will Zucker, versuchte ich sie nachzuahmen, ich hatte es einmal gut gekonnt, aber jetzt konnte ich es nicht mehr. Irina hatte immer Hunger, und einmal aß sie einen ganzen Kohlkopf. Stell dir vor, einen ganzen Kohl.

Da war Marina bestimmt schrecklich böse, stellte Mur fest. Niemand nimmt es mit dem Essen so genau wie sie.

Das war sie auch, sie band Irina am Stuhl fest, als wir das nächste Mal aus dem Haus gingen, sonst hätte sie das ganze Haus leer gegessen.

Ziemlich grausam, meinte Mur, wunderte sich aber keineswegs, schien mir, er überlegte sich nur, wie es zu seinem Bild von Marina passte, Marina könnte so etwas tun. Vielleicht galt das seiner Meinung nach auch für mich, nach dem Vorfall von gestern.

Damals setzte man solche Mittel ein, verteidigte ich sie, es war ja niemand da, der auf das Kind hätte aufpassen können, und sie musste aus dem Haus, um etwas zu erledigen, und es war ja auch zum Besten für das Kind, es hätte ans Fenster hinaufklettern und herunterfallen oder sich am Ofen verbrennen können. Außerdem mochte Irina nirgendwo auf eigenen Beinen hingehen, man musste sie immer tragen, und wie soll man ein Kind und Kartoffeln und Brennholz und Kohlköpfe durch die schmutzigen, matschigen Straßen von Moskau tragen, vor allem wenn die Suche nach etwas Essbarem einen ganzen Tag dauern konnte. Ich glaube nicht, dass Irina es grausam fand, es war einfach so.

Allmählich klang ich nach einem altklugen Kind, das versuchte die rationalen Entscheidungen seiner Eltern zu vertreten, obwohl Marina damals nichts Rationales an sich gehabt hatte, auch später nicht, ich war ihre Vernunft, ihr Gewissen.

Warum hat euch Marina in ein Kinderheim gegeben?, wollte Mur wissen. Lilja hätte ihr doch geholfen, darüber streiten sie heute noch, nicht über irgendwelche Teppiche, ich habe es selbst gehört. Lilja sagte, als Irina starb, hätte Marina nur mit Theaterleuten gefeiert, es wäre ihr völlig egal gewesen.

Lilja wäre noch weniger als Marina in der Lage gewesen, sich um uns zu kümmern, sagte ich fast wütend. In Moskau starben nun einmal Menschen vor Hunger, es gab nichts. Im Kinderheim der Bolschewiki versprach man, sich um uns zu sorgen.

Und ihr hattet weniger zu essen als wir in Paris?

In Paris hatten wir zu essen wie die Könige, sagte ich, zumindest du, fügte ich lachend hinzu. Marina hatte darauf geachtet, dass für Mur immer genug Butter, Speck und weißes Brot da war, notfalls stahl sie es, diesen Jungen sollte nicht der Hunger töten, und das sah man.

Das hätte ich nicht sagen sollen. Er warf sich der Länge nach aufs Bett, halb über Irinas Kleider, und schob den Kopf unter die Kissen.

Ich fragte ihn, was er habe, schüttelte ihn sanft an der Schulter, aber er versteifte sich, scharrte mit den Füßen an der Bettdecke, achtete jedoch darauf, die kleinen Kleidungsstücke nicht zu treffen. Mir kannst du es sagen, wechselte ich wieder ins Französische. Zunächst bekam ich nicht mehr aus ihm heraus als qualvolles Schnaufen. Er versuchte mich wegzustoßen.

Dann hielt er sich ein Kissen vors Gesicht und fing mit gedämpfter, aber ungeduldiger Stimme an zu reden. Ich habe die Nase so voll davon, ein totes Mädchen zu spielen, um das alle so ein Getue machen. Ich habe es so satt, es zu sein. Was zu sein? Na, das Mädchen, das unsichtbare Kind, zuerst das tote Kind, als du und ich gespielt haben, dann die Puppe, die angezogen und gefüttert worden ist, mit der man an die frische Luft gegangen ist und die nirgendwo hingelassen wurde, damit sie nicht kaputtgeht, und die kein anderes Leben hat, als die Stelle von derjenigen einzunehmen, die alle vermissen und über die niemand reden kann. Hört endlich auf damit!

Ich wusste nicht, was ich sagen sollte. Ich wäre nie auf die Idee gekommen, dass sich Mur einsam fühlen könnte. Ich glaubte, er atmete im selben Takt mit Marina, sah und hörte mit ihren Augen und Ohren, fühlte mit ihrem Herzen. So naiv war ich, konnte mir nicht vorstellen, dass auch mein Bruder eine Seele hatte, voller Not und unausgesprochener Worte wie meine.

Ich griff nach seinem gebräunten Fußgelenk, streichelte es, dachte, gleich zieht er es weg, aber er tat es nicht, hielt sich aber weiterhin das Kissen vors Gesicht. Ich legte die andere Hand um das andere Fußgelenk und drückte zu. Mur trat aus und warf das Kissen nach mir, ich hatte vergessen, wie kitzlig er war.

Da begriff ich, dass ich ihn angelogen hatte. Wie leicht war die Lüge herausgekommen. Ich hatte angefangen, selbst daran zu glauben. Irina hat den ganzen Kohl aufgegessen, Marina, stell dir vor, einen Kohl so groß wie der Kopf eines Menschen.

Der Wald ist voller Licht, Schnee und Himmel, es gibt keinen Unterschied zwischen ihnen, wir marschieren voran, Irina, ich, Irina, ich, eins, zwei, drei, ich bringe es ihr bei
um das Haus herum, um den Brunnen herum
hebe die Beine wie ein Soldat, und Irina hebt die Filzstiefel, obwohl sie nass sind, es dringt Wasser ein, sie sind schwer zu tragen
und die Kälte kriecht unter den Pullover, er ist zu kurz, ein gekochter Wollpullover, den man kaum noch anbekommt, hart wie ein Brett, ein Eisenhemd, wie bei einem Soldaten

die Häuser sind voller kleiner Soldaten, kleine Soldaten, die mit dem Kopf an die Wand schlagen, um in den Schlaf zu finden, sie schlafen überall auf den Gängen und Fußböden und in den Gräben, klein wie Käfer, so klein, dass sogar Irina plötzlich groß wird, obwohl ihr Bauch eingefallen ist und die Augen tief in den Höhlen liegen und sie nicht mehr laufen kann wie früher

unter dem Schnee gibt es weiße Beeren und schwarze Beeren, Blaubeeren gibt es keine mehr, die Preiselbeeren sind im Nachtfrost erfroren, der Sommer so heiß, der Winter so kalt

wenn man nicht mehr allein ist, sondern zu zweit, muss man teilen, was man findet, auch das wenige,
und als der Himmel dunkel wird, leuchtet der Schnee wie silberner Schmuck, Schmuck, stell dir vor, Irina, Marinas Schmuck leitet uns, und der Mond, dein Mond, deine Augen, so sehen wir, wo wir hingehen
so gehen wir
eins, zwei, drei

und so trinken wir, wir schlagen uns die Bäuche mit Milch voll und haben nie mehr Hunger, und ich verspreche, dass Marina uns bald besuchen wird, sie kommt auf einem weißen Pferd und holt uns ab, auf die Krim, auf die Krim, nach Cimmeria, wo ewiges Licht herrscht und wo es Schmetterlinge und Aprikosen und weißes Brot gibt, und Irina leuchtet schöner als alle anderen, so schön, dass sie nicht mehr der Erde gehört, sondern dem Himmel.

Bolschewo
August 1939

Die Tür von Marinas Zimmer war geschlossen, das Bett war gemacht, der Koffer geöffnet worden, auch die Fenster standen offen. Ich hätte die Schachtel auf ihr Bett stellen können, ich hätte die unsichtbare Botin sein können, wie früher. In Saint-Gilles-sur-Vie hatte ich Marina ihr tägliches Stück Himmel gebracht: die Briefe von Boris, die Briefe von Rainer Maria Rilke, schließlich die Briefe von irgendjemandem, jeder ging als Gott durch, der sie für einen Moment zum höheren Leben emporzog. Aber ich wäre ein Efron'scher Hasenfuß gewesen, hätte ich es auch jetzt getan.

Ich ging nach draußen. Das Wetter wirkte eigentümlich, als wäre aus der Hitze eine Membran entstanden, eine Oberflächenspannung, die jeden Moment reißen konnte, vielleicht würde es in der Nacht ein Gewitter geben, eines, das den Sommer auf einen Schlag hinwegfegen würde.

Ich sah, dass Marina dort saß, wo ich sie gestern zu sehen geglaubt hatte, hinter der Abwaschstelle, an der Bahnlinie, eine dunkle Gestalt, die sich von der grauen Rinde der Kiefer kaum abhob. Der Rauch, der sich unter dem Tiefdruck nur langsam um den Stamm schlängelte, verriet sie, irgendwo hatte sie etwas zu qualmen aufgetrieben. Es sah aus, als lauschte sie auf etwas, auf das Gewitter, auf den Regen, auf die Ankunft der Gäste, bald würde der Fünfuhrzug das Haus passieren. Mich hatte sie jedoch noch nicht bemerkt. Ich wollte noch immer zurückweichen, ich spürte, wie sich ihre Stummheit in mir wälzte wie grauer Zement. *Die Steinfrau.*

Ich trat zu ihr, sie schaute mich an, zuerst, weil sie sich gestört fühlte, und erst dann vorwurfsvoll, und rauchte weiter.

Auf der glatt gescheuerten Bank war noch Platz. Aber ich konnte mich nicht zu ihr setzen, ich konnte es einfach nicht. Ich stellte die Schachtel neben sie.

Sie warf einen verächtlichen Blick darauf und sagte, es sei zwecklos, falls ich gedacht hätte, sie mit alten Süßigkeiten beschwichtigen zu können.

Lilja hat mir das für dich mitgegeben, stellte ich richtig.

Das ist noch zweckloser. Sie sah mich schadenfroh an. Glaubte sie, Lilja wollte sich nach dem dummen Streit über den Teppich mit ihr versöhnen?

Ich brauche nichts mehr, sagte sie sehr entschieden, vielen Dank.

Dann stand sie auf. Ihr Gesichtsausdruck erinnerte an den pferdescheuen Blick, den sie auf der Messe gehabt hatte, am eingezäunten Sandstrand.

Geh weg, sagte sie zu mir, ich will dich nicht sehen, korrigierte sich jedoch gleich darauf sonderbar sanft, jetzt gerade will ich niemanden sehen.

Ich hörte das vertraute Brausen, den Pfiff, der Fünfuhrzug hielt am Bahnhof von Bolschewo. In wenigen Minuten wäre er hier. Dann sah ich eine andere Miene auf ihrem Gesicht. Ich erkannte sie.

Marina stand auf und ging an den Schienen entlang.

Ich folgte ihr. Sie ging schnell, wollte mich abschütteln, schnaubte die ganze Zeit hartnäckig, als wollte sie sagen: Lass den Menschen in Ruhe.

Ich tat es nicht. Ich versuchte sie einzuholen. Erst als wir den Grenzstein erreichten, bekam ich ihre Hand zu fassen.

Du willst dir die gesamte Vorstellung ansehen?, fragte sie. Das würde ich dir nicht empfehlen.

Ich drückte ihre Hand fester, sodass es mit Sicherheit wehtat. Das Zuggeräusch dröhnte über dem Wald. Marina riss sich los, sprang über den Graben, staubiger Beifuß, Johanniskraut, Fuchsschwanzgräser, und ich stürzte ihr hinterher. Ich sah den Zug, umfasste ihren Oberkörper, spürte wie sich alle ihre Sehnen anspannten, sie wollte losrennen, und ich spürte, dass sie in ihrem Willen stärker war als ich, ihr Atem ging so heftig wie bei starken Schmerzen. Aber ich konnte nichts anderes tun, ich atmete ein und aus, drückte Marina an mich, atmete, der Zug kam näher, ich atmete, der Zug kam auf uns zu, ich presste die Augen zu, hörte den Zug, hörte meinen Atem nicht, spürte aber die Schläge meines Herzens und die Schläge ihres Herzens, und erst dann hörte ich Marinas Atem, ein, aus, ein, aus, der gleiche Rhythmus, A, O. Als geschähe etwas immer wieder von Neuem und hörte nie auf.

Schließlich kehrten wir zum Haus zurück. An der Abwaschstelle war Liljas Schachtel auf die Erde gefallen, der Luftzug des Zuges hatte sie wohl hinuntergeweht. Ihr Inhalt lag verstreut im Gras, nur die Blätter lagen noch gefaltet in der Schachtel. Rasch sammelte ich die Kleidungsstücke ein.

Marina war hinter mir gegangen und stand nun neben mir. Ich hielt die Kleider in den Händen. Sie erkannte sie, nahm mir Irinas Pullover, Kleid und Handschuhe ab, noch bevor ich sie ihr hinhalten konnte.

Dann drückte sie das Gesicht darauf und schloss die Augen. Ich dachte, es wäre nichts mehr von Irina übrig, sagte sie, und sie sagte danke, Alja, sag Lilja Danke von mir.

Dann bot sie mir eine Zigarette an, es war eine, die ich gedreht hatte. Ich schüttelte den Kopf, und erst da spürte ich den Schreck in meinen Beinen und Armen, als wäre der Zug durch mein Herz gefahren.

Du scheinst keinen russischen Tabak zu mögen, sagte sie ein wenig enttäuscht.

Das ist es nicht, antwortete ich, ich habe nur keine Lust mehr zu rauchen, mir wird schlecht davon.

Marina sah mich fragend an. Ich hätte wütend auf sie sein müssen, denn was sie zu tun versucht hatte, war die egoistischste Tat, die es gab. Und ich hatte sie gerettet, ohne dass sie es gewollt hatte. Ich lächelte sie an, obwohl ich dabei spürte, wie sich die Wolken vor die Sonne schoben. Und als Marina zurücklächelte, spürte ich, wie das Kind in mir atmete und dass ich für es atmete, aß, trank und ruhte. Es atmete in mir, obwohl ich noch nicht fähig war, ihm Gestalt zu geben, nicht die eines Menschen, nicht die eines Fisches und auch nicht die eines Vogels. Es wollte noch nichts, darum war es ein Teil von mir, aber trotzdem ein eigenständiges Wesen, über das ich nichts wusste. Ich spürte, dass Marina es wusste, und das band mich enger an sie als jeder Stich mit Nadel und Faden.

Všenory
August 1923

In der Nacht kam erneut Sturm auf und fällte eine Kiefer, genau den Baum, dessen Umstürzen Alja vorausgesagt hatte. Marina war mit dem Siegellack in der Hand eingeschlafen, das krachende Geräusch ließ sie hochfahren, es klang, als wäre ein Berg eingestürzt, ein Berg oder ein Felszahn, und ihm folgte das Klirren von Glas. Zunächst glaubte sie, es wäre ein Traum, alles passierte in ihrem Inneren, etwas ging kaputt, aber was sollte das sein, wo doch ohnehin nicht mehr viel heil war. Schließlich hörte man eine grelle Stimme, es klang nach dem Weinen eines Mädchens oder eher nach einem ganz kleinen Kind, einer Eule oder einem anderen Vogel, und da war sie vollkommen wach. Der Scherenvogel, *ciris, ciris, kerein*, er war wieder hinter ihr her.

Sie ließ den Brief auf dem Stuhl liegen und sprang auf, sie rannte zur Tür, obwohl die Beine sie nicht trugen, sie waren eingeschlafen, wollten sich nicht rühren, sie hatte darauf gesessen, jetzt aber hinaus, ins stürmische Dunkel, sie dachte nicht, dass dem Mädchen etwas zugestoßen sein könnte. An der Haustür nahm sie zuerst den Duft des Baumes wahr, seinem aufgerissenen Inneren entströmte das Leben wie einer offenen Ader, sie spürte es im Mund, im Rachen, im Bauch.

Der erste Gedanke: sich dem Geist des Baumes darzubieten, den eigenen Leib, alles, was sie hatte, als letzter Tausch. Das verlangte er, der Chor der Bäume, mit Macbeths Furor. Es war ganz hell, und an den Sturm erinnerte nur noch ein leiser, dunkler Wind, der die Wolken weitertrieb, sie sah alles ganz genau, der Mond kam hinter den aufreißenden Wolken zum Vorschein, erleuchtete das Grundstück, schaute sie aus den Pfützen an, die umgekippte Regentonne hatte ihren Inhalt blutig schwarz auf die Erde ergossen, und der Mond spiegelte sich in den Pfützen, in den Eimern voller Wasser, in den Fenstern, überall. Schwer wie ein Uhrengewicht hatte der Mond viele Nächte gewartet, aber er war noch immer nicht voll. Jetzt hing er dünn wie aus Papier da, ausgedünntes Blau schimmerte hindurch, trügerisch ungefährlich. Er wartete auf ihre Abreise, auf ihre Entscheidung, auf die Erfüllung, auf die Lösung, was daraus würde, ein neues Gedicht, ein neuer Rhythmus, ein neues Metrum oder etwas anderes, ein Leben, ein fremdes, seltsames Leben.

Dann sah sie die umgestürzte Kiefer. Der Baum hatte mit einem Ast das Dachbodenfenster eingeschlagen. Alja schlief unmittelbar daneben, hatte das Mädchen im Schlaf geweint, war es deswegen gewesen? Sie hätte gleich zu ihm gehen müssen, anstatt im Dunkeln zu stehen, von Angst erfasst. Erst jetzt fing sie an zu zittern, als sie die Treppe hinaufstieg, mit wildem Atem und dem Herzschlag dicht unter der Haut wie bei einem Pferd, sie dachte, dass es wieder passiert war, dass sie zu spät kam, weil sie nichts begriffen hatte, dass sie das Mädchen alleingelassen hatte, statt es zu beschützen, ihm Schirm und Schutz zu sein, gegen die Nacht, die Finsternis und den Sturm, stattdessen hatte sie sich selbst in Sturm und Finsternis verwandelt.

Die Scherben neben dem Bett glitzerten wie funkelnde Sterne, der ganze Fußboden war davon übersät, im Dunkeln konnte Marina nicht das ganze Ausmaß der Zerstörung erkennen. Draußen hörte man einen Schrei, es klang nach dem schrecklichen Todesschrei eines verletzten Kindes oder einer Eule. Sie trat ans Bett, doch das Zittern ihrer Hände hörte nicht auf, sie umklammerte den Bettrand, damit das Beben nicht in ihrem ganzen Körper die Macht übernahm, und holte tief Luft, bevor sie die Bettdecke anhob.

Im Dunkeln sah Aljas Gesicht leblos aus, und Marina kam es so vor, als sei an den Schläfen etwas zart Bläuliches zu erkennen. Sie strich dem Mädchen die Haare aus dem Gesicht, hielt den Atem an und legte dem Kind die Hand auf den Mund. Der unrhythmische Gang des Herzens fühlte sich wie ein Schlucken an. Im ersten Winter hatte Alja oft wie tot ausgesehen und so reglos dagelegen, als atmete sie nicht mehr. Das geschah, wenn sie schlief und im Gang das Fenster zur Kälte hin aufstand oder wenn Marina das Mädchen draußen im Wagen in den Schlaf wiegte.

An dieses Bild erinnerte sie sich jetzt: Wie sie rauchend neben dem Kinderwagen stand, in Filzstiefeln, mit Fischerhandschuhen oder rissigen Fäustlingen, Tinte an den Fingern, das Mädchen ins Bärenfell gewickelt, Sternfunken auf den Wimpern und Rauch über den Dächern, ein Tag wie ein schmaler Türspalt, bald aufsteigende Dunkelheit, und als sie dann in den Wagen schaute, den Saum des Fells öffnete, stockte alles in ihr, das Blut, die Wörter, der Atem, und so sorglos, wie sie damals war, das Leben nichts als Überfülle und ein Fest, als einziger Schmerz der unzähmbare Galopp in den Versen der jungen Frau und die Liebe, die in niemandem lange genug verweilte, hatte sie noch nicht gewusst, dass Kinder Hungers sterben können, ihren Kindern jedenfalls könnte das nicht passieren, Milch war genug da, Ammen ernährten das Mädchen, und sie beschützte es mit der Wonne der Vokale, mit Atemliedern, ha, hä, was hätte deine Seele gern, und doch hatte sie Angst, irgendwo am Rand des Bewusstseins, dass Herz und Atem des Mädchens aussetzen könnten, nein, vor sich selbst hatte sie Angst, ob ihre Liebe ausreichte, das Kind am Leben zu halten, den kleinen Menschen, der sonst nichts hatte auf der Welt als das, was sie ihm geben konnte, am allerschrecklichsten aber war die Hilflosigkeit, die Not eines Tieres ohne ein einziges Wort, und niemand, mit dem sie darüber sprechen konnte.

Von da war ihr die Geste geblieben, die sie bei angehaltenem Atem ausführte wie ein lauerndes Tier. Sie machte es nahezu jedes Mal, wenn sie in den frühen Morgenstunden aufstand, während Alja noch fest schlief, wie heimlich, auch vor sich selbst, aber immer lebte das Mädchen, atmete, und da konnte sie selbst wieder atmen und Feuer im Kosan-Gasofen machen, auch das brauchte ihren Atem, um am Leben zu bleiben.

Und so spürte sie auch jetzt einen warmen, milchigen Luftstrom aus Aljas Nasenlöchern und konnte frei atmen. Sanft legte sie dem Kind die Hand auf den Hals und fühlte den Puls, konnte ihn von ihrem eigenen nicht unterscheiden, den sie als unruhigen Druck in den Adern wahrnahm. Aber als sich ihre Wallung legte, war alles gut, alles gut, ich bin hier, sie hörte das Herz des Kindes pochen wie ein klar umrissenes Nebengeräusch im Gang ihres eigenen Herzens, es hatte nichts Zerbrechliches an sich, es war der forsche Galopp eines Pferdes.

Marina beugte sich weiter hinab, die dicken Strähnen, die sich zwischen Nacken und Kopfkissen hervorschoben, waren feucht und muffig, und das Kissen, das das Mädchen umklammerte, roch nach Lammfell. Alles war gut, die Scherben hatten das Kind nicht getroffen, es war der gewalttätigen Umarmung des Baumes entgangen.

Sie versuchte Licht in der Gaslampe zu machen, aber die hustete nur, schnappte nach Sauerstoff, ging schließlich gar nicht an, sie hatte den ganzen Sommer über Schwierigkeiten gemacht, jetzt hörte sie auf zu funktionieren. Trotzdem konnte Marina die Farbe im Gesicht des Mädchens erkennen, die Wangen, die auf dem gestrigen Hinweg in der Sonne noch brauner geworden waren, gleichmäßig wie das Porzellan einer Puppe, sie zuckten, wenn ihnen im Schlaf ein leichtes Lachen entwich, als liefe das Mädchen noch immer über die vertrocknete Wiese und machte sich über seine Mutter lustig. Inzwischen musste sie über sich selbst lachen, über ihr Bild im Spiegel des Kindes, es war bestimmt ganz richtig, das Kind sah die Dinge klarer als sie. Als Alja zur Welt kam, hatte Marina beschlossen, diesem Kind alles zu sagen. Sie würde dieses Kind nicht anlügen, sie wollte so ehrlich zu ihm sein wie zu ihren Versen, würde ihm direkt in die Augen schauen, und so war das Mädchen nun: ein Spiegel der Wahrheit vor ihren Augen. Und das Bild, das sie an diesem Abend im Spiegel gesehen hatte, war entsetzlich gewesen.

Mit dem unversehrten Handrücken strich Marina über die warmen Furchen am Hals und am Ohr des Mädchens, aber die Hand zitterte immer noch, es wollte nicht aufhören. Sie nahm die Hand weg, damit das Kind nicht aufwachte. Bis zum Aufbruch waren es noch drei Stunden, die Uhr zeigte nicht einmal sechs. Das Mädchen murmelte im Schlaf, die Wörter waren kaum zu unterscheiden, die Augen bewegten sich unter den Lidern, der Schlaf lief seinen Lauf, weit weg, weit weg, am Handgelenk ein leises Pulsieren, entschlossen, ebenso unbeirrbar wie das Voranschreiten der Uhr und wie dieser Tag, dieser Morgen, der letzte Dienstag im August, den sie nicht hatte fernhalten können. Sie nahm die Hand weg, wenn hier nur alles vorhanden wäre, dann könnte sie bleiben, alles bliebe gleich, nichts würde überschwappen. Sie könnte ihr Kind nicht hergeben, nicht so, es nicht wie ein Zuchttier oder einen Eunuchen in andere Hände geben – woher kamen ihr nur diese Bilder in den Sinn?

Alja kam kaum zu Bewusstsein, als Marina sie aus dem Bett hob. Das Mädchen war schwer wie eine Tote. Sie drückte es an sich, die kühlen Beine schlangen sich um ihre Hüfte, die Arme klammerten sich vertrauensvoll an ihren Hals. Wenn sie es so im Arm hielt, fühlte sich das Mädchen an wie ein Teil von ihr, wie zwei Mädchen, beide ihre Kinder.

Sie waren wie die Äste eines Baums mit den gleichen Blüten. Die Trennung bedeutete, dass sie zwei eigenständige Wesen werden mussten. Zwei Bäume.

Und sie musste tun, was sich gehörte. Zuerst die Pflicht, dann das Glück. Sie musste das Leben verschieben, den neuen Anfang, die Möglichkeit der neuen Liebe, und gleich nach dem Umzug für zwei Wochen in diese deutschsprachige mährische Stadt fahren, sie würde das Kind an der Hand halten und alles Ziehen und Zerren ertragen, wer wen an der Hand nehmen musste, eins, zwei, drei, eins, zwei, drei. Sie musste das Mädchen gehen lassen, auch wenn sich die Hände noch so sehr vor Sehnsucht krümmten, die abwehrenden, ausgestreckten, aufschiebenden, leeren Hände. Zwei Paar Hände hatte sie auf die Welt gebracht, das eine ins Grab begleitet, das andere aufs Leben vorbereitet, würde man ihr auch das noch wegnehmen, ihr einziges? Was sollte sie mit ihren eigenen Händen anfangen, wenn sie diese nicht mehr dem schlafenden Kind auf die Wange legen konnte?

Den Rest der Nacht schlief Marina neben Alja, soweit sie noch schlief, Aljas Kopf an ihren Füßen, das Bett war schmal, sie hatte es schon lange nicht mehr ausgezogen, damit zwei darauf liegen konnten. Sie wusste gar nicht mehr, wann Alja aufgehört hatte, zu ihr zu kommen, irgendwann im Frühjahr war es gewesen, in der vorigen Wohnung, da hatte sie etwas zu dem Mädchen gesagt, dass sie Raum brauche, nicht atmen könne, oder hatte das Mädchen ihr etwas angemerkt, was ihr selbst noch nicht bewusst gewesen war? Im Winter hatten sie in einem Bett geschlafen, ein einziges Bündel aus Armen und Beinen, umschlungen zu einem dampfenden Atem, einer schlafenden Bewegung, wie Seeanemonen am Meeresgrund. Und dann auf einmal, als der Schnee schmolz und die Erde noch schwarz war, fühlte sie sich von den Berührungen beider gestört, von Alja und Serjoscha, als hätte sie keine Haut, sich zu schützen, und sie konnte nicht schlafen, hörte im Dunkeln den Atem der beiden, den gleichen Rhythmus, wie auf Vereinbarung.

Ob sie gesagt hatte, Alja sei zu groß, um noch bei ihr zu schlafen, oder etwas anderes halb Beabsichtigtes, wusste sie nicht mehr genau. Was sie wusste, war, dass Alja und Serjoscha, als der Schnee auf den Bergen schmolz und krachend das Eis des Berounka brach, das schwarz gewordene Klappbett vom Schuppen auf den Dachboden trugen und Alja sich dort mit alten Flickenteppichen eine Ecke abteilte. Schließlich schlief Marina allein in ihrem Bett, weil Serjoscha auf dem Diwan blieb, um zu lesen, wie er sagte, aber er schlief stets sofort ein, während sie wach lag und auf die Dunkelheit lauschte, und am Morgen wachte sie vor den anderen auf. Auch Serjoscha war seitdem nicht mehr zu ihr gekommen.

Wieder erhob sich der Sturm, und die Dunkelheit verstärkte die Stimmen des Waldes, die Bäume heulten immer wieder auf, im Versuch, dem Wind standzuhalten. Sie strich dem Mädchen über den dünnen Rücken, und es schüttelte sich im Schlaf, als würde es weinen, und am liebsten hätte sie das Kind an sich gepresst, es unter ihr Nachthemd genommen, damit es wie eine Zecke an ihr haften blieb. Aber sie lag nur reglos neben dem Rücken des Mädchens und hörte der Dunkelheit zu, die größer war als sie und atmete.

Bolschewo
August 1939

Emilia Emanuilowna rannte vor den anderen, die mit dem Zug gekommen waren, aufs Grundstück, mit Bilka auf den Fersen. Wegen niemandem sonst hätte sich die Bulldogge in den Regen hinausbemüht, aber Miljas Ankunft witterte sie schon von weitem. Es hatte angefangen zu hageln. Die Körner verursachten helle Cembaloschläge auf den Scheiben, ich öffnete die Tür, es roch nach Erde, Asche und Kälte, die Fenster beschlugen durch die Feuchtigkeit im Nu zu Röntgenbildern, auf der Erde beförderte ein plötzlich entstandener Strom Kiefernnadeln wie eilige Stadtbewohner. Milja hielt sich zum Schutz vor dem Hagel eine Zeitung über den Kopf, die allerdings schon durchgeweicht und rissig war, weshalb sie nass wie eine Wasserratte ankam, ein Bisamtier mit rotem Fell.

Dieses Unwetter war zu erwarten, lachte sie, als sie die schlammigen Tennisschuhe an der Fußmatte vor der Veranda abstreifte und versuchte den verliebten Hund zu verscheuchen, der Sommer ist zu Ende. Sie umarmte zuerst Serjoscha, der verschlafen und mit einem Filmbuch in der Hand barfuß herauskam, leicht wie Papier, die offenen weißen Ärmel flatternd. *Was für ein Regenschauer*, wenn man schon einmal Deutsch reden darf, der spült die Migräne und alle irdische Mühsal hinweg.

Sprich mit meiner Frau, antwortete Serjoscha, Marina ist die Einzige, die in diesen Zeiten die deutsche Sprache in Ehren hält. Marina war in ihr Zimmer gegangen, dessen hatte ich mich versichert, bevor sie kamen, und sie würde nicht nach draußen gehen, sie hasste jede Form von Niederschlag so sehr, wie sie die Katzen hasste, die sich unter dem Terrassentisch versteckten. Das werde ich auch tun, meinte Milja, ich nehme sie zu einem langen Spaziergang mit, sobald es aufhört, und dann reden wir nur Deutsch, wir reden über Dichter, über Goethe, Heine und Hölderlin. *Gibt es auf Erden ein Maaß? Es gibt keines.* Gut, Milja, Marina kann Aufmunterung gebrauchen, die Gesellschaft rechter Menschen, auch wenn ich nicht glaubte, dass sie sich heute zu einem Spaziergang bewegen ließ, aber ich war erleichtert, nun jemanden zu haben, der ihr Gesellschaft leistete. Ich hatte beschlossen, niemandem etwas über das, was vorgefallen war, zu sagen, nicht einmal Serjoscha. Marina selbst würde es kaum zur Sprache bringen.

Milja gab Serjoscha mit Bedauern die nasse Zeitung und sagte, das sei alles, was von den Nachrichten des Tages noch übrig sei. Nikolai Andrejewitsch würde zum Glück weitere Blätter bringen, auch eine Ausgabe der verspäteten Revue de Moscou, die ich selbst noch nicht zu Gesicht bekommen hatte. Hätte man nicht geglaubt, dass uns Stalin auf den Schoß dieses Schnurrbärtigen springen lässt, fuhr Milja sorglos fort, aber nun muss man wenigstens nicht befürchten, dass der Krieg gleich morgen beginnt. Auch die Engländer verkünden, das Zeitalter des Friedens sei angebrochen. Lassen wir erst mal das Papier trocken werden und sehen dann nach, sagte Serjoscha skeptisch und breitete vorsichtig die Zeitungsseiten auf den Korbstühlen der Veranda aus.

Milja umarmte mich und küsste mich auf beide Wangen, dabei wurde meine Bluse von ihren tropfenden Locken nass, aber das war nur belebend, die wunderbare Milja, Milja, die sich vor nichts fürchtete. Dennoch argwöhnte ich weiterhin, dass nur sie im Auftrag des Innenministeriums im Haus sein konnte, aber was sollte sie schon berichten, das uns gefährlich werden könnte, sie wusste ihre Worte abzuwägen, verstand auch Marina besser als jeder andere, besser Milja als ein Fremder. Sie roch infolge der schweißtreibenden Fahrt nach Harz und Zimt, und trotz aller guten Laune sah sie aus wie ein verheulter Stummfilmstar, mit zerlaufender Augenschminke auf den Wangen. In dieser Hinsicht war die französische Wimperntusche besser. Die weiß karierte Rüschenbluse klebte an ihrem Körper, sodass die sommersprossige Haut und die schmale Knabenbrust durchschienen und sie nackt und verletzlich aussehen ließen. Wäre ich ein Mann, würde ich mich in Milja verlieben, dachte ich da.

Hast du, Ariadna?, flüsterte sie mir hastig auf Französisch zu, du weißt schon, ich habe es wieder mal vergessen. In meinem Zimmer, in der Hutschachtel, unter dem Bett, antwortete ich, letzten Monat war es das Gleiche gewesen, man fragte sich, wie eine Frau mit fünfunddreißig Jahren noch ihren Zyklus vergessen konnte. Eigentlich könnte ich ihr meinen ganzen Vorrat überlassen, denn bis ins nächste Jahr hinein hatte ich mit diesem Übel nichts mehr zu schaffen.

Serjoscha warf uns einen besorgten Blick zu, er glaubte wohl, wir wären bereits über etwas im Bilde, das mit dem Pakt zu tun hatte und das er nicht wusste, und tatsächlich sah Milja ihn so geheimnisvoll wie Mata Hari an, die einen chiffrierten Zettel im Büstenhalter trug. Bloß dass sie keinen BH trug, nur ein Unterhemd, und sich wie ein Kind über den unvermuteten Hagel freute. Schau, so leicht ist es, das Leben, schien sie mit jeder Geste mitzuteilen, als wäre sie verliebt, was war passiert, so heiter hatte ich sie noch nicht gesehen. Die Klepinins kamen ihr nach, Nina Nikolajewna, Nikolai Andrejewitsch und Sofa, ihr jüngstes und einziges gemeinsames Kind. Mur kam in ihrem Gefolge angestapft, er war der Einzige, der den Ankömmlingen schließlich entgegengegangen war, er hatte nicht auf die Witzblätter warten können, um die er Sofa gebeten hatte, wahrscheinlich waren die jetzt auch nass, was gleich Geschrei geben würde.

Unsere Philosophin ist die reinste Marathonläuferin, sagte Nikolai Andrejewitsch, als er es mit seinen Frauen auf die Veranda geschafft hatte, wo Milja mit einem Handtuch ihre Haare trocknete. Ich laufe, also bin ich, erwiderte Milja, sich dabei aber irgendwie abwertend. Trotzdem stimmte es. Emilia Emanuilowna stand keinen Augenblick still, und hätte sie eine andere Erziehung in einer anderen Zeit genossen, hätte sie Zirkusakrobatin oder olympische Sportlerin werden können. Aber weil sie ihre Ausbildung in Marburg und an der Sorbonne bei den besten Philosophen erhalten hatte, war auch ihr Denken schnell und wach wie der Schritt eines Dreispringers, und sie konnte gleichzeitig auf Französisch, Deutsch und Russisch denken und dazu Swing tanzen. In Bolschewo passte sie sich jedoch dem langsamen Rhythmus an und nahm Nina samt deren Gelassenheit einer Kuh als Metronom. Die Klepinins behandelten sie wie ihre eigene Tochter, von ihren Eltern sprach sie nie. Wir seien ihre Familie, sagte Milja, wenn jemand versuchte sie nach ihrer Herkunft zu befragen, und ich wusste nichts über ihre Familie. Sie hatte die Vergangenheit besser getilgt als wir anderen. Ich konnte nicht sagen, ob die Familienlosigkeit sie freier oder eher arm machte, aber mit Sicherheit rührten daher ihr Bemühen und ihre überzogene Freundlichkeit, als würde sie sich doch nicht ganz und gar darauf verlassen, dass wir sie akzeptierten, wirklich akzeptierten, oder aber sie versuchte etwas zu verbergen, ihre eigentliche Aufgabe.

Plötzlich erschien Mulja auf der Terrasse. Wo hatte er sich den ganzen Nachmittag versteckt gehalten, bei einem Schläfchen, oder hatte er Holz und Wasser geschleppt, obwohl es nichts mehr zum Tragen gegeben hatte, vielleicht hatte er das schmelzende Eisherz im Keller bewacht oder einen Spaziergang in dem Wäldchen unternommen, in dem ich ihn schon gestern vermutet hatte, auf der Jagd nach den Glanzaugen in den Büschen. Lange hatte ich kein solches Lächeln auf seinem Gesicht gesehen, selbstsicher und strahlend, aber mich schaute er dabei nicht an. Brachte Milja es hervor?

Als wir hineingingen, hatte ich das Gefühl, als meide mich Mulja und rede lieber mit den anderen als mit mir, als wäre ich nicht einmal anwesend. Ich wusste nicht, weswegen er beleidigt sein könnte, hatte ich ihm zu wenig Aufmerksamkeit geschenkt, hatte ich ihn zu lange sich selbst überlassen, war er so verwöhnt und ich darum jetzt nur Luft für ihn?

Ich ließ sie unter sich und ging in die Küche. Ich wollte in Ruhe meinen Artikel in der Revue lesen. Doppelseite fünf hatten wir im Zusammenhang mit dem neuen Satz vereinbart.

Das Interview war in der ganzen Zeitung nicht zu finden. An seiner Stelle war eine völlig andere Geschichte eingerückt worden, von Matwejew im Frühling geschrieben, die nichts mit der Messe und dem Nichtangriffspakt zu tun hatte. Mein Text war nicht veröffentlicht worden, und niemand hatte mir etwas davon gesagt. Nicht einmal Nina.

Es war sinnlos, das Thema am Wochenende aufzurühren. Außerdem hatte ich viel wichtigere Neuigkeiten. Heute Abend musste ich sagen, was ich weder Mulja noch sonst jemandem gegenüber bislang herausgebracht hatte. Dass durch uns etwas seinen Anfang nahm, das erstaunlicher war als wir beide. Dass es uns beiden gemeinsam geschehen würde, ganz gleich, ob Mulja nun bei mir bleiben und es annehmen oder sich lieber weiter von Schuretta herumkommandieren lassen oder verzaubert von Milja oder einem anderen Frauenzimmer umherschweben wollte. Ob er wollte oder nicht. Aber das Haus war voller Leute, von nun an waren alle Neuigkeiten gemeinsame Neuigkeiten, Trauer, Freude, Leben und Tod.

Fleisch gab es nur in der Kohlsuppe, dafür aber Kohl in der Pirogge und in den Salaten, Kohl, immer Kohl und weiße Hemden, und es gab Pilze und gedämpfte Kartoffeln und Salzgurken und Zwiebelstangen und Sauerrahm und Serjoschas Tomaten. Ich hatte alles fertigbekommen. Milja hatte beim Tischdecken geholfen und mit mir gemeinsam die Speisen aufgetischt, sobald es nicht mehr hagelte. Der Birnenkuchen wartete in der Nachwärme des Backofens.

Die Gäste aßen mit gutem Appetit, auch wenn das Essen für eine Feier bescheiden war und die ermüdende Hitze so schwül zurückkehrte, wie sie den ganzen Samstag über gewesen war, aber bald käme der Abend, es wurde früher dunkel, und vielleicht würde es in der Nacht etwas abkühlen, in der Luft war ein wenig Herbstgeruch zurückgeblieben.

Solche Abende hatte es im Verlauf des Sommers viele gegeben, draußen um den Tisch herum wir und die Klepinins und oft Besuch, Lilja, eine ihrer Schauspielschülerinnen oder Ninas zweiter Sohn mit seiner Familie, Komsomol-Genosse Alexi, und nicht selten auch Milja. Auf dem Tisch stand ein überzähliger Teller, Boris würde nicht kommen, aber vielleicht Lilja, oder doch Asja, ganz unvermutet, als wäre sie nie weg gewesen.

Nina Nikolajewna war an diesem Tag gesprächiger als sonst, schaffte es jedoch mit ihrem Geplauder nur zu enthüllen, was für eine Mühe sie damit hatte, die Sorge um ihren Sohn Dimitri zu verbergen. Mitja lag schon die dritte Woche in einem Moskauer Krankenhaus und würde wohl kaum im Herbst mit der Berufsschule anfangen können, denn seine Tuberkulose verschlimmerte sich in der Augusthitze, den ganzen Freitag und Samstag hatten sie an seinem Bett gesessen. Nach dem Besuch in der Klinik schwelte auch in Nikolai der Kummer um den Stiefsohn, das sah man daran, wie schnell er sich betrank, seine Tochter achtete sichtlich darauf, dass er sich den Wodka nicht zu schnell in die Kehle schüttete, denn das bedeutete einen Temperamentwechsel vom gelassenen Familienvater zum unberechenbaren und aggressiven Eiferer, der nicht aufpasste, was er sagte.

Serjoscha und ich sahen Mur an, der mit seinem Blick die Schnapsflasche auf dem Tisch mied und wegen unseres Grinsens rot wurde, sodass er aussah wie ein Stück rosa Seife. Mulja wich weiterhin meinem Blick aus, ich berührte jedes Mal seinen Arm oder sein Haar, wenn ich an ihm vorbeiging, bekam aber nicht die geringste Geste zur Antwort, warum versteifte er sich auf diese Art in seiner Hülle wie eine rohe

Frucht? Er kannte die Klepinins doch schon vom Frühling her, um ihretwillen dürfte er eigentlich nicht aufgeregt sein.

Nina Nikolajewna erging sich darüber, wie herrlich es sei, nach den anonymen Massen von Moskau wieder unter den eigenen Leuten zu sein, und was für ein beruhigender Anblick unsere Tischgesellschaft sei, dies hier sei ihr Platz auf der Welt, gerade jetzt der richtige Ort. Milja fügte hinzu, es sei wie in den Drei Schwestern, die altmodische Veranda und all das, aber ohne den Verfall des eingehenden Landadels und ohne Sehnsucht nach der Vergangenheit, und Nina malte aus, dass sie unsere Runde genau genommen an das Gartenfest von Mansfield erinnere, aus dem übrigens Miljas Replik stamme, wie sie lehrerinnenhaft anmerkte.

Marina hätte sich über eine derartig leichtfüßige Literaturkonversation in einem solchen Maß geärgert, dass sie mit Sicherheit etwas Bissiges gesagt hätte, etwa, dass in keinem einzigen Stück von Tschechow eine Veranda vorkam, was das überhaupt für ein russisches Relikt sei, aber sie war nicht zu Tisch gekommen, obwohl Milja sie eigens darum gebeten hatte, sie habe Kopfschmerzen, hatte sie gesagt, die Sonne habe ihre Migräne ausgelöst. Milja verstand diese Erklärung gut, denn sie litt unter den gleichen Beschwerden. Ich hatte gesagt, wir sollten sie in Ruhe lassen, sie würde sich später zu uns gesellen.

Mur schien Marinas Abwesenheit nicht zu stören und nicht zu wundern. Ich wagte nicht einmal zu denken, was ich ihm hätte sagen können. Oder den anderen. War es von Anfang an Marinas Absicht gewesen, mich kommen zu lassen, um ihrem einzigen Sohn die Feier auszurichten, und dann mit ihrer schrecklichen Tat selbst die Hauptrolle zu übernehmen? Das war nicht geglückt. Trotz der Scherze von gestern ahnte Mur nicht, was geschehen war, dessen war ich mir sicher.

Er konnte bei Tisch nicht stillsitzen und aß seinen Teller schnell leer, damit er mit Sofa die neuen Witzblätter lesen konnte. Die Klepinins ließen die jungen Leute jedoch nicht aufstehen, bevor die Hauptmahlzeit verzehrt war. In ihrer Familie hielt man sich an die Benimmregeln und achtete das Wort der Eltern, und man erboste Nikolai Klepinin besser nicht, vor allem dann nicht, wenn er ein paar Gläser Wodka zu viel getrunken hatte, wie es bald der Fall sein würde. Mur hingegen durfte tun, was er wollte, Marina mochte meckern und ihn anschreien, sah aber nie zu, dass er wirklich tat, worum man ihn gebeten hatte, und Serjoschas Worte perlten an ihm ab wie Wasser vom Rücken einer Gans, Serjoscha hatte den Jungen überhaupt nicht im Griff. Ich ließ ihn in Ruhe, alles würde sich regeln, wir lebten, atmeten alle dieselbe Luft nach dem Regen.

Als sich Nina Nikolajewna nach seinen Studienplänen erkundigte, antwortete er immerhin mit mehr als einem Wort, obwohl er sein Leben nicht mehr als zwei Tage im Voraus zu planen wusste und sich normalerweise von Konversationsversuchen belästigt fühlte, weil er sie als Verhöre verstand, und plötzlich verkroch sich mein Bruder dann doch wieder in seiner Hülle. Die sonderbare neue Aufgeschlossenheit war dahin. Bildung ist alles, ich weiß, wiederholte er Marinas Mantra, und tatsächlich hatte er ja auch eine Schulbildung genießen dürfen, im Gegensatz zu mir, hoffentlich wusste er das zu schätzen, mein Bruder, mein einziger, vielleicht würde aus ihm noch einmal mehr werden als ein verwöhnter kleiner Napoleon, vielleicht verbarg er seine Fühler und sein Mitgefühl nur unter seiner plumpen, patzigen Hülle.

Georgi Sergejewitsch ist ein begabter Zeichner, fing Milja an, Mur zu loben, sie hatte ihn schon in Paris gemocht, als er noch keine zehn Jahre alt war, er hat wer weiß was für ein Talent. Genau solche Menschen wie du werden in der neuen Welt gebraucht, fuhr sie fort, und wenn du eine ordentliche Ausbildung erhältst, kannst du in dieser freien und gleichberechtigten Welt tun, was du willst.

Mur glühte noch röter als zuvor, er genoss es, auch wenn er sich genierte, der Mittelpunkt zu sein. Bloß mit dem Zeichnen von Witzen dürfte man auch in einer sowjetischen Schule nicht weit kommen, bemerkte ich in der Art von Natalia Gontscharowa, ich war es nicht gewohnt, überflüssiges Lob zu verteilen. Und mit einer Emigrantenbiografie braucht man auf eine Aufnahme an der Kunstakademie nicht zu hoffen, das wusste ich, sinnlose Hoffnungen sollte man nicht nähren. Besser, man blieb realistisch.

Mur sagte, er habe zwei neue Zeichnungen gemacht, wollt ihr sie sehen?, fragte er und schoss vom Stuhl hoch. Ich hatte genug von seinen Karikaturen, Adolf zeigt seinen Hintern, Adolf erstickt an einem Hakenkreuz, Adolf als Mickymaus, und inzwischen fast auf jedem Bild zwei Schnurrbärtige in verschiedenen Konstellationen. Sie waren überall im Haus verstreut und hatten nichts Originelles an sich, denn sämtliche Propagandablätter waren voll davon. Aber ich erlaubte Mur aufzustehen, um seine Kritzeleien zu holen. Milja würde wohl kaum über die Zeichnungen eines Jungen berichten, sie selbst hatte ihn ja ermuntert, die Karikaturen anzufertigen.

Mulja hatte dem Gespräch, für das die Frauen gewohnheitsmäßig gesorgt hatten, stumm beigewohnt. Jetzt machte er endlich den Mund auf und fragte, wo Nina die amerikanische Schriftstellerin entdeckt habe, diese Mansfield, oder wie sie hieß, und in welcher Sprache Nina Nikolajewna das Buch gelesen habe. Auf Englisch natürlich, sie ist für uns ja nicht einmal übersetzt worden, sagte Nina. Wo ihr das Buch in die Hände gefallen war, wusste sie nicht mehr, ob in Frankreich, Norwegen, England. Nina klapperte stets die Buchhandlungen ab, wohin auch immer sie im Auftrag des Außenministeriums kam, und kannte die Werke der europäischen Schriftstellerinnen gut, der Undsets, Lagerlöfs, Colettes, aber Marina hatte sicher wenig Lust, mit ihr über ihre Lieblingsschriftstellerinnen zu reden, sie wäre nur eifersüchtig, wenn sie ihre Favoriten mit anderen, gewöhnlichen Sterblichen teilen musste.

Findest du, man sollte keine amerikanischen Romane lesen?, wollte Nina aufgebracht von Mulja wissen und sprach ohne Scheu weiter. Der Kommunismus könne einen Menschen nicht daran hindern, seine Bildung aufrechtzuerhalten, Glück und Trauer seien universal, ob man im Kapitalismus oder im Sozialismus lebe, ganz gleich, in welcher Sprache oder welcher Ansicht der Herr Auslandsredakteur da sei. Mulja wies den Angriff der ansonsten so ruhigen Nina zurück und erklärte, er habe nur gefragt, weil seine verstorbene Mutter die Mansfield gelesen habe, als sie in Amerika lebten. Ich fragte mich, was mit Nina los war, sagte aber nichts. Mulja war kein einäugiger Komsomolze wie Genosse Matwejew oder Aleksei, Ninas eigener Sohn. Aber Aleksei hatte seine Mutter natürlich auf die gleiche Art ausgefragt, und darum stellte sie plötzlich die Stacheln auf wie ein Igel.

Ich hatte die Novelle auf Französisch gelesen und konnte mich an nichts erinnern als an einen Mann, der betrunken vom Pferd fiel und starb, und daran, wie der Todesfall ein sorgfältig geplantes Fest überschattete wie Puschkins Unglückspferd. Bei allen Büchern, die ich las, blieb mir immer der Tod in Erinnerung, da hatte Marina als Lehrerin ganze Arbeit geleistet.

Der von heute war keine Überraschung für mich gewesen, dachte ich dann. Solange ich denken konnte, hielt Marina den Gedanken an den eigenen Tod, an den alten Knochenmann, ihren Freund, immer parat, so wie Kolzow seine Giftampullen. Ich hatte es von Kindheit an gewusst, sie hatte es in keiner Weise verheimlicht und sie hatte auch nicht zu verstehen gegeben, dass sie Angst davor hatte, ein Soldat ist immer zum Sterben bereit. Nur ich hatte die Angst um sie mit mir herumgetragen. Als dann das, was ich am meisten befürchtet hatte, beinahe wirklich geschehen wäre, hatte ich trotzdem keine Angst gehabt, sondern war erstaunlich ruhig geblieben, stellte ich fest.

Schildert die Mansfield in ihrer Novelle nicht mit ganz besonderer Empfindsamkeit das Glück, die Zusammensetzung des Glücks?, fragte ich in die Runde. Nina korrigierte mich, das sei eine andere Erzählung, eine namens «Glück», ich verwechsele zwei Geschichten miteinander, in denen es um eine Einladung gehe. Die eine spiele außerdem in Neuseeland und die andere in London, referierte Nina geduldig. Aber das Glück kann sie schildern, das Momenthafte daran und das Trügerische, sagte sie. Das Illusorische, fügte Milja hinzu.

Wir kamen nicht dazu, uns weiter über die Zusammensetzung des Glücks auszulassen, weil Mur seine Karikaturen brachte. Das gleiche Motiv wie zuvor, Vater Sonne, der einer Faschistenmaus in die Arme stolpert, man müsste tatsächlich aufpassen, dass der Junge sich mit seinen Zeichnungen keine Schwierigkeiten in der Schule einhandelte, wahrscheinlich hatten sie ihn ohnehin bald auf dem Kieker wegen seiner Dicklichkeit, seines Akzents, seines R-Fehlers, seiner Kleidung, seiner Eltern und seines Wohnorts, so, wie es in Frankreich der Fall gewesen war, er hatte kein leichtes Leben, der Junge, auch wenn ich bisweilen neidisch dachte, er bekomme alles fertig vorgesetzt.

Serjoscha, dessen Tageszeitung noch immer auf der Terrasse trocknete, kam von den politischen Zeichnungen auf sein Lieblingsthema und fragte Nikolai nach den neuesten Nachrichten aus: Hatten in den Zeitungen weitere Einzelheiten gestanden, machte sich Stalin tatsächlich zum Verbündeten seines schlimmsten Feindes, und hatte der oberste Sowjet am Freitag schon alles ratifiziert, war das Friedensabkommen nicht bloß eine Irreführung, legten Frankreich und England nun auch die Waffen nieder, oder verloren sie die Geduld und erklärten den Krieg? Schon Ende der Woche sei gemunkelt worden, die Verhandlungspartner packten in den Suiten des Hotels National ihre Sieben Sachen und begäben sich auf die Heimreise.

Ich wollte ins Haus gehen, um die Revue de Moscou zu holen, ich war nicht dazu gekommen nachzusehen, ob etwas Neues über den Pakt darin stand, aber Nina bat darum, bei Tisch nicht weiter über den Krieg zu reden und auch nicht über Politik, bald sei Sonntag, sagte sie und schloss den Mund wie eine Muschel. Glaubst du, man kann den

Krieg fernhalten, indem man nicht über ihn spricht?, versuchte es Nikolai noch, sah an der Miene seiner Frau jedoch, dass es besser war, aufzuhören.

Wir sind in Gottes Hand, ob der Krieg kommt oder nicht, sagte Nina Nikolajewna halblaut, Nikolai legte seiner Frau billigend die Hand auf die Schulter und sah sie verliebt an, für sie stand der Glaube nicht im Widerspruch zum Kommunismus, aber das enthüllten sie nur, wenn sie allen Anwesenden vertrauten, und jetzt war so ein Moment, nur Freunde um sie herum, wir alle. Auch ich stellte meine Bedenken gegenüber Milja zurück.

Anstelle der Politik ging das übervolle Moskau als Gesprächsthema durch, wie so oft in diesem Sommer. Die Menschen strömten zur Flugschau nach Tuschino, weil alle eine Militärmaschine in der Luft explodieren sehen wollten, bei der Samstagsparade wurde die Unbesiegbarkeit der sowjetischen Schwestern und Brüder gepriesen, und überall herrschte wegen der Schau, der Parade und der Messe entsetzliches Gedränge, in der Metro, auf den Straßen, auch in den Geschäften, es war unerträglich, sich bei der Hitze in der Stadt zu bewegen, und das hatte nicht nur mit dem Volksfest zu tun. Ständig zogen mehr Leute in das neue Moskau, aus allen Richtungen des großen und mächtigen Landes, jeder Winkel wurde vollgestopft, man brauchte sich gar nicht erst einzubilden, ohne Beziehungen eine Unterkunft zu finden, und über die verfügte von den Bewohnern der Datscha in Bolschewo niemand, das war im Lauf des Winters deutlich geworden.

Im Schnitt stehen den Moskowitern vier Quadratmeter Wohnfläche pro Person zur Verfügung, stellte Mulja fest. Ich habe in der Merzljakowksi pereulok wahrscheinlich fünfeinhalb, bin also eine glückliche Moskowiterin, sagte ich und schaute Mulja an, mein Herz drehte sich einmal um, gut möglich, dass wir bald mehr Platz benötigen, eine eigene Wohnung für uns, dachte ich, sagte aber nichts, und da lächelte Mulja, vorsichtig, halbwegs, aber er lächelte, und dieses Lächeln drang mir bis tief ins Becken. Glück, was für ein erstaunliches Glück, es vibrierte tief im Dunkeln wie das Spitzengewebe dünner Erbsenwinden, es war nicht unter den dröhnenden Zug geraten, nicht von Marinas Verzweiflung ausgelöscht worden, die uns beide um ein Haar zerschmettert hätte.

Ich würde nicht mehr nach Moskau ziehen, ergriff Nina wieder das Wort, zwar haben wir kein fließendes Wasser, aber hier am Rand lebt es sich immerhin weniger eng und man muss nicht zwanzig Personen in einem Zimmer unterbringen wie in mancher Komunalka, die ganze Sippschaft in Stockbetten und auf Matratzen in einem schrankgroßen Raum, wer will denn so etwas!, erregte sie sich, hier haben wir es gut, solange wir nur bleiben dürfen.

In fünf Jahren wird Moskau eine Metropole von acht Millionen Einwohnern sein, sagte Mulja, ich nahm seine Hand, er wehrte mich nicht ab, und ich fügte hinzu, die neue Stadtplanung sei bald abgeschlossen, man werde in Moskau mehr Wolkenkratzer bauen als in jeder amerikanischen Stadt, dann gebe es neue Wohnungen für alle, mit Platz und Raum und den Annehmlichkeiten der neuen Zeit. Moskau werde zum neuen Rom.

Aber das werde erst 1945 der Fall sein, meinte Serjoscha pessimistisch, er dachte wohl, die ganze Welt wäre dann im schlimmsten Fall schon ausradiert. Dann sind Mur und Sofa volljährig, sagte Nina, sie dürfen in neuen, prächtigen Häusern wohnen, mit fließendem Wasser, elektrischem Licht, Fenstern, durch die es nicht zieht. Ihr seid die Generation der Glücklichen, rief Nina den jungen Leuten zu, die weiterhin am Tisch saßen, Mur unverkennbar gelangweilt.

Aber jetzt ist jetzt, sagte er. Genau, pflichtete ihm Milja bei. Jetzt ist jetzt, Georgi, und schau, das ist ja gerade das spannende Schauspiel, der jetzige Augenblick ist wie ein Hagelkorn oder eine Schneeflocke. Fällt das Hagelkorn auf die Hand, ist es schon geschmolzen, zumindest der Schneeflocke ergeht es so. Und ich sah, wie Milja Mur zum Nachdenken über das große Drama der vergehenden Zeit brachte, und wie er und Sofa versuchten, die Zeit mit den Händen zu fangen wie entwischende kleine Fische unter Wasser, jetzt, jetzt, jetzt, oder als würden sie versuchen Regentropfen aufzulecken, aber sie entwischten ihnen jedes Mal, obwohl sie noch in dem Alter waren, in dem sie gar nichts anderes kannten als den jetzigen Augenblick, wie die Vögel. Und auch ich versuchte den jetzigen Moment zu erwischen, aber kaum hatte ich ihn, war er auch schon wieder weg. Milja bemerkte mein Spiel, blies mir auf den Arm und lächelte, und plötzlich war mir, als hätte sich ein Faden von der Spule gelöst und mit Miljas Lächeln stünde die Zeit still, mit diesem Glück, mit Muljas Hand, die auf meinem Schoß ruhte, auf meinem Bauch, ich hatte sie dort hingelegt, vielleicht wusste er alles, wusste es schon, bis mir einfiel, dass es Zeit war: Kaffee, Kognak und Birnenkuchen, sie warteten, und ich musste wieder los, tun und machen, aber die Hast hatte plötzlich aufgehört, wir waren hier als Menschen zusammen.

Marina stand auf der Veranda, als ich die Tür öffnete. Stand sie schon lange da, hatte sie sich leise hinausgeschlichen, daran gedacht zu fliehen, aber gesehen, dass sie nicht unbemerkt an uns vorbeikam? Ich forderte sie auf, an den Tisch zu kommen, zu den anderen. Sie bat mich um Kaffee, nichts sonst. Ich versprach, ihr welchen zu bringen. Wir vermieden es, uns anzuschauen.

Vom Küchenfenster aus sah ich, dass Serjoscha aufstand, um Marina Platz zu machen, er führte sie auf seinen Platz am Tischende, und als er, nachdem Marina sich gesetzt hatte, seine Hand sanft auf ihre Schulter legte, schüttelte Marina sie nicht ab. Dann nahm sich Serjoscha einen wackligen, kaputten Stuhl und ließ sich müde darauf nieder.

Als ich mit dem türkischen Kaffee und der Birnentorte zurückkam, beschloss ich, nun anzufangen, zu sagen, was ich zu sagen hatte, meine Neuigkeit mitzuteilen, es war der richtige Augenblick, ein nach dem Hagel frischer Abend, der herbe Duft von Kiefern und Erde, Herbstgeruch, Menschen, Freunde und Wärme und Licht in meinem Bauch.

Marina monierte das Geschirr, mit dem ich gedeckt hatte, ob es für Murs Feier nichts Besseres gegeben habe als Alltagsgeschirr, das nicht zusammenpasste, alles ging weiter wie gehabt. Plötzlich kochte der alte Zorn hoch. Dass sie es wagte, so etwas zu sagen, wo sie selbst aus Paris kein einziges Geschirrteil mitgebracht hatte und ohne die Hilfsbereitschaft von Raisa Lomonosowa und anderen Wohltätern mit keinem einzigen Teller gesegnet wäre. Eine andere hätte ihr eine Ohrfeige verpasst, aber Nina hielt immer die andere Wange hin, sie gehörte zur Gemeinde der braven Menschen.

Serjoscha sah mich verlegen an, wäre jetzt der Moment, ja, jetzt wäre der richtige Moment, bevor es Marina wieder schaffte, die Stimmung zu verderben. Aber wir deuteten einander falsch. Serjoscha rief Mur und Sofa, sie sollten helfen kommen, und die beiden antworteten schlaff aus ihren Hängematten auf der Veranda, kamen aber trotzdem mit ihren Witzheftchen an, Mur todmüde, Sofa zur Tat bereit wie eine Pfadfinderin. Sie holten den frisch gestrichenen Paravent, den Serjoscha rechtzeitig vor dem Hagel in Sicherheit gebracht hatte, weshalb mein unfertiger Entwurf einer Berglandschaft nicht gelitten hatte. Ich würde das Bild morgen zu Ende malen, dachte ich, morgen hätte ich alle Zeit dafür.

In diesem Armenhaus können wir uns kein Meißner Porzellan leisten, fing Serjoscha demütig an, aber für einen Paravent sind immer genug Mittel vorhanden, sagte er und machte eine Pause, als warte er auf

Applaus. Er kam von Milja. Vor Stolz strahlend klappte Serjoscha den Paravent auf und zu, als wäre er ein großer Vogel, bereit, loszufliegen.

Marina sagte zunächst nichts, starrte das Ding nur wütend an, es war hässlich und plump. Und das soll reichen, sagte sie. Das schützt doch vor nichts.

Ich sagte, es sei immerhin so gemacht worden, wie sie es verlangt habe. Dabei klatschte ich wütend die Kuchenstücke auf die Teller.

Er hat etwas Japanisches an sich, meinte Milja höflich, aber womöglich war er auch in ihren Augen ein erbärmliches Machwerk.

Mur hat geholfen, sagte Serjoscha dann, wir haben es zusammen gemacht. Aber Marina ließ sich nicht erweichen, sie werde jetzt selbst die offiziellen Genehmigungen verlangen, wegen eines Paravents wolle sie nicht in die Lubjanka, gerade so, als würde hier eine Inszenierung stattfinden, die sie zur Kriminellen machte. Serjoscha versuchte sich zu verteidigen, niemand brauche nach einer Genehmigung zu fragen, im Innenministerium hätten sie genug anderes zu tun. Vorausgesetzt, der Wohnungsrat der Datscha sei der Meinung, man dürfe den Paravent benutzen, fügte er hinzu.

Keine Sorge, Serjoscha, sagte Nina, wir können selbst entscheiden, ob wir unsere Ruhe haben wollen oder nicht. In dem Alter muss man jedem gewisse Bequemlichkeiten zugestehen. Außerdem arbeitet im Haus eine große russische Dichterin, die eine ruhige Umgebung für ihre Arbeit und ihre Seele braucht, auch wenn die Welt den Wert ihrer Gedichte erst im nächsten Jahrtausend verstehen sollte. Auch in der Hinsicht sind wir Diener der Zukunft.

Bei Nina wusste man nicht immer, ob sie das, was sie sagte, ironisch meinte oder nicht, ob es eine Aufführung war oder Offenherzigkeit, aber es gelang ihr, Marina zu beschwichtigen.

Und so wurde beschlossen, dass der Paravent ins Haus durfte, allem zum Trotz, und zwar würde man ihn in einer feierlichen Zeremonie am Sonntag ins Haus tragen, wenn mein Gemälde fertig wäre. Trotzdem schien es, als freute sich Marina Iwanowna nicht über den Paravent, gerade so, als hätte sie ihn nur verlangt, um die anderen zu piesacken, und ärgerte sich jetzt, weil sie sich eine andere Forderung einfallen lassen musste, wegen deren Nichterfüllung sie unzufrieden sein konnte, der Paravent wäre zu grell für das Wohnzimmer, zu fröhlich, zu sehr voller Leben, immerhin voller Leben, noch war es stärker als sie und gab sie nicht aus den Händen.

Heute dürfen Sie uns etwas vorlesen, bat Nina, als der Tag in den Abend übergegangen war. Mur und Sofa waren früh schlafen gegangen, Nikolai war im Sakko auf der Gartenschaukel eingenickt und schnarchte, Milja hatte sich allein zu einem Abendspaziergang aufgemacht, und ich hatte meine Neuigkeit noch immer nicht mitgeteilt, auch den Tisch hatte ich noch nicht abgeräumt, mich dafür aber an Mulja gedrückt und mir seinen Arm um die Schultern und meinen Kopf an seine Brust gelegt, so ließ es sich gut sein, gut atmen.

Ich hätte in Muljas Arm einschlafen können, im Arm meines Mannes, meines Geliebten, ich fürchtete nichts, war nur müde, die Verrichtungen des Tages, die Aufregung, ich war so müde, ich hätte durch den Boden der Welt sinken können, und das tat ich auch, denn ich wusste, dass Mulja mich halten würde, mich und das, was in mir pulsierte, sodass ich nicht in Leere und Finsternis fallen würde.

Lesen Sie doch etwas zu Ehren des Festes, bettelte Nina, meinetwegen Puschkin oder etwas anderes, was Sie möchten. Ich war mir sicher, dass sich Marina nicht zum Auftreten verleiten lassen würde, aber Milja, die gerade da aus dem Wald zurückkehrte, gelang es, Marina mit einem einzigen Blick zu überreden, sie hatte eine erstaunliche Wirkung auf Marina, auf Menschen überhaupt, sie war fähig, Seelen in Bewegung zu versetzen. Mulja hatte Marina nie lesen hören, und Nikolai Andrejewitsch fuhr auf der Schaukel hoch, als hätte er die ganze Zeit zugehört, und sagte zu ihm, dann solltest du das dringend nachholen, Frau Zwetajewa hat eine Stimme, dass die Zeit aus den Fugen gerät, du bist danach nicht mehr derselbe, das sind nicht irgendwelche Reime, mein Junge.

Zur Überraschung aller sagte Marina, sie wolle heute ein eigenes Gedicht vorlesen. Hast du also doch etwas Neues geschrieben?, fragte Milja erstaunt. Wahrscheinlich hatte Marina auch ihr gegenüber geklagt, sie sei nicht fähig gewesen, etwas zu schreiben, sie könne es nicht mehr, die Wörter seien fort, die Freiheit, das Leben, alles. Nein, nein, etwas Neues ist nicht entstanden, das würde auch kaum gelingen unter diesen Umständen, schimpfte sie weiterhin, damit es auch mit Sicherheit alle wüssten, außerdem seien noch nahezu alle ihre Unterlagen zur Überprüfung im Innenministerium, aber das letzte Gedicht, das sie im Frühling geschrieben habe, an das erinnere sie sich, auch ohne Unterlagen. Und seit Donnerstag habe sie viel daran gedacht. Dieses Gedicht ist politisch, sagte sie mit schiefem Lächeln, Nina muss die Erlaubnis dazu erteilen. Hauptsache, es handelt nicht von Schwänen, sagte ich, nein, es ist nichts über weiße Schwäne, keine Angst, Alja.

Marina setzte sich auf die Bank unter der Kiefer, lehnte sich an den Stamm, schloss die Augen. Ich erinnerte mich, wie sehr sie bei ihrem Moskaubesuch wie eine zerbrechliche alte Frau ausgesehen hatte, die bereit war, alles hinter sich zu lassen. Kurz glaubte ich, sie sei eingeschlafen, aber sie konzentrierte sich nur, lauschte nach den Versen in ihrem Inneren, hielt sie zurück wie inhalierten Rauch. Schließlich stand sie auf, streckte den Rücken durch, verwandelte sich plötzlich in die Marina, die ich schon vergessen hatte, die wir alle vergessen hatten, in ein Wesen, das weder Alter noch Geschlecht kannte, aber dessen Stimme dafür sorgen konnte, dass Steine brachen und das Gras aufhörte zu wachsen.

Anfangs war diese Stimme schwach und schüchtern, nur Luft und Atem, als bekäme sie die Wörter nicht zu fassen. Ich versuchte mich zu konzentrieren. Ihr letztes Gedicht, das letzte, das sie geschrieben hatte, im Frühling in Paris, als ich mit Mur allein geblieben war und nur noch auf die Abreise wartete wie auf das Todesurteil. Nein, konzentriere dich auf das Gedicht, ermahnte ich mich, nicht auf das Erlebte und Erfahrene, das Gedicht hatte sein eigenes Gesetz und Kalkül, die Handarbeit der Laute.

Am Anfang war eine Landschaft, Himmel, Berge und Fluss. Das Strömen des Wassers. Wie ein Volkslied, ein Wiegenlied für Ertrunkene. *In jenen Dörfern wurde das Glück gewebt, mit blauen und roten, allbunten Fäden.* Marina schaute mich an, als wollte sie mir etwas sagen. Aber ich war mir nicht sicher, ob es Anklage oder Dankbarkeit war. Ich wandte den Blick ab, wollte es nicht wissen.

Du hörst doch nicht etwa schon auf?, fragte Nina voreilig. Nein, Marina schüttelte den Kopf, weil man sie gestört hatte. Sie holte Atem und fuhr mit dem Poem fort, denn es war ein Poem, ein mehrteiliger Zyklus in einer Landschaft, die ich zuerst für ein namenloses Gebirge im Herzen Europas hielt, bis das Gedicht in einem plötzlichen Crescendo Fahrt aufnahm: *O Jungfrau, rosenwangiger als andere. Inmitten der grünen Berge.* Nun schaute Marina zur Abwechslung Milja an, mit einem fast gerührten, verliebten Blick, ich hatte diesen Blick oft gesehen, war sie in Milja verliebt, vielleicht, vielleicht würde sie das noch eine Weile am Leben halten. Aber ich irrte mich, Marina liebte keine Menschen, sondern ihre prähistorische Illusion:

Deutschland! Deutschland!

Ich schämte mich. Wie konnte ihr nur jeglicher Sinn für die Situation abgehen, dass sie uns eine solche Hirtenidylle vorlas und nicht bereit war, zu sehen und zu hören, was auf der Welt passierte. Ihre Deutschen misshandelten Europa seit vier Jahren und verbreiteten Barbarei, ich hatte die Hakenkreuzfahnen in Berlin gesehen, die vor Gewalt strotzenden Patrouillen, das Entsetzen auf den Gesichtern stigmatisierter Menschen, aber sie hatte die Augen sogar vor der Bücherverbrennung auf den Plätzen von Berlin verschlossen. Und die Knochen ihrer toten Dichter waren längst auf einem Berliner Friedhof verwest, unter Pappeln und moderndem Laub. Es handelte sich wohl kaum um eine Provokation, so wie damals, als sie ihr Lobgedicht auf die Weiße Armee vorgetragen hatte, als wir zum ersten Mal im Garten des Hauses in Bolschewo zusammengekommen waren. Aber wir hörten ihr zu, ohne sie zu unterbrechen, Nina las ihr jedes Wort von den Lippen ab, schon bevor sie es aussprach. Marina holte Atem, fuhr fort:

O Manie

Macht.

Du wirst brennen

Deutschland!

In dem Wahn

In dem Wahn

Den du heraufbeschworst.

Dann flaute ihre Stimme ab wie nach einem Sturm, als besänftige sie ein Kind in ihrem Arm oder spräche zu ihrem Liebsten:

Reiches, offenes Land.

Ohne anderen Mangel als einen:

Die Tschechen haben kein Meer.

Die Tschechen haben jetzt ein Meer der Tränen.

Kein Bedarf, Salz zu beschaffen.

Die Vorräte reichen für Jahre.

Dreihundert Jahre Sklaverei,

Zwanzig Freiheiten.

Marina war zu mir getreten und hatte mein Tuch von der Stuhllehne genommen, ihr Geschenk, ich hatte es zerknüllt und zerknittert, aber sie breitete es sorgsam auseinander und legte es mir über die Schultern, ließ kurz ihre Hand darauf verweilen, als erwartete sie, dass ich sie ergriff.

Plötzlich ging sie jedoch weiter, kehrte uns allen den Rücken zu, die Sonne war hinter der Silhouette des Waldes versunken, und nichts minderte die Gnadenlosigkeit und auch nicht die Aktualität ihrer Worte:

O ihr Augen, die ihr geweint habt, Tränen des Hasses und der Liebe.

Die Tschechoslowakei badet in Tränen, Spanien in Blut.

Der Schatten des schwarzen Berges verdunkelt nun den Glanz der Welt.
Es ist Zeit – es ist Zeit – es ist Zeit, Gott die Eintrittskarte zurückzugeben.

Ich weigere mich – im Wirrwarr der Unmenschen zu leben.

Ich weigere mich – auf den Märkten mit den Wölfen zu heulen.

Ich bin nicht bereit, im Strom der Wirbelsäulenknochen zu schwimmen.

Ich brauche meine Ohren nicht, um zu hören, meine Augen nicht, um zu sehen.

Auf eure irrsinnige Welt – gibt es nur eine
Antwort: die Verweigerung.

Das Gedicht war zu Ende. Marina stand noch immer mit dem Rücken zu ihrem Publikum da, jetzt mitten im Dunkel, das sich während ihres Vortrags herabgesenkt hatte. Mulja klatschte höflich, aber sein Beifall versiegte schnell, weil niemand mitklatschte. Wir saßen auf unseren Plätzen. Niemand sagte etwas. Keine Befreiung, keine Katharsis, mit dieser Tragödie der Zeit der Schicksallosen lebten wir. Mit diesem Schrecken und mit dieser abgrundtiefen Einsamkeit lebte Marina jede Stunde, und ich wusste, dass ich sie nicht daran hindern konnte, sich umzubringen, wenn sie sich dazu entschlossen hatte.

Ich bat Mulja und Serjoscha, den tragbaren Plattenspieler und meine Swingplatten zu holen. Und Lichter, Kerzen, es war die erste samtene Herbstnacht, nach dem Regen dufteten die Blumen noch überall. Musik musste her, Tanz, ich pfiff auf Krieg und Frieden, ich pfiff auf Pakte und Zusatzprotokolle, das einzig Wichtige war das Quintett Hot Club de Jazz, *zauzuzauzazaa*, Musik aus Paris, wer will tanzen, warum tanzen wir nicht einfach bis in den Morgen hinein.

Milja war natürlich sofort bereit, das Swingmädchen aus dem Quartier Latin, und Nina und Nikolai wollten mit uns tanzen, was hätten sie auch sonst tun können. Mulja, eines Tages musst du nach Paris kommen und tanzen, erklärte Milja, wir zeigen es dir, so tanzt man in Paris, auf den Brücken von Paris, auf den nächtlichen Straßen von Paris, auf den Dächern, habt ihr je auf Dächern getanzt, ich schon, ich bin sogar das Gerüst an den Türmen von Notre Dame hinaufgeklettert, um oben mit Vera Traill zu tanzen. Mulja tanzte jedoch nicht mit mir, dafür tanzte ich mit Milja. Der Tanz der Jungfrauen, nein der Amazonen, sagte sie, das Herbstopfer an die Götter, Blumen in den Haaren, ein Moment der Wonne, es ist möglich zu leben, Gitarren, Brücken, zwei Flüsse, die mich durchfließen, Flüsse, Herzen, Münder, Licht, Zeit, die auf der Handfläche schmilzt, jetzt, jetzt, jetzt.

Mulja, komm tanz mit mir, sagte ich und zog ihn mit mir, siehst du nicht, wie ich strahle und lache, vor Glück, wegen des neuen Lebens, der neuen Zeit, des neuen Menschen, alles war in voller Schwere präsent, das Vergangene, das Künftige und dieser Augenblick in einem Bild, mein ganzes Leben in diesem Bild, in diesen Worten, im Rausch.

Der Sand saugt den nächtlichen Nebel auf und wird hart wie Stärke, und Nacht und Tag trennen sich, bekommen Gesichter, Arme, gebräunte Glieder, die festhalten, Spitzensäume, die hochgekrempelt werden, weil das Wasser steigt, zwischen den Zehen Schachtelhalm und schwarzer Sand, vom Haus zum Ufer und zurück, immer jemandes Arme, wem gehören diese stampfenden Füße, wem gehört diese singende Stimme, schneller Galopp über spitze Steine, das Wasser steigt und die Milch, der Kaffee ist fertig, und die Teegläser sind es, bald auch die Butterbrote, es ist Zeit, aber gibt es Kwas, die Glocken klingen, und die Schmuckstücke, in den Haaren eine Blüte, Akazie ist es, Kwas, Kwas, man muss ihn ansetzen, es dauert viele Tage und duftet, so herrlich duftet es, mit Schwung geht es zu dem bärtigen Bauch, der nach Leinöl riecht, und zu den nach Brot duftenden runden Brüsten, aus denen keine Milch kommt, auch wenn man noch so saugt, mit den Zähnen zubeißt, dennoch wird man davon satt, der Mund ist voll, wenn man ihn öffnet, Arme, in denen man einschläft, aber noch hat niemand einen Namen, nur die Rhythmen des Sprechens, hier tief und ruhig, da rau und hitzig, das Sprechen von großen Vögeln, *seid ihr die ganze Nacht auf gewesen … bis die Sonne aufging … und die Steine wechselten die Farbe … wir haben trotzdem nicht gemerkt, dass ein neuer Tag anbricht … und die Zeit verging … eine Wassermelone, nimm dir etwas davon … ach du, immer um uns besorgt … um die Lumpenschar … die wunderbare Schar, meine Familie … wegen dir kommen wir … und wegen des Meeres … das ist das Gleiche … ach ihr, ihr lieben Kinder, gleich weine ich wieder … und hier mein anderes Meer … der Hafen … der Tod, der Berg … nicht grämen jetzt … hier haust keine Trauer … nein, hier wird Nektar getrunken und weißes Brot gegessen … nimm, du musst genügend Flüssigkeit bekommen … ich* *könnte das ganze Meer austrinken, ein ganzes Meer bräuchte ich jetzt … dieses Mädelchen trinke ich … guter Dinge heute … mein Sternchen, meine kleine Najade … was sie schon plappert … und wiegt so viel wie ein Pferd, ein Hippopotamus … ich nehme sie, wenn du nicht mehr kannst … warum sollte ich nicht mehr können, endlich Sommer, warme Nächte … und solche Morgen … die Morgen sind das Beste hier … und das weiße Brot … der türkische Kaffee … der Satz bleibt zwischen den Zähnen hängen … aber man soll die Tasse nicht ganz austrinken … was soll man nicht alles … seht euch diese Wonne an … ich habe noch nie ein Kind gesehen, dass so … glücklich darüber gewesen wäre, aufgewacht zu sein … in dieser Welt … wenn man nur auch dazu fähig wäre … so glücklich, dass es fast platzt … nichts als liebende Freude … dass ihm die Welt dieses Glück bloß nicht raubt … was für stramme kleine Beine … bald läuft sie schon … meine Kriegerin … schaut nur die Augen … wie bei einem alten Mann … der Blick einer Dichterin … obwohl sie noch kein Wort spricht … kein O und kein A … als sie geboren wurde, das Glück ebenso unermesslich wie das Meer, auf die gleiche Art überall, drinnen und draußen, dachte ich: Sie ist schon einmal hier gewesen, sie nimmt alles wahr, als läse sie eine Schrift, als sähe sie sich eine fremde Sprache an, die sie einmal gekonnt hatte, gelassen, alles billigend, so war es, das ist gut, alles ist gut, ich habe das alles schon früher gesehen … am Vater kann jedenfalls kein Irrtum bestehen … hör auf zu spotten … hätte diese Frau etwas zur Erzeugerin getaugt … Frau oder Mähre? … ein Vieh, das leicht scheut … das wusste man ja … ich finde, sie sieht am ehesten Ihrer Mutter ähnlich … der Anarchistenkönigin … wessen Hände … sehen Sie nur, wer hat solche Hände … diese Augen verbergen nichts … sieh nur … der ganze Himmel passt in diese Augen … das ganze Glück der Welt … und die Augen … wie Schiffe … Sterne … Planeten …* Worte bis dahin, wo der Schatten des schwarzen Bergs beginnt, der Treibsand, dort geht man nicht hin, man bleibt hier, in diesem Rascheln, diesem Rauschen, bei der türkisfarbenen See, die es seit dem Anbeginn der Welt gegeben hat und die uns von Wasser, Sand und Finsternis scheidet.

Bolschewo
August 1939

Die Kolkraben kamen mitten im Tanz, sie trafen ein, Boris hatte mich gewarnt, auch der Nachbar, den ganzen Tag schon, die Woche war voller Warnungen gewesen, die Vögel, Puschkins weißes Pferd. Dennoch war ich nicht auf der Hut gewesen. Ich hatte geglaubt, das Glück besiege jede Gefahr. Aber ich war keine Hellseherin und keine Weissagerin, diese Kunst hatte mich Marina nicht gelehrt. Und wohin hätten wir auch gehen sollen, wir hatten keinen Ort, an den wir uns hätten flüchten können, keinen Platz in irgendeiner Herberge.

Von dem Moment an war ich ihr Eigentum, so wie ich bis dahin einer anderen Schar angehört hatte. Von dem Moment an würden sie meine Biografie neu schreiben, mein tägliches Leben, so wie sie es für zweckmäßig hielten. Niemand ahnte, dass sie meinetwegen kamen, aber sie kamen, um mich zu holen, wie Zeus Persephones in den Hades, und ich war bereit, mit Blumen im Haar, der Mund gefärbt wie der blutrote Saft des Granatapfels, aber noch tanzte ich, tanzte und tanzte im Takt ihrer Musik.

Und als der Morgen anbrach, denn er kann nicht anders, als anzubrechen, wurde die Tür des schwarzen Wagens geöffnet – oder war sie die ganze Nacht offen gewesen und hatte auf mich gewartet –, und ich stieg ein wie in den Bauch des Minotaurus, aber ich hatte keine Angst vor ihnen, die ganze Zeit nicht, warum hätte ich Angst haben sollen.

Milja stand neben mir. Eine Armlänge von mir entfernt. Sie hatte Gänsehaut, fror, obwohl die Hitze noch nicht richtig nachgelassen hatte, die Nächte waren so warm wie die Tage. Zwischen uns stand ein Mann,

Pawel oder Wanja oder Jura, kaum zwanzig, versuchte unauffällig zu bleiben, ein Mann zur rechten Zeit am rechten Ort, aber er hatte mehr Angst als wir, mehr auch als Milja, er drückte Miljas Arm, sodass blaue Flecken unter der karierten Bluse entstanden. Er konnte nicht wissen, dass Milja eine Haut hatte, die schon von einer kurzen Berührung blaue Flecken bekam, und dachte stattdessen an Miljas Sommersprossen, damit er weniger Angst hatte, und ich dachte auch daran, ihre Haut war vollkommen von Sommersprossen übersät, so wie Miljas Gesicht, Miljas hellrote Haare, die weiße Haut, empfindlich für blaue Flecken, sie hatte es mir gezeigt. Wenn man hier und hier drückt, dringt Blut unter die Haut, man muss nur ganz zart drücken, probiere mal, Alja, es tut nicht weh.

Miljas Sommersprossen, herb schwitzende Haut, Zimt und Pinie, ich würde mich an alles erinnern, an die Salzperlen, an den Geruch der Angst. Sie hatte Gänsehaut, überall, vom Nacken bis unter die Bluse, weiße Haut mit Sommersprossen. Nie hatte ich mich Milja näher gefühlt als jetzt, obwohl sie sich nicht traute, mich anzusehen. Ich spürte ihre Angst, ihre Anspannung in jedem meiner Muskeln, sie hatte die Angst des jungen Mannes aufgenommen, atmete in dichten Intervallen wie eine zitternde Spitzmaus an einer schneefreien Stelle. Ich versuchte meinen Atem zu beruhigen, aber dann verstärkte ich ihn wieder, ein, aus, sodass Milja es hörte, hab keine Angst, es besteht keine Not, liebe Freundin. Hätte ich es gekonnt, hätte ich ihr die Hand auf den kaltschweißigen Rücken gelegt. Keine Kommunikation zwischen Verhafteten, sagte Pawel oder Wanja oder Jura, als man uns zur Tür brachte, dennoch dachte ich, was wohl passieren würde, wenn ich die Hand auf ihren Rücken legte, ich dachte es dennoch, einfach, weil ich Lust hatte, es zu tun, so wie man Lust hat, sich an der juckenden Wade zu kratzen. Hab keine Angst, Milja, meine Freundin, denn jetzt sind wir endlich Freundinnen, wir müssen es sein, es ist unsere einzige Rettung, *communis*, das letzte Abendmahl.

So fing es an, so hörte es auf. Das war alles.

Die Männer kamen durchs Tor, das Schloss funktionierte nicht, sie versuchten gar nicht erst, es zu schließen, eine Spinne webte ein Netz zwischen den Eisenornamenten, das ganze Wochenende hatte sie es gewebt, seit wir gekommen waren, niemand hatte es zerrissen, nicht einmal die Kinder, und auch nicht diese freundlichen Männer, die nur ihre Arbeit machten, sich kümmerten, Männer von der Tscheka, und die Spinne durfte weiterweben, bis der Winter kam, dann würde sie sich nach drinnen begeben, würde das Haus einweben wie eine Larve, würde ihm ein warmes Grab spinnen, die Menschen würde sie nicht anrühren, nicht einmal die lebenden Toten.

Ich stand vor dem Tor, vor der Straße, vor dem Wald, taDAm, ta-Dam, vor allem, vor dem Morgen, er war hinter den Bäumen zu sehen, der erste Zug fuhr vorbei, derjenige, für den ich um 5.45 h aufgestanden war, der mich an jedem Morgen hier aufweckte, aber jetzt hatte ich kein Auge zugetan, der Zug, der Menschen von Moskau wegbrachte, fort, in den Norden, nach Alexandrow, in die Taiga, wie viele Leben fuhren an uns vorbei, jetzt, jetzt, jetzt, 5.45 h , 6.45 h, 7.45 h und so weiter, und alle zwei Stunden zur vollen Stunde in die Gegenrichtung.

Ich hatte keine Angst vor diesen Männern, ich lächelte sie an, sie taten mir leid, auch sie hatten die ganze Nacht nicht geschlafen, sondern gearbeitet, und wir hatten nur dagesessen und zugeschaut, als sie alles durchsuchten, mein ganzes Leben, eigentlich hatten wir uns sogar ausruhen dürfen, wir hatten gegessen und getrunken und ein wenig getanzt, das Leben genossen, und was hatten sie getan, nur Arbeit, Arbeit, die ganze Nacht, und wir hatten ihnen nur bitteren Tee aus dem Samowar angeboten, der immer bitterer wurde, hatte ihnen jemand frisches Wasser gegeben oder Reste vom Abendessen, Birnenkuchen oder sollten es Kirschen sein, Tschechow'sche Menschen, das ganze Bild, das Glück, das Gartenfest, die Veranda, die Blumen, Persephones Granatapfel, die Amseln, das Theaterstück, das eher die Kunst nachahmte als das Leben. Und wie schwer sie getragen hatten, sogar den ganzen Kellerinhalt hatten sie in den Garten getragen, das Eingemachte, die Säfte, die Lebensmittel, Wagen und Eimer, die leeren Koffer der vorigen Bewohner, den Eisbehälter, auch den Eisbehälter hatten sie aus dem Keller geholt, und das Eis schmolz im Garten, der letzte Rest vom Winter.

Jetzt war ich wach und wusste nicht, wann ich schlafen dürfte. Das Gehirn wurde langsamer, es kam mir vor, als hätte ich mich schon einmal in diesem Augenblick befunden oder als hätte ich gewusst, dass es passieren würde, als hätte ich davon geträumt, dass eines Tages die Vögel kommen und mich mit ihren Schnäbeln holen, das böse Kind, die Vögel lassen sich auf mir nieder, der ganze Himmel ist voll von ihnen, sie fliegen eine Handbreit über mir, stochern, gewalttätige, gierige Vögel, ich halte mir die Augen zu, ich habe nichts getan, nein, niemandem etwas Böses getan, ich habe versucht, alles gut und richtig zu machen, aber sie kommen immer näher und näher, stoßen herab, um nach meinen Augen zu hacken, damit ich nichts sähe, nach meiner Haut, damit ich nichts spürte, nach meiner Zunge, damit ich nicht sprechen könnte, nach meinen Ohren, damit ich das Schreckliche nicht hörte, das ich getan hatte und den Menschen würde antun müssen, die ich mehr liebte als mein Leben.

Und zugleich durchsuchten fremde Hände mein Leben, meinen Körper, meine Sachen, sie fragten, wo ich meine Unterlagen versteckte, aber ich konnte nicht antworten, was für Geheimnisse hätte ich haben sollen, außer dem, das ich in meinem Leib trug und das ich nicht hatte aussprechen können, ansonsten war ich ein offenes Buch, meine Augen ein Spiegel der Seele, sie verbargen nichts, und ich hatte nichts vor den Männern zu verstecken. Was sie mir unterstellten, verrieten sie nicht.

Mulja saß die ganze Zeit neben mir, ließ mich aber nicht mehr seine Hand nehmen, sie in meinen Schoß legen, wo alles Vergangene und Künftige lag. Er schaute mich nur seltsam an, da war ein Brennen, eine Hitze in ihm, du wirst doch nicht krank werden, Liebster, Liebster, ich befühlte seine Stirn, bekommst du die Krankheit des kleinen Aljoscha, aber er sagte, mir fehlt nichts, gar nichts, ich bin nur müde, schrecklich müde, wann lassen sie uns schlafen, vielleicht kommt der Morgen bald, und sie gehen, am Morgen gehen sie immer, mein Mulja, mein Liebster, sagte ich, mehr konnte ich nicht sagen.

Nur Mur und Sofa schliefen auf der Terrasse, und ich konnte sie nicht wecken, als ich schon an der Tür stand und alles zu Ende war, ich konnte mich nicht verabschieden, sie würden bis Mittag schlafen, so wie man es in dem Alter tat, vielleicht wäre ich dann schon zurück, dachte ich noch, alles war ein Irrtum, sie würden sehen, dass man mir nichts vorwerfen konnte. Nur ich selbst kannte mein Verbrechen, und das war ein altes Vermächtnis, nach allem Maß und Umfang, mein Maß war nun voll.

Und schließlich war ich überhaupt nicht mehr müde, als hätte ich die ganze Nacht getanzt, so ein Morgen, den ganzen Sommer über war ich bei Sonnenaufgang nicht wach gewesen, und ich hatte mich danach gesehnt, mit Mulja bis zum Morgen auf den Sperlingsbergen sitzen zu dürfen und gemeinsam zuzuschauen, wie die Sonne aufgeht, die ganze Welt neu beginnt und wir ihre Herrscher, die ersten Menschen, Königin und König, aber jetzt durfte ich es, ich durfte die letzte Nacht des Sommers durchwachen, bis zum Abend käme der Herbst wie ein geladener Gast, das wusste ich, sonst konnte ich nichts wissen, nur dass der Herbst kommen würde und die Vögel über unsere Köpfe hinwegfliegen würden, wo immer wir auch wären, die Kraniche, die Gänse, die Schwäne, sämtliche weißen Vögel.

Als die Sonne aufging, geschah alles so, als wäre es in einem Büro der Lubjanka vorab aufgeschrieben worden: Meine Sachen wurden in Kartons gepackt, alles, was sich in meinem Zimmer befand, außer Muljas Notizbuch. Ich sah, wie sie es ihm gaben, in seine Hand legten wie einen wertvollen Gegenstand. Die Männer wechselten einige Worte, ich weiß nicht, was sie sagten, aber ich sah, dass Mulja den Männern sein Notizbuch zurückgab, sie nahmen es in Verwahrung, und ich sah, dass es sich um wichtiges Beweismaterial handelte, vorab vereinbart: seine Worte, seine Aufzeichnungen, sein Bericht.

Da sah ich alles, und er sah, dass ich es sah.

Er wusste, dass ich nicht in seinem Notizbuch gelesen hatte, die Seiten, die alles dokumentierten, was ich gesagt und getan hatte, alles, worüber in diesem Haus seit dem Frühling geredet worden war, die Bücher, die Götter, die Karikaturen. Hätte ich es gelesen, hätte ich dann all das verhindern können, das, was schon passiert war? Hätte ich aufgehört, ihm zu vertrauen? Nein, denn ich hatte beschlossen, diesem Menschen zu trauen, ganz gleich, was geschah.

Dies alles war aufgeschrieben worden. All dies musste geschehen, dachte ich, und ich nahm hin, was ich sah, als schaute ich mir einen Film an, der mein Leben war, so wie es in ihren Büchern geschrieben stand, in Muljas Notizbuch. Dennoch wusste ich, dass das, was sich zwischen uns bewegte, stärker als all dies war, dauerhafter als alle Worte und Vereinbarungen, stärker als Zeit und Tod.

Warum ist alles so sanft?, wunderte ich mich noch immer, als ich neben Milja im Garten stand, in dem Moment konnte ich mich noch wundern. Die übernächtigten Männer in ihren grauen und blauen, nein, schwarzen Anzügen, sie stützten uns fast, leicht und liebend, als wären wir Vögel, ich hätte von ihren Armen auffliegen können, von ihren Flügeln.

Milja stand neben mir, obwohl Mulja dort hätte stehen sollen, so hatte ich geglaubt, denn es war ja wie eine Hochzeit, unsere Schicksale für das ganze Leben miteinander verbunden, unter den Blicken der Götter, man hätte es wissen müssen, was für ein Augenzwinkern, der Hagel. Milja, meine Braut, meine Hagelbraut, und ich stand vor dem Haus, das Haus war hinter mir, ich sah es nicht, nicht seine schwarzen rissigen Balken, auf die noch kein Licht fiel, nicht die Entscheidungen über Leben und Tod, die es verschwieg, die offen gebliebenen Läden, in diesem Haus hatte die ganze Nacht niemand geschlafen, außer den Kindern, die zeitig in ihre Betten gegangen waren und nichts Schlimmes ahnten, denn für sie gab es nur die Gegenwart, nicht das Vergangene, nicht das Künftige, noch nicht, aber spielte es denn noch für irgendwen eine Rolle, ob die Läden offen waren oder zu, nicht einmal für die neugierigen Nachbarn, die auf die Abfahrt des Autos warteten, so wie wir alle, wem würden sie berichten, wenn alles schon klar war, auch davor musste man keine Angst mehr haben, nein, man musste vor gar nichts mehr Angst haben. Ich stand vor dem Wald, ich sah den Wald, die dichten Kiefern, die unbefestigte Straße, die Einschläge des Hagels und den Regen, der gefallen war, als die Kolkraben kamen, den Auguststurm, die Kolkraben kamen, als ich ein letztes Mal glaubte, Boris würde doch noch eintreffen, in der Nacht, leise, so wie ein geliebter Mensch kommt, glaubte ich es wirklich, die Furche des Regens, die Reifenspuren im Sand, das Auto, das zunächst aussah, als wäre es öliges Wasser, das alles wie im Spiegel zeigte, die Baumkronen und den Himmel, uns, weiß und schwarz wie nackte Bäume, bald im herbstlichen Nebel.

Der Herbst kommt und der Winter, das weiß ich, die Zeit verfolgt mich, nicht ich sie, ich kann ihre Bewegung nicht kontrollieren, ich habe geglaubt, es zu können, aber sie zeigt mir, dass sie doch stärker ist als ich, meine Gegenkraft. Wer erschafft die Zeit, was ist vor der Zeit, die Zeit schmilzt auf meiner Hand wie ein Hagelkristall, aber wir atmen, Milja und ich, diesen Moment nur, so hält man die Zeit fest. Wir atmen und stehen am Tor, vor dem Wald, vor dem Auto, vor der Zeit, vor unserem Schicksal. Wir atmen, und gerade jetzt, Emilia Emanuilowna Litauer, könnte ich deine schmalen, fast nicht vorhandenen ängstlichen Lippen küssen, deine sommersprossigen Lippen, nach denen die Männer verrückt sind, du bist nicht der Judas an diesem Tisch, verzeih mir, dass ich dich dafür hielt.

Die Männer saßen bereits im Wagen, Milja wurde ins Haus zurückgeführt, man brauchte noch ein Dokument, man nahm sie nicht mit, sondern mich, nur mich durften sie mitnehmen. Meine Dokumente waren in Ordnung, sagten sie.

Milja, wir sehen uns bald, sagte ich, ja, Alja, sagte sie, wir sehen uns bald, und sie war fort. Der ältere Mann drückte mir den Kopf nach unten, damit ich mich nicht stieß, und da kam Marina durch den Garten gerannt, der Schrei eines Vogels, krii, krii, die Scherenvögel, Serjoscha hinter ihr her, barfuß, die Kiefernnadeln, der Morgen, Marina mit rotem Tuch, die Fäden, mit denen das Glück gewebt wurde, nimm das, nimm das mit, mein Mädchen, damit du dich nicht erkältest, damit du dich nicht verirrst, damit zu zurückfindest. Keine langen Abschiede, sagte der ältere Mann so freundlich, wie es alte Männer sagen, das gibt nur unnötig Tränen.

Und dann kamen die Vögel, die Vögel. Krii, krii, sie beschützten mich, schnitten alles ab, was danach geschah, schnitten es mit ihren Scheren ab wie ein Schnittmeister beim Film.

Dunkel ist es länger, als ich mich erinnern kann, ich weiß nicht, wo ich bin, ich habe so lange geschlafen, dass ich leer bin von allen Träumen, aber dann kehren die Vögel zurück, sie fliegen wieder durch die leeren Räume

du musst leben
wer sagt das
auch ich muss leben
ihr beide müsst es

zwei Hände, aber noch mehr Arbeit
wenn man am Morgen erwacht, muss man das Eis in den Eimern brechen
das Holz hacken, ebenfalls vereist
das Holz ins Haus tragen
Feuer im Ofen anfachen, das Holz ist feucht, wie bringt man es zum Brennen, das ganze Zimmer voller Qualm
Wasser zum Kochen bringen
die Brotkrümel wegwischen
das fettige Geschirr spülen, woher das Fett, ein Fleischrest, von irgendwoher bekommen
wir haben in der Kirche gebetet, Marina um Wörter, ich um Essen, mit beidem kann man auskommen, ohne Wörter kann man nicht leben
aber auf eine Frage hat Marina keine Antwort, keine richtigen Wörter
wo ist Irina
wo ist meine Schwester

die Hände, sagt Marina, die leeren Hände, das Einzige, was mir geblieben ist
betrachtet man seine Hände lange genug, werden sie zu fremden Händen
aber dafür ist keine Zeit
die Zeit beginnt und die Zeit endet
und sie reimen sich nicht mehr
die Zaren kommen und gehen
und die Tanten und die Schwestern
alle Kinder des Monds
und was getan ist, kann man nicht ungeschehen machen
die Hände greifen nach dem, was sie festhalten können, die fremden Hände, die leeren Hände

in den Händen stecken die Wörter des Herzens und in der Seele die Wörter der Seele, sage ich

Všenory
August 1923

Das Bett war leer. Alja war vor Marina aufgewacht und bereits aufgestanden, aber man hörte unten keine Geräusche. Marina schnellte hoch. Das Mädchen hatte neben ihr geschlafen, das hatte sie nicht geträumt, auf dem Stuhl lag auch das Nachthemd, und das Kissen hatte den Wollhaarduft des Kindes.

Marina rannte nach draußen, die Sonne schien bereits heiß, als hätte es den nächtlichen Regen und Sturm nicht gegeben. Sie fand das Mädchen nicht sofort und ging um das Haus herum. Da sah sie die Wäsche. Die Laken klebten auf den Leinen aneinander wie nasse Haare, nasse Finger. Marina zog sich der Magen zusammen. *Du Versagerin.*

Sie hatte die Wäsche vollkommen vergessen, hatte sie am Abend nicht gesehen, als hätten die Kleidungsstücke sich absichtlich vor ihr versteckt. Sie hätte sie längst einpacken sollen, zumindest hätte sie sie zum Trocknen ins Haus holen und Feuer im Ofen machen müssen, nun würde sie Alja nicht genügend saubere Unterwäsche mitgeben können. Wieso hatte das Mädchen es nicht selbst gemerkt, der dumme Streit hatte alles verdorben, der lächerliche, lachhafte Streit.

Nun aber ließ die weiße Wäschearmee sie wie gelähmt auf der Stelle erstarren. Was sie zum Frösteln brachte, war keine Armee, kein Papier, kein Vergessen, sondern die fremde, weiße, kalte Haut der Laken, und sie dachte, in diesen Stoffen hat eine fremde Familie gelebt, fremde Menschen. Eine Familie, die den gleichen Namen hatte wie ihre, in den gleichen Kleidern umherging und in der gleichen Bettwäsche schlief, aber es war nicht ihre Familie, sie hatte mit diesen Menschen nichts zu tun. Diese waren durch die Leine miteinander verbunden, ihre eigene Familie aber war in alle Richtungen versprengt worden, Augen und Mund, Hände und Ohren auseinandergerissen. In den fünf Jahren, in denen sie getrennt voneinander gelebt hatten, waren sie mehr Familie gewesen als im Verlauf dieses einen Jahres, das sie in dieser Landschaft zusammen verbracht oder zu verbringen geglaubt hatten. Und sie begriff, dass sie nicht zu ihrer Familie gehörte, auch zu keiner anderen Schar, alle Bindungen waren am Ende. Spätestens der Besuch des Mannes aus Minsk hatte das offenbart. Es war von Anfang an so gewesen, aber sie war vorher nicht imstande gewesen, es zu sehen: Nur die Angst verband sie mit Serjoscha, nicht die Liebe. Der Mann aus Minsk war kein Harlekin und auch kein Erlend Nikulaussohn, sondern der schreckliche Engel selbst, er trug den Sturm in seinen Schritten, die Vernichtung. Aber Marina war nun bereit, es anzunehmen. Auch wenn die Romanze nicht über den Vollmond und ihre Rückkehr aus Moravská Třebová hinaus andauern würde, sie hatte ihren Entschluss gefasst: Sie musste leben, auf die Freiheit zugehen, und für Serjoscha gab es da keinen Platz mehr.

Das Mädchen rief ihren Namen. Alja kauerte neben der umgestürzten Kiefer, versuchte mit vor Anstrengung weißem Gesicht, den Stamm anzuheben, rief, sie solle ihr helfen. Als sie näher herankam, sah sie, dass etwas unter dem Baum lag, ein Tier, Olgas Hund, dachte sie zuerst, Onegin, aber dann erkannte sie das rötliche Fell.

Der Baum war auf einen Fuchs gefallen, der im Misthaufen gewühlt hatte. Das arme Tier lebte noch, aber es litt und hatte keine Kraft mehr, sich zu befreien. Marina hatte es in der Nacht gar nicht bemerkt, als sie sich die umgestürzte Kiefer angesehen hatte, und nicht begriffen, was passiert war, obwohl sie das Schreien bis ins Haus hinein gehört hatte.

Aber jetzt war keine Zeit zum Wehklagen. Marina half Alja, den Baum anzuheben, und es gelang ihnen tatsächlich, den Stamm so weit zu bewegen, dass sich der Fuchs befreien konnte, aber die Kraft, davonzulaufen, hatte er nicht mehr, jaulend erschlaffte er im Gras, an beiden Hinterläufen waren die Knochen gebrochen.

Alja fand, man müsse ihn mit hineinnehmen und gesundpflegen, aber was könnten sie für das arme Tier tun, sie mussten in zwei Stunden aufbrechen und hatten bis dahin noch so viel zu erledigen, heute fehlte ihnen die Zeit, die Kreatur zum Arzt zu bringen.

Alja holte ein ausrangiertes Handtuch und versuchte vorsichtig, den Fuchs darauf zu legen, obwohl Marina sie davon abhalten wollte. Das verletzte Tier konnte aggressiv werden und das Mädchen beißen. Schließlich nahm sie den Fuchs trotz aller Anspannung selbst auf den Arm, und er schaute sie schreckhaft und erschöpft an, stundenlang hatte er gekämpft, jetzt lähmte ihn der Schmerz, ein Wunder, dass er noch bei Bewusstsein war. Was sollten sie nur mit dem Geschöpf machen, war es denn noch zu retten, fragte sich Marina hilflos mit dem fremdartigen menschenkindgroßen Wesen auf dem Arm, so fremdartig wie das nächtliche Schreien.

Erst da nahm sie die übrigen Spuren des Sturms im Garten wahr. Äste lagen herum wie nach einer Feier, der Hang war von Pflaumen übersät, diese Ernte würden sie nicht mehr einbringen können, Schlamm und Steinlawinen hatten auch die akkuraten Bohnenreihen in Serjoschas Pflanzbeet zerstört. Aber nichts von dieser Zerstörung ging sie noch etwas an.

Alja stand mit dem verletzten Fuchs auf dem Arm da, als Olga und Onegin kamen, um sich zu verabschieden und Aljas Kleid zu bringen. Das Tier atmete mühsam, aber es atmete.

Olga Andrejewna versprach, sich um den Fuchs zu kümmern, sie wusste sofort, was zu tun war, sie würde die Hinterläufe schienen, ihn füttern, ihm die Mutter ersetzen, man würde ihn schon wieder hinbekommen. Marina war so erleichtert, dass sie sich nicht einmal bedanken konnte. Für das Kleid brachte sie immerhin einen Dank heraus. Olga hatte einen weißen Kragen, Manschetten und eine Schürze angesetzt, am Rand eine Spitzenborte angenäht, es war sehr gut jetzt, stand Alja viel besser, das Mädchen würde darin wie ein echtes russisches Schulmädchen aussehen, plapperte Olga, sie hatte auch hier und da Risse und fadenscheinige Stellen gestopft, es war nicht ganz wie neu, aber brauchbar allemal. Marina forderte das Mädchen dann auf, sich fertig zu machen, das Kleid, das Olga gebracht hatte, sollte die Reisegarderobe sein, die Haare müssten geflochten werden, um die schlimmsten Verfilzungen zu verbergen, auch das Kämmen war gestern ausgefallen, wie auch Aljas Vers, darüber hatte das Mädchen sicherlich nicht mehr nachgedacht.

Auch Olga bemerkte nun den umgestürzten Baum, sie hatte das Geräusch in der Nacht gehört und vermutet, dass eine alte Föhre umgekippt sei, bei dem Wetter komme das vor, bei der lehmigen Erde. Alja und Marina konnten von Glück sagen, dass der Baum nicht aufs Haus gestürzt war. Marina nickte, ja, ja, aber was in der Nacht geschehen war, kam ihr bereits fern und unwirklich wie ein Albtraum vor. Olga bestaunte die Menge an Jahrestrieben, die müsste man einsammeln, die Jahrestriebe von Kiefern seien gesund, und aus den Knospenzapfen der weiblichen könne man Tee mit gesundheitsfördernder Wirkung machen, man solle nichts wegwerfen. Marina hatte die roten Dinger, die es überall hingeschleudert hatte, noch gar nicht bemerkt.

Natürlich kamen Olga die Tränen. Alja, die in dem ausgebesserten Kleid tatsächlich älter aussah, war für sie wie ein eigenes Kind gewesen, Olga hätte sich auch den nächsten Winter noch um sie gesorgt, wem würde sie jetzt morgens die Milch bringen, wer würde mit ihr Pflaumen aufsammeln, wer ihr das Horoskop vorlesen, wo sie doch nicht mehr richtig lesen könne, wer würde ihr die Augen ersetzen, wer nur, wer?

Als Olga weg war, sahen sich Alja und Marina ein letztes Mal die Bogengardt'sche Liste und den Inhalt von Aljas Koffer an. Es fehlte lediglich die Unterwäsche, die noch trocknen musste. Marina war deswegen unnötig hektisch gewesen, begriff sie jetzt: Sie würde die übrige Wäsche mitbringen, wenn sie dem Mädchen nach Moravská Třebová folgte, entschied sie. Ich werde gebraucht, dachte Marina, die Dinge müssen zu Ende geführt werden. Not sah anders aus, in der Tat, sie würde nicht zulassen, dass sie die Macht über sie ergriff, das Leben war möglich. Auch an diesem Tag.

Marina hielt noch einige leere Schreibhefte in den Händen. Die erbetenen Schulhefte hatte das Mädchen schon eingepackt, aber vielleicht sollte sie noch eines für das Moskau-Buch dazulegen, so, wie es gedacht gewesen war, damit das Mädchen die Arbeit fortsetzen konnte, das Erinnern, ihr gemeinsames Buch. Marina spürte, wie sich der Zorn und das Gift der Enttäuschung des gestrigen Tages in ihren Schläfen verdichteten, dachte dann aber entschlossen, dass sie das Mädchen nicht gegen seinen Willen dazu zwingen konnte, den Traum seiner Mutter zu erfüllen. Sie musste auch Alja Freiheit zugestehen, auch wenn das bedeutete, dass ihr Sternenschein ein gewöhnliches Kind wurde, allen anderen gleich, so wie Serjoscha es sich wünschte und wie es das Kind ihr selbst gesagt hatte. Sie würden das Buch nicht weiterschreiben, das Moskauer Manuskript.

Marina und Alja stellten Aljas Koffer und Bündel auf den Milchwagen, den sie sich vom Hof geborgt hatten, und machten sich beizeiten auf den Weg zum Neunuhrzug. Auf der lehmigen Straße merkten sie jedoch, dass die schiefe und verzogene Klapperkiste sie nur bremste, es sie zu viel Zeit kosten würde, sie immer wieder aus den tiefen Löchern zu ziehen, sie kämen nicht rechtzeitig zum Zug. Also mussten sie die Koffer zusammen zum Bahnhof tragen.

Beim Gehen repetierte Marina die Versmaße. Das Mädchen hatte recht, wenn man die konnte, war es leicht, sich alles Mögliche einzuprägen, in welcher Sprache auch immer. Bei den Bogengardts würde man kaum viel Wert darauf legen, dort waren Algebra und die Silben der Metallverbindungen wichtiger, aber das unterlag nicht mehr ihrer Kontrolle. Dennoch durfte die Kraft der Wörter nicht in Vergessenheit geraten.

O Stunde seliger Vereinigung, hob Marina an, *wo du erschienst mit holdem Gruß*, und fragte das Mädchen, ob es das Metrum erkennen könne. Alja erkannte, dass es ein Gedicht von Puschkin war, schlug aber trotzdem Trochäus vor. Marina wollte schon ärgerlich werden. Puschkin benutzt keinen Trochäus, sondern fast immer nur den jambischen Pentameter. Beim Trochäus liegt die Betonung auf der ersten Silbe, beim Jambus auf der zweiten. Weißt du das nicht mehr? Gestern konntest du es noch.

Verzeihung, Marina, ich habe es wieder verwechselt, sagte Alja fast erschrocken. Weil er traurige Gedichte schreibt, nicht wahr? Ist der Jambus nicht das traurige Metrum und der Trochäus das fröhliche und entschlossene?

Du hast recht, beruhigte sich Marina, ihr schien, dass das Mädchen den Willen besaß, etwas zu lernen, auch wenn es die Begriffe verwechselte, tatsächlich erkannte es das Versmaß ganz richtig und wie es sein sollte, der Jambus ist das natürliche Metrum im Sprechen des Kindes, allerdings auch das Metrum des aufgebenden Menschen, hör zu: *Ach, ohne Gottheit, Leben, Thränen, Begeisterung und Liebesglut,* zitierte Marina weiter. Das Mädchen erinnerte sich nicht mehr ganz an dieses Puschkin-Gedicht, sagte aber auswendig Bloks Variation des gleichen Themas auf: *O ihr Tapferen, o tapfere Taten, o Ehre, o …*, es war entschlossen und melancholisch zugleich, ein sonderbares Oxymoron, wie *festina lente* oder die Ungerechtigkeit der Götter, und so gaben sie ihren Schritten den Rhythmus, der körperlichen Anstrengung das Maß und trugen, ohne zu ermüden, das Gepäck ins Dorf hinunter, als spürten sie nicht dessen Gewicht.

Das weiße Pferd vom Hof Kobylce sah ihnen vom Feldrand aus zu, und Alja versuchte auch dem Pferd mit den Füßen den Rhythmus beizubringen. Das wäre erst lustig, wenn sie ein tschechisches Pferd dazu brächten, russische Dichtung im richtigen Metrum zu deklamieren, aber auf die Idee hätten sie vor einem Jahr kommen müssen, jetzt mussten sie sich beeilen, der Zug würde bald in den Bahnhof einfahren. Das Pferd stand jeden Tag auf seiner Weide, rief sich Marina in Erinnerung, so wie sie es jeden Tag auf dem Weg zum Bahnhof tat, und es war nur ein Pferd, kein Zeichen, kein Omen, auch wenn sie ihm gerade Puschkin aufgesagt hatten. Sie würde fragen, ob sie sich diese Stute für den endgültigen Umzug borgen könne, der Mann aus Minsk könnte sie einspannen und lenken. Sie selbst aber würde auf einem weißen Pferd davonreiten und ein neues Leben beginnen.

Dennoch, als sie sich den Gleisen näherten, hörte Marina den Atem des Pferdes, eisig und lähmend, und hatte für einen Moment das Gefühl, nicht fähig zu sein, die Gleise zu überschreiten und Alja in fremde Hände zu geben. Es kam ihr vor, als müsse auch sie aufgeben, hierbleiben und warten, bis der Zug sie erreichte, und dann: den Atem anhalten, und alles bleibt stehen. Aber Alja nahm Marinas Hand und drückte fest zu, komm, Marina, gehen wir. Das Mädchen deutete mit dem Finger zum Himmel, wo in Formation Nils Holgerssons Gänse flogen, obwohl es erst Ende August war.

Lubjanka, Moskau
August – September 1939

Um acht Uhr am Sonntagmorgen kam ich mit dem schwarzen Fahrzeug in Moskau an. Es fuhr direkt in die Lubjanka. Dort unterschrieb ich meinen eigenen Haftbefehl. Mir stand keine gewöhnliche Beratung bevor, und ich würde am Montag nicht zur Arbeit bei der Revue zurückkehren.

Das erste Verhör fand gleich in der Nacht statt.

Ich hatte kein Auge zumachen dürfen.

Ich stand eingeengt in einer Zelle voller Frauen.

Eine Wärterin schlug uns mit dem Gummiknüppel auf den Rücken, wenn uns die Augen zufielen.

Meine Augen waren schwer wie Mehlgewichte und fielen ständig zu.

Um zwei Uhr in der Nacht holten sie mich zum Verhör und brachten mich um fünf Uhr am Morgen in die Zelle zurück.

Der Schlafentzug ging weiter, die Wärterin schlug uns, wenn wir versuchten uns im Gedränge aneinanderzulehnen, und riss uns hoch, wenn uns die Beine versagten.

Alles schien wie in Zeitlupe vor sich zu gehen.

Ich erinnere alles wie einen verlangsamten Film, der immer wieder von vorn anfängt.

In Wirklichkeit geschieht alles in heftigem, ungeduldigem Tempo. Nur ich bin langsam. Ich begreife überhaupt nicht, was passiert, obwohl ich von solchen Situationen gehört habe.

Beim ersten Verhör werden mir nur Fragen gestellt. Der Fragensteller ist Oberleutnant Kuzminow.

Erzählen Sie von Ihren vaterlandsfeindlichen Aktivitäten in Frankreich und hier!

Ich bin hier und in Frankreich ausschließlich für mein Vaterland tätig gewesen. Ich habe nie gegen mein Heimatland gearbeitet.

Erzählen Sie von Ihrer Zusammenarbeit mit den in Frankreich lebenden weißen Russen und dazugehörigen Zusammenschlüssen wie den Eurasianern!

Ich habe nicht mit weißen Russen zusammengearbeitet, sondern bin im Dienste des Außenministeriums im Heimkehrbund tätig gewesen. Wie Sie sehr wohl wissen, sind die eurasischen Organisationen in Frankreich Deckorganisationen unserer Geheimpolizei. Über sie habe ich als Kundschafterin der Geheimpolizei der Sowjetunion gearbeitet.

Erzählen Sie von Ihrer Tätigkeit für ausländische Geheimdienste!

Ich bin ausschließlich für nachrichtendienstliche Organe der Sowjetunion tätig gewesen.

Erzählen Sie von Ihrer Tätigkeit für ausländische Geheimdienste!

Ich habe ausschließlich für mein Vaterland gearbeitet. Ich bin zu keiner Zeit gegen mein Heimatland aktiv gewesen.

Erzählen Sie von Ihrer Kooperation mit den Trotzkisten!

Ich habe nicht mit Trotzkisten zusammengearbeitet, sondern in Frankreich auf Anweisung des sowjetischen Auslandsnachrichtendienstes in Hilfsfunktion an antitrotzkistischen Operationen teilgenommen. Ich habe hier und in Frankreich ausschließlich für mein Vaterland gearbeitet. Ich bin zu keiner Zeit gegen mein Heimatland aktiv gewesen.

Erzählen Sie von Ihrer Zusammenarbeit mit dem Journalisten Michail Kolzow!

Ich habe in Frankreich und in der Sowjetunion Artikel für Zeitungen verfasst, deren Chefredakteur Michail Kolzow war.

Sind Sie sich der vaterlandsfeindlichen Aktivitäten Michail Kolzows beim französischen Geheimdienst und in trotzkistischen Zellen bewusst gewesen?

Nein. Davon habe ich nichts gewusst. Und ich bin an keinerlei vaterlandsfeindlichen Aktivitäten beteiligt gewesen.

Aber Sie haben die Zusammenarbeit mit ihm fortgesetzt?

Ja, er ist der Chefredakteur der wichtigsten Zeitungen unseres Landes, und es war eine Freude, mit ihm zusammenzuarbeiten. Ich habe ihm keinerlei Informationen geliefert, die meinem Vaterland schaden könnten.

Aber Sie haben die Zusammenarbeit mit ihm fortgesetzt?

Ich stand im Arbeitsverhältnis bei den von ihm vertretenen Zeitungen. Ich habe ihm keinerlei Informationen geliefert, die meinem Vaterland schaden könnten.

Immer und immer wieder werden die gleichen Fragen gestellt. Dann lässt mich der Vernehmer allein.

Sie können über Ihre Antworten nachdenken, bis Sie anfangen, sich zu erinnern, wie es wirklich war. Wir wissen alles, es ist sinnlos, das Ganze zu verkomplizieren. Wir haben an diesem Tisch hier auch mehrmals mit dem Genossen Kolzow gesprochen. Er hat uns selbst von Ihren antisowjetischen Aktivitäten berichtet.

Und der Vernehmer sagt noch:

Wir wissen, dass Sie als Spionin eines ausländischen Nachrichtendienstes nach Moskau zurückgekehrt sind.

Und ich erwidere, wie ich es ein ums andere Mal tun werde:

Ich habe nicht für einen ausländischen Nachrichtendienst gearbeitet, sondern kam auf eigenen Wunsch in meine Heimat zurück.

Nach einer Atempause beginnt im Verhör ein neues Stadium. Die folgenden Fragen wiederholen sich so oft, dass ich sie nicht mehr auseinanderhalten kann.

Erzählen Sie von der antisowjetischen Tätigkeit Ihres Vaters Sergei Jakowlewitsch Efron!

Erzählen Sie von der Kooperation Ihres Vaters Sergei Jakowlewitsch Efron mit den Trotzkisten!

Erzählen Sie von der Tätigkeit Ihres Vaters Sergei Jakowlewitsch Efron für ausländische Geheimdienste!

Ich versuche so ehrlich wie möglich die Wahrheit zu sagen. Über die unermüdlichen Aktivitäten meines Vaters einzig und allein zugunsten seine Vaterlandes, darüber, wie er versuchte, den Fehler, den er gemacht hatte, zu sühnen, indem er alles gab, über seine Verzweiflung, über seine Hoffnung.

Aber ich weiß schon, was der Geist dieses Spiels ist, aus Schwarz wird Weiß, aus Weiß Schwarz und aus Rot Weiß, aus Weiß Rot.

Die Wörter schützen mich nicht mehr, jedes Wort wird in sein Gegenteil verkehrt.

Ich versinke immer tiefer im Treibsand, im Treibsand.

Die nächsten zwei Wochen halten sie mich in einer Wartezelle wach, in der Frauen kommen und gehen, weinende, am Schlaf gehinderte, gelähmte, vor Angst unter sich machende Frauen, Frauen, denen das Blut die Beine herabrinnt, die schmachvollste Demütigung besteht darin, den Gefangenen keine Binden zu geben. Zum Glück blute ich nicht.

Sieben Tage und sieben Nächte und noch einmal sieben Tage und sieben Nächte.

Wir gleichen kaputten Marionetten aus einem schauerlichen Stück für Kinder.

Das zweite Verhör fängt nach zwei Wochen um neun Uhr am Abend an und dauert bis um fünf Uhr am nächsten Morgen.

Die gleichen Fragen, aber ein anderer Vernehmer. Unterleutnant Iwanow. Ein kurzsichtiger Ameisenbär. Er ist nicht annähernd so geduldig wie der erste. Er kann nur brüllen, dass er rot wird bis zur Brust.

Das dritte Verhör gleich am nächsten Nachmittag. Die Vernehmer und ihr Stil wechseln, aber die Fragen und Anschuldigungen bleiben die gleichen. Wie auch meine Antworten.

Ich werde nicht mehr in die Zelle der Marionetten gebracht.

Man schließt mich in eine kalte Isolierzelle ein. Kleider gibt man mir nicht, nicht einmal Unterwäsche. Zwischen den Verhören stehe ich nackt mitten in der kalten, erleuchteten Zelle, und wenn ich zusammenbreche, kommt die Wärterin herein und schlägt mich mit dem Gummiknüppel, bis ich wieder aufstehe.

Die Frauen aus dem Marionettentheater sagen, von den Schlägen mit dem Gummiknüppel bleiben keine blauen Flecken zurück, keine äußeren Spuren, aber innerlich sind sie gefährlich. Der Schmerz ist genau so stark wie bei Schlägen mit dem Holzknüppel.

So geht es sieben Tage und sieben Nächte.

Ich befinde mich weiter unten als je zuvor, am Boden der Welt. In den Ohren spüre ich den gleichen Druck wie beim Tauchen am Grund des Atlantiks, das Gewicht des ganzen Ozeans lastet auf mir.

Ich habe keinen weiteren Schutz als meine Haare, aber kein Fenster, aus dem ich sie hinablassen könnte, keine Brüder, die sich in Vögel verwandeln und mir Ratschläge geben, niemanden.

Die Götter haben mir den Rücken zugekehrt, und die Welt ist aus den Fugen.

Das sind nicht mehr bloß Wörter, die man zitieren können soll, es ist wirklichste Wirklichkeit.

Nur für die Verhöre, zu denen ich einmal am Tag, vielleicht auch öfter, gebracht werde, erhalte ich meine Kleider zurück.

Ich bin langsam und starr vor Kälte, aber die Vernehmer reden immer lauter und schneller.

Die Verhöre sind nicht mehr bloß Verhöre, sondern gekonnt inszenierte Melodramen aus Drohungen, Schmähungen und Erniedrigungen. Zum Glück habe ich meinen Teil gelernt. Immer wenn ich die Kraft dazu aufbringe, mache ich mich über ihre absurden Fragen lustig. Ich weiß nicht, woher dieses Aufflackern des Verstandes noch kommt. Und auf die unlogischsten Fragen antworte ich mit reinem Unsinn.

Sie sind vor allem an Serjoscha interessiert. Sie wollen weiterhin, dass ich seine wahre Tätigkeit verrate.

Ich erzähle ihnen von seiner wahren Tätigkeit. Ich erzähle alles, was ich weiß, alles Gute und Richtige.

Und sie drängen mich, die wahre Tätigkeit der Klepinins und Miljas und vieler anderer Bekannter zu verraten. Ihnen die Masken abzunehmen.

Ich erzähle von ihren wahren Tätigkeiten. Auch sie haben alles gut und richtig gemacht, beispielhaft. Aber das genügt nicht. Alles hat seine Kehrseite, alles kann sich verändern.

Und wenn ich müde werde, verstricke ich mich in ihrer Geschichte, und sie bringen mich dazu, Milja und Nina Nikolajewna und Nikolai Andrejewitsch die Maske, die Kleider, die Haut herunterzureißen, und ich tue das nicht, um mich zu retten, sondern weil ich nicht mehr weiß, was wahr ist und was von ihnen erfunden.

Sie stellen auch Fragen nach Marina. Wohnort, Veröffentlichungen, Zeitungen, für die sie geschrieben hat. Auch von ihrer wahren Tätigkeit erzähle ich. Und davon, dass sie sich längst von allen politischen Aktivitäten losgesagt hat und nichts von unseren Tätigkeiten wusste. Und das stimmt. Sie hat nie etwas wissen wollen.

Nur nach Mulja fragen sie nicht.

Aber alles, was ich erzähle, wird Bestandteil der Geschichte, die sie erfunden haben. Wahrscheinlich haben sie frisch ausgebildete Drehbuchschreiber angeheuert, um diese Agentengeschichte zu drechseln.

In der einundzwanzigsten Nacht inszenieren sie meine Hinrichtung. Ihr Drehbuch sieht also auch mein Ende vor, so wie sie meinen Anfang und meinen Mittelteil umgeschrieben haben, meinen tragischen Irrtum, alle Wendungen neu.

Die erste Kugel geht oberhalb des Scheitels an meinem Schädel vorbei. Der zweite Schuss auch. Mehr weiß ich nicht. Ich verliere das Bewusstsein.

Ich wache auf. Ich bin am Leben. Sie geben mir noch eine Chance.

Das Geständnis ist fertig aufgesetzt.

Es ist ein Wunder, dass ich es überhaupt lesen kann. Ich lese es. Sie lesen es laut vor.

Ich gestehe hiermit, für den französischen Nachrichtendienst gearbeitet zu haben und als Spionin in dessen Auftrag in die Sowjetunion eingereist zu sein. Alles, was ich zuvor gesagt habe, bestätigt dies.

Ich unterschreibe.

Ariadna Sergejewna Efron

Meine Hand schreibt es, meine einundzwanzig Tage und Nächte wach gehaltene, misshandelte Hand.

Es vergehen weitere sieben Tage, sieben Nächte.

Man hat mich in eine normale Zelle mit nur wenigen anderen Frauen verlegt.

Ich darf schlafen.

Ich erhalte meine Kleider zurück.

Tagelang kommt mich niemand holen, man hat mich unter einer Neonlampe im Verließ vergessen, und die Welt setzt ihren Lauf fort, die Zeit hört auf zu existieren, da sind nur das Licht, die grauen Wände, die Spritzer der Exkremente, der Abfluss im Fußboden, die hören nicht auf zu existieren, auch wenn ich noch sosehr versuche mir vorzustellen, sie wären nicht da. Man hat mich auf eine namenlose Insel verbannt, mit meinen Knochen, meinem Fleisch, meinen Ausscheidungen, meinen Haaren, aus denen ich mir ein Netz knüpfe.

Dort verstehe ich endlich den Verlauf meiner Tragödie, meine Hybris: Ich habe die Macht der Götter in meine Hände genommen. Ich habe es aus purem Hass getan, getrieben von Marinas Lieblosigkeit, und es gibt keine Rettung für mich, ehe ich ihr verzeihen kann.

Ich hatte geglaubt, diese Macht sei mir im Büro in der rue de Buci in Paris in die Hände gelegt worden, beim Heimkehrbund: Menschen zur Anerkennung oder Ablehnung zu verurteilen, zur Reise oder zum Gefängnis, zum Leben oder zum Tod. Am Ende bin ich selbst ein Opfer meiner Urteile.

Die Zeit für meine Bestrafung ist gekommen. Und so falle ich aus allem heraus und bin ohne Maß, Ordnung und Schicksal. Die Götter, meine Götter, haben mich verstoßen, so wie Marina mich vor langer Zeit verstoßen hat.

Aber eines lässt mich nicht im Stich, eines führt mich durch all diese Tage und Nächte: Mein künftiges Kind lebt noch immer in mir, atmet in mir, und darum muss ich am Leben bleiben. Deswegen. Ich habe diesen einen Gedanken: Das Kind am Leben zu halten. Es gibt mir ein neues Maß. Und dieses enthält alles.

Ich weiß nicht mehr, was zuerst kam, mein falsches Geständnis über Serjoscha oder das andere. Ich verliere das Zeitgefühl, und im Nachhinein sind die Ereignisse in meinem Kopf durcheinandergeraten, soweit ich überhaupt fähig bin, mich an sie zu erinnern.

Wie kann man sich an etwas erinnern, das noch nicht aufgehört hat zu geschehen, das in mir die ganze Zeit geschieht?

Unterschrieb ich das Geständnis, das sie nach jedem Verhör mit erfundenen Zusatzbeweisen vervollständigt hatten, nachdem sie es mir bereits angetan hatten und mein Verstand aus nichts als weißer Blindheit und Rauschen bestand oder als sie sagten, Serjoscha sei im Raum nebenan und werde ebenfalls verhört, er habe bereits alles gestanden, gestanden, dass er mich von Anfang an zum Mitmachen verleitet hatte?

Oder taten sie es erst, als ich meinen Vater denunziert hatte, und sie zermürbten mich zuvor mit anderen Mitteln?

Und wieder unterschrieb meine Hand.

Um die Ermittlungsorgane umfassend zu informieren, habe ich mitzuteilen, dass mein Vater als Agent des französischen Nachrichtendienstes gearbeitet hat.

Sie unterschrieb jedes Blatt der sechsundzwanzigseitigen Erzählung.

Meine Hand. Meine eigene Hand.

Es vergeht eine Nacht, ein Tag, zwei, ich zähle nicht mehr. Die Zeit hat aufgehört zu existieren. Die Wörter, die sie in meinem Namen geschrieben haben, im Namen meiner Hand, fressen allen Raum und alle Zeit auf. Ich kann die gesamte Anklageschrift auswendig. Ich erinnere mich besser daran als an mein wirkliches Leben.

Irgendwann, davor oder danach (ich kann es nicht näher bestimmen, die Zeit besteht nur aus Pronomen und Partikeln, ist zerfallen, ohne Kontinuität, man kann sie anders nicht gliedern, davor oder danach), kommen sie, um mich zu schlagen.

Wer kommt? Eine Frau, sie sind alle gleich, ich kann sie nicht mehr voneinander unterscheiden.

Das sirrende Licht auf dem Korridor. Die Schreie. Ich bin nicht sicher, ob ich sie von innen oder von außen höre.

Sie führen mich weiter, als ich je gewesen bin. Ins Herz des Labyrinths. Ich kann mich nicht auf den Beinen halten.

Endlich.

Eine Tür.

Sie gleicht allen anderen Türen.

Ist aber weiter weg als jede andere.

Oder haben sie mich nur im Kreis geführt? Und dies ist dieselbe Tür wie zuvor.

Was wollen sie noch von mir? Ich habe ihnen alles gegeben, was sie wollen.

Die Frau stößt mich hinein, schließt die Tür. Wäscht sich die Hände, trocknet sie ab. Sie sagt, das ist das *Blumenzimmer*.

Es ist so dunkel, dass ich keine Gesichter sehe. Sie richten helle Taschenlampen auf mich, bleiben aber selbst verborgen.

Keine einzige Frage wird gestellt. Dies ist also kein Verhör. Sie wissen ja auch schon alles.

Sie beginnen mit Schlägen. Ich erkenne mein eigenes Schreien nicht. Weiterhin bin ich mir nicht sicher, ob das Schreien von innen oder von außen kommt.

Dumpfe, gleichmäßige, kalte Schläge, zuerst auf Rippen, Rücken, Nacken, Kopf.

Ich versuche bei Bewusstsein zu bleiben, schütze deinen Bauch, schütze ihn, das ist mein einziger Gedanke. Ihn schützen und ihn nicht schützen, damit sie es nicht merken.

Aber natürlich merken sie es, auch wenn es dunkler ist als im Herzen eines Baums. Sie haben es die ganze Zeit gewusst.

Und ich schreie, nicht auf den Bauch, nein, bitte, brecht mir von mir aus einen Arm, ein Bein, aber schlagt mir nicht auf den Bauch.

Das Schlagen hört auf.

Aber nein. Wenn man uns so darum bittet. Nein. Tun wir nicht.

Sie setzen mich hin.

Sie legen mich hin. Ein Tisch. Ich liege auf einem Tisch. Gleichmäßige, kalte Fläche.

So ein schöner Bauch. Weiß. Seht nur, wie weiß er ist.

Die Männerstimmen kommen mir bekannt vor.

Eine Stimme ist mir allzu vertraut.

Das muss Muljas Stimme sein. Ich bin mir sicher.

Ich bin mir sicher, dass er einer von ihnen ist. Ich bin mir sicher, dass er mich rettet und das, was noch nicht mehr als ein Atmen in mir ist.

Unser künftiges Kind, unser gemeinsames Kind. Ein neuer Mensch.

Sie lassen mich ausruhen. Das Atmen tut weh, etwas ist gebrochen, sticht in die Lunge.

Was ist da? Na, schauen wir es uns an.

Sie richten die Lichter zuerst auf meinen Bauch.

Man sieht nichts. Da ist nichts.

Jemand knetet meinen Bauch. Na, spürt man da was, dann ein Schlag, ich kann ihn nicht abfangen, jemand hält mir die Hände fest oder sie sind angebunden, das habe ich noch gar nicht gemerkt.

Ein zweiter Schlag. Breiter Knüppel, kaltes Gummi, es bleiben keine Spuren zurück, nicht die geringste Spur, nur Schmerzen.

Ich habe mich geirrt. Der Mann ist ein anderer. Nicht mein Mann. Mein Mann hätte mich längst gerettet. Mein Mann, dem ich mehr vertraue als meinem eigenen Leben.

Nur ich kann es schützen. Es in Sand hüllen, im Innern der Erde, in Sicherheit, mein kleines Bündel. Hhhhoo, hhhaa, so atmen wir ein und aus, ein und aus. Mein Atem ist sein einziger Schutz.

Jemand sagt, es ist der Mühe nicht wert, da ist sicher nichts. Nur Leere.

Ihre Hände wandern nach unten. Sie ziehen mir die Hose herunter.

Sie spreizen meine Beine, einer hält das eine, ein Zweiter das andere. Ich kann mich nicht mit Tritten wehren. Als würden alle Gliedmaßen in den Treibsand gezogen.

Jemand richtet die Taschenlampe zwischen meine Beine, die Männer lachen, na, sieht man was, nein, man sieht nichts, das Weibsstück lügt, und der Mann fängt an, die Taschenlampe in mich hineinzuschieben, je mehr ich mich wehre, umso mehr reißt es an mir, je mehr sie lachen, desto mehr tut es mir weh, jemand schiebt mir einen anderen Gegenstand in den Anus, und alles dreht sich, es wird dunkel, ich zerfalle in Stücke.

Ich komme kurz zu mir und höre die Männer sprechen.

Schaut mal, seht ihr das Licht in ihrem Bauch, schaut nur, man sieht es, aber da ist nichts, das Weibsstück lügt, dieses Weib ist nur ein verlogenes Stück Scheiße. Sie heben meinen Kopf an, und ich sehe, wie rotes Licht durch meinen Bauch scheint. Nichts. Ich fühle nichts mehr. Das ist nicht mein Körper. Das bin nicht ich.

Aber ich sehe, wie sie die Taschenlampe in meinem Bauch drehen und wie das Licht rot meine schwarze Leere durchleuchtet.

Als die Durchleuchtung absolviert ist, wird den Männern der Befehl erteilt, eine genauere Untersuchung durchzuführen. Und das tun sie. Drei von ihnen kommen der Reihe nach auf mich, ich fühle nichts mehr dabei. Ich fühle überhaupt nichts mehr.

Alles geschieht sehr weit weg, es geschieht nicht mehr mir.

Ich weiß, warum Vera Angst vor dem Blumenzimmer hatte, obwohl sie sich sonst vor nichts fürchtete. Ich weiß, warum sie mich davor gewarnt hat. Ich weiß, warum Vera mit ihrem Kind abgereist ist. Sie war hier in diesem Raum, auf diesem Tisch.

Der letzte Mann muss gezwungen werden, auf mich zu kommen. So abstoßend ist sie nicht, stell dir vor, sie wäre deine Braut. Vielleicht ist sie sogar deine Braut. Gelächter. Ein gelähmter, blutiger Fisch, aber brauchbar zum Bumsen.

Dieser Mann schaut weg, weg, weg. Aber ich kenne seinen Geruch und seine Haut und die Form seiner Hoden, die Bewegung seines Glieds. Seinen Rhythmus, der einmal mein Rhythmus war. Sein Atem, mein Atem. Sein Licht mein Licht. Er dringt immer wieder in mich ein, und ich halte den Atem so lange an, bis jeder Rhythmus aufhört, aber ich überlebe.

Als ich in der Zelle aufwache, bin ich gewaschen.

Ich wache auf, als wäre nichts geschehen. Man sieht keine blauen Flecken an mir, keine äußeren Spuren. Als hätte ich mir alles eingebildet. Aber wenn ich versuche, mich zu bewegen, brechen im Unterleib, in den Rippen, zwischen den Beinen schneidende Schmerzen aus. Ich nehme einen fremden, stechenden Geruch wahr.

Aber im Bauch spüre ich nichts, vielleicht ist es doch verschont worden, vielleicht sind die Schläge doch nicht so schlimm gewesen, und auch das nicht, was sie zum Schluss getan haben. Vielleicht habe ich es allein durch die Kraft der Gedanken schützen können.

Es vergehen eine Nacht und ein Tag, die Zeit fließt an mir vorbei. Ich bin am Leben, vermutlich. Dann beginnt die Blutung, ein neuer Schmerz, schneidend, ich blute und blute, als wollte alles Blut aus mir heraus, und ich schreie, schreie, schreie und weine und weiß jetzt genau, woher die Stimme kommt.

Der Tod in mir. Der Tod, dessen Schrei man über die ganze Welt hinweg hört. Der mich spaltet.

Dennoch kann ich einen Satz bilden.

Ich muss ins Krankenhaus.

Sie lassen mich zu Fuß gehen, die namenlosen Wärterinnen, Korridore, Licht, Türen, alle gleich, Korridore, die zu Verhörräumen, Folterkammern, Isolationszellen führen.

Ich werde in die Krankenabteilung aufgenommen. Eine Wärterin unterschreibt für mich. Mit meinem Namen oder einem anderen, es ist mir egal.

Die Ärzte stellen keine Fragen. Ich werde anästhesiert.

Während der Narkose werde ich ausgeschabt.

Als ich aufwache, werden meine Fragen nicht beantwortet.

Sie verneinen alles.

Nein, Sie waren nicht schwanger. Sie haben Sich alles nur eingebildet.

Ich habe mir alles eingebildet, alles, was mit mir geschehen ist.

Und darum fängt alles von Neuem an, alles muss von Anfang an beginnen.

Diese Welt ist die erste, die ich kenne, alles, was ist, die Welt der ersten Menschen, die Nächte voller Wind, auf den Strand geworfen ein Netz trauriger Haare, und bevor ich mich darin erkenne, gibt der Sand unter mir nach, aber ich wachse, lerne, auf der Erde zu atmen, aus und ein, Wasser und Sand, Splitter von Fossilien, ich finde die Lunge, die Rippen, wie sie sich bis zum Rücken hin öffnen, bis in die Höhlen der Schultern, mein Wald und meine Bäume, ich kenne sie, sie sind immer hier gewesen, so wie der Sand und die Steine und das Wasser, und auch sie atmen, ich lerne, es zu hören, und die Bäume nehmen mich in die Arme, ein aus Knochen gemachtes Boot, ich schlafe darin ein, eine Stimme sagt
Sternchen, es ist Zeit aufzuwachen
und das Dunkel zerfällt, wie Wasser die Blätter auf dem Grund eines Glases auflöst, und zieht einen Kreis der Milch, der alles trägt, was ist
öffnen und schließen, öffnen und schließen, das ist der erste Rhythmus, er gibt dem Dunkel den Klang

Die Milch steigt nicht auf, der Kwas wird nicht fertig, und der Himmel, der Sand und das Wasser laufen ineinander, und alle Zeit wird neu gemessen und sortiert, und wenn das Weiß aufflattert, Papier, Rocksaum, Segel, sehe ich sie nicht, ich höre nur die Schellen, sie sind schon weit weg, dort wo der Schatten des Berges ist, unter den Zehen pechheißer Lavasand, der Feinste vom Feinsten, so fein, dass man darauf nicht gehen kann, ich bin hier, hier ist alles, ich kann nicht so lange Atemzüge machen wie der Wind, sein Ausatmen hört nicht auf, der Lunge geht die Luft aus, alles endet, der Atem kehrt nicht um, geht nirgendwohin, und sie sind fort, das Wasser nimmt die Schritte mit, alles, die Vögel und Schnecken, und erst wenn sich der Wind dreht und Meer und Sand sich drehen, der Atem wieder geht, ein und aus, hier und dort, und sie sind wieder hier und da zur gleichen Zeit
und wenn ich ein- und ausatme
oo, aa
hier und dort
lachen sie, und die nach Rauch riechenden Schellen klirren, und im Takt der Schellen schaukle ich wieder, oo, aa, und sie, die noch keinen Namen hat, nur einen Atem und ein nach Rauch riechendes Gesicht und herbe Küsse, große Hände und einen schmalen Schoß, flüstert, seufzt und wiegt mich und macht mich so zu dem, was ich bin, und das Netz der traurigen Haare …

Und die Haare, ich finde sie immer, den Faden,
der mich zurück an den Strand zieht, voller Scheren, die Krebse
abgestoßen haben, die Haare in Algen und Sand verwickelt,
dort fängt die Wanderung an, dort fängt all das an,
was wir nicht wissen können

Workuta, Republik Komi
August 1941

Du schaffst es, Ariadna Sergejewna, wir sind nicht mehr weit weg. Die Konsonanten aus Giedres Mund laufen mir über den Rücken wie warmer Lehm. Aber wir sind weit weg. Dieser Ort hat nicht einmal einen Namen, nur eine Nummer, Hiebfläche 385.

Ich drücke mit dem Becken gegen den Stamm, Zirbelkiefer, das erkenne ich am Gewicht, und mein Bauch schmerzt, als würden ihn Eisennägel durchbohren.

Das ist der Hunger, versuche ich zu denken. Es ist nicht der Hunger. Ich spüre schon lange keinen Hunger mehr.

Ich halte den Atem an, aber der Schmerz im Bauch wird unerträglich, und mir entweichen die letzten Kräfte wie das Wasser aus einem umkippenden Glas.

Häftling Efron!, ruft Kärt, die den Stamm an der Krone trägt und, auch ohne hinzuschauen, weiß, wer den Takt stört. Die ganze Abteilung gerät ins Stolpern, alle vier Trägerinnen, und der einheitliche Gang, den wir ausführen, als Teil einer gleichmäßigen, nach hinten ausschlagenden Schrittformation, erlahmt. Giedre tritt Klein-Anja auf die Fersen, und unser stämmiger Tanzpartner fällt den weiter vorne Tragenden in die Arme wie ein lebloser Körper.

Man kann auch wegen eines kleinen Fehlers erschossen werden, und nicht einmal der ist immer nötig, das wissen wir, und in der Furcht vor einem Geschoss bekommen wir den Stamm in den Griff, sodass er nicht auf die Erde fällt, nein, uns fallen keine Stämme hin, wir finden den Takt wieder, *einszweidreivier*, *einszweidreivier*, *einszweidreivier*, zählt Giedre, noch ein bisschen, du wirst es schaffen, Alja Amazone, wir werden es schaffen.

Und wir halten durch, ich halte durch, weil alle durchhalten, Schritt für Schritt vorwärts, anheben, Schwung holen, Stoßen, *einszweidreivier*, *einszweidreivier*, zusammen schaffen wir es, von Sonnenaufgang bis zum Einbruch der Dämmerung, gemeinsame acht Beine, acht Arme, sechzehn Gliedmaßen, eine schwitzende menschliche Maschine, die im Takt atmet, atmet, atmet, *einszweidreivier*, *einszweidreivier*.

Im ersten Sommer rodeten wir Land für die Bahnlinie, die zwischen Konoscha und Kotlas an der Ussa entlangführen soll. Sie verbindet ein Gefangenenlager mit dem anderen und schließlich Moskau mit dem Arktischen Ozean und bringt die noch nicht geborgenen Reichtümer der Tundra zu Vater Sonne: Kohle, Öl, Bauxit, Gold und Diamanten.

Im Winter, als die Erde gefror und man nicht graben konnte, fingen wir mit der Waldarbeit an. Die Männer schleppen, die Frauen schleppen, so, wie man es im Krieg tun würde, und das ist es ja auch, ein Krieg innerhalb des Kriegs. In der Taiga gibt es genug zu fällen, vier Milliarden Hektar unberührter Urwald, ein solches Ausmaß lässt sich vom menschlichen Verstand gar nicht erfassen. Darum denke ich lieber an Sand, und der Sand denkt an mich, und die Zeit vergeht. Der Sand hat unermesslich viel Zeit.

Ich gewöhne mich nicht an diesen Boden. Er ist zu leicht, er bleibt nicht fest unter den Füßen, aber ich muss unablässig in seiner Bewegung bleiben. Ich habe weder Öl noch Diamanten gesehen, die die Menschen verrückt machen, aber ich habe den Glanz des Sandes gesehen. Zuerst bannt er, dann tötet er langsam, dringt in jede Pore ein, reibt an den Schleimhäuten, macht das Blut schwer. Er ist heimtückischer als der Hunger.

Ich spüre das Gewicht des Stamms in allen Knochen und Gelenken, und meine Gliedmaßen tragen den Stamm noch immer, als ich bei der Rückfahrt zum Lager auf der Pritsche des Lkws kurz die Augen zumache und für ein paar Wimpernschläge einschlafe, bis ich von den Schlaglöchern in einer Kurve aufschrecke.

Im ersten Sommer schafften es die Beine nicht, den ganzen Tag Holz zu tragen, es schien, als wäre das Blut aus den Adern gelassen worden und an seiner Stelle tobte ein dichter Sandsturm in mir, der mich auf einen langsamen Tod vorbereitete. Wir überstanden den ersten Winter, obwohl das niemand geglaubt hatte. Wir glaubten, man habe uns zum Tode verurteilt. Darum ging es hier, um das langsame Dahinsiechen. Sechzig Grad minus, ein Finnenwinter, sogar die Pferde starben, das gefrorene Fleisch fiel an ihnen herab, und wir trugen auch sie, die toten Kadaver, zum Lkw und luden sie auf, wir hätten sie auf der Stelle essen können, aber man gab uns nicht mal die Häute. Die Hälfte der Lagerinsassen war nach dem Winter noch am Leben, auch wir vier, die baltischen Frauen Giedre, Kärt und Klein-Anja und ich, als einzige Moskowiterin unter ihnen, angeblich ist das viel.

Inzwischen habe ich gelernt, physische Arbeit zu verrichten, Arme und Beine sind darauf getrimmt, einen dreiteiligen Bewegungsablauf durchzuführen, heben, tragen, stoßen, noch einmal heben. Immerhin dürfen wir draußen sein. Ich habe Leute aus anderen Lagern gesehen, die in Bergwerken arbeiten, dort bleibt man nicht mal ein halbes Jahr am Leben. Ich habe einen alten Bund mit dem Hunger, er erschreckt und entmutigt mich nicht, auch wenn die Rationen Woche für Woche reduziert werden, das macht mich nur leichter, und ich erhebe mich über alles. Etwas habe ich in meinem Leben doch gelernt. Aber dieser Schmerz ist neu, ich bekomme ihn nicht zu fassen, er wechselt die Stelle wie die Augen der toten Pferde. Die hören nicht auf, mich anzustarren, wenn ich auf der Grenze von Wachsein und Schlaf hin und her rutsche.

Acht Jahre, in der Zeit sollte die Bahnlinie fertig sein, Sandkorn für Sandkorn, Spatenstich für Spatenstich, Stamm für Stamm, gefällt, getragen, gehoben und geflößt, mein Verbrechen wird leichter, und ich bin frei.

Jelabuga, Tatarstan
August 1941

Der Fluss hatte zwei Richtungen. Die Schiffe fuhren nach Kazan und von dort auf der Wolga nach Moskau oder zu den Kamahöhen und zum Ural, falls sie noch fuhren. Seit vielen Tagen waren keine Schiffe gekommen, weder aus der einen noch aus der anderen Richtung.

Die Leute hier sagten, das Wasser sei der höchste Richter. Tagelang war Marina diese Redensart nicht aus dem Kopf gegangen, und sie kam ihr wieder in den Sinn, als sie sich die erste Zigarette des Morgens anzündete. Ihr wollte die Kama freilich keine Ratschläge geben, obschon sie während der gesamten Fahrt von Tschistopol nach Jelabuga auf dem Außendeck des Flussschiffes gestanden hatte, sieben Stunden, und darum gefleht hatte. Ebenso gut hätte sie einen Stein anbeten können. Flüsse sind noch tückischer als Menschen, das hatte sie schon immer gewusst.

Die Briefträgerin hielt mit ihrem Fahrrad an und warf mit Geklapper die Post in den Briefkasten. Marina fuhr aus ihren Gedanken hoch und wünschte der dicklichen Frau einen guten Morgen. Die grüßte nicht zurück. Marina wartete auf der Eingangstreppe, bis das scheppernde Fahrrad auf der Woroschilow-Straße weiterfuhr, erst dann holte sie die Briefe.

Sie glaubte nicht, dass etwas für sie dabei war, aber die alten Bredeltschikows waren früh aufgebrochen, um ihre Erledigungen zu machen, warum sollte sie nicht deren Briefe ins Haus holen, wo sie schon draußen war. Trotzdem hegte sie stets die Hoffnung, dass doch etwas für sie gekommen war, so auch jetzt, stellte sie fest.

Sie stand schwerfällig auf, ihre Beine waren nicht mehr die alten, es fühlte sich an, als wäre sie mehrere Stunden bei starker Kälte Schlittschuh gelaufen, außerdem hatte sie auf dem Weg nach Tschistopol Ödeme bekommen, und die Schrunden an Fersen und Unterschenkeln waren nicht mehr verheilt. Sie schaffte es gerade so zum Tor und zurück.

Im Garten der Bredeltschikows standen ein halbes Dutzend Apfelbäume. Alle unfruchtbar. Kein einziger Apfel, nicht mal ein belaubter Ast. Trotzdem hatte das Ehepaar sie nicht gefällt.

Vielleicht kommen sie noch mal, sagte der Mann, und die Frau musste gar nicht erst hinzufügen: Wenn ihr wieder abgereist seid.

Es ist ja auch meine Schuld, lachte Marina innerlich auf, ich säe den Tod und das Unglück, wohin ich auch gehe, durch meine Not werden ganze Ländereien unfruchtbar.

Die Wäsche verfilzte auf der Leine, die zwischen den Apfelbäumen gespannt war. Sie war über Nacht draußen geblieben, Marina lernte es nie, sie hatte sie gestern Morgen aufgehängt, aber die Nächte waren bereits feucht, vielleicht waren die Kleidungsstücke nass geworden, sie sahen blau und schwer aus. Die Sonne würde sie bis zum Abend trocknen, dann müssten sie eingepackt werden, ohne dass Marina gewusst hätte, wohin sie sie mitnehmen würde, morgen mussten sie abreisen, spätestens. Brauchte man dort, wohin sie unterwegs waren, überhaupt saubere Laken? Wenn man wenigstens wüsste, wohin es ging.

Im Briefkasten lag ein Brief. Ein rechteckiges, weißes, offizielles Kuvert. Ihr Name, mit Maschine geschrieben: Marina Iwanowna Zwetajewa-Efron. Unter dem Poststempel vom Freitag befand sich ein größerer, violetter Stempel: Laubkranz mit Sichel darin. Ihr drehte sich das Herz um, und sie spürte einen Stich wie von der scharfen Spitze eines Pfirsichkerns.

Der Junge schlief noch, als Marina ins Haus zurückkam. Sie war schon seit mehreren Stunden auf den Beinen, war von einem Geräusch aufgewacht, die Wildschweine machten an den Fundamenten des Hauses Lärm, und dann fingen die Vögel an, sie waren hier lauter als irgendwo sonst.

Marina legte den Brief auf den Tisch. Ihr Alkoven war von der Küche der Bredeltschikows mit einer wackligen Trennwand und einem schmutzigen Vorhang abgetrennt worden, sechs Quadratmeter, nicht mehr, zwei Betten, harte Strohmatratzen, und dazwischen ein nachlässig gezimmerter schmaler, hoher Tisch, eher eine Schreinerbank als ein Sekretär. Ihre drei Koffer lagen unter den Betten.

Auch ohne ihn zu öffnen, wusste sie, was der Brief enthielt. Ich will wahrhaftig nicht nach ihrer Pfeife tanzen, dachte sie. Aber sie ließen sie nicht in Ruhe, solange sie auch nur einen Schritt machen konnte. Seit fast zwei Wochen lief sie in dieser gottverlassenen Stadt von einem Ort zum anderen, klapperte alle Straßen und Winkel ab, ob es irgendeine Arbeit für sie gäbe, und überall der gleiche Albtraum, wie ein böses Märchen, in dem einem die Hexe in jedem Fenster begegnet: Du bekommst Arbeit, wenn du Informantin wirst, du kommst als Übersetzerin in ein Lager, das im Winter eröffnet wird, wenn du uns hilfst. Wir lassen dich leben, wenn du uns dienst. Das haben schließlich auch dein Mann und deine Tochter getan. Warum nicht du? Du musst doch wegen deines Jungen einen Lebensunterhalt finden. Er kann die Familie noch nicht ernähren. Das stimmte, Marina wusste es nur zu gut.

Auch in Tschistopol, wohin sie eine zweitägige Reise ohne den Jungen gemacht hatte, warteten sie geradezu auf sie. Sie hatten gewusst, dass sie kam, und wieder ein neues Angebot, neue Drohungen. Tschistopol war eine Niete, kein Gewinn für sie gewesen. Auch dort hatte ihr ein Mensch nach dem anderen den Rücken zugekehrt, solche, die sie für ihre Freunde gehalten hatte. Aber das war sie gewohnt. Ihre Einsamkeit ließ sich nach keinem Maßstab mehr berechnen.

In Kazan kannte sie niemanden, und eine Rückkehr nach Moskau war unmöglich, die Deutschen würden die Stadt noch vor dem Herbst einkesseln. Nur Genosse Bredeltschikow vertraute auf die Unbesiegbarkeit der Roten Armee. Die Luftangriffe waren schon zu viel gewesen: Marina hatte solche Angst um ihren Sohn gehabt, dass sie geglaubt hatte, ihr Herz bliebe stehen. Und das, obwohl das Herz einer Zwetajewa nicht bei jeder Kleinigkeit versagt. Boris Leonidowitsch war der Einzige gewesen, der ihnen dort noch geholfen hatte, aber sie hatte nicht bleiben und ihm zur Last fallen wollen. Der alte Freund war in den letzten Monaten dazu übergegangen, sie so herablassend zu behandeln, als wäre sie ein Kind, ausgerechnet er, den Marina für den einzigen ihresgleichen auf dieser Welt gehalten hatte.

So weit war sie gekommen: Wieder in den Startlöchern, aber diesmal auf der Flucht im eigenen Land.

In der Schublade des Schreibtischs lagen die Papiere durcheinander, völlig anders geordnet, als sie sie vor der Reise hinterlassen hatte. Marina hatte nicht gleich nach ihrer Rückkehr aus Tschistopol gemerkt, dass sich jemand daran zu schaffen gemacht hatte, und es war auch nicht das erste Mal. Die Bredeltschikows hatten geschnüffelt oder Männer von der Tscheka hereingelassen, um in ihrem Eigentum zu wühlen. Das war durchaus möglich. Der ungeöffnete Brief auf dem Tisch war der Beweis dafür.

In der Schublade war noch alles vorhanden, das sah Marina schnell, denn viel besaßen sie nicht. Sie ordnete die Dokumente in zwei Stößen auf dem Tisch. Murs Pass, die neue Meldebescheinigung für das Gebiet Tatarstan, die Lebensmittelkarte des Jungen, die Schulzeugnisse, fast mit Bestnoten, außer in den Naturwissenschaften.

Sie legte das Eigentum des Jungen in eine separate Mappe. Wenn der Junge nur fleißig arbeiten würde, mehr wünschte sie sich nicht, falls sie etwas noch tun könnte, dann dem Jungen eine ordentliche Schulbildung verschaffen. Hier gelang das nicht, in Tschistopol wäre alles anders gewesen, aber dort war nicht ihr Platz. Das war klar geworden. Man musste aufhören, daran zu denken, an die ganze Demütigung.

Von ihren eigenen Unterlagen hatte sie noch die Meldebescheinigung für Moskau, für hier wurde ihr keine gewährt, geschweige denn eine Arbeitserlaubnis, nichts ohne die Zustimmung zur Kooperation, keine eigene Lebensmittelkarte, sie mussten mit einer auskommen. Einen Pass hatte sie endlich, auf ihren eigenen Namen. Anfangs war es ein Grund zur Freude gewesen, aber es erwies sich bald als Teil derselben Intrige, mit der man sie zu Ausschuss machte.

Die Frau eines Volksfeindes. Die weiße Emigrantin.

Das konnten alle lesen, und es wurde in den Formularen verzeichnet, wo immer sie auch vorstellig wurde. In Moskau hatte sie ihren provisorischen Pass gehasst, die falschen Papiere, denen zufolge sie Frau Andrejewna war, ein Niemand, es war der Deckname für die Frau eines Spions, der seinen Dienst beendet hatte und in die Heimat zurückgekehrt war. Aber sogar das waren bessere Dokumente gewesen als dieses hier. Der Pass eines stigmatisierten Menschen.

Bei dem zwei Tage zurückliegenden Schriftstellerkongress in Tschistopol hatte sie allerdings nicht einmal den gebraucht, man kannte sie auch so, und darum hatte sie geglaubt, dass alles anders hätte gehen können. Aber die Schriftsteller waren keine Hilfe gewesen, der Verband hatte es abgelehnt, dass sie in dessen Kantine arbeitete, sie war ihnen nicht mal als elende Küchenmagd gut genug gewesen. Nur die junge Lidia Tschukowskaja hatte versucht ihr zu helfen, aber Nikolai Asejew, dem sie trauen zu können geglaubt hatte, hatte als Bedingung für eine Unterkunft die Bereitschaft gefordert, Denunziantin zu werden, als er sie unter vier Augen ins Gebet nahm wie ein Sektenprediger. Niemals würde sie so viel Angst haben, dass sie sich zur Agentin dieser Leute machen ließe.

Niemand sagte mehr: die Dichterin Zwetajewa. Ihr Rhythmus war falsch, passte nicht in diese Zeit, alles an ihr war falsch. Auch in Boris' Augen war sie nur noch eine alte, hilflose Närrin, er lachte mit seiner jungen Ehefrau über sie: Wegen so einer alten Schindmähre warst du einmal bereit, alles zu verlassen, wirklich wahr, deine Exfrau, dein Kind, dein Haus, Moskau; aber was für ein Lachen war der Frau entwichen, als sie sich zum ersten Mal in Peredelkino getroffen hatten. Solange man jemanden reizte, war man noch am Leben.

Marina nahm ihr Papiermesser, das Löwenornament schmiegte sich in ihre Hand, das Kuvert riss auf, obschon sie versuchte, es sauber zu öffnen. Der Brief war dreimal gefaltet. Sie faltete ihn auseinander. Am unteren Rand befand sich der gleiche Stempel wie auf dem Umschlag: Sichel, Kranz.

Die Nachricht umfasste drei Zeilen, mit Maschine geschrieben. Schwarze Buchstaben, zunächst setzte sie sie gar nicht zu Wörtern oder ganzen Sätzen zusammen, auch wenn sie wusste, was da stand. *Genossin Zwetajewa hat um 17.15 Uhr im Büro in der Gassara-Straße zu erscheinen, Zimmer 5, Beamter Genosse Ruzow.* Der Name des Beamten war in Kapitälchen geschrieben. Keine Begründung. Der Grund konnte alles oder nichts sein, all das, woran sie nie geglaubt hatte.

Sie musste so schnell wie möglich weg, das war klar, hier konnte man sich nicht länger aufhalten, wenn man ein Mensch bleiben wollte.

Workuta
August 1941

Ein Geschenk Gottes, seufzt Klein-Anja, als wir wegen der Postverteilung schon am Nachmittag ins Lager zurückkehren. Die Götter haben uns schon lange den Rücken zugekehrt. Ich lache über sie. Wir müssen allein zurechtkommen inmitten der menschlichen Willkür. Aber wenn der Mensch niemanden mehr hat, mit dem er sich erinnern kann, hört er auf, ein Mensch zu sein. Das ist eine Weisheit der Zwetajewa-Frauen, häufiger von Tante Asja als von meiner Mutter ausgesprochen.

Die Redensart kommt mir vor allem an den Posttagen in den Sinn, obwohl mir der Satz, als ich ihn in meiner Kindheit zum ersten Mal hörte, absurd vorkam. Natürlich erinnert sich der Mensch an das Vergangene, jeder Mensch tut das. Inzwischen weiß ich, dass es so nicht ist. Wenn sich ein Mensch nicht mehr erinnert, ist er kein Mensch mehr. Wenn der Mensch niemanden mehr hat, mit dem er sich erinnern kann, hört er auf, ein Mensch zu sein.

Anfangs durfte ich keine Post erhalten und verschicken. Mein Aufenthaltsort wurde geheim gehalten, durchaus normal bei zu Vaterlandsverrat Verurteilten. Im Frühling durfte ich dann aber die erste Postsendung entgegennehmen. Sie stammte von meinem Bräutigam. Mulja versprach, mich im Sommer zu besuchen, er hatte vor, eine Genehmigung für sich und Marina zu beschaffen. Das kam mir erstaunlich vor.

Mein Vater war immer schlecht im Briefeschreiben gewesen. Trotzdem warte ich noch immer auf Nachricht von ihm, wenigstens auf eine kurze Mitteilung. Am Anfang wusste ich nicht, ob man ihn nach mir verhaftet und wegen der gleichen Anschuldigungen verurteilt hatte wie mich und ihn dann in ein anderes Gefangenenlager gebracht hatte. Oder ob in Bolschewo alles war wie zuvor, in der Datscha an der Bahnlinie, alles wie an dem Tag, an dem ich abfuhr. In meiner Vorstellung ging alles wie zuvor, das Gras wuchs, bis es verdorrte, und die Züge verkehrten nach demselben Fahrplan, Mur zeichnete seine Karikaturen von zwei Schnurrbärtigen, und meine Eltern schwiegen über das, worüber sie sprechen müssten, und redeten über das, worüber es besser wäre zu schweigen.

Von Marina erwartete ich nichts. Bald nach Muljas Nachricht durfte ich mir bei der Postverteilung jedoch einen weiteren Brief abholen. Ich erkannte die Handschrift meiner Mutter sofort, sie ist zierlich und verschnörkelt, aber entschieden. In Marinas Handschrift hat sich die Handschrift des Mädchens erhalten, obwohl sie in den letzten fünf Jahren eine ergraute alte Frau geworden ist, und das mit nicht einmal fünfzig Jahren.

Der erste Brief war auf den Februar datiert, aber es war fast Ostern, als er kam. Keine Fragen, keine Verwunderung. Sie klang nicht einmal besorgt, eher so, als hätte ich plötzlich beschlossen, an einen anderen Ort zu ziehen, wo die Umstände ein bisschen härter waren. Und dies hier ist ja auch nicht das Jenseits, letztlich nicht einmal der berühmte siebte Kreis, diese Freude würde ich Marina nicht machen.

Brauchst du eine Winterjacke, Stiefel, Halbschuhe?, fragte sie, ich schicke dir deinen roten Pullover, wenn du mir die Adresse bestätigst, den blauen Rock, den grauen Pelzkragen. Ich antwortete mit einer Postkarte an Muljas Adresse, denn zu der Zeit durfte ich nur Karten schreiben. Alles gut. Bin am Leben. Kann alles Warme gebrauchen. Mach dir keine Sorgen. Sie hatte sich seit zwei Jahrzehnten nicht um meine Angelegenheiten gekümmert, warum sollte sie es jetzt tun. Vielleicht wollte sie nur ein besseres Gewissen haben.

Um Serjoscha hatte ich nicht umsonst Angst gehabt. Zwei Monate nach meiner Verhaftung hatte man ihn aus der Datscha geholt. Seit November 1939 habe niemand mehr etwas von ihm gehört, schrieb Marina, kein einziges Wort. Die Päckchen, die ihm Marina brachte, mal in die Lubjanka, mal ins Butyrka, wurden jedoch angenommen. Er lebte also, auch wenn niemand wusste, wohin er deportiert worden war. Womöglich befand er sich sogar in einem der Männerarbeitslager in der Umgebung, irgendwo in derselben endlosen Taiga.

Marinas letzten Brief erhielt ich im Juni und mit ihm ein Päckchen.

Im Brief standen fast die gleichen Dinge wie im vorigen. Das Päckchen hatte von Moskau aus Wochen gebraucht, inzwischen war es Sommer geworden, der geräucherte Käse und der Speck waren verdorben, aber Zucker und Salz haben bis jetzt gereicht. Bald sind sie aufgebraucht, ich habe etwas davon gegen Brot, Mehl und Tabak tauschen müssen, den die Ukrainerinnen hinter ihrer Baracke anbauen. Das Kleiderpaket versprach sie Mulja mitzugeben. Samuil Dawidowitsch will mich also tatsächlich vor dem Winter besuchen. Wenn ich einen kurzen Moment in seinen Armen sein, seine Wärme in meinen erschöpften Gliedern tragen dürfte, in meinen Knochen, in meinem Blut, würde ich einen weiteren Finnenwinter und alles, was mich noch erwartet, durchstehen.

Über den Silberschmuck in Vogelform hat Marina in keinem der beiden Briefe etwas geschrieben. Aber er war im Päckchen enthalten, in dem verblassten Samtbeutel zwischen den Nahrungsmitteln. Was soll ich hier mit Schmuck, wunderte ich mich, als ich ihn aus den anderen Sachen rettete, dachte Marina, wir veranstalten hier Soireen oder Bälle, für die wir uns in Schale werfen? Wie unpraktisch veranlagt sie nur ist.

Ich kann den Schmuck nicht einmal den Frauen in meiner Baracke zeigen, ich trage ihn in einer Tasche, die ins Arbeitskleid eingenäht ist. Alles, was wertvoll ist, verschwindet hier, die Hälfte der Frauen sind nichts als Straßenräuberinnen.

Und der Schmuck gehörte nicht einmal ihr. Von ihren eigenen Sachen gibt sie nichts her, das weiß ich. Es ist Liljas Schmuck, der geschmiedete Silbervogel, den mir meine Tante an meinem letzten Wochenende für Marina mitgab. Dieser Tag liegt zwei Jahre zurück. Aber es kommt mir vor wie das Leben eines anderen Menschen, als hätte ich in einem Buch davon gelesen.

In Marinas Briefen klang jedoch ein ganz neuer Ton an, fröhlich und plaudernd, sie klang überhaupt nicht nach sich selbst. Alles wird gut, das Beste steht noch bevor. Das schrieb sie tatsächlich. Sie, die normalerweise überall das Ende und den Tod sieht. Die Art, wie sie sich sorgte, war ebenfalls anders als früher: Vitamine und Knoblauch, getrocknete Karotten. Die Trauernachrichten vom Tod der Katzen in Bolschewo ließ sie Mur schreiben. Ich hatte die Datscha-Kätzchen vollkommen vergessen, Pinks hervorquellendes Auge, trauern kann ich um sie nicht. Daran erkenne ich, dass ich nicht mehr in dieses Leben gehöre.

Marina erzählte, sie habe direkt an den Kreml geschrieben und um Serjoschas Begnadigung gebeten, seitenlang die Loyalität ihres Mannes gegenüber der Menschheit und dem Vaterland verteidigt. Jetzt ist Serjoscha in Marinas Augen wieder ein Held, ebenso erhaben wie zwanzig Jahre zuvor bei seinem Aufbruch als Sanitäter der Weißen Armee, auch wenn er die falsche Seite der Front gewählt hatte.

Vielleicht versteht Marina endlich, dass es doch möglich ist zu leben, wirklich zu leben, immer eine kleine alltägliche Sache auf einmal. Ich würde die Wäsche und den Abwasch jetzt nicht mehr für meine Feinde halten, sondern denken, dass jede Geste, die ich ausführe, ein Beweis dafür ist, dass es das Leben gibt und dass es weitergeht, wertvoll an sich. Dass es das Leben gibt.

Nach dem Junipäckchen ist kein Brief mehr von Marina gekommen. Der Brief von Boris Leonidowitsch ist der letzte, der mir ausgehändigt worden ist, und auch das ist schon mehrere Wochen her. Er berichtete, Marina und Mur seien nach Tatarstan evakuiert worden, weil die Deutschen Anfang Juli auf Moskau vorrückten. Borja hatte sie im selben Monat zu dem Evakuierungsschiff nach Kazan begleitet. Tatarstan liegt mehr als fünfhundert Kilometer von Moskau entfernt, von hier sind es etwa viertausend Kilometer bis dorthin.

Boris hatte Marina geholfen, in der Nähe von seinen Leuten in der kleinen Stadt Jelabuga unterzukommen, die an der Kama liegt, mehr weiß ich über die Stadt nicht, auch wenn sie offenbar alt ist und eine historische Innenstadt hat.

Der Krieg steht wirklich vor der Tür, Moskau wird kaum verschont bleiben, niemand von uns, schrieb Boris. Er denkt immer zuerst an das Schlimmste, wie die Frauen, das hat mich früher schon krank gemacht.

Ich glaube nicht, dass es die Deutschen in diesem Herbst bis Moskau schaffen. Selbst wenn Hitler im Juli mit der Waffenkraft aller Achsenmächte von der Nordsee bis zu den Karpaten gestürmt ist, hat es die Wehrmacht noch nicht einmal geschafft, Leningrad in die Knie zu zwingen. Und Anfang August siegte unsere Armee in Smolensk. Jetzt hat Hitler denn auch seine Truppen zur Krim und zum Schwarzen Meer hin ausgerichtet.

Boris hatte versucht, Marina an der Abreise zu hindern, so schrieb er, noch am Schiffsufer habe er versucht, sie zu überreden, in Moskau zu bleiben, in Tatarstan hast du niemanden, keiner kann dir helfen. Aber Marina hatte sich entschieden. Und immerhin hatte Borja auch seine eigene Familie, Zinaida Nikolajewna und die Jungen, in die gleiche Richtung fahren lassen, nach Tschistopol, wohin auch andere Schriftsteller evakuiert worden waren, warum sollte sie dann nicht auch zurechtkommen, dachte Marina bestimmt. Sie hasste alle Fürsorge, die Tatsache, dass Menschen ihr sagten, was sie zu tun hatte, in solchen Fällen entschied sie sich mit Sicherheit für das Gegenteil.

Boris hatte Marina in Moskau bei der Suche nach einer Wohnung geholfen, und sie hatte den Sommer zuvor in der Datschensiedlung Peredelkino verbracht wie eine normale Schriftstellerin. Natürlich tat es ihr leid, dass Boris sie nicht in seiner eigenen großen Datscha einquartieren konnte, aber dabei hatte wohl seine Frau ein Wörtchen mitzureden gehabt. Schließlich lernte sie auch, sich in der Stadt zu bewegen, mit Straßenbahn, Metro, Trolleybus, ohne davor Angst zu haben wie zu Beginn, darüber schrieb sie in einem Brief ziemlich stolz. Sie hatte Arbeit, etwas zu essen, alles war gut, Mur war in der Schule erfolgreich, außer in den Naturwissenschaften, auch wenn er leicht krank wurde wie alle Efrons. Mulja half, kümmerte sich um sie, besorgte Essensmarken, so ein Mann ist er, mein Geliebter, mein Mann.

Das ganze Jahr über hatte Marina Übersetzungsaufträge beantragt und mit Boris' Hilfe auch mehrere bekommen, hauptsächlich georgische Gedichte, und offensichtlich war auch von einer eigenen Veröffentlichung die Rede gewesen, obwohl kein einziger Schriftstellerverband bereit gewesen war, sie als Mitglied aufzunehmen. Es gibt keinen zweiten so sprachbegabten Menschen wie Marina, das muss zu ihrer Ehre gesagt werden, aber ich habe das nicht von ihr geerbt.

Im Frühling konnte ich Marina noch antworten. Aber danach habe ich es nicht fertiggebracht, ihr zu schreiben, nicht im Juni und auch nicht im Juli. Wenn ich abends in die Baracke kam, fehlte mir die Kraft, auch nur einen abgeschlossenen Satz zu formulieren, es war, als würden die Worte zerfallen wie trockener Kork. Und teures Briefpapier konnte ich mir auch nicht beschaffen.

Jetzt habe ich nicht einmal mehr die Möglichkeit dazu. Man hat mir vorläufig das Recht zum Briefschreiben entzogen, bis ich zur Kooperation bereit bin. Nicht einmal eine Postkarte darf ich schicken. Ich darf auch keinen Stift und kein Papier besitzen, und selbst wenn ich Papier hätte, wüsste ich nicht, was ich schreiben sollte. Danke für den Zucker, den Kakao und die Kartoffeln, die getrockneten Karotten. Die Karotten habe ich schon gegessen. Nelkenöl brauchen wir, denn die Mücken sind überall, die Gnitzen beißen uns ätzende Wunden in die Haut, sie sind leise und heimtückisch, man hört sie nicht einmal in der Nacht. All das wäre einfach, der Anfang, aber dann. Danke für den Schmuck, ich wusste nicht, dass es ihn noch gibt.

Brot habe ich immerhin, viele Scheiben Brot, sie halten mich am Leben, sofern ich sie nicht allzu schnell gegen Tabak eintausche. Auf den habe ich wieder Lust bekommen, nachdem ich den ganzen Winter und Frühling die Finger davon gelassen habe. Aber dann kam dieser Schmerz, der nicht einmal im Schlaf verschwindet. Ich weiß nicht, was ich mehr vermisse, den Tabak oder die Briefe, ich könnte meine letzte Portion Salz gegen einen Brief eintauschen, gegen eine einzige Nachricht, die mich vom Starren der Pferdeaugen befreien würde.

Vor Kurzem hatte ich einen Traum, der mich seitdem begleitet wie ein Blatt, das am Absatz klebt, oder ein Stein, der an der Fußsohle scheuert. Normalerweise bin ich so müde, dass ich keine Träume habe, ich erinnere mich jedenfalls nicht an sie. Wenn ich mich erinnere, dann nur an schwarze Leere, und daran mag ich nicht denken. In diesem Traum gibt es Helligkeit, Marina steht in gelbem Licht, in einem, das es auf alten Ikonen gibt, so alt, dass das strahlende Gold darauf schon dunkelgelb gebrochen ist.

Wir stehen in einem engen Gang. Wir können weder vor noch zurück. Es kommt mir vor, als könnte ich nicht atmen. Aber ich sehe das gebrochene gelbe Licht, das um ihren Rücken herumflutet. Alles andere aus dem Traum ist bereits verschwunden, ob Marina mir entgegengekommen ist oder ob wir zusammen gegangen sind, daran erinnere ich mich nicht. Aber ich spüre noch immer im Rachen, in der Lunge, im ganzen Brustkorb, dass ich nicht atmen kann. Es gibt zu wenig Raum zum Atmen. Und ich spüre Marina, als wäre sie noch immer auf dem Gang und versuchte mit mir zu sprechen in jenem Licht, aber ich höre nichts. Ich sage etwas, doch auch meine Stimme ist nicht zu hören, und ich denke, wie sollte mich Marina auch hören, ich muss allein zurechtkommen. Sie kann mir nicht helfen, nicht beim Erinnern, nicht beim Hüten der letzten Reste, die noch immer einen Menschen aus mir machen. Dennoch stecken wir im selben Bild fest, im selben schwarz gewordenen Rahmen der Ikone, einander fern und zugleich dicht beieinander.

Das Verteilen der Briefe lässt die Frauen im Lager das Wichtigste vergessen, das Alltägliche. Ich vergesse es nicht. Ich esse in Ruhe meine Ration auf, weil nach dem Essen die Postsäcke und Paketkisten vor der Hauptwache geöffnet werden und die Frauen hinausstürzen und sich anstellen. Sie lassen die Suppenteller stehen, ohne sie auszukratzen.

Einige von uns bleiben zurück, und wir nehmen uns rasch die von den anderen vergessenen Butter- und Suppenreste. Ich fülle meine Beute in eine Konservendose, an anderen Tagen würde man wegen Suppendiebstahls schnell sein Leben lassen, aber ich habe schon als Kind gelernt, vor Hunger zu stehlen.

Ich stelle mich draußen nicht in die Schlange, denn wenn ich es tue, fange ich an, zu hoffen und mir zu viele Sorgen zu machen. Wenn ich anfange, mir Sorgen zu machen, fehlt mir die Kraft für alles andere, die Sorge raubt einem schneller die Kräfte als eine Krankheit, ich weiß das, sie durchfährt einen wie das fahle fliegende Pferd, der kranke Bruder von Pegasus, und der vaterlose unförmige Nachkomme der Liebe, der Wasserkopf.

Seit Wochen sind keine Briefe gekommen, nicht mehr nach Boris' Brief, und auch heute wird meine Nummer vor der Hauptwache nicht aufgerufen. Aber ich habe gelernt, geduldig zu sein. Auch wenn kein Brief von Serjoscha kommt, hilft mir die Vorstellung, dass er in einem der Lager ist, hier in dieser Wildnis, dass er dieselbe Tundraluft atmet, sie hilft mir, die Umstände zu ertragen, die nicht dafür gemacht sind, dass ein Mensch sie erträgt. Dennoch muss ich es aushalten, so ist der Mensch eingestellt, für all das gibt es einen Grund.

Jelabuga
August 1941

Mur wachte auf, als Marina schon in die Küche gegangen war, und beeilte sich mit dem Aufstehen nicht, ausnahmsweise war er früh auf den Beinen, und sie musste ihn nicht hochscheuchen wie an den anderen Morgen. Er kämmte sich die Haare und zählte vor dem Spiegel im Alkoven seine dunklen Flaumhärchen.

Nimmst du Käse oder Mettwurst, mein Schatz?, fragte Marina, während sie das Messer in die Widerstand leistende Rinde des Roggenbrots drückte, von beidem waren noch ein paar eingetrocknete Scheiben da, bis morgen würden sie nicht reichen. Der Junge antwortete nicht. Du könntest etwas freundlicher sein, das hält man auf Dauer ja nicht aus. Hörst du? Ich mache dir Proviant.

Egal, antwortete Mur und kam hinter dem Trennvorhang hervor, auf dem Weg nach draußen, er hatte eine Arbeitshose angezogen, ihr kleines Katerchen sah richtig erwachsen aus. Muss ich da hin? Ich hab keine Lust. Ich bin müde.

Wieso war der Junge unentwegt müde, wenn er bloß nicht wieder krank wird, am Ende hat er Serjoschas schlechtes Herz und schlechte Lunge geerbt, in zwei Wintern hatte sich eine Erkältung zur Bronchitis ausgeweitet, und der Junge war immer noch nicht der Alte, obwohl sie im Frühling Butter und Koteletts beschafft hatte, war er dünn wie ein Besenstiel und bald zwei Köpfe größer als sie.

Ich mit meinen Beinen kann nicht hin, erwiderte Marina, wobei sie versuchte, nicht zu klagend zu klingen, nicht nach einer Neurasthenikerin, wie der Junge sie am Abend geschmäht hatte, er hatte sie ganz bewusst kränken wollen, es gelang ihm jedes Mal. Außerdem hast du versprochen hinzugehen.

Der Junge zog eine Grimasse, als er einen Blick auf ihre Füße in den Filzlumpen warf, und sie versuchte sie unter dem Rock zu verstecken, die hängenden Strümpfe hochzuziehen, aber die Wunden brannten, sie müsste sich Salbe besorgen, doch sie klagte nicht, ein kleiner Schmerz, nicht der Rede wert.

Während der Junge nach draußen ging, um seine Notdurft zu verrichten, goss Marina Kaffee ein, den sie aus dem alten Kaffeesatz ihrer Vermieterin gekocht hatte, obwohl sie dünnen Kaffee verabscheute, aber er war besser als nichts. Warum nur hatte man als Mensch kein dickeres Fell? Die gedankenlosen Spötteleien eines Jungen hatten nichts zu bedeuten, außerdem war sie es gewohnt, denn mit Alja war es das Gleiche gewesen, von seiner Schwester hatte er es gelernt.

Und Neurasthenikerin, was hatte das überhaupt zu bedeuten, als solche wurde jede abgestempelt, die nicht nach der Pfeife der Obrigkeit tanzte, er hatte das Wort gut gelernt, benutzte es immer, wenn er seinen Willen nicht durchsetzen konnte, er wusste stets ihre schwächste Stelle zu finden. Aber krank waren an ihr nur die Beine, sie schmerzten seit dem Winter, und die Wunden verheilten nicht. Nach der unglücklichen Schiffsreise war es noch schlimmer geworden. In ein Krankenhaus würde man sie trotzdem kaum aufnehmen, mit den Papieren, sollen die Beine verwesen, dieser lächerliche Körper, nichts als Ungemach.

Marina belegte die eine Roggenbrotscheibe mit Wurst, die andere mit Räucherkäse und überlegte, ob sie die letzten Scheiben bis zum Abend aufsparen sollte, ob der Junge sie noch essen würde oder ob sie doch übrig blieben. Das Brot würde noch ein Abendessen hergeben, sie könnte die letzten Scheiben schon vorschneiden, auch Butter war noch ein Bröckchen da, das reichte noch eine kleine Weile.

Ich bekomme Brot auf dem Flugfeld, als Lohn, sagte Mur, als sie die letzten dünnen Scheiben in den leeren Kasten legte, er versuchte, entgegenkommend zu klingen, aber um Entschuldigung konnte er nicht bitten. Auch wenn er sich nach gestern vielleicht sogar ein paar Gedanken gemacht hatte und es bereute, so gestritten und geschrien zu haben, die Bredeltschikows hatten alles gehört, aber wohl kaum verstanden, weil sie sich gegenseitig auf Französisch beschimpften.

Ich möchte nicht in deiner Haut stecken, hatte der Junge zum Abschluss des Streits gesagt. Siehst du nicht, dass ich nicht mal mehr eine Haut habe, hätte sie am liebsten geantwortet, abgebrüht und enthäutet, hatte aber ihren Jungen neckend in ihre fadenscheinige Stola gewickelt, und das hatte ihn erst richtig geärgert, dass sie ihm nahe kam, ihn anfasste. Hier drin ist es außerdem viel zu heiß, hatte er gestöhnt und die Stola von sich geschleudert, sodass sie auf Marinas Kopf landete, und da konnte er sich das Lachen nicht verkneifen.

Ich würde lieber Geld für die Arbeit nehmen, sagte Mur, wieder auf Französisch, suchte aber keinen Streit, sondern zuckte nur mit den Schultern, ich brauche eine neue Hose.

Du hast mir Ansprüche, fuhr Marina auf Französisch fort, lachte jedoch freundlich dabei, sie hatte den Jungen ja zum feinen Herrn verwöhnt, zu so einem Butterbäckchen, dann wechselte sie ins Russische, sagte, es ist ja bloß Gemeinschaftsdienst, Freiwilligenarbeit, gut, dass du überhaupt etwas bekommst, frag, ob es auch Kartoffeln gibt, und falls ja, dann auch Brennholz.

Was sollen wir mit Holz, reisen wir nicht ab? Die Stimme des Jungen wurde wieder kieksend, genau das Thema hatten sie am Abend erörtert, jetzt keinen neuen Streit anfangen, bleib geduldig.

Marina sprach auf Französisch weiter, ihre Pläne und ihre Streitigkeiten gingen den Vermieter nichts an und schon gar nicht dessen Frau. Sie waren beide im Garten, Marina hörte ihre Stimmen, gedämpft. Garantiert lauschten sie. Sie hatten verboten, dass in ihrer Anwesenheit Französisch gesprochen wurde.

Hängt ganz von dir ab, ob du abreisen willst, sagte sie zu dem Jungen.

Der schnaubte, das hier ist ein Rattenloch, garantiert wäre es überall sonst besser.

Dann gehen wir aufs nächste Schiff, sagte sie energisch, fast jungenhaft, als wäre sie zu einem ungeplanten Abenteuer bereit, egal, in welche Richtung, Hauptsache, es gibt eine.

Warum gab sie so etwas von sich? Es war zwecklos, nach Tschistopol zurückzukehren, aber das konnte sie dem Jungen nicht sagen. Die einzige Arbeit, die man ihr dort anbot, war eine, die sie nicht annehmen konnte. Es war eine Falle. Sie hätte schon in Moskau begreifen müssen, wie diese Leute spielten, bevor sie hingegangen war und nach Serjoschas Aufenthaltsort gefragt hatte. Da hatte sie dann schwach und verwundbar vor ihnen gestanden, sie wussten, wie man jemandem drohte und

Angst machte, wie man jemanden benutzte, was einem Menschen am kostbarsten war, das wenige, das er noch hatte, die Familie, die Aussicht, am Leben zu bleiben. Sie setzten darauf, dass sie nicht anders konnte. Und jetzt warteten neue Drohungen, mit denen wollte sie den Jungen nicht belasten.

Nimm nur alles, was du kriegen kannst, Murchen, wir können alles gebrauchen und sehen dann, was wir mitnehmen können, alles wird einem aus den Händen gerissen, die Ernte ist so schlecht, dass es nicht einmal Äpfel gibt. Aber wir werden zurechtkommen, du und dich.

Ihr habt euch einen schlechten Zeitpunkt ausgesucht, um hierherzukommen, Marina Iwanowna, sagte auch der Vermieter, der mit Angelzeug die Küche betrat, die werden kaum Kartoffeln verteilen können, die Ernte ist überall schlecht, der Winter war zu hart.

Als könnten sie es sich aussuchen, mit welchem Teutoneneinfall die Welt beschlossen hatte, ihr Ende zu finden, auch sie an den Rand zu treiben, zu diesen mitleidlosen Menschen, der Krieg, der wahnsinnige Führer waren ihr schon seit zwei Jahren auf den Fersen, je weiter sie wegging, desto näher rückten sie.

Die Frau des Vermieters kam mit diesem herein, Anastasia Iwanowna Bredeltschikowa war eine resolute Frau, hatte ihre Größe und den Namen ihrer Schwester, nur dass der Tag nicht kommen würde, an dem sie diese Frau Asja nennen würde, auch wenn sie unter einem Dach lebten. A. I. schaute sie auf Augenhöhe vorwurfsvoll an, als wäre es Marinas Schuld, dass die Apfelbäume im Dorf im Winter erfroren waren und das jährliche Apfelfest im August abgesagt werden musste, weil anstelle des Heilands eine Schar elender Kriegsevakuierter ins Dorf gekommen war. Die Frau brauchte nicht viele Worte, um deutlich zu machen, dass sie eine unerwünschte Belastung darstellten, aber man erwies eben dem Vaterland einen Dienst, alle zusammen gegen die Schlächter.

Man hätte Goethe und Hölderlin zitieren müssen, damit sie verstanden hätten, um was für ein Ende es hier ging, um das Ende aller Maßstäbe, aber sie mochte diese kleinmütigen Menschen nicht provozieren, die nicht einmal ihre eigenen Bäume verstanden, sogar die Bäume wussten besser, was auf dieser Welt bevorstand, und zogen es vor, sich in den Dämmerschlaf zu begeben.

Der Vermieter ging nicht zum Roden des Flugfelds, sondern zum Angeln, am Abend sollte etwas anderes auf den Tisch kommen als Brei. Die Reste des gebratenen Fischs von gestern rochen auf dem Herd, Marina hatte nicht darum gebeten, obwohl der Hunger im Magen scheuerte, das Ehepaar warf lieber Essen weg, als es mit ihnen zu teilen. Diesmal war die Frau an der Reihe, mit Marinas Katerchen zu den Rodungsarbeiten zu gehen. Aus jeder Familie hatte mindestens eine arbeitsfähige Person gelost werden müssen. Ihr Katerchen hatte um keinen Preis hingewollt, am Ende aber eingesehen, dass es Marina zu Fuß mit Müh und Not in den Garten schaffte, und ihr das Freilos überlassen, offenbar in einem Anfall momentanen Mitgefühls, und nun war er also wieder so weit, einen Rückzieher zu machen.

Ich frage mich, was die in so einem Kaff mit einem Flugfeld wollen, sagte Mur unnötig gereizt, das hörte man gleich. Sie versuchte ihn mit Stirnrunzeln zu warnen: Versuch dich zu beherrschen. Du brauchst gar nicht zu reden, würde Serjoscha sagen, von dir hat der Junge das doch gelernt, die Kunst des unnötigen Gereiztseins. Da hast du dein Spiegelbild, wenn du es sonst schon nicht ansehen willst. Wieder wollte der Junge die besseren Schuhe anziehen, sie würden unnötig leiden, Marina hatte versucht, ihm als Arbeitsschuhe die von Serjoscha geerbten Treter schmackhaft zu machen, damit die besseren Schuhe nicht kaputt gingen, zum Glück hatte sie die mitgenommen, inzwischen passten sie dem Jungen, aber sie waren ihm nicht gut genug, er wollte nicht aussehen wie ein Bettler, dabei waren es einmal gute Schuhe gewesen.

Es wird sich etliches in Jelabuga tun, sagte der Vermieter mit vor Heimatstolz geschwellter Stimme, wobei er seine Blinker und Schnurrollen einpackte. Es kommt ein neuer Bebauungsplan, sie werden ein wichtiges Zentrum aus diesem Ort machen.

Marina lachte trocken auf, das Flugfeld wurde angelegt, um Menschen zu dem neuen Gefangenenlager transportieren zu können, das auf der anderen Seite des Flusses entstand. Auch dort hatten ihr die Genossen in der Gassara-Straße Arbeit angeboten, als Deutschübersetzerin im Kriegsgefangenenlager. Aber das durfte sie niemandem sagen, nicht einmal ihrem Sohn. Und sollte sie ihr Deutsch wirklich als letztes Unterpfand in diesen Krieg stecken? Dann würde sie noch anfangen, ihre erste Liebe zu hassen. Nein, das würde sie nicht tun, auch wenn sie damit ihr Leben retten könnte. Es war die Sprache ihrer Mutter.

In der Stadt bekommt man wenigstens helles Brot mit harter Rinde, stell dir vor, *maman*, nicht so einen grauen Knatsch wie hier, redete der Junge weiter, und ordentlich Butter drauf. Und Rosinenbrötchen gibt es, Strudel.

Mur aß bereits eines der Brote, die sie in Butterbrotpapier gewickelt hatte, das mit Mettwurst, und sah sie herausfordernd an.

Wenn wir in eine größere Stadt ziehen, musst du an deine Schulbildung denken, nicht an Leckereien, sagte Marina ungeduldig, zu ungeduldig, um nichts machte sie sich so viele Sorgen wie darum, dass sich der Junge konzentrierte, das Wichtigste war, dass er mit der Schule weitermachte, studierte, ganz gleich, was kommen würde. Aus ihm könnte alles werden, wenn er in gute Gesellschaft käme und annähme, was man ihm anbot. Und spar dir die Brote auf, ihr habt einen langen, schweren Arbeitstag vor euch. Was ist der Junge auch so schlaff, er wird es kaum schaffen, viele Stunde zu schuften, er bräuchte besseres Essen als heranwachsender Mann, aber wo sollte sie es herzaubern, mit welchem Geld.

Wann geht euer Schiff?, fragte die Vermieterin, während sie ihren eigenen Proviant einpackte, einen dicken Fleischklumpen und ein helles, am Morgen aus der Bäckerei geholtes Brot, obwohl sie darüber im Bilde war, seit zwei Tagen wurde auf die Ankunft des Schiffes gewartet, und niemand wusste, was diesmal hinter der Verzögerung steckte.

Heute, morgen, ich bin keine Hellseherin, lachte Marina unnötig ungeduldig, ich werde im Hafen fragen, sofern ich laufen kann.

Ich kann auch fragen, sagte Bredeltschikow, der Weg zum Angelplatz führt am Hafen vorbei.

Danke, sagte Marina, wir reisen ab, sobald wir können.

Auf der Straße hörte man einen Motor aufheulen, und das brachte ihr Herz wie immer dazu, sich einmal umzudrehen, das Motordröhnen wirkte wie ein langsamer Stromschlag, dann hielt das Auto vor dem Haus an, durch das schmale Fenster sah sie frisch erwachte Köpfe über dem Zaun, die Leute wurden mit Viehtransportern zum Rodungsplatz gefahren, die halbe Stadt war auf dem Weg dorthin, fremde Gesichter, abgesehen von den Tatarenkindern mit ihren Nadelöhr-Augen konnte sie nicht erkennen, wer eine Hiesige, wer Ugrierin, wer Russin oder Muselmanin war, und wer evakuiert.

Die Bredeltschikowa verabschiedete sich nicht einmal, als sie sich zum Wagen begab, um einen Sitzplatz zu ergattern. Ihr Mann verließ mit seinem Angelzeug ebenfalls das Haus, immerhin spendete der Fluss noch seine Gaben, auch Marina würde etwas vom gestrigen Fang braten dürfen, bevor er schlecht wurde. Nun musste sich der Junge beeilen, sie half ihm, den Proviant in den Rucksack zu packen, das Fahrzeug hupte bereits, nur der Mensch konnte sich solche Töne ausdenken, kein Tier gibt solche hässlichen Laute von sich, kein Vogel, nicht mal ein sterbendes Raubtier.

Vergiss nicht, genug zu trinken, und lass die Mütze auf, damit du keinen Sonnenstich bekommst, sagte Marina besorgt, als sie dem Jungen den Rucksack aufsetzte, sie reichte Mur bis zu den Schulterblättern. Ihr Kater schüttelte sie ab, ich kann das allein, *maman*, und ich habe nicht vor zu verdursten.

Na dann. Das ist gut. Komm lebendig zurück.

Sie konnte die Arme nicht um den Jungen schlingen, der aus seinen Kleidern herausgewachsen war, auch wenn sie es noch so gern getan hätte, wie gern hätte sie es getan. Sie würde jetzt nicht damit anfangen. Sie musste versuchen zu lächeln, freundlich zu sein, wie schwierig das war. Nicht sterben, mein Kätzchen.

Der Junge marschierte zur Tür, hatte er vor, ohne ein Wort aus dem Haus zu gehen? Er schnappte sich seine Jacke, stopfte sie in den Rucksack. Dann drehte er sich um, sagte hastig, als wollte er es herunterspielen, Entschuldigung, *maman*, wegen gestern. Das Katerchen war nur noch eine schwarze Silhouette im Gegenlicht, sie sah seine Gesichtszüge nicht richtig, ob er es ernst meinte. Schon gut, sagte sie. Er stand noch einen Moment in der Tür, aber sie konnte nichts weiter sagen. Wenn wir nur eines Tages nach Moskau zurückkönnen. Oder irgendwohin, wo es gut ist. Besser. Du weißt, was wir tun müssen, *maman*. Du weißt es immer am besten. Mur hob die Hand und trat ins Freie. Sie hatte das Gefühl, als würden sie alle Kräfte verlassen. Sie wusste gar nichts, sie konnte nichts für ihn und sich tun. Aber sie musste lächeln, stark und warmherzig bleiben, solange der Junge hier war.

Ich gehe jetzt. Und er ging, mit breitem Rücken, breiter als der seines Vaters, die gleiche, etwas frauenhafte, schlafmützige, sich nach vorn verengende Haltung, der einseitige Gang. Sie humpelte ihm hinterher, ein brennender Druck brach in den Beinen aus, aber sie biss die Zähne zusammen, das ist ein kleiner Schmerz, ganz klein, dieser blöde, lächerliche Körper, ein Feind bis zum Schluss. *Trennung.* Das hatte sie nie gelernt und sich nie darauf einstellen können, nicht auf diesen Schmerz.

Das Wort selbst hatte sie immer gehasst, so, wie man den Namen eines Menschen hasst, jede Silbe ein Nadelstich.

Der Junge hielt inne, als hätte sie ihn gerufen, drehte sich um und sah, dass ihr das Gehen noch immer schwerfiel. Sein Gesicht hatte den von Serjoscha erlernten hilflosen, um Verzeihung bittenden Gesichtsausdruck, bei ihrem Mann hatte sie ihn gehasst, auf dem Gesicht des Jungen vergötterte sie ihn, auch dann, wenn er nur gespielt war.

Murchen, danke, dass du hingehst, sagte sie. Er schaute sie zunächst an, als rede sie in einer Fremdsprache mit ihm, streckte dann aber die Hand aus, nahm ihre Fingerspitzen mit der zarten, weichen Berührung eines Kindes und griff, als er die Zärtlichkeit in ihrem Gesicht sah, viel männlicher zu, ich bin kein Säugling mehr, kein kleines Katerchen, plötzlich war ihm die Berührung im Beisein anderer peinlich. Dann ging er, quetschte sich mit seinem Rucksack auf die Pritsche des Viehwagens. Sie sah nicht, ob er ihr winkte. Und sie sah das Auto nicht davonfahren. Sie sah nicht einmal die kahlen Äste der Apfelbäume. Mur, *amour*, mein Kind.

Marina hatte im Haus der Bredeltschikows kaum eine Stunde allein verbracht in den zehn Tagen, die sie dort waren, am Kreuzungspunkt der Flüsse. Sie hatte sich ständig beschäftigt, das war die einzige Art zu überleben, man durfte nicht stillstehen, ansonsten packte es einen, das blanke Entsetzen. Sie hatte sich nicht grundlos gefürchtet, man behielt sie im Auge, wohin sie auch ging.

Sie zählte die schwarzen Querbalken, die durch die Kälte Sprünge hatten, vom Boden bis zum Dach. Das Haus der Bredeltschikows war aus sehr starken Balken gebaut, sie atmeten, sie besaßen eine eigene Stille, die man in solchen Momenten hören konnte. An dem Haus war nichts verkehrt, man konnte ihm keine Vorwürfe machen. Würde sie an einem solchen Ort allein wohnen dürfen, umgeben von ihrer eigenen Familie, könnte sie sogar glücklich sein. Sie waren nur unter die falschen Leute geraten und auseinandergerissen worden. Die Zeit war gnadenlos, die Menschen formten sie nach ihrem Bild: die aus Angst entstandene Welt.

Sie hatte keine Angst mehr, außer davor, ihren Sohn zu verlieren. Sie hatte versucht, auf seinen Willen zu hören, zu viel sogar, aber trotzdem mündete alles im Streit, auch wenn sie sich Mühe gab, die Dinge schönzureden. Der Junge fand, Marina habe eine Entscheidung nach der anderen so eigenmächtig getroffen wie der Zar, obwohl es um sein Leben ging, und er sei schon sechzehn, fast ein erwachsener Mann. Zuerst musste er Paris verlassen, die Schule, die Freunde, auch wenn er so gut wie gar keine hatte, und dann erwies sich das neue Moskau als pure Erfindung, nur die Schale war neu und verlockend, das Innere ungenießbar wie eine erfrorene Kartoffel.

In Moskau seien das Leben, die Freiheit, die Zukunft, die Gleichberechtigung auch für die Ärmsten der Armen. Dieses Mantra, wie oft hatte sie es gehört. Zuerst von Serjoscha, dann von Alja und schließlich von Mur. Wieso gingen sie alle an den gleichen Haken, einer nach dem anderen? Sie hatte dem Jungen diese Lüge nicht weisgemacht, es war Serjoschas Märchen, und das Kind glaubte daran wie an das Flötenspiel des Rattenfängers, ihr glaubte niemand, trotzdem musste sie derselben Melodie nachlaufen. Sie kannte das Gesicht von Moskau: Es konnte ebenso trügerisch sein wie eine billige Freundin, eine berechnende Geliebte. Moskau und Sofija Parnok, die beiden waren eins bis zum Ende, und für sie, Marina, gab es keinen Platz in der Herberge.

Dennoch hatte sie Murchen in einer Schule untergebracht, und im letzten Jahr hatte der Junge in der Stadt Kameraden und eine Freundin gefunden, auch das ein Wunder, sowie eine Stelle als Brandwache bei der Blockpolizei, eine Art Leben. Aber Marina hatte ihn in dieses Rattenloch geschleppt, inmitten der windigen Steppe, als wollte sie seine Seele ersticken, nur um ihn am Leben zu halten. So hatte es das Katerchen gesagt. Wenn man nur wüsste, in welchem Kühlschrank man seine Seele einmal aufbewahren muss. Und Serjoschas und Aljas Verhaftungen waren ebenfalls Folgen von Marinas Entscheidungen, auch wenn das Katerchen nicht erklären konnte, warum. Alles war ihre Schuld. Und am wütendsten war er natürlich, weil ihm niemand von Aljas und Serjoschas Verhaftung erzählt hatte, sie waren nicht auf Reisen, nicht auf einem Arbeitseinsatz oder einer Exkursion. Das war ein Fehler gewesen, so viel Vertrauen hätte sie in den Jungen haben müssen, aber wie hätte sie das können sollen, es hätte den letzten Faden durchtrennt, der sie noch an der Oberfläche hielt.

Und wie um zu zeigen, dass er ein Opfer allergrößten Unrechts geworden war, hielt sich das Katerchen demonstrativ in der hintersten Küchenecke, das sah man jetzt, auch wenn sie es heute endlich geschafft hatte, ihn aus dem Haus zu bekommen, gezwungenermaßen, aber an normalen Tagen tat er nichts, ging nicht angeln, wollte niemanden kennenlernen, ging nicht mal mit den anderen Jungen auf dem Platz am Stadtrand Fußball spielen, sondern lag auch tagsüber im Bett und hörte Radio, Sport, Nachrichten von der Front, alle Nachrichten, und las zum fünfzehnten Mal *Die Elenden*.

Der immerhin blieb, der Hunger nach Wörtern, den hatte sie auf ihr Kind übertragen können. Zum ersten Mal hatten sie den Roman zusammen laut gelesen, auch Alja hatte noch mitgelesen, in Vanves, obwohl sie damals schon fast jeden Abend weg von zu Hause war, wie auch Serjoscha, alles hatte in diesen Jahren begonnen, aber sie hatte beschlossen, davon nichts wissen zu wollen, es lag alles außerhalb ihrer Reichweite.

Alja genoss das Vorlesen, sie hielt irgendwie inne, die Alja, die sie kannte, saß bei ihnen in der kleinen Einzimmerwohnung in der rue Jean-Baptiste-Potin, die sie hasste, wer hätte sie nicht gehasst, auch Marina hasste sie, sie hatte ihnen keinen anderen Ort bieten können. Aber solche Momente hatte es nicht viele gegeben, und sie hatten nie lange gedauert. Alja hatte bereits ihre eigene Welt, all das, was sie vor ihrer Mutter geheim hielt, fast bis in die letzten Wochen vor ihrer Abreise hinein. Wie war sie nur fähig gewesen, so lange zu lügen? Wie konnte einem das eigene Kind so fremd sein, wie auf einem anderen Baum gewachsen, ein Mensch, den man nicht mehr erkennt, auch wenn man ihn jeden Tag sieht?

Mur brauchte sie immerhin noch für vieles, wenn sie ihn nicht daran erinnerte, würde er morgens kaum daran denken, sich anzuziehen, er würde noch lange neben ihr hergehen wie ein Katzenjunges. Und sie würde ihren Jungen nicht so von sich entfremden können, wie es Katzenmütter mit den ihren taten. Hin und wieder sah sie Mur Tagebuch schreiben, aber er mochte das offensichtlich nicht vor ihren Augen tun, wollte ihr in keiner Hinsicht gefällig sein. Und wenn er da im Bett lag, auch wenn er schlief, war es, als wäre er gewachsen wie Gras, zu einem nicht wiederzuerkennenden Wesen in die Länge geschossen. Aber sie hatte kein anderes Amt mehr, als diesen Kuckucksjungen zu beschützen, der nicht mehr ins Nest passte. Sie musste also aufhören zu jammern, das war ihre Aufgabe. Sonst konnte sie nicht einmal das bisschen hier leben, die Hand zu keiner einzigen Geste heben.

Es gab schon erste Anzeichen von Herbst, die Vogelschwärme sammelten sich, der Winter würde kommen, bevor sie einen Platz fänden, an dem sie sich niederlassen konnten. Vor der Ankunft des Winters müsste sie die Pakete für ihren Mann und ihre Tochter zusammenhaben. Die Winterkleider, die sie im Lauf des Jahres sorgsam für Alja gesammelt hatte, warteten in Moskau darauf, dass ihr Bräutigam sie ins Lager mitnahm, aber Samuil Dawidowitsch hatte jedenfalls im Juli noch keine Reiseerlaubnis erhalten. Das war ein Wunder, denn sosehr sie auch gelernt hatte, den Mann zu mögen, gelang es ihm doch stets, sich in die beste Position zu bringen, sich ein leichtes Leben zu verschaffen. Es wäre kein Wunder, wenn er doch der Denunziant wäre.

Dennoch mussten die Sachen auf die Reise geschickt werden, auch wenn keine Gewissheit bestand, ob die früheren angekommen oder unterschlagen und an die Familien habgieriger Beamter verteilt worden waren. Man war in die gleiche Lage zurückgekehrt wie zu Beginn der Revolution: Es überlebten diejenigen, die fähig waren, die Not anderer auszunutzen. Wer das nicht konnte, stand schlotternd in der endlosen Schlange, die am Ende nichts zu bieten hatte als ausgebreitete Arme, hohle Worte, trügerische Hoffnung.

Aljas Antwort auf Marinas letzten Brief war noch nicht eingetroffen, als sie Moskau verließen, und sie war nicht sicher, ob das letzte Paket an die neue Adresse angekommen war. Nördliches Eisenbahnlager, SevŽelDorLag, Workuta, Autonome Republik Komi. Es genügte, den Namen zu lesen, und man wusste, um was für einen Ort es sich handelte. Um die nördliche Hölle. Das strengste Lager von allen, das sagte auch Nina Gordon. Ninas Mann Josif hatte die meisten davon erlebt und zwar allein deshalb, weil er das Leben einiger Ureinwohnervölker dokumentiert hatte und sie vor seiner Kamera in ihrer eigenen Sprache hatte reden lassen. Solche Menschen waren die Feinde der Völker. Aber ihr Mann und ihre Tochter hatten einen Bund mit dem Minotaurus geschlossen, hatten vor langer Zeit schon ihre Zungen und Seelen an den verkauft, der als Türwächter vor dem Reich der Angst stand.

Wäre sie eine richtige Mutter, wäre sie aufgebrochen, ihre Tochter zu holen, auch wenn sie dafür durch das Tor von Tenaro hätte gehen und durch den schwarzen, bodenlosen Strom schwimmen und die Götter anflehen müssen, sie ihr zurückzugeben. Wäre sie eine Mutter, die mit ihrem Willen Berge versetzen kann. Aber Alja brauchte sie nicht, sie hatte Talent zum Glück und zum Überleben, sogar unter den Umständen eines Lagers: Der siebte Kreis der Hölle war ein Vergnügungspark dagegen. Und trotz allem glaubte ihre Tochter weiterhin daran, in der besten aller Welten zu leben. Hätte Alja sie aber gerufen, wäre sie aufgebrochen. Hätte alles zurückgelassen, alles hergegeben. Aber Alja hatte ihr nicht verziehen. Das konnte sie den Briefen entnehmen. All dem, was Alja darin nicht sagte.

Workuta
August 1941

Nach der Postverteilung ist es still in der Baracke, nicht einmal die Ukrainerinnen und Polackinnen streiten über ihren Tabakhandel. Die Gefangenen lesen in den Betten ihre Briefe, solange das Licht ausreicht.

Giedre hat einen Brief von ihrem Bräutigam aus der Vorstadt von Wilna bekommen und Klein-Anja von ihrer Familie aus Klaipeda an der windigen Ostseeküste, wo der Sand weißer ist als ihr Haar. Kärt bekommt ein Päckchen von ihren Töchtern, schwarzes Brot aus Tallinn, getrockneter Hering, Bärlauch, davon lebt man bis weit in den Herbst hinein.

Es ist fast ein Wunder, dass die Post bis in diesen Winkel der Welt kommt, aus Gegenden, wo die Menschen noch leben wie zuvor, die Ernte einbringen, in Straßenbahnen steigen, neben dem, den sie lieben, einschlafen, aus Polen und selbst aus dem Kaukasus finden sie hierher, die Briefe und Pakete, die Zuckerstücke, die getrockneten Beeren, die Zigarettenschachteln.

Die einen haben bereits angefangen, Antworten zu schreiben, auf alles, was sie in die Hände bekommen, Packpapier, Laken, Zeitungsränder, die wenigsten haben Briefpapier. Die Polinnen verkaufen das Briefpapier einer Verstorbenen teuer, für Zigaretten, und bei dem Maßstab wird Papier kostbarer als Gold, niemand kann sich das leisten.

Im Bett nebenan liest Giedre mit leiser Stimme den Brief ihres Verlobten, hält zwischendurch inne, atmet nicht, und dann lacht sie, und ihre Augen weiten sich. Ich sehe die Handschrift nicht und verstehe von ihrer Sprache kein halbes Wort, obwohl es die Sprache meiner Verwandtschaft väterlicherseits ist. In Wilna gehörten den Efrons viele Häuserblöcke in der Innenstadt, hat Giedre erzählt, dort wäre ich eine Herrscherin. Dennoch stelle ich mir die Hände dieses Mannes vor, die langen Finger eines Töpfers und Goldschmieds, ihren sicheren, klaren Griff. Was für ein Maß an Liebe passt in einen Brief, in die komplizierten Wörter einer Sprache, die noch älter ist als Latein.

Giedre wirft mir einen Blick zu, als hätte sie meine neidischen Gedanken gehört, und ich sehe Mitleid in ihren graugrünen Augen aufblitzen.

Dein Bräutigam wird dir noch schreiben, sagt sie, vielleicht nächste Woche. Ich bin mir sicher.

Ich will ihr Mitleid nicht, aber Giedre hat ein gutes Herz, sie meint es nicht böse.

Sie sagt, meine Briefe lägen vielleicht ungeöffnet in irgendeiner Kiste beim Geheimdienst. Das kann passieren, so etwas tun sie. Und es mag stimmen, die wahrscheinliche Folge meiner Reise nach Syktywker Ende Juli, aber das kann ich Giedre nicht sagen. Ich glaube nicht, dass ich für den Apparat so interessant bin, dass sie meine persönlichen Briefe durchsehen wollen, ich bin ein kleiner Fisch, wenn ich auch in ihren Augen eine Vaterlandsverräterin und Überläuferin bin. Sie werden kaum den Verdacht haben, dass ich mit Schreibzeug etwas Besonderes anstellen werde. Es ist ein reines Mittel der Repression, mit dem sie zeigen wollen, dass sie die Kontrolle über das Allerpersönlichste eines Menschen übernehmen können.

Ich erhalte mein Schreibrecht zurück, wenn ich mit ihnen zusammenarbeite. Ich bin keine Denunziantin, habe ich ihnen gesagt, damit fange ich nicht an. Ich bespitzele nicht für euch die Frauen, mit denen ich dauernd zu tun habe, nicht die aus meiner Baracke, überhaupt niemanden. Nicht wegen Staatsgegnerschaft, nicht wegen Verschwörung, nicht wegen Selbstmordabsichten. Nicht einmal wegen Trotzkismus. Ich habe meine Lektion gelernt. Und der Preis, den ich dafür zahle, ist hoch genug, möchte ich meinen.

Du bist allein, wirklich allein, Genossin Efron, haben sie gesagt. Sie waren zu dritt, Brillenschlangen, mit militärischen Rängen plattierte Beamte der Sicherheitspolizei mit ihren türkisfarbenen Abzeichen, ein langer, schmaler Mann, fliegenschlau, ein mit einem Muttermal gezeichneter Dunkelhaariger, der mit jeder überheblichen Geste verriet, dass er sich für wichtiger hielt als die anderen, angeblich wird er Der

Pate genannt, die Zweite eine breite, rotgesichtige Blondine mit großem Busen, Offizierin in Seidenbluse, quatschte mit ihrem Mezzosopran am Anfang wie zu einem Kind, konnte aber wahrscheinlich kaum singen, und als Dritter ein rattengesichtiger Ingenieurintellektueller, der sich hinter seinem Bart versteckte und kein einziges Mal den Mund aufmachte. Sie sahen eher nach einem engstirnigen Kulturkomitee als nach Geheimpolizei aus.

Anfangs nannten sie mich beim Namen, Genossin Efron, es hätte nicht viel gefehlt, und sie hätten sogar den Vornamen benutzt und mich richtig gehätschelt und geknuddelt, weil sie mich in die Falle locken wollten, obwohl ich für sie in Wirklichkeit bloß eine namenlose Nummer war, ein Fleck in der untersten Kategorie. Mit den Trotzkisten hatten sie mich trotzdem auf keine Weise in Verbindung bringen können, das wäre allerdings auch eine Farce gewesen, denn damit fing alles an, mit der Jagd nach den Trotzkisten, Paris war voll von ihnen, bald würden sie das ganze Land füllen, Schädlinge, Mörder, Saboteure. Aber erst hier habe ich echte Trotzkisten gesehen, und die sind nicht mehr gefährlich, weder für andere noch für sich selbst.

Nein, ich bin keine Trotzkistin, wenn auch nach ihren Paragraphen eine Vaterlandsverräterin, eine vom französischen Nachrichtendienst eingeschleuste Kundschafterin.

Sie sind wirklich allein, Häftling Nummer 7183, wiederholten sie immer wieder. Sie erinnerten mich daran, dass ich meine Familie zerstört hatte.

Ich antwortete ihnen nicht, versuchte mich nicht zu verteidigen. Diese Seite meiner Schuld kenne ich selbst sehr gut. Jedes Wort, das meine Hand unterschrieben hat. Das Komitee von Syktywkar war trotzdem ziemlich zartfühlend, im Vergleich zu den Leuten in der Lubjanka, als wüssten sie, dass ich mich nicht mehr vor Schmerzen fürchte, nicht einmal davor, mein Leben zu verlieren.

Dennoch wurde meine Haut zu Aluminium, mein Bauch zu einem Betonmischer, und meine Zehen und Fußsohlen krümmten sich im Widerstand gegen die Behandlung, von der ich glaubte, sie würde wieder losgehen, immer wieder, immer wieder, immer wieder von vorn, ohne Ende. Aber sie fassten mich nicht an, es genügte ihnen, dass sie meine Angst rochen, durch den Zwei-Tages-Parfümgestank der Mezzosopranblondine hindurch.

Ich fragte nach Muljas Besuchserlaubnis, obwohl ich wusste, dass die

Frage sinnlos war. Warum sollten sie ihn zu mir lassen, wenn ich nicht bereit war, ihnen nützlich zu sein? Ich habe gelernt, dass man Privilegien nur bekommt, wenn man etwas als Gegenleistung zu bieten hat.

Dein Mann, sagten sie, dieser Samuil Dawidowitsch Gurewitsch soll dein Mann sein? Ja. Er ist mein Mann. Ihr lest doch meine Briefe, mein Ehemann Mulja, so unterschreibt er sie. Sie schauten in ihre Unterlagen, auf ihre Zettel.

In ihrem Besitz befanden sich auch Muljas Unterlagen. Ihnen zufolge ist er mit Sicherheit noch mit Schuretta verheiratet und in der Wohnung von Schurettas Eltern gemeldet. Der Mann kann keine Entscheidungen über sein Leben treffen, das hätte ich gleich wissen müssen. Mir schien, dass sie mich höhnisch und mitleidig ansahen, aber ich fing nicht an, ihnen etwas zu erklären, vor ihrer Intrige war ich machtlos, sie hatten das ganze Rechtswesen dafür eingespannt, alles konnte nachgewiesen werden. Und es war Bestandteil ihrer Taktik, das Objekt dazu zu bringen, sich unsicher zu fühlen, das abzulegen, was sie für eine Maske hielten.

Aber in dieser Sache war ich mir meiner Position sicher. Wenn ich in meinem Leben etwas richtig gemacht hatte, dann, dass ich einen anderen Menschen zu lieben wusste, mit jeder einzelnen Körperzelle, mit jedem Atemzug, so fest, wie die Erde die Bäume liebt, die ihrer Tiefe entwachsen. Daran ist nichts Kriminelles. Ich erlaube ihnen nicht, mir das wegzunehmen.

Glaubst du, sie warten wirklich die ganze Haftzeit lang auf uns?, fragt Giedre noch. Ich habe nicht darüber nachgedacht. Ich habe nur diesen Augenblick. Wenn ich meine Strafe verbüßt habe, bin ich siebenunddreißig, sage ich zu Giedre, und sie seufzt, dann sind wir beide altersschwach.

Aber ich brauche tatsächlich bald einen Brief von Mulja. Mir genügt eine Seite oder zwei Wörter auf einer Postkarte: Ich komme.

Der Brief von Samuil Dawidowitsch, der erste und einzige, kam im Winter, der Schnee trug, die Sonne war heller und wärmte, als ich den Brief vor der Baracke las, es war so warm, dass man die Jacke aufmachen konnte. Er sagte, er werde im Frühling eine Erlaubnis beantragen, damit er mich im Sommer hier besuchen könne. Das schrieb er, und ich sah, wie die Eiszapfen schmolzen, die Kohlmeisen hatten auf dem Schnee Runen hinterlassen, und die Wärme breitete sich unter den hart gewordenen Kleidern aus, erinnerte die Haut an das Gewicht seiner

Hände, an den Griff, der immer ein wenig zögernd war, wie seine Handschrift, vorsichtig, als ginge man im Frühjahr über einen zugefrorenen Fluss.

Der Brief war einsilbig, höflich, aber er sprach mich noch immer mit besitzanzeigendem Fürwort an. Meine Aljoscha, mein Mädchen, mein Schwesterchen. Anfangs las ich ihn jeden Tag, mehrmals, so oft, wie es beim Tragen und bei der Kälte ging, ich trug ihn unter der Jacke, auf der Haut, als könnte er sich in eine zweite Hautschicht verwandeln, die mich vor allem schützte. Ich weiß, dass ich aus dem Brief mehr herauslese, als darinsteht. Aber was soll ich sonst tun? Man könnte glauben, ein Mensch in diesem Stadium wäre aller Gefühle beraubt worden, sodass nur noch Hunger und Selbsterhaltungstrieb übrig geblieben sind. Wenn ich immer noch an Mulja denke, ist es ein Zeichen dafür, dass ich am Leben bin.

Ich komme, schrieb er, im Sommer komme ich bestimmt, er hat gerade so viele Wörter geschrieben, dass sie meine Träume nähren, in denen er schon hier ist. In diesen Träumen trägt uns das Moor, und wir steigen auf die andere Seite der Berge, während er mit dem Finger von meinem Nackengrübchen bis unter die Schulterblätter fährt.

Diese Nacht wird der Mond voll, dicht an der Erde, dichter als seit Jahrzehnten, wie kann man das bei so einem Druck und Eingeschlossensein in allen Adern spüren, als Flutwelle, als wollte die ganze Seele aus mir herausbrechen. Ich muss hinaus, ich ertrage das Glück der anderen nicht, das Seufzen und Schmatzen, das Kratzen der Stifte auf dem Papier, die Wörter, von denen ich weiß, dass sie in neue sehnsüchtige Briefe graviert werden: liebster Wanja, liebster Igor, mein geliebter Sascha.

Hier habe ich auch mein Schauspieltalent verloren. Meine Augen verraten alles, vor allem das, was ich verbergen will. Es gibt nicht einmal einen Vorhang, hinter dem ich mich verstecken kann, dreißig von der Sonne Sibiriens verbrannte Frauen mit eingefallenen Wangen dicht nebeneinander auf dem Barackengang und gegenüber noch einmal so viele. Zigaretten habe ich nicht, und ich will bei niemandem Schulden machen, nicht einmal bei Giedre. Ich nehme meinen Salzbeutel mit, nur die Ukrainerinnen können mich retten, vor der zehrenden Sehnsucht, vor der Qual des Lebens.

Draußen hat sich die Hitze auf der Erdoberfläche niedergelassen und bringt mich fast zu Fall. Die Ukrainerinnen sind nicht zu sehen, auch die Polackinnen nicht. Ein Wächter sitzt vor der Baracke und reinigt seine Waffe, bemerkt mich zuerst nicht – wie ungefährlich er aussieht, kaum zwanzig Jahre alt. Es ist ein Neuer, ein nervöses Bleichgesicht, hellroter Flaum im Gesicht, sieht aus wie eine nackte Ratte. Den jungen Wärtern ist es verboten, uns in die Augen zu schauen. Deswegen hätte er kein Problem damit, mich zu erschießen, wenn ich versuchen würde zu fliehen oder etwas ähnlich Unglückseliges zu tun. Würde er mir in die Augen schauen, könnte er unter Umständen einen Menschen sehen, keine Nummer, falls in diesem bis zur Erschöpfung gequälten, gefühllosen Körper noch etwas von einem Menschen übrig ist.

Mein Lieblingsplatz unter der Eberesche ist frei, einen Baum haben sie immerhin auf dem Lagergelände stehen lassen, alle anderen sind für die Baracken gefällt worden. Jemand aus dem Männerlager nebenan hat eine Bank gezimmert, man hat sie stehen lassen, sie ist wacklig, schaukelt fast, als ich mich setze.

Die Pelargonie auf der Bank kippt gegen den Baum, um ein Haar wäre sie umgefallen. Kärt hat sie aus der Stadt mitgebracht, sie braucht Pflege, es müsste regnen. Ob sie den Winter überlebt? In den Baracken fallen die Temperaturen wie draußen, allein die Vorstellung lässt die Haut zittern, auch die Knochen erinnern sich an all die Kälte, sie verlässt mich nie, sie ist in mir geblieben, man muss sie fernhalten.

Als ich den kalten Suppenrest aus meiner Konservendose esse, bemerkt mich der Wärter, lässt mich nicht aus den Augen. Die Fünf-Achter werden genauer im Auge behalten als die anderen. Aber er sieht mich trotzdem nicht. Während die Suppe die Speiseröhre hinabrinnt, fühle ich mich stärker, beinahe frei. Ich versuche den Blick des Wärters zu erhaschen, ich weiß, dass meine Augen noch genug Kraft haben, um jeden zum Innehalten zu bringen, der zu lange in sie hineinschaut. Als Kind versuchte ich, den Erstarrung bewirkenden Blick der Medusa zu lernen, aber man sagte mir, ich würde an einen Stummfilmstar erinnern, mit im Blitzlicht weit aufgerissenen schwarzen Augen. Doch dieser Junge hat sich die Regeln gut eingeprägt, er blickt nicht auf, schaut an mir vorbei, liebkost seine Waffe, ist bereit, sie gegen mich zu erheben, wenn Grund dazu besteht, und auch ohne.

Wohin sollte ich von hier aus gehen? Überall ringsum, jenseits des Stacheldrahtzauns, den wir selbst errichtet haben, liegen die Zwangsarbeiterbergwerke von Workuta, das brennende Herz der Hölle, und dahinter weitere Lager, Petschora, Ust'-Izhma, Kotlas, und allenthalben dichte Nadelwaldsteppe und Sümpfe, Millionen Kilometer, und im Norden nur noch der Arktische Ozean, der Rand der Welt. Nur der Sumpf hat keinen Namen, denn er ist eins mit dem Tod. Die Natur ist eine noch schärfere Wächterin, all die Berge, Wälder und Vögel, und der Sumpf, dem man nur per Tod durch Versinken entkommt, indem man ertrinkt, im nassen Torf erstickt. Vom Tod geschütztes Leben, effektiver als jeder Stacheldrahtzaun.

Ich schaue ihn erneut an, hartnäckig, und jetzt sieht er mich, schaut mir direkt in die Augen.

Und da sehe ich seine Augen: grüngrau, sich weitende schwarze Pupillen, ihre schwarze Tiefe, ich sehe bis auf den Grund. Er wirkt fast vertraut, erinnert mich an jemanden, an jemanden, der ein Kollege gewesen sein kann, ein Freund, ein Geliebter, jemand, der mir am Kaffeehaustisch gefiel, Erlend Nikulaussohn, Samuil Dawidowitsch, alle Männer, die mir je in die Augen geschaut haben. Und seine Augen dringen bis auf den Grund in mich ein, bis in seine aschgraue Wurzel hinein, und es ist, als drehte sich etwas in mir. Es ist nicht der Kadaver des erfrorenen Pferdes, mein stiller Freund, die toten Augen, nein, auch die sehe ich jetzt nicht.

Stattdessen spüre ich kleine Knochen in meine Haut schneiden, von links nach rechts pflügen und dann verschwinden, und ich erinnere mich an den Blutkreislauf innerhalb meines Kreislaufs und daran, wie sich unter allem zum ersten Mal etwas regte, neues Leben, ein Atem, so leicht.

Ich lächle den rattengesichtigen Jüngling an, schaue ihm in die Augen, mit der Kraft meines ganzen Lebens, daran erinnere ich mich, hörst du, und er erstarrt auf der Stelle.

Es ertönt ein Rascheln und ein Laut ähnlich einem Lachen, und das Rattengesicht zuckt zusammen und lässt gekonnt sein Gewehr zuschnappen. Er dreht sich um, zielt auf den Zaun. Ich lache auf: bloß ein Vogel, ist vom Sumpf her in den Stacheldraht geflogen und versucht ihn nun zu überwinden, die Vögel können kommen und gehen, wie sie wollen, eine gewöhnliche Amsel, ein braungraues Weibchen, sie fühlen sich auf den Straßen von Paris ebenso wohl wie im nordischen Heidekraut. Der Bursche verscheucht sie, aber sie fliegt auf die Lagerseite, landet auf der Erde, hüpft und hält dann still, der Wächter tritt mit dem Stiefel nach ihr, aber sie fliegt aufs Fensterbrett und blickt uns an. Sie hat keine Angst vor Menschen. Sie schaut mich irgendwie vertraut an, und es kommt mir vor, als hätte ich diesen Moment schon einmal erlebt. Das kommt von der Müdigkeit, das Gehirn schleppt sich dahin. Und vom Schmerz, durch den alles in die Langsamkeit gedrängt wird. Aber trotzdem spüre ich, wie alle Zeit jetzt in unseren Händen liegt, das Vergangene und das Künftige, das, wohin die Flüsse fließen. Leben oder Tod, was ist stärker, sag es mir, guter Mann.

Jelabuga
August 1941

Das Fischfett hatte angefangen zu stinken, man mochte es nicht anrühren, auch wenn der Vermieter gesagt hatte, sie könne es nehmen. Das frische Brot, das A. I. Bredeltschikowa gekauft hatte, war noch in Papier eingeschlagen, davon durfte Marina nicht einmal kosten. Solange sie keine Lebensmittelkarten hatten, mussten sie von den Resten der anderen leben.

Aber das Essen war ihr geringster Kummer. Sie hatten noch drei Säcke Mehl, dazu Zucker und Reis. Das hatte sie gegen Schmuck eingetauscht. Vielleicht würde Mur vom Flugfeld tatsächlich Kartoffeln und sogar Brot mitbringen. Der Junge würde nicht hungern müssen. Aber wie sollten sie alles transportieren, wenn sie abreisen müssten?

Würden sie die Lebensmittel mitnehmen dürfen, wenn die Männer aus der Gassara-Straße sie aus Jelabuga vertrieben und sie sich einen anderen Ort suchen müssten? Oder würden Mehl und Zucker zurückbleiben, damit Anastasia Bredeltschikows dicker Bauch noch fetter wurde?

Es war bereits nach vier. In die Gassara-Straße, in Zimmer fünf, würde sie nicht gehen. Sie brauchte deren Beschlüsse und Hilfe nicht. Sie würde nicht um eine Lebensmittelkarte für sich betteln. Von der Karte des Jungen hatten sie bis jetzt gelebt, und von seiner Karte mussten sie auch weiterhin leben, auch wenn der Junge für zwei aß.

Sie musste handeln, anders ging es nicht, sie konnte nicht über das Vergangene weinen, auch nicht über das Künftige, der Tag war schon weit fortgeschritten, bald kam der Abend, die Bredeltschikows würden zurückkommen, und Mur, Brot, Kartoffeln, vielleicht Brennholz, oder sogar Mehl, damit würden sie es über den Winter schaffen. Das Bett musste aufgeschüttelt, die Decke ausgelüftet werden, man musste die Bücher abstauben; und dann die Wäsche, die Wäsche musste hereingeholt werden, immer gab es genug alltägliche Verrichtungen, es gab keinen Tag ohne sie, ohne neues Blatt, der Alltag musste immer erledigt werden, vorerst noch, bevor die Welt zum Stillstand kam.

Die Balken seufzten wie eine alte Witwe, und den Apfelbäumen war die Kraft abhandengekommen, auch nur eine einzige Frucht zu tragen. Daran würde niemand mehr etwas ändern können. Auch die großen Flüsse Russlands nicht, selbst wenn sie die Richtung änderten. War es das, was sie schließlich gelernt hatte? Dass die gnadenlose Blöße des täglichen Lebens mächtiger war als ihre Seele?

Marina öffnete das Fenster im Alkoven, aber die Luft stand auch draußen, und der Muff von der Nacht geriet kein bisschen in Bewegung. Sie benötigte nicht viel Platz, Bett und Tisch genügten, aber dieser Tisch gab keine Wörter mehr her, kein einziges. Am Fenster stand eine Pflanze, eine Geranie, oder hieß es Pelargonie, ein hässliches Gewächs, das giftig roch, sie konnte sich den Namen nie merken. Was machst du dich über mich lustig, hässliche Pflanze, was hast du schon zu sagen, du stumme Wurz.

Sie machte das Bett des Jungen, zog das Laken, das eher ein Fetzen war, über der verbeulten Matratze glatt und hob den Schlafanzug zum Lüften auf, schüttelte die Falten der Nacht aus dem fadenscheinigen Flanell, aber es wurde nicht glatt. Die Hose hatte bereits einen Riss, wo war der hineingekommen, in Moskau schon, der Junge war am Dachblech hängen geblieben, als sie vor den Bombardierungen geflüchtet waren, es war knapp gewesen, aber sie hatten erstaunlicherweise überlebt. Was hatte sie in Moskau für eine Angst gehabt, den Jungen zu verlieren! Wenn ich den toten Leib meines Sohnes aufheben müsste, hätte ich dann die Kraft, ihn zu tragen, das Gewicht des Todes in allen Gliedern, hatte sie jedes Mal gedacht, wenn er während der Bombardierungen als Brandwache auf den Hausdächern in der Pokrowski-Straße seine Runden drehte, damals hatte er sie zum Abschied noch umarmt, jedes Mal. Aber jetzt glaubte sie, dass der Junge, der sie kaum noch berührte, überleben würde, ihre beiden Kinder würden all das überleben, ihre Tochter und ihr Sohn, die Deutschen würden ihnen nichts anhaben können, sie waren stärker gebaut als ihre Mutter, auch wenn sie an Herz und Lunge kränkelten wie alle Efrons.

Brachten die Bücher verbrennenden Deutschen diese Welt an ihr Ende, die zärtlichsten Verse eines wahnsinnig gewordenen Gärtners zur Mordmaschine verschärft, als Legitimation, sich die fernsten Berge und Himmel als Heimat einzuverleiben? Darin lag nicht einmal mehr Ironie. Wie schwach die Sprache war, so schwach wie der Mensch, dabei hätte sie größer als die Menschen sein können. Mit Wörtern konnte man nur Wörter beherrschen und mit Angst nur die Angst. Aber sie würde aus den Wörtern keine Waffe machen, nicht einmal ein Mittel zum Überleben, auch wenn sie noch sosehr zwischen Baum und Borke steckte. Dorthin war sie schließlich geraten, zwischen Baum und Borke, da gab es nicht mehr viele Zoll zu vermessen.

Die nach Diesel riechende Wolldecke war nun wenigstens einigermaßen ordentlich übers Bett gezogen, die besseren Decken hatte sie im Frühjahr in die Pakete für Alja gelegt, auch wenn es hier ebenfalls kalt sein würde, diese hier würden auf keinen Fall ausreichen, wenn nur kein zweiter Finnenwinter käme. Der Samtlöwe war noch immer am Leben, ausgerechnet, lag ermattet am Fußende im Bett des Jungen, ebenfalls dünn geworden, krumm, der Junge wollte ihn im Bett haben, ein Kinderplüschtier, und auch wenn Mur nie ein Wort zu viel über Serjoscha verlor, merkte Marina daran, dass er an seinen Vater dachte. Sie dachten beide an ihn, und solange sie an Serjoscha dachten, würden sie am Leben bleiben.

Marina zog die Schreibtischschublade auf, sie hatte vergessen nachzusehen, ob sich jemand an ihrem Geld vergriffen hatte. Aber die Ersparnisse waren noch da. Sie legte ihre Papiere und ihr Geld auf den Tisch, 400 Rubel. Das war viel Geld, würde ohne Arbeit aber nicht lange reichen.

Die Schmuckschatulle war durchwühlt worden, das sah sie und zählte sogleich die Stücke. In Tschistopol könnte sie den letzten verbliebenen Schmuck und die Silberlöffel versetzen, oder sie schickte sie an Alja, die sie in der schlimmsten Not gegen Schuhe oder warme Kleidung eintauschen könnte, falls Mulja sie nicht im Lager besuchen durfte. Mehr hatte sie nicht zu verschicken: leere Hände.

Sie hatte versucht einen neuen Brief an Alja anzufangen, aber die Wörter kehrten sich gegen sie. Alles, was sie im Lauf des Frühlings an Alja geschrieben hatte, waren bloß Vorspiegelungen gewesen, so wie die Wolldecken und getrockneten Karotten, als könnten sie einen retten.

Jetzt fehlte ihr sogar die Kraft, von alltäglichen Dingen zu schreiben. Zum Lügen war sie nicht mehr fähig.

In den letzten zwei Jahren hatte sie es sogar nicht einmal mehr fertiggebracht, Anna Tesková zu schreiben, ihrer besten Brieffreundin in Prag. Die arme Anna, wie sie das nur alles ertrug. Die Tschechoslowakei war schon im Frühling in den Rachen der deutschen Menschenbestie geraten, und das Münchner Abkommen war erst der Anfang gewesen, so wie sie es mitangesehen hatte, zuerst nahmen sie die Gliedmaßen, dann den Kopf und das Herz, und jetzt flohen sie und ihr Sohn vor den gleichen Truppen wie scheue Pferde vor der Feuergrenze, bis sie den Rand der Welt erreichen würden.

Ihr Notizbuch, in dem auch die Postkarten steckten, die Alja im Frühjahr aus dem Lager geschickt hatte, lag ganz hinten in der Schublade. Abgesehen von ein paar Übersetzungsskizzen hatte sie fast seit einem Jahr nichts mehr hineingeschrieben, zwei Notizen, schreckhafte Sätze aus dieser ganzen Zeit. Die letzten Anmerkungen über Serjoscha und Alja wie über fremde Menschen. Die Tscheka würde sie deswegen nicht zur Rechenschaft ziehen können, aber ihr selbst fiel es schwer, sie zu lesen. Für sie waren die Wörter strenger als die Richter des höchsten Gerichts.

Aljas seltsame Freude, gespielter Glanz, las sie in ihrem letzten Eintrag. Warum hatte sie so gedacht, sie erkannte ihre eigene Handschrift nicht wieder, nicht den Satz, die Aufzeichnung eines fremden Menschen. Aber so war sie gewesen, sogar sich selbst, ihrer Familie fremd, nicht wiederzuerkennen, ohne Rhythmus, und sie war es immer noch. *Das Leben besteht aus Spülwasser und Tränen*. War das das Einzige, was sie noch zu sagen im Stande war, wie eine, die billige, süßliche Lieder zusammenreimte?

Die Wörter hatten aufgehört, mehr zu bedeuten als das Offensichtlichste. Sie öffneten keine unsichtbaren Welten mehr und gaben ihr auch keinen Halt, wenn sie auf dem Seil zwischen den Welten ging. *Wenn jemand in seinem Traum sieht, wie wir uns begegnen, dann treffen wir uns*. Das hatte sie aus Saint-Gilles-sur-Vie an Rainer Maria geschrieben. Und daran glaubte sie. Die Briefe an den Prager Dichter vom Sommer 1926 waren ihr überbordendes Glaubensbekenntnis an die Poesie und die Liebe. Es war ihr gelungen, einem Mann gegenüber, der klarer sah als die Engel und den sie nie in der Wirklichkeit getroffen hatte, in deutscher Sprache ihr Innerstes und Geheimstes zum Ausdruck zu bringen. Ihre Begegnung war allein in der Sprache der Poesie möglich gewesen.

Und jetzt: Rilke zu begegnen wäre nur im Tod möglich, aber dort gab es nicht einmal so viele Wörter, wie ihr jetzt zur Verfügung standen.

Auch aus dem Notizbuch hatten sich die Wörter zurückgezogen: *Ich hole Kerosin. S. kauft Äpfel. Anweisungen am Telefon. Aljas seltsame Freude, gespielter Glanz. Ich höre sie, stehe jedoch bei allem abseits. Hundertmal am Tag gehe ich in den Keller. Allmählich verstehe ich, dass S. hilflos ist, vollkommen hilflos in allem.*

Das war ihr letzter gemeinsamer Tag gewesen. *In jeder Unterströmung und in jedem Oberton: das Grauen.* Alles danach: aufgeschobener Tod. Damals hatte sie nicht mehr gewusst, was sie noch am Leben halten sollte, und jetzt wusste sie es immer weniger, Baum oder Borke, das waren ihre Möglichkeiten.

Auch die Träume halfen ihr nicht mehr. Sie hatte keine oder erinnerte sich nur selten daran. An einen Traum, den sie in jenem Winter gehabt hatte, nachdem zuerst Alja und zwei Monate nach ihr Serjoscha verhaftet worden war, erinnerte sie sich noch, er kehrte als sonderbarer Albtraum in ihr Bewusstsein zurück. In diesem Traum hat Alja eine Tochter zur Welt gebracht. Die Geburt war schwer, aber jetzt ist alles gut, man bringt Marina das Kind. Sie darf es auf dem Arm halten. Und als sie es hält, erkennt sie es. Es ist Irina, ihre eigene Tochter, Alja hat Marinas eigene Tochter zur Welt gebracht, und sie, Marina, wundert sich nicht einmal darüber, es kommt ihr wie die natürlichste Sache der Welt vor. Aber seltsam ist, dass das Kind wie eine Erwachsene zu ihr spricht, so wie Irina sprechen würde, wenn sie erwachsen wäre, sie würde Marina beschuldigen, in altem Russisch, und sie spöttisch siezen, so wie es alle ihre Kinder tun. Dann fällt Marina das Kind aus den Händen und zerbricht auf dem Fußboden wie eine Puppe aus Ton.

Ein sonderbarer Traum, denn Alja war nicht schwanger, Mulja hätte es ihr erzählt, selbst wenn Alja es in ihrer Wut für sich behalten hätte, und im Gefangenenlager war sie wohl kaum schwanger geworden. Nach diesem Traum hatte Marina aufgehört, an ihre Träume zu glauben.

Auch an den Tag von Serjoschas Weggang erinnerte sie sich nicht mehr. An der Stelle befand sich bloß ein weißes Loch. So schützte sich die Erinnerung vor dem Schlimmsten. Nach allen Verhaftungen gab es nur noch den Gedächtnisverlust. Das letzte Bild, das sie sich vor Augen führen konnte, stammte von Aljas letztem Tag, aus der letzten Nacht. Sie hatte dieses Bild in sich wie einen Film, wie viele Male hatte sie ihn sich immer wieder angesehen, immer wieder, verlangsamt und beschleunigt, als könnte sie so den Lauf der Zeit anhalten oder verändern, ihn mit aller Kraft umbiegen.

Sie drücken Aljas Kopf nach unten, damit sie sich nicht stößt. Und sie lächelt. Das Lächeln überdeckt die Spuren des Streits, die erbärmlichen gehässigen Sätze, die die letzten geblieben sind, aber am schrecklichsten ist das Lächeln deshalb, weil es verdeckt, was Alja bis auf den Grund hinab gesehen hat: den Wahnsinn ihrer Mutter.

Der Wunsch zu sterben war stärker als sie gewesen. Aber Alja hatte sie gerettet, und zunächst war sie deswegen böse auf ihre Tochter gewesen.

Im Nachhinein hatte sie sich für das Drama so sehr geschämt, dass sie es nicht gewagt hatte, aus dem Haus zu kommen und sich zu den Gästen zu gesellen, aber Alja hatte kein Wort über den Vorfall verlauten lassen, nicht einmal Serjoscha gegenüber, und dafür war sie Alja dankbar. Es hatte sich also doch ein Band zwischen ihnen erhalten. Das Päckchen, das Lilja geschickt hatte, war im Garten geblieben, dem Regen ausgesetzt, sie hatte es vollkommen vergessen und erst mehrere Tage später gefunden: kleine weiße Mädchenkleider, vom Regen gepeitscht.

Künstliche Freude, hatte Marina damals über Aljas Lachen gedacht. Warum hatte sie nicht hinnehmen können, dass Alja tatsächlich glücklich war? Auch Nina Gordon sagte, als sie nach der Nacht der Verhaftung zur leeren Datscha kam, sie habe noch nie einen so strahlenden Menschen gesehen. Alja war den ganzen Sommer über pure, gut gelaunte Freundlichkeit und Freude gewesen, sie hatte ihren Platz in Moskau gefunden, und Samuil Dawidowitsch hatte großen Anteil daran gehabt, auch wenn Marina anfangs nicht einmal bereit gewesen war, den Namen des Mannes laut auszusprechen. Und nichts davon hat man Alja behalten lassen. Und selbst um dieses kleine Glück hatte sie ihre Tochter beneidet, als würde es ihr weggenommen werden. Aber inzwischen konnte sie die Gefühle auf den Gesichtern der Menschen nicht einmal mehr erkennen, weder Glück noch Trauer.

Nachdem Alja abgeholt worden war, hatte Marina nichts anderes tun können, als zu bügeln. Den ganzen Tag, nach einer Nacht ohne Schlaf, hatte sie gebügelt, sie bügelte Kleidungsstücke, die schon gebügelt waren, eines nach dem anderen, als könnte man dasselbe mit dem Leben machen, Falten ausbügeln, das Gerissene und Kaputte ausbessern, stopfen, zusammennähen. Und sie hatte sich gar nicht erst einzubilden brauchen, dass Serjoscha eine Hilfe sein würde, er taugte zum Laufburschen der Tscheka, konnte seiner Tochter aber nicht helfen. Und Marina hatte gebügelt, obwohl die Welt an ihr Ende gekommen war. Und jeder Falte entstieg diese menschliche Gestalt, ihre Tochter, durch und durch Lächeln und Anklage: Du hast mich nicht lieben können. Hast du jemals jemanden lieben können? Marina war immer ein hartes, forderndes Kind gewesen, und zu einem solchen hatte sie auch ihre Tochter erzogen.

Auch die folgende Woche noch hatte sie gebügelt, auch Irinas Kleider trocknete und bügelte sie, sie verabschiedete sich von der einen, wie sie sich von der anderen verabschiedet hatte. Bis sie auch Serjoscha abholten. Danach gab es nichts mehr zu bügeln. Sie hatte ihre Familie verloren, ihre Liebe hatte nicht ausgereicht, sie zusammenzuhalten. Hätte sie über die Macht verfügt, hätte sie den Tag rückgängig gemacht. Aber es geschah die ganze Zeit, sie kam nicht davon los, als hinge sie an einem elektrischen Schlag fest. Aljas seltsame Freude, Spülwasser, Tränen, Wörter, die töten: Du hast nie etwas anderes geliebt als deine eigene Seele. Und was für eine Seele – die schwärzeste von allen.

Marina hörte nach wie vor Aljas Lachen. Seltsame Freude, gespielter Glanz. So hatte sie damals gedacht. Aber das Lachen ihrer Tochter lief ihr noch immer über die fühllose Haut, ganze Tage lang, doch auch das rettete sie nicht vor dieser Welt.

Marina blickte nach draußen. Ihr war, als wartete dort jemand, kurz hatte sich etwas Schwarzes im Augenwinkel geregt. Sie war müde, da kam er immer, der andere Atem, der andere Rhythmus, jemand lauschte, ein pferdeähnliches Wesen. Aber es waren nur die Bäume, die toten Bäume. Sie sagten nichts. Und sie halfen ihr jetzt nicht. Und die Wäsche, sie musste die Wäsche hereinholen.

Vorher tat Marina das, was sie gleich zu Anfang hätte tun sollen: Sie steckte die Briefe von Genosse Ruzow in den Ofen. Sie hatte keine Angst vor diesen Männern. Sie war unbrauchbar für sie wie ein Tier, das nichts brachte, ein Marderhund oder dergleichen, nicht einmal wertvoll genug, um es zu töten. Weil sie jenseits aller Rechte stand, war sie auch für alle Strafen unerreichbar.

Ein Mittel zur Flucht musste sie sich trotzdem einfallen lassen. Bis zum Abend, auch wenn die Schiffe dann noch immer nicht gekommen waren.

Marina ging nach draußen. Zuerst faltete sie die trockenen weißen Laken, faltete sie drei Mal wie einen Brief, ein leeres Blatt. Für diese Briefe würde es keine Empfänger geben.

Murs Hemden waren fast trocken, nur an Ärmeln und Achseln noch feucht, der Junge würde bald aus ihnen herauswachsen, demnächst würden ihm Serjoschas Hemden passen. Sie hatte Serjoschas alte, abgewetzte Hemden aufbewahrt, es nicht übers Herz gebracht, sie wegzuwerfen, die besseren hatte sie in Paketen in die Lager geschickt. Hilflos hingen sie an der Leine, die weißen Hohlräume.

Die ganze Zeit über, die sie in der Sowjetunion verbracht hatten, war sie nicht in der Lage gewesen, ihrem Mann Zuneigung zu zeigen. Sie konnte sich nicht erinnern, wann sie sich zuletzt an ihn gedrückt hatte. Nur die Fotografie von Serjoscha als jungem Revolutionär trug sie nah bei sich, in dem Anhänger auf ihrer Haut. In Paris hatten sie sich nur noch aus Versehen berührt und auch dann erschrocken um Verzeihung gebeten. Serjoscha war ihr immer am nächsten gewesen, wenn er weg war, unsichtbar, außer in den Zeiten seiner Krankheit. Zwischen ihnen bestand ein seltsamer Bund.

Aber jetzt griff Serjoscha nach ihr, schlang die Arme um sie, sie nahm den Duft wahr, der von ihm ausging, denselben wie ganz am Anfang: Sand, salziges Wasser, der Honigstaub der Pappeln. Marina schob die Hände in die Hemdärmel, ließ sich hängen, schaukelte im Halt der Ärmel.

Da riss das Hemd aus den Klammern, und die Wäscheleine ging entzwei. Um ein Haar wäre Marina in Tränen ausgebrochen, aber sie konnte es nicht, sie musste die Wäsche retten.

Workuta
August 1941

Es ist 16.45 Uhr, als die Polinnen aus ihrer Baracke kommen, das Lagerradio teilt es mit, indem es einen Xylophondreiklang aus «Die Eberesche vom Ural» spielt. Ich kann das Geschäft abwickeln, während die Wärter durch die Baracken gehen. Den polnischen Weibern muss man nichts erklären, und sie bedrängen einen auch nicht nach etwas noch Wertvollerem, so wie es die Ukrainerinnern tun, sie müssen mehr handeln als die anderen, um am Leben zu bleiben, denn Kriegsgefangene müssen sich alles selbst beschaffen, vom Essen bis zu den Kleidern. Die Polackinnen geben mir für meinen letzten Beutel Salz frisch getrockneten Tabak und einmal nass gewordene Papyrossi, der Preis ist hoch und steigt Woche für Woche, obwohl schon seit zwei Wochen geerntet werden kann. Der im Lager angebaute Tabak ist jedoch billiger als die Glimmstengel aus der Fabrik, die heute in Paketen eingetroffen sind.

So stark ist meine Tabaksucht den ganzen Sommer nicht gewesen, ich spüre sie bis unter die Arme. Ich drehe mir drei Zigaretten auf einmal, lasse die sirupartig klebrigen Krümel auf das vergilbte Papier rieseln, dies ist der beste Tabak, den man kriegen kann, er riecht nach Blüten, nach Sommernacht, und zugleich bitter, unfertig. Von dem Paket, das im Frühling gekommen ist, habe ich noch echtes Zigarettenpapier übrig, es ist brüchig wie ein trockenes Herbstblatt, aber es gelingt mir, dünne Röllchen zu drehen, ich lecke, klebe sie fest zu.

Dann gebe ich mir Mühe, nicht in Aufregung zu geraten. Ich kann fast so makellos Zigaretten drehen wie die Maschinen in den Zigarettenfabriken, ich habe es geübt, die Kunstfertigkeit steckt mir noch in den Fingern, obwohl meine Hände schlackenschwarz und schrundig sind und sich entzünden. Die kleine Zigarettenmaschine von Luchs, brav und folgsam, dreht, stopft und putzt.

Feuer habe ich nicht, das merke ich erst jetzt, und die Polinnen sind schon auf die andere Seite des Lagers gegangen, und die Sonne versinkt hinter den Bäumen, der Hof gerät in den Schatten. Ein Wärter ist um die Baracke herumgegangen, und als er zurückkommt, winke ich ihm. Er kommt zu mir und zündet mir, ohne ein Wort zu sagen, die Zigarette an, schaut mir nicht in die Augen, sondern auf die Brüste, es ist mir egal. Ich sauge den Rauch ein, den Mann, seinen Schweißgeruch, die Angst und die unbeherrschbare Kraft eines jungen Mannes, und das geht in den Kopf, in die Beine, in die Arme, so wie mir der Rauch in den Kopf stieg, als ich mit Vera meine erste Zigarette rauchte, und danach fühlt man sich schlaff, wie wenn man bis ins Mark erschrocken ist.

Ich habe noch nicht den Rauch ausgestoßen, als mich der Wärter am Arm packt und mich zur Wand der Baracke zerrt. Ich muss husten, und dann versteife ich mich, werde ganz und gar zu Stein, lasse die Zigarette auf die Erde fallen. Ich kenne diesen Griff, dieses Atmen, das aggressive Fauchen aus den Nüstern. Als ich den Mann anschaue, sind seine Augen zwei erloschene Kohlen, sie sehen mich nicht, wie sie mich sahen, als die Sonne noch oberhalb des Waldes stand. Ich versuche mich aus seinem Griff zu befreien, aber er packt fester zu, und meine Bluse reißt auf, etwas fällt klirrend zu Boden.

Der Junge stößt mich gegen die Wand, ich bin größer als er, stärker, aber ich kann mich nicht bewegen, weil er sein Gewehr zwischen uns umklammert, als wäre es sein hart gewordenes Ding, er drückt es mir gegen das Schambein. Ich erstarre auf der Stelle, als mir seine schwitzende Hand die Arbeitshose herunterreißt, aber da kommen die Polinnen um die Ecke, sie lachen über uns, rufen Obszönitäten, stochern mit vulgären Handzeichen in unsere Richtung, sie haben nichts zu befürchten.

Der Junge schreckt vor den johlenden Frauen zurück, er ist kein Mordskerl, er hat noch nicht einmal Hörner und auch kein dickes Fell, was er tut, tut er nur, weil er es bei anderen Männern gesehen hat, und lässt mich los. Ich ziehe die Hose hoch, halt deine Schnauze, zischt er mit brechender Stimme, er ist jünger, als ich gedacht habe, nicht viel älter als mein Bruder, ich laufe in den Hof zurück, vielleicht hebt er die Waffe und zielt auf meinen Rücken oder auch nicht, ich blicke mich nicht um, ich spüre das nervöse Tasten seiner schweißigen Pranken auf meinem Bauch, sein unkontrollierbares Kraftempfinden, der arme Junge, denke ich fast, und danke den Polackenweibern, manchmal kann bloßes Lachen die Rettung sein, ein einziger Ausbruch von Gelächter, auch wenn es nicht irgendein Lachen gewesen ist.

Ich streiche die Kleider glatt, aber der Hosenknopf ist verschwunden und der Ärmel gerissen, das muss repariert werden, bevor es dunkel wird, und ich spüre, wie durch den Griff des Jungen ein blauer Fleck am Arm entsteht, aber ansonsten fehlt mir nichts. Ich hebe die erloschene Zigarette von der staubigen Erde auf, reinige sie vom Sand und rauche alle drei Zigaretten hintereinander, die beiden ersten so schnell, dass ich nichts spüre.

Irgendwo hört man noch die Polackinnen lachen, sie haben jetzt eine gute Geschichte, die sie herumerzählen können. Aber ich bin am Leben und habe drei Zigaretten und noch Zutaten für sieben, wenn ich Disziplin halte, reichen sie für den ganzen Herbst, und ich kann atmen.

Die zweite Zigarette lässt mich vor Erleichterung zittern. Ich bin hier, *einszweidreivier*, *einszweidreivier*, und ich habe Arme, Beine, Bauch, Brustkorb, Lunge. Alles da, jeder Knochen, er hat mich noch nicht verschlungen, ich bin stärker.

Die letzte Zigarette rauche ich langsam, *eins, zwei, drei, vier*. Das Zittern hört auf, der fremde Rhythmus in mir. Eins, zwei, drei, vier. Der Himmel ist grau und von Wolken gestreift. Hinter dem Horizont des dunklen Waldes erhebt sich eine Formation von Vögeln, aber sie sind so weit weg, dass ich sie nur als schwarze Buchstaben sehe und nicht erkennen kann, ob es Kraniche, Schwäne oder Gänse sind, es ist noch früh, nicht einmal September, dennoch üben sie den Aufbruch, sammeln sich, alles geschieht so leicht.

Die Vögel sind bloß Vögel, keine Vorzeichen, die nur Kinder und Blinde deuten können, und sie bringen den Menschen keine Botschaften der Götter. Ich habe diesen Unfug nie geglaubt, auch wenn Marina versuchte mir ihr ganzes poetisches Geheimwissen von Alpha bis Omega beizubringen. Trotzdem folgen sie mir, sind mir die ganze Zeit gefolgt, krii, krii, die Scherenvögel, meine arme Seele zwischen ihren roten Klingen, die Körperteile noch immer in den Fängen des Kolkraben, tief in seinem schwarzen Gefieder, auf der Rückbank eines Ford T.

Als die Vögel über das Lager hinwegfliegen, erkenne ich, dass es Gänse sind, die Geflügelten der letzten Augusttage, sie sind exakt wie deutsche Zugfahrpläne. Nehmt mich mit, möchte ich rufen, aber sie fliegen in weitem Bogen über die Lager hinweg nach Süden, nach Süden, in Richtung Krim, krii, krii, nach Cimmeria, dem Anfang und Ende von allem entgegen.

Jelabuga
August 1941

Drinnen läutete das Telefon. Marina ließ es läuten, es konnte nicht für sie sein. Sie hatte die Nummer nur den Bekannten in Tschistopol gegeben, falls sich doch eine Arbeitsstelle oder eine Unterkunft gefunden haben sollte, aber nach ihrem Besuch würde wohl kaum jemand bei ihr anrufen, es war vollkommen klar, dass ihr von den evakuierten Schriftstellern keiner helfen konnte, sie gehörte auch hier einer anderen Kaste an.

Da das Telefon einfach weiterlärmte, ließ sie die Wäsche im Korb und ging ins Haus, nahm den Hörer ab und meldete sich mit dem Namen des Vermieters. Aber der Anrufer wusste, mit wem er sprach, obwohl sie ihren Namen nicht nannte. Sie hatte die Stimme schon einmal gehört, der Beamte Ruzow, es war schwer, ernst zu bleiben bei dem Kontrast zwischen dem lieblichen Namen und der hochmütigen Stimme.

Haben Sie den Brief erhalten, fragte der Mann, und Sie werden heute ja wohl hier erscheinen? Worum geht es, fragte Marina, gibt es etwas Neues, ich habe meine Antwort schon gegeben. Es geht um etwas anderes. Um Arbeit? Um den Wohnort? Auch darum. Und was ist der Preis? Den Preis haben wir bereits vereinbart. Marina sagte nichts. Wenn Sie nicht kommen, können wir Sie holen, dann schicken wir Männer, die Sie beide abholen, auch Ihren Sohn.

Ein Stromstoß fuhr Marina in die Beine, sie musste sich am Türrahmen abstützen, um sich aufrecht zu halten, aha, und weiter, sie durfte ihr Entsetzen nicht verraten. Wir sind äußerst freundlich und langmütig Ihnen gegenüber gewesen, Zezetowa, fuhr die Stimme am anderen

Ende der Leitung fort, Ihr Mann und Ihre Tochter sind für das schlimmste Verbrechen verurteilt worden, das ein Bürger gegen seinen Staat verüben kann. Sie sind unschuldig, widersprach Marina sofort, aber der Mann überging es wie immer. Warum sollten wir etwas für Sie tun?

Warum schickt ihr uns nicht auch in eure Lager? Marina gelang es, ihren ganzen Hohn in einen Satz zu kleiden. Das ist doch heutzutage Brauch bei Familien von Volksfeinden. Dann hätten wir wenigstens einen Ort, an den wir gehen können, vielleicht schickt ihr mich und meinen Sohn in dieselben Lager wie meine Tochter und meinen Mann, dann dürfen wir als Familie zusammen sein. Das stellen Sie sich vor, Zezetowa, ein ziemlich grausamer Wunsch.

Sie lachte, das konnte sie noch, Spott und Provokation, nach wie vor. Nicht einmal ihren Namen konnten sie richtig lesen.

Sie hörte Papier rascheln, und der Mann fuhr fort: Außerdem ist Ihr Mann gestorben, vor fast zwei Jahren schon, wussten Sie das nicht?

Sie umklammerte den Telefonhörer, aber ihre Hand war beinahe gefühllos. Genossin Zezetowa, sind Sie noch dran?

Die Nachricht spaltete sie in zwei Hälften. Der Mann wiederholte die Mitteilung. Ehemann: Sergei Efron, Volksfeind, im Lager hingerichtet wegen Aufsässigkeit. 16.2.1940. Ruhestätte unbekannt.

Und meine Tochter, Ariadna Efron, gibt es über sie einen Vermerk, ist meine Tochter am Leben? Marinas Stimme brach, wurde schärfer, man durfte keine Angst zeigen, keine Panik.

Diese Informationen sind als geheim eingestuft. Ich war nur aufrichtig, damit Sie nicht vergebens von einer Zusammenführung der Familie träumen, sagte Genosse Ruzow. Aber seien Sie so freundlich und so gut und kommen Sie heute zur angegebenen Zeit hierher. Wir möchten niemanden zu Ihnen schicken.

Freundlich und gut, genau. Freundlich und gut.

Sie hätte schreien wollen, konnte es aber nicht.

Der weiße Schrecken, das unendliche weiße Loch, in das sie jetzt fiel. 16.2.1940.

Erneut wiederholte sich das Entsetzlichste von allem: Sie hatte nicht rechtzeitig eingegriffen.

Alles war zu Ende. Keine Leiche. Kein Grab. Kein Name. Keine letzten Worte.

Wie oft hatte sie noch auf ein Los gehofft, einen Würfelwurf. Aber sie hatte wieder eine Niete bekommen.

Nein, es stimmte nicht. Ruzow log. Serjoscha war nicht aufsässig gewesen. Das war Teil ihrer Intrige. Sie würde ihnen nicht auf den Leim gehen.

Wenn Ruzow die Wahrheit gesagt hatte, wo waren dann all die Hemden, die sie Serjoscha in den letzten zwei Jahren geschickt hatte, die Hemden, die Unterwäsche, die Wollstrümpfe, die Schuhe, die Mäntel, die getrockneten Karotten und die Zwiebeln? Die Pakete waren jedes Mal angenommen worden, und das hatte sie als Garantie dafür genommen, dass Serjoscha noch immer am Leben war. Wenn sie Woche um Woche durch das Höllentor der Lubjanka trat und mit ihren Paketen in der Schlange stand, hielt das Serjoscha am Leben. Aber seit sie in Moskau das Schiff nach Kazan bestiegen hatte, hatte sie nicht mehr daran gedacht, ob Serjoscha am Leben war oder tot, denn sie hatte dafür Sorge tragen müssen, dass sie und Mur durchkamen.

Und jetzt stand alles plötzlich still. Und doch, die Wäsche, der Korb musste hereingeholt werden, die Wäsche musste gemacht werden, ein Schritt, ein zweiter, die Tür musste geöffnet und durchschritten werden. Hier konnte sie nicht bleiben.

Die Apfelbäume standen um sie herum. Sie hielten sie auf der Stelle, Erde, Himmel, alles war noch an seinem Platz.

Hätte sie auf ihre Träume gehört, hätte sie alles selbst gewusst. Oft war Serjoscha im Traum zu ihr gekommen, um ihr von seinem Tod zu berichten, aber diese Träume waren so wirklichkeitsnah gewesen. Sie hatte nicht glauben können, dass Serjoscha fort war, sondern hatte vernünftig gedacht, wie sie es endlich gelernt hatte, dass die Träume nur ihre schlimmsten Ängste abbildeten. Und sie hatte sie jedes Mal vergessen, all die Träume, in denen Serjoscha ihr von seinem Tod erzählt hatte.

Sie müsste darum bitten, dass man ihr die Sterbeurkunde schickte. Die *Sterbeurkunde.*

Marina hob die gerissene Wäscheleine von der Erde auf, die musste repariert werden, bevor das Ehepaar zurückkam, sie machte einen Knoten um einen Apfelbaum. Würde sie halten, dachte sie dann, würde die Leine ihr Gewicht aushalten, würde sie sie fest genug knoten können, weit genug oben?

Sie bemerkte die Kinder erst, als sie schon auf ihrer Höhe waren.

Laute Schuljungen gingen die Straße entlang, es war lange her, dass Mur in ihrem Alter gewesen war, auch wenn sie den Jungen noch immer gelegentlich wie ein kleines Kind behandelte, wie langsam sich die Seele an Veränderungen gewöhnte.

Die Jungen riefen ihr etwas zu und bewarfen sie mit etwas.

Mit Äpfeln!

Die Kinder bewarfen sie mit faulen Äpfeln! Wussten auch die Kinder dieser unglückseligen Stadt, wer sie war? Sie wussten allerdings nicht, was sie alles durchgemacht hatte, um an diesen Punkt zu gelangen. Kleine Kinder brachten sie nicht mehr aus der Fassung. Die Jungen schauten sie gespannt an, rannten nicht davon. Sie hörte Getuschel, diese Frau mag keine Kinder. Nein, das hatte sie noch immer nicht gelernt, fremde Kinder zu lieben, aber machte sie das zu einem geringeren Menschen?

Ruhig trat Marina an den Zaun und fragte die Kinder, wo sie die Äpfel herhatten, wo doch alle Apfelbäume des Dorfes im Winter erfroren waren. Ein Junge sah sie klar an, als verstünde er den Unterschied zwischen der einen und der anderen Tat nicht: Am Ende der Straße steht ein Apfelbaum, er lebt, Frau, schauen Sie. Aber sie sah nicht bis dorthin, natürlich nicht. Die Äpfel in den Händen der Jungen sah und roch sie, ja, das waren Äpfel, nur zwei faule waren darunter gewesen, die hatten sie geworfen.

Die Jungen setzten ihren Weg fort. Sie gingen ihre Kameraden zur Ernte holen. Kommen Sie mit, Äpfel essen, Frau, sagte der Junge mit dem klaren Blick noch und gab ihr beim Gehen einen Apfel.

Bald würden die Kinder zurückkommen.

Sechs, sieben Kinder auf dem Weg, sich einen lebenden Baum anzuschauen, und eine Frau, die keine Kinder mag, im Apfelbaum, von einer Wäscheleine umschlungen.

So etwas tun Menschen den Kindern anderer nicht an.

Marina blieb mit dem Apfel in der Hand und der Wäsche unterm Arm im Garten stehen. Es gab nichts anderes als diese Aufgabe, die letzte, die ihr geblieben war: Wie die Zeit wieder zurückbringen ins Gleis, wie die Flussrichtung ändern?

Das ganze Haus wartete, dass sie etwas unternahm. Und dabei lief die Zeit, vor und zurück, zog sie in sich hinein wie Kreuzwind.

Mur dürfte die Neuigkeiten über Serjoscha nicht erfahren. Jedenfalls nicht in Gegenwart der Bredeltschikows. Der Junge würde es nicht ertragen und sie nicht die Vorwürfe des Jungen, dass sie dieses Trauerspiel verursacht hatte. Mit der Kombinationsgabe eines jungen Mannes wäre leicht nachzuweisen, wie ihre Irrtümer und Entscheidungen die Ursache allen Übels waren. In dieser Art von Tragödienanalyse war Mur gut, sie hatte es ihm selbst beigebracht. Aber jetzt war nicht die Zeit dafür, die Kommensurabilität von Leben und Drama zu erwägen. Die ging sie nichts mehr an.

Alles musste bereit sein, wenn die Männer kamen, um sie zu holen. Sie lassen einem keine Zeit zum Kofferpacken, nur das Nötigste durfte mitgenommen werden. Was war das Nötigste? Wofür? Für das Leben oder fürs Sterben? Würde es am Ende auch ihnen so ergehen, ein langsamer Tod auf irgendeiner Eisenbahnbaustelle bei minus vierzig Grad in zu dünnen Kleidern und bloß mit Fußlappen?

Die Umstände im Lager würde der Junge nicht ertragen. Das wusste Marina. Dafür war er durch ihre Erziehung zu schlaff geworden. Und wäre er bereit, Tag für Tag physische Arbeit zu verrichten, ohne aufsässig zu werden? Nein, nein, auch wenn sie ihn noch sosehr beschwören würde, sie bekäme ihn nicht jeden Tag um fünf Uhr aus dem Bett.

Im Lager würde man sie voneinander trennen. Diese Vorstellung war noch schlimmer. Mur müsste ins Männerlager, sie zu den Frauen. Sie dürften nicht zusammenbleiben. Aber vielleicht war das die einzige Möglichkeit für den Jungen zu überleben. In Moskau, in Gesellschaft seiner Freunde, war Mur voller Leben gewesen. In Marinas Nähe hingegen wirkte er, als hätte er all seine Kraft, all seinen Lebenswillen verloren. Murchen hatte recht: Sie war ein Hindernis für das Leben des Jungen, bloß eine Last.

Marina sah die gesamte Lage klar und deutlich vor sich. Dadurch erlahmten ihre Beine erneut, sodass sie sich aufs Bett setzen musste.

Sie hatte nach dem Anruf keinen Schmerz empfunden, nicht einmal einen Stich, aber wenn sie sich hingelegt hätte, wäre sie nicht mehr hochgekommen, die Beine taten im Liegen am meisten weh.

Sie musste in Bewegung bleiben, durfte dem Entsetzen nicht nachgeben. Man durfte nicht nachlassen, nicht aufgeben. *Eins, zwei, drei.*

Marina zog die Reisetruhe und ihren Koffer hinter dem Bett hervor.

Wieder einmal musste sie darin ihr ganzes Leben verstauen, die Papiere, das Mehl, die sauberen Laken, die alten Schuhe und die Töpfe.

All das mussten sie schleppen, obwohl sie keinen Ort hatten, an den sie gehen konnten.

Murs Sachen, die Bücher, das Radio, die Winterkleidung. Und die Hose. Murs Hose musste noch gestopft werden.

Der Vermieter hatte den Werkzeugkasten offen gelassen, obwohl er es sonst sehr genau mit allem nahm. Darin musste es einen Faden geben, mit dem man die Hose flicken konnte, sie wusste inzwischen, wie man das machte, ohne dass es der Junge merkte. Wenn sie den Riss zunähte, konnte sie bei der Gelegenheit gleich schauen, ob man die Hosenbeine auslassen konnte, dann wären sie wie neu, dafür reichte ihre Fähigkeit im Umgang mit Nadel und Faden.

Zwischen Hämmern und Zangen lag ganz unten im Kasten Angelschnur, von der hatte Bredeltschikow welche geholt, bevor er gegangen war, aber dort müsste es auch starkes Nähgarn geben, sie erinnerte sich, es einmal gesehen zu haben. Nun befand sich dort ein Knäuel starkes Hanfseil, zusammengerollt wie eine Schlange, das war ihr bislang noch nicht aufgefallen.

Marina legte das Nähzeug und das neue, saubere, noch nach Teer duftende Seil auf den Tisch. Das Hanfseil bildete ein Omega, es schaute sie mit Wärme an wie ein Freund, wärmer als jedes ihrer Familienmitglieder.

Die sahen sie an, wie sie sie angesehen hatte. Das wusste sie, auch ohne in den Spiegel zu schauen.

Die Hose war fertig. Ausgebessert und verlängert. Das musste reichen. Endlich hatte sie gelernt, diese Arbeit zu machen, ordentlich, die überstehenden Fäden geschickt verwahrend.

Die Entscheidung hatte sie Stich für Stich getroffen, Naht für Naht. Die Lösung, die ihr zuvor nur flüchtig in den Sinn gekommen war, stand nun wie selbstverständlich vor ihr.

Es war der einzige Weg, den Jungen am Leben zu halten.

Ohne sie konnten sie dem Jungen nichts anhaben.

Ohne sie konnte der Junge nicht ins Lager geschickt werden.

Nur ohne sie konnte der Junge überleben.

Alles war klar.

Alles war erstaunlich leicht, sogar das Atmen.

Und das Bewegen der Beine.

Sie wusste: Der einzige Weg war das Aufgeben.

Marina hatte immer gedacht, sie würde die Stunde ihres Todes erkennen, wenn sie kam.

Der Tod hatte sie oft enttäuscht, zuerst in Všenory, dann in Bolschewo, in Moskau im letzten Winter erst, obwohl es in keiner einzigen Wohnung einen Haken an der Decke gegeben hatte, nur Lichtschalter an den Wänden. Alja hatte sie jedes Mal gerettet, zuletzt durch ihren Brief. Aber jetzt hatte sie sich mit dem Tod versöhnt.

Sie wusste, wie es zu geschehen hatte, ruhig, ohne Hast.

Sie war bereit, sie würde ihr Ende annehmen wie eine Liebe, auf die sie Jahrzehnte gewartet hatte. Und sie hatte keine Angst. Sie fürchtete sich nicht, wie sich Maria Meyn gefürchtet hatte. Ihr Tod würde keine Geräusche verursachen. Diese Freude gönnte sie den Leuten in der Gassara-Straße nicht. Das hatte sie besser gelernt als alles andere.

Die Balken um sie herum atmeten, und sie selbst atmete ruhig, eins, zwei, drei.

Marina schrieb drei Briefe, einen an Mur, einen an Nikolai Asejew und einen an die evakuierten Moskauer Schriftsteller in Tschistopol, auf die sie vergebens ihre letzte Hoffnung gesetzt hatte.

Sie durften ihr noch einen letzten Dienst erweisen: dafür sorgen, dass der Junge in eine Schule kam. Es war wichtig, dass Mur studieren durfte, das ging allem anderen vor.

Sie verschloss die Kuverts. Auf diese Briefe würde sie keine Antwort mehr erhalten. Ihr ganzes Geld steckte in den Umschlägen, den sonstigen Besitz konnten sie verkaufen.

Im Brief an Mur stand alles, was sie noch sagen konnte, ihn zu schreiben raubte ihre ganze Kraft: *Murchen, verzeih mir, aber das Leben fortzusetzen wäre noch schrecklicher gewesen. Ich bin ernsthaft krank, ich bin nicht mehr ich selbst. Ich liebe dich wahnsinnig. Du verstehst doch, dass ich nicht mehr leben kann. Sag Papa und Alja, falls du sie je wiedersiehst, dass ich sie bis zum letzten Augenblick geliebt habe, und erkläre ihnen, in was für eine Sackgasse ich geraten bin.*

Das letzte Liebesbekenntnis, die letzte Lüge.

Aber sie konnte nicht anders.

Sag Serjoscha, dass ich ihn bis zum letzten Augenblick geliebt habe.

Sag Alja, dass ich sie trotz allem geliebt habe, ich habe sie geliebt.

Denn der Mensch übertrifft stets seine Taten. Nur die Liebe ist wahr, alles andere Lüge.

Das waren ihre letzten Worte, ebenso trügerisch wie das Leben.

Und außerhalb der Wörter ihr Leben wie im Magnesiumblitz einer Fotografie: bloß Landschaften ohne Menschen, Sand, Wind, Wellen, Gezeiten, die die letzten Sätze mitnahmen, die sie in ihr Notizbuch geschrieben hatte: *Aljas seltsame Freude, Tränen, Spülwasser.*

Es schlug fünf Uhr. Sie war achtundvierzig Jahre alt, würde nicht mehr neunundvierzig werden. Das war ihr Maß, selbst hinter der Unvollständigkeit zurückzubleiben, obschon sie stets über allem hatte stehen wollen, jenseits aller Maße. Nur die Gedichte hatten ihr Maß gehabt, aber die besaß sie nicht, hatte sie nie besessen, wie auch ihre Kinder nicht.

Alja und Mur würden jedoch am Leben bleiben. Das war ihr Geschenk. Das Leben, für das kein Wort ausreichte.

Marina griff in Bredeltschikows Werkzeugkasten nach einem stabilen Nagel, der für das Beschlagen eines Pferdes gedacht war, und nach einem Hammer.

Den Nagel musste sie selbst einschlagen. Das Seil selbst knoten.

Sie musste auf den Küchenschemel steigen und den schwarzen Nagel am Balken oberhalb der Tür ansetzen.

Starke, gute Balken.

Der warme Atem des Pferdes. Puschkins letzter Gruß, seine Billigung.

Marina stieg herunter, holte das Seil vom Küchentisch.

Das warme Omega, der letzte Buchstabe, das letzte Einatmen, Atemanhalten.

Erst im Moment des Todes würde das Leben sein wahres Gesicht offenbaren. Jetzt wagte sie es, hineinzuschauen.

Das Leben ist der Tod und der Tod ist auch das Leben.

Tickelit, tickelit, tickelit
warte Aljoscha, warte
lass das Mädchen rennen
Vögel sind schneller als
Wellen
schneller
tickelit tickelit
tickelit tickelit
na so was
jetzt haben sie sie erschreckt
schwarzes Wasser
trübe Algen
weine nicht, Alja
komm zurück
hol dir einen guten
Mandelkeks, Reisbrei
die Vögel sind fort
weine nicht
Aljonka, meine kleine Aletschka
sie kommen zurück
die Vögel kommen zurück
nicht weinen, Krieger weinen nicht
komm auf meinen Schoß, schaukeln wir
holt das Milchmädchen, wo ist die Njanja

Workuta
August 1941

Ich drücke meine Zigarette in die Erde der Pelargonie, das Kochgeschirr ist leer, ich stehe auf, will schon in die Baracke gehen. Da spüre ich, wie mich jemand wieder nach unten drückt, sagt, bleib noch, bitte. Es ist nicht der Wärter, er ist nicht wiedergekommen, wagt es nicht mehr, mir allein gegenüberzutreten, vielleicht würde ich noch einmal über ihn lachen, nur lachen, aus purem Entsetzen.

Es ist niemand hier, keine Baltinnen, keine Polackinnen, auch niemand von den Trotzkistinnen aus der Baracke nebenan. Nur die Pelargonie und die Eberesche, der pflaumenfarbene Himmel und das ferne Rascheln der Vögel.

Aber da ist sie, sie sitzt neben mir, auf dieser Bank, atmet in ungleichmäßigen, schweren Zügen, ich weiß, dass sie da ist.

Es ist fünf Uhr. Ich weiß die Uhrzeit und den Monat, aber nicht den Wochentag. Bald wird das Lagergelände wieder voller Leute sein, heute ist Zeit, eigene Dinge zu erledigen, zu ernten, Winterkleider auszubessern, sich mit getrockneten Pflaumen und Butterklumpen aus den Paketen vollzustopfen, bevor wir zu Fuß für viele Tage zur Hiebfläche zurückkehren und es mit zwölfstündigen Arbeitstagen weitergeht. Aber noch ist der Hof leer.

Es ist ihr Atem, beharrlich, unrhythmisch, schwer. Als hätte ein Stein zu atmen begonnen. Ich sollte etwas zu ihr sagen. Ich müsste. Ich spüre das Gewicht der Wörter, sie stehen so deutlich in mir wie eine Schrift.

Willst du eine Zigarette, fange ich an, ich kann dir eine drehen.

Sie schüttelt ganz langsam den Kopf.

Nein, ich brauche keine, antwortet sie, ich habe aufgehört zu rauchen.

Ich versuche, es zu glauben, das hat sie nicht getan, sie wird nie damit aufhören.

Und du hast aufgehört zu schreiben, sagt sie dann. Ich komme nicht dazu, etwas zu antworten, bevor sie sagt: Du bist immer gut darin gewesen, dir Ausreden einfallen zu lassen.

Ausreden, genau, so denkst du, acht Jahre Arbeitslager ohne Briefschreiberecht, 400 Gramm Tagesration Brot. Sie weiß nichts von meinem Leben, von den Lagern, von dem Labyrinth hier, das von Rekrutenbestien bewacht wird, und ich habe auch das Fadenende verloren, sogar das habe ich fertiggebracht, was für eine Versagerin, ich kann nicht einmal mir selbst helfen. Ist sie gekommen, um mich deshalb zu tadeln? Du weißt nicht einmal deinen Namen zu tragen.

Ich frage mich nur, warum du aufgehört hast zu schreiben, fährt sie fort.

Bist du immer noch böse, weil ich dir dein ewiges Buch verdorben habe?, gebe ich zurück, es lohnt die Mühe nicht, sie zu siezen, im Lager siezt man nur die Leute von der Hauptwache. Es gab doch nicht einmal jemanden, der es veröffentlichen wollte. Niemand wollte etwas über dein Leben hören, auch wenn du meinen Namen darübergesetzt hättest. Schreibst du selbst, Marina?

Darauf kann sie nicht antworten. Mach mir deswegen keinen Vorwurf, denke ich, du hättest mir nicht bis hierher folgen müssen.

Aber ich soll schreiben?

Damit du am Leben bleibst, sagt sie. Und du könntest frei sein, einen Ausweg finden. Solange ich fähig war zu schreiben, war ich frei.

Ich merke, wie mein Atem heftiger wird, sich unkontrolliert beschleunigt. So geschieht es immer, wenn ich an sie denke. Ihre Freiheit zu schreiben war mein erstes Gefängnis. Solange die anderen den Alltag um sie herum erledigten, war sie frei zu schreiben. Wie kann sie es wagen, herzukommen und so etwas von mir zu verlangen? Wie kann sie es überhaupt wagen, hier einzudringen und mir Aufgaben zu stellen, ich bin nicht ihre kleine Schülerin, nicht mehr ihr kleines Dienstmädchen. Soll sie doch selbst schreiben, soll sie sich Vorstellungen machen, sie würde sich all dies kaum vorstellen können, das Gesicht dieses Ungeheuers, es ist schrecklich, weil es unsere eigenen Züge trägt, deformiert wie die Herzen von uns krumm gewachsenen Menschen.

Alja, du bist immer schnell im Urteilen gewesen, aber, sagt sie dann, ich will, dass du eines weißt. Ich liebe dich, ich liebe dich irrsinnig. Ich habe dich immer geliebt. Ob du geschrieben hast oder nicht. Das sollst du wissen.

Dann verstummt sie, und ich höre auch ihren Atem nicht mehr, nur meinen eigenen Atem, ungleichmäßig, wie er durch die Kehle fährt, als pflügte ich einen gefrorenen Acker. Und ich bin mir nicht mehr sicher, ob die Worte aus mir selbst oder von außen gekommen sind, ob ich mir alles eingebildet habe.

Auf der Bank steht nur meine von der Hitze niedergedrückte Pelargonie, ihre Blütenblätter sind wie Papier verblasst, ich muss Wasser holen, die Blume gießen, denke ich. Marina ist nicht mehr hier, aber ich höre ihre Worte noch immer. Ich bin sicher, dass es ihre Stimme ist. Die Stimme meiner Mutter. Wenn du schreibst, dann schreibe nicht, damit man dich liebt, sondern damit du am Leben bleibst, denn die Wörter sind stärker als die Taten der Menschen.

Ich drehe mir noch eine Zigarette, und dann noch eine. Ich muss auch einen Knopf annähen, einen Ärmel, all das tun, damit es mir gewöhnlich erscheint, das Leben.

Meine Hände zittern, aber ich bekomme meine Zigarette hin. Nach wie vor drehe ich so, wie du es mir beigebracht hast, schmal, damit sie in die Zigarettenspitze aus Kirschholz passen, sage ich, obwohl ich weiß, dass sie nicht mehr bei mir ist, wie diejenigen, die du geraucht hast wie die Königin von Saba, dabei mag ich selbst lieber kräftigere Zigaretten, dick wie Gauloises.

Jetzt ist sie fort, ich weiß es genau, was hätte ich ihr sagen sollen. All meine Ausreden.

Unser gemeinsames Buchvorhaben endete nicht dadurch, dass ich ein faules und aufsässiges Kind gewesen wäre. Das Schreiben endete damit, dass keine von uns fähig war, auch nur ein Wort über Irina zu schreiben, darüber, wie sie wirklich starb, nicht damals, als es geschah, in dem schrecklichen Winter, und nicht damals, als wir versuchten in den Bergen der Tschechoslowakei ein gemeinsames Buch daraus zu machen.

Wie hätte ich über Irinas Tod schreiben können, wenn du nicht in der Lage warst, auch nur ein Wort darüber zu sagen? Ich hatte nur deine Wörter und kein Wort für das, worüber ich hätte schreiben sollen.

Das ist also die erste Ausrede, Marina, die wichtigste von allen. Dass es die richtigen Wörter nicht gibt.

Jetzt weiß ich es noch besser. Weißt du, Marina, dass es in der ganzen russischen Sprache kein Wort für eine Mutter gibt, die ihr Kind verloren hat? Weißt du, ob es in irgendeiner Sprache ein Wort für eine Frau gibt, die ihr ungeborenes Kind verloren hat?

Ich bin nicht dazu gekommen, irgendjemandem von meinem ungeborenen Kind zu erzählen, das noch nicht einmal einen Namen hatte und von dessen Existenz niemand wusste außer den Beamten und Ärzten des Innenministeriums. Hat es denn überhaupt existiert, wo es doch noch nicht Wort geworden war?

Jetzt ist es zu spät, Mulja, Serjoscha, wem auch immer von dem Kind zu erzählen.

Und du sagst, dass die Wörter stärker sind als der Mensch. Vielleicht ist es so. Ohne Wörter bin ich unförmig, ein Unmensch, der nicht einmal das Recht hat zu betrauern, was er verloren hat. Ich bin keine Witwe und auch keine Waise, und doch hat man mir etwas genommen, weshalb ich meinen Schatten verloren habe, meine Seele, mich selbst. Ich weiß nicht, ob ich es je wiederfinden kann. Es gibt keine Wörter, die mich von der Trauer befreien, es gibt keine Wörter, die es mir zurückgeben, auch wenn du sagst, die Wörter seien stärker als das vom Menschen erdachte Übel. Es gibt keine Wörter, die aus mir wieder einen Menschen machen.

Bin ich hier, damit ich meine Seele finde oder weil ich sie nicht mehr finden kann? In diesem Archipel aus Arbeitslagern, aus dem ich nicht herauskomme, weil ich den selbst gesponnenen Faden verloren habe.

Die zweite Ausrede ist die Liebe. Deine Liebe, Marina.

Meine Geschichte beginnt mit deiner Liebe. Und sie endet damit, da, wo die Liebe aufhört, deine Liebe zu mir. Und dort muss ich mich finden, immer wieder, immer wieder.

Ich war klein, ein Mädchen mit Kamelaugen, das klare Echo deiner Stimme, das aus den Wäldern, aus den Bergen, aus dem Weltall zu mir rollte, lichtvoll und leicht. Deine Liebe hatte keine Grenzen, und falls doch, dann glich sie deiner Stimme und hatte einen gleichmäßigen Rhythmus, Takt und Maß, von den Göttern gegeben. In dieser Unermesslichkeit der Liebe wuchs ich in meine Gestalt hinein, ich betrachtete jede deiner Seelenregungen, die Farbe deiner Augen, ich versuchte deine tragischen oder poetischen Momente zu erkennen, zu lauschen, wie du atmest, mitzuschaukeln in der atemberaubenden Schwungbewegung zwischen Himmel und Erde, Göttern und Menschen, Verzückung und Frustration, ich prägte mir die richtigen Wörter ein, den Rhythmus der Verse und wuchs zu deinem Bild heran. Dein Wille war mein Wille.

Aber es kam ein Moment, in dem du aufhörtest, mich zu lieben. Ganz und gar, vollkommen. Ich habe versucht diesen Moment, in dem es geschah, zu fassen, aber ich bin nicht fähig dazu. Den Moment, in dem du mich einfach hättest verlassen können, an einem Berghang, an einem Bahnhof, in einem Café, kurzweg verstoßen, aber so weit war es trotzdem nicht gekommen.

Jetzt begreife ich, dass sich das Ende der Liebe nicht in einem Augenblick vollzog, plötzlich, so wie man jemandem den Rücken zukehrt, nicht zwischen Aus- und Einatmen, durch einen erbarmungslosen Entschluss.

So geschieht es nie. Eher so, wie Öl sich auf Essigsud verdichtet, etwas fing an, dich von mir zu trennen, dich wegzuziehen, machte uns schließlich einander fremd, auch wenn ich, das Mädchen mit den Kamelaugen, das Kind mit den Pferdehufen, noch lange geglaubt habe, ein Teil von dir zu sein, so wie der Dotter Teil des Eis ist, denn etwas anderes kannte ich nicht, ich wusste nicht, dass es etwas anderes geben konnte.

Als du aufhörtest, mich zu lieben, verlor ich meine Gestalt, die du mir gegeben hattest, ich zerfiel in leere Gesten und poetische Sätze, die aus mir eine lächerliche, alberne, hohle Schauspielerin machten, eine weiße Mimin, auch wenn ich das damals selbst nicht wusste. Ich war aus deiner Liebe gemacht und kannte nichts anderes.

Wir setzten unser Leben fort, Mutter und Tochter, auch wenn wir einander nie so nannten, aber das sagte mir nur, dass wir nicht wie die anderen waren, wir waren wir, niemand sonst war uns gleich.

Auch wenn ich Menschenseelen las wie klares Wasser, besser als jeder Erwachsene, ebenso unnachgiebig wie du, du hattest es mich gelehrt, darin warst du gut, und deine Verse, unsere gemeinsamen Gedichte stellten sicher, dass die Lehre ihr Ziel erreichte, und auch wenn ich glaubte, deine Seele durch und durch zu kennen, vergingen viele Jahre, um zu begreifen, dass es unabweislich wahr war. Du hattest schon lange zuvor aufgehört, mich zu lieben. Ich konnte daran nichts mehr ändern, ich konnte nichts dagegen tun. Ich musste mich von dir losreißen, wie man eine Zecke aus der Haut reißt. Und ohne Glieder, ohne Willen, konnte ich dich nur hassen. Und da war ich auch schon zu einer ganz anderen herangewachsen, keine Spur mehr von dem Mädchen, das dein Abbild gewesen war, das Echo der Berge, die Sternenstirn.

Oder vielleicht begreife ich es erst jetzt. Und ich begreife es mit einer solchen Gewissheit, als hättest du gerade eben erst aufgehört, mich zu lieben. Als geschehe alles gerade jetzt, immer wieder, immer wieder.

Die dritte Ausrede ist dieser Schmerz, den ich in mir trage, er wechselt den Ort und schließt alles ein, wofür es keine Wörter gibt. Er ist trotzdem da, schärfer und stärker als alles andere, die Liebe oder die Wörter.

Es fing nach den Verhören an. Nicht beim ersten Verhör in der Lubjanka, danach spürte ich nichts, sondern erst in diesem Sommer, vor dem Untersuchungskomitee von Syktywkar. Bis dahin war das, was im Blumenzimmer der Lubjanka passiert war, etwas, das in eine andere Zeit gehörte, zu einem anderen Ort, einem anderen Menschen. Erst das Komitee von Syktywkar erinnerte mich daran, dass es mir geschah.

Danach kam der Schmerz, ein Schmerz, über den die Augen toter Pferde wachen.

Es ist ein Schmerz, über den ich mit keinem Menschen hier reden kann, nicht einmal mit den Menschen in der Krankenabteilung. Der Schmerz hindert mich daran, so effektiv die Stämme zu tragen wie die anderen, er lähmt mich abends, lässt mich krumm werden, andererseits weiß ich, dass ich am Leben bin, solange ich diesen Schmerz spüre. Er ist meine Schrift. Wenn du sie lesen kannst, kannst du meine Geschichte lesen, Marina.

Aber du hast nie die Schrift des Körpers lesen wollen, nur die von der Seele destillierten Wörter waren dir gut genug. Darum muss ich versuchen, es dir zu übersetzen, das ganze Stück, mein gelebtes Leben.

Jemand berührt leicht meine Schulter. Bläst mir ins Haar. Es ist Giedre.

Gehört das dir?, fragt sie.

Sie öffnet eine Hand und zeigt mir den Schatz, den sie mit ihrer wunden Handfläche umklammert gehalten hat. Es ist ein Schmuck in Vogelform, plumpe Handarbeit, schwer und nachgedunkelt. Ich erkenne ihn. Es ist mein Schmuck, Liljas Vogelschmuck, Irinas Brosche.

Ich betaste die versteckte Tasche an meinem Brustbein, sie ist leer, ich habe nicht einmal bemerkt, dass er herausgefallen ist, ich spüre nur die Herzschläge.

Ich habe es hinter der Baracke gefunden, im Sand, sagt sie. Ich habe mich erinnert, dass du im Frühling so etwas bekommen hast.

Giedre ist so gut, der Finnenwinter hat ihr Herz nicht erfrieren lassen, wie er es bei fast allen anderen getan hat. Jede andere hätte den Schmuck an sich genommen.

Du siehst aus, als hättest du ein Gespenst gesehen oder den Teufel persönlich, den Tod. Ist etwas passiert?

Nein, nein, ich bin nur müde, sage ich. Danke, Giedre.

Echtes Silber, sagt Giedre und wiegt den Schmuck in der Hand, damit überlebst du den nächsten Winter.

Das ist doch nur ein Stück Metall, lache ich, als ich den Schmuck in die Hand nehme, das kann man nicht essen.

Du bist so unpraktisch veranlagt, Ariadna Sergejewna, erwidert Giedre, man kann es eines Tages gegen Brot tauschen, es kann an einem schlimmen Tag die Rettung für uns beide sein. Und wenn du es verkaufst, dann verkauf es den Ukrainerinnen, die Polackinnen zahlen zu wenig.

Ich habe nicht daran gedacht, dass man Schmuck verkaufen oder gegen Brot eintauschen könnte, nicht einmal in der größten Not. Auch das ist eine ihrer Lehren. Ganz gleich, wie viel Hunger man hat, Marinas Schmuck wird nicht verkauft. Und nicht getauscht. Er ist zu kostbar, um ihn zu verkaufen. Auch das sitzt fest in mir.

Deine Familie kümmert sich gut um dich, Ariadna Sergejewna, sagt Giedre und drückt meine Hand, ich bekomme nur einen Brief und getrocknete Beeren. Aber ich weiß, dass sie mich noch nicht vergessen haben. Wir werden wichtiger für sie, jetzt, da wir fort sind, weil sie uns nicht sehen können.

Ich nicke. Das weiß ich sehr gut. Ich gebe Giedre eine Zigarette, die ich gedreht habe, und rauche selbst noch eine, teile sie mit ihr. Plötzlich ist es unwahrscheinlich leicht zu atmen.

Ich wiege den Schmuck auf der Handfläche. Die Vogelaugen schauen mich an: Liljas Augen, Marinas Augen, Irinas Augen in mir, und Irinas Lachen, *Zucker, Zucker, Alja, Zucker*. Sie sind stärker als die Augen des toten Pferdes und das Starren des Halbmenschen mit dem Bestienkopf, als der Schmerz, der mich spaltet. Wenn ich atme, befreien mich diese

Augen von meinem Schmerz. Und ich sehe, wie alles Vergangene und Künftige in die Vogelgirlande gewickelt ist, Trauer, Freude, Liebe.

Gäbe ich den Schmuck weg, bliebe mir nichts mehr von dem, woran ich zurückdenken könnte. Oder wäre ich fähig, meine Vergangenheit gegen ein Stück Brot einzutauschen und mich trotzdem an all das zu erinnern, was dieser Schmuck in sich trägt?

Ich schaue unaufhörlich auf die Vogelaugen und weiß, dass Marina mich wieder sieht, obwohl ich weit weg bin, sie sieht mich genauer als damals, als ich bei ihr war. Und ich denke, dass Marinas ganze Liebe hier auf meiner Hand liegt, sie wiegt nicht viel, aber sie ist da, die Fähigkeit zu lieben. Und ich beherrsche sie noch, dadurch bleibe ich ein Mensch. Und da weiß ich, wie ich mit dem Schreiben anfange. Ich weiß, wo der Anfang meines Buches liegt, Aljas Buch, unsere beiden Stimmen miteinander verschlungen, Mutter und Tochter, ich weiß, wo die Wanderung beginnt, wo alles anfängt, wo die Wörter ihren Anfang finden.

Der Himmel ist *in meinem Mund, das Himmelsgewölbe, die ganze Größe des Himmels*

wenn du wüsstest wie

Löwe mich geküsst hat, er, der keine Angst hat,

sich zu vergessen, sich allen zu geben

nichts als Mund, Aljoschka

Alja, mein Sternchen, du wirst es lernen,

und auch alles andere

bringe ich dir bei

ich bringe dir alles bei, was ich weiß, wie

sehr ich dich liebe, Bergecho, Sternenreiterin

ich liebe dich so wie die Verse oder den Himmel oder das Meer,

aus dem wir gekommen sind

P, p, p wie Paradies

sag Paradies, mein Sternchen, die Apfelblüten des Paradieses

aa, de, pe

dein erster Vers

sternklare Nacht, die Apfelblüten des Paradieses

hörst du es hier, in deinen Knochen und in deinen Schläfen?

so entstehen die Wörter, so der Rhythmus

ein Vers wie deine Augen, sternenklar

und blau wie tiefe Wasser, voller

dunkler Freude

Nachweise

S. 5, «Endgedicht», aus: Marina Zwetajewa: Gruß vom Meer. Gedichte. Aus dem Russischen von Felix Philipp Ingold, München – Wien: Hanser 1994.

S. 21, «glänzt ein Mond …»: Aus: Alexander Puschkin: Märchen vom Zaren Saltan. Aus dem Russischen von Friedrich von Bodenstedt, Leipzig: Reclam 1966.

S. 34, «die Zeit ist aus den Fugen …»: Aus: William Shakespeare: Hamlet. Aus dem Englischen von A. W. von Schlegel, Frankfurt am Main: Insel 1980.

S. 91, 131: «und der rumpelnde …»: Aus: Saila Susiluoto: *Dogma. Runoelma*, Helsinki: Otava 2012.

S. 175, «Lippen und Lippen …», aus: Boris Pasternak: «Mit eingelegten Rudern», aus dem Russischen von Elisabeth Kottmeier, in: Russische Lyrik, ausgewählt und eingeleitet von Efim Etkind, München: Piper 1981.

S. 261, «das griechischtragische Wort …»: Aus: Friedrich Hölderlin: Anmerkungen zur Antigonä (1804).

S. 297, «reite, reite …»: Aus: Zacharias Topelius: Läsning för barn (1865–84).

S. 389–391: Marina Zwetajewa: «Gedicht auf die Tschechoslowakei» (1938–39).

Der Roman enthält Verweise auf folgende Quellen:

Ariadna Efron: *Briefe an Pasternak. Aus der Verbannung 1948–1957*, Frankfurt am Main: Insel 1986.

Ariadna Efron: *No Love Without Poetry. The Memoirs of Marina Tsvetaeva's Daughter*. Evanston, Illinois: Northwestern University Press 2009.

Irma Kudrova: *The Death of a Poet: The Last Days of Marina Tsvetaeva*. Woodstock, New York, London: Overlook Duckworth 2004.

Rainer Maria Rilke, Marina Zwetajewa und Boris Pasternak: *Briefwechsel*, hg. v. Jevgneia Pasternak, Jelena Pasternak, Konstantin M. Azadovski, Frankfurt am Main: Insel 1983.

Marina Zwetajewa: *Briefe an die Tochter. Tagebücher. Briefe. Gedichte*, Berlin: Oberbaum 1983.

Marina Zwetajewa: *Im Feuer geschrieben. Ein Leben in Briefen*, Frankfurt am Main: Suhrkamp 1992.

Marina Zwetajewa: *Irdische Zeichen. Aus den Moskauer Notizen 1917–1920*, Leipzig: Insel 1990.